DROEMER

Von Tanja Kinkel sind bereits folgende Titel erschienen:
Der König der Narren
Götterdämmerung
Venuswurf
Säulen der Ewigkeit
Im Schatten der Königin
Das Spiel der Nachtigall
Noahs Arche
Verführung
Manduchai – Die letzte Kriegerkönigin

Über die Autorin:
Tanja Kinkel, geboren 1969 in Bamberg, gewann bereits mit 18 Jahren ihre ersten Literaturpreise. Sie studierte in München Germanistik, Theater- und Kommunikationswissenschaft und promovierte über Aspekte von Feuchtwangers Auseinandersetzung mit dem Thema Macht. 1992 gründete sie die Kinderhilfsorganisation »Brot und Bücher e.V«, um sich so aktiv für eine humanere Welt einzusetzen (mehr Informationen: www.brotundbuecher.de). Tanja Kinkels Romane wurden in mehr als ein Dutzend Sprachen übersetzt; sie spannen den Bogen von der Gründung Roms bis zum Amerika des 21. Jahrhunderts. Zu ihren bekanntesten Werken gehören »Die Löwin von Aquitanien« (1991), »Die Puppenspieler« (1993), »Mondlaub« (1995), »Die Schatten von La Rochelle« (1996), »Die Söhne der Wölfin« (2000), »Götterdämmerung« (2003), »Venuswurf« (2006), »Säulen der Ewigkeit« (2008) und »Im Schatten der Königin« (2010), »Das Spiel der Nachtigall« (2011), »Verführung« (2013).
Besuchen Sie die Autorin unter: www.tanja-kinkel.de

TANJA KINKEL

SCHLAF DER VERNUNFT

ROMAN

DROEMER

Besuchen Sie uns im Internet:
www.droemer.de

FSC
www.fsc.org
MIX
Papier aus verantwortungsvollen Quellen
FSC® C083411

Vollständige Taschenbuchausgabe Februar 2017
Droemer Taschenbuch

Ein Imprint der Verlagsgruppe
Droemer Knaur GmbH & Co. KG, München

Covergestaltung: ZERO Werbeagentur, München
Coverabbildung: © Harald Hauswald/OSTKREUZ
Satz: Adobe InDesign im Haus
Druck und Bindung: CPI books GmbH, Leck
ISBN 978-3-426-30506-5

2 4 5 3 1

1998 – Angelika

Der Brief lag auf ihrem Schreibtisch, zwischen Rechnungen und Werbung. Er lag dort seit zwei Tagen. Sie hatte den Absenderstempel sofort erkannt, obwohl es Jahre her war, seit sie Post aus einer Justizvollzugsanstalt erhalten hatte.

Damals hatte sie den betreffenden Brief ungeöffnet zerrissen und sich danach noch mehr verabscheut, weil sie die Papierfetzen wieder zusammensetzte und ihn doch noch las. Beantwortet hatte sie ihn nie.

Diesmal wusste sie, dass sie ihn nicht vernichten würde, aber der Teil von ihr, der selbst in einem bald dreißigjährigen Körper für immer acht Jahre alt war, hoffte, dass der Inhalt des Briefes nie wahr würde, wenn sie ihn nur lange genug ignorierte.

In der letzten Nacht hatte sie in der Gewissheit wachgelegen, dass er eine Todesnachricht enthielt. Ihr Versuch, logisch zu denken, hatte nichts genützt. Umsonst hatte sie sich gesagt, dass man sie in diesem Fall angerufen oder vielleicht sogar einen Polizeibeamten oder irgendwelche Verwaltungsleute bemüht hätte. Kaum hatte sie sich von dieser These überzeugt, protestierte ihr Verstand, dass sie sich zu wichtig nahm. Ihre Mutter zu wichtig nahm. In den frühen Achtzigern, als sie noch bei ihren Großeltern lebte und gelegentlich Spießruten zwischen Reportern lief, hätte man vielleicht angerufen, aber das war lange her. Wie benachrichtigten überhaupt Gefängnisverwaltungen die Angehörigen von Verbrechern, nach denen, anders als in ihrem Fall, nie ein Hahn gekräht hatte? Sie wusste es nicht.

Sie hatte ihrem Mann noch nichts von dem Brief erzählt. Er hätte darauf bestanden, dass sie ihn öffnete oder gleich vernichtete. Klare Entscheidungen, ohne Umschweife, keine Halbheiten, das war Justus, deswegen hatte sie ihn geheiratet. Aber es war nie etwas Klares an den Gefühlen gewesen, die sie für ihre Mutter empfand.

Ihre Mutter, die behauptet hatte, dass Kompromisse nichts als ein Zugeständnis an die Sklaverei seien.

»Deine Mutter mag fehlgeleitet sein, aber sie hat immer für ihre Überzeugungen eingestanden«, hatte ihre Patentante einmal zornig erklärt, als Angelika sich weigerte, für das Solidaritätskomitee, dem Renate vorstand, auch nur ein Geleitwort zu schreiben. »Und wofür stehst du?«

»Nicht für Mord.«

»Wer ist das tapferste Kind der Welt?«, fragte ihre Mutter in dem Sommer, als Angelika vier Jahre alt und die Erinnerungen noch golden waren. »Wer lernt heute schwimmen?«

»Ich, Mami, ich!«

Es war unbedingtes Vertrauen, mit dem sie ihrer Mutter in das Meer gefolgt war; sie hatte nicht einen Moment daran gezweifelt, dass ihre Mutter ihr nie etwas geschehen lassen würde, auch nicht durch das große Meer.

Auch vor siebzehn Jahren hatte sie einen solchen Umschlag bekommen. Man sah ihm an, dass er von einer Behörde stammte. Das amtliche Schreiben hatte ihr mitgeteilt, dass ihre Weihnachtspost von ihrer Mutter nicht angenommen worden sei und hiermit zurückgehe. Ohne Erklärung, ohne Nennung von Gründen. Damals war Angelika elf Jahre gewesen und nur zu bereit zu glauben, es müsse an der Gefängnisverwaltung liegen. Sie hatte den erhitzten Diskussionen zwischen den Großeltern und der Patentante gelauscht, heimlich, und war danach fest davon überzeugt gewesen, dass ihre Mutter von brutalen, gesichtslosen Bütteln daran gehindert wurde, ihr weiter zu schreiben, und in unmittelbarer Gefahr schwebte, im Gefängnis umgebracht zu werden. Gewiss konnte es keine andere Erklärung geben. Daraufhin hatte sie wochenlang Alpträume gehabt, bis der nächste Brief eintraf, in der Handschrift ihrer Mutter und an die Großeltern gerichtet. Darin stand etwas von »endgültigem Bruch mit den Ketten des kleinbürgerlichen Lebensstils« und »Weigerung, mich länger zu einer Sklavenmutter machen zu lassen, die durch ihr Sklavenkind von dem bestehenden Schweinesystem unter Druck gesetzt wird, ihre Genossen zu verraten«.

»Die Mami wird jetzt eine Zeitlang weggehen. Du musst schön brav sein. Wer ist mein tapferstes Mädchen von der Welt?«

»Ich, Mami, ich!« Waren das denn alles Lügen gewesen?

Danach hatte sie lange Zeit nichts von ihr gehört. Aber sie war alt genug geworden, um sich Informationen zu suchen. Vier Tote und ein Schwerverletzter, in weniger als drei Minuten. Das war es, was sich hinter den grobkörnigen Fotos ihrer Mutter in jeder Sparkasse, an jeder Litfaßsäule verborgen hatte, die ihre Großeltern ihr mit allen möglichen Geschichten zu erklären versucht hatten, als sie noch jünger gewesen war.

»Sie muss dazu gezwungen worden sein«, hatte ihr Großvater beharrt, ehe er in die Demenz abgeglitten war. »Von dem Rest der Gruppe. Sie war so ein liebes, gutes Mädchen. Hat immer nur das Beste gewollt.«

Er und die Großmutter hatten sich bis zum Schluss geweigert, ihre Tochter anders zu sehen. Das gute Mädchen, das freiwillig Sozialdienste leistete, nicht die Fremde, die sich weigerte, mit ihnen zu verkehren, und ganz bestimmt nicht »das Biest von Nürnberg«, wie die Presse sie nannte, Mitbeteiligte am Tod eines Staatssekretärs des Justizministeriums, des Fahrers und zweier seiner Leibwächter, mitverantwortlich an den schweren Verletzungen des dritten Leibwächters, die diesen über Monate im Koma hielten.

Nun waren die Großeltern tot. Die Geburt von Angelikas Zwillingen hatte nur noch die Großmutter bewusst erlebt, aber die Jungen konnten sich nicht mehr an sie erinnern und kannten die Urgroßeltern nur von den Familienfotos. Von Angelikas Mutter wussten sie nichts. Gar nichts. Es war eine gemeinsame Entscheidung der Eheleute gewesen. Oder, besser gesagt, ein Vorschlag von Justus, dem Angelika sofort gefolgt war. Die Vorstellung, dass die Jungen ihre eigene Kindheit wiederholen sollten, war ihr unerträglich gewesen. Inzwischen gingen die Zwillinge in die Schule, aber wie von Justus prophezeit, stellte niemand die Verbindung zwischen ihnen und dem her, was er beschönigend als »die alten Geschichten aus den Siebzigern« nannte. Justus hatte zu den Menschen gehört, denen der Name »Martina Müller« zunächst nichts sagte, als Angelika ihm die Gegebenheiten gestand. Dabei hatte die Geschichte ihrer Mutter, das war ihr klar, den Reiz ihrer Beziehung erhöht, genau wie der Umstand, dass Justus in fast allem den Idealen ihrer Mutter hundertprozentig widersprach: Er war ein Zahnarzt, der CSU wählte und aus der Großstadt Nürnberg nach Bamberg in eine Kleinstadt gezogen war.

Sie hatte der Mutter dennoch ihre Verlobungsanzeige geschickt, nicht, weil sie eine Antwort erwartete, sondern weil sie wusste, dass bereits die bürgerliche Sitte einer Verlobungsanzeige ihrer Mutter alles über Justus sagen würde, was nötig war. Und doch war genau diese Anzeige der Anlass für ihre Mutter gewesen, ihr Schweigen zu brechen und wieder auf ihre etwas eigenwillige Art in Verbindung mit Angelika zu treten: über Zeichnungen. Sie hatte ihr ein paar als Hochzeitsgeschenk geschickt. Zeichnungen wie diejenigen, die sie einst für die kleine Angelika gemacht hatte. Martina Müller war Kunststudentin gewesen, als sie zur neu gegründeten Hochschule für Fernsehen und Film in München ging. Selbst als sie schon längst an Demonstrationen teilnahm, hatte sie immer noch Comics geliebt und für ihre kleine Tochter deren Lieblingsfiguren an die Wand des Kinderzimmers gemalt.

Die Zeichnungen rissen für Angelika unerwartet die Barriere nieder, die sie zwischen den Erinnerungen an ihre frühe Kindheit und der Frau in der Zelle errichtet hatte, und machten ihren Versuch zunichte, diese als zwei verschiedene Personen zu sehen. Sie schrieb ihr. Sie machte auch zwei Besuche. Aber sie war kein Kind mehr. Sie kam mit Fragen, die nicht beantwortet wurden, und Vorwürfen, gegen die sich ihre Mutter mit Parolen verteidigte, als sei Angelika eine Journalistin. Nachdem die Zwillinge geboren worden waren, beschloss sie, einen Schlussstrich zu ziehen. Nun war sie selbst Mutter, und sie konnte noch weniger als vorher verstehen, was Martina getan hatte.

Unwillkürlich stellte sie sich vor, die Zwillinge würden jeden Kontakt zu ihr abbrechen. Doch das wäre etwas anderes, schließlich hatte Martina sie zuerst verlassen. Sie, Angelika, würde ihre Söhne nie im Stich lassen. Und bestimmt nicht, um Kaufhäuser anzustecken, Autobomben zu legen und Menschen umzubringen. Ihre Söhne würden nie einen Grund haben …

Die Großeltern hatten nie aufgegeben. Trotz des Getuschels unter den Nachbarn und der Zeitungsartikel, die mehr oder weniger deutlich fragten, was denn bei der Erziehung der Martina M. schiefgelaufen war. Trotz der Jahre ohne Briefe und Anrufe, sie hatten nie aufgegeben.

Zum Glück war jetzt auch nur der eine Brief gekommen. Wenn sie ihn weiter ungeöffnet ließ, räumte sie ihm nur noch mehr Bedeutung ein, weil sie nicht aufhören würde, sich die verschiedensten Möglichkeiten seines Inhalts vor-

zustellen. Sie würde ihn lesen und damit dem Spuk ein Ende bereiten. Ob sie ihn beantwortete, würde davon abhängen, was drinstand.
Es war keine Todesnachricht. Ganz gewiss war es keine Todesnachricht. Sie musste den Brief schon deswegen öffnen, um diesem albernen Gedanken ein Ende zu setzen.
Nachdem sie den Brief geöffnet hatte, fiel ihr als Erstes auf, dass es sich um einen Computerausdruck handelte. Also nicht von ihrer Mutter, die ihre Nachrichten grundsätzlich per Hand verfasste, auch nachdem ihr Zugang zu einer Schreibmaschine gewährt worden war. Auch nicht von der Anstaltsleitung, obwohl der Umschlag den Stempel der bayerischen Anstalt trug, in die ihre Mutter vor Jahren aus Stammheim verlegt worden war. Der Briefkopf war ihr ebenfalls unbekannt. Ein Pastor hatte ihr geschrieben. Kälte erfasste sie, und nun war sie überzeugt, dass ihre Mutter tot war. Luft kämpfte sich aus ihrem Mund, etwas, das weder ein Seufzen noch ein Aufatmen war, sondern ein Herauspressen von allem, was sich in ihr über die Jahre aufgestaut hatte.
Lies, befahl sie sich. Das wenigstens schuldest du ihr. Lies den Brief.
»Sehr geehrte Frau Limacher, ich schreibe Ihnen aus eigenem Antrieb und ohne Wissen Ihrer Mutter, die vor kurzem die Nachricht erhalten hat, dass ihre Begnadigung durch den Bundespräsidenten Herzog unmittelbar …«
Die Schrift tanzte vor ihren Augen. Begnadigung. Ihre Mutter würde freigelassen werden.

* * *

Alex erhielt die Nachricht per E-Mail; eine seiner Quellen im Präsidialamt berichtete ihm, dass eine Begnadigung von Martina Müller in wenigen Wochen bevorstand. Als er die

E-Mail gelesen hatte, schaffte er es gerade noch zur Toilette im Flur, ehe er sich übergab.

Dabei kam diese Nachricht nicht unerwartet. Die Presse hatte mehrfach spekuliert, dass der Bundespräsident sich nach dem von Außenminister Kinkel erreichten Gewaltverzicht der RAF mit Begnadigungen beschäftige. Die Müller hatte fast zwanzig Jahre hinter sich, und zu lebenslang verurteilte Mörder wurden meist nach fünfzehn Jahren entlassen, sofern sie nicht mehr als eine Gefahr für die Gesellschaft eingestuft wurden. Martina Müller wäre auch nicht die erste Terroristin, die man vorzeitig entließ. Seit Verena Becker 1989 begnadigt worden war, hatte es im letzten Jahrzehnt noch weitere Fälle gegeben. Ja, er hatte mit dieser Möglichkeit schon eine Weile gelebt, aber dennoch gehofft, dass es nicht so weit kommen würde. Nicht Martina Müller, nicht Sybille Helmstedt, und nicht Herbert Malzer. Wie oft war er gefragt worden, ob er wissen wolle, wer seinen Vater umgebracht hatte, und er hatte fast immer geantwortet, nein, das bringe ihm seinen Vater nicht zurück und könne nicht helfen, das Geschehene besser zu verarbeiten. Aber das war gelogen. Es war für ihn keine juristische Frage, wer schuld am Tod seines Vaters war, es war eine moralische. Alle Beteiligten hatten das gleiche mörderische Engagement entfaltet und waren dafür bestraft worden. Aber er wollte, dass der Schütze Reue zeigte. Von Martina Müller oder Herbert Malzer. Nur der Einzelne war in der Lage, für seine Taten Verantwortung zu übernehmen, und solange das nicht geschah, konnte er auch keinem aus der Gruppe verzeihen.

Von Berlin nach Nürnberg gab es eine direkte ICE-Verbindung. Er konnte sich nicht vorstellen, seiner Mutter diese Nachricht per Telefon zu übermitteln, und sie musste es von ihm erfahren, nicht von einem Fremden. Flüchtig zog er einen Flug in Erwägung, aber bei den üblichen Staus auf der

Fahrt von und zu den jeweiligen Flughäfen käme es fast auf die gleiche Zeit hinaus.

Seine Chefin nahm ihm die Geschichte von dem plötzlichen familiären Gesundheitsproblem zum Glück ab. Er war als Reporter gut genug, um einen gewissen Handlungsspielraum zu haben, doch wenn er ihr die Wahrheit gesagt hätte, dann hätte er die Story bereits in der Nachtausgabe wiedergefunden. Nicht als Schlagzeile der ersten Seite, das waren die Überbleibsel der RAF nicht mehr wert. Aber doch in prominenter Position, und wahrscheinlich hätte das Fernsehen nach Auslieferung der ersten Ausgabe einen eigenen Bericht gesendet. Diese Möglichkeit bestand immer noch. Er war nicht der einzige Journalist mit Quellen.

Wenigstens würde niemand auf die Idee kommen, ein Kamerateam zu seiner Mutter zu schicken. Wenn man an die Opfernamen der RAF-Terroristen dachte, fielen den Leuten die der Politiker und Wirtschaftsbosse wie Schleyer, Rohwedder und Ponto ein. Nicht die der Fahrer, Personenschützer und Polizisten.

Sein Vater war froh gewesen, so froh, als er damals als Hauptfahrer für den Staatssekretär abgestellt worden war. Nicht nur, weil er so mehr in Deutschland herumkam. Er liebte Autos, und wenn es für einen Mann wie ihn unmöglich war, sich je selbst eines der Modelle aus Stuttgart mit acht Zylindern zu leisten, so konnte er sie nun fahren, warten und sogar, ehe die Vorschriften verschärft wurden, gelegentlich seine Frau und seinen kleinen Sohn mitnehmen, wenn er als Kurier eingesetzt war. Alex konnte sich noch gut daran erinnern, wie sie alle drei im Mercedes 450 SE gesessen hatten, als sein Vater den Auftrag hatte, eine vergessene Akte in Bonn zu holen.

»Und jetzt wirst du sehen, was der Achtzylinder auf einer Strecke ohne Geschwindigkeitsbegrenzung kann, Alex«, hatte sein Vater fröhlich erklärt.

»Nein, Sascha, bitte nicht«, hatte seine Mutter protestiert, während Alex begeistert ja geschrien hatte.
»Lieber Gott, bitte schick uns einen Stau«, hatte sie erklärt.
»Irene, du weißt doch, dass ich vorsichtig fahre. Immer. Und gerade mit dem Buben.«
Sein Vater war kein überschwenglicher Mann gewesen, kein Mann leidenschaftlicher Erklärungen, aber ein Mann, der auch noch nach einem langen Arbeitstag bis weit über Mitternacht in der Küche saß, um den Plattenspieler seines Sohnes zu reparieren. Ein Mann, der den langen Weg von Hamburg nach Nürnberg fuhr, um wie versprochen dabei zu sein, wenn sein Sohn zum ersten Mal in der Fußballmannschaft der Schule bei einem Turnier spielen durfte.
Ein Mann, der von vierundzwanzig Projektilen getroffen worden war. In dem Bekennerschreiben der RAF fiel er unter die Rubrik »Späne.«
»Wo gehobelt wird, da fallen Späne.«
Vonseiten des Staats hatte es Beileidsbekundungen gegeben, gewiss. Aber danach kam nichts mehr. Seine Mutter und er blieben mit ihrem Kummer auf sich gestellt. Selbst wenn das Konzept einer Therapie ihnen nicht völlig fremd gewesen wäre, hätten sie es sich auch nicht leisten können, einen Therapeuten zu besuchen. Sie mussten mit ihren Alpträumen alleine fertig werden. Sein Vater war versichert gewesen, aber noch jung; die Rente reichte kaum. Seine Mutter hatte schließlich Glück gehabt, eine Stelle als Verkäuferin in einer Parfümerie zu bekommen. Zu Beginn besuchten sie hin und wieder die Familie des Staatssekretärs, die immer mehr über die Ermittlungen wusste, aber das half nicht wirklich. Statt sie miteinander zu verbinden, bewirkten die Besuche nur, dass sich ihre Wunden jedes Mal etwas weiter öffneten. Alex und der damals schon fast erwachsene Sohn von Staatssekretär Werder hatten einander nur angestarrt und nicht gewusst, was sie reden sollten. Seine Mutter wur-

de von Mal zu Mal bitterer und erklärte bei dem letzten Besuch, ihrem Mann wäre nie etwas geschehen, wenn er nicht ausgerechnet den Staatssekretär des Justizministeriums gefahren hätte. Das wiederum konnte Frau Werder ihr nicht verzeihen. Danach hatte es keine Treffen mehr gegeben.

Er verbrachte die Fahrt im Zug damit, sich Notizen für einen Artikel zu machen, den er nie schreiben würde. Es war einfacher, als nach Worten zu suchen, die seiner Mutter helfen würden, wenn sie erfuhr, dass einer der drei verurteilten Mörder ihr demnächst auf der Straße begegnen könnte.

Als sie Martina Müller und Herbert Malzer gefasst hatten und die Staatsanwaltschaft die Verbindung zwischen ihnen und dem Attentat auf Staatssekretär Werder herstellen konnte, war er noch naiv genug gewesen, um zu glauben, dass dadurch Gerechtigkeit erreicht werden konnte. Dabei war die dritte Beteiligte, Sybille Helmstedt, immer noch flüchtig, und von weiteren Mittätern war nie die Rede gewesen. Aber weder die Müller noch Malzer legten je Geständnisse ab. Sie wurden nach der Indizienlage verurteilt und zeigten niemals auch nur einen Hauch von Reue über ihre Tat. Wenn sie sich äußerten, dann nur darüber, wie der »Schweinestaat« sie misshandelte und sich als faschistisch entlarve. Wenigstens wurden sie angemessen verurteilt. Er hatte damals fast inbrünstig gehofft, dass all die Vorwürfe über Isolationsfolter und vorgetäuschte Selbstmorde wahr wären, und den Fehler gemacht, das in Hörweite eines Lehrers auszusprechen. Es hatte ihm einen langen Vortrag über Lynchjustiz und Rechtsverständnis sowie die Nutzlosigkeit von Rache eingebracht. Vor allem aber hatte er daraus gelernt, wie unbequem und unangenehm es den Leuten war, wenn man sich als Familienangehöriger eines Mordopfers nicht nur den Kopf tätscheln ließ und schweigend Floskeln anhörte, sondern Forderungen nach angemessener Vergeltung stellte.

Die Müller und der Malzer wurden zu viermal lebenslänglich Zuchthaus verurteilt und machten nur noch von sich reden, als sie sich an dem von Brigitte Mohnhaupt 1984 initiierten Hungerstreik beteiligten. Gott sei Dank brachte das für keinen der RAF-Terroristen Resultate. Danach hörte er nichts mehr von ihnen. Er war erwachsen geworden, und obwohl er manchmal immer noch in der Überzeugung aufwachte, sein Vater sei am Leben, und er ihn in der Sekunde der Bewusstwerdung jedes Mal aufs Neue verlor, wurde es leichter. Er konnte mit seiner Mutter über schöne Erlebnisse mit dem Vater sprechen, und beide lachten, statt zu weinen. Er konnte sich in einer Existenz ohne Vater einrichten.

Dann fiel die Mauer, und kein Jahr später kam heraus, dass Sybille Helmstedt mit neun weiteren RAF-Terroristen in der DDR untergekommen war und seit Jahren eine normale Bürgerexistenz führte. Als Lehrerin, mit Mann und Kind.

»Aber jetzt kommt sie doch ins Gefängnis?«, hatte seine Mutter gefragt, und Alex hatte ihr erklären müssen, dass Sybille Helmstedt zwar eine Gefängnisstrafe erwarte, aber nur ein paar Jahre, da sie die neu eingeführte Kronzeugenregelung für sich in Anspruch nahm.

Sybille Helmstedt hatte Informationen geliefert, zu mehreren Attentaten. Aber weil sie sich nicht selbst belasten musste, sagt sie nichts Konkretes zu dem Attentat auf Staatssekretär Werder. So wussten sie über die letzten Lebensminuten seines Vaters auch heute noch nur das, was Polizei und die Staatsanwaltschaft rekonstruiert hatten. Spätestens im nächsten Jahr würde die Helmstedt ebenfalls freikommen. Sich darauf vorzubereiten war schon schlimm genug gewesen. Aber Martina Müller? Die Helmstedt tat wenigstens so, als ob sie so etwas wie Bedauern für die Taten der RAF empfand. Die Müller dagegen tat das nicht.

Er stellte sich Martina Müller immer noch als die junge Frau auf den Fahndungsfotos vor. Natürlich würde sie inzwischen anders aussehen. Aber das machte alles noch schlimmer. Sich bei jeder unbekannten Frau Ende vierzig zu fragen, ob sie möglicherweise die Mörderin seines Vaters war – was für ein Leben sollte das sein? Martina Müller würde bei der Lebenserwartung von Frauen noch Jahrzehnte in Freiheit vor sich haben. War das gerecht?

Es musste sich herausfinden lassen, wie sie heute aussah und wo sie leben würde. Und dann würde er sie zur Rede stellen. Er hatte keine kindischen Rachephantasien mehr, redete er sich ein. Aber er wollte die Wahrheit wissen. Über den Tod seines Vaters, wer von den bekannten drei Beteiligten was getan hatte und ob es noch weitere Täter gab. Und, noch wichtiger: Warum das alles? Aus reiner Menschenfreundlichkeit hatte das Ministerium für Staatssicherheit der DDR Sybille Helmstedt und ihren Freunden bestimmt nicht Unterschlupf gewährt. Die Verbindung musste schon länger bestanden haben, aber offiziell hatte man in der BRD nie davon gewusst.

Wenn der Tod von Staatssekretär Werder nicht nur von einem Haufen mörderischer Wirrköpfe geplant und ausgeführt worden war, wenn es irgendwo noch jemanden gab, der Werders Tod gewollt hatte und der immer noch frei herumlief, wusste Martina Müller das. Da war er sicher.

Er musste nur eine Methode finden, um ihr die Wahrheit zu entlocken.

* * *

Angelikas Großeltern waren beide gläubige Protestanten gewesen. Der Großvater hatte in seiner Jugend sogar mit dem Gedanken gespielt, Geistlicher zu werden, aber sich dann für die Lehrerlaufbahn entschieden, weil die Berufung zum Pastor nicht stark genug gewesen war. Ihre Mutter war vor dem Studium in der evangelischen Jugend tätig gewesen. Bei Angelika lagen die Dinge völlig anders. In ihrer frühen

Kindheit hatte Martina die Religion mit Ingrimm hinter sich gelassen, und ihr Vater war angeblich nie religiös gewesen. Später, als Angelika bei den Großeltern lebte, machte sie Tischgebete mit und ließ sich konfirmieren. Seit sie aber ab zwölf alle Zeitungsartikel über ihre Mutter gelesen hatte, wunderte sie sich nicht mehr, dass ihre Großeltern sie nie gedrängt hatten, sich in den Jugendgruppen der Gemeinde zu betätigen. Schließlich spekulierten viele Reporter, ob das frühe soziale Engagement ihrer Mutter eine Vorbereitung für Terrorismus gewesen war.

Sie hegte keinen Groll gegen die Kirche. Aber sie verspürte auch nicht das Bedürfnis, den Glauben zu suchen. Seit ihrer Konfirmation hatte sie nicht mehr mit einem Pastor gesprochen, und Justus und sie waren nur standesamtlich verheiratet.

Der Gefängnisgeistliche, der sie mit dem so erschreckenden Brief um einen Anruf gebeten hatte, klang am Telefon jünger, als sie erwartet hatte. Fast, als sei er in ihrem Alter.

»Gerade bei einem Fall wie dem Ihrer Mutter ist es wichtig, dass sie in der Welt dort draußen nicht allein gelassen wird«, sagte er.

»Die Gefahr besteht kaum«, entgegnete Angelika ungewollt scharf. »Schließlich gibt es ein Solidaritätskomitee.«

Wenigstens nahm sie an, dass es immer noch existierte. Auch mit Renate hatte sie längere Zeit nicht gesprochen, was jedoch nicht nur an ihrer Uneinigkeit über ihre Mutter lag, sondern auch daran, dass Renate Huber inzwischen Bundestagsabgeordnete bei den Grünen war und nie einen Hehl daraus machte, dass sie von Angelikas berufslosem Zustand nach dem dritten Babyjahr genauso wenig hielt wie von ihrer Parteilosigkeit.

»Frau Limacher, das meine ich nicht«, erwiderte der Pastor.

»Ich weiß, was Sie meinen. Aber meine Mutter und ich haben keine Beziehung. Wir haben keine mehr gehabt, seit sie … seit vielen Jahren nicht mehr. Wir sind einander fremd. Ich weiß nicht, was Sie sich da vorstellen.«

»Ich stelle mir vor«, sagte er und klang wie ein junger Referendar, dessen Enthusiasmus dafür, mit seinen Schülern die Welt zu retten, noch ungebrochen war, »dass Ihre Mutter viele Jahre in einer Welt gelebt hat, in der sie sich an ein ›Wir gegen die‹ klammern konnte. Sie wird in eine Welt zurückkehren, in der viele Menschen in ihr ein Ungeheuer, ein Monster und eine winzige Minderheit eine gemarterte Heldin sehen. Was für sie schädlicher sein kann, weiß ich nicht. Aber ich weiß, dass jemand, der in ihr weder das eine noch das andere sieht, eine immense Hilfe wäre, Frau Limacher. Nähern Sie sich Ihrer Mutter wieder an.«

Er sprach von Annäherung, doch was er wirklich von ihr wollte, davon war Angelika überzeugt, war Vergebung. Das war es, was jeder Verteidiger ihrer Mutter von ihr gefordert hatte.

»Ich war nie besonders religiös«, gab sie schärfer als beabsichtigt zurück. Seine junglehrerhafte Art erschien ihr anmaßend. »Aber ich weiß noch, dass Sünden nicht vergeben werden können, wenn sie nicht vorher bereut werden. Oder haben Sie das in Ihrem Seminar anders gelernt?«

Er räusperte sich. Durch das Telefon spürte sie, wie er errötete.

»Ich versuche, auf den individuellen Menschen einzugehen. Wir drücken unsere Reue manchmal sehr unterschiedlich aus. Ganz ehrlich, ich habe hier schon mit Gefangenen zu tun gehabt, die ihre Kinder gleich nach der Geburt die Toilette hinuntergespült haben. Es ist alles andere als leicht, da Verständnis und Mitgefühl aufzubringen, aber wenn ich es nicht versuche, habe ich meinen Beruf verfehlt. Jeder Mensch ist von den jeweiligen seelischen, geistigen und sozialen Umständen abhängig, in denen er lebt. Das gilt und galt auch für Ihre Mutter.«

»Egal, was das für Umstände waren, sie entschuldigen nicht, dass man zur Terroristin, zur Mörderin wird«, sagte Angelika ein wenig besänftigt, doch immer noch auf der Hut davor, sich auf eine Verharmlosung einzulassen, wie Renate sie praktizierte.
»Um Entschuldigungen geht es auch nicht. Worauf ich hinaus will, ist die Art von Begreifen, die Veränderung bewirken könnte. Jeder Mensch kann irren. Wirklich schlecht ist jemand nur, wenn er das, was er tut, während er es tut, für schlecht hält«, erwiderte der Pastor. »Es wäre schön, von sich behaupten zu können, dass man selbst so einen Weg nie gegangen wäre, egal unter welchen Umständen. Aber wenn junge Menschen ein Feindbild finden und sich von allen anderen Meinungen isolieren und sich ständig in ihrer Ideologie bestätigen, ist es schwer, sich diesem Sog zu entziehen. Daher weiß ich nicht, wie viele von uns mit gutem Gewissen sagen können, dass sie in einer ähnlichen Situation nicht mitgemacht hätten, ohne sich etwas vorzumachen. Damit wir uns richtig verstehen, Frau Limacher, ich will nichts entschuldigen. Was getan wurde, muss von Ihrer Mutter und deren Gruppe verantwortet werden. Aber nicht von der nächsten Generation«, fügte er leiser hinzu, und Angelika wusste, dass er damit auf das ungeheure Schamgefühl anspielte, das sie seit frühester Kindheit plagte und das er zu Recht bei ihr vermutete.
Sie wollte ihm zuerst an den Kopf werfen, dass er nicht die geringste Ahnung hatte, was sie für ihre Mutter empfand. Sie wollte fragen, wodurch ihre Mutter Hilfe verdient hatte. Aber sie sagte nichts dergleichen. Nach einer Weile fragte sie: »Hat sie gesagt, dass sie mich sehen möchte?«
»Ihr Porträt hängt in der Zelle, Frau Limacher. Mehrere Porträts, um genauer zu sein. Alle von Ihrer Mutter gezeichnet.«
Von mir als Kind, dachte Angelika. *Aber das Kind, das sie gebraucht hat, bin ich nicht mehr.*

Dieses Kind wäre erleichtert und glücklich darüber gewesen, dass seine Mutter es nicht vergessen hatte und Bilder von ihm zeichnete. Die erwachsene Frau wusste aber, dass mehrere Portraits von Holger Meins daneben hingen, dem Mann, der ihrer Mutter wichtiger als ihre Tochter gewesen war.

»Es wundert mich, dass sie mit Ihnen spricht«, entgegnete Angelika, um sich nicht manipulieren zu lassen. »Statt Sie als Vertreter des Systems abzulehnen. Oder hat sie ihre Meinung geändert?«

Es sollte eigentlich eine rhetorische, bittere Frage sein. Aber noch während sie sprach, kroch in ihr etwas hoch, das sich verdächtig wie Hoffnung anfühlte. Was, wenn ihre Mutter sich wirklich geändert hatte? Nicht nur in ihrer Meinung über Pastoren, nein, in ihrer Einstellung zu ihren Taten? Was, wenn das eingetreten war, worauf die Großeltern zeit ihres Lebens gehofft hatten, und Martina wieder zu derjenigen geworden war, an die sie sich hatten erinnern wollen?

»Sagen wir es so: Sie lässt sich auf Streitgespräche mit mir ein.«

Natürlich. Es war idiotisch gewesen, auf mehr zu hoffen.

»Frau Limacher, ich *bin* ein Vertreter des Systems. Der Kirche, und als Gefangenenseelsorger natürlich auch Mitglied der Gefängnisleitung. Sie müssen sich jedoch vorstellen, wie es ist, über viele Jahre niemanden zu haben, der einem zuhört. Jeder Mensch braucht jemanden, der ihm zuhört, egal wie groß die Bereitschaft zur Isolierung gegenüber den Mitgefangenen ist. Keiner hält das durch, obwohl man sich für diese Kollaboration mit dem Feind am liebsten geißeln möchte. Aber Sie sind Frau Müllers Tochter. Und sie wird nichts anderes in Ihnen sehen als eine Angehörige, wenn Sie bereit sind, nach ihrer Freilassung Zeit mit ihr zu verbringen.«

Angelika dachte an ihre Söhne. Sie wäre immer für sie da, egal, welchen Kummer sie ihr machen würden. War das hier etwas anderes? Ganz gleich, was geschah, sie würde den Jungen erklären müssen, was es mit ihrer unbekannten Großmutter auf sich hatte. Denn Angelika machte sich keine Illusionen: Früher oder später würden die Medien erfahren, dass ein Mitglied der RAF freigelassen wurde. Und auf dem Schulhof gab es keine Rücksichtnahme.

»Das sind alles Lügen«, behauptete Renate Huber in ihrer Erinnerung. »Und Missverständnisse. Deine Mami wollte den Menschen immer nur helfen, sie gegen das Unrecht anderer verteidigen. Es gibt auch eine ungeheure Solidarität für sie und ihre Freunde. Sie hat vielleicht manchmal ein paar falsche Entscheidungen getroffen. Aber du wirst sehen, bald ist sie wieder da, und alles wird ins Reine kommen. Höre nicht auf das, was die anderen in der Schule sagen. Du brauchst dich für nichts zu schämen.«

Lügen. Daran hatte sie sich lange geklammert. Die Wahrheit hatte sie, als sie sie verstehen konnte, umso härter getroffen. Aber sie würde ihre Jungen nie anlügen, sie würde ihnen alles sagen und es nicht so hinstellen, als sei Martina Mitglied einer modernen Version der Robin-Hood-Gruppe gewesen. Wahrscheinlich hatte Renate es damals gut gemeint, aber es hatte alles nur noch schlimmer gemacht.

Sie versuchte, sich ihre Mutter und ihre Söhne im gleichen Raum vorzustellen, und scheiterte.

»Da ist noch etwas«, unterbrach der Pastor ihren Gedankengang. »Der Tod von Staatssekretär Werder, seiner Leibwächter und des Chauffeurs. Weder Ihre Mutter noch die übrigen Täter haben sich je dazu geäußert, bis auf das Bekennerschreiben ihres Kommandos natürlich. Ich glaube, es würde den Angehörigen Frieden verschaffen, wenn ein Gruppenmitglied das jetzt täte.«

Das Attentat war nicht das einzige Verbrechen gewesen, für

das ihre Mutter verurteilt worden war. Sie verstand nicht, warum er gerade dieses nannte, aber das Prinzip, auf das er hinauswollte, begriff sie sehr wohl.

»Dazu müsste meine Mutter ihre Taten bereuen. Glauben Sie, dass sie dazu fähig ist? Und sagen Sie nicht wieder, ich sei ihre Tochter. Wir sind uns fremd. Sie sind derjenige, der sie in den letzten Jahren erlebt hat.«

»Um das herauszufinden, müssen Sie mit Ihrer Mutter sprechen«, entgegnete er, und Angelika war versucht, den Telefonhörer gegen die Wand zu werfen. Wie konnte sie jetzt noch ablehnen, einen Versuch zu machen? Sie war nie einem der Opferangehörigen begegnet, natürlich nicht. Aber sie hatte die Fotos in den Zeitungen und in den Fernsehnachrichten gesehen, noch zu einer Zeit, als sie sich an die Worte ihrer Patentante geklammert hatte, alle Beschuldigungen seien Lügen.

Du brauchst nur eine Entschuldigung, wisperte eine höhnische Stimme in ihr. *Du brauchst nur eine Entschuldigung, um wieder um die Zuneigung deiner Mutter zu betteln. Wie alt bist du?*

* * *

»Aber was hat sie getan, um begnadigt zu werden?«, fragte seine Mutter hilflos. »Ich verstehe das nicht.«

»Politik«, entgegnete Alex und stellte fest, dass es immer noch größere Grade an Bitterkeit gab, die man in ein Wort legen konnte, als man dachte. »Ich nehme an, das ist einer der Kompromisse dafür, dass die Bande sich vor ein paar Wochen endlich für aufgelöst erklärt hat.«

»Aber …«, begann seine Mutter, unterbrach sich und verstummte. Ihr Gesicht war aschgrau, man sah jede einzelne Falte. Dabei konnte er sich noch gut an eine Zeit erinnern, als ihr niemand geglaubt hatte, dass sie schon einen so gro-

ßen Sohn hatte, weil sie stets so jung gewirkt hatte wie ein etwas zu groß geratenes Schulmädchen.
Er roch nun immer den Melissengeist in ihrem Atem. Nach dem Tod seines Vaters waren die Weinkrämpfe und Alpträume so schlimm geworden, dass die Ärzte ihr Pillen verschrieben hatten, die ihr eine lethargische Gleichmut verschafften, sie aber abhängig machten. Schließlich schaffte sie es, aus dieser Abhängigkeit auszubrechen, aber seither trank sie Klosterfrau Melissengeist, denn das war Medizin, kein Alkohol. Ihr Mund war davon ständig rissig und aufgesprungen.
»Wo?«, fragte seine Mutter tonlos. »Wo wird sie hingehen?«
Er wusste, wovor sie Angst hatte: der Frau auf der Straße zu begegnen, ihr und in ein, zwei Jahren ihren Komplizen, ohne es zu wissen. Das war auch bis zu ihrem Tod die Angst seiner Großmutter gewesen, deren Lebenswille aber schon die erste heftige Grippe nach dem Tod ihres Sohnes nicht mehr überstanden hatte. Seine Mutter hatte immer noch einen Aushilfsjob in der Parfümerie, inzwischen weniger des Geldes wegen, sondern weil er ihr etwas zu tun gab und sie Freunde unter den Kollegen hatte. Und nun konnte es sehr wohl sein, dass eines Tages eine Kundin Martina Müller sein würde. Die Mörderin seines Vaters würde möglicherweise völlig unbedarft das Geschäft betreten, denn er bezweifelte, dass sie sich an den Namen des Fahrers und der Personenschützer erinnerte, geschweige denn wusste, dass diese Familienangehörige gehabt hatten, die nun unterbezahlten Hilfstätigkeiten nachgehen mussten.
»Ich werde es herausfinden«, sagte er. Inzwischen war ihm eine Fährte eingefallen, der zu folgen mit hoher Wahrscheinlichkeit zum Ziel führen würde. Die Bundestagsabgeordnete Renate Huber war mit der Müller befreundet gewesen, ehe diese sich radikalisiert hatte, und noch ein gutes Stück länger. Die Polizei hatte der Huber allerdings nie Beteili-

gungen an illegalen Handlungen nachweisen können, und so war es auch nie zu einer Anklage wegen linksradikalen Aktivitäten gekommen. Sie hatte sogar einem »Solidaritätskomitee für Martina Müller« vorgestanden, das Mitte der Achtziger während eines RAF-Hungerstreiks gegründet worden war. Inzwischen war sie jedoch sehr respektabel und hatte laut Berliner Klatsch Ambitionen, Ministerin zu werden, sollte Rot-Grün die Wahl gewinnen. Also würde sie die öffentliche Meinung nicht mehr mit dieser alten Freundschaft zu einer RAF-Terroristin strapazieren wollen. Aber er würde darauf wetten, dass sie genau wusste, wann die Müller entlassen wurde und wo sie sich dann aufhalten würde, ob sie nun noch immer mit ihr in freundschaftlichem Kontakt stand oder nicht. Schon aus Eigeninteresse, jeder Politiker mit langfristigen Zielen behielt potenzielle Zeitbomben für die Karriere im Auge, und das war Martina Müller für die Huber bestimmt.

Renate Huber hatte ihr Abgeordnetenbüro in Berlin, und es fiel ihm nicht weiter schwer, kurzfristig einen Termin zu bekommen. Er verbrachte den Abend mit seiner Mutter, doch die Sprachlosigkeit zwischen ihnen war fast unerträglich. Über den Vater zu reden, war von neuem zu einer offenen Wunde geworden, und seine Versuche, sie durch Geschichten aus seinem Alltag abzulenken, verliefen im Sand, weil er sich nicht darauf konzentrieren konnte. Hin und wieder verschwand sie in der Küche. Am liebsten hätte er ihr gesagt, sie könne ihren Melissengeist auch vor ihm trinken, aber das brachte er nicht über sich. Sie hing an der Illusion, dass er nichts über ihre Abhängigkeit wusste.

Nachdem sie zu Bett gegangen war, nahm er den Nachtzug nach Berlin. Schlafen kam für ihn aber nicht in Frage. Renate Huber, dachte er. Jurastudentin, als sie die Filmstudentin Martina Müller kennenlernte. Im Gegensatz zur Müller brach Renate Huber ihr Studium nicht ab, doch sie gingen

zeitgleich nach Hamburg, wo beide Mitglieder im Komitee gegen Folter wurden. Dort war die Müller allem Anschein nach für die RAF rekrutiert worden und irgendwann untergetaucht. Renate Huber beendete dagegen ihr Studium in Hamburg, wo sie auch später als Anwältin innerhalb verschiedener sozialistischer Anwaltskollektive die Verfahren der Außerparlamentarischen Opposition betreute, ehe sie nach Berlin umzog und sich den Grünen anschloss. Sie war bis dahin immer eine offene Sympathisantin der linken Bewegungen gewesen und wurde polizeilich überwacht, aber man hatte nie Beweise für eine aktive Mitgliedschaft gefunden, weder hatte sie verdeckte Wohnungen angemietet, noch Autos geklaut, noch hatte man ihre Fingerabdrücke irgendwo entdeckt, wo sie nicht hätten sein sollen.
Er konnte sich aber nicht vorstellen, dass sie sich tatsächlich so abseits von allen illegalen Aktivitäten gehalten hatte, wenn sie so eng mit Martina Müller befreundet gewesen war. Aber offenbar hatte sie ihre Spuren gut genug verwischt, um den polizeilichen Überprüfungen standzuhalten. Dabei wurde sie später auch verdächtigt, als Anwältin Kassiber von inhaftierten RAF-Terroristen nach draußen geschmuggelt zu haben. Aber unter diesem Verdacht standen auch die Abgeordneten Schily und Ströbele. Nur mit ein paar Anschuldigungen würde er die Huber nicht überrumpeln können. Aber wenn sie so kurzfristig Interviews gab, war sie auf gute Presse aus, und das verschaffte ihm Spielraum.
Es war leichter, sich Strategien für den Umgang mit Renate Huber zu überlegen, als an seine Eltern zu denken. An das völlige Unvermögen, etwas zu sagen, was seiner Mutter half. An den Vater, wie er ihm aus einem Bilderbuch vorlas und geduldig die unsinnigsten Fragen beantwortete.
»Warum hat der Hase oben nur einen Zahn und unten zwei, Papa?«

»Hm, weil er seine Zähne nicht geputzt hat. Früher, da hat er nämlich mehr gehabt. Und nun lass mal deine sehen, mein Junge!«

Er versuchte, sich seinen Vater lebend vorzustellen, als Mann im Ruhestand, immer noch leidenschaftlich an Autos interessiert, vielleicht sogar ständig auf Reisen mit der Mutter, nun, da sie beide Zeit hatten und er eine gute Pension. Aber er war sich bewusst, dass es ein idealisiertes und ungenaues Bild war. Wenn sein Vater noch am Leben gewesen wäre, als Alex in die Pubertät kam, hätten sie sich hin und wieder gestritten. Vielleicht hätte der Vater seine Lieblingsbands gehasst und wäre bestimmt entsetzt gewesen über Alex' kurzfristige Punkphase.

Alex hätte alles darum gegeben, derartige Erinnerungen zu haben. Stattdessen hatte er die Fotos vom Tatort und von der Obduktion. Das hatte einiges an Recherche, Beziehungen und Bestechung gekostet, denn natürlich sollten sie nicht den Angehörigen gezeigt oder veröffentlicht werden. Nachdem er aber selbst Mitglied der Presse geworden war, hatte er Mittel und Wege gefunden.

Renate Huber hatte, soweit er sich erinnerte, niemals auch nur ein Wort der Sympathie für die Opfer ihrer guten Freundin Martina Müller geäußert. Das Wort »Opfer« gebrauchte sie in anderen Zusammenhängen. Aber sie war nicht mehr die junge Radikale, die sich darauf verlassen konnte, dass ihr Wahlkreis in Berlin ihr zustimmte. Nein, inzwischen wollte sie auch von Leuten gewählt werden, die regelmäßig BILD lasen und nicht das geringste Verständnis für ehemalige Terroristen hatten. Der Spruch »Rot denken, grün wählen, blau machen, schwarz schaffen«, sollte sogar von ihr sein. Worte formten sich in ihm.

Nur ein paar Stunden später fand er sich in Renate Hubers Büro wieder, flirtete ein wenig mit der Sekretärin, die vielleicht noch für Auskünfte nützlich sein konnte, und erfuhr,

dass er sein Interview im Laufen und Fahren würde durchführen müssen.
»Frau Huber hat einen dichten Terminkalender. Aber es ist eine Halbstundenfahrt bis zu der Schule, wo sie ihren nächsten Termin hat, und auf dem Weg dorthin können Sie Ihre Fragen stellen.« Mit einem entschuldigenden Lächeln setzte sie hinzu: »Tut mir leid, aber Sie haben gesagt, es sei eilig und müsse kurzfristig sein«
»Kein Problem«, antwortete er beruhigend und fragte sich, ob die aufstrebende grüne Politikerin von heute schon mit Auto und Fahrer unterwegs war. Die meisten Abgeordneten, die er kannte, waren diesbezüglich gerne zu ›Spesen‹ bereit. Wie sich herausstellte, war sie dazu jedoch zu klug, wenn sie einen Vertreter der Medien mit sich nahm. Sie machten sich auf den Weg zur S-Bahn.
»Wie überaus volksnah«, bemerkte er. Er kannte sie von Fotos und aus dem Fernsehen, hier, aus der Nähe betrachtet war sie eine gewandte Mittvierzigerin, die allem Anschein nach regelmäßig Sport machte und es noch nicht nötig hatte, sich auf künstliche Weise zu verjüngen. In ihre lockigen blonden Haare mischte sich allerdings das erste Grau. Sie trug Jeans, aber es entging ihm nicht, dass es sich um solche eines bekannten Designer-Labels handelte, was auch auf ihre Jacke zutraf. Die rote Bluse darunter war aus Seide. Unter anderen Umständen hätte er sie durchaus als attraktiv empfunden.
»Nur praktisch«, gab sie zurück. »Sind Sie denn mit dem Auto da? Um diese Zeit?«
»Touché.«
Sie hatte einen schnellen Schritt, ihre Brunate-Schuhe waren elegant, aber flach. Er tauschte ein paar Floskeln über den Berliner Verkehr mit ihr aus und zeigte sich gebührend beeindruckt von ihrem kurzen, sehr pressegerechten Plädoyer für stärkere Förderungen von Integrationsprojekten für Migrantenkinder.

»Und ein Versöhnungsprojekt unterstützen Sie auch, wie ich höre«, fügte er hinzu. Inzwischen standen sie in der S-Bahn, um diese Zeit gab es keine freien Sitzplätze. Zum ersten Mal zeigte sie so etwas wie Verblüffung, ein kurzes Aufflackern nur, aber er erkannte, dass er sie überrascht hatte. Kein Wunder, es gab kein solches Projekt.
»Die deutsch-israelischen Beziehungen sollten uns allen wichtig sein«, erwiderte sie ausweichend und offensichtlich ratend, worauf er sich beziehen könnte.
»Kein Zweifel, aber ich meinte eigentlich Ihr Versöhnungsprojekt, bei dem die Opfer von linksradikalen Gewalttaten mit den Tätern zusammengebracht werden. Hat sich Ihre Freundin Martina Müller schon bereit erklärt, da mitzumachen?«
»Ich weiß nicht, wovon Sie reden«, sagte sie kühl. »Und ich hatte eigentlich nicht erwartet, dass sich ein Journalist Ihres Kalibers auf das Niveau der billigen Sensationspresse begibt. Wenn Sie meine Freundschaft mit Martina Müller als große Enthüllung präsentieren wollen, sind Sie zwanzig Jahre zu spät dran.«
Oh, sie war gut. Ihm entging nicht, dass der Tadel auch eine winzig kleine Schmeichelei enthielt – »ein Journalist Ihres Kalibers« sollte implizieren, dass sie nicht nur seinen Namen kannte, sondern mit seiner Arbeit vertraut war. Es war psychologisch sehr gut gemacht: Wenn er einen anderen Hintergrund gehabt hätte, würde dieser Versuch, ihn gleichzeitig zu beschämen und an seine Eitelkeit zu appellieren, höchstwahrscheinlich funktionieren.
»Frau Huber, Sie tun mir unrecht. Die Frage war aufrichtig gemeint. Meine Quelle erzählte mir, dass Sie die Freilassung von Martina Müller nutzen wollen, um ein großangelegtes Projekt zur Versöhnung zwischen RAF-Tätern und deren Opfern zu starten, und natürlich war ich fasziniert.«
Da war es wieder, das kurze Aufflackern von Überraschung,

ein kleines Zucken in den Augenlidern nur, ein kurzes Straffen des Mundes, als sie das Wort »Freilassung« hörte. Wenn er nicht völlig falschlag, hatte sie bis jetzt, entgegen seiner Erwartung, nichts darüber gewusst. *Das* war faszinierend.

»Dann hat man Sie ... vorschnell informiert«, antwortete sie und schluckte den Köder, wie er gehofft hatte. Kein Politiker, der etwas auf sich hielt, würde es ablehnen, als Ursprung von Versöhnungsinitiativen dazustehen. Er hätte sein Vermögen darauf verwettet, dass sie nun sein frei erfundenes Projekt für ein paar Interviews lang zum Leben erwecken würde, so lange, bis eine erste Meinungsumfrage ihr verriet, ob es sich lohnte oder nicht. »Es ist alles noch sehr, sehr früh im Planungsstadium, und mit Rücksicht auf die Opferfamilien möchte ich Sie bitten, noch nichts darüber zu berichten.«

Es war zu schade, dass er nicht laut lachen konnte.

»Aber selbstverständlich ... solange Sie mich über den Projektstand auf dem Laufenden halten. Für ein Interview mit Frau Müller wäre ich natürlich auch dankbar.«

»Es wäre gewiss für alle Beteiligten das Beste«, sagte Renate Huber, nun wieder selbstsicher und gefasst, »wenn Frau Müller in der nächsten Zeit keine Interviews gibt. Man könnte es falsch auslegen. Sie wissen ja selbst, wie schnell das geht.«

Er machte ein paar zustimmende Geräusche, spulte sein übliches Ritual bei Politikern ab, zuhören, nicken, kein Wort glauben, und stellte ihr noch ein paar unverfängliche Fragen zu den Themen, die gerade in den Schlagzeilen waren. Er begleitete sie noch ein paar Schritte von der S-Bahn zu der Schule, wo sie eine kurze Rede als Patin des Integrationsprojekts für Migrantenkinder zu halten hatte, bevor er sich offiziell von ihr verabschiedete, um sie danach heimlich noch etwas länger zu beobachten.

Sobald sie ihn außer Hörweite glaubte, holte sie ihr Handy

hervor. Der gelassene Gesichtsausdruck war fort. Während sie leise in das Telefon sprach, schaute sie geradezu verstört drein.
Tom, ein englischer Bekannter von ihm, der für Rupert Murdoch arbeitete, hatte bereits mehrfach Handys von Angehörigen des britischen Königshauses und ein paar prominenten Schauspielern anzapfen lassen. Erich Mielke hätte sich gefreut, was heutzutage alles möglich war. Einmal hatte Tom vor Alex und anderen Freunden damit geprahlt und die Aufnahme eines äußerst intimen Gespräches vorgespielt. Sie waren alle schon halb betrunken gewesen und hatten über jedes dritte Wort gelacht, aber nüchtern hatte Alex Toms Verhalten nur noch idiotisch gefunden. Sich auf diese Weise einen Rechtsbruch nachweisen zu lassen, konnte ihn ins Gefängnis bringen, und die gewonnenen Erkenntnisse waren die Sache nicht wert gewesen. Wenn es sich um Politik, Sport oder Verbrechen gehandelt hätte, wäre es etwas anderes gewesen, aber das Privatleben einiger durchschnittlicher Prominenter ... Dafür hatte er erfreulicherweise den falschen Arbeitgeber.
Hier und heute wünschte er plötzlich, er hätte Tom nach der Adresse des so überaus geschickten Hackers gefragt. Nun, das ließ sich nachholen. Vielleicht irrte er sich, vielleicht war Renate Huber eine Sackgasse in seinem Versuch, Zugang zu Martina Müller zu bekommen. Inzwischen war es 1998, sie hatte ihre Zeit mit radikalen Ideen längst hinter sich gelassen, warum also nicht auch diese alte Freundschaft? Das war nur logisch. Aber in seinen Jahren als Reporter hatte er einen Instinkt für kleinere und größere Lügen entwickelt. Dieser Instinkt sagte ihm jetzt, dass sich hinter Renate Hubers Reaktion mehr verbarg.
Wie auch immer: Er brauchte weitere Quellen. Und Zugangsmöglichkeiten. Martina Müller hatte noch mehr Studienfreunde gehabt, aber sie hatten sich alle von ihr distan-

ziert. Ihre Eltern waren tot. Ihre Mittäter waren noch im Gefängnis, Sybille Helmstedt würde als Nächste entlassen werden, aber erst in einem Jahr. Herbert Malzer sogar noch deutlich später, wenn man ihn überhaupt jemals rausließ, da man ihm die Beteiligung an weiteren Morden zur Last legte und er als einer der brutalsten und kaltblütigsten der Terroristen galt.

Er versuchte sich an jedes Foto von Martina Müller zu erinnern, das er kannte, und an die Gesichter der Menschen, die mit ihr abgebildet waren. Da er Renate Huber gerade erst verlassen hatte, kamen ihm die Fotos mit der Grünenpolitikerin als erste in den Sinn. Eines zeigte die beiden auf einer der Demonstrationen nach dem Tod von Holger Meins, kurz bevor die Müller in den Untergrund ging. Zwei junge Frauen, die ein Banner mit der Aufschrift »Mörderstaat« in der Hand hielten. Zwei junge Frauen ... und ein kleines Kind.

Jetzt fiel es ihm wieder ein. Die Müller hatte eine Tochter gehabt. Es war damals in der Presse ein paarmal erwähnt worden, im Zusammenhang mit all den anderen Kindern: Baaders Tochter, Ensslins Sohn, Meinhofs Zwillingstöchter. Aber später nicht mehr, er konnte sich nicht erinnern, sie je in weiteren Artikeln gefunden zu haben. Natürlich hatte er auch nicht Ausschau danach gehalten. Eher das Gegenteil. Martina Müller, Mutter, interessierte ihn genauso wenig wie Martina Müller, Filmstudentin.

Zumindest früher nicht. Solange sie hinter Gittern saß, war es irrelevant gewesen. Aber jetzt nicht mehr.

1967 – Martina

Martina hatte sich Berlin ganz anders vorgestellt. Nicht unbedingt schöner oder hässlicher, nur anders. Es war ihr erster Besuch, der Jahrgang hatte vor der Wahl gestanden, entweder für eine Woche die Stadt zu besuchen oder sich Vorträge der Bundeswehr in ihrer Schule anzuhören. Das war nun wirklich keine schwere Wahl gewesen. Sie wurden von drei Lehrkräften begleitet, mitsamt Mahnungen, auf keinen Fall die Grenzer zu provozieren, damit der Bus nicht stundenlang an der Grenzkontrolle feststeckte, während des Tages in Ostberlin auf keinen Fall illegal Geld zu tauschen sowie in Westberlin von sinisteren Existenzen fernzubleiben, die Kindern Drogen verkauften. Das veranlasste natürlich zwei Drittel des Jahrgangs, nach derartigen Drogenhändlern Ausschau zu halten, aber bis jetzt schien noch keiner fündig geworden zu sein.
Martina hatte die Museumsausflüge mitgemacht, teils aus Pflichtgefühl, teils weil sie die Expressionisten und die Nofretetebüste wirklich interessierten, aber was sie sich eigentlich von Berlin erhofft hatte, war nicht in Museen zu finden. Als sie den Vorschlag machte, doch auch Babelsberg mit auf den Ausflugskalender zu setzen, wurde sie von ihren Klassenkameraden ausgebuht, und die Lehrer waren auch nicht einsichtiger.
»Potsdam-Babelsberg ist das älteste Filmstudio der Welt!«
»Ja, und es liegt nicht innerhalb des Berliner Innenstadtbereichs«, sagte ihr Mathematiklehrer nüchtern. »Mit dem Eintagesvisum kannst du nicht dorthin. Außerdem wüsste

ich nicht, was an den heutigen Produktionen der DEFA für Schüler kulturell interessant sein sollte. Es handelt sich dabei um eine rein kommunistische Propagandamaschine.«

»Die UFA war auch eine Propagandamaschine für die Nazis, aber Klassiker hat sie trotzdem hervorgebracht«, erwiderte Martina und erhielt einen Verweis wegen ihres Tons. Sie war siebzehn Jahre alt. Das Gymnasium würde sie erst in zwei Jahren beenden, und dann, schwor sie sich, würde sie Kunst und Film studieren. Es würde ihre Eltern konsternieren, aber daran ließ sich nichts ändern. Die Vorstellung, Lehrerin zu werden, wie ihr Vater sich das für sie erträumte, war ihr ein Graus. Es langte ihr schon, die Tochter eines Schuldirektors zu sein. Sie wollte nicht in seine Fußstapfen treten und Tag für Tag einem Haufen kleiner Monster Grammatikregeln beibringen. Nein, ihre Zukunft stellte sie sich anders vor.

Es war Juni, und sie hatten Glück mit dem Wetter. Kein Regen in Berlin. Sie hatte heimlich einen roten Minirock eingepackt, den sie sich von einer Freundin geliehen hatte. Die begleitende Lehrerin, Frau Pitter, war einigermaßen bestürzt, als Martina zum ersten Mal darin erschien, aber sie musste zu der Schlussfolgerung gekommen sein, dass ein Verbot ohnehin nicht befolgt werden würde, also verzichtete sie darauf, eines auszusprechen. Danach folgten ein paar weitere Schülerinnen Martinas Beispiel, und die Röcke wurden bei den meisten Mädchen noch kürzer. Es brachte ihnen Pfiffe der Jungen ein, aber Martina trug den Rock nicht wegen der Mitschüler. Sie nahm keinen von ihnen ernst. Schließlich war sie mit ihnen aufgewachsen. Ihr momentaner Schwarm war Keith Richards von den Rolling Stones. Die Stones würden wahrscheinlich nie nach Nürnberg kommen, oder wenigstens nicht, ehe Martina für entzücktes Gekreisch zu alt war, aber mit München oder Berlin war das anders. Sie wollte hier in Berlin ihr erwachsenes Selbst ausprobieren: kein Schulmädchen, sondern eine junge Frau, die schick angezogen war und nach der sich interessante Männer schon mal umdrehten.

In dieser Woche waren die Schüler des Nürnberger Veit-Stoß-Gymnasiums mit Sicherheit die unwichtigsten Besucher in Berlin, denn der Schah wurde erwartet. Martinas Mutter hatte schon seit Jahren hingebungsvoll die Illustrierten-Geschichten über Reza Pahlavi und seine Frauen gelesen und verglich sie gerne mit denen aus Tausendundeiner Nacht. Als er sich von Soraya scheiden ließ, hatte es ihr das Herz gebrochen. Martina hatte ihre Mutter damals damit geneckt, dass Soraya mit dem Playboy und Fotografen Gunther Sachs doch besser dran war, und damit verraten, dass sie bei diesen Geschichten ebenfalls mitlas. Aber nur, weil Nürnberg so öde war und die meisten Beteiligten der High Society gut aussahen. Martina und ihre Freundin Susanne fanden die neue Frau des Schahs ohnehin besser, weniger tränenselig und mit einer Frisur, die Martina immer häufiger imitierte: das Haar auf eine Weise aufgesteckt, die sie älter machte, aber nicht spießig wirkte, sondern die Wangenknochen betonte und elegant aussah. Martina hatte die Theorie, dass dieser Look noch von Nofretete her stammte, und wollte das beim Besuch der berühmten Büste überprüfen. Inzwischen musste sie allerdings zugeben, dass Susanne besser darin war, sich die Haare auf diese Weise zurechtzumachen.

Susannes älterer Bruder, der ihnen mit seinem bierernsten Gesicht immer die Stimmung verdarb, hatte Martina und Susanne bei ihren Berlin-Planungen einmal unterbrochen und etwas davon gemurmelt, er habe in einer Zeitschrift namens KONKRET gelesen, dass jährlich Hunderte von Regimegegnern durch den Geheimdienst des Schahs namens SAVAK ermordet wurden.

»Hör mir doch damit auf«, hatte Susanne gesagt. »War KONKRET etwa in Persien, um das zu überprüfen? Behaupten kann jeder alles. Ich finde jedenfalls, dass Farah Diba immer toll aussieht. Daran siehst du doch, dass der Schah ein guter, moderner Herrscher sein muss. Er hat sie immer dabei.«

Susanne sammelte Illustrierten-Artikel noch eifriger als Martinas Mutter und war die Erste gewesen, die entdeckte, dass der Schah und seine Frau in der Woche nach Berlin kamen, in der ihr Klassenausflug stattfand. Aber Susanne fehlte es an Initiative, und so war es Martina gewesen, die darauf bestand, dass sie versuchen sollten, das persische Herrscherpaar aus der Nähe zu bewundern, wenn der Schah sich am frühen Nachmittag im Schöneberger Rathaus in das Goldene Buch der Stadt eintragen würde.

Als sie am Vormittag dann aber hörten, dass gleichzeitig eine Anti-Schah-Demonstration stattfinden würde, wusste Martina sofort, dass ihre Lehrerin ihnen keine Erlaubnis geben würde. Sie würden sich absetzen müssen.

»Weißt du«, sagte Martina zu Susanne, »am Freitagnachmittag steht das KaDeWe auf dem Programm. Da können wir uns im Getümmel sicher verdrücken, ohne dass die Pitter das gleich merkt.«

Die Aussicht darauf, möglicherweise in eine Demonstration zu geraten, verursachte ihr, wenn sie ehrlich war, ein gewisses wohliges Kribbeln. Auch Demos gehörten schließlich zum Leben in der Großstadt. Sie wusste nicht viel über die Gegenwartspolitik, aber der Studentenführer Rudi Dutschke war so oft in Zeitungen und Fernsehen, dass sie ihn sicherlich sofort wiedererkennen konnte. Außerdem sah er mit seinen dunklen Haaren aus wie ein französischer Schauspieler, fast wie Alain Delon.

Martina und Susanne fanden das Schöneberger Rathaus schnell, es war ja nicht allzu weit vom KaDeWe entfernt. Vor dem Rathaus waren rot-weiß gestreifte Metallgitter aufgebaut, hinter denen sich bereits einige Leute versammelt hatten. Die Mädchen gesellten sich zu ihnen, und Martina holte ihre Kamera hervor. Sie sparte noch auf die Leica ihrer Träume, deswegen war es nur eine Voigtländer, aber mit etwas Glück würde sie trotzdem ein brauchbares Foto von dem Herrscherpaar machen können.

Es dauerte nicht lange, bis sie von zwei jungen Männern angesprochen wurden. Für diesen Fall hatten sie vereinbart, auf keinen Fall zuzugeben, jünger als achtzehn zu sein, und so behaupteten sie, Urlaub in Berlin zu machen.

Die zwei Männer waren Studenten und standen wegen der Flugblätter hier, die an der Universität verteilt worden waren. Martina ließ sich eines geben, es enthielt ähnliche Anklagen wie der KONKRET-Artikel, von dem Susannes Bruder geredet hatte. Dumpf regte sich etwas in ihr, eine Mischung aus Ärger und schlechtem Gewissen. Als Kind hatte sie einmal bei den Pfadfinderinnen mitgemacht und glaubte immer noch daran, dass es wichtig war, anderen zu helfen. Aber gerade jetzt waren Susanne und sie hier, um etwas große Welt und Hauptstadtglamour zu erleben, nicht, um über etwaige Folterungen in Persien zu debattieren. Kaum hatte sie das gedacht, packte sie die Scham. Wenn Menschen wirklich unter dem Schah-Regime litten, war es gut und richtig, dass dagegen protestiert wurde. Aber war auch nur einer dieser Protestler in Persien gewesen?

Die Frage lag ihr schon auf der Zunge, aber Susanne stieß ihr mit dem Ellbogen in die Seite, um ihr zu bedeuten, vor den jungen Männern nicht besserwisserisch aufzutreten. »Wenn du wirklich dein Streberinnen-Image loswerden willst«, hatte sie Martina erst im letzten Jahr gesagt, »halt einfach ab und zu die Klappe und gib den Kerlen das Gefühl, über alles besser informiert zu sein und dich belehren zu dürfen.«

Um ihre gemischten Gefühle zu überspielen, schaute Martina noch einmal auf das Flugblatt und bemerkte, dass es vom Sozialistischen Deutschen Studentenbund herausgegeben worden war. Von dem wusste sie nicht viel mehr, als dass Rudi Dutschke einer der führenden Leute war.

»Kommt, hm, Rudi Dutschke auch?«, erkundigte sie sich so beiläufig wie möglich, um zu signalisieren, dass sie nicht gänzlich unwissend war, aber gleichzeitig auch Informationen benötigte. Ihr war Dutschke zum ersten Mal im letzten Jahr aufgefallen, als er wegen der Demonstrationen gegen den Vietnamkrieg in die Nachrichten gekommen war. Ihrem Vater, der wegen seiner Kriegserfahrungen Pazifist war, lag das Thema Vietnam sehr am Herzen, und so war im Haushalt der Familie Müller bei den Beiträgen über Protestaktionen nie weggeschaltet worden. »Warum die jungen Leute sich heute nicht mehr die Haare schneiden wollen, verstehe ich allerdings nicht«, hatte ihr Vater kommentiert, und Martina, die ihn liebte, hatte sich das Augenrollen gerade noch verkniffen.

Der Student, von dem Martina das Flugblatt hatte, wusste nicht, ob Dutschke käme, bei der abendlichen Demonstration vor der Deutschen Oper werde er aber garantiert dabei sein.

»Da gehen wir aus«, sagte Susanne sofort. Susanne hatte eine beneidenswerte Selbstsicherheit und Unbekümmertheit in allen Dingen, die Martina zu ihr hingezogen hatten. Für Susanne gab es kein schlechtes Gewissen, keine Bedenken, was wichtig war und was nicht. Sie war in Berlin, um sich zu amüsieren und sich beeindrucken zu lassen. Einen Monarchen und seine Kaiserin zu sehen, gehörte dazu, Demonstrationen dagegen nicht.

Martina wollte gerade etwas erwidern, als zwei Busse vorfuhren, die zu ihrer Überraschung an den Absperrungen vorbei in die frei gehaltene Fläche vor dem Rathaus gelassen wurden. Heraus quollen eine Menge Männer, von denen einige Plakate mit den Bildern des Schahs und seiner Frau trugen. Frauen konnte sie keine entdecken.

»Die bestellten Jubelperser«, sagte der Student zynisch neben ihr, dann rief er laut: »Schah, Schah, Scharlatan!« Der Ruf wurde von den Leuten um ihn aufgenommen, während die Männer aus den Bussen: »Es lebe der Schah!«, zurückschrien.

»Das wird ungemütlich«, sagte Susanne beunruhigt. »Lass uns lieber ...«

»Ich dachte, du willst den Schah und seine Frau sehen?« Martina reckte den Kopf und deutete auf die Wagenkolonne, die nun in Richtung Rathaus vorfuhr, zwischen die mit dem Bus gelieferten »Jubelperser«. Jetzt wollte sie auf keinen Fall gehen. Es war endlich so weit, der Höhepunkt ihres Berlin-Besuches. Sie zückte ihre Kamera. Das Geschrei wurde auf beiden Seiten immer lauter.

»Freiheit für Persien!«

»Lang lebe der Schah!«

Martina war für eine Frau nicht klein, sondern mit 174 Zentimetern über dem Durchschnitt, aber das genügte nicht, um über die Köpfe hinwegzusehen, die sich jetzt mehr und mehr in Richtung der Barrikaden verschoben. Sich auf die Zehenspitzen zu stellen und ihre Kamera höher zu halten, half auch nicht. Sie nahm gerade noch wahr, dass die Türen des großen Mercedes an der Spitze der Wagenkolonne geöffnet wurden, aber wer ausstieg, konnte sie nicht erkennen.

»Blöde Leibwächter«, sagte Susanne neben ihr. »Das war's. Jetzt sind sie im Rathaus. Komm, lass uns ...«

Weiter kam sie nicht. Vonseiten der »Lang lebe der Schah«-Rufer sprangen ein paar Männer über die Absperrungen. Sie hielten ihre Transparente in den Händen, die sie jetzt umdrehten und so die Stangen wie Knüppel in den Händen hielten. Instinktiv schaute Martina zu den Polizisten, die entlang der Barrieren postiert waren. Diese rührten sich nicht.

»Lang lebe der Schah«, schrie einer der Männer und hieb mit seiner Stange auf einen der Studenten ein, der nur zwei

Meter von Martina entfernt stand. Mehr und mehr aus seiner Jubelgruppe folgten, und nun bemerkte Martina, dass viele von ihnen Stöcke in den Händen hielten, die an Polizeiknüppel erinnerten.

»Das gibt's doch nicht«, rief der Student neben ihr ungläubig. Er packte Martina und Susanne an den Schultern und riss sie zurück. Martina war immer noch zu überrascht, um Panik zu empfinden. Aus den Augenwinkeln sah sie mehrere Demonstranten zu Boden gehen. Ungläubig machte sie schnell einige Bilder von dem Geschehen. Das holte sie aus ihrer Sprachlosigkeit heraus. Das durfte nicht geschehen! Sie machte sich von dem Studenten los und winkte heftig den Polizisten zu. »Helfen Sie doch! Nehmen Sie die Kerle fest!« Die Polizisten, die ihr am nächsten standen, feixten nur. Ihr Leben lang hatte sie nie daran gezweifelt, dass die Polizei zum Schutz der Bürger da war. Dass ein Polizist, gar mehrere, sich weigern könnten, Menschen vor Schlägern zu schützen, war ihr so wenig möglich erschienen wie eine Mondlandung.

»Auf den Mond kommen die nie«, hatte sie als Kind erklärt, während die Erwachsenen sich über einen russischen Satelliten namens Sputnik aufregten. Es gab Dinge, die hinterfragte sie einfach nicht. Der Mond war geheimnisvoll, magisch und unerreichbar für Menschen. Und Polizisten waren die Hüter der Ordnung, die jeden Menschen beschützten. Inzwischen hatte der erste »Jubelperser« sie erreicht und stieß dem Studenten neben ihr mit seinem Knüppel brutal in den Magen. Martina wachte aus ihrer Schockstarre auf, wandte sich um, wollte weglaufen, erhielt einen Stoß und stürzte zu Boden. Susanne schrie ihr etwas zu und zerrte an ihrer Hand. Stolpernd kam Martina wieder hoch. Seit ihren Kindergartenjahren, in denen sie sich gelegentlich mit anderen Kindern gerauft hatte, hatte niemand sie je hart angefasst. Wenn ihre Eltern sie bestraften, was nicht oft vorkam, galt es, ohne Abendessen zu Bett zu gehen, oder ihr wurde das Taschengeld entzogen. Die jähe Angst, die Panik, die sie jetzt spürte, war ihr unbekannt. Das durfte nicht sein. Das durfte doch alles nicht sein.

Susanne schrie immer noch, und Martina rannte mit ihr fort von den prügelnden »Jubelpersern«. Die Furcht in ihr vermengte sich mit Scham. Sie hatte sich immer für mutig gehalten, für jemanden, der sich nicht leicht einschüchtern ließ. Und nun, wo das zum ersten Mal auf die Probe gestellt wurde, lief sie davon wie ein kleines Kind. Aber gleichzeitig war ihr klargeworden, dass sie ernsthaft verletzt werden konnte, verprügelt von Menschen, die sie nicht kannte und die sie nicht kannten, und das ließ ihr Herz rasen.

Schließlich blieben sie stehen. Susanne und sie waren nicht die Einzigen, die ausrissen, aber nirgendwo sah sie den Studenten, der ihnen geholfen hatte. Er musste noch immer inmitten der Schläger eingekeilt sein.

»Die sind bestimmt von der SAVAK, die Kerle«, sagte eine Frau zu ihrer Linken.

Susanne liefen Tränen über die Wangen. »Lass uns bloß zurückgehen«, schluchzte sie.

»Wieso haben die Polizisten nichts unternommen?«, fragte Martina verstört. Das erschien ihr immer noch am unbegreiflichsten.

»Ach, du meine Unschuld! Weil die doch alle unter einer Decke stecken. Die Bullen, unsere Politiker und die Diktatoren, mit denen die Geschäfte machen. Die wollen doch alle günstiges Öl und dafür dem Schah nicht seinen Besuch verderben.« Die fremde Frau lachte auf, ein kurzes, freudloses Lachen. »Aber da haben sie sich geschnitten. Heute Abend, zur Demo vor der Oper, werden viel mehr da sein. Nicht wie hier. Da sind wir Tausende. Da können sie nicht einfach ein paar Schläger des Schahs auf uns loslassen und glauben, dass wir die nicht in die Flucht schlagen können.«

»Ich will zurück«, beharrte Susanne.
»Wann heute Abend?«, fragte Martina langsam. Ihre Stimme klang belegt, als hätte sie viel mehr als nur den Hilferuf an die Polizisten geschrien. *Das müssen ein paar üble Ausnahmen gewesen sein,* sagte sie sich wieder und wieder. *Ganz bestimmt.* Aber es gab keine Möglichkeit, das zu beweisen, wenn sie es nicht auf die Probe stellte. Also musste sie auf diese zweite, große Demonstration.
»Ab sieben Uhr. Aber hör mal«, die Frau musterte Martina, nahm alles in Augenschein, von ihrem ersten Minirock bis zu ihrem aufgeschlagenen Knie, »das ist nichts für Kinder. Bleib da lieber weg, Kleine.«
»Ich bin kein Kind mehr.« Selbst in ihren eigenen Ohren hörte es sich wie eine lächerliche Lüge an. Trotzdem, sie musste zu der Demonstration gehen. Sie musste sich beweisen, dass sie keine Angst hatte. Sie musste ihre Gewissheit wieder erringen, in einem Staat zu leben, in dem die Polizei anständig war und nicht mit Gewalttätern paktierte. In der ein hoher Staatsgast ein guter Herrscher mit seiner eleganten Frau war und kein Diktator mit einem folternden Geheimdienst.
»Du spinnst«, sagte Susanne auf dem Weg zu ihrer Jugendherberge. »Warum denn bloß? Das war grässlich eben. Wir haben noch Glück gehabt. Und weswegen willst du das tun? Es kann dir doch egal sein, wer in Persien regiert. Und dem Schah ist es bestimmt egal, wer hier in Deutschland auf die Straße geht. Das kratzt den doch überhaupt nicht. Oder meinst du, der lässt sich von deutschen Schulmädchen beeindrucken?«
»Es geht ums Prinzip«, erklärte Martina störrisch.
Susanne warf ihre Hände in die Höhe. »Um welches Prinzip?«
»Dass man sich von Schlägern nicht einschüchtern lässt. Sonst gewinnen die Nazis.«

»Was, um Himmel willen«, sagte Susanne wütend, »hat denn der Schah mit den Nazis zu tun?«
Es war ein Gedankengang, den Martina noch nicht zu Ende gedacht hatte in dem Wirrwarr aus Scham, Wut und Angst, den sie empfand. Aber es gab einen Kern, zu dem sie sich gerade vortastete. »Weil – weil es so bei uns angefangen hat. Wenn ein Diktator auf Leute einprügeln lässt und niemand etwas dagegen tut.«
»Du spinnst«, wiederholte Susanne und sprach nicht mehr mit ihr, bis sie wieder in der Jugendherberge waren und Frau Pitter erklärten, sie hätten die Gruppe im Gewühl des KaDeWe aus den Augen verloren. Frau Pitter warf einen Blick auf Martinas Knie und erwiderte unheilverkündend, sie erwarte eine bessere Erklärung, sobald diese Aufschürfungen versorgt seien. Zum Glück hatte sie einen Verbandskasten mit Pflastern dabei, von denen sie Martina einige gab. Martina schnappte sich ein Handtuch, ihre Jeanshose und ein T-Shirt und ging in den Duschraum, um sich zu waschen und umzuziehen. Ihr Knie blutete nicht mehr, aber sie wusch die Wunde intensiv aus und ertappte sich dabei, trotz des heißen Wassers zu zittern. Sie würde zu der Demonstration gehen und sich diesmal erwachsen und tapfer verhalten. Selbst wenn dort ebenfalls Schläger auftauchten. Auch wenn die Polizisten diese Männer wieder zuschlagen ließen.
Das konnte und durfte nicht geschehen, doch die Furcht davor war das Ärgste. Bis heute war ihr nicht klar gewesen, wie selbstverständlich sie gewisse Dinge nahm. Dass Polizisten einem nicht halfen, wenn man bedroht war, es dagegen erheiternd fanden, wenn neugierige und kritische Bürger zusammengeschlagen wurden, gehörte definitiv nicht dazu. Wenn das so war, ähnelten dann die Verhältnisse nicht wirklich denen im Dritten Reich? *Nein,* rief sie sich zur Ordnung, *jetzt übertreibe nicht, das ist etwas ganz anderes gewesen.* Außerdem waren das nur ein paar Berliner

Polizisten. Das heißt doch nicht, dass alle anderen sich genauso benommen hätten.

Trotzdem stellte sie sich unwillkürlich vor, zu Boden gestoßen zu werden und einen Schlag mit einem Knüppel zu erhalten. Oder einen Tritt. Was dann? Sie hatte nicht die geringste Ahnung, wie man sich in so einer Situation verhielt. Den Minirock, der ihr so gewagt und erwachsen erschienen war, legte sie zusammen und sah ihn nicht mehr an. In Hosen fühlte sie sich etwas sicherer, wenn auch nicht sehr. Sie würde zu der Demonstration gehen. Sie musste zu der Demonstration gehen. Sonst war sie ein Feigling.

Als Frau Pitter sie vor dem Duschraum abfing, wusste Martina, was die Lehrerin sagen würde, ehe die Worte ihren Mund verließen. Susanne hatte sie verraten.

»Auf keinen Fall werde ich zulassen, dass Sie sich an einem Krawall beteiligen, Fräulein Müller.«

»Es ist kein Krawall, es ist eine legale Demonstration in Ausübung demokratischer Rechte«, gab Martina so selbstsicher wie möglich zurück und imitierte dabei ihren Vater in Vortragsstimmung.

»Fräulein Müller, es ist ganz einfach. Sie sind minderjährig. Ich habe die Aufsichtspflicht. Und Ihr Vater, der mein Vorgesetzter ist, würde es mir nie verzeihen, wenn ich Sie auf unverantwortliche Weise in eine gefährliche Lage bringe.«

»Mit anderen Worten, wenn ich nicht die Tochter des Direktors wäre, würden Sie mich gehen lassen?«, schoss Martina zurück und spürte zu allem anderen den bitteren Geschmack von Enttäuschung in ihrem Mund.

»Nein«, sagte Frau Pitter, doch Martina war davon überzeugt, dass dies nicht die Wahrheit war. Bei jemandem wie Paul Riesenbacher, dessen Vater bei der Müllabfuhr arbeitete, würde sich die Lehrerin anders verhalten. *Na schön*, dachte Martina, *dann warte ich eben, bis sie abgelenkt ist, und gehe dann.* Noch heute Morgen hatte sie keine größeren Sorgen gehabt, als die mangelnde Qualität ihrer Kamera und ob sie trotzdem ein gutes Foto von Farah Diba würde machen können. Sie wäre liebend gerne wieder zu dieser Art von Sorgen zurückkehrt. Doch das würde sie nicht fertigbringen, wenn sie nicht eine Erinnerung an eine ordentliche, friedliche Demonstration hätte, um sie den Ereignissen des Nachmittags entgegenzustellen. Nun war sie gespannt, ob die Fotos von den Schlägern etwas geworden waren oder ob sie auch dabei zu sehr gezittert hatte.

Leider verließ sich Frau Pitter nicht darauf, sie eingeschüchtert zu haben. Stattdessen sperrte sie Martina in das Zimmer ein, das sie mit Susanne teilte. Das war unerhört. Martina kündigte nicht nur Susanne die Freundschaft, sondern fühlte sich auch von Frau Pitter verraten. Als Lehrerin sollte sie nicht nur um die körperliche Sicherheit ihrer Schüler besorgt sein, sondern auch um deren geistige Erziehung. Seit wann war es falsch, gegen einen Diktator zu demonstrieren, auch wenn es um den Schah und sein ölreiches Land ging? Was für eine Heuchlerin.

»Jetzt stell dich nicht so an«, versuchte Susanne sie zu beschwichtigen. »Du wirst mir noch dankbar sein, pass auf. Morgen bist du wieder normal.«

Das Schlimmste war, dass ein kleiner Teil von Martina tatsächlich dankbar war. Der Teil, der Angst davor hatte, noch einmal Schlägern gegenüberzustehen. Daran gehindert zu werden, bedeutete, dass sie eine Entschuldigung hatte. Aber sie wäre eher gestorben, als das zuzugeben.

Susanne, deren Vater Orthopäde und sehr wohlhabend war, hatte ein Transistorradio und schaltete es an, als das Schweigen zwischen ihnen zu erdrückend wurde. Sie war offenkundig auf Frieden aus, denn sie suchte nach einem amerikanischen Sender, der Rock 'n' Roll spielte und keine Schnulzen wie die meisten deutschen Kanäle. Martina drehte sich ostentativ auf die Seite und ignorierte selbst die Rol-

ling Stones, während sie auf dem ausgebeulten Jugendherbergsbett lag und grollte. Susanne wechselte den Kanal und erwischte einen Berliner Sender, der Nachrichten brachte. »... blutige Krawalle vor der Deutschen Oper, die sich bis zum Kurfürstendamm hinziehen ...«, sagte ein Sprecher, und Martina setzte sich auf. Ihr Herz klopfte wild.
Der Nachrichtensprecher berichtete, dass bei der Ankunft des Schahs vor der Oper Eier und Farbbeutel geflogen seien, daraufhin habe sich die Polizei einige »Rädelsführer« gegriffen, und das Ganze sei eskaliert. Dann spielte er einen Mittschnitt vom Pressestellenleiter des Berliner Senats vom Mittag ein: »Na, da können sich diese Burschen ja auf etwas gefasst machen: Heute gibt es Dresche!«
»Meine Güte. Da hast du aber echt Glück gehabt«, sagte Susanne. Martina verabscheute den Klang ihrer Stimme.
Nein, dachte sie. *Ich habe versagt.*
Sie hätte Susanne nichts von ihrer Absicht, zu der zweiten Demonstration zu gehen, erzählen sollen. Susanne war der Typ, der glaubte, sie würde eher durch eine Diät Schaden nehmen, als bei einer Demonstration zusammengeschlagen zu werden. Gestern noch hätte ihr Martina vielleicht zugestimmt. Gestern, ehe sie den Sprecher des Senats »Dresche« ankündigen hörte, als sei er der Rauswerfer in einer Kneipe.
Immerhin war Susannes Transistorradio nützlich. Martina tat nicht mehr so, als würde sie nicht gebannt zuhören, doch die Nachrichten wurden immer schlimmer. Zur nächsten halben Stunde wurde der Polizeipräsident interviewt, der das Vorgehen seiner Leute als »Leberwurst-Taktik« beschrieb: »Nehmen wir die Demonstranten als Leberwurst, nicht wahr, dann müssen wir in die Mitte hineinstechen, damit sie an den Enden auseinanderplatzt.«
Das Interview war noch nicht zu Ende, als eine neue Nachricht kam. Einer der demonstrierenden Studenten war von einem Polizisten erschossen worden.

»Das – das war bestimmt kein Polizist, sondern einer von diesen anderen Demonstranten!«, stammelte Susanne, was immerhin bewies, dass sie zuhörte.

»Die hatten Knüppel«, entgegnete Martina, zu verstört, um an ihrem Entschluss, nicht mehr mit Susanne zu reden, festzuhalten. »Keine Schusswaffen.« Bisher hatte sie nicht gewusst, dass die Polizei mit Schusswaffen herumlief. Gegen demonstrierende Studenten? Waren die Berliner denn alle verrückt geworden?

»Leberwurst-Taktik«. Und der Sprecher hatte bereits gegen Mittag »Dresche« angekündigt. Niemand war verrückt geworden. Das musste alles geplant gewesen sein, und sie redeten in aller Öffentlichkeit im Radio davon, als sei es das Normalste von der Welt. Aber bestimmt gab ein Staat seiner Polizei nicht das Recht, so etwas zu tun. Oder?

Wenn sie vor dem Rathaus nicht dabei gewesen wäre, dann wäre sie sicher gewesen, dass die Polizisten zuerst angegriffen worden waren und sich nur verteidigt hatten. Aber Martina konnte nicht vergessen, wie die Polizisten am Nachmittag nichts getan und nur gegrinst hatten, während die »Jubelperser« die Neugierigen zusammen mit den Anti-Schah-Demonstranten verprügelten. Es kam ihr vor, als sähe sie die Wirklichkeit auf einmal in einem Jahrmarktsspiegel, und alles, was über das Radio kam, war verzerrt und verbogen.

Als sie mit zwölf zum ersten Mal das Tagebuch der Anne Frank gelesen hatte, wollte sie von ihren Eltern wissen, wie das alles hatte geschehen können. Sie hatte nicht gefragt, was ihre Eltern während des Dritten Reichs getan hatten. Es war undenkbar, dass ihr Vater etwas anderes als gut gewesen war. Doch sie hatte sich mit dem Mädchen in dem Buch identifiziert, und der Vermerk am Ende, dass sie in einem Konzentrationslager gestorben war, hatte ihr die Vergangenheit ihres Heimatlandes und seiner Bevölkerung auf furchtbare Weise bewusst werden lassen. Ihr Vater hatte als Antwort einen Text von Martin Niemöller zitiert, den er sehr bewunderte. »Als die Nazis die Kommunisten holten, habe ich geschwiegen, ich war ja kein Kommunist. Als sie die Sozialdemokraten einsperrten, habe ich geschwiegen, ich war ja kein Sozialdemokrat. Als sie die Gewerkschafter holten, habe ich geschwiegen, ich war ja kein Gewerkschafter. Als sie mich holten, gab es keinen mehr, der protestieren konnte.«

»Es ist die Aufgabe von dir und deiner Generation«, hatte er hinzugesetzt, »sicherzustellen, dass so etwas nie wieder geschieht. Ihr werdet nicht schweigen.«

»Ganz bestimmt nicht, Papa!«

So etwas sagte sich leicht, wenn man zwölf war. Sehr bald waren andere Dinge für sie wichtiger geworden. Mit Susanne darüber zu reden, wie weit man mit Jungs gehen konnte und ob es Frauenärzte gab, die einem die Pille verschrieben, ohne vorher mit den Eltern sprechen zu wollen, obwohl man noch minderjährig war, hatte viel mehr Bedeutung für sie gehabt als die aktuelle Politik. Ob Rudi Dutschke ihr überhaupt im Gedächtnis geblieben wäre, wenn er nicht gut aussehen würde? Die Frisur von Farah Diba konnte sie imitieren, aber Vietnam auf einem Globus zu finden, würde ihr einige Kopfschmerzen bereiten. Heute hatte sie sich einsperren lassen wie ein kleines Kind und war vorher beim ersten Anzeichen von Gefahr davongerannt. Ihr war die Frau, deren Haarstil sie bewunderte, wichtiger gewesen als die Gerüchte, dass der Mann dieser Frau Menschen foltern ließ. Was für eine Schande. Sie musste sich ändern.

Im Radio redeten sie noch immer über »Krawalle«. Martina merkte, dass sie an ihren Nägeln kaute, was sie seit ihrer Grundschulzeit nicht mehr getan hatte. Sie ließ die Hände sinken und starrte auf die Tür.

Sie *würde* sich ändern.

1998 – Besuch im Gefängnis

Justus behauptete, er könne sie nicht verstehen, sie seien sich doch hinsichtlich ihrer Mutter immer einig gewesen. »Du schuldest ihr nichts«, sagte er. »Wenn der Staat sie freilässt, schön, aber niemand kann dich zwingen, mit ihr Umgang zu haben.«

»Es ist noch überhaupt nicht gesagt, dass *sie* mit *mir* Umgang haben will«, entgegnete Angelika genervt. »Deswegen will ich sie ja sehen. Um herauszufinden, wie sie ist. Schau, es ist doch ganz einfach. Wenn ich sie nicht treffe, werde ich mich immer fragen, was hätte sein können. Besser, es gleich hinter sich zu bringen. Du bist doch sonst immer derjenige, der Klarheit sucht.«

»Ich bin auch derjenige, der deine Alpträume miterlebt hat«, gab er zurück. »Als du deine Mutter das letzte Mal zurück in dein Leben gelassen hast.«

Darauf konnte sie nichts erwidern, und er fuhr fort: »Und die Jungen? Was soll dabei Gutes herauskommen, wenn sie …«

»Die Jungen werden es so oder so erfahren«, sagte Angelika. »Besser gleich und von uns.«

»Dann erklärst du aber, warum sie deine Mutter nicht besuchen werden«, sprach Justus. Sie schwieg, und seine Stimme verschärfte sich. »Angelika, ich lasse keine Frau in die Nähe meiner Söhne, die bedenkenlos Menschen ermordet und entschieden hat, ihre eigene Tochter im Stich …«

»Es sind auch meine Söhne«, unterbrach sie ihn, »und du musst mir keine Lektionen über meine Vergangenheit geben.«

Es war kein Streit gewesen, nicht wirklich, aber gerade deswegen trug sie das Gefühl von Uneinigkeit weiter mit sich herum, ohne sagen zu können, ob Justus' Reaktion sie erzürnt oder zufriedengestellt hatte. Was die Zwillinge betraf, so beschloss sie, ihnen die Wahrheit nach der Begegnung mit ihrer Mutter zu sagen, wenn sie wissen würde, wie sie ihre Mutter einschätzen musste.

Sie war nicht überrascht, als sie am Vormittag noch einen Anruf von Renate erhielt, obwohl sie seit Jahren nicht mehr mit ihrer Patentante gesprochen hatte. Natürlich meldete sie sich jetzt, wo die Entlassung ihrer Mutter bevorstand. Wahrscheinlich hatte sie noch vor Angelika davon erfahren. Völlig unerwartet war jedoch Renates Anliegen. Angelika war davon ausgegangen, dass Renate sie wie so oft beschwören würde, ihre Mutter als missverstandene Heldin zu sehen und mit Verständnis auf sie zuzugehen. Stattdessen bedrängte Renate sie nach ein paar einleitenden Floskeln sofort, sicherzustellen, dass Martina auf gar keinen Fall mit den Medien sprach.

»Die Begnadigungen sind ohnehin umstritten, aber die Regierung und Bundespräsident Herzog konnten sie durchsetzen, ohne befürchten zu müssen, als Terrorismus-Sympathisanten hingestellt zu werden, weil die Regierung konservativer als konservativ ist. Wenn wir im Herbst die Wahl gewinnen, sieht die Sache aber völlig anders aus. Einer rotgrünen Regierung würde man das Begnadigen linker Terroristen übelnehmen. Du musst deiner Mutter klarmachen, dass sie so diskret wie möglich damit umgeht, wenn nach ihr noch mehr ihrer Freunde entlassen werden sollen. Auf gar keinen Fall darf sie als reuelose Fanatikerin herüberkommen. Deswegen ist es am besten, wenn sie überhaupt keine Interviews gibt.«

Gemessen daran, dass Renate ihr immer übelgenommen hatte, sich nicht öffentlich für ihre Mutter engagiert zu

haben, war das eine derartige Hundertachtzig-Grad-Wendung, dass Angelika im ersten Moment zu träumen glaubte. Dann wurde ihr aber schnell bewusst, was sie übersehen hatte.
»Ich hatte ganz vergessen, wir haben ein Wahljahr«, sagte sie leise.
Renate gab einen halb frustrierten, halb spöttischen Laut von sich. »Natürlich«, entgegnete sie, und in den drei Silben lag die Enttäuschung von über zwanzig Jahren, seit dem Moment, als sie keinen Einfluss mehr auf Angelika gehabt hatte.
Nun, diese Enttäuschung beruhte auf Gegenseitigkeit, seit Angelika entdeckt hatte, dass Renate sie über viele Dinge im Zusammenhang mit ihrer Mutter belogen hatte.
»Und ich dachte, du hättest bereits einen Vertrag für ihre Memoiren ausgehandelt und würdest für meine Mutter eine riesige Pressekonferenz und eine Ausstellung über das Versagen der Politik organisieren«, gab Angelika daher bissig zurück. »Was macht das Solidaritätskomitee?«
»Sei nicht kindisch, Angelika. Es ist wirklich wichtig, dass du Martina vermittelst, was ich dir gerade erklärt habe«, sagte Renate in dem gleichen Ton, in dem sie verkündet hatte, Disneyfilme vermittelten ein patriarchalisches Frauenbild und Angelika solle daher aufhören, sie darum zu bitten, mit ihr in solche Filme zu gehen.
»Ich bin kein Kurier. Wenn du meiner Mutter etwas zu sagen hast, sag es ihr selbst. Auch in einem Wahljahr.«
Die kurze Auseinandersetzung mit Renate hatte in Angelika ein seltsam beflügelndes Gefühl hinterlassen, das die gesamte Fahrt ins Gefängnis nach Aichach anhielt. Es stimmte sie optimistisch, vielleicht, weil Renate sonst immer das letzte Wort behalten und es geschafft hatte, ihr Schuldgefühle einzuflößen. Aber diesmal nicht. Renate aus eigenem Interesse die Freundschaft zu ihrer Mutter hintanstellen zu sehen,

verschaffte Angelika tiefe Genugtuung. Renate handelte also auch selbstsüchtig, ließ die Ideologie zusammen mit ihrer Freundschaft zugunsten ihrer eigenen Interessen sang- und klanglos sausen.
Nach einer Weile allerdings drängte sich ihr die unwillkommene Frage auf, was sie tun würde, wenn ihre Mutter durchaus die Absicht hatte, Interviews zu geben oder auf andere Weise an die Öffentlichkeit zu gehen. Was ihr der Pastor über sie gesagt hatte, klang zwar nicht danach. Aber ihm war es ja darum gegangen, sie davon zu überzeugen, ihrer Mutter eine Chance zu geben. *Hör auf zu spekulieren. Das ist sinnlos. Finde es heraus.*
Der Gebäudekomplex kam in Sicht, und sofort stellte sich das leichte Gefühl der Übelkeit ein, das sie auch als Kind auf diesen Wegen immer überkommen hatte. Sie hatte die Routine der angemeldeten Besuche in Strafanstalten noch in guter Erinnerung. Als sie noch klein war, hatte sie ihre Mutter in drei Gefängnissen in verschiedenen Bundesländern besucht. Keines davon war wie die dunklen, mittelalterlich anmutenden Gebäude gewesen, die sie als Kind in Filmen und Serien gesehen hatte, was es Renate bei ihrem ersten gemeinsamen Besuch leichtgemacht hatte, ihr vorzulügen, es handele sich um ein Krankenhaus.
Aichach war in verwaschenen Beigetönen gehalten. Diesem Gefängnis fehlten auch die über Dach und Hof gespannten Metallnetze, die in Stammheim eine Befreiung per Hubschrauber hatten verhindern sollen. Hier standen ganz normale Gefängnisblöcke, und als Angelika ihren Personalausweis vorlegte und angab, mit welcher Gefangenen sie einen Termin hatte, gab es keine sichtbare Reaktion mehr. Ihre Handtasche wurde durchleuchtet, aber auch nicht intensiver als auf einem Flughafen.
Der Pastor hatte den Besuch für sie mit der Gefängnisleitung vereinbart und angeboten, dabei zu sein, aber sie hatte

abgelehnt. Gerade für dieses erste Wiedersehen wollte sie keinen Moderator, sie wollte die Wahrheit. Bevor ihre Mutter den Kontakt abgebrochen hatte, war die Besuchszeit auf zwei bis drei Stunden festgelegt gewesen. Renate oder ihre Großeltern hatten sie begleitet, aber nur bis zum Besuchszimmer, wo sie mit der Mutter allein gelassen wurde. »Deine Mami ist krank«, sagte ihre Patin in ihrer Erinnerung. »Du musst sie aufheitern. Also erzähle ihr nur lustige Sachen.« Selbst nachdem diese Ausrede fallengelassen worden war, blieb der Auftrag gleich: ihre Mutter aufzuheitern. Nachdem einige der Kinder in der Schule sie fragten, ob ihre Mutter sich auch umbringen würde – »Meinst du, deine Mutter hängt sich auch auf wie die Meinhof und die Ensslin?«, war die genaue Formulierung gewesen –, war Angelika vor jeder Fahrt ins Gefängnis von der Angst heimgesucht worden, dass genau das geschehen würde, wenn sie nicht fröhlich, nicht lieb genug wäre. Sie war verzweifelt bemüht gewesen, ein gutes Kind zu sein, bis das Weihnachtsgeschenk zurückgesandt wurde und ihre Mutter keine Besuche mehr wollte. Da war sie gerade mal elf Jahre.

Justus hatte recht. Sie schuldete ihrer Mutter nichts. Aber das zu wissen half nicht gegen das beklemmende Gemisch aus Nervosität, Erwartung, Ärger und Schuldgefühl, während sie in dem hellen Raum, wo die Gefangenen ihre Besucher empfingen, auf ihre Mutter wartete.

Wenn Angelika den Jungs die Wahrheit sagte, würden sie bestimmt wissen wollen, ob die Gefangenen auch tagsüber gestreifte Schlafanzüge anhatten, aber Angelika hatte noch nie Kleidung, wie man sie aus Filmen kannte, an den Sträflingen gesehen, weder früher noch heute. Die Frau mit dem kurzgeschnittenen graubraunen Haar, die jetzt hereingeführt wurde, trug blaue Hosen und ein Sweatshirt. Sie erschien Angelika kleiner als in ihrer Erinnerung, und von dem dunklen Haar, das bei ihrem letzten Besuch noch dominiert hatte, war wenig geblieben. »Pfeffer und Salz«, hätte Justus' bester Freund, ein Amerikaner, dazu gesagt. Das Gesicht war längst nicht so zerfurcht, wie sie erwartet hatte, es war nicht mehr das einer jungen Frau, doch keineswegs ungepflegt und noch so jugendlich, dass Angelika sie sofort erkannte. Die großen braunen Augen darin waren die ihrer Kindheit.

»Angelika«, sagte die Stimme, die gleiche Stimme, frei von aller fränkischen Einfärbung, weil es ihr in Hamburg peinlich gewesen war und sie immer darauf geachtet hatte, reines Hochdeutsch zu reden.

Auf der Fahrt hierher hatte sich Angelika überlegt, wie sie ihre Mutter ansprechen sollte. Renate hatte schon früh auf ihrem Vornamen statt »Tante« bestanden, doch ihre Mutter war für sie immer nur die »Mami« gewesen. Es war Angelika unmöglich, »Martina« zu sagen, aber sie wollte klarmachen, dass sie nicht einfach so tun konnten, als sei zwischen ihnen nichts vorgefallen. Also gab sie zurück: »Mutter.«

Leider klang das eine Wort geradezu lächerlich künstlich, und sie setzte hastig hinzu: »Ich – ich freue mich, dass du bald hier herauskommst.«

Auch das hörte sich falsch und zu sehr nach dem Kind an, das seine Mutter aufheitern sollte. Früher hatte sie ihre Mutter immer umarmt, bis in die Besuchszimmer in den Gefängnissen Glasscheiben zwischen Insassen und Besuchern eingebaut wurden. Diesmal setzten sie sich beide, ohne sich zu berühren, obwohl kein Glas zwischen ihnen stand.

»Das überrascht mich«, entgegnete ihre Mutter nicht feindselig, sondern sachlich. »Es ist doch für dich wesentlich einfacher, wenn ich hier bin.«

Keine zwei Minuten und es war ihrer Mutter gelungen, sie in die Defensive zu drängen. Angelika errötete. Sie dachte an Justus, an ihre Söhne und an das, was sie ihnen sehr bald erzählen musste. Sie dachte an Jahre mit dem Foto ihrer

Mutter auf Plakatwänden und in Sparkassen, immer in Schwarzweiß, immer zusammen mit Fotos von Männern und Frauen und den Worten »gefährlich« und »gesucht«.
»Nichts ist einfach«, entgegnete sie so ruhig wie möglich, obwohl trotz aller guten Vorsätze der alte Aufruhr in ihr brannte, »wenn man die Tochter einer mehrfachen Mörderin ist.«
Das Wort hing zwischen ihnen in der Luft. Sie hatte es ihrer Mutter gegenüber nur einmal ausgesprochen, und damals war es das Ende aller Gespräche gewesen. Angelikas Herz hämmerte.
Martina war nicht aufgesprungen wie das letzte Mal. Sie war noch nicht einmal zusammengezuckt. Aber sie schloss kurz die Augen.
»Ich frage mich, ob die Töchter der Männer, die von Stellvertreterkriegen und Toten in der Dritten Welt profitieren, das auch so sehen«, entgegnete sie gepresst. »Es war Krieg, Angelika. Wir mussten den staatlichen Gewaltapparat herausfordern, und wir waren erfolgreich. Aber du bist so sehr von der Propaganda der anderen Seite indoktriniert ...«
»Es war kein Krieg. Und ihr wart keine Soldaten. Ihr wart Bankräuber, Vandalen, Entführer und Mörder, mehr nicht, und ihr habt mehr als dreißig Menschenleben auf dem Gewissen.«
»Wir waren Stadtguerilla«, beharrte Martina. »Und der Staat hat uns auch immer so behandelt, nicht wie Kriminelle. Ich sage nicht, dass wir mit unseren Zielen Erfolg hatten. Die RAF sollte auch nie die alleinige Antwort auf die Befreiung des Proletariats sein, sondern nur ein Aspekt. Unser Konzept hat offenkundig versagt, spätestens als wir bei der Unterstützung der Flugzeugentführung nach Mogadischu bewiesen haben, nicht mehr zwischen Systemträgern und dem Volk unterscheiden zu können. Die andere Seite hat gewonnen. Der Krieg ist vorbei, und glaube mir, ich wünsche mir

nicht, dass er wieder anfängt. Aber wenn du dir vormachst, dass es kein Krieg war, bist du einfach blind.«

»Zwei Jahrzehnte«, sagte Angelika ungläubig. »Zwei Jahrzehnte, und du gibst immer noch die gleichen Phrasen von dir. Hast du dich denn nie gefragt, wenigstens einmal, wofür das alles gut gewesen sein soll? Sechzig gegen sechzig Millionen? Was es außer Dutzenden Toten und zerstörten Familien bewirkt hat?«

Ihre Mutter schaute zur Seite. »Zweifel sind für Menschen in Freiheit, nicht für Gefangene. Deswegen bedeutet Freiheit auch, dass man nicht unbedingt alles so machen muss wie andere Menschen. Aber ich habe mich gefragt, ob … Ich hätte eine andere Lösung finden sollen, für dich.« Ihr Blick richtete sich wieder auf Angelika und wurde hart. »Ich hätte nicht zulassen sollen, dass du so einseitig erzogen wirst. Renate hat mir versprochen, sich um dich zu kümmern. Ich hätte nie geglaubt, dass sie ihr Versprechen so schlecht halten würde. Sie hätte mehr für dich tun müssen.«

»Ich habe kein Politikseminar über eine völlig überholte, sich als verkehrt erwiesene Ideologie gebraucht«, sagte Angelika bitter und verwünschte den Pastor mitsamt der törichten Hoffnung, die er in ihr geweckt hatte. »Sondern eine Mutter.«

Martina lehnte sich auf dem kleinen Tisch vor, der zwischen ihnen stand, und legte die Hand auf Angelikas Wange. Ihre Finger waren warm und trocken. Angelika brauchte einen Moment, ehe sie zurückwich.

»Das habe ich gemeint«, flüsterte Martina. »Ich war noch zu jung, um deine Mutter zu sein. Dein Vater und ich, wir waren beide noch zu jung.«

Das war neu. Früher hatte sie nie über ihn gesprochen. Angelikas Vater war so früh gestorben, dass sie keine Erinnerungen an ihn hatte. Ihren Großvater väterlicherseits hatte sie zwar kennengelernt, aber dann war es zum Streit zwischen ihm und den Müllers gekommen. Herr Kleinholz hatte nach dem Tod ihres Vaters vergeblich versucht, das Sorgerecht einzuklagen. Aus Sicht ihrer Großeltern nur wegen des Vermögens, das Jürgen ihr hinterlassen hatte. Mittlerweile war auch Herr Kleinholz tot. Vor ihrer Ehe hatte Angelika daher im Guten wie im Schlechten nur an die Müllers gedacht, wenn ihr das Wort »Familie« in den Sinn kam.

Während ihrer Schwangerschaft hatte sie oft Angst davor gehabt, dass etwas an ihrer Erbmasse defekt war, dass sie eine schlechte Mutter sein würde. Als sie dann die Zwillinge zum ersten Mal sah, hatte sie gewusst, dass sie noch nie so glücklich gewesen war. War felsenfest überzeugt davon gewesen, ihre Kinder niemals im Stich zu lassen, sich immer der Zukunft stellen zu können.

»Hast du ihn geliebt?«, fragte Angelika, weil sie es nicht über sich brachte, zu fragen: »Hast du mich geliebt? Liebst du mich noch?«

»Ich habe andere Menschen mehr geliebt«, gab ihre Mutter zurück, und die Ehrlichkeit dieser Aussage versöhnte Angelika mit ihrem Inhalt. Alles war besser, als angelogen zu werden.

»Hast du … hast du dir schon Gedanken gemacht, was du tun möchtest, wenn du das alles hier hinter dir hast?«

»Ich werde kein Wohltätigkeitsfall sein«, entgegnete Martina scharf. »Mach dir darum keine Sorgen. Dein gerechter Zahnarzt und du brauchen sich nicht verpflichtet zu fühlen, mich zu unterstützen.«

»Wir fühlen uns nicht verpflichtet«, sagte Angelika ärgerlich. »Aber wenn du dich jetzt alt genug dafür fühlst, meine Mutter zu sein, wäre es ein guter Anfang, sich nicht über meinen Mann lustig zu machen.«

Martina verzog das Gesicht. »Es war ein Wortspiel. Justus heißt ›gerecht‹ auf Latein. Weißt du das nicht? Der Opa würde sich im Grab herumdrehen. Latein und Griechisch waren seine Fächer.«

Angelika lag es auf der Zunge, dass ihr Großvater zu viel damit zu tun hatte, Erklärungen für die Verwandlung seiner Tochter in eine Terroristin zu finden, als sich Sorgen über das Desinteresse seiner Enkelin an antiken Sprachen zu machen. Aber nur um eines Schlagabtausches willen war sie nicht hier, also schluckte sie den Kommentar hinunter. Sie musste endlich die gelassene, erwachsene Unterhaltung führen, die sie sich vorgenommen hatte.

»Ich würde wirklich gerne wissen, was für Pläne du hast«, sagte sie daher. »Weil ich meinen Söhnen von dir erzählen werde. Und wenn sie mich fragen, ob sie dich je kennenlernen werden, brauche ich eine Antwort.«

Erneut wich Martina ihrem Blick aus. »Ich bin davon ausgegangen, dass du diesen Kontakt für deine Kinder nicht willst. Aber ich … Ja, natürlich.« Sie schluckte. »Hast du ein Foto?«

Angelika hatte eines in ihrer Geldbörse, die sie wegen der Münzen aber hatte abgeben müssen, ehe sie in den Gefangenenbereich gelassen wurde.

»Dann erzähl mir von ihnen«, bat Martina, und zum ersten Mal schöpfte Angelika Hoffnung. Sie schilderte Micha und Max, so gut sie konnte, und versuchte nicht daran zu denken, was Justus dazu gesagt hätte. Ebnete sie gerade den Boden für ein Treffen ihrer Söhne mit ihrer Mutter? Schließlich war sie selbst noch nicht sicher, ob eine Begegnung zwischen allen Familienmitgliedern eine gute Idee war. Dass aber ihre Mutter von den Kindern hören wollte, bedeutete Angelika mehr, als sie zugeben wollte. Dabei stimmte ein Teil von ihr Justus zu und ermahnte sie, dass es für die Kinder leichter sein würde, mit dem Bewusstsein einer Großmutter, die gemordet hatte, fertig zu werden, wenn sie keine positiven Empfindungen für sie hegten und keine persönlichen Erinnerungen mit ihr verbanden.

Ein anderer Teil von ihr hatte dagegen die irrwitzige Vorstellung von einem gemeinsamen Weihnachtsfest und weitete die Schilderungen der Kinder zu einer Beschreibung ihres Zuhauses in Bamberg und den Wanderungen mit den Jungs durch den Hauptsmoorwald aus.

»Ich habe keine Pläne«, unterbrach Martina sie abrupt. »Oder besser gesagt, das ist mein Plan: keine Pläne zu haben. Weil ich noch nie so gelebt habe. Hier, gerade hier, weiß man genau, was die Zukunft bringt. Jeder Tag ist strukturiert. Acht Quadratmeter, inklusive Toilette, drei Zimmerpflanzen, festgelegte Schlaf-, Wach- und Essenszeiten. Ich will ... ich will einfach nur versuchen, im Augenblick zu leben.«

»Es gibt Selbsthilfegruppen für nach einer langen Haft entlassene Straftäter«, entgegnete Angelika und verriet, dass sie sich danach erkundigt hatte. »Auch das wäre ein Anfang.«

»Ist der Begriff Selbsthilfegruppe nicht allein schon widersinnig? Was soll ich da?«

Angelika wollte nicht den Eindruck erwecken, sie wolle Verantwortung auf Dritte abschieben, und ging deshalb nicht auf diesen Einwand ein. »Renate hat Angst davor, dass du Pressekonferenzen gibst«, bemerkte sie, obwohl sie eigentlich vorgehabt hatte, es nicht zu erwähnen. »Es ist Wahljahr. Sie hofft auf einen Platz im Ministerium, wenn Rot-Grün gewinnt.«

Ihre Mutter hob eine Augenbraue. »Du bist immer noch auf sie eifersüchtig«, stellte sie fest.

»Was?«

»Als du noch klein warst, wolltest du mich nicht mit Renate teilen, obwohl sie dir als Babysitter recht war. Aber wenn wir zu dritt unterwegs waren, hast du uns ständig unterbrochen, wenn wir versucht haben, miteinander zu reden.«

Weil ich dich ohnehin selten genug zu sehen bekommen habe, dachte Angelika, aber ein anderer Gedanke verhinderte, dass sie ihn aussprach. Martina hatte nämlich keineswegs dementiert, an die Öffentlichkeit gehen zu wollen. Bei der Vorstellung davon, ihre Mutter würde sich rechtfertigen wollen, wurde ihr übel.

»Ich bin nicht eifersüchtig auf Renate«, sagte sie mühsam beherrscht. Sie versuchte krampfhaft, nicht jede Silbe überzubewerten und hinter jeder Auslassung doppelte Bedeutungen zu vermuten. Ihre Mutter musterte sie prüfend, dann schüttelte sie den Kopf.

»Renate Huber in einem Ministerium«, murmelte sie. »Früher hätte es mich überrascht.«

»Mittlerweile nicht mehr?«

»Wenn du zwanzig Jahre hinter Gittern verbringst, überrascht dich nichts mehr«, entgegnete Martina trocken. »Obwohl ich zugeben muss, dass ich es zuerst für eine der üblichen Regierungslügen gehalten habe, als die Mauer gefallen ist.«

»Warum bist du eigentlich nicht in die DDR gegangen?«, fragte Angelika impulsiv. »So wie Sybille Helmstedt und die anderen?«

Martinas Miene verschloss sich. »Sybille Helmstedt ist feige und inkonsequent und war es schon immer. Die Frage hat sich für mich nicht gestellt.«

»Was für ein Ende hast du dir denn vorgestellt, wenn nicht ein Leben unter einem anderen Namen im Ausland? Du kannst doch nicht ernsthaft gedacht haben, dass es einen Aufstand der Massen gibt? Wolltest du etwa einen glorreichen Tod für die Revolution?«

»Wir sterben viele Tode. Ein Tod für die Revolution wäre nicht unbedingt der bitterste gewesen. Und bei der Beerdigung für Holger Meins sind weit über dreitausend Bürger für ihn auf die Straße gegangen«, erwiderte ihre Mutter heftiger werdend.

Sie hatten auch dazugehört. Angelika konnte sich daran erinnern, weil ihre Mutter sie mitgenommen hatte und sie Martina kurz danach nur noch auf Fahndungsplakaten gesehen hatte. Ihre Mutter hatte an dem Tag viel geweint. Später, als Angelika älter wurde, hatte sie sich an die Hoffnung geklammert, dass es nicht nur Holger Meins' wegen gewesen war. Ihre Mutter hatte sie so oft umarmt, hatte ihr Lieblingsessen gemacht und für sie jedes von Angelikas Lieblingskaninchen aus »Unten am Fluss« gezeichnet, das sie ihr gerade vorlas. Martina musste zu diesem Zeitpunkt bereits gewusst haben, dass sie Angelika nur Tage später verlassen würde.

Der Funken des Zorns im Gesicht ihrer Mutter erlosch wieder. »Es spielt keine Rolle, was ich mir vorgestellt habe«, sagte sie leise. »Es spielt nur eine Rolle, was man erreicht hat. Und du hast recht. Erreicht habe ich nichts. Renate braucht sich keine Sorgen zu machen. Das Gefängnis ist nichts, womit man prahlen kann.«

Angelikas Erleichterung vermischte sich mit einem Wirrwarr aus Enttäuschung und Hoffnung, der sie erfüllte, seit ihre Mutter den Raum betreten hatte. Sie konnte Martina beim besten Willen nicht darüber hinwegtrösten, dass ihre Taten nicht nachträglich durch eine politische Entwicklung sanktioniert worden waren. Aber sie wollte auf das Bedauern in den braunen Augen, fremd und vertraut zugleich, eingehen und mehr daraus machen. Also sprach sie nicht, sondern streckte stumm die Hand aus, wie Martina das getan hatte, kurz nur, um das Gesicht ihrer Mutter zu berühren.

Diesmal war die Stille zwischen ihnen weniger schwer, aber immer noch gespannt. Dann sagte Martina: »Ich würde gerne irgendwo hingehen, wo der Wind weht, wo man ihn am ganzen Körper spürt. Ans Meer. Davon habe ich die ganze Zeit geträumt. Zurück an das Meer zu gehen. Mit dem tapfersten Kind der Welt.«

* * *

Steffen Seidel befand sich im Gewächshaus und versuchte, eine von Pilzen befallene Orchidee zu retten, als der Anruf kam. Sein Kollege nahm ihn entgegen, und Steffen blieb für eine weitere gesegnete Stunde im Ungewissen, bis der Anruf sich wiederholte.

Er war ein leidenschaftlicher Gärtner. War es immer schon gewesen, doch früher hatte sein Ehrgeiz dafür gesorgt, dass er sich das selten anmerken ließ. Man schaffte es nicht ins BKA, wenn man zu weichlich wirkte. Also hielt er den kleinen Jungen, der seinem Großvater mit Begeisterung in die Erdbeerfelder gefolgt war, so verborgen wie den Mann, der mit vierzehn entdeckt hatte, dass er bei *Denn sie wissen nicht, was sie tun* nicht für Natalie Wood, sondern für James Dean schwärmte.

Es war nicht leicht gewesen, aber er hatte es bis in die Sicherungsgruppe geschafft. Hatte Personenschutz für Spitzenpolitiker geleistet. Sein Privatleben, seine Träume von den Erdbeerfeldern, den Kirschbäumen, den Blumen, die ihre Farbenpracht nur in künstlicher Hitze und Feuchtigkeit entfalteten, das alles musste zurückstehen, doch er hatte sich gesagt: später. Später einmal. Die Zeit dafür würde kommen.

Dann war der Tag gekommen, an dessen Ende es fast kein Später mehr gegeben hatte. Er war einer von den drei Personenschützern gewesen, die Staatssekretär Werder aus dem Justizministerium begleiteten. Die Kollegen und er waren ein eingespieltes Team. Den Fahrer, Alexander Gschwindner, der aber nur Sascha genannt werden wollte, kannte er von allen am oberflächlichsten, aber seinem Eindruck nach handelte es sich um einen verlässlichen Mann. Außer Steffen war nur Hans nicht verheiratet, obwohl allein Gschwindner ein Kind hatte, einen Sohn.

Staatssekretär Werder wiederum war ein angenehmer Chef. Er behandelte im Gegensatz zu manchem seiner Kollegen seinen Personenschutz nicht als lebendes Inventar. Er unterhielt sich gern, merkte sich die Namen der Ehefrauen und ließ sich von Sascha Gschwindner das Foto von dessen gleichnamigem Sohn zeigen und von den Fußballkünsten des Knaben erzählen. Umgekehrt suchte er an Tagen, wenn die Erschöpfung groß war, die er im Ministerium nicht zeigen durfte, Zuspruch bei ihnen. Steffen hatte die Partei Werders nicht gewählt, aber der Mann selbst war ihm sympathisch, und er respektierte ihn, gerade weil er kein menschliches Uhrwerk war, sondern gute und schlechte Tage hatte wie jeder. Allerdings konnte Werder sich nicht den Luxus leisten, sich an den schlechten gehenzulassen.

Für Steffen hatte der Morgen damit begonnen, den Staatssekretär zusammen mit den Kollegen abzuholen, um ihn von seinem Bungalow zum Flughafen zu bringen. Vorher wollte Werder noch einen kurzen Aufenthalt bei Freunden einlegen. Ein Freund von ihm wurde fünfzig und hatte zu einer sommerlichen Grillparty eingeladen. Steffen und seine Kollegen hatten das Haus und die Liste der geladenen Gäste bereits überprüft, umsonst, denn es hatte sich erst in der Nacht davor herausgestellt, dass Werder es am fraglichen Abend nicht rechtzeitig zurück aus Bonn schaffen würde. Ihm war ein neuer Termin dazwischengekommen. Deswegen wollte er sich am Morgen persönlich bei seinem Freund entschuldigen, ehe er die Maschine nach Bonn nahm.

»Man wird nur einmal fünfzig«, hatte er zu Steffen gesagt.

Sie waren nie bis zum Haus von Werders Freund gekommen.

Sechs Monate später erwachte Steffen aus seinem Koma. Er war der einzige Überlebende. Seine motorischen Fähigkeiten, so stellte sich bald heraus, würden für den Rest seines Lebens gestört bleiben, obwohl er nach monatelanger Behandlung immerhin wieder gehen konnte. Aber sein Kurzzeitgedächtnis setzte hin und wieder aus. Das Langzeitgedächtnis war meist verlässlicher, aber das half ihm kaum, sich an die wichtigste Stunde seines Lebens zu erinnern. Eigentlich hatte niemand mehr erwartet, dass er wieder aufwachen würde. Er hatte es seiner Mutter zu verdanken, dass die Maschinen nicht längst abgeschaltet worden waren.

Das folgende gerührte Getöne vom auferstandenen Helden verstummte bald im Klang der Fragen, die nicht nur das BKA, sondern auch Steffen selbst sich stellte: Warum hatte er, ausgerechnet er überlebt, während alle anderen tot waren? Was genau war geschehen? Und vor allem: Warum hatten sie es nicht kommen sehen?

Denn das war schließlich ihre Aufgabe gewesen. »Es muss doch warnende Zeichen gegeben haben, Mann«, hatte Steffens ehemaliger Chef ihm an den Kopf geworfen. »So, wie die das Ding durchgezogen haben, müssen sie über Werders Routine genau Bescheid gewusst haben. Also muss es in den Wochen vorher irgendwelche Leute gegeben haben, die da nichts zu suchen hatten.«

Steffen erinnerte sich an nichts dergleichen. Aber er wusste nicht, ob es schlicht und ergreifend niemanden gegeben hatte, der ihm hätte auffallen können, oder ob sein durch das Koma verursachter Gedächtnisschaden oder ein Versagen seinerseits vor dem Attentat daran schuld war. Seinen Abschied hätte er aber in jedem Fall nehmen müssen, denn ihm war zu allem Überfluss die Lunge durchschossen worden. Es war ein halbes Wunder, dass er noch lebte und einigermaßen zuverlässig atmen konnte. Unabhängig davon aber wusste er genau, dass ihm selbst in blendender körperlicher Verfassung keiner der Kollegen und der Vorgesetzten mehr getraut hätte. Nicht dem einzigen Überlebenden unter all den Toten. Nicht dem Mitglied eines Teams, das bei der einzig wichtigen Aufgabe versagt hatte: das Leben ihres Schützlings zu bewahren. Und das war noch, ehe die BILD-Zeitung herausfand, dass er homosexuell war und er in der

Presse vom heldenhaften Leibwächter zum schwulen Sicherheitsrisiko wurde, der möglicherweise von den Terroristen erpresst worden war.
Wenn Steffen nicht in dieser Zeit Klaus kennengelernt hätte, dann hätte er sich wahrscheinlich umgebracht. Klaus war Anwalt und holte für Steffen eine Pension heraus, die ihn unmittelbarer finanzieller Sorgen enthob. Er schaffte es auch, Steffen weit genug aus seinem Kokon aus Verzweiflung und Schuldgefühlen herauszuholen, um seine Erinnerungen an Träume zu erwecken, die vor dem BKA da gewesen und selbst in seinem Zustand nicht unmöglich waren. Sein Onkel hatte die Gärtnerei des Großvaters geerbt, aber für den Onkel zu arbeiten wäre auf Dauer nicht das Richtige gewesen. Immerhin half ihm der Onkel, sich wieder an die Lektionen aus Kindheit und Jugend zu erinnern, und bildete ihn zusammen mit den anderen Lehrlingen und Gesellen aus. Manchmal war das sehr demütigend, vor allem, da Steffen wegen seiner körperlichen Verfassung nur Teilzeitarbeit leisten konnte. Aber er biss sich durch.
Mittlerweile hatte er in einer kleinen Spezialgärtnerei Arbeit, die ihm Freude machte. Er brauchte das Geld nicht. Seine Pension sicherte seinen Lebensunterhalt, und Klaus verdiente ohnehin ein Vielfaches, aber die Tätigkeit machte ihn glücklich. Seine Finger, die manchmal, wenn im Straßenverkehr plötzlich ein Motor zu stottern begann, immer noch zitterten, blieben völlig ruhig, während sie zarte Blütenstengel banden oder Wurzeln beschnitten. Selbst die stickige, heiße Luft hielt er aus, zerschossene Lunge hin oder her. Er hatte seinen Frieden gefunden. Das glaubte er, bis Alex Gschwindner, der Sohn des toten Chauffeurs, bei ihm in der Gärtnerei anrief.
Er hatte den Jungen früher ein paarmal gesehen, hauptsächlich auf dem Foto, das sein Vater immer bei sich trug. Nachdem Steffen aus dem Koma erwacht und die Monate voller

Therapien hinter sich gebracht hatte, hatte er die Hinterbliebenen seiner Kollegen besucht, doch es war zu keinen dauernden Verbindungen gekommen. Ihm kam es so vor, als ob jede der Witwen sich fragte, warum Steffen anstelle ihrer Männer überlebt hatte. Auch wenn Klaus darauf bestand, dass er sich das einbildete, er konnte den Eindruck nicht loswerden, und nachdem die BILD-Zeitung den Artikel über ihn als Homosexuellen gedruckt hatte, war er unfähig gewesen, die Frauen noch einmal zu besuchen. Sie ihrerseits machten auch keine Anstalten, mit ihm Kontakt aufzunehmen. Inzwischen ging es ihm besser. »Der Alex«, sagte er und versuchte, aufgeräumt und wohlwollend zu klingen. »Wie geht es dir … wie geht es Ihnen?«

Alex Gschwindner, so stellte sich heraus, war Journalist. Steffen versuchte, sich daran zu erinnern, ob er irgendwann etwas von ihm gehört oder gelesen hatte, doch er achtete kaum auf die Namen von Reportern. Nur an den Kerl, der seinerzeit illegalerweise Einblick in Steffens Krankenhausakte genommen und seine Mutter belästigt hatte, ehe der BILD-Artikel erschienen war, an den erinnerte er sich genau.

»Ich würde gerne mit Ihnen über meinen Vater sprechen«, sagte der junge Gschwindner, und bei dieser Formulierung war es natürlich unmöglich, ihm eine Unterredung abzuschlagen.

»Sohn oder nicht, er ist immer noch von der Presse«, kommentierte Klaus, als er ihm davon erzählte. »Lass mich auf jeden Fall dabei sein.«

Sie lebten in einem kleinen Ort in der Mark Brandenburg. Steffen hatte hier seine Arbeit gefunden, und es war immer noch nahe genug für Klaus, um unter der Woche in die Kanzlei nach Berlin zu fahren. Da Alex Gschwindner in Berlin lebte, konnte er noch am selben Nachmittag kommen. Eigentlich hatte Steffen auf Klaus warten wollen, doch je länger er darüber nachdachte, desto mehr gelangte er zu der Überzeugung, dass dies nicht notwendig war. Er, Steffen, war einmal ein Mann gewesen, der freiwillig einen Beruf gewählt hatte, in dem er jeden Tag sein Leben riskierte. Reporter abzuwimmeln, wenn sie den Staatssekretär umringten, war da eine der harmloseren Aufgaben gewesen. Er brauchte keinen Schutz vor Medienvertretern, noch dazu, wenn es sich dabei um das einzige Kind eines toten Kollegen handelte.

Der junge Gschwindner, der wie vereinbart am Nachmittag eintraf, musste inzwischen etwa Mitte dreißig sein. Von den blonden Haaren abgesehen, sah er seinem Vater nicht sehr ähnlich. Wahrscheinlich kam er eher nach der Mutter. Steffen versuchte, sich daran zu erinnern, was der Chauffeur über seinen Sohn erzählt hatte, aber sein Gedächtnis wollte nicht recht, bis ihm endlich etwas einfiel.

»Spielen Sie noch Fußball?«

»Nein, schon lange nicht mehr«, entgegnete der junge Gschwindner höflich, und Steffen kam sich töricht vor. Aber dann lehnte sich der junge Mann vor, und Steffens heimliche Befürchtung wurde wahr, als er eindringlich bat: »Herr Seidel, könnte ich mit Ihnen über Ihre Erinnerungen an das Attentat sprechen?«

Steffen hätte viel darum gegeben, wieder in seinem Gewächshaus zu sein. Aber er war fest entschlossen, nicht auszuweichen und mit der Vergangenheit ein für alle Mal fertig zu werden. Seine Hände blieben zu seiner Erleichterung ruhig, als er Gschwindner Kaffee einschenkte.

»Soweit sie mir zur Verfügung stehen. Es gibt blinde Flecken. Nicht nur vom Tag des Attentats. Mein … mein Kopf ist nie wieder so geworden, was er vor dem Attentat war, Herr Gschwindner. Aber soweit ich kann, werde ich Ihnen mitteilen, was ich weiß.«

»Ich bin dankbar für alles. Man hat uns damals noch nicht mal über den Stand der polizeilichen Ermittlungen informiert. Ich habe das meiste über Zeitungsarchive herausfinden müssen. Ein wenig hat mir auch der Sohn von Staatssekretär Werder erzählt, weil wir sonst nichts miteinander zu bereden hatten, wenn meine Mutter und ich die Familie besuchten. Stehen Sie mit den Werders eigentlich noch in Kontakt?«

Steffen schüttelte den Kopf. »Aber Frau Werder ist mit meiner Mutter in Verbindung geblieben, als ich im Koma lag«, fügte er jedoch hinzu. »Sie haben sich auch später noch geschrieben, bis zum Tod meiner Mutter.« Er verschwieg die Schuldgefühle, die ihn bei Frau Werder genauso heimgesucht hatten wie bei den Witwen seiner Kollegen. Wie man es auch drehte und wendete: Es wäre seine Aufgabe gewesen, den Tod des Staatssekretärs zu verhindern.

»Warum«, fragte Steffen stattdessen, »kommen Sie denn ausgerechnet heute zu mir?«

Die Augen des jungen Gschwindner strahlten nun zum ersten Mal Kälte aus. »Weil Martina Müller dieser Tage entlassen wird.«

Die Tasse, in die sich Steffen gerade Kaffee eingegossen hatte, bebte und der Kaffee schwappte über. Das heiße Wasser brannte auf seinen Händen, ehe er sie absetzte.

»Das wusste ich nicht.«

Damals, als er es sich zur Ehrensache gemacht hatte, die Fahndungslisten auswendig zu lernen, sich die Bilder einzuprägen, war die Müller nur ein kleines Licht in der RAF gewesen. Sie war ins Visier der Fahnder geraten, weil sie eine der Wohnungen angemietet hatte, die eine Zeitlang von Christian Klar und Herbert Malzer benutzt wurden. Von da an wurde sie als Sympathisantin geführt. Man ging auch davon aus, dass sie Kurierdienste leistete. Erst im Nachhinein stellte sich heraus, dass sie maskiert an mehreren Banküberfällen beteiligt gewesen war, bevor das Attentat auf den Staatssekretär durchgeführt wurde. Steffen hatte es erst während des Prozesses gegen sie erfahren, Jahre später. Wenn man früher gewusst hätte, dass sie bereits gewalttätig war … Steffen war einer der Belastungszeugen in den Prozessen gegen Martina Müller und Herbert Malzer gewesen. Hätte es sein sollen, denn es bereitete weder ihrem noch Herbert Malzers Anwalt große Probleme, Steffens Glaubwürdigkeit in Frage zu stellen.

»Sie können sich also noch nicht einmal mit Sicherheit erinnern, ob es drei, vier oder fünf Beteiligte waren?«, hatte der Anwalt gehöhnt.

Er hätte auf fünf schwören können. Doch die wenigen Zeugen, die in der Straße gewohnt und beim Klang von Schusswaffen natürlich nicht sofort hinausgeblickt hatten, sondern erst einmal in Deckung gegangen waren, hatten alle erklärt, nur vier Gestalten wahrgenommen zu haben, drei Frauen und einen Mann. Keiner der Zeugen war nahe genug gewesen, um ein Gesicht zu erkennen. Martina Müllers partieller Fingerabdruck auf dem Spiegel eines Motorrads, das als Fluchtfahrzeug hätte dienen sollen, sorgte dafür, dass sie als Beteiligte am Werder-Attentat identifiziert werden konnte, doch Malzers Täterschaft galt erst seit dem Fall der Mauer und der Verhaftung und Auslieferung von Sybille Helmstedt als gesichert. Helmstedt gehörte zu den wenigen aussagewilligen ehemaligen Terroristen und benannte für das Attentat auf Staatssekretär Werder die Beteiligten Malzer, Müller, einen ihr unbekannt gebliebenen Mann und sich selbst. Sie bestand jedoch darauf, nur Malzer und Müller hätten geschossen, und kam damit durch, weil sie weitere Aussagen zum Umfeld der RAF machte. So war man bei ihr auch von der bei RAF-Taten sonst üblichen Praxis abgewichen, Beteiligte genauso hart zu bestrafen wie die Schützen. Steffen war sich nie sicher, ob sie gelogen hatte oder nicht.

Er wusste nur, dass Martina Müller schuldig war, unabhängig von Fingerabdrücken. Steffen hatte ihr Gesicht wiedererkannt, als er sie auf der Anklagebank sitzen sah. Er hatte mit dem Staatssekretär im ersten Wagen gesessen, neben Gschwindner. Deshalb war ihm die grauhaarige, auf alt gemachte Frau aufgefallen, die einen Kofferraum auslud, als ihre zwei Fahrzeuge um die Ecke bogen. Es war nur die Diskrepanz zwischen dem Alter des Gesichtes und der grauen Haare gewesen, die ihn misstrauisch gemacht hatte. Vielleicht ließ ihn sein Verstand in anderen Punkten im Stich, was diesen Tag betraf, doch nicht in diesem. Ob sie geschossen hatte, auf ihr Fahrzeug oder auf das folgende mit den Kollegen, darauf hatte er bis heute keine Antwort. Seine fragmentarischen Erinnerungen reichten nicht weiter als bis zu dem Bild von der grauhaarigen Frau vor einem Kofferraum.

Die Frage, die ihn nicht loslassen wollte, seit er aus dem Koma erwacht war, war auch eine andere.

Steffen konnte nicht mit Gewissheit sagen, ob er Martina Müller vor diesem Tag schon einmal gesehen hatte. Sein Gedächtnis verweigerte ihm jede Erinnerung, denn seit dem Moment, als ihm zum ersten Mal ein Foto von ihr vorgelegt worden war, war sie ihm seltsam vertraut vorgekommen.

»Sie hat dich beinahe umgebracht«, hatte Klaus erklärt, als Steffen sich ihm anvertraut hatte. »Natürlich kannst du sie nach so etwas nie mehr vergessen.«

Aber was, wenn es mehr war als das? Was, wenn er Martina Müller vor dem Attentat kennengelernt und unverzeihlicherweise nicht als das identifiziert hatte, was sie war: eine tödliche Gefahr?

Der junge Gschwindner redete derweilen mit einem bitteren Unterton darüber, dass es zwar Ex-Terroristen gäbe, aber keine Ex-Opfer, und die Müller demnach nur die Neueste in einer ganzen Reihe von Ex-Terroristen im Ruhestand

sei. Sie konnte sich nun bald wieder frei und unbeschwert bewegen, anders als die Angehörigen ihrer Opfer. »Außerdem weiß ich nicht, ob überhaupt alle Schuldigen im Gefängnis gelandet sind.«
Steffen zuckte zusammen. »Wie meinen Sie das?«
»Was, wenn die Helmstedt schon früher Verbindungen in die DDR hatte, lange bevor sie sich da häuslich niederließ?«
»Das waren junge Radikale, Alex.« Steffen entspannte sich wieder. »Die hätten nie für irgendwelche staatlichen Stellen gearbeitet, hüben wie drüben. Wir mussten sie damals analysieren. Für die waren selbst Postbeamte ›das System‹.«
Alex Gschwindner wirkte nicht überzeugt, aber er lenkte ein. »Also«, fragte er erneut, »woran können Sie sich erinnern?«
Steffen versuchte es wieder vor sich zu sehen, die Straße, die vielen geparkten Autos der anderen Anwohner. Ein fremdes Fahrzeug wäre ihnen sofort aufgefallen, schließlich hatten sie den Freund Werders sowie alle Gäste überprüft.
Plötzlich fröstelte ihn. Gerade jetzt fiel es ihm wieder ein. Sie hatten einen leichten Umweg gemacht, keinen großen, nur gut dreihundert Meter, einen kurzen Schlenker, damit der Staatssekretär sich entschuldigen konnte, weil er es nicht zur Geburtstagsfeier am Abend schaffen würde. Sie waren nie angekommen. Aber der springende Punkt war der: Wenn sie vom Bungalow des Staatssekretärs direkt zum Flughafen oder über eine der willkürlich gewählten Ausweichrouten gefahren wären, hätten sie nicht diese kleine Seitenstraße genommen. Bisher war Steffen immer davon ausgegangen, was auch bei dem Prozess gegen Martina Müller gemutmaßt worden war: Die RAF hatte die morgendliche Routine des Staatssekretärs mit ihren kleinen Abweichungen auf der Fahrt zum Nürnberger Flughafen lange genug observiert, um einen günstigen Punkt für ihren Angriff zu finden.

Doch dass Werder just an diesem Morgen ein wenig, nur ein ganz klein wenig, von den üblichen Routinewegen abweichen würde, das hatten nur der Staatssekretär, seine Frau und sein Personenschutz gewusst.
Es war Steffen, als söge etwas alle Luft aus seinen Lungen. Sein Herz hämmerte, und er hatte das Gefühl, zu ersticken.
»Herr Seidel? Herr Seidel? Ist Ihnen nicht gut?«
Ihm war sogar grottenschlecht. Sie waren zurück, die Atemnot, das Elend, und das Schuldgefühl in tausendfacher Kraft. Was, wenn all die Unterstellungen und Verdächtigungen einen wahren Kern hatten? Was, wenn er seine Kameraden durch Leichtfertigkeit verraten hatte? Was, wenn er nur deswegen noch am Leben war?
Nein, dachte Steffen verzweifelt, *nein.* Er hatte seinen Beruf geliebt, hatte alles andere für ihn zurückgestellt. Er war stolz auf das gewesen, was er erreicht hatte. Er hatte seine Kollegen gemocht, den Staatssekretär respektiert. Niemals hätte er sie an einen Haufen jugendlicher Fanatiker verraten, die sich mit Che Guevera verwechselten.
»Homosexuelle sind erpressbar«, hatte der Zeitungsartikel gedröhnt. Es stimmte, dass Steffen seine Veranlagung vor seinen Kollegen geheim gehalten hatte. Doch seinen direkten Vorgesetzten hatte er informiert, als der unselige Paragraph 175, der sein Dienstverhältnis sonst hätte beenden können, nicht mehr angewandt wurde, da war er sich sicher. Zwar konnte er sich an das entsprechende Gespräch nicht mehr genau erinnern. Er war jedoch felsenfest davon überzeugt, es geführt zu haben.
Du legst dir die Vergangenheit so zurecht, wie sie für dich erträglich ist, klang eine giftige Stimme in ihm. *So wird Mittelmäßiges zur Heldentat, Scheiße zur winzigen Nachlässigkeit.* Der Erinnerung sei gedankt. Er hatte seit den ersten Monaten nach dem Koma nicht mehr geweint, und davor

seit seiner Kindheit nicht mehr. Jetzt brannten verräterisch Tränen in seinen Augen.

»Herr Seidel?«

»Wo?«, flüsterte er. »Wo ist sie jetzt?«

»Martina Müller?«, fragte der junge Gschwindner. Er schien Habichtsaugen zu haben, die auf Steffen gerichtet waren und nach jeder kleinen Regung forschten. »Noch im Gefängnis, aber nicht mehr lang. Sie hat eine Tochter. Und deren Adresse habe ich inzwischen herausgefunden.«

Steffen öffnete schon den Mund, um zu sagen, er müsse mit der Müller sprechen, und schaffte es gerade noch, sich zurückzuhalten. Es gab keinen vernünftigen Grund, den er Alex Gschwindner hätte nennen können. Keinen außer einem: Er musste Martina Müller fragen, ob an seinen Händen Blut klebte.

1969 – Martina

Die Hochschule für Fernsehen und Film in München war erst vor zwei Jahren gegründet worden und war vorerst in einer alten Villa in der Kaulbachstraße untergebracht. Martina kam sich immer wieder seltsam vor, wenn sie das Gebäude betrat, als handele es sich dabei um ein Filmset und nicht um eine Hochschule.

Sie musste sich ohnehin ständig Kommentare ihrer größtenteils männlichen Mitstudenten anhören, dass dies kein Schauspielstudium sei. Auf die Idee, eine Frau könne nicht vor, sondern hinter die Kamera wollen, kam von sich aus offenbar niemand. Andererseits war sie sich durchaus darüber im Klaren, dass sie gerade wegen der Seltenheit von Frauen in diesem Studium eine größere Chance hatte, später beim BR einen Volontariatsplatz zu ergattern. Sie würde den Herren vom Fernsehen eher im Gedächtnis bleiben, und sie war fest entschlossen, bei ihnen einen bleibenden Eindruck zu hinterlassen.

Es war nicht weit von der Hochschule bis zur Mensa in der Schellingstraße. Sie ging nicht nur zum Essen dorthin, sondern auch, weil man dort am leichtesten mit den Studenten aus anderen Bereichen in Kontakt kam. Derzeit redeten alle über den laufenden Kaufhausbrandstifter-Prozess in Frankfurt, nicht nur, weil einer der Brandstifter, Andreas Baader, aus München kam.

»Endlich hat jemand mal was unternommen«, sagte einer der Studenten, die vor Martina in der Schlange für die Würstchen anstanden. »Nicht nur davon geredet.«

»Ja, aber was?«, gab eine Studentin in Jeansjacke hinter Martina zurück. »Tut mir leid, aber ich verstehe nicht, was es den Vietnamesen gegen die Amis helfen soll, wenn jemand hierzulande ein Kaufhaus anzündet.«

»Kaufhäuser sind Konsumtempel und daher Zweigstellen des US-Imperialismus«, sagte der erste Student hitzig. Martina, die seit ihrem Berliner Erlebnis zwar angefangen hatte, sich durch Zeitungsartikel zum Thema Gegenwartspolitik zu arbeiten, war aber weder einer Studentenverbindung noch einer Partei beigetreten, weil sie sich bei keiner wirklich sicher war, ob deren Programm nicht nur ihren Wahlüberlegungen entsprach, sondern sie auch Taten ihren Versprechungen folgen lassen würden. Auch an der Universität hatte sie vorerst mehr zuhören wollen, was die anderen Studenten erzählten, aber hier konnte sie sich nicht zurückhalten und platzte heraus: »Das ist doch gar nicht der springende Punkt!«

Jetzt musterten sie sowohl der Junge als auch das Mädchen irritiert. »Sondern?«, fragte das Mädchen skeptisch.

»Dass jeder von ein paar verbrannten Schaumstoffmatratzen redet«, sagte Martina. »Aber mit Napalm nach Kindern in Vietnam zu werfen, Politiker zu empfangen, die Städte und Dörfer ausradieren ließen, so etwas wird mittlerweile für selbstverständlich angesehen. Ich finde diesen Umstand beschämend.«

Damit nahm sie ihr Tablett samt der Würstchen und der Pfandmarke und steuerte auf eine der Bänke zu, die auf der Terrassenfläche hinter der Mensa standen. Die Studentin hinter ihr, die ihre blonde Lockenpracht in einem Pferdeschwanz nach hinten gebunden hatte, folgte ihr.

»Okay«, sagte sie. »Okay, aber es kümmert die US Army überhaupt nicht, wenn hier in Deutschland ein paar Bummelstudenten in Kaufhäusern Feuer legen.«

Nach all den herablassenden Kommentaren wie »Wir sind

kein Schauspielerseminar, das ist dir doch klar, oder?« war es ein aufregendes Gefühl, wie eine ihrer Äußerungen sofort ernst genommen wurde. Das wollte Martina sich auf keinen Fall verscherzen. Jetzt galt es, weiter als intelligent und cool herüberzukommen, nicht als Provinzmädchen, das sich erst seit kurzem für Politik interessierte.
»Aber es kümmert die deutsche Öffentlichkeit«, entgegnete sie. »Die reden dann darüber. Und über Vietnam, weil die Brandstifter es auch so begründen. Ich bin sicher, das war's, was die beabsichtigt haben. Der Abstumpfung entgegenzuwirken und die Aufmerksamkeit der Öffentlichkeit neu zu fokussieren.«
»Genau«, fiel der junge Mann ein, der ihnen ebenfalls gefolgt war. »Hast du Marcuses Essay über repressive Toleranz gelesen? Er schreibt, dass Gesetz und Ordnung überall und immer Gesetz und Ordnung derjenigen sind, welche die etablierte Hierarchie schützen. Für unterdrückte und überwältigte Minderheiten muss es daher ein Naturrecht auf Widerstand geben. Minderheiten sind auch befugt, außergesetzliche Mittel anzuwenden.«
Die Blonde schnitt eine Grimasse. »Klar. Aber nach allem, was ich gelesen habe, sind die in Frankfurt auf der Anklagebank nicht gerade Repräsentanten unterdrückter Minderheiten. Ist der Vater von dieser Ensslin nicht ein evangelischer Pfarrer?«
»Ich glaube nicht, dass es auf unsere soziale Herkunft ankommt, wenn wir uns mit einer Sache solidarisieren«, entgegnete Martina. »Die Geschwister Scholl kamen auch aus dem deutschen Bürgertum. Hatten sie etwa nicht das Recht, gegen die Nazis zu sprechen? Und sag nicht, dass sie bloß Flugblätter ausgeteilt haben. Sie haben zum Widerstand aufgerufen. Zum aktiven Widerstand. Wenn damals jemand die Heeresversorgung sabotiert hätte, dann hätte er total in ihrem Sinn gehandelt.«

»Das war aber unter den Nazis. Das kannst du mit der heutigen Lage nicht vergleichen«, sagte die Blonde. Vor zwei Jahren noch hätte ihr Martina in diesem Punkt sofort recht gegeben. Vor zwei Jahren hätte sie erst gar nicht versucht, in so einer Diskussion mitzuhalten, sondern lieber darüber spekuliert, ob Keith Richards nun mit Anita Pallenberg zusammen oder noch zu haben war. Doch sie konnte die Geschehnisse während ihres Berlin-Ausflugs und Benno Ohnesorg, den Studenten, der erschossen worden war, nicht vergessen. Dabei hatte sie sich kurz danach noch daran geklammert, dass es sich um ein paar besonders brutale Berliner Polizisten gehandelt haben musste, die Ausnahmen von der Regel.

Aber dann hatte sie in den Zeitungen gelesen, dass der Berliner Oberbürgermeister den Demonstranten die Schuld gab, als hätten sie mit der Gewalt begonnen. Das war eine Lüge. Sie war dabei gewesen, hatte alles gesehen. Dass die Polizisten die »Jubelperser« bereits vor dem Berliner Rathaus hatten zuschlagen lassen, ehe sie auch gegen die Neugierigen und Demonstranten handgreiflich geworden waren, hatte der Bürgermeister nicht erwähnt. Und dann, wie um allem die Krone aufzusetzen, wurde der Polizist in Zivil, der den unbewaffneten Studenten Benno Ohnesorg angeblich aus Notwehr erschossen hatte, auch noch freigesprochen. Als »Notwehr« sich wegen der von der Presse vorgelegten Bilder und bestehender Tonaufnahmen nicht mehr behaupten ließ, folgte die Version, sein Schuss habe sich aus Versehen gelöst, weil Ohnesorg wild um sich geschlagen habe. Dabei hatten die Pressebilder auch gezeigt, dass Ohnesorg, am Boden liegend, von drei uniformierten Polizisten zusammengetreten worden war. Seither hatte Martina nicht mehr das gleiche Vertrauen in die Gerechtigkeit des Staates wie vorher. Und erst im letzten Jahr hatte jemand versucht, den allseits beliebten Studentenführer

Rudi Dutschke zu erschießen. Dutschke war wie durch ein Wunder nicht seinen Verletzungen erlegen, seinen Kampf konnte er aber nicht fortsetzen. »Wie bequem für das Establishment«, hatte einer ihrer Mitschüler gehöhnt. Der gleiche Gedanke brannte in ihr.

»Wenn du Vergleiche willst, wie wäre es mit diesem?«, sagte Martina daher laut. »Bei der Brandstiftung kam kein Mensch zu Schaden. Aber der Staatsanwalt fordert sechs Jahre Gefängnis. Benno Ohnesorg ist in Berlin von drei Polizisten zusammengetreten worden und wurde von einem vierten erschossen. Dafür sind alle vier Beteiligten freigesprochen worden. Vielleicht sind wir nicht mehr bei den Nazis, aber was ist das für ein Staat, in dem Sachbeschädigung höher bestraft wird als der Tod eines Menschen?«

»Wer sagt denn, dass wir nicht mehr bei den Nazis sind?«, fragte der Student herausfordernd. »In den letzten drei Jahren hatten wir einen Altnazi als Kanzler, Notstandsgesetze und, durch die große Koalition, keine echten parlamentarischen Oppositionen mehr!«

»Das hat sich aber jetzt geändert«, gab die blonde Studentin heftig zurück. »Kiesinger und die CDU sind weg vom Fenster, und wir kriegen einen SPD-Kanzler.«

»Der vorher im Kabinett vom Kiesinger Minister neben Strauß war«, erklärte der Student unbeeindruckt. »Die ganze Generation ist verrottet, wenn ihr mich fragt. Mein Dozent hat mich mal untersuchen lassen, was mit den Juristen der Nazis passiert ist. Hier in München gab es keine einzige strafrechtliche Verurteilung eines Richters wegen seiner kriecherischen Nazi-Rechtsprechung, und es hat genug Tote dabei gegeben. Richter, die keine Götzendiener Hitlers sein wollten, sind im günstigsten Fall entlassen worden, im schlimmsten Fall gleich ins KZ gewandert. Nach 45 wurden sie aber von den verbliebenen Nazi-Richtern nicht wieder eingestellt. Es gab bisher auch keine Überprüfungen dieser

Blutschergen, sondern nur Beförderungen dieser Altnazis, bis hin zum Präsidenten. Alle haben profitiert, einfach alle. Alle wieder in Amt und Würden. Der Spruch stimmt schon: ›Unter den Talaren – Muff von tausend Jahren.‹« Als Martina den Mund öffnete, setzte er mit einem schiefen Grinsen hinzu: »Jetzt komm mir bloß nicht damit, dass Mama und Papa anders waren, Püppchen.«

Herablassender Idiot, dachte sie. Das Ärgerliche war, dass ihr tatsächlich etwas dergleichen auf der Zunge gelegen hatte. Konnte er Gedanken lesen?

»Ich wollte eigentlich sagen, dass dich niemand gefragt hat«, gab sie daher zurück, und die Blonde grinste.

»Jürgen fühlt sich immer gefragt«, sagte sie und streckte Martina ihre Hand entgegen. »Renate Huber, Jura im zweiten Semester. Und du?«

»Martina Müller, erstes Semester, Filmstudentin.«

Sie unterhielten sich noch, bis Renate in ihre nächste Vorlesung musste. Jürgen, der wie Renate Jura studierte, blieb zurück und betrachtete Martina in einer Pose, die wohl an Belmondo in *Atemlos* erinnern sollte. Sie war versucht, ihn darauf hinzuweisen, dass man als Filmstudentin gewissen Imitaten gegenüber durch zu häufiges Erleben immunisiert war.

»Ich versuche gerade, zu entscheiden, ob du nur am politischen Blabla wie Renate interessiert bist oder mehr vom Leben willst«, sagte er.

»Wie gnädig. Tu dir beim Nachdenken nicht weh, ich muss jetzt in mein Institut zurück«, entgegnete Martina und schob sich an ihm vorbei.

»An deiner Stelle würde ich damit noch etwas warten.«

Sie musste lachen. »Warum, weil du so unwiderstehlich bist?«

»Nein«, gab er unbeeindruckt zurück und deutete nach oben. Zuerst fragte sie sich, ob das als obszöne Geste gemeint war, dann schaute sie ebenfalls zum Himmel und bemerkte, dass während des Essens dunkle Wolken aufgezogen waren.

»Du hast keinen Schirm dabei, oder?«

»Nein.« Es hatte am Morgen noch nicht so ausgesehen, als ob sie einen nötig haben würde. Natürlich war der Weg zur HFF nicht sehr lang, aber so, wie es gerade losprasselte, würde sie trotzdem durch und durch nass werden. Das hätte ihr nichts ausgemacht, wenn sie sich danach hätte umziehen können. Doch ihre Wohnung lag weit von der Uni entfernt, sie müsste also den Rest des Tages in feuchten Kleidern herumlaufen. Unwillkürlich schnitt Martina eine Grimasse.

»Tja, einen Mantel habe ich auch nicht anzubieten«, sagte Jürgen gedehnt. »Aber ich weiß, wo man Regenschirme klauen kann.«

Wenn sie jetzt so etwas sagte wie: »Klauen? Ich stehle doch keine Regenschirme!«, wäre ihr gerade erworbenes Image als politisch versierte, clevere Studentin dahin. Außerdem schauderte es sie bei der Aussicht auf einen Tag in nassen Kleidern wirklich.

»Sprüche klopfen kann jeder«, gab Martina also zurück. »Ich will Taten sehen, Robin Hood.«

Es stellte sich heraus, dass er die Germanistik-Bibliothek meinte, die sich im Gebäude hinter der Mensa befand. Natürlich gab es Schließfächer, aber weil ein Teil der Studenten immer ihr Kleingeld vergaßen und die Schließfächer daher nicht benutzen konnten, standen und lagen immer Jacken und Schirme auf einem Haufen vor dem Bibliothekseingang. In Gedanken nahm Martina sich vor, den kleinen, schon nassen Handschirm morgen wieder mitzubringen und mit einer Entschuldigungskarte vor die Bibliothek zu legen.

»Willkommen unter den Kriminellen«, frohlockte Jürgen, der sich an ihre Fersen geheftet hatte, als sie nun mit dem

»geborgten« Schirm durch den Regen preschte. »Übrigens, wenn du mehr machen willst, als fade Debatten führen ... Ich hätte 'ne Mitfahrgelegenheit nach Frankfurt zur Urteilsverkündung im Brandstifter-Prozess.«

Martina drehte sich zu ihm um. Es schien ihm nicht das Geringste auszumachen, dass er nass wurde. Er hatte sich keine der Jacken oder einen Schirm genommen, und der Regen sorgte dafür, dass sich unter seinem T-Shirt ein ansehnlicher Oberkörper abzeichnete. »Ist das ein Versuch, bei mir zu landen?« Sie versuchte, souverän und misstrauisch zugleich zu klingen. Aber sie konnte einen Unterton von Überraschung und Freude nicht verbergen. Auf die Idee, einfach mir nichts, dir nichts nach Frankfurt zum Prozess zu fahren, wäre sie, das musste sie zugeben, nicht gekommen. Es lag wohl daran, dass sie die Tochter aus gutem Haus, die für ihre Eltern immer alles richtig machen wollte, zu sehr verinnerlicht hatte. Aber warum eigentlich nicht? Der Prozess war wichtig für Deutschland, dabei zu sein, konnte ihr fürs Leben mehr bringen als ein paar verpasste Vorlesungen. Andererseits hatte sie keine Lust, von diesem Jürgen hereingelegt zu werden. Am Ende war er nur auf Sex auf dem Rücksitz seines Autos aus und glaubte, sie wäre als Erstsemester so naiv, einfach so bei ihm einzusteigen.

»Klar«, gab er unbekümmert zurück. »Aber ein paar Kumpel und ich, wir wollen wirklich nach Frankfurt. Da fällt dem Staat die Maske von der faschistischen Fratze.« Er hob die Schultern. »Wenn du natürlich Angst hast ...«

»Ich bin nicht blöd, und ich kenne dich nicht.« Sie hielt an ihrer überlegenen Fassade fest. »Wieso sollte ich dir vertrauen?«

»Habe ich gesagt, dass du mir vertrauen sollst?«

Das besiegelte die Angelegenheit. Sie war neunzehn Jahre und fühlte sich, als ob sie niemals sterben würde. Ein Rest an Vorsicht trieb sie immerhin dazu, sich bei Renate, deren

Adresse sie während der Unterhaltung bekommen hatte, nach Jürgens Verlässlichkeit zu erkundigen. »Alle Männer sind Schweine«, zitierte Renate den alten Spruch, während sie sich eine Zigarette anzündete. »Das ist halt so.«

»Na gut, dann brauche ich mir ja zukünftig keine Mühe mehr zu geben, den Richtigen zu finden«, entgegnete Martina blitzschnell, und sie mussten beide lachen. Als die Heiterkeit abebbte, kam Martina aber noch mal auf ihre Frage zurück. »Im Ernst, wie ist er wirklich?«

»Eingebildet, aber nicht gemein. Wie man sich einen Mann eben wünscht, schön, stark und kindisch«, sagte Renate schmunzelnd. »Wenn er gesagt hat, dich nach Frankfurt mitzunehmen, tut er das auch. Aber willst du das echt machen?«

»Ich habe in Berlin etwas erlebt, ohne das ich nie aufgewacht wäre«, antwortete Martina. »Aber damals hatte ich Angst und bin weggelaufen. In Frankfurt will ich Zeugin sein.«

Je länger sie darüber nachdachte, desto wichtiger erschien das Vorhaben ihr. Vorsichtshalber stellte sie sich aber doch die Zugverbindungen zusammen, falls sich Jürgen als unerträglich erweisen sollte. Aber sie würde nach Frankfurt fahren, so oder so.

»Ich finde immer noch, dass ihr da etwas gewaltig überbewertet«, sagte Renate kopfschüttelnd, doch sie klang auch beeindruckt. Aber offensichtlich nicht genug, um sich ihnen anzuschließen.

Wie sich herausstellte, hatte Jürgen nicht übertrieben, als er von »Mitfahrgelegenheit« sprach: Es handelte sich um einen uralten VW-Bus, in den sich am Ende elf Leute quetschten. Darunter waren auch zwei Dauerstudenten der Psychologie mit mindestens sechzehn Semestern, die behaupteten, »den Andi«, wie sie Andreas Baader nannten, noch aus dessen Schwabinger Zeit zu kennen. »Ein wilder Hund, tagsüber schlief er, nachts tobte er«, sagte einer bewundernd und ver-

sprach, Martina und Jürgen »dem Andi« vorzustellen, sollte dieser freigesprochen werden.
Martina hatte ihre teure Kamera dabei, das Geschenk ihrer Eltern zum Abitur. Sie wusste zwar nicht, ob man im Gerichtssaal fotografieren durfte, aber selbst wenn nicht, würde sie es trotzdem versuchen. Sie war auch nicht das einzige Mädchen im Bus, was sie, obwohl sie sich vorgenommen hatte, endlich die Tochter aus gutem Haus abzustreifen, ein wenig beruhigte. Außer ihr war noch die Freundin des Studenten dabei, der das Auto stellte. Jürgen und seine Freunde waren allesamt im SDS, dem Sozialistischen Deutschen Studentenbund. Aber bei Jürgen hatte Martina den Verdacht, dass er hauptsächlich seinem Vater eins auswischen wollte. Sein Vater, über den er während der Fahrt mehrfach sarkastische Bemerkungen machte, war Fabrikbesitzer und natürlich Parteimitglied gewesen.
»War ein tolles Gefühl«, sagte er. »Herauszufinden, dass all dein Spielzeug von Leichen finanziert wurde. Aber er hat natürlich von nichts gewusst. Die ganzen Zwangsarbeiter waren nur rein zufällig in seinem Betrieb beschäftigt.«
In diesem Moment fing Jürgen an, mehr als ein Poseur für sie zu sein, denn unter der gespielten Nonchalance lag echte Bitterkeit und Enttäuschung. Ihren Eltern hatte sie immer geglaubt, nicht an Nazi-Verbrechen beteiligt gewesen zu sein, hatte nie einen Grund gesehen, diese Versicherung zu hinterfragen. Ihre Eltern hatten aber auch nie behauptet, im Widerstand gewesen zu sein oder etwas Heroisches getan zu haben, sondern immer bekannt, die sprichwörtlichen ruhigen Bürger gewesen zu sein, die nichts unternahmen und hofften, dass der Spuk bald vorbei sein würde. Wie sie sich wohl fühlen würde, wenn sie auf einmal entdeckte, dass ihr Vater gelogen hatte und vielleicht sogar für den Tod von Menschen verantwortlich war?
»Und deine Mutter?«, fragte sie Jürgen leise.

»Hat sich umgebracht«, sagte er, ohne sie anzuschauen. »Aus Versehen zu viele Tabletten, hieß es offiziell, aber mir konnten die nichts vormachen. Mein Alter hat natürlich *wahnsinnig* getrauert. Ein halbes Jahr später war er schon wieder verheiratet, mit seiner Chefsekretärin. Wenn er es nicht schon mit der getrieben hat, als meine Mutter noch am Leben war, heiß ich Meier.«

»Tut mir leid«, sagte sie, ohne nachzudenken, und hätte sich gleich darauf am liebsten auf die Zunge gebissen. Es klang wie ein banales Klischee. Aber sie meinte es so. Es war eine scheußliche Situation, seine Mutter auf diese Weise verloren zu haben und seinen Vater nicht mehr respektieren zu können. Niemand hatte so etwas verdient. Wenn sie Jürgen besser gekannt hätte, dann hätte sie ihm tröstend eine Hand auf die Schulter gelegt.

»Braucht es nicht«, erwiderte er ruppig. »Ich schwimme in Geld, weil sie mir ihres hinterlassen hat. Und wenn er mit der Sekretärin nicht noch kleine Ebenbilder in die Welt setzt, kriege ich seins auch noch. Doch das spende ich einem kommunistisch-jüdischen Parteifonds, wenn's so was noch gibt, darauf kannst du wetten.«

* * *

Sie standen im Kreis auf dem Autobahnrastplatz in Feucht. Weil die Freundin des Fahrers einfach nicht vom Klo zurückkam, flachsten die beiden Altstudenten herum, was zunächst eine willkommene Ablenkung von den widersprüchlichen Gefühlen war, die Jürgen in ihr auslöste, aber Martina bald schon auf die Nerven ging, weil ein Macho-Spruch dem nächsten folgte. »Das Jüngste Gericht wird sich vertagen müssen, weil Frauen grundsätzlich zu spät kommen.«

»Nee, schon eher, weil die Männer immer noch damit beschäftigt sein werden, die Länge ihrer … Ausrüstung zu ver-

gleichen«, gab Martina zurück. Die Altstudenten blickten befriedigend verdattert, doch Jürgen lachte: »Da gibt es doch keinen Vergleich!« Ihre Mitfahrer johlten.
Die beiden Altstudenten schienen zu glauben, jetzt extra Eindruck schinden zu müssen. »Früher, als wir in Berlin studiert haben, haben wir über den Andi alle führenden Köpfe der linken Szene getroffen. Und nicht nur die von der Uni. Wirklich alle. Den Gollwitzer zum Beispiel. Und sogar die Tussi von *konkret,* die gerade über den Prozess berichtet, die Meinhof«, sagte der dickere von beiden.
Da Martina nach ihrem Berlin-Erlebnis begonnen hatte, die Zeitschrift *konkret* mitsamt der Kolumnen von Ulrike Meinhof zu lesen, interessierte sie das sehr. Sie versuchte aber, es sich nicht anmerken zu lassen.
»Wie habt ihr denn die Meinhof erlebt?«, wollte sie betont beiläufig wissen. Der bärtigere von beiden freute sich sichtlich, seine Meinung loszuwerden.
»Sie ist eine richtige Schickimicki-Linke. Sommer in Kampen auf Sylt, Winter in Hamburg oder Berlin. Na ja, seit sie geschieden ist nicht mehr, aber fürs Spendeneintreiben ist die immer noch die Beste. All die honorigen Professoren, Doktoren, Wirtschaftsbosse und Bürgermeister können dieser Fernseh-Linken nichts verweigern, tun das auch nicht. Als wir aus Berlin weg sind, hatte sie gerade die Heimkinder für sich entdeckt. Man hat schon das Gefühl, egal, ob Ärzte, Wirtschaftsbosse oder Rechtsanwälte, die genießen es manchmal sogar, von den Berliner Obermuftis des Proletariats ausgenommen zu werden. Der Andi hat immer gesagt, wer's nicht anders verdient …«
Das klang so anders als der Eindruck, den sie aus den Kolumnen der Meinhof von ihr gewonnen hatte. Garantiert war das nur der zynische männliche Chauvinismus des Altstudenten, die übliche Voreingenommenheit gegenüber einer erfolgreichen Frau, was sie aber nicht abhielt, noch

eine Frage nachzuschieben. »Und hat ›der Andi‹ eigentlich selbst echte politische Vorstellungen?«, wollte sie wissen. »Oder hat der nur in Frankfurt mitgemacht, weil seine Freundin, die Ensslin, ihm das gesagt hat?«

»Quatsch. Wer die knallhärtesten Sachen bringt, gibt die Richtung vor. Und das ist immer der Andi. Okay, die Ensslin kenne ich nicht. Als wir ihn in Berlin wiedergesehen haben, war er mit einer Malerin zusammen, auch so 'ne pseudolinke Gefühlstussi, die immer ihr Gesicht verzogen hat, wenn der Andi sagte: ›Lieber einmal die Obermeier als zweimal Mailand–San Remo‹, oder ›Lieber geil als Cruise Missile‹, anstatt mit ihr über Marx zu diskutieren. Doch wir haben ihn häufiger *Micky Maus* als Marx lesen sehen, auch wenn sie dabei war. Marx ist die Theorie, Murks ist die Praxis, war seine Spaßaussage dazu. Das heißt aber nicht, dass der Andi nicht echt links ist. Der diskutiert jeden Ultralinken unter den Tisch. Nur wenn ihm keiner zuhört oder einer widerspricht, kann er laut werden, laut, dass du dein eigenes Wort nicht mehr verstehst. Und er konnte es nicht haben, wenn sie sich daran störte, wenn er lieber Gras rauchte, als unter Heuschnupfen zu leiden.«

Während des Lachens über seinen Witz tauchte Gott sei Dank ihre Mitfahrerin auf, was das Gespräch unterbrach. Doch nicht so, wie Martina erhofft hatte.

Jürgen hatte Hasch dabei und drehte Joints für alle. Martina mochte nicht zugeben, dass sie das Zeug noch nie geraucht und nur eine ungefähre Ahnung von der Wirkung hatte. Als sie zum Fahrer sagte: »Kiffen macht gleichgültig«, und als Antwort ein »Na und?« bekam, wurde nur gelacht. Also nahm sie die Zigarette und zog den süßlichen Rauch ein paarmal ein. Sie spürte keine Veränderung. Erst der zweite, zu dem sie sich wieder genötigt fühlte, gab ihr das Gefühl, die ganze Welt umarmen zu können. Auf einmal hatte sie auch das dringende Bedürfnis, Jürgen seines Vaters wie seiner Mutter wegen den Kopf tätscheln zu müssen. Er lehnte den Kopf zurück, fing ihre Finger mit seinem Mund ein und fuhr mit seiner Zunge sachte über jeden einzelnen von ihnen, ehe er sie wieder losließ. Es fühlte sich gut an, gut und prickelnd. Martinas Gefühl, Teil von etwas zu sein, von einem Aufbruch zu etwas Größerem, Wichtigem verstärkte sich.

Sie kamen am Abend in Frankfurt an und übernachteten bei dem Freund eines Mitfahrers in einer WG. Am nächsten Tag sollte das Urteil gesprochen werden, und der Gerichtssaal würde voll sein, deswegen wurde jeder darauf eingeschworen, rechtzeitig aufzustehen. Martina beschloss, erst gar nicht einzuschlafen, sie war ohnehin nicht müde.

»Na, wenn das so ist …«, sagte Jürgen und grinste.

»Wenn du denkst, eine Autofahrt nach Frankfurt und etwas Hasch langen, damit ich mich in dich verliebe …« Obwohl er immerhin mit seinem Mund und seiner Zunge umgehen konnte.

»Wer redet denn von Liebe? ›Wer zwei Mal mit demselben pennt, gehört schon zum Establishment.‹ Nicht von mir, aber trotzdem trifft es auf den Punkt. Wenn du noch nicht gerafft hast, dass du Sex mit Leuten ohne diesen ganzen romantischen Klimbim haben kannst, bist du noch bourgeoiser, als ich dachte.«

Sie knallte ihm eine, ohne nachzudenken. »Warum jetzt diese Ohrfeige?«, wollte er mit erstaunt blickenden Augen wissen.

»Beifall für deine Ohren, wenn du einfach nur nachplapperst, was du von der Kommune 1 aus Berlin hast. Dutschke, Teufel, alle echten Männer sind dort doch schon längst wieder weg, weil sie Mut zur Partnerschaft gefunden haben, statt beim Obergroupie anzustehen, nur weil die Obermeier wirklich toll ausschaut«, fauchte sie. »Wenn schon Aufreißer-Sprüche, lass dir doch eigene einfallen!«

»Heißt das, du willst von mir aufgerissen werden?« Sie rollte die Augen nach oben, fand jedoch keinen Ärger in sich, sondern nur noch Heiterkeit, Übermut und eine gewisse Kameradschaft. Dank der Joints war ihr, als nähme sie Urlaub von sich selbst.
»Okay«, sagte sie.
»Okay was?«
»Okay, lass uns rausfinden, wie wach wir noch sind und ob es hier ein Plätzchen für uns alleine gibt.«

Die kleine Gruppe, die sich am nächsten Morgen zur Vierten Großen Strafkammer des Frankfurter Landgerichts aufmachte, war samt und sonders übernächtigt, aber aufgekratzt und unternehmungslustig. Nur Martina versetzte allen kurz einen Dämpfer, als sie fragte, ob jemand die Nachrichten im Radio gehört habe. »Die Truppen in Vietnam werden erneut aufgestockt«, zitierte sie.
»Hat der Kerl, der Nixon, nicht damit Wahlkampf gemacht, dass er den Krieg beenden wolle?«, fragte Jürgens Freund, der den Wagen zur Verfügung gestellt hatte.
»Ein Amerikaner ist doch wie der andere. Hast du Sartres ›Vietnam-Tribunal in Amerika vor Gericht‹ gelesen?«, konterte sein Mädchen, die einzige andere Frau in der Gruppe. Vielleicht lag es daran, dass sie nicht geschlafen hatte, doch gerade jetzt wollte Martina nicht über Sartre diskutieren und bei einem Zitatewettbewerb wetteifern. Es erschien ihr trivial, gemessen daran, dass auch heute wieder Menschen durch Napalm starben und Protestierende, welche sich damit nicht abfinden wollten, mit Gefängnis bedroht wurden.
»Wir regen uns alle auf, weil unsere Eltern nichts gegen Hitler unternommen haben …«
»… ihn mit Handkuss begrüßt, trifft es schon eher«, unterbrach Jürgen sie.
»… nichts unternommen haben«, fuhr Martina unbeirrt

fort. »Aber was ist, wenn unsere Kinder uns einmal fragen, was wir gegen Vietnam unternommen haben?«

»Ich weiß nicht, wieso wir da überhaupt etwas unternehmen sollen oder können«, sagte das andere Mädchen in der Gruppe. »Sind doch schließlich nicht unsere Soldaten da unten.«

»Frauen und Politik«, sagte ihr Freund nachsichtig, und Martina wurde rot vor Ärger.

»Die amerikanische Armee hat hier zentrale Stützpunkte für den Truppentransport«, warf sie ein, ehe er mehr sagen konnte. »Und wir liefern chemische Substanzen für ihre Bomben, weil wir das nach zwei großen Kriegen so perfekt gelernt haben.«

»Vielleicht nicht mehr viel länger«, sagte ein weiterer von Jürgens Freunden hoffnungsvoll. »Jetzt, wo Kiesinger draußen und Brandt an der Regierung ist. Der war Emigrant und Widerstandskämpfer im Dritten Reich, der weiß, wie es ist.«

Jürgen machte ein skeptisches Gesicht, doch die übrigen Studenten stimmten zu, und Martina bemühte sich, ebenfalls Hoffnung zu empfinden. Die Wahl im letzten Monat mochte wirklich alles verändert haben. Die Zeit würde es weisen.

Der Raum der Vierten Großen Strafkammer war zum Bersten voll, ehe der Vorsitzende und seine vier Beisitzer erschienen, doch noch fehlten die Angeklagten. Martinas Gruppe traf zwar vor vielen anderen ein, fand jedoch kaum noch Sitzplätze, was hieß, dass einige von ihnen die anderen auf den Schoß nehmen mussten.

»Aber immer«, lächelte Jürgen sie an.

Ein paar Vertreter der Medien waren zugegen, doch die meisten Menschen auf den Zuschauerbänken waren offenkundig Studenten. Einige sprachen darüber, dass am Vortag die Plädoyers von Staatsanwaltschaft und Verteidigung

stattgefunden hatten, heute würde es nur noch die Urteilsverkündung geben.
»Und die Angeklagten?«, fragte Martina, halb enttäuscht, halb erleichtert. Einerseits hätte sie gerne mehr vom Prozess gesehen, andererseits konnte sie so gewiss sein, das Ende mitzuerleben. »Was war ihr Schlusswort?«
»Thorwald Proll hat die Zuhörer aufgefordert, die Landesfriedensbruchbude hier in Brand zu stecken und alle Springer-Zeitungen gleich mit. Danach kam ein echtes Justiz-Happening.«
Es waren insgesamt vier Angeklagte: Andreas Baader, Gudrun Ensslin, Horst Söhnlein und Thorwald Proll. Vor dem Prozess hatte sie von keinem der vier je gehört. Einer der beiden Dauerstudenten fragte jedoch sofort: »Und der Andi?«
»Dessen Anwalt hat gesagt, das Zuchthaus sei der einzige Ort in unserer Konsumgesellschaft, worin ein anständiger Mensch leben kann, ohne schuldig zu werden.«
»Was für eine bescheuerte Verteidigung soll denn das sein?«, fragte der Altstudent verwirrt, doch er wurde von der aufkommenden Unruhe im Gerichtssaal übertönt, als die Angeklagten hereingeführt wurden. Martina reckte den Hals. Sie hatte Fotos in den Zeitungen gesehen, aber trotzdem fiel es ihr zuerst nicht leicht, Söhnlein von Baader zu unterscheiden. Beide waren dunkelhaarig, bartlos und bleich. Proll war der mit der Brille, das wusste sie. Gudrun Ensslin erkannte sie durch all das Gedränge im Saal an ihren langen blonden Haaren und der weinroten Lederjacke. Sie sah in persona deutlich jünger aus als auf den Fotos. Vielleicht lag es aber auch daran, dass sie lächelte. Hoffte sie etwa auf einen Freispruch?
Der Vorsitzende, der in den Medienberichten als »Landgerichtsdirektor Gerhard Zoebe« vorgestellt worden war, bat um Ruhe für die Urteilsverlesung. Im Gerichtssaal wurde es schlagartig still.

»Die Angeklagten sind der versuchten menschengefährdenden Brandstiftung schuldig und werden deshalb jeweils zu drei Jahren Zuchthaus verurteilt.«

Die Bitterkeit, die in Martina aufwallte, überraschte sie, denn im Grunde hatte sie mit diesem Urteil gerechnet. Gleichzeitig hatte sie aber trotzdem auf das Gegenteil gehofft. Ganz gleich, wie zynisch sie sich gegeben hatte, es war nicht zu begreifen, dass ein Menschenleben weniger wert sein sollte als Sachbeschädigung. Wie oft waren Totschläger, Vergewaltiger, Pädophile, ja Mörder schon mit weniger davongekommen? Ganz zu schweigen von einigen Urteilen gegen Beteiligte an den KZ-Greueltaten und den Schreibtischtätern der Nazis. Das allgemeine Ächzen um sie machte klar, dass sie nicht als Einzige so dachte.

»Es handelt sich in diesem Prozess nicht um das bedeutsame Rechtsgut der Demonstration, sondern um eine menschengefährdende Brandstiftung. Die Tat, um die es hier ging, ist in der Studentenschaft weitestgehend missbilligt worden …«

Während des aufkommenden Lachanfalls der anwesenden Studenten konnte Martina gerade noch sehen, wie Gudrun Ensslin von der Anklagebank aufstand. »Das interessiert uns hier nicht mehr. Wir möchten raus.«

Nach ihr erhoben sich auch die übrigen Angeklagten. Der Richter fragte verwundert: »Wollen Sie sich die Begründung des Urteils nicht in aller Ruhe anhören?«

»Faschist«, schrie Jürgen an Martinas Ohr vorbei. »Faschist!«

Eine andere Stimme schrie: »Die Angeklagten gehören vor ein Studentengericht!«

Offenbar kannte der Richter den zweiten Rufer. Er wandte sich an die Justizwachmeister. »Der Unruhestifter Cohn-Bendit ist aus dem Saal zu entfernen.«

Martina stand auf, weil sie zumindest von dem Hinauswurf

ein Foto machen wollte und Jürgen sich unter ihrem Po ständig hin und her bewegte, von seiner ständigen Fummelei an ihr ganz zu schweigen. So hatte sie die Kamera in der Hand, als Baader und Söhnlein, nun eine brennende Zigarre im Mund, über die Barriere der Anklagebank sprangen wie in einem Gangsterfilm. Die Zuschauer lachten und klatschten laut, während die Altstudenten neben Martina laut »Andi, Andi!« riefen. »Wir stürmen für dich die Bundeshauptstadt!«

»Dann lasst uns aber die NATO übrig«, rief Baader zurück. Inzwischen war von der Gelassenheit des Richters nichts mehr übrig. »Räumen – den ganzen Saal!«

Martina schaute auf den Polizisten, der auf sie zukam. Ein Teil von ihr wusste, dass der Mann und seine Kollegen, die nun gemeinsam mit den Justizbeamten das Publikum aus dem Saal drängten, nichts mit den Polizisten in Berlin zu tun hatten. Nichts – bis auf die Uniform. Doch anders als in Berlin war der weitaus größere Teil von ihr entschlossen, diesmal keine Angst zu zeigen. Sie klammerte sich an die nächste Bank, um sich nicht aus dem Raum zerren zu lassen, aber dem Polizisten fiel es geradezu lächerlich leicht, ihre Finger zu lösen. Diesmal war sie es, die laut »Faschist« schrie. Das Gesicht des Polizisten veränderte sich.

»Ich bin Jude, du dumme Tussi«, rief er und bugsierte sie in Richtung Saaltür. Doch dort stiegen stinkende Rauchschwaden hoch.

»Irgendein Idiot hat Rauchbomben geworfen«, hörte sie Jürgen schreien.

Der Qualm biss in Martinas Augen. Sie war froh, dass sie die Kamera an einem Band um den Hals trug, sonst wäre die Leica verloren gewesen, während Martina weiterhin verzweifelt versuchte, sich irgendwo festzuhalten. Inzwischen erkannte sie niemanden mehr um sich. Stöße kamen von allen Seiten, hauptsächlich von anderen Studenten, die in den Rauchschwaden auch niemanden mehr ausmachen konnten. Es schien Martina eine Ewigkeit, bis sie sich schließlich im Gang des Gerichtsgebäudes wiederfand. Doch als sie auf ihre Armbanduhr schaute, stellte sie fest, dass keine Viertelstunde seit Beginn der Urteilsverkündung vergangen war. Um sie herum summte es wie in einem Bienenstock. Der einzige Bekannte, den sie weit und breit sah, war einer der Münchner Altstudenten.

»Also, *das* war echt ein super Justiz-Happening.« Er strahlte über das ganze Gesicht und klang geradezu euphorisch.

* * *

»Und da«, berichtete Martina später Renate Huber, »war mir klar, dass ich den Zug zurück nehmen würde, zum Teufel mit den Kosten. Die anderen wollten alle nur ihren Spaß haben. Es waren Schwätzer, verstehst du? Für die hätte es genauso gut ein x-beliebiges Rockkonzert sein können. Sie haben nicht verstanden, worum es überhaupt ging. Warum das Urteil von Bedeutung für unsere Gesellschaft ist.«

»Nimm's mir nicht übel, aber das verstehe ich auch nicht. Ich glaube einfach nicht, dass du in der Bundesrepublik mittels inländischen Terrors gegen inländische Rechtsgüter auf die Beendigung des Krieges in Vietnam einwirken kannst.«

»Wenn du miterlebt hättest, wie viele sich im Publikum solidarisiert haben, im und vor dem Frankfurter Landgericht, wüsstest du, dass du unrecht hast«, gab Martina zurück. »Da ist wirklich etwas in Bewegung geraten!«

Sie mochte Renate, auch wenn sie selten einer Meinung waren. Nur ein paar Tage nach der Urteilsbegründung saßen sie gemeinsam vor dem Fernseher und schauten sich die ARD-Sendung *Panorama* an, in der Gudrun Ensslin interviewt wurde. Renate musste zugeben, dass die Ensslin mit ihren klaren, präzisen Formulierungen beeindruckend war. Vergleichbares hatte sie so noch nicht erlebt.

»Mir gefallen auch alle Sachen, die man in den Kaufhäusern kaufen kann«, sagte die langhaarige Frau im Fernsehen, als sie gefragt wurde, wie sie die Brandlegung rechtfertige, und als Antwort auf den Selbstbetrug der Bundesbürger hinwies, für die schöne Waren zum Selbstzweck geworden seien. »Wir dürfen nicht Püppchen manipulierter Konsumidioten werden, nur noch von Profitinteressen gesteuert. Dann ist der Preis, den man dafür zahlt, zu hoch.«

»Also wenn sie im Gefängnis Interviews geben darf, sind wir noch nicht in der Diktatur angekommen«, kommentierte Renate trocken, bewusst ignorierend, dass das Urteil wegen des Einspruchs der Anwälte noch keinen Bestand hatte und die Verurteilten bis zur Revision bald wieder auf freien Fuß gesetzt werden mussten. »Aber schön, sie hat sich etwas bei der Zündelei gedacht, das gebe ich zu.«

Es war Renate, der sich Martina ein paar Wochen später anvertraute, als sie feststellte, dass ihre Periode ausblieb. Sie hatte keine Ahnung, wie man einen Schwangerschaftstest machte oder woher man ihn bekam. Den Arzt, zu dem sie in Nürnberg immer gegangen war, konnte sie nicht konsultieren, er war ein alter Freund ihrer Eltern.

»Und du nimmst nicht die Pille, weil …?«

»Doktor Meier bei der Vorstellung in Ohnmacht gefallen wäre, dass ein Mädchen, bei dessen Entbindung er dabei war, Sex hat. Und hier in München habe ich noch keinen Frauenarzt.«

Renate kannte einen und wusste außerdem, dass es in der Apotheke auch ohne ärztliche Verschreibungen Tests gab.

»Es geht mich ja nichts an«, sagte sie, während Martina die Gebrauchsanweisung las und versuchte, ruhig und gelassen zu bleiben. »Aber du bist mir in den letzten zwei Monaten nicht gerade verliebt vorgekommen.«

»Bin ich auch nicht. Ich … Es ist einfach passiert, in Frankfurt.« Martina dachte an die Mischung aus Mitleid und Herausforderung, das Jürgen in ihr ausgelöst hatte, und das Auf und Ab von Zuneigung, Belustigung und Neugier, das er in ihr hervorgerufen hatte. Die Jungs, mit denen sie in Nürnberg ausgegangen war, hatten sich alle von ihr einschüchtern lassen und sich noch dazu so unbeholfen angestellt, wie sie selbst sich gefühlt hatte. Das konnte man von Jürgen nicht behaupten, im Gegenteil. Aber Liebe war es trotzdem nicht, was sie für ihn empfand. Jetzt schon gar nicht mehr. »Wir waren alle ungeheuer aufgedreht«, versuchte sie es sich und Renate zu erklären. »Und wenigstens konnten wir gut zusammen lachen, aber inzwischen kenne ich seine Sprüche auswendig. Klar, er sieht gut aus und hat etwas Verwundbares, aber wenn er mir jetzt schon auf die Nerven geht, wie soll das dann später werden? Ich glaube, ich wollte mir auch bloß etwas beweisen.«

Während sie auf den Test starrte, spürte sie die Panik in sich aufsteigen. Prinzipiell hatte Martina geplant, irgendwann in ferner Zukunft Kinder zu haben. Aber jetzt noch nicht, jetzt, wo ihr Leben am Anfang stand, wo sie noch Jahre für ihr Studium brauchen würde, geschweige denn, um sich beruflich zu etablieren. Und was Jürgen betraf, den konnte sie nun überhaupt nicht als verantwortungsbewussten Vater sehen.

Ihr wurde übel.

1998 – Entlassung

Die Jungen reagierten auf Angelikas Eröffnung, ihre Großmutter sei nicht tot, sondern lebe in einem Gefängnis, anders, als sie erwartet hatte. Sie hatte ihre eigenen quälerischen Gespräche mit den Großeltern und Renate und natürlich das Triezen der anderen Kinder auf dem Schulhof in Erinnerung. Also hatte sie sich auf die Anschuldigung, eine Lügnerin zu sein, oder Vorwürfe gefasst gemacht. Justus hatte sich den Nachmittag freigenommen, um ebenfalls dabei sein zu können. Aber die Zwillinge hörten sich ihre Erklärung ruhig an. Michael wirkte eher verdutzt als erschüttert, als er fragte: »Aber die Oma Hanna muss nicht ins Gefängnis?«

»Ganz bestimmt nicht«, sagte Justus, und Angelikas Anspannung wurde von nervöser Heiterkeit durchbrochen, als sie sich die Reaktion ihrer Schwiegermutter auf diese Frage vorstellte. »Die Oma Hanna hat nie etwas Böses getan.«

»Die Socken, die wir zu Weihnachten von ihr gekriegt haben, waren echt kratzig«, protestierte Maxel. Sein Bruder schaute von Justus zu Angelika.

»Ist die Oma Martina wie Robin Hood?«

Justus öffnete den Mund, doch Angelika hob ihre Hand. Es war an ihr, diesen Punkt richtig zu erklären.

»Nein«, sagte sie sehr ernst. »Sie hat Menschen weh getan und mitgeholfen, ein paar zu töten. Dabei hat sie geglaubt, sie wäre wie Robin Hood, aber in Wirklichkeit war sie wie der Sheriff von Nottingham.«

Die Jungen starrten sie an, die Stirn gerunzelt in dem Versuch, zu verstehen, was sie gerade gesagt hatte. Jetzt, dachte Angelika, jetzt werden sie kommen, die Tränen, die Vorwürfe.

»Dann brauchen wir sie nicht zu besuchen, oder?«

»Nein«, sagte Justus, und die Erleichterung in seiner Stimme war überdeutlich. Ein Teil von Angelika war ebenfalls erleichtert, doch der weitaus größere entschied genau in diesem Moment, dass sie den schwierigeren Weg nehmen würde.

»Nicht, wenn ihr das nicht wollt«, sagte sie. »Aber ich werde mich in den ersten paar Wochen um sie kümmern. Sie ist meine Mutter, und ich glaube, dass sie sich im Gefängnis geändert hat.«

Nun, da sie es ausgesprochen hatte, war ihr ein wenig schwindlig. Als kleines Mädchen war sie einmal von der Schaukel gesprungen und hatte für einen Moment geglaubt, sie flöge, bis die Schwerkraft sie auf den Boden riss und ihr einen verstauchten Knöchel und ein wundes Knie einbrachten. Der fassungslose Ausdruck in Justus' Gesicht fühlte sich verwandt an.

»Sie kommt hierher?«, fragte Maxel. »Also, unser Zimmer kriegt sie nicht!«

»Nein, nein«, erklärte Angelika beschwichtigend. »Zuerst werde ich mit ihr an die See fahren. Nur für ein paar Tage. Danach suchen wir ihr eine Wohnung.«

»Und warum dürfen wir nicht an die See fahren?«, fragte Michael, der immer schnell darin war, eine mögliche Bevorzugung von jemand anderem zu erkennen.

»Weil ihr in die Schule müsst«, gab Angelika zurück. Die Jungen grummelten noch ein wenig, aber dann kam die Frage, vor der sie zu Recht Angst gehabt hatte.

»Wie ist die neue Oma denn so?«

Ehe sie antworten konnte, fuhr Justus dazwischen. »Als der Teufel von ihr hörte, hat er in der Hölle gekündigt«, sagte er finster. Seine Miene zeigte, an wen das gerichtet war.

Sie war es nicht gewohnt, ihre Mutter zu verteidigen. Der Spruch ging vor den Kindern aber zu weit, das war unterhalb der Gürtellinie. Sie konnte nicht anders und war nicht weniger unfair. »Besser ein ehrlicher Teufel als ein scheinheiliger Engel. Ich musste gerade an deine Zähne denken, die du ziehst, weil du Brücken bauen willst, nicht weil die Zähne gezogen werden müssen.«

Justus stand auf und verschwand in der Küche, und es war nicht unbedingt Befriedigung, die Angelika erfasste.

»Mami, was ist scheinheilig?« Die Frage ihres Sohnes lenkte sie zumindest kurzfristig ab von dem, was folgen musste.

»Wenn wirre Gedanken um einen kreisen und man sie nicht unter Kontrolle bekommt, entsteht ein Scheinheiligenschein«, war ihr Versuch, sich wieder etwas zu sammeln und den Kindern keine streitenden Eltern vorzuführen. Sowie die Jungen vor dem Fernsehen saßen, fanden sie sich in der Küche wieder. Wie sie vermutet hatte, bebte Justus vor Zorn.

»Wie kannst du nur … Dass du so etwas nicht vorher mit mir besprichst …«

»Ich habe es mit dir besprochen. Ich habe gesagt, dass ich darüber nachdenke. Ich wusste bis gerade eben wirklich nicht, ob ich es nun tun würde oder nicht. Da habe ich mich entschieden.«

»Vor den Jungen? Das war vollkommen unverantwortlich!«

»Die Jungen haben alles gut aufgenommen. Und ich bin nur ein paar Tage nicht da. So lange kannst du dich um sie kümmern.«

»Darum geht es doch nicht«, sagte Justus grimmig. »Sondern darum, dass du mir in den Rücken gefallen bist. Wenn das der Einfluss deiner Mutter ist, dann …«

»Wie lange sind wir jetzt schon verheiratet? Und du glaubst immer noch nicht, dass ich selbständig eine Entscheidung treffen kann, ohne dass mir jemand gute Ratschläge erteilt?«

»Bis heute habe ich es geglaubt«, entgegnete er.

»Du meinst, du hast es geglaubt, solange ich nichts entschieden habe, mit dem du nicht einverstanden bist«, fauchte sie, ehe sie sich zurückhalten konnte. »Du bist mein Mann, nicht mein Boss!«

»Jetzt versuch doch nicht, das Ganze feministisch zu verbrämen«, entgegnete er wütend. »Es geht doch darum, dass wir Entscheidungen, die unsere Familie betreffen, immer gemeinsam fällen. Gemeinsam, und bevor wir sie den Jungs mitteilen. Wenn ich so etwas getan hätte wie du gerade, wenn ich den Jungs gesagt hätte, dass demnächst bei uns Charles Manson einzieht, und zum Teufel mit dem, was du denkst, würdest du mir nicht nur vorwerfen, dass ich für dich entscheide, du würdest mich für verrückt erklären. Und du hättest recht.«

Sie zuckte bei diesen Worten zusammen. Er war wirklich gut darin, sie ins Unrecht zu setzen. Gleichzeitig war sie über den Charles-Manson-Vergleich so zornig, dass sie nun ihrerseits mit einem rhetorischen Schwergeschütz auffuhr.

»Meine Mutter ist kein durchgeknallter Sektenführer. Und sie soll auch nicht bei uns einziehen. Ich will lediglich ein paar Tage mit ihr verbringen, um sie wieder kennenzulernen. Das ist wirklich nicht zu viel verlangt, wenn ich mir überlege, wie oft wir deine Mutter hierhaben. Und dass wir ihretwegen letztes Jahr *an unserem Hochzeitstag* die gesamte Beerdigung von Prinzessin Diana anschauen mussten, weil sie noch nicht mal zum gemeinsamen Kaffeetrinken vom Fernseher wegwollte!«

Es gab unangenehmere Schwiegermütter als Hanna Limacher, aber Angelika rieb sich gelegentlich mit ihr, lebte mit der Gewissheit, dass Hanna sie für nicht gut genug hielt, und war zu aufgebracht, um sie jetzt nicht in den Streit mit ihrem Mann hineinzuziehen.

»Klar«, empörte sich Justus. »Etwas Zeit mit meiner Mutter zu verbringen, die in ihrem Leben keiner Fliege etwas zuleide getan hat und uns schon seit Jahren anbietet, sich um die Kinder zu kümmern, damit wir allein verreisen können, das ist ein echtes Opfer und vergleichbar damit, Micha und Max dem Einfluss einer Mörderin auszusetzen. Oder ihnen eine Mutter zu bescheren, die mit ihren Nerven am Ende ist, wenn die Sache so läuft, wie als du das letzte Mal Kontakt zu dieser Frau hattest. Hast du dir das schon mal überlegt? Wie es auf die Jungs wirkt, wenn sie dich wieder enttäuscht und du als heulendes Elend zurückkommst?«

Angelika holte tief Luft, bemerkte, dass sie kurz davor stand, loszuschreien, und stieß den Atem wieder aus. Leise und schneidend antwortete sie: »Wenn das passiert, werde ich nicht als heulendes Elend zurückkehren, wie du dich ausdrückst. Ich kann mich vor den Kindern zusammennehmen. Wann habe ich das nicht gekonnt?«

»Gerade eben«, sagte Justus prompt. »Es sei denn, du hast gelogen, als du behauptet hast, der Entschluss sei dir spontan gekommen. Und wie war das, als sie sich einen Tag und fast die ganze Nacht lang im Hauptsmoorwald verirrt hatten? Da bist du vollkommen ausgerastet und hast gesagt, wenn sie jemand gekidnappt hat, würdest du ihn umbringen, und ich sollte bloß nicht versuchen, dich davon abzuhalten. Ja sicher, du hast die Selbstbeherrschung gepachtet, wenn es um deine Mutter und die Jungs geht.«

Dass er diesen fürchterlichen Tag erwähnen konnte, an dem sie viele Stunden lang nicht wussten, ob Micha und Max lebten oder tot waren, und ihr daraus einen Vorwurf machte, machte sie sprachlos. Als hätte er damals nicht ähnlich empfunden! Vielleicht lebte Justus wirklich in einer Welt, in der Gefühle sich eingefrieren und regulieren ließen wie Blutkonserven und nur bei angemessenen Anlässen aufgetaut wurden.

»Wenn das dein Ernst war, ist jedes weitere Gespräch sinnlos.«
Justus schien zu merken, dass er zu weit gegangen war. Oder er war einfach nur von dem Streit erschöpft und wollte ihn beenden. Natürlich hatten sie in der Vergangenheit gelegentlich Meinungsverschiedenheiten gehabt, aber noch nie eine so verletzende Auseinandersetzung.
»Also gut«, sagte er tonlos. »Wenn du keinen Wert darauf legst, dass ich mich um dich sorge, und das als Diktat missverstehst, werde ich dir meine Sorgen von jetzt an ersparen. Du wirst sicher mit allem alleine fertig. Auch mit aufdringlichen Reportern.«
Das stellte sich sehr schnell als eine nicht abstrakte Drohung heraus. Eine von Justus' Sprechstundenhilfen hatte den Anruf eines gewissen Alex Gschwindners entgegengenommen und ihn an Justus weitergeleitet, der nur erklärte, weder seine Frau noch er selbst sprächen mit den Medien, und aufhängte. Angelika packte bereits ihren Koffer, immer noch aufgewühlt von der Auseinandersetzung vor wenigen Tagen, als sie ein Anruf des gleichen Mannes auf ihrem Handy erreichte. Streit hin oder her, sie glaubte nicht, dass Justus so kleinlich sein könnte, einem Reporter ihre Nummer zu geben, also fragte sie sofort, woher der Mann sie hatte.
»Von Renate Huber«, erwiderte er. Verblüfft setzte Angelika sich auf ihr Bett.
»Das ist eine Lüge«, gab sie zurück, ohne zu zögern. In früheren Jahren, als Renate noch mit ihrer Kampagne beschäftigt war, hätte sie es sofort geglaubt, doch in diesem Jahr? Nach der Mahnung, Martina solle »so diskret wie möglich« sein, nach den Wahlkampfsorgen? Ganz gewiss nicht.
»Dann hat Ihnen Frau Huber auch noch nichts von dem Versöhnungsprojekt erzählt?«, fragte die fremde Stimme, die den Hauch eines fränkischen Akzentes hatte, was Angelika sofort an die Großeltern erinnerte.

»Ich habe keine Ahnung, wovon Sie sprechen.«
»Ich rufe Sie nicht als Journalist an, Frau Limacher. Mein Vater starb im Herbst 1977. Er arbeitete damals als Fahrer für Staatssekretär Werder.«
Ihr wurde kalt. Als Kind hatte sie sich manchmal gefragt, was sie wohl täte, wenn sie je einem Angehörigen der Opfer begegnen würde. Es war ihr nie etwas eingefallen, was sie hätte sagen können. »Es tut mir leid«? Das verstand sich von selbst. »Ich teile die Ansichten meiner Mutter nicht«? Davon konnte sicher jeder ausgehen, aber das machte auch niemanden wieder lebendig. Sie hatte Aufnahmen von Staatssekretär Werder, seinem Sohn und seiner Witwe gesehen, auch die Namen der Leibwächter und des Fahrers gelesen, doch sie hatte nie ein Foto gesehen, und so war es leicht gewesen, nicht an sie zu denken. Sich daran zu klammern, dass sich die Personenschützer immerhin freiwillig für diesen gefährlichen Beruf gemeldet hatten, half allerdings nicht. Es wäre auch bloß Selbstbetrug gewesen.
An Kinder, bis auf den Sohn des Staatssekretärs, der bereits ein junger Mann gewesen war, hatte sie nie gedacht.
»Ich verstehe«, sagte sie, obwohl sie nichts verstand. Die eigene Stimme klang ihr fremd und kratzig in den Ohren.
»Ich weiß nicht, ob ich mich an diesem Projekt beteiligen werde, Frau Limacher. Ob ich es kann. Deswegen wollte ich mit Ihnen sprechen.«
Angelika presste eine Hand auf den Mund. Konnte es wirklich sein, dass sich Renate so etwas wie ein Versöhnungsprojekt hatte einfallen lassen? Dass sie auf diese Weise ihre alte Verbindung zu Angelikas Mutter in etwas Positives für ihren Wahlkampf ummünzen wollte? Oder log dieser Mann, nicht nur, was das Projekt, sondern auch, was seine Identität betraf? Es gab keinen Grund, ihm unbesehen zu glauben, dass er mit einem der Opfer verwandt war. Jeder konnte so etwas behaupten.

Andererseits: Wenn er tatsächlich der Sohn eines Opfers war, dann wäre es gewiss der Gipfel des Zynismus, von ihm Beweise als Tochter einer Täterin zu verlangen. Und irgendwie musste er ja an ihre Handynummer gekommen sein, sie war nirgendwo gelistet.
»Ich weiß nichts von so einem Projekt«, sagte sie leise. »Sie sind der Erste, der mir davon erzählt.«
Er erwiderte nichts. Sie fragte sich, ob er ihren Atem durch das Telefon hören konnte.
»Ich würde zu gerne alles ungeschehen machen«, sagte sie impulsiv. »Wenn ich das könnte. Aber niemand kann das.«
»Nein, niemand«, entgegnete er und legte auf.

* * *

Alex hatte vor zwei Jahren das Rauchen aufgegeben, aber das Bedürfnis nach einer Zigarette war nie wieder so heftig gewesen wie gerade jetzt.
Er hatte fest vorgehabt, die Tochter der Müller dazu zu kriegen, ihm den Aufenthaltsort ihrer Mutter zu nennen. Deswegen hatte er sich an den Hacker seines Kumpels vermitteln lassen, der Renate Hubers Handy für ihn geknackt und ihm die Nummern besorgt hatte, mit denen die Huber in den letzten Tagen telefoniert hatte. Das sollte das Endziel sein: Mit der Müller zu sprechen, Antworten zu verlangen, und zwar so, dass sie sich nicht hinter ihren Phrasen verstecken konnte. Und er hatte Erfahrung darin, unwillige Quellen zum Sprechen zu bringen. Angelika Limacher hatte wunschgemäß reagiert, es wäre sogar eine Kleinigkeit gewesen, sie zu einer persönlichen Begegnung zu überreden.
Stattdessen lief ihm nun der Schweiß den Rücken hinunter, seine Hände zitterten, und die Sucht danach, sich mit Tabak abzulenken, war stärker denn je. Er hatte die Verbindung

unterbrechen müssen, weil er seiner Selbstbeherrschung nicht mehr traute.

Es war der Klang ihrer Stimme gewesen, der sie für ihn wirklich gemacht hatte. Martina Müllers Stimme kannte er von den Tonbandaufnahmen vom Prozess. Aber ihre Tochter war bis jetzt nur ein Name auf dem Papier gewesen, ein Mittel zum Zweck. Die Stimme einer erwachsenen Frau zu hören, jemand, von deren Verbindung zu Martina Müller er keine Ahnung gehabt hätte, wäre sie ihm auf der Straße begegnet, hatte sie real werden lassen. Und dann hatte sie, ohne es zu wissen, genau das ausgesprochen, was er sich als Kind mehr als alles andere gewünscht hatte.

Ich würde zu gerne das alles ungeschehen machen.

Mach, das nichts davon passiert ist, hatte Alex gebetet, *mach das alles ungeschehen.* Er war kein besonders frommes Kind gewesen, aber er hatte an Gott geglaubt, es hatte keinen Grund gegeben, es nicht zu tun. In den ersten Nächten nach dem Tod seines Vaters hatte er dafür gebetet, wieder und wieder.

Dann hatte er es aufgegeben.

Nimm dich zusammen, befahl er sich, doch er wusste, dass er nicht einfach bei Angelika Limacher zurückrufen konnte. Nicht in dem Zustand, in dem er sich befand.

Nach seinem Gespräch mit Steffen Seidel hatte Alex sich gezwungen, die Fotos vom Tatort noch einmal anzuschauen. Von den Leichen. Er hatte Sympathie für Seidel empfunden, doch das war ein Fehler, es machte ihn weniger objektiv. Und es war schwer gewesen, sich bei Seidels Anblick nicht vorzustellen, dass sein Vater hier und heute im gleichen Alter gewesen wäre, vielleicht sogar sehr ähnlich aussehen würde.

Seidel wusste etwas, bestimmt sogar mehr als das, was in den Akten der Polizei stand, dessen war sich Alex sicher. Doch weil er sich oft genug mit dem Prozess auseinandergesetzt hatte, wusste er, wie Martina Müllers Anwalt Seidels Glaubwürdigkeit in der Luft zerrissen hatte. Der Mann war schlicht und einfach gesundheitsbedingt nicht mehr in einem Zustand, um mit echter Überzeugung das Geschehen zu rekonstruieren. Ganz gleich, welche uneingestandenen Erinnerungen in ihm herumschwirrten, er würde sie nicht mehr von Wunsch- oder Alpträumen differenzieren können.

Wenn sein Vater überlebt hätte, wäre das bei ihm wohl nicht anders. Gärtner wäre er wahrscheinlich nicht geworden, doch wenn sie ihm wegen seines Gesundheitszustands den Führerschein genommen hätten, dann hätte das Alex' Vater das Herz gebrochen. Doch er wäre am Leben. Er wäre am Leben, und seit er Steffen Seidel getroffen hatte, wurde der alte, wunde Schrei in Alex, das »Warum?«, immer lauter.

Die erwachsene Tochter der Müller zu hören, die etwa in seinem Alter sein musste, machte Martina Müllers Alter auf eine Weise wirklich, wie es Schriftstücke nicht konnten. Wenn er es schaffte, der Müller zu begegnen, zu seinen Bedingungen, würde sie nicht mehr die junge Frau sein, die er von den Fotos und Tonbändern kannte. Im Gefängnis war sie wahrscheinlich schneller gealtert als ihre Freundin Renate Huber, aber in jedem Fall würde sie nicht mehr dem Bild gleichen, das er von ihr hatte. Darauf musste er gefasst sein. Er durfte sich durch nichts davon aus dem Gleichgewicht bringen lassen. Beschämend, wenn das schon bei einem kurzen Telefongespräch mit ihrer Tochter passierte.

Soweit er wusste, war die Tochter die Gattin eines Zahnarztes, die nie politisch tätig geworden war. In jedem anderen Fall hätte sich Alex gedacht, dass sie sich ihr Recht auf ein ungestörtes Privatleben verdient hatte. Sie hätte ihm sogar leidgetan. Aber so, wie die Dinge nun einmal lagen, war Angelika Limacher eine weitere Waffe, die Martina Müller einsetzen konnte, wenn man sie ließ. Er hatte sich die Mühe gemacht, all die Solidaritätserklärungen aus den Achtzigern zu lesen, die Renate Huber damals verfasst hatte. Natürlich war darin immer wieder von der alleinerziehenden Mutter mit dem stark ausgebildeten sozialen Bewusstsein und dem Rollenkonflikt die Rede gewesen.

Seine Mutter hatte ihn ebenfalls allein erzogen. Er konnte sich nicht erinnern, dass die Huber oder sonst irgendeine linke Feministin da Solidarität bekundet hätte.

Wenn ich könnte …

Sie konnte ihm helfen. Deswegen hatte er sie angerufen. Es war völlig überflüssig, an der Tochter der Mörderin jetzt etwas zu sentimentalisieren.

Trotzdem, vielleicht sollte er zuerst einen anderen Ansatz verfolgen. Er hatte um ein Gespräch mit Sybille Helmstedt, verheiratete Wenreit, in der Justizvollzugsanstalt gebeten, das abgelehnt worden war. Das überraschte Alex nicht weiter. Die Helmstedt gehörte zu den wenigen aussagewilligen Terroristen und hatte keinen Grund, sich ihren Deal mit der Staatsanwaltschaft ein Jahr vor der Entlassung durch unvorsichtige Äußerungen zu verderben. Aber dafür hatte er dank einer Verwechslung am Telefon gehört, wann der nächste Besuch ihres Ehemanns fällig war. Besagter Ehemann war ein ehemaliger DDR-Bürger, der angeblich bei Sybille Helmstedts Festnahme nicht die geringste Ahnung von dem wahren Hintergrund seiner Frau gehabt hatte. Das konnte Alex sich nicht vorstellen. Unter anderem auch deswegen nicht, weil die Helmstedt, soweit er gehört hatte, mit einem deutlichen Hamburger Akzent sprach. Jeder Ostdeutsche, den er kannte, war jetzt noch, fast ein Jahrzehnt nach dem Fall der Mauer, gut darin, Westdeutsche sofort zu identifizieren. Der gute Mann musste zumindest gewusst haben, dass seine Frau aus dem Westen stammte. Und für eine glaubwürdige Erklärung, warum eine Westdeutsche aus brennender Sehnsucht nach dem real existierenden Sozi-

alismus in die DDR einreisen sollte, musste sie sich schon einiges einfallen haben lassen. Außerdem konnte er sich nicht vorstellen, dass das Ministerium für Staatssicherheit die neuen DDR-Bürger mit ihrer mörderischen Vergangenheit ohne weitere Führung oder Aufsicht gelassen haben sollte.
Sybille Helmstedts Stasi-Akten einzusehen wäre für Alex wohl unmöglich gewesen, aber ihr Ehemann konnte das verlangen und hatte es mutmaßlich bereits getan, ganz gleich, ob er selbst für den großen Bruder gearbeitet hatte oder nicht. Ja, Oskar Wenreit lohnte sich auf alle Fälle, und bei ihm bestand keine Gefahr, dass Alex Anflüge von ungewollten Rührseligkeiten oder gar Panik empfand.

* * *

Eigentlich hatte Angelika nicht vorgehabt, in der nächsten Zeit noch einmal mit Renate zu sprechen, doch nach dem seltsamen Anruf von Alex Gschwindner schickte sie eine kurze SMS mit der Bitte um eine Erklärung, was es mit einem »Versöhnungsprojekt« auf sich hatte. Renate meldete sich, als Angelika bereits auf dem Weg war, um ihre Mutter abzuholen. Sie klang erschöpft und ein wenig gereizt.
»Halte dich von Journalisten fern«, sagte sie ohne weitere Vorbereitung. »Das ist der beste Rat, den ich dir in der derzeitigen Situation geben kann. Und deiner Mutter.«
»Dann gib meine Telefonnummer nicht an sie weiter«, erwiderte Angelika scharf. »Und gibt es nun ein Versöhnungsprojekt oder nicht?«
»Je mehr ich darüber nachdenke, desto mehr erscheint es mir als eine gute Idee, aber nicht *jetzt,* wo es als zynisches Wahlkampfmittel missverstanden werden könnte. Und natürlich gebe ich deine Telefonnummer nicht weiter. Wenn sonst nichts ist, Angelika, entschuldige mich bitte. Ich habe

gerade sieben Stunden voller Reden und Debatten hinter mir und würde gerne meine Stimme etwas schonen.«

Sie legte auf, und Angelika machte keine Anstalten, sie noch einmal zu kontaktieren. Ihr schwirrte ohnehin der Kopf. Es war leicht gewesen, in der Verärgerung über Justus zu erklären, ihre Mutter habe sich geändert, sich an die positiven Momente bei ihren Besuchen zu klammern, und all das alte Gerede von »Stadtguerilla« und »Es war Krieg« zu ignorieren. Aber nun, da sie zum ersten Mal seit ihrer frühen Kindheit wieder Zeit mit ihrer Mutter verbringen würde, wurde ihr bewusst, dass ihre Mutter eine Fremde war und Angelika kaum würde herausfinden können, ob ihre Mutter mehr bereute als den Umstand, dass man sie gefasst und sie so zwei Jahrzehnte hinter Gittern verbracht hatte. Sie konnte es höchstens hoffen.

Zweifel sind für Menschen in Freiheit, war der Originalton ihrer Mutter dazu gewesen.

Sie hatte sich eine gemeinsame Woche vorgenommen. Danach würde sie ihrer Mutter außerdem bei der Anpassung an das Alltagsleben helfen. Es war die richtige Entscheidung, sagte sie sich, unabhängig von dem Streit mit Justus. Wenn sich herausstellen sollte, dass ihre Mutter und sie sich nichts zu sagen hatten, würde sie wissen, dass sie wenigstens ihr Bestes versucht hatte, statt sich für den Rest ihres Lebens zu fragen, was hätte sein können.

Diese Überzeugung half ihr jedoch nicht bei dem wachsenden Gefühlswirrwarr aus Furcht und Sehnsucht, während sie in der Justizvollzugsanstalt auf ihre Mutter wartete, zum ersten Mal nicht im Besucherzimmer, sondern am Ausgang. Sie hatte niemanden gesehen, der wie ein Medienvertreter aussah. Die wenigen anderen Menschen im Eingangsbereich waren Besucher. Wenn Alex Gschwindner ein Lügner gewesen war, dem es nur auf eine Geschichte ankam, war er nicht hier. Wenn er die Wahrheit gesagt hatte, war das Gefängnis im Augenblick der Entlassung ihrer Mutter gewiss der letzte Ort, an dem er sein wollte.

Als ihre Mutter schließlich auf sie zukam, trug sie einen abgegriffenen, kleinen Koffer, in dem wohl ein paar Kleidungsstücke und Bücher steckten. Angelika hatte nichts eingekauft, weil sie sich nicht sicher war, ob das nicht zu den Dingen gehörte, die ihre Mutter selbst tun wollte. Sie holte einmal Atem, dann trat sie auf ihre Mutter zu, als diese in den Hofbereich trat. Angelika hatte erwartet, dass der Pastor oder der Gefängnisdirektor oder beide dabei sein würden, doch sie waren nicht zu sehen. Vielleicht war das Teil des Versuchs, die Entlassung ihrer Mutter so normal und alltäglich wie möglich zu machen, nicht anders als die von anderen Kriminellen, die nach zwei Dritteln ihrer Strafe begnadigt wurden. Oder sie hatten sich innerhalb des Gefängnisses verabschiedet.

Angelika hatte sich eine Umarmung vorgenommen, brachte sie jetzt aber doch nicht fertig. Nicht hier. Sie schaute an ihrer Mutter vorbei auf die Mauern aus Sand und Zement und sagte: »Willkommen.« Es klang selbst für sie dünn und falsch.

Ihre Mutter nickte nur. Ihre Augen huschten an Angelika vorbei, wie um herauszufinden, ob noch jemand gekommen war, und kehrten zu Angelika zurück.

»Lass uns gehen«, sagte Angelika. Die Schritte ihrer Mutter hatten sich verändert, waren kleiner, gemessener. Oder vielleicht lag das nur daran, dass sie nicht mehr neben ihrer Mutter hatte herlaufen können, seit sie noch deutlich kleiner gewesen war. Außer dem Koffer trug Martina noch einen Umschlag in ihrer anderen Hand. Angelika stellte sich alles Mögliche vor, von Entlassungsdokumenten über Bewährungsauflagen, medizinischen Unterlagen bis hin zu einem Brief von einer Mitgefangenen. Hatte ihre Mutter Freundschaften im Gefängnis geschlossen? Oder hatte sie bis zum

Schluss Abstand gehalten, weil sie sich als eine andere Art von Gefangene sah?

Als sie vor ihrem BMW standen, erinnerte sich Angelika daran, dass Autodiebstahl zu den minderen Vergehen gehörte, die man ihrer Mutter zur Last gelegt hatte, und ein absurd leichtherziger Impuls brachte sie fast dazu, zu fragen: ›Kannst du immer noch Autos knacken? Schließlich habe ich einen Baader-Meinhof-Wagen.‹ Aber sie schluckte ihn hinunter, obwohl es leichter gewesen wäre, darüber zu sprechen, als all die anderen Fragen zu stellen, die Angelika auch auf der Zunge lagen. Beispielsweise ob ihre Mutter, die durch ihre Filmarbeit ein Gefühl für den Umgang mit komplizierten elektrischen Instrumenten entwickelt haben musste, auch bei der Herstellung von Autobomben geholfen hatte.

Sie stiegen ein, und Angelika bemerkte, dass ihre Mutter sich nicht anschnallte. Diese einfache Geste war früher einfach nicht selbstverständlich gewesen. Als Martina zum letzten Mal in einem Auto gesessen hatte, benutzte noch kaum jemand Sicherheitsgurte. Sie räusperte sich.

»Es ist jetzt Vorschrift, sich anzuschnallen.« Sie kam sich lächerlich und pedantisch vor. Ihre Mutter kam der Aufforderung immer noch wortlos nach. Langsam wurde das Schweigen zwischen ihnen bedrückend und erinnerte Angelika an die Gefängnisbesuche ihrer Kindheit, bevor Martina ihre Briefe zurückgesandt und sich weitere Treffen verbeten hatte. Sie erinnerte sich an ihre verzweifelten Versuche, sie aufzuheitern. Angelika hatte das nie wieder tun wollen, doch das Bedürfnis, Stille mit Worten zu überbrücken, war zu stark, und sie konnte sich nicht zurückhalten, während sie den Wagen startete.

»Ich dachte mir, weil du gesagt hast, du hättest keine Pläne, und dass du dir das Meer zurückwünschst, also, ich habe mir eine Woche freigenommen. Damit wir zusammen ans Meer fahren können.«

Die Stimme ihrer Mutter klang zögerlich, fast scheu. »Und deine Kinder?«

»Justus wird sich um die Kinder kümmern. Ich habe auch eine meiner Freundinnen gebeten, öfter vorbeizuschauen, um sicherzustellen, dass er mit ihnen nicht nur Pizza essen geht.« Angelika richtete den Rückspiegel, weniger, weil es nötig war, sondern mehr, weil es ihr eine Entschuldigung gab, zur Seite zu schauen. »Aber wenn du es dir überlegt hast, wenn du andere Pläne hast ...«

Hör dich nicht so an, als hättest du eine Reaktion von ihr nötig, befahl sie sich, *hör sofort mit dem Reden auf. Sie sollte reden.* Abrupt verstummte Angelika.

»Keine Pläne«, sagte ihre Mutter. Sie schaute zum Fenster hinaus, während das Gebäude, in dem sie die letzten Jahre verbracht hatte, zurückblieb. »Es hat eine Zeit gegeben, in der ich sicher war, ich würde den Knast nur als Tote verlassen.«

Die alte Bitterkeit erstickte Angelika beinahe. »Bei dem Hungerstreik 1989 wäre es ja fast dazu gekommen.«

Damals von Renate zu hören, dass ihre Mutter bereit war, sich zu Tode zu hungern, um mit ihren Genossen zusammengelegt zu werden, während sie es offenbar nicht für nötig hielt, so etwas Kurzes wie eine Postkarte an ihre Tochter zu schicken, war gleichzeitig furchteinflößend und wie ein Schlag ins Gesicht gewesen. Es hatte noch einmal unterstrichen, was die neunzehnjährige Angelika schon längere Zeit begriffen hatte: dass ihre Existenz für das Leben oder Sterben ihrer Mutter keine Rolle mehr spielte.

»Das habe ich nicht gemeint«, sagte Martina.

Angelikas Hände verkrampften sich um das Lenkrad. In ihrer Kindheit hatte es eine Zeit gegeben, in der sie nicht wusste, was sie glauben sollte, in der sie Angst hatte, dass die erste Generation der RAF nicht Selbstmord begangen hatte, sondern in Stammheim vom Staat getötet worden war, und dass mit ihrer Mutter das Gleiche geschehen könnte. Dann war sie älter geworden und hatte die Interviews gelesen, in denen Peter-Jürgen Book unmissverständlich darüber gesprochen hatte, dass der innere Kern der RAF über die beabsichtigten Selbstmorde informiert gewesen war, diesen Umstand aber selbst gegenüber den mittleren Kadern der RAF verschwiegen hatte.

»Wenn du dich umgebracht hättest«, sagte sie mühsam beherrscht, »egal wie, wäre es deine Wahl gewesen. Nicht die des Staates.«

»Du warst nie gefangen, außer in deinem Denken. Wenn es nach Franz Josef Strauß gegangen wäre, hätten sie uns schon bei der zweiten Entführung erschossen«, gab ihre Mutter mit einer Schärfe zurück, die sie bisher nicht an den Tag gelegt hatte. Dann fiel sie in ihren ruhigen Tonfall zurück und fügte hinzu: »Ich bin froh, am Leben zu sein.«

»Strauß ist tot, der kann sich gegen solche Aussagen nicht mehr wehren. Vermutungen auszusprechen ist auch unfair. Außerdem hätte er überhaupt nicht die Macht dafür gehabt, so was umzusetzen.« Sie war nie eine Strauß-Anhängerin gewesen, aber diese Antwort musste sie loswerden, sonst wäre sie geplatzt.

Wieder trat Stille ein. *Wenn das der Anfang ist,* dachte Angelika, *wie soll ich das eine Woche lang aushalten?* Natürlich war sie froh, dass ihre Mutter am Leben war. Dass es noch eine Chance für sie beide gab. Aber war es denn zu viel verlangt, sich zu wünschen, dass Martina einmal, nur ein einziges Mal zugab, dass sie unrecht getan hatte?

»Es wäre«, sagte ihre Mutter leise, »es wäre schön, wenn wir Papier kaufen könnten, unterwegs. Und Stifte.«

»Klar«, sagte Angelika sachlich und dachte an die Zeichnungen als Antwort auf ihre Verlobungsanzeige.

»Die Großeltern haben mir erzählt, dass du als Mädchen gerne fotografiert hast, aber solange ich mich zurückerinnern kann, hast du lieber gezeichnet«, ergänzte sie auf der

Suche nach einem Stück Vergangenheit, über das sie ohne Spannungen sprechen konnten. »Läuft das sonst nicht eher umgekehrt, wenn man Film studiert?«
Ihre Mutter lächelte, ein kurzes, gleich wieder verklingendes Lächeln, das Angelika entgangen wäre, wenn sie nicht in diesem Moment zur Seite geschaut hätte. »Fotos geben nur Ausschnitte der Wirklichkeit wieder, sie interpretieren nicht. Jedenfalls nicht so gut wie Zeichnungen. Außerdem sind Zeichnungen besser, wenn man ein Kleinkind zu beschäftigen hat.«
Sie sah die Köpfe der Zwillinge, wie sie sich mit Buntstiften über einen Pappkarton hermachten. Die Erinnerung blitzte vor ihrem geistigen Auge auf, stach und besänftigte gleichzeitig. Angelika hatte eine Zeitlang als Heilpädagogin in einem Kindergarten gearbeitet, ehe sie schwanger wurde und ihren Beruf aufgab, weil sie den Zwillingen ihre ganze Aufmerksamkeit schenken wollte. Das beträchtliche Erbe ihres Vaters hatte ihr jede Möglichkeit eröffnet. Renate hatte mal wieder eine ganz andere Meinung dazu gehabt, aber auf Angelikas Frage, warum Menschen, denen man Kinder anvertraue, weniger gezahlt würde als Menschen, denen man Geld anvertraue, und was sie im Bundestag deswegen unternehmen wolle, hatte sie keine Antwort gehabt.
Andere Kinder beim Zeichnen zu beobachten, hatte in Angelika auch nie die gleichen Emotionen ausgelöst wie der Anblick ihrer eigenen. Sie schaute auf Martinas Hände, die ruhig auf ihren Knien lagen, so ganz anders als früher, als ihre Hände ständig in Bewegung gewesen waren. Ihre Buben hatten die gleichen Hände und Martinas Zeichentalent obendrein.
»Das stimmt«, sagte sie und schöpfte wieder ein wenig Hoffnung.

* * *

»Du hättest nicht ohne mich mit diesem Kerl sprechen sollen«, sagte Klaus. »Vor allem nicht, wenn er dir solche Gedanken in den Kopf setzt.«

»Aber das hat er gar nicht. Im Gegenteil.«

»Also für mich hört es sich so an, als ob du nach allen Regeln der Kunst manipuliert worden bist. Aber wie auch immer, Steffen, mit dieser Frau zu sprechen wäre für dich in keiner Hinsicht gut. Was könnte sie dir sagen, das dir weiterhilft? Sie war nie eine Aussteigerin, und das heißt, dass sie sich weiter an den für sie immer noch geltenden Gruppenkodex hält: Jeder war an allem beteiligt, Einzelgeständnisse werden dem System nicht gegeben. Für diese Frau bist du kein Mensch. Du bist ein Teil des Systems. Damit rechtfertigt sie ihre Taten. Angenommen, sie würde aus welchen Gründen auch immer doch mit dir sprechen, dann würde sie dir nur erzählen, was ihrer verqueren Ideologie und ihr selbst nutzt, nicht die Wahrheit. Und das ist noch der bestmögliche Ausgang. Der sehr viel wahrscheinlichere ist, dass sie sich jeden Kontakt verbittet und, wenn du es weiter versuchst, eine gerichtliche Verfügung gegen dich erwirkt. Ich kenne das Gesetz, und es wäre leider auf ihrer Seite. Stell dir das nur vor. Die Frau, die deine Gesundheit ruiniert und deine Kollegen umgebracht hat, könnte sich als Opfer hinstellen.«

Steffen versuchte gar nicht erst, sich das vorzustellen. Natürlich hatte Klaus recht, doch er berücksichtigte einen wichtigen Punkt nicht, der Steffen quälte und ihn seit seiner Begegnung mit Alex Gschwindner um den Schlaf gebracht hatte: Klaus wusste nicht, was es hieß, wenn einem ein Teil der Erinnerung fehlte, wenn man seinem Verstand nicht mehr trauen konnte.

Wenn man das Schlimmste befürchten musste.

»Schau«, sagte Klaus nachdrücklich. »Ich kenne dich. Ich weiß, dass du ein guter, ehrenhafter Mann bist. Ich weiß das, weil ich seit Jahren mit dir lebe. Nichts, was diese Frau dir sagen könnte, würde daran etwas ändern. Warum also solltest du dir das antun?«

Weil, dachte Steffen, *man einem Gedanken nicht Einhalt gebieten kann, wenn er einmal gedacht ist. Er setzt sich fest und wuchert wie Unkraut. Und es genügt nicht, mir zu sagen, dass es nichts bringen würde, sich mit ihr in Verbindung zu setzen. Der Verdacht, nicht alles gegeben zu haben, ist in meinem Kopf, und er wird dort bleiben, bis ich ihn widerlegen kann.*

»Weil an dem Tag vier Menschen gestorben sind«, flüsterte er. »Und ich war immer sicher, ich wüsste, durch wen und warum. Aber wenn das nicht stimmt? Das waren meine Freunde, Klaus, und ein Mann, zu dessen Schutz ich mich verpflichtet hatte. Ich schulde ihnen …«

»Du hast bereits alles gegeben«, unterbrach ihn Klaus. »Es ist ein Wunder, dass du nicht tot bist. Du schuldest ihnen nichts mehr.«

»Und wenn es … wenn es *kein* Wunder war?«

»Meine Spezialität ist Eigentumsrecht, nicht Strafrecht«, sagte Klaus. »Ich bin auch kein Waffenexperte. Aber ich weiß, in welchem Zustand du nach dem Koma warst, und ich kann dir sagen, selbst Auftragskiller können nicht so präzise schießen, dass sie mit einer streuenden Maschinenpistole den Tod bei über zwanzig Treffern vermeiden könnten. Ganz bestimmt kein Haufen junger, schlecht trainierter Fanatiker, die sich einbildeten, Guerilleros zu sein. Was mit dir passiert ist, war ein Versuch, dich umzubringen, nicht mehr, nicht weniger.«

Steffen versuchte, sich daran zu halten. Doch es half ihm nicht, wenn er zu schlafen versuchte, und es schützte ihn nicht vor der würgenden Furcht, die ihn überkam, wenn er einen Motor hörte, der abgewürgt wurde, als seien die vergangenen Jahre nicht geschehen.

Nach der dritten Nacht sagte Klaus: »Okay. Du brauchst etwas. Aber gehen wir die Sache doch logisch an. Und systematisch. Wir können die Ermittlungsakten anfordern, nicht nur die von damals, sondern den heutigen Stand. Die Aussagen von Sybille Helmstedt eingeschlossen. Und wir können einen kompetenten Fallanalytiker anheuern, damit er das Material mit frischen Augen durchgeht, so dass du dich nicht nur auf die Beamten von damals verlassen musst. All das lässt sich machen, ohne dass du einer Mörderin die Gelegenheit gibst, dich noch mehr zu verletzen.«

Das war vernünftig, klar und hoffnungserweckend. Daran wollte er sich halten, beschloss Steffen, und versuchte, einstweilen in der Gärtnerei Halt zu finden. Seine Chefin, der nicht entgangen war, dass es ihm nicht besonders gutging, teilte ihm eine der einfachsten Routinearbeiten zu, das Umtopfen, was er in seinem aktuellen Zustand nicht als Beleidigung empfand. Die Routine und die Gewissheit, sie erfüllen zu können, wirkten beruhigend. Er schälte vorsichtig Wurzelwerk nach Wurzelwerk aus, füllte Substrat in einen neuen Topf und drückte die Pflanze leicht an. Die Arbeit half, die Erinnerungsbruchstücke um jene Tage in seinem Kopf wieder etwas zurückzudrängen.

Da er ohnehin nur Halbtagsarbeit leistete, hatte er am Nachmittag frei, und mit dem Bus nach Hause zu fahren, brachte wieder viele Geräusche mit sich, die ihn in Atemnot brachten. Er versuchte, die Übungen zu machen, die ihm sein Arzt für solche Fälle empfohlen hatte, aber es war nicht leicht, in einem vollgepferchten Bus auch nur die Ellbogen frei zu bekommen. Bis er wieder daheim war, rann ihm der Schweiß von der Stirn und sein Gesicht war puterrot.

Vor dem Haus, in dem sich seine und Klaus' Wohnung befanden, stand ein großer Audi A8 mit einem ihm unbekannten Kennzeichen. Hatte Klaus, der heute nicht nach Berlin in die Kanzlei gegangen war, bereits einen Fallanalytiker gefunden, und gar einen, der sich einen solchen Wagen leisten konnte? Er wusste nicht, was solche Leute heute verdienten. Er nahm den Aufzug und versuchte, nicht daran zu denken, wie er früher sechs Stockwerke aufwärtsrennen konnte, ohne verlangsamen zu müssen, während heute bereits zwei armselige Treppen eine Herausforderung waren, wenn es ihm schlechtging.

Klaus hatte in der Tat Besuch. Aber es war kein Ermittlungsbeamter oder Fallanalytiker, das erkannte Steffen sofort. Als Personenschützer war es seine Aufgabe gewesen, Menschen schnell einzuschätzen, und der Mann um die vierzig im maßgeschneiderten Anzug, der sofort aufstand, um ihm routiniert die Hand zu schütteln, war ein Berufspolitiker, das sah er.

»Mein Gott, Herr Seidel, wie viele Jahre ist das jetzt her?«, sagte der Mann, und auf Steffens verwirrten Blick hin fügte er etwas kühler hinzu: »Michael Werder.«

Michael Werder sah seinem Vater überhaupt nicht ähnlich. Trotzdem traf es Steffen noch stärker als bei Alex Gschwindner, dass er sich nicht hatte erinnern können. Immerhin war der junge Werder anders als Alex, kein Kind mehr gewesen, sondern ein junger Mann, der die Schule bald schon verlassen würde. Steffen hatte sich öfter mit ihm unterhalten, auch wenn er nicht mehr wusste, worüber, und die Gesichtszüge von Werders Sohn in seinem Kopf verblasst und verschwommen waren. Es war einmal sehr wichtig gewesen, nicht nur die Familienangehörigen zu kennen, sondern auch diejenigen seiner Freunde, mit denen er regelmäßigen Umgang pflegte und die daher Zugang zum Bungalow der Werders hatten.

»Herr Werder, natürlich. Verzeihen Sie, ich … ich bin nicht mehr der Alte …«

»Das macht doch nichts«, sagte der junge Werder, der inzwischen im gleichen Alter wie sein Vater damals sein muss-

te. »Es sind ja so viele Jahre vergangen. Aber Herr Seidel, damals haben Sie mich Michael genannt.« Er lächelte. »Ich habe mich immer sicher bei Ihnen gefühlt.«
Steffen hätte es vorgezogen, mit dem Vorwurf »Wieso ist mein Vater tot?« angebrüllt zu werden. Wenn er sich verteidigen musste, konnte er seine Schuldgefühle leichter unterdrücken. Aber er konnte noch nicht einmal in die Küche verschwinden, um einen Kaffee zu machen, weil Klaus das schon getan hatte.
Wie sich herausstellte, war Michael Werder seinem Vater zwar in die Politik gefolgt, doch nicht in die gleiche Partei. Staatssekretär Werder war ein Liberaler gewesen, der junge Michael dagegen war CSU-Mitglied und Bürgermeister von Ellingen, der Stadt, in die seine Mutter und er nach dem Tod seines Vaters gezogen waren. Er hatte auch Ambitionen zur Landespolitik, wie es der junge Werder nötig hielt zu ergänzen.
»Da ich gerade in der Gegend …«
»In der Mark Brandenburg?«, fragte Klaus skeptisch. »Als CSU-Bürgermeister?«
Michael Werder hob seine Hände. »Erwischt. Ich hatte in Berlin zu tun, Strategie-Koordination, aber dann hörte ich …« Aller umgängliche Ausdruck schwand aus seinem Gesicht und machte starren Gesichtszügen Platz. »Nun, um ganz offen zu sein, Herr Seidel, ich finde es sehr verstörend, dass Sie es in Erwägung ziehen, den Mördern meines Vaters dadurch die Absolution zu erteilen, dass Sie gesellschaftlichen Umgang mit ihnen pflegen.«
Das war zwar nicht der Vorwurf, den Steffen erwartet hatte, seit er aus dem Koma aufgewacht war, doch er kam nahe heran.
»Das will ich auch nicht«, protestierte er. Nie wäre es ihm eingefallen, dass man seine Idee, Martina Müller zu kontaktieren, so betrachten konnte. Aber nun, mit einem zornigen

Michael Werder in seinem Wohnzimmer, fragte er sich, warum er nicht daran gedacht hatte. Vielleicht, weil er Propaganda nie verstanden hatte, wie vieles aus der Politik. Die Reden, die der Staatssekretär hatte halten müssen, waren immer nur an ihm vorbeigerauscht. Er öffnete den Mund, um zu erklären, dass Klaus ihn bereits überzeugt hatte, einen anderen Weg zu wählen, um sich mit der Vergangenheit zu beschäftigen. Doch Klaus mit dem neutralen Gesichtsausdruck, den er in seiner Kanzlei aufsetzte, kam ihm zuvor.

»Darf ich fragen, wer Derartiges von Herrn Seidel behauptet hat, Herr Werder? Es bietet nämlich die Grundlage einer Verleumdungsklage, vor allem, wenn man Herrn Seidels Status als Opfer des Terrorismus in Betracht zieht.«

»Dann haben Sie nicht vor, mit Martina Müller zu sprechen?«, drängte Michael Werder an Steffen gewandt, als befände sich Klaus nicht im Raum.

»Ihre Regierung war es, die Martina Müller begnadigt hat«, sagte Klaus gemessen. »Was Herr Seidel, der, wie schon erwähnt, Martina Müllers Opfer war, durch die Medien erfahren musste, nicht etwa durch einen Vertreter der Behörden. Er hat nicht die geringste Ahnung, wo sie sich aufhält, ob noch im Gefängnis, in Berlin oder auf dem Weg nach Timbuktu. Unter solchen Voraussetzungen dürfte eine Kommunikation schwerfallen. Sie hingegen scheinen über bessere Informationen zu verfügen, wenn Sie diese vielleicht mit uns teilen wollen …«

»Ich weiß nichts über die Frau, und ich will von ihr auch nichts wissen!«, sagte Michael Werder ärgerlich, diesmal zu Klaus, ehe er sich wieder an Steffen wandte. »Mich hat nur die Vorstellung abgestoßen, dass ausgerechnet ein Mann wie Sie, Herr Seidel …«

»Nun, dann hätten wir das Missverständnis ja geklärt«, fiel Klaus geschmeidig ein. Der junge Werder wirkte irritiert, aber auch gekränkt und gleichzeitig vorsichtig, was Steffen durch seine Schuldgefühle hindurch auffiel und verwunderte. Nach ein paar weiteren nichtssagenden Sätzen und gegenseitigen guten Wünschen erklärte Michael Werder, die Pflicht rufe, und verabschiedete sich. Kaum waren seine Schritte im Treppenhaus verklungen, sagte Klaus mit einem tiefen Stirnrunzeln: »Steffen, ich habe meine Meinung geändert. Oh, nicht was eine Begegnung zwischen dir und der Müller betrifft. Aber irgendjemand sollte wirklich mit ihr sprechen.«

»Aber hat der junge Werder nicht recht damit, dass wir ihr damit, wie hat er es ausgedrückt, die Absolution erteilen? Und dass so etwas eine Beleidigung der Toten wäre?«

»Lass dich von dem empörten Sohn nicht aufs Glatteis führen. Woher zum Kuckuck weiß der Mann überhaupt, dass dir Martina Müllers Entlassung bekannt ist, ganz zu schweigen davon, dass du mit dem Gedanken gespielt hast, mit ihr zu reden?«

»Durch den Sohn von Sascha Gschwindner, nehme ich an.«

»Das hätte er ohne weiteres sagen können«, entgegnete Klaus. »Hat er aber nicht.« Er erhob sich und begann, aufgeregt im Wohnzimmer auf und ab zu gehen. »Und dieser Besuch statt eines Anrufs. Nein, ich denke, er weiß es nicht von diesem Gschwindner. Eher schon über alte Kontakte seines Vaters. Ich hoffe sehr, dass ich mich irre. Aber ich fürchte, er weiß davon, weil unsere Telefongespräche abgehört werden und er irgendwie Zugang zu den Ergebnissen hat.«

Steffen blinzelte ungläubig. »Mein lieber Klaus, wir leben vielleicht im Osten, aber die Tage der Stasi sind vorbei. Warum um alles in der Welt sollte uns jemand abhören? Das wäre doch illegal.« Ein verstörender Einfall kam ihm. »Es sei denn, wenn sie denken, ich wäre selbst ein …«

Klaus unterbrach seinen Lauf durchs Wohnzimmer, kniete sich neben ihn und nahm seine Hand.

»Selbst dann wäre es illegal und vor allem schwer zu rechtfertigen. Immerhin hat sich die RAF im letzten Monat offiziell selbst aufgelöst. Das Attentat auf das Gefängnis von Weiterstadt ist Jahre her. Ich habe die RAF-Erklärungen von 92 und von diesem Jahr noch mal gelesen. Der Spuk ist vorbei. Da hat der Kinkel mit seiner Idee von verkürzter Haftzeit gegen Gewaltverzicht wirklich ganze Sache gemacht. Vielleicht irre ich mich ja auch und bekomme langsam Verfolgungswahn. Aber ich habe mich bei der Suche nach einem selbständigen Fallanalytiker immer sehr zurückhaltend geäußert, und ich wette, du hast in deiner Gärtnerei auch niemandem etwas davon erzählt, stimmt's? Da bleiben eigentlich nur ein paar Telefonate zwischen uns beiden in der letzten Woche. Und auf die Gefahr hin, mich zu wiederholen: Warum hat Michael Werder dich nicht einfach angerufen? Für mich ergibt das nur dann einen Sinn, wenn er damit rechnet, dass sein oder unser Telefon abgehört wird. Nein, da stimmt etwas ganz und gar nicht.«

»Es gibt alles sehr wohl einen Sinn«, sagte Steffen langsam, und jeder Satz tat ihm weh. »Wenn die Müller doch ausgesagt hat und deswegen begnadigt worden ist. Wenn sie erzählt hat, dass ich ihr Informationen geliefert habe, ob das nun stimmt oder nicht. Und jetzt ermitteln sie gegen mich. Mord und Beihilfe zum Mord verjähren nicht mehr.«

Klaus drückte seine Hand. »Nein, nein und nochmals nein. Jetzt steht die Sache für mich fest. Ich werde dir ein für alle Mal beweisen, dass du der Held in dieser Geschichte bist und nicht der Schurke. Und wenn wir bei der Gelegenheit ein paar Idioten nachweisen können, dass sie deine staatsbürgerlichen Rechte missachtet haben, umso besser. Dann werden sie dir am Ende eine eigene Gärtnerei finanzieren müssen, mit den Klagen, die ich ihnen dann um die Ohren schlage.«

* * *

Alex hatte seiner Chefin einen Grund für wiederholte Abwesenheiten angeben müssen und ihr eine etwas zensierte Version der Wahrheit erzählt. Sie war skeptisch, was das Interesse der Öffentlichkeit an Themen wie der RAF betraf. »Als sie vor ein paar Jahren auf die Initiative von Kinkel, vorzeitige Freilassung gegen Aufgabe des Terrors einzutauschen, eingegangen sind, und die Mohnhaupt deshalb sogar als Sprecherin von der RAF abgesetzt wurde, weil sie sich dagegen ausgesprochen hatte, war noch Interesse da«, sagte sie. »Aber als im letzten Monat die Selbstauflösungserklärung kam, kratzte das keinen mehr. Es fließt kein Blut mehr. Bad news are good news, Sie wissen doch. Schauen Sie, Alex, wir können natürlich etwas Human-Interest-mäßiges mit Ihrem Vater machen, aber erwarten Sie keine prominente Plazierung.«

»Und was ist, wenn die SPD und die Grünen im Herbst die Wahl gewinnen?«, gab er zurück. »Fischer war in den Siebzigern Teil der Szene. Schily war der Ensslin-Verteidiger vom Brandstifter-Prozess bis zum Schluss. Ströbele war auch involviert, um nur die nun prominentesten Politiker zu nennen. Deren öffentlich geäußerte Ansichten wie ihre Plädoyers haben sich damals kaum von dem unterschieden, was die Ensslin und die Meinhof militant vertreten haben. Und einer von denen oder die Huber im Justizministerium, mit einem Weisungsrecht an die Staatsanwälte bis hin zum Generalbundesanwalt, da steckt enormer Pfeffer drin. Mit den subtilen Möglichkeiten ihres Amtes von Prüfbitten, Empfehlungen und Ratschlägen an die Staatsanwälte bis hin zu Versetzungen könnten diese Leute alles verhindern und herbeiführen, was sie wollen. Wenn man dazu noch an die Verschwiegenheitspflicht der Staatsanwälte denkt, unglaublich, was sich da anbahnen könnte. Die Justiz, von jeher der verlängerte Arm der Politik, mit einem Mal in den Händen von Ex-Radikalen, die Sensation schlechthin. Eine Story, die diese Hintergründe erläutert, ihre Ansichten von damals im Vergleich zu ihrer späteren politischen Karriere und der Wandlung vom Saulus zum Paulus, das wäre schon was.«

»Aber mit Fischer, Ströbele oder Schily befassen sich Ihre Recherchen ja nicht. Was diese Leute damals vor Gericht gesagt haben, kann alles auf ihre Pflicht als Verteidiger geschoben werden. Dabei klingt das, was Sie gerade über Saulus und Paulus gesagt haben, durchaus nicht uninteressant. Ich werde darüber nachdenken. Und das Werder-Attentat hat seinerzeit enorme Schlagzeilen gemacht, klar. Aber so leid es mir um Ihren Vater tut, Staatssekretär Werder ist den Leuten einfach nicht so im Gedächtnis geblieben wie Schleyer oder Ponto. Die grüne Huber, hm, das könnte ein Ansatz sein, vor allem, wenn sie es tatsächlich ins Justizministerium schafft. Aber ihre Verbindung ist sehr peripher, und sie hat nie versucht, die Freundschaft mit der Müller zu verstecken, im Gegenteil. Wenn Sie nicht gerade ein Foto auftreiben, in dem die Huber zu sehen ist, wie sie mit Steinen nach Polizisten wirft, würden wir uns da nur verzetteln. Sie können die Sache jedoch weiterverfolgen, Alex, aber nur, wenn Sie sonst nichts Wichtigeres zu tun haben. Ich kann Sie jederzeit auch anderswo gebrauchen.«

Er saß noch an einem Artikel über von westlichen Managern geführte Firmen in den neuen Bundesländern und den sozialen Spannungen, die sich daraus ergaben, als er eine E-Mail von Sybille Helmstedts Ehemann erhielt. Der Mann wohnte in einem Plattenhochhaus in Berlin-Marzahn. Er war Lehrer, und sie könnten sich treffen.

»So haben wir uns kennengelernt«, sagte Oskar Wenreit. »Sie hat Deutsch für unsere ausländischen Freunde aus Angola und Kuba unterrichtet, und ich Physik.«

Es hatte ihn überrascht, dass sich Herr Wenreit gleich bei der ersten Anfrage zu einem Gespräch, zu einem gemeinsamen Kaffee hatte überreden lassen. Eigentlich hatte Alex erwartet, zunächst abgewimmelt zu werden. Oskar Wenreit war ein graublonder, schnurrbärtiger und mittelgroßer Mann, dem man seine sächsische Herkunft sofort anhörte. An der Art, wie er die Karte des Cafés studierte, erkannte Alex, dass er lieber etwas Alkoholisches bestellen wollte, aber wusste, dass es eigentlich noch zu früh dafür war.

»Und es hat Sie nicht gewundert, jemanden aus dem Westen in der DDR zu finden?«

»Doch, natürlich«, sagte Wenreit mit einer ausgelaugten Gereiztheit, als habe er diese Unterhaltung hundertmal geführt. »Das ging allen Kollegen so. Aber es hätte nie jemand gesagt: ›Mensch, Annie, wie blöd muss man sein, um von West nach Ost zu ziehen, was stimmt bei dir nicht?‹ So was hätte einem damals eine Menge Ärger eingebracht.« Er musterte Alex. »Ihr versteht das nicht, ihr Wessis«, fügte er abschätzig hinzu.

»Annie« war Sybille Helmstedts neuer Name, »Annie Schäfer«, nach der Ehe dann »Annie Wenreit«. Jeder der zehn ehemaligen RAF-Terroristen, die man nach der Wiedervereinigung im Osten fand, hatte in der DDR eine neue Identität erhalten. Mehrere hatten Familien gegründet. Die Wenreits gehörten auch dazu, was ein Grund dafür war, warum Oskar Wenreit sich mit Alex nicht in seiner Wohnung traf. Seine elfjährige Tochter machte dort gerade ihre Hausaufgaben.

»Und sie hat Ihnen nie erzählt, wer sie wirklich war? Auch später nicht, nach Ihrer Heirat?«

»Deswegen sitze ich hier mit Ihnen«, entgegnete Wenreit. »Nächstes Jahr kommt sie raus, und dann wird es darum gehen, wer das Sorgerecht für die Kleine kriegt. Ihr Anwalt hat mir jetzt schon gesteckt, dass er die Sache mit der Stasi ausnützen wird, da kann ich jede Unterstützung aus der Presse brauchen.«

»Welche Sache mit der Stasi?«, fragte Alex, bemüht, keine Aufregung zu zeigen.
Wenreits Mundwinkel krümmten sich abwärts. »Die haben mich dazu gebracht, IM zu werden. Mich und zwei Drittel des Landes, aber was soll's, das interessiert ja kein Gericht mit Richtern aus dem Westen. Die werden nur hören, dass ein Ehemann seine Frau ausspioniert hat. Aber verstehen Sie, ich hatte keine Wahl. Ich hätte doch nie meine Anstellung behalten, wenn ich nicht ja gesagt hätte. Damals dachte ich, klar, die haben halt Angst, dass die Annie für den Westen spioniert, da tue ich ihr im Grunde einen Gefallen, wenn ich beweise, dass sie das eben nicht tut. Dass sie wirklich hier ist, weil sie den real existierenden Sozialismus liebt. Im Nachhinein ist der Witz natürlich, dass die mir auch nicht erzählt haben, wer sie wirklich war. Ich sollte nur ein Auge auf sie haben, vorsichtshalber. Oh, und ein Ohr. Unsere Wohnung in Leipzig war natürlich verwanzt. Zumindest in den meisten Räumen. Die von den anderen Rübergebrachten übrigens genauso, aber das habe ich auch erst später erfahren.«
Die Kellnerin brachte ihnen Espressos, die schmeckten, als sei die Espressomaschine drei Monate nicht gesäubert worden. Alex setzte seine Tasse sofort wieder ab.
»Haben Sie diese anderen auch kennengelernt?«
Wenreit schüttelte den Kopf. »Nein. Da gab's keinen Kontakt, jedenfalls keinen, den ich mitgekriegt habe. Das mit den Mikrophonen in unserer Wohnung, und dass all unsere Telefongespräche mitgehört wurden, all unsere Post gelesen wurde, weiß ich nur, weil ich meine Akte eingesehen habe. Und da gab's dann jede Menge Querverweise. Daher weiß ich auch, dass der Stasi-Offizier, der mich als IM angeworben hat, gleichzeitig für den Operativvorgang Stern 2 arbeitete. Stern 2, so hieß das Betreuungsprogramm für die zehn von der RAF, die zu uns in den Osten gekommen sind, müssen Sie wissen.«

Ohne mit der Wimper zu zucken, trank er den schauderhaften Espresso. »Ich habe gelitten wie ein Hund. Hab mir immer Vorwürfe gemacht wegen der IM-Geschichte. Und dann stehen vor acht Jahren eines Tages fünf Typen von der Polizei vor unserer Tür und sagen, Annie müsste ›zur Klärung eines Sachverhalts‹ mit ihnen kommen. Das war das Schlimmste, was mir je passiert ist. Weil ich gedacht habe, es sei meinetwegen, verstehen Sie? Ich dachte, irgendwas Kritisches muss ich in meinen Berichten erwähnt haben, und jetzt wird meine Frau meinetwegen verhaftet. Die Mauer war schon gefallen, klar, aber die DDR gab's noch. Gerade eben noch. Auf die Knie gegangen bin ich vor ihr, der Annie, ganz ohne Übertreibung. Und dann … dann stellt sich raus, dass Annie gar nicht Annie ist. Sondern Sybille Helmstedt heißt und geholfen hat, irgendeinen Staatssekretär im Westen abzuknallen.«
Er lachte auf. Es lag nicht die geringste Heiterkeit in dem Laut. »Na ja. Das gibt einem schon eine Perspektive.«
Ein Teil von Alex war immer noch skeptisch, aber insgesamt klang die Mischung aus echter Verletztheit und Selbstmitleid authentisch.
»Haben Sie Ihren Führungsoffizier bei der Stasi danach zur Rede gestellt, Herr Wenreit?«
Wenreit machte eine wegwerfende Handbewegung. »Der ließ sich verleugnen. Oder war schon längst getürmt.«
»Und sein Name?«
»Glauben Sie, ich bekomme hier 'nen Schnaps? Es war keiner auf der Karte.«
Alex erkannte ein Stichwort, wenn er es hörte, winkte der Kellnerin und hielt einige Minuten später einen Jägermeister in Händen, den Wenreit dankbar entgegennahm.
»Arno Liebert hieß er. Würde mich nicht wundern, wenn der jetzt wieder irgendwo mitmischt. Das war eine Beamtenseele durch und durch. Hat mich immer sogar die Kosten

für die paar Briefmarken abrechnen lassen. Und wenn man ihm mündlich Bericht erstattete, hat er einen immer begönnert. ›Nu, mein Junge, wie geht's denn daheim?‹, solche Sprüche. Aber Sie müssen verstehen, damals habe ich immer Blut und Wasser geschwitzt. Im Lehrbereich musste man hundertprozentig verlässlich sein. Wenn dir ein Parteibonze angehängt hat, dass du Abweichlergedanken hattest, na danke, dann war's das. Ich habe aus Angst gehandelt. Das müssen Sie in Ihrem Artikel betonen. Aber die Annie? Das war so ein reiches Bürgerkind aus dem Westen, das mal Revolution spielen wollte, das weiß ich jetzt.«

Er goss sich den Jägermeister in die leere Espresso-Tasse und kippte ihn mit einem Ruck hinunter.

»Und sie hat wirklich nie von ihrer Vergangenheit gesprochen?«

»Nicht von ihrer echten. Noch nicht mal, dass sie aus Hamburg war. Mir hat sie erzählt, sie wäre aus Bremen. Und dass sie Einzelkind war. Dabei hat sie Geschwister. Die sind hier nur einmal aufgekreuzt, wegen der Kleinen, aber da war nichts zu machen. Nicht mit mir. Als ob ich mein Kind wildfremden Leuten mitgeben würde! Das sind die nämlich. Fremde. Das müssen Sie auch betonen. Die wissen nichts von uns.« Er warf Alex einen herausfordernden Blick zu. »Das ist eine ganz andere Welt. Mit den Helmstedts soll die Kleine nichts zu tun haben.«

»Und nachher? Sie müssen doch mit Ihrer Frau nach der Verhaftung noch ein paarmal geredet haben.«

»Habe ich«, stimmte Wenreit zu. »Sind Sie verheiratet?«

Alex schüttelte den Kopf.

»Dann stellen Sie sich eben den schlimmsten Streit mit Ihrer langfristigsten Freundin vor und multiplizieren Sie den mit zehn. Weil ich so blöd gewesen bin und zugegeben hatte, ein IM gewesen zu sein, als die Polizei bei uns vor der Tür stand. Klar, ich habe sie gefragt, warum sie mir nie was gesagt hat.

Da hat sie mir dann: ›Im Ernst? Du hast mich bespitzelt und du fragst das?‹, hingeknallt, und von da an ging's bergab. Also, wenn Sie von mir Einblicke in die Seele einer Terroristin wollen, das kann ich Ihnen nicht bieten. Nur Ehekamellen.« Er schob die leere Tasse so hin und her, dass seine Gedanken, was Nachschub betraf, unübersehbar blieben. »Das zieht wohl bei Ihren Lesern nicht, wie? Keine Ahnung, was ihr Wessis euch vorgestellt habt, aber wir haben hier ein kreuzbraves Leben geführt.«

Mit gegenseitigen Lügen, dachte Alex, aber nach allem, was er wusste und heute immer noch beobachten konnte, war das wirklich nicht außergewöhnlich. Nur die Natur der Lügen war es. Bespitzelung. Und ein paar Jahre Terrorismus. Wenn er sich als Junge vorgestellt hatte, dass man die Mörder seines Vaters fasste, war das unweigerlich wie in den Filmen gewesen, an dramatischen Schauplätzen in Afrika oder Südamerika. Er hatte sich das Terroristenleben mit Mord nach Mord, Entführung nach Entführung und mit Banküberfällen und Einbrüchen in Waffendepots vorgestellt. Auf den Malzer und die Müller hatte das auch weitestgehend zugetroffen, bis auf den Umstand, dass man sie in Westdeutschland gefasst hatte. Sybille Helmstedts Existenz als Deutschlehrerin in Leipzig war für ihn, und den Großteil der Bevölkerung, unerwartet gekommen. Als wären ihre drei Jahre in der RAF so etwas wie ein gewalttätiger Ausflug von einer bürgerlichen Existenz gewesen, die nur unterbrochen worden war und wieder aufgenommen werden konnte, wenn sie wollte. Außerdem konnte sie schließlich auch geschossen haben. Es gab nur ihre Aussage dazu. Trotz seiner Vorsätze spürte er wieder Übelkeit in sich aufsteigen.

»Hat Ihre Frau privat jemals so etwas wie Bedauern ausgedrückt?«

Oskar Wenreit kniff die Augen zusammen. »Ist nicht gut möglich, da sie mir ja nie die Wahrheit erzählt hat.«

Wenreit hatte entweder die Fangfrage erkannt oder sagte die Wahrheit. Es schien alles ausgeschöpft zu sein, was ihm Wenreit fürs Erste zu erzählen bereit war. Nun, es enthielt ein paar nützliche Informationen, also hatte Alex seine Zeit nicht vollkommen verschwendet. Aber es war auch möglich, dass er größtenteils Lügen gehört hatte, als Teil eines Scheidungskrieges. Wie vertrauenswürdig war ein Mann, der jahrelang seine Frau bespitzelt hatte? Dass sie eine Terroristin gewesen war, spielte in dieser Hinsicht keine Rolle, denn das hatte Wenreit vermutlich wirklich nicht gewusst. Wenn er die Wahrheit gesagt hatte. Genauso gut war es aber möglich, dass er von Anfang an eingeweiht worden war, vielleicht sogar Sybille Helmstedt als Überwacher zugeteilt. Auch er fing an, sich gedanklich im Kreis zu bewegen, dachte Alex, und trank den inzwischen nur noch lauwarmen, scheußlichen Espresso, um die Sache zu einem Abschluss zu bringen.

»Ihr Anwalt, der ihr den Handel mit der verkürzten Strafzeit verschafft hat«, sagte Wenreit, »und der mir jetzt Briefe wegen des Sorgerechts schickt, das ist auch ein Wessi. Keine Ahnung, wo sie den so schnell hergekriegt hat. Wahrscheinlich hat er sie gefunden, wie Anwälte halt mal sind. Jedenfalls, am Anfang, als wir alle noch miteinander geredet haben, obwohl sie schon in Haft war, da sagt sie an einem Tag zu mir: Ich kann die Kronzeugenregelung nicht in Anspruch nehmen, das wäre Verrat. Wir haben beim Abschied geschworen, niemals etwas zu verraten. Keine Einzeltaten. Jeder ist verantwortlich für alles. Hör zu, sag ich zu ihr, du willst doch so schnell wie möglich wieder raus. Die Kleine braucht ihre Mutter. *Deine Tochter, die* darfst du nicht verraten. Verstehen Sie, damals dachte ich noch, wir würden alle wieder zusammenleben können, wenn das alles vorbei ist. Aber sie sagte, ich erwartete nicht, dass du das verstehst, und schon haben wir wieder einen Streit wegen der IM-

Sache, dabei wusste sie noch nicht einmal, dass die Stasi schon unsere kleine Tochter verplant hatte, ihr ganzer Werdegang feststand, als sie in die Schule kam. Deswegen bin ich auch nicht sicher, ob die Annie nicht selbst auch eine IM-Akte hatte, an die ich aber nie herangekommen bin. Die war einfach weg. Nur, bei meinem nächsten Besuch, was erzählt sie mir da? Dass sie es sich überlegt hat. Sie wird aussagen, gegen eine verminderte Haftstrafe. Wenn ich gewusst hätte, was ich jetzt weiß, hätte ich schon früher einen Handel gemacht, sagt sie, und die Bitterkeit, an der hättest du dich schneiden können, so wie sie das von sich gegeben hat. Und das, Herr Gschwindner, das war das meiste an Bedauern, was ich von ihr gehört habe!«

»Wenn ich gewusst hätte, was ich jetzt weiß«, wiederholte Alex. Seine Übelkeit war verflogen. Er fühlte sich hellwach.

»Was meinte sie damit?«

»Na, dass ich Berichte über sie geschrieben habe, was sonst?«, gab Wenreit zurück und klang aufrichtig verblüfft. Alex entgegnete nichts, er nickte nur und glaubte diesbezüglich kein Wort.

* * *

Bei der letzten langen Autofahrt, die Angelika gemacht hatte, einem Italienurlaub mit den Zwillingen, hatten sie und Justus sich abgewechselt. Es kam ihr nicht in den Sinn, das mit ihrer Mutter zu versuchen. Aber sie kannte ihre Grenzen. Daher fuhren sie nicht an einem Tag bis an die Nordseeküste, auch, weil sie die Fahrt ohnehin unterbrechen mussten, um einzukaufen.

»Es gibt viel weniger Telefonzellen«, bemerkte ihre Mutter in dem halb sachlichen, halb fragenden Ton, in dem sie solche Alltagsbeobachtungen machte, und Angelika erklärte, welchen Unterschied Handys in den letzten Jahren gemacht hatten. Sie kauften in Göttingen das Zeichenpapier und Stifte, außerdem Wäsche. Es war eigenartig, vor der Umkleidekabine auf ihre Mutter zu warten. Angelika versuchte nicht daran zu denken, dass Gudrun Ensslin beim Anprobieren einer Lederjacke verhaftet worden war, doch sowie das ihr eingefallen war, ließ sich der Gedanke nicht mehr verdrängen.

Ein paar Stunden nach der Abfahrt war es auch noch zu früh, um zu Hause anzurufen und sich zur Ablenkung nach den Zwillingen zu erkundigen. Ihre Mutter brauchte zum Glück nicht lange, um sich Wäsche, zwei T-Shirts, eine Hose und eine Jacke auszusuchen, die Angelika wie selbstverständlich bezahlte. Martina schien sich unbehaglich bei dem ganzen Prozedere zu fühlen, obwohl es auch sein konnte, dass Angelika ihre eigene Anspannung auf sie projizierte. Bei der Auswahl von Früchten, die sie unterwegs essen konnten, ließ ihre Mutter sich dagegen Zeit.

»Früher hast du Orangen gerne gemocht«, sagte Angelika, und ihre Mutter murmelte: »Ich wollte, dass du Orangen isst. Vitamine und so weiter. Deswegen habe ich so getan, als gäbe es nichts Besseres.«

Angelika gebrauchte bei ihren Söhnen durchaus ähnliche Taktiken, aber es verstörte sie ein wenig, dass eine der Kindheitserinnerungen, die sie an ihre Mutter hatte und die nicht mit den späteren Entwicklungen in Verbindung standen, sich als elterliche Lüge entpuppte. Es unterstrich, auf welch unsicherem Terrain sie sich befand und wie wenig sie ihre Mutter im Grunde kannte.

Sie waren wieder auf der Autobahn, als Angelika fragte: »Und Hunde? Hast du Hunde wirklich gemocht?«

Sie hatte als Kind immer eine Katze haben wollen. Ihre Mutter hatte erst eingewandt, dass überhaupt kein Haustier in Frage komme, weil die Sorge darum am Ende doch bei ihr hängenbliebe und sie einfach keine Zeit dafür hatte. Aber

dann, im letzten Jahr, das Angelika mit ihr verbrachte, hatte sie überraschend mit Angelika einen Hund aus dem Tierheim geholt, mit dem sie gerne spielte und den sie mit Begeisterung ausführte.
Später, während des Prozesses, hatte der Staatsanwalt die These aufgestellt, dass zu den frühen Missionen, die Martina für die RAF unternommen hatte, das Auskundschaften von potenziellen Zielen gehört habe. Dabei mit einem Hund spazieren zu gehen, hatte sie für jeden Beobachter harmlos und unauffällig wirken lassen.
»Ich habe *Toni* gemocht«, sagte ihre Mutter. »Aber wenn du wissen willst, ob ich ihn für dich angeschafft habe: nein.«
»Oh, das war mir klar«, erwiderte Angelika, ehe sie sich zurückhalten konnte. Sie konnte sich noch an Tonis Elend erinnern, als ihre Mutter verschwunden war. Wie er in Nürnberg Martinas altes Zimmer für sich auserkoren hatte und nie anderswo schlief, aber das würde sie ihrer Mutter jetzt nicht erzählen. Stattdessen versuchte sie es mit einer besseren Erinnerung.
»Weißt du noch, sein tollstes Stück? Ehe du weg bist, hatte er es nur einmal gemacht, und wir haben so gehofft, er würde es wiederholen.«
Martina warf ihr einen fragenden Blick zu und wusste offensichtlich nicht, wovon Angelika sprach. Das ließ Angelikas Mut sinken, und sie legte sich ins Zeug, um das Erlebnis für ihre Mutter zum Leben zu erwecken.
»Ich erinnere mich noch wie heute daran. Die Edelboutique am Jungfernsteg, eine große Limousine und ein Chauffeur, der seine Zigarettenkippe nach ihm schnipste. Toni war der liebste Hund der Welt, aber das konnte er nicht haben. Er lief zu ihm hin und spuckte auf die blank geputzten Schuhe. Besser, er nieste. Der Fahrer brüllte: ›Ihre dumme Töle hat mich angeniest.‹ Du zurück: ›Der Hund heißt Toni, nicht Töle, aber er hat eine Dummi-Allergie, wenn er Kippen flie-

gen sieht.‹ Wir haben gelacht, der Mann fluchte hinter uns her. Ich habe die Sätze nie vergessen, und zweimal hatte ich später noch Gelegenheit, deine Worte zu gebrauchen, weil Toni auf fliegende Zigarettenkippen immer so reagierte.«
Ihre Mutter schüttelte den Kopf. Ob sie die Erinnerung verneinte oder amüsiert über die Schilderung war, ließ sich ihrer Miene nicht entnehmen.
»Ich kann mich nur noch daran erinnern, wie ich ihn aus dem Tierheim geholt habe und mir die Frau dort nicht sagen konnte, welche Rasse außer einem Foxterrier noch Spuren bei Toni hinterlassen hat. Außerdem konnte er Straßenbahn fahren, ohne dass der Schaffner merkte, dass ein Hund dabei ist, der auch bezahlen muss. Ich mochte ihn.«
»Warum hast du ihn dann nicht mitgenommen, als du untergetaucht bist?«
»Er hätte mich identifizierbar gemacht«, sagte Martina nüchtern. »Das ist das Erste, was du lernst: Nichts zu lange bei dir zu behalten, sonst prägt es sich deiner Umgebung ein. Vor allem in einer Gesellschaft, die sich mehr um Haustiere kümmert als um die Obdachlosen und Bettler, die ständig übersehen werden. Wir sind alle darauf trainiert, sentimental zu sein. Nicht mitfühlend. Da liegt der Unterschied.«
»Mitfühlend«, wiederholte Angelika ungläubig. »Du denkst, dass du mitfühlend warst, damals in den Siebzigern?«
»Mit den Entrechteten. Mit den Opfern von Ausbeutung und Genozid in der Dritten Welt, die …«
»Ich habe erst vor wenigen Tagen mit einem Mann gesprochen, der durch dich seinen Vater verloren hat«, sagte Angelika wütend. Sie hatte sich vorgenommen, sich auf gar keinen Fall ideologische Phrasen anzuhören. »Ich wette, der Name würde dir nichts sagen. Ich wette, du hast ihn längst vergessen, wenn du ihn je gekannt hast. Mitfühlend!«
Sie erwartete eine defensive Bemerkung oder ein erneutes »Es war Krieg«. Stattdessen sog Martina scharf den Atem

ein. »Du hast mit der Sache nichts zu tun. Werder hat kein Recht …«
»Es war nicht der Sohn von Staatssekretär Werder.«
Dass ihre Mutter zuerst an den Staatssekretär dachte, bewies einerseits, wie wenig sie die Leibwächter und den Fahrer wahrgenommen hatte. Andererseits hatte sie beschützend reagiert, nicht ideologisch, das zumindest war ermutigend.
»Es war der Sohn des toten Fahrers. Er hat erzählt, Renate hätte so etwas wie ein Versöhnungsprojekt initiiert. Deswegen hatte er meine Telefonnummer. Ganz ehrlich, ich weiß nicht, ob er gelogen oder die Wahrheit gesagt hat. Wir haben nicht lange miteinander geredet. Er hat ziemlich plötzlich aufgelegt. Deswegen glaube ich schon, dass er die Wahrheit gesagt hat. Weil er wirklich aufgeregt war.«
Angelika wartete darauf, dass ihre Mutter sie nach dem Namen des Mannes fragte. Doch Martina schwieg und starrte durch das Autofenster auf die dämmrige Landschaft. Justus würde jetzt sagen, das bewiese, wie wenig sich die Terror-Oma geändert hätte. Sie war noch immer nicht bereit, ihre Opfer als Opfer anzuerkennen. Aber konnte es nicht auch sein, dass sie einfach Angst davor hatte? Angst vor Namen und Gesichtern, die ihr beweisen würden, dass es sich um Menschen gehandelt hatte, um Familien?
»Erzähl mir, was aus Toni wurde«, bat ihre Mutter.

Später suchte Angelika ein kleines Hotel für die Nacht und nahm nach einem Moment des Zögerns ein Doppelzimmer. Wenn sie ihrer Mutter ein Einzelzimmer buchte, würde sie die Nacht lang wach bleiben und sich fragen, ob Martina am nächsten Morgen noch da sein würde, da machte sie sich keine Illusionen.
Die Frau an der Rezeption gab sich mit Angelikas Ausweis zufrieden, was es ihr ersparte zu fragen, ob ihre Mutter überhaupt einen gültigen hatte. Es gehörte zu den vielen

Alltagsdingen, über die sie sich nie Gedanken gemacht hatte. Wurden im Gefängnis Papiere erneuert und am Ende dem zu entlassenden Gefangenen ausgehändigt? Sie wusste es nicht.

Inzwischen war ein Anruf daheim gerechtfertigt, ohne als Glucke zu erscheinen. Justus musste aber mit den Jungen unterwegs sein, denn sie erreichte nur den Anrufbeantworter und seine Voicemail.

Ihre Mutter hatte in der Zwischenzeit geduscht, länger, als sie das aus ihren Kindertagen in Erinnerung hatte, aber nach den Jahren im Gefängnis war zeitlich unbegrenzt heißes Wasser für sie bestimmt ein besonderer Genuss. Während Angelika das Wasser rauschen hörte, drängte sich ein halbvergessener Schnipsel Geschichtswissen in ihr Gedächtnis: Die Römer hatten traditionell in einem heißen Bad Selbstmord begangen.

Sie wusste selbst nicht, warum sie gerade jetzt daran dachte. Ihre Mutter genoss lediglich den Luxus der Freiheit, das war alles. Ja, sicher, es hatte eine Zeit gegeben, zu Beginn von Martinas Gefängnisaufenthalt, in der sowohl Renate als auch die Großeltern besorgt gewesen waren. Sie hatten ominöse Andeutungen gemacht und immer wieder betont, wie wichtig es war, dass Angelika die Mami aufheitere. Aber rückblickend hatte das gewiss weniger an Martina selbst und mehr an dem Schicksal der ersten Generation der RAF gelegen. Bewiesen nicht die letzten zwanzig Jahre, dass der Lebenswille ihrer Mutter ungebrochen war? Ausgerechnet jetzt, wo sie ihre Freiheit wiedererlangt hatte, würde sie bestimmt nicht aufgeben wollen.

Der Pastor hatte davon gesprochen, dass eine überraschend hohe Anzahl an entlassenen Langzeitgefangenen mit der Freiheit nicht fertig wurde, weil sie sich so sehr dem Gefängnissystem angepasst hätten. Sie wurden entweder rückfällig oder begingen Selbstmord. Aber ihre Mutter hatte sich dadurch definiert, gegen das System zu sein, gegen alle Systeme. Rückfälligkeit war in ihrem Fall keine Option, weil sich die Organisation, der sie angehört hatte, aufgelöst hatte. Und überhaupt, wenn sie in ihrem Leben keinen Sinn mehr erkannte und verzweifelt genug war, es zu beenden, hätte sie das im Gefängnis getan. Sie würde es nicht am ersten gemeinsamen Tag mit ihrer Tochter tun, sie würde sich keinesfalls von Angelika tot finden lassen. So grausam war sie nicht.

Die Briefe tauchten wieder vor Angelikas innerem Auge auf: der Brief an ihre Großeltern, der Brief darüber, keine Sklavenmutter mehr sein zu wollen. Ihre eigenen Briefe, zurückgeschickt.

Das Wasser rauschte noch immer.

Besser, sich lächerlich zu machen, als später das Unfassbare zu bereuen. Angelika ging in das Badezimmer, ohne sich weiter Gelegenheit zum Grübeln zu geben. Ihre Mutter kauerte unter der Dusche, die Arme um die Knie geschlungen, den Kopf auf die Arme gelegt. Aber die Flüssigkeit, die an ihr herunterrann, war nur Wasser. Das war das Erste, was Angelika zu ihrer großen Erleichterung auffiel. Nirgendwo war Blut oder ein scharfes Objekt zu sehen. Verlegenheit und Scham stiegen in ihr auf. In das Badezimmer einer Person einzudringen, die nicht Ehemann oder Kind war, erschien ihr auf einmal als eine grobe Verletzung der Privatsphäre. Erst jetzt wurde ihr bewusst, dass sie ihre Mutter nackt sah, etwas, das selbst in ihrer frühen Kindheit sehr selten der Fall gewesen war. Es war der Körper einer Fremden, kaum gezeichnet von den fast fünfzig Jahren, die Martina bald hinter sich hatte. Ihre Haltung jedoch, dieses Kauern, war die eines Kindes. Endlich blickte sie auf. Ihre dunklen, forschenden Augen trafen auf Angelika, und Angelika war gewiss, dass ihre Mutter ahnte, was sie in das Badezimmer getrieben hatte.

»Keine Pläne«, sagte ihre Mutter. »Auch den nicht.«

Etwas wie ›Das würde ich dir nie antun‹ wäre beruhigender gewesen. Andererseits war Angelika klar, dass Martina hier nicht einfach das heiße Wasser genoss, nicht in dieser Haltung. Bei einer Fremden wäre sie jetzt davon ausgegangen, dass etwas sie quälte, und sie hätte danach gefragt. Doch mittlerweile kam sie sich bereits wie eine Inquisitorin vor, und sie wusste nicht, ob sie zu viel oder zu wenig von ihrer Mutter erwartete. Justus hatte ihr an den Kopf geworfen, sie sei doch keine Sozialarbeiterin, und auch, wenn er es aus den falschen Gründen gesagt hatte, hatte er in gewisser Weise recht gehabt. Für Angelika gab es sowieso keine Vergleiche, keine Erfahrungen, an die sie sich halten konnte. Wo hätte man auch lernen können, Tochter einer Mörderin zu sein? Endlich beschloss sie, so zu tun, als wäre ihr nie eine Befürchtung gekommen.

»Lass mir noch etwas heißes Wasser übrig«, entgegnete sie also so fröhlich wie möglich und ging wieder hinaus. Wenige Momente später hörte sie, wie ihre Mutter das Wasser ausstellte und aus der Dusche trat. Nach ein paar Minuten kam sie ins Zimmer, ein Handtuch um ihr nasses Haar gewickelt. »Ich dusche schon immer leidenschaftlich gern. Andere angenehme Dinge waren früher entweder unmoralisch, illegal oder machten dick. Ich werde vieles neu lernen müssen.«

Angelika verzichtete darauf, zu fragen, ob sie den Föhn im Bad nicht gesehen hatte, und machte sich daran, ebenfalls zu duschen, denn sie wollte nicht auf Martinas letzten Satz eingehen müssen.

Sie war bereits im Bad, als ihr einfiel, dass Justus vielleicht zurückrief, und sie wollte Martina darauf vorbereiten. Doch als sie die Tür öffnete, sah sie, dass ihre Mutter bereits telefonierte. Nicht mit Angelikas Handy, sondern mit dem hoteleigenen Apparat.

»… nicht geglaubt«, sagte ihre Mutter. »Aber das kann sich ändern.«
Sie sah Angelika und legte abrupt auf. Eine steile Falte grub sich in ihre Stirne.
»Wirst du mir die ganze Zeit über nachspionieren?«
»Ich wollte dir nur sagen, dass Justus vielleicht zurückruft, mit den Jungen«, gab Angelika zurück und schloss heftig die Badezimmertür. Durch den heißen Wasserdampf, den ihre Mutter dort hinterlassen hatte, konnte sie nichts im Spiegel erkennen, zumal Wut, ihre Wut, auch dann nicht leicht zu sehen gewesen wäre.
Ihre Mutter musste diesen Anruf getätigt haben. Und wem er auch immer galt, ihrem Anwalt, einem alten Freund, einem alten Feind, es war ein Stück ihrer Vergangenheit, das sie so in die Gegenwart bringen wollte.

1971 – Martinas Kind

Sie hatte nicht gewusst, dass es möglich war, ein Baby am Geruch zu erkennen. Wenn Martina früher überhaupt Gedanken daran verschwendet hatte, war sie davon ausgegangen, dass alle Babys gleich rochen: nach Milch, nach den Lotionen, mit denen man sie eincremte, und, wenn man nicht rechtzeitig die Windeln wechselte, natürlich nach Urin und Kot. Aber als sie ihre Tochter in den Armen hielt, ihre Hände hob, während sich die Fingerchen um einen von Martinas großen Fingern schlangen, wenn sie die kleinen, zarten Fußflächen kitzelte, um das Mädchen zum Lachen zu bringen, wenn sie das weiche zufriedene Gurgeln hörte, roch sie auch den warmen, dumpfen Geruch des Kindes und war fest überzeugt, sie würde ihn unter allen Säuglingen der Welt wiedererkennen.

Es war eine neue Welt, in der Martina mit ihrer Tochter lebte. Allerdings hatte diese neue Welt auch ihre Schattenseiten. Sie schien fast nur noch aus Primärfarben zu bestehen, dem Rot von Glück, als die winzig kleine Hand ihrer Tochter sie zum ersten Mal berührte und nach Martinas Gesicht griff, dem Blau von Schlaflosigkeit, Sorge und Erschöpfung, wenn Angelika nicht einschlafen wollte. Manchmal war der Impuls, das Baby zu rütteln, damit es endlich ruhig wurde, geradezu übermächtig. Bisher hatte ihn Martina immer niedergekämpft. Es war viel leichter gewesen, etwas über Babys aus Büchern zu lernen, als das Gelernte umzusetzen, denn oft hatte sie nur noch zwei oder drei Stunden Schlaf in der Nacht. Jürgen hatte ihr die Ehe angeboten, ein überraschend konventioneller Reflex bei jemandem, der ständig über das Bürgertum herzog, aber je mehr sie Jürgen kennenlernte, desto sicherer war sie, richtig entschieden zu haben, als sie dieses Angebot ablehnte. An Jahren war er älter als sie, doch gefühlsmäßig kam er ihr immer noch wie ein Teenager vor. Außerdem liebte sie ihn nicht. Eine Ehe jetzt hätte nur zu einer Scheidung später geführt. Ihre Eltern waren davon nicht begeistert, doch ihr Vater hatte schließlich gemeint, wenn sie das jetzt schon so empfände, wäre eine Ehe in der Tat die falsche Entscheidung, und im Übrigen stünden sie hinter Martina.

Dabei, so stellte sich als Nächstes heraus, hatte er allerdings geglaubt, dass sie ihr Studium abbrechen und ihr Kind bei den Eltern erziehen würde. Als sich herausstellte, dass sie andere Vorstellungen hatte, waren Vater und Mutter entsetzt.

Es war Renate gewesen, die Martina bei der Entscheidung geholfen hatte. »Keine Ehe, weil Jürgen so ein Kindskopf ist, gut und schön«, hatte Renate gesagt. »Und keine Abtreibung, weil deine innere Protestantin da nein sagt. Aber deswegen brauchst du nicht deine Zukunft aufzugeben. Frauen haben heute Rechte, weißt du. Unter anderem auf Unterhaltszahlung, bei anerkannter Vaterschaft. Und die Eltern von Jürgen sind sehr reich.«

»Aber ich dachte, sein Vater wäre ein Nazi. Jedenfalls sagt Jürgen das jedes Mal, wenn er von ihm redet. Da wird er bestimmt nicht ...«

»Jetzt bist du naiv. Was meinst du, wer Jürgen das Studium finanziert?«

»Er hat immer behauptet, sein Studiengeld käme vom Erbe seiner toten Mutter. Aber egal, *ich* weiß nicht, ob ich dieses Geld für mein Kind will«, hatte Martina erklärt.

»Martina, auf die Gefahr hin, mich wie Jürgen anzuhören: Bist du denn sicher, dass deine Eltern nie vom Dritten Reich profitiert haben? Ich glaube dir ja, dass dein Vater ein aufrechter evangelischer Lehrer war. Aber wenn er keine Stelle im Schuldienst bekommen hat, die vorher ein Jude oder ein Sozialist innehatte, würde mich das wundern. Und wenn er es geschafft hat, im Unterricht nie Aufsätze über den größten Feldherrn aller Zeit schreiben zu lassen, war er der Einzige. Die ganze Generation hat da entweder Kompromisse gemacht oder aktiv mitgeholfen. Ein Stipendium des Staates würdest du ja auch annehmen, und was glaubst du denn, wo dieses Geld herkommt? Also sei realistisch. Es kommt darauf an, was man daraus macht. Und du kannst das Geld dazu verwenden, deinem Kind eine ordentliche Betreuung zu sichern, während du studierst.«

Jürgens Vater und seine Stiefmutter hätten die Diskussion um ein Haar theoretisch werden lassen, weil sie ein »Ehe oder überhaupt keine Unterstützung«-Ultimatum stellten, was wiederum in Jürgen jeden Wunsch nach Ehe zum Erliegen brachte. Erstaunlicherweise kam Martina danach besser mit ihm aus. Inzwischen sah er das Nichtheiraten als revolutionäre Geste, und durch das Erbe seiner Mutter war er nicht nur auf seinen Vater angewiesen, was Unterhaltszahlungen betraf. Außerdem verwechselte er immer häufiger Liebe mit Nächstenliebe, Liebe zur nächsten Kommilitonin, und war im Grunde sehr erleichtert und dankbar, dass Martina sein spontanes Eheangebot nicht angenommen hatte.

Sie aber konnte weiterstudieren. Renate, die inzwischen beim SDS war, erzählte ihr von den neuen Kinderläden, die vom Aktionsrat zur Befreiung der Frau gegründet worden waren. »Antiautoritäre Erziehung« klang gut, aber würde erst in späteren Jahren helfen, wenn das Kind aus dem Säuglingsalter heraus war.

Martina war noch hochschwanger gewesen, als sie an der HFF von Dozent zu Dozent lief, um sich die Versicherung zu holen, dass man sie weiter bei Projekten berücksichtigen würde. Das war nötig, weil jeder ihrer Professoren davon auszugehen schien, dass sie für die nächsten zwei Jahre weder an Seminaren teilnehmen noch Praktika würde absolvieren können, und auch danach höchstwahrscheinlich »Heiraten und sich der Mutterschaft widmen werden, nicht wahr, Fräulein Müller?«. Vor einem dieser Gespräche wartete sie einmal zusammen mit einem dunkelhaarigen Hamburger, der eigentlich aussah, als müsste er mit dem Studium schon fertig sein, vor einem Sprechzimmer. Wie sich herausstellte, hatte er zwar früher in München studiert, wohnte jedoch mittlerweile in Berlin und hatte dort einen Prozess am Hals, für den er das Gutachten eines ehemaligen Dozenten brauchte.

»Um meinen Film als abstraktes Kunstwerk zu deklarieren«, erklärte er mit einem schiefen Grinsen.

»Und was behauptet die Staatsanwaltschaft, das er ist?«

»Ein Aufruf zur Gewaltanwendung«, antwortete er, immer noch grinsend, und ihr dämmerte, um was es sich handeln konnte. Erst in der letzten Woche hatte jemand bei einem Teach-in statt des vorgesehenen Beitrags einen anonymen Film mit dem Titel »Wie baue ich einen Molotowcocktail?« gezeigt, in dem in nur drei Minuten die Zusammensetzung einer Brandflasche erklärt wurde, mit finalem Schnitt auf das Verlagshaus Springer in Berlin. Dabei hatte der Regisseur das Ineinandergreifen vieler Hände geschickt als Symbol für eine breite Basis der Revolution inszeniert. Der Film war nicht neu, und sie hatte schon öfter davon gehört, seit er an der Berliner TU zum ersten Mal gezeigt worden war, aber in München war bisher keine Kopie zu sehen gewesen. Ihr Rücken schmerzte, das Baby in ihr strampelte, und daher war Martina weniger fasziniert als gereizt, als sie entgegnete: »Funktioniert die Anleitung denn?«

»Das will ich hoffen«, gab er gekränkt zurück. »Ich habe sie aus Régis Debrays' ›Revolution in der Revolution‹, und Régis Debrays hat mit Che Guevera gekämpft.«

»Dann verstehe ich nicht, wie du sie als abstraktes Kunstwerk verkaufen willst«, sagte Martina kühl und wünschte sich, solche Sorgen zu haben, statt vor der Aussicht zu stehen, in den nächsten zwei Jahren übergangen zu werden, wenn es um die Verteilung von Volontariaten ging. »Aber immerhin könntest du darauf hinweisen, dass Springer noch steht und weiterhin druckt, trotz deines Films.«

Sein Grinsen verschwand. »Jede Revolution fängt klein an.«

Zu allem Überfluss bekam Martina jetzt auch noch Kopfschmerzen. »Wenn Revolutionen überhaupt anfangen. Hier in Deutschland haben wir jedenfalls keine. An deiner Stelle würde ich es in der Argumentation für den Film auch nicht mit dem Wort abstrakt, sondern mit ›Satire‹ versuchen. Die versteht doch kaum jemand, aber wer gibt das schon zu?«

In seinen Augen blitzte Verständnis, und er betrachtete sie anders als zuvor, ohne sich aber zu der Anregung zu äußern. Dass ihm möglicherweise eine Anklage wegen seines Films drohte, erinnerte Martina an die Kaufhausbrandstifter. Sie hatte das Nachspiel zu dem Frankfurter Prozess in den Zeitungen mitverfolgen können. Die vier Brandstifter waren in Revision gegangen, die zurückgewiesen wurde, und Baader und Ensslin tauchten ab. Baader wurde aber schnell wieder gefasst. Danach hatte Martina erst im Mai wieder etwas von ihnen gelesen. Baader war mit Waffengewalt von der Journalistin befreit worden, deren Artikel in *konkret* sie früher gerne verfolgt hatte, Ulrike Meinhof. Es war niemand gestorben, aber ein Angestellter des Hauses, wo die Befreiung stattgefunden hat, war schwer verletzt worden. Danach war im *Spiegel* die Transkription einer Tonband-Erklärung von Ulrike Meinhof veröffentlicht worden, die Martina noch lange nachgegangen war und über die sie immer noch nachdachte. Aber seither hatte man nichts mehr von der Gruppe gehört. Auch war es nicht zu Streiks oder Demonstrationen gekommen, die mit den Zielen dieser Leute in Zusammenhang standen.

»Aber die Notwendigkeit zum Widerstand, die gibst du zu?«, fragte der norddeutsche Filmstudent forschend.
»Es muss sich in diesem Land viel ändern«, sagte sie. »Die Justiz vor allem.« Sie erzählte davon, was Jürgen über die Altnazis auf den Münchner Richterstühlen herausgefunden hatte, und brachte wieder ihr Beispiel von dem Freispruch Karl-Heinz Kurras, der Benno Ohnesorg erschossen hatte. Es stellte sich heraus, dass ihr Gegenüber an der Demonstration vor der Oper teilgenommen hatte. Wieder fühlte sie die alte Scham, weil sie sich hatte einsperren lassen und in Sicherheit gewesen war.
»Da habe ich es kapiert«, sagte der Norddeutsche, der sich inzwischen als Holger vorgestellt hatte. »Wir müssen kaputt machen, was uns kaputt macht. Protest ist, wenn ich sage, das und das passt mir nicht. Widerstand ist, wenn ich dafür sorge, dass, was mir nicht passt, nicht länger geschieht. Protest ist, wenn ich sage, ich mache nicht mehr mit. Widerstand ist, wenn ich dafür sorge, dass alle anderen auch nicht mehr mitmachen.«
»Aber daran hakt es doch, oder?«, fragte Martina. »Die meisten Leute interessiert einfach nicht, was alles falsch läuft. Ich dachte, nach der Wahl ändert sich das vielleicht, aber jetzt unternimmt auch die SPD-Regierung nichts gegen die Amerikaner. Der Vietnamkrieg geht weiter, und wir bekommen demnächst einen Radikalenerlass, der sich noch nicht mal gegen die Altnazis, sondern ausschließlich gegen die Linken richtet. Das geht alles im Bewusstsein der braven Bürger unter, nicht, weil nicht darüber berichtet wird, sondern, weil es keinen mehr interessiert.«
»Weil die Menschen vom Springer-Opium betäubt und abgelenkt werden«, entgegnete Holger lebhaft. »Aber genau wegen dieser Unzulänglichkeiten reicht es ja nicht mehr, Artikel zu schreiben und Demos zu organisieren. Man muss Dinge tun, die nicht mehr zu übersehen sind.«

»Jetzt sag nicht, du willst noch mehr Kaufhäuser in Brand stecken. Meine Freundin Renate hatte recht, was das angeht. Das hat überhaupt keinen Unterschied gemacht.«
Die Diskussion interessierte sie, aber gleichzeitig wurden ihre Rückenschmerzen schlimmer, und ihre Schläfen pochten. Sie wünschte sich, sie könnte Schmerzmittel nehmen, aber sie wollte dem Baby dadurch nicht schaden.
»Wenn es bei uns jemanden wie Che gäbe, der einen bewaffneten Widerstand organisiert …«, sagte Holger.
»Widerstand gegen wen, konkret?«, entgegnete sie. »Springer? Kaufhausbesitzer? Ich glaube nicht …«
»Die sind alle Teile des Systems«, fiel er ihr ins Wort. »Aber man muss natürlich bei den Instrumenten der Exekutive anfangen. Muss sich überlegen, wer die Befehle der Herrschenden umsetzt. Wer dafür verantwortlich ist, wenn Demonstranten niedergeknüppelt und erschossen werden.«
Sie erinnerte sich nur zu lebhaft daran, wie die Polizisten vor dem Rathaus gestanden hatten und es den »Jubelpersern« gestattet hatten, zuzuschlagen, und als die Verprügelten sich wehrten, sich selbst an der Keilerei beteiligten. Sie besaß immer noch das Bild von diesem Tag.
»Bullen sind Schweine«, stellte Holger fest. »Der Typ in Uniform ist ein Schwein, kein Mensch, und so haben wir uns mit ihm auseinanderzusetzen. Das heißt, wir haben nicht mit ihm zu reden. Mit solchen Schweinen kann man nicht reden, oder kennst du ein Schwein, das dich oder das du verstehst?«
Martina erkannte die Worte, nur leicht verändert, aus dem *Spiegel*-Artikel der Meinhof wieder. »Ich habe das Manifest auch gelesen«, sagte sie leise.
»Und, hat sie nicht recht?«
Das war die Frage, die sie beschäftigte. Damals in Berlin hatte sie sich daran geklammert, dass diese Polizisten die Ausnahme gewesen waren, aber mittlerweile war ihr jede Sicherheit darüber verloren gegangen. Und wenn der Staat

Gewalt gegen seine Bürger einsetzte, half vielleicht wirklich nur Gegengewalt.
Dann wieder stellte sie sich vor, selbst den Knüppel zu ergreifen, um zurückzuschlagen, und konnte es nicht.
»Ich weiß es nicht.«
»Das ist lau«, sagte er. »Früher habe ich auch an gewaltlosen Widerstand geglaubt. Mensch, ich war Kriegsdienstverweigerer, weil ich erst gar nicht lernen wollte, wie man tötet. Ich wollte lieber Zivildienst in einem Kinderheim tun. Aber schau dir an, was Martin Luther King passiert ist. Erschossen. Und die Geschwister Scholl hier bei uns, die wurden hingerichtet. Eine Revolution ist eben kein Debattierklub. Wenn man mitmacht, muss man mit Opfern rechnen, doch wie du selbst vorhin gesagt hast – eine Revolution haben wir hier in Deutschland noch nie gehabt. Nach dem Krieg ist einfach weitergemacht worden. Und die Generation von Auschwitz sitzt nach wie vor an den Hebeln der Macht. Wie feige sind wir eigentlich, dass wir das mitmachen?«
Sie fühlte sich getroffen und schlug zurück. »Also, deine Molotowcocktail-Anleitung hat auch nichts bewirkt, und hier sitzt du und läufst vor den paar Konsequenzen davon.«
Zu ihrer Überraschung brauste er nicht auf, wie es Jürgen und die meisten jungen Männer, die sie kannte, getan hätten. Stattdessen schwieg er lange. Dann sagte er: »Ich werde bald mehr tun.«
Wahrscheinlich war es die übliche studentische Prahlerei, aber als der Dozent sie zu sich hereinrief, konnte sie nicht widerstehen und sagte mit einer Anspielung auf den Beginn der Französischen Revolution: »Wenn du wirklich irgendwann die Bastille stürmst, schau bei mir vorbei, und ich komme mit, okay?«
Es war ein Scherz, und auch wieder nicht. Er musterte sie nachdenklich.
»Name und Adresse, Bürgerin?«, fragte er, die Anredeform

der Französischen Revolution gebrauchend. Sie gab ihm ihre Anschrift und fügte hinzu: »Viel Glück, Camille Desmoulins«, während der Dozent bereits ungeduldig wartete.
»Was haben Sie denn mit Holger Meins zu tun, Fräulein Müller?«, fragte er, als sie die Tür hinter sich geschlossen hatte.
»Wir haben uns nur die Wartezeit vertrieben.«
»Er hat ein Volontariat in Unterföhring gehabt und bei der ARPA als Kameraassistent gearbeitet«, erklärte ihr Dozent. »Talent, aber keinen Fokus. Ließ sich zu leicht ablenken. Immerhin«, setzte er hinzu und die sarkastische Missbilligung war fast greifbar, »nicht durch eine Familiengründung.«
Der Tag blieb ihr vor allem wegen all des Grolls in Erinnerung, den sie hinunterschlucken musste, während sie sich bei dem Dozenten einschmeichelte. Es war nicht so, dass die vorhergehende Unterhaltung sie nicht bewegt hätte, doch sie erwartete nicht im Ernst, je wieder von Holger Meins zu hören.

Ein Jahr später jedoch, als Jürgen zwar noch Unterhalt schickte, aber sich längst nicht mehr blicken ließ, um ihr Angelika abzunehmen, als ihre Freundinnen alle zu beschäftigt waren, um als Babysitter einzuspringen, und sie mit den Nerven völlig am Ende war, stand er vor ihrer Tür.
Er war nicht alleine.
Seine Haare waren inzwischen rot gefärbt, und er hatte einen kurzen Bart. Der erkennbar etwas jüngere Mann neben ihm hatte dunkle, struppige Haare, aber auch diese machten einen gefärbten Eindruck. In ihrer Aufmachung wirkten sie nicht anders als die meisten Studenten, samt den dünnen Koteletten bis fast zum Kinn, die bei Männern zur Mode geworden waren. Martina brauchte ein paar Sekunden, bis sie ihn wiedererkannte, erschöpft wie sie war.
»Camille Desmoulins«, sagte er mit dem natürlichen Lächeln, an das sie sich erinnerte, und da fiel es ihr wieder ein.

»Ich habe Eis mitgebracht«, fügte er hinzu und hob die Tüte, die er in der linken Hand hielt und in der drei verpackte Becher sich abzeichneten. Martina konnte nicht anders, sie musste das Lächeln erwidern, bedankte sich und bat ihn und seinen Begleiter herein, den er ihr als Bert vorstellte. Natürlich nahm Angelika, der sie gerade die Flasche gegeben hatte, das zum Anlass, um wieder mit dem Schreien zu beginnen.

»Meine Tochter«, sagte sie und fühlte sich, als würde sie unter Windeln und ständiger Erschöpfung begraben werden. Dabei liebte sie die Kleine mit Leib und Seele. Als Angi sie zum ersten Mal angelächelt hatte, war die Welt schwerelos geworden und Martina hatte sich gefühlt, als könne sie fliegen. Sie verschoss Kodak-Film nach Kodak-Film, obwohl selbst die stolzen Großeltern inzwischen genügend Fotos besaßen und keine weiteren mehr aufstellen konnten. Aber Martina war nicht im mindesten darauf vorbereitet gewesen, mit einem Baby zu leben und zu arbeiten, als sie ihre Entscheidung traf, Angelika alleine zu erziehen. Und so kam sie in letzter Zeit und besonders, wenn Angelika wie heute quengelig war, manchmal doch an die Grenzen ihrer Belastbarkeit.

Bert trug den gleichen betretenen und verlegenen Gesichtsausdruck zur Schau, den sie von anderen jungen Männern einschließlich Jürgen kannte, wenn sie mit einem heulenden Baby konfrontiert wurden. Aber Holger sagte zu ihrer Überraschung: »Na, na«, und marschierte ohne weiteres zu Angelikas Laufstall. Von einem Fremden in die Höhe gehoben zu werden, verblüffte das Kind so, dass es mit dem Schreien innehielt. Holger hielt Angi mit einer entspannten Selbstsicherheit, die darauf hinwies, dass er vertraut mit Babys war, und gab beruhigende Laute von sich, während er Angi anlächelte. Martina wartete darauf, dass Angi nach dem Verblüffungsmoment wieder in ihr Protestgeschrei zurückfallen würde, doch das Kind blieb ruhig und großäugig, und Holgers Lächeln wurde breiter.

»Holger, du steckst voller Überraschungen«, sagte Bert beeindruckt.
Eine Viertelstunde später saßen die beiden Männer auf dem Sofa, während sie es sich mit Angelika in dem bequemen Schaukelstuhl gemütlich gemacht hatte, den ihr Renate zu Weihnachten geschenkt hatte, und sie alle vertilgten das mitgebrachte Eis. Angelika hatte den Rest ihres Fläschchens getrunken und gurgelte friedlich, während Martina darauf wartete, nach dem Austausch von Nettigkeiten eine Erklärung für den Besuch zu bekommen. Sie hatte immerhin eine Vermutung. Nach Angis Geburt hatte sie zwar weniger oft die Nachrichten verfolgt und war viel seltener zu Vorlesungen gekommen, als sie gehofft hatte. Aber durch Freunde und Mitstudenten hörte sie immer noch vieles, und weil Holger Meins mehrere alte Freunde an der HFF hatte, hatte sich herumgesprochen, dass er seit dem Herbst des letzten Jahres untergetaucht war. Vorher war er noch wegen des Verdachts der Beteiligung an einem Sprengstoffanschlag auf einen Polizeiwagen verhaftet, aber nach einem Monat wieder freigelassen worden. Man musste nicht Sherlock Holmes sein, um zu mutmaßen, dass er sich der Baader-Meinhof-Gruppe angeschlossen hatte.
»Das Eis war eine echt nette Geste, aber warum bist du hier?«, fragte Martina schließlich geradeheraus.
Er hörte auf zu lächeln. »Bert und ich bräuchten was zum Übernachten für ein paar Tage. Zwei Decken, zwei Kissen, mehr nicht«, entgegnete er. Die beiden Männer betrachteten sie aufmerksam, doch Martina verunsicherte das nicht. Sie fühlte sich eher endlich ernst genommen.
»Hast du nicht Dutzende Freunde hier in München?«, fragte sie, um Zeit zu gewinnen und zu überlegen. Die Mischung aus Aufregung, Angst und dem Bedürfnis, sich zu beweisen, die sie damals in Berlin erfüllt hatte, war wieder da. Aber diesmal würde es nicht darum gehen, für eine gute Sache zu

demonstrieren oder mit einem Haufen Fremder zu einem Prozess zu fahren. Diesmal ging es darum, einem polizeilich gesuchten Mann zu helfen.

»Doch«, sagte er. »Aber die Bullen kennen inzwischen bestimmt all ihre Namen.«

»Da überschätzt du unsere Polizei«, warf Bert ein. »Aber es ist immer besser, auf Nummer sicher zu gehen.« An Martina gewandt setzte er hinzu: »Holger … Rolf«, verbesserte er sich mit einem Grinsen, »hat gesagt, du hättest Sympathien? Stimmt das? Sonst sind wir gleich wieder draußen.«

»Rolf?«

»Régis Debrays empfiehlt Tarnnamen, wenn man in den Untergrund geht«, erklärte Holger.

»Und ich dachte, das gab's nur bei den Pfadfindern«, sagte sie, ehe sie sich zurückhalten konnte. Schlafmangel brachte ihre sarkastische Ader zum Vorschein. Ein schwaches Lächeln kehrte in Holgers Gesichtszüge zurück.

»Bei den Pfadfindern war ich auch als Kind. Hab's bis zur Teilnahme am Weltjamboree der Pfadfinder in England gebracht. Ich war der Hamburger Delegierte.«

»Ich war Gruppenführerin beim Evangelischen Mädchenwerk«, erzählte sie und erinnerte sich, wie einfach und gradlinig die Welt ihr damals erschienen war, sie hatte genau gewusst, was richtig und falsch war, wenn man anderen helfen wollte. Holger schaute sie an, und sie hatte den Eindruck, dass er ihre Sehnsucht nach einer unkomplizierteren Zeit teilte. »Bis zu Welttagungen habe ich es aber nie gebracht. Da kamen mir die Rolling Stones dazwischen.«

»Die sind ein echtes Problem, wenn man sich auf eine gute Sache konzentrieren will«, kommentierte Holger trocken. »Nach meinen vier Wochen Knast war ein Konzert von ihnen in Berlin. Eigentlich haben sie mich in der Kommune erwartet, samt einer Rede, aber ich habe mich lieber an zusammengeknoteten Bettlaken von der Empore der Deutsch-

landhalle runter direkt vor die Bühne abgelassen, damit ich die Jungs wenigstens einmal live erlebe.«
»Rock 'n' Roll«, kommentierte Bert. »Das neue Opium fürs Volk.«
Martina ignorierte ihn. »Mick Taylor oder Brian Jones?«, fragte sie Holger prüfend.
»Mick ist nicht schlecht, aber ich weiß nicht, er spielt irgendwie glatter. Auf jeden Fall Brian. Zu dumm, dass er tot ist.«
»Prüfung bestanden.« Bei aller spielerischen Neckerei, die in ihrem Tonfall lag, meinte sie es ernst. »Du bist ein wahrer Fan.«
»Wenn du uns bei dir wohnen lässt, bekommst du mein Autogramm«, entgegnete Holger leichthin, und ihre Heiterkeit verflog wieder. Sie konnte die Entscheidung nicht mehr lange hinauszögern. Trotz des revolutionären Manifestes hatte die Baader-Meinhof-Gruppe niemanden getötet. Auch nicht bei dem Sprengstoffanschlag auf den Polizeiwagen, weswegen Meins verhaftet worden war. Und wenn es stimmte, was ihr erzählt wurde, hatte er sowieso nur sein Auto zur Verfügung gestellt, mehr nicht.
Andererseits hatte sie ihr Gespräch mit ihm nicht vergessen und wusste, dass es möglicherweise nicht nur bei Gewalt gegen Sachen blieb. Sie hatte sich eigentlich vorgenommen, »Revolution in der Revolution« zu lesen, um sich mit den Argumenten besser auseinanderzusetzen, aber zwischen Baby und Studium hatte sie nicht mehr die Zeit gefunden. Und nun waren es keine theoretischen Argumente mehr, zwei gesuchte Männer saßen in ihrer kleinen Wohnung, die sie nach dem Auszug aus der WG gemietet hatte.
Doch was hieß in einem Staat, in dem Männer vom Schlag eines Kurras Polizisten waren, schon »gesucht«? Lenin und Trotzki waren auch einmal polizeilich gesucht worden. Und Rosa Luxemburg war »auf der Flucht erschossen« worden, von den Vertretern des Gesetzes.

»Ich habe ein Baby hier«, sagte sie abrupt. »Ihr könnt ein paar Tage bleiben, aber nur, wenn ihr versprecht, dass meinem Kind nichts passieren kann.«
»Was soll denn ...«, begann Bert.
»Wenn die Polizei ... wenn die Bullen«, korrigierte sie sich, »euch aus irgendwelchen Gründen doch aufspüren, will ich keinen Quatsch mit Waffen in der Nähe meiner Kleinen, verstanden?« Sie hoffte, gebieterisch und selbstsicher zu klingen. Angelikas kleiner Körper lag warm und schwer in ihren Armen, die Kleine war nach der Mahlzeit endlich eingeschlafen. Martina empfand nun tiefe Scham bei den Gedanken, die sie gehabt hatte, ehe die beiden geklingelt hatten. Doch nur eine Stunde später war sie felsenfest überzeugt, eine Waffe benutzen zu können, wenn jemand ihr Baby bedrohte.
»Das hört sich jetzt aber so an, als ob du sie anrufst, sowie wir außer Sichtweite sind«, sagte Bert misstrauisch.
»Blödsinn«, antwortete Martina wütend. »Wenn ich das wollte, hätte ich euch sofort rausgeschmissen. Das sind meine Bedingungen. Haltet euch dran oder haut ab. Mir ist in diesem Land auch vieles zuwider, aber ich bin kein Fußabtreter, der dankbar ist, wenn so ein Bubi mit Marx-Zitaten hereinschneit und den revolutionären Macker spielt, den man nur wegen seiner Worte, nicht wegen seiner Taten ernst nehmen soll.«
In der eintretenden Stille konnte man Holger ausatmen hören. Dann stieß er einen langgezogenen Pfiff aus.
»Wow«, sagte Bert, und Martina widerstand der Versuchung, mit den Augen zu rollen. Sie musste zugeben, dass ein Teil von ihr geschmeichelt war.
»Okay«, meinte Holger. »Okay. Keinen Quatsch. Es soll echt nur für ein paar Tage sein. Dann sind wir weg. Und wir haben hier nichts vor, so weit im Süden läuft eh nichts. Du brauchst dir keine Sorgen zu machen.« Mit einer Grimasse setzte er hinzu: »Pfadfinderehrenwort.«

»Dann könnt ihr bleiben.« Ihr war klar, wie irrsinnig das Ganze im Grunde war. Sie kannte Holger Meins kaum, so sympathisch er ihr auch war, und diesen Bert, der vermutlich ohnehin anders hieß, überhaupt nicht. Sie hatte keinen Grund, ihnen zu vertrauen. Aber seit die beiden hier aufgetaucht waren, fühlte sie sich nicht mehr ausgelaugt und an den Rand ihrer Nervenkraft getrieben, sondern hellwach. Lebendig. Ob es nun das Adrenalin war, das durch ihre Adern floss, der Umstand, dass sie sich mit Holger wirklich gut unterhalten konnte, oder die Gewissheit, für ihre Überzeugung etwas zu riskieren, sie fühlte sich besser als seit langem.

Wenn sie ein vorhersagbares Leben hätte haben wollen, dann hätte sie Jürgen heiraten und sich in ein, zwei Jahren reich scheiden lassen können, um irgendwann anständig und gesittet zu sterben. Nur so ein Mensch war sie nicht!

Wie sich herausstellte, machten sich Holger und Bert sehr nützlich. Bert hatte offenbar Chemie studiert; jedenfalls konnte er mit Desinfiziermitteln umgehen und sie durch Mischungen verbessern, so dass er ihre chronisch verstopfte Dusche, aus der inzwischen das Wasser nur noch lau und in dünnen Fäden herunterrieselte, so gründlich reinigte, dass wieder ganze Wasserfälle aus ihr hervorsprudelten. Weil Holger sich ständig versprach, kannte sie inzwischen auch Berts richtigen Namen: Herbert Malzer. Es wunderte sie nicht, dass er sich für die Kurzform entschieden hatte.

Holger ging mit ihr ihren Aufsatz über Louis Malles' Film *Viva Maria!* durch, und sie debattierten bis in die tiefe Nacht über unzählige Dokumentarfilme, die sie beide kannten. Vor allem stellte sich heraus, dass sein Erfolg bei Angi kein Zufall war. Er brachte es nahezu immer fertig, ihr Baby zu beruhigen.

»Ich habe diese Theorie«, sagte er, als sie ihn nach seinem

Geheimnis fragte. »Jedes Kind wird ruhig, wenn man es anlächelt. Hat jedenfalls bei meinen Geschwistern immer geklappt, auch wenn manchmal etwas Geduld gefragt war. Vielleicht sollte ich dafür mal ein Patent beantragen?«

»Ich hatte nie Geschwister«, gestand Martina. »Aber ist das wirklich so einfach?« Sie zögerte, dann setzte sie hinzu: »Manchmal habe ich Angst, dass ich keine gute Mutter bin.« Das hatte sie noch niemandem anvertraut. Ihren Eltern nicht, weil sie gerade ihnen gegenüber autark und souverän erscheinen wollte, Jürgen nicht, weil er sich zu selten blicken ließ, um überhaupt zu verstehen, was ein gutes oder schlechtes Elternteil war, und selbst Renate nicht, weil die ihr sonst einen Vortrag zum Thema *Die moderne Frau muss nicht in allen Bereichen perfekt sein* gehalten hätte. Was natürlich stimmte, aber das half ihr nicht weiter bei ihrer Befürchtung, für Angelika am Ende nicht gut genug zu sein. Holger dagegen gab ihr das Gefühl, zuzuhören, wenn sie etwas sagte, und nicht auf das Stichwort für seine nächste Rede oder den nächsten klugen Spruch zu warten. Und er ließ sich auf das ein, was sie zu sagen hatte. Bei seiner Antwort schüttelte er energisch den Kopf.

»Iwo. Überleg doch: Du bist geschafft und erledigt, wenn du sie beruhigen willst, schaust entsprechend elend aus, traurig, manchmal zornig, da lächelst du natürlich nicht. Das Kind will aber deine Aufmerksamkeit. Dein Lächeln beweist ihm seinen Erfolg. Lächelst du nicht, hat es versagt, es schreit. Das Kind ist dein Spiegel. Ich hatte immer vor, darüber mal einen Film zu machen, da das wirklich funktioniert. Es ist ein visueller Stimulus. Haben sie euch hier in München auch isolierte Lippen vor der Kamera studieren lassen? In Berlin mussten wir das, und es ist schon erstaunlich, worauf du als Mensch instinktiv reagierst. Auch wenn du kein Baby mehr bist.«

»Okay«, sagte Martina. »Lass mich das ausprobieren.«

Sie ließ ihre Mundwinkel erst sachte, dann schneller in die Höhe gleiten, schließlich öffnete sie die Lippen und schenkte ihm ein breites Filmstarlächeln. Seinen Mund konnte man wegen des Barts, den er nun trug, nicht mehr so gut sehen wie bei ihrer ersten Begegnung, doch an der Art, wie sich die Haut um seine Augenwinkel in Fältchen legte und seine Augen funkelten, merkte sie, dass er ihr Lächeln erwiderte, noch ehe das Gestrüpp unter und über seinem Kinn sich teilte.

Keiner der Männer machte Anstalten, die Situation auszunutzen, abgesehen davon, dass sie erst auf Nachfragen Geld für Lebensmittel herausrückten. Trotzdem riskierte sie es nicht, Angelika mit ihnen allein zu lassen; schließlich konnte es jederzeit nötig sein, dass sie verschwanden, und dann wäre ihr Baby ohne Aufsicht gewesen. Aber sie musste nun ihren Freunden gegenüber Erklärungen dafür finden, warum sie niemanden in ihre Wohnung ließ, um das Kind zu beaufsichtigen, wenn sie eine Vorlesung besuchte, sondern es nur abgeben konnte. Ein paarmal war sie kurz davor, alles Renate zu erzählen. Doch obwohl sie sich inzwischen sehr gut angefreundet hatten, störte Martina sich manchmal an Renates gut gemeinter, aber bevormundender Art, und es verschaffte ihr eine gewisse Befriedigung, etwas Politisches zu tun, von dem Renate nichts wusste.
Hin und wieder verschwanden Holger und Bert. Sie fragte nicht, wohin sie gingen. Am Nachmittag des fünfzehnten Juli hatte sie gerade Angelika bei Renate abgegeben, niemanden bei ihrer Rückkehr in die Wohnung vorgefunden, und stand vor der erstaunlichen Aussicht, ein oder zwei Stunden völliger Ruhe vor sich zu haben, als schon nach zehn Minuten Holger hereinkam, die Fäuste in der Jackentasche geballt, das Gesicht verzerrt. Er trug eine dunkle Brille, wie die italienischen Touristen, von denen München im Juli überquoll.

»Scheiße, Scheiße, Scheiße!«, fluchte er.
»Was …?«
»Ulrike ist tot! Die DPA hat's gerade gemeldet. Die Bullen haben sie in Hamburg-Bahrenfeld erschossen.«
Sie wusste nicht, was sie sagen sollte.
»Jetzt komm mir nicht mit ›Es tut mir leid‹-Kommentaren«, fuhr er sie an, als könne er Gedanken lesen. »Das ist bourgeoise Scheiße. Halbheiten, damit du dich besser fühlst in deinem System-Dasein.«
»Jetzt hör aber …«
»Entweder bist du Teil des Problems, oder du bist Teil der Lösung«, sagte er kalt. »Ein Dazwischen gibt es nicht. Da machst du dir nur etwas vor.«
Sie öffnete den Mund, um ihm zu verbieten, seine Trauer über Ulrike Meinhof an ihr auszulassen, und schloss ihn wieder. Sie hatte die Meinhof einmal in der Sendung *Frühschoppen* diskutieren sehen und las wenn möglich ihre Veröffentlichungen. Dass die Journalistin mit zwei Kindern überhaupt den Schritt zur aktiven Revolutionärin gemacht hatte, erschien ihr manchmal irrsinnig, manchmal ungeheuer mutig. Aber die Vorstellung, dass sie nur ein Jahr nach einem solchen radikalen Schritt tot sein sollte, war beklemmend und aufwühlend. Auf einmal kam Martina sich wieder feige vor, immer noch wie ein Bürgermädchen, das sich etwas darauf zugutehielt, zwei ehemalige Studenten bei sich übernachten zu lassen, während anderswo eine Frau mit respektablen Überzeugungen erschossen worden war.
Dann wieder stellte sie sich vor, Polizisten würden Holger in die Wohnung folgen und herumschießen, wo Angelika friedlich schlief, und empfand eine Mischung aus Angst und Wut auf sich. Als es stürmisch klingelte, zuckte sie zusammen.
»Mach nicht auf«, flüsterte Holger. Er hielt eine Waffe in der Hand, die wie ein Revolver beim Film aussah.

»Du Arschloch«, stieß sie hervor, erbost genug, um endlich ihre anerzogene Hemmung davor, Kraftausdrücke zu verwenden, zu überwinden. »Du hast versprochen …«
Seine Augen waren leer. Dann biss er sich auf die Lippe und sagte: »Bitte.«
Martina zögerte. Es klopfte, und Berts Stimme rief: »Martina, ist Rolf da?«
Holgers angespannte Schultern sackten in sich zusammen. »Dieser Idiot«, murmelte er und ging an ihr vorbei, um die Tür zu öffnen. Bert drängte sich sofort herein.
»Es war nicht Ulrike«, sagte er dabei. »Es war Petra. Die Schweine von der DPA haben das falsch gemeldet. Ich habe gerade telefoniert, und ich schwör dir, die Petra war's.« Er schaute von Holger zu Martina. Offenbar wurde ihm bewusst, was Holger da immer noch in der Hand hielt.
»Ich habe keine Ahnung, wer Petra ist«, sagte Martina zornig. »Aber ihr habt euer Versprechen gebrochen. Haut ab. Sofort.«
Erst viel später kam ihr in den Sinn, dass sie keinen Grund zu der Annahme gehabt hatte, nicht selbst nach diesem Ultimatum erschossen zu werden, ganz gleich, was sich an unausgesprochenen Schwingungen zwischen ihr und Holger entwickelt haben mochte. Dazu waren der Groll, die gerade überstandene Angst viel zu heftig.
»Petra war eine Genossin. Eine echte Proletarierin. Sie war Friseuse und Maskenbildnerin, bevor sie das alles hinter sich gelassen hat. Und jetzt ist sie tot, mit gerade mal einundzwanzig. Hältst du die Schweine immer noch für Menschen?«, fragte Holger bitter.
»Haut ab«, wiederholte Martina und verbot sich, das geringste Zeichen von Nachgiebigkeit und Schwäche zu zeigen. Wenn sie jetzt weich wurde und sich auf Holgers enttäuschten Blick einließ, würde sie nie mehr die Kraft aufbringen, die beiden aus ihrer Wohnung zu werfen, und

dann würde am Ende wirklich die Polizei vor der Tür stehen. Und Angelika wäre in Gefahr, denn so schnell, wie Holger seine Waffe gezogen hatte, glaubte sie nicht mehr, dass er sich gewaltlos ergeben würde.

Bert betrachtete sie abschätzig, dann zog er Holger, der wie festgewurzelt dastand, am Arm. Die beiden waren ohne Gepäck erschienen, hatten jedoch später eine Art Seesack aus einem Schließfach am Bahnhof geholt, den Bert jetzt hinter ihrer Couch hervorzog.

»Komm schon«, sagte er.

»Teil des Problems oder Teil der Lösung«, wiederholte Holger, die Augen fest auf Martina gerichtet, doch er steckte die Waffe zurück in seinen Hosenbund. »Werde erwachsen.«

Das war das Letzte, was sie von ihm hörte. Er und Bert verschwanden ohne weiteren Widerspruch aus ihrer Wohnung. Als sich die Tür hinter ihnen schloss, merkte Martina, dass sie den Atem angehalten hatte.

Die Erleichterung in ihr fühlte sich aber nicht wie ein Sieg an, sondern wie ein Verlust und eine Niederlage. Eine Frau war tot, ein weiteres Opfer der Polizei. Das widersprüchliche Gefühl der Scham, weil auch diese Petra eine Frau gewesen sein musste, die ihr Leben für ihre Überzeugung gegeben hatte, stellte sich wieder ein. Martina war sich ganz und gar nicht sicher, das Richtige getan zu haben – weder, als sie Holger und Bert aufnahm, noch, als sie die beiden wieder hinausgeworfen hatte. Aber sie war es ihrem Kind schuldig gewesen.

Zwei Monate später hörte Martina an einem Oktobermorgen im Radio, dass in Hamburg ein Polizist namens Norbert Schmid von einem Pärchen und einer weiteren Frau, sehr wahrscheinlich der Baader-Meinhof-Gruppe angehörend, erschossen worden war.

1998 – Stasi

»Aber bei uns in Franken ist sie ganz bestimmt nicht?«, fragte seine Mutter, und Alex hörte das leichte Zittern in ihrer Stimme. Er hatte diejenigen ihrer Freundinnen, deren Anschriften und Telefonnummern er kannte, gebeten, nach ihr zu sehen, aber das Problem war, dass es nicht sehr viele Frauen gab, die man überhaupt als Freundinnen statt ehemalige Arbeitskollegin oder alte Bekannte bezeichnen konnte und die bereit waren, eine etwas längere Zeit mit seiner Mutter zu verbringen. »Und warum bist du selbst nicht bei ihr?«, war die häufigste Rückfrage gewesen.

Vielleicht hatten diese Frauen ja auch recht. Im Grunde wusste er, dass »Ich habe einen Beruf in Berlin« eine Ausrede auch seiner Mutter gegenüber war. Sogar die Suche nach den Fakten über den Tod seines Vaters und der anderen Toten, die ihnen bisher vorenthalten worden waren, war keine Entschuldigung. Aber nach Antworten zu suchen war leichter, als in die schlimmste Zeit seiner Kindheit zurückzukehren; die Zeit unmittelbar nach dem Tod seines Vaters, als das Herz seiner Mutter zerbrach und sie es später mühsam wieder zusammensetzte, ein Mosaik aus Scherben, die sich nie wieder vollständig zusammenfügten.

»Nein. Sie ist irgendwo im Norden unterwegs«, erwiderte er und verzichtete darauf, ihr einzuschärfen, dass sie diese Information nicht weitergeben durfte, weil er sie auf illegale Weise erhalten hatte. »Du brauchst dir wirklich keine Sorgen machen. Ich wette, sie wird nie wieder auch nur in die

Nähe von Nürnberg kommen. Bleib, wo du bist, Mama, und du wirst ihr nie begegnen.«

»Ich wünschte, dein Vater wäre durch die Sicherheitsüberprüfung geflogen«, sagte sie, und er hörte, dass sie etwas trank. Unvermittelt stand ihm Oskar Wenreit mit seinem Jägermeister vor Augen. »Ich wünschte, er hätte nie das Fahren so gut gelernt!«

»Mama, Auto fahren hat ihn glücklich gemacht«, sagte Alex besänftigend, wie er es schon hundertmal getan hatte, obwohl es nie wirkte. Um nicht wieder in den gleichen hoffnungslosen Kreislauf mit seiner verzweifelten Mutter gezogen zu werden, versuchte er das Gespräch auf ein anderes Thema zu lenken. Umsonst.

»Ich will nicht über das Kegeln sprechen«, widersprach seine Mutter störrisch. »Oder über Tante Silke.«

»Schön, dann reden wir eben über … über Steffen Seidel. Papas Kollege, der überlebt hat. Ich habe ihn neulich getroffen. Hat sich im Vergleich zu den alten Zeitungsfotos ziemlich verändert. Er ist jetzt Gärtner und wohnt in der Mark Brandenburg. Hast du eigentlich je mit ihm gesprochen? Ich kann mich nicht erinnern, dass er uns mal privat besucht hat, und nachher lag er ja ewig im Koma.«

Stille herrschte am anderen Ende der Leitung. Dann murmelte sie unsicher: »War er der große Blonde, der Rothaarige oder der Dunkelhaarige mit der Stupsnase?«

Alex hatte miterlebt, wie sich seine Mutter nach dem Tod ihres Mannes von den anderen Müttern und Witwen entfremdet hatte, nicht nur der des Staatssekretärs. Aber diese Frage verriet ihm zum ersten Mal etwas, das ihm früher nicht klar gewesen war: dass seine Eltern, oder wenigstens seine Mutter, auch vorher wenig gesellschaftlichen Umgang mit den Kollegen seines Vaters gehabt hatten. Er selbst konnte ihre Namen auswendig, aber er hatte sich auch obsessiv mit dem Thema beschäftigt. Als Junge, vor den

Morden, hätte er wahrscheinlich auch nur die Nachnamen von zweien oder dreien der Personenschützer und der anderen Fahrer aus der Fahrbereitschaft nennen können.

»Der Dunkelhaarige«, sagte er und dachte an die berühmte Aufnahme des toten Staatssekretärs mit den von Maschinenpistolensalven durchsiebten Personenschützern im Hintergrund, die nach dem Attentat durch alle Zeitungen gegangen war.

»Oh. Nein. Als er aus dem Koma erwachte, war er einmal hier, aber da konnte er noch nicht richtig sprechen, also haben wir uns nur die Hände geschüttelt. Dann gingen die Artikel los, und ich wusste nicht mehr, was ich denken sollte, und dann hat er sich nie mehr gerührt. Der Einzige, der sich wieder gemeldet hat, war der Michael Werder.«

»*Wir* sind zu den Werders gegangen«, korrigierte Alex automatisch und dachte wieder an das verkrampfte Zusammensein, das verstörte Schweigen und den Versuch, Konversation zu machen, bis seine Mutter ihre Beschuldigung ausgesprochen hatte, die jeden Versuch, gemeinsam zu trauern, ein für alle Mal beendete.

»Das meine ich nicht«, antwortete seine Mutter störrisch.

»Was denn dann?«

»Er war gestern da«, erklärte sie, und Alex wäre fast der Hörer aus der Hand gerutscht.

»Michael Werder? Er hat dich besucht?«

Eine Spur Genugtuung mischte sich in ihre Stimme. »Er hat mir erzählen wollen, dass sie diese Frau freigelassen haben, aber ich habe ihm gesagt, dass wir das schon wissen. Dann hat er mich gewarnt und gesagt, sie würde bestimmt versuchen, mit mir zu reden, und dass ich mich auf keinen Fall auf so etwas einlassen soll. Als ob ich das täte! Deswegen habe ich ja Angst, dass sie hierherkommen könnte, aber wenn du sagst, dass sie im Norden ist …«

Alex versuchte, seine Gedanken zu ordnen. Der Streit zwischen seiner Mutter und Frau Werder war der Grund gewesen, warum er es für unwahrscheinlich gehalten hatte, je wieder von einem Mitglied der Familie zu hören, und warum er selbst keine Anstalten gemacht hatte, Michael Werder zu kontaktieren, der sehr viel leichter auffindbar war als jemand wie der ehemalige Stasi-Führungsoffizier Arno Liebert.

»Ich hätte nie gedacht, dass aus dem mal ein schwarzer Politiker wird«, sagte seine Mutter unterdessen.

»Weil sein Vater bei den Liberalen war?«

»Nein«, erwiderte sie. »Weil dein Vater mir erzählt hat, dass er mal eine ganze Autofahrt lang mit dem Staatssekretär darüber gestritten hat, dass er nicht in dessen Fußstapfen treten wolle.«

Schuldbewusstsein durch Tod, dachte Alex, sich sehr wohl im Klaren darüber, dass es auch seine Handlungen antrieb. Allerdings wäre er um nichts in der Welt Chauffeur oder Personenschützer geworden.

Immerhin klang die Stimme seiner Mutter nach über zwanzig Jahren wieder stabil, nicht gebrochen, wenn sie seinen Vater erwähnte. Alex stellte sich oft seine Eltern vor, wie sie über den Alltag seines Vaters redeten, wie sein Vater manchmal sogar ein wenig indiskret war, über seinen Beruf und das Leben der Leute von ganz oben plauderte. Die Normalität dieses Lebens erfüllte ihn manchmal mit Neid und Sehnsucht. Wieder dachte er sich seinen Vater an Steffen Seidels Stelle, als den Überlebenden, der jetzt mit der Mutter an seiner Seite ein friedvolles Alter erleben durfte.

Er sprach noch eine gute Viertelstunde mit seiner Mutter, dann erledigte er den jüngsten Auftrag seiner Chefin und ging mit zwei Kollegen in eine der neueren Bars, deren Besitzer ein ehemaliger Fernsehliebling mit Hoffnung auf Promikundschaft war und die Bar zu diesem Zweck übernommen hatte. Es nagte an ihm, dass Michael Werder sich bei seiner Mutter hatte blicken lassen. Gewiss, wahrscheinlich war es nur eine freundliche Geste gewesen. Der Ausbruch zwischen den Müttern war Jahre her, und Werder konnte sich damit beruhigen, dass eine trauernde Frau nicht für ihre Worte verantwortlich gemacht werden konnte. Aber wie kam er überhaupt auf die Idee, Martina Müller würde seine Mutter kontaktieren wollen? Soweit Alex wusste, hatte bisher keiner der freigelassenen Terroristen den Versuch gemacht, mit den Familien der Opfer zu sprechen.

Es war möglich, dass Werder von dem imaginären Versöhnungsprojekt gehört hatte, das Alex bei Renate Huber und Angelika Limacher als Ausrede benutzt hatte. Aber dazu hätte eine von beiden Werder davon erzählen müssen. Alex hatte weiterhin seinen Hacker auf Renate Hubers Telefon angesetzt, deswegen war er sicher, dass die Huber mit Bürgermeister Werder nicht über das Handy gesprochen hatte. Natürlich konnte sie es auch über das Festnetz getan haben. Was Angelika Limacher betraf, so hatte das kurze Gespräch ihm nicht den Eindruck verschafft, dass sie es eilig hatte, mit anderen Söhnen der Männer zu reden, die ihre Mutter getötet hatte. Nein, wahrscheinlich war es die Huber gewesen, die sich sein Phantasieprojekt zu eigen gemacht hatte. Vielleicht hatte sie bereits bei einem Meinungsforschungsinstitut angefragt, ob das Stimmen bringe, und das erfährt natürlich schnell die Konkurrenz. In diesem Fall hätte der CDU-Fraktionschef sich bestimmt beim jungen Werder gemeldet, um die Meinung von einem Betroffenen zu hören. Nun gut. Er schob den Gedanken an Michael Werder zur Seite und versuchte, sich zu entspannen, während er dem ehemaligen Fernsehstar beim Flirten mit seiner Kollegin zusah, einer Fotografin.

Alex hatte gerade selbst einen Flirt mit einer der Serviererinnen angefangen, als die Praktikantin, die ihm von der Redaktion zugeteilt worden war, auftauchte und hinter dem Rücken der Serviererin eifrig gestikulierte. Er hatte sich aus einer Adressendatei alle Arno Lieberts besorgt, die bis 1989 entweder in Leipzig oder Berlin gelebt hatten, und ihr aufgetragen, diejenigen auszusortieren, die vom Alter oder aus anderen Gründen unmöglich bei der Stasi tätig gewesen sein konnten. Morgen wollte er selbst den Rest durcharbeiten. Falls der Arno Liebert, den er brauchte, inzwischen in Chile oder anderswo lebte, hatte Alex Pech, aber im Gegensatz zu Oskar Wenreit glaubte er nicht daran. Die Mehrzahl der Mitarbeiter des Ministeriums für Staatssicherheit war geblieben.

»Du wirst mir gleich um den Hals fallen!«, sagte seine Praktikantin.

»In diesen Zeiten gilt so was als sexuelle Belästigung von Abhängigen. Aber ein Sekt wäre schon drin. Sag bloß, es sind so wenige Arno Lieberts übrig geblieben, dass wir bereits einen Treffer haben?«

»Das nicht«, entgegnete sie und lächelte. »Aber ich dachte mir, ich schau nach Querverbindungen und anderen Stasi-Typen, die was mit der RAF zu tun hatten. Na, und der Oberboss, derjenige, der wegen versuchter Strafvereitelung vor Gericht gestellt worden ist, Harry Dahl, der ist letztes Jahr zu einer Geldstrafe auf Bewährung verurteilt worden.«

»Das weiß ich«, sagte Alex abwartend.

»Die Verurteilung ist gerade vom Bundesgerichtshof aufgehoben worden«, fuhr seine Praktikantin fort. »Ist als kleine DPA-Meldung ganz versteckt gekommen. Also muss er noch nicht einmal Geld zahlen für diesen RAF-Gastgeber-Job. Aber der springende Punkt ist, jetzt, wo er garantiert prozess- und straffrei ist, gibt er sicher Interviews, und nach dem musst du erst gar nicht suchen. Ist es nicht viel besser, gleich mit dem Chef der Operation zu reden?«

Erwartungsvoll strahlte sie ihn an. Da sie von seiner persönlichen Verbindung zu dem Thema nichts wusste, war es eine logische Annahme. Es war auch nicht so, dass er uninteressiert an dem Ex-Stasioberst Harry Dahl war, ganz im Gegenteil. Dahl hatte die Hauptabteilung XII, zuständig für Terrorabwehr und das RAF-Programm, geleitet. Aber wenn Liebert derjenige war, der Sybille Helmstedt betreut und überwacht hatte, war die Wahrscheinlichkeit, dass Liebert Einzelheiten über das Attentat auf Staatssekretär Werder wusste, um einiges größer als bei Dahl, für den die Helmstedt nur eine von mehreren RAFlern gewesen sein konnte.

»Ich werd's versuchen«, sagte er daher. »Aber die sortierten Arno Lieberts brauche ich trotzdem. Das mit dem Sekt gilt natürlich immer noch.«

»Oh, und außerdem gibt's da einen Anwalt, der dich sprechen will«, ergänzte sie noch. »Aber nicht am Telefon, das hat er ausdrücklich betont. Er ist sogar persönlich in der Redaktion aufgekreuzt und mitgekommen.«

Sie deutete auf einen leicht grauhaarigen Mann, der sich in einiger Entfernung an einen Tisch gesetzt hatte. Alex war ihm noch nie begegnet, doch er hatte erst vor kurzem das Foto des Mannes auf der Website seiner Kanzlei gesehen, als er nach Steffen Seidel gesucht hatte. Es handelte sich um Klaus Borke, Seidels Lebensgefährten. Neugierig ging Alex zu ihm.

Nach der Begrüßung forderte Borke ihn auf, sich zu ihm zu setzen. »Hören Sie«, begann er. »Eines möchte ich von Anfang an klarstellen: Weitere Besuche bei Herrn Seidel finden nur in meiner Gegenwart statt. Seine Gesundheit ist nicht die beste, wie Sie ja sehen konnten.«

Alex hatte gute Lust, darauf hinzuweisen, dass ihm Steffen Seidel zwar manchmal etwas abwesend, aber ansonsten geistig durchaus aktiv und körperlich in einem weit besseren Zustand erschienen war, als er es nach allen Berichten über die schweren Verletzungen für möglich gehalten hätte.

Aber es lohnte sich nicht, Borke unnötig zu provozieren. Der Mann war Anwalt, und Alex hielt es für unwahrscheinlich, dass er hier war, um sich über seinen Besuch zu beschweren. Er wollte etwas.

»Die Gesundheit von Herrn Seidel zu gefährden, liegt mir natürlich fern. Was kann ich für Sie tun, Herr Borke?«

»Haben Sie Michael Werder unsere Adresse gegeben und ihm von diesem Versöhnungsprojekt erzählt?«

Im Gegensatz zu der vorherigen Frage war dieser Satz unerwartet, wenn auch nicht so überraschend, wie es vor dem Telefonat mit seiner Mutter gewesen wäre. Alex versuchte, sich nichts anmerken zu lassen. »Nein«, sagte er gedehnt. »Ich habe nicht mehr mit ihm gesprochen, seit ich ein Kind war. Aber wissen Sie, in dieser Woche höre ich nun schon zum zweiten Mal von ihm.«

Klaus Borke nickte, ohne Überraschung zu zeigen. Offenbar hatte ihm Alex bestätigt, was er bereits vermutete. Er schwieg jedoch, was Alex daran erinnerte, dass er Anwälte nie gerne interviewte. Sie waren sich in der Regel zu bewusst, wie leicht man sie später wegen einer Aussage festnageln konnte und was Zitate außerhalb des Kontextes bewerkstelligen mochten.

»Warum sind Sie hier, Herr Borke? Ich erzähle Ihnen offenbar doch nichts Neues, und Ihre Aufforderung hätten Sie mir auch per Telefon …«

Er unterbrach sich, als ihm dämmerte, warum Borke möglicherweise lieber nicht telefonierte. Da er selbst im Moment eine Abhöraktion durchführen ließ, die ihn vor Gericht bringen konnte, war er in diesem Punkt etwas empfindlich.

»Sie recherchieren doch offenkundig zum Werder-Attentat«, sagte Klaus Borke, ohne auf den nicht vollendeten Satz einzugehen. »Steffen ist bereit, sich noch einmal mit Ihnen zu unterhalten – in meiner Gegenwart –, wenn Sie Ihr Recherchematerial mit uns teilen.«

Das war unmöglich, soweit es die abgehörten Telefonate von Renate Huber betraf, und unprofessionell, was den Rest anging. Schließlich hätte er dann zugeben müssen, dass er diese Recherchen für sich selbst betrieb und nicht, um eines Tages eine Geschichte über die Frage von Schuld zu schreiben. Trotzdem gehörte alles Material, das er sammelte, letzten Endes immer noch dem Magazin.

Andererseits war es faszinierend, dass Borke und Seidel ihn darum baten. Alex hatte die Sensationsgeschichten über Seidel als Sicherheitsrisiko nicht geglaubt. Entweder hatte Seidel nun selbst Fragen zum Attentat, oder er wollte herausfinden, was andere wussten. Beides bot mögliche Ansätze, an denen Alex nachfassen konnte.

»Lassen Sie mich darüber nachdenken, Herr Borke«, erwiderte er also, statt die Bitte sofort abzulehnen.

»Gerne. Doch gerade in Ihrer Branche wissen Sie ja, dass Material schnell an Wert verliert, wenn es nicht mehr exklusiv ist«, erklärte Borke kryptisch. Nach ein paar nichtssagenden Höflichkeiten verabschiedete er sich, nicht, ohne Alex noch einmal auf seine Kanzlei in Berlin hingewiesen zu haben.

Eigentlich erwartete Alex erst in ein paar Tagen wieder, von seinem jungen britischen Hacker zu hören, aber nach dieser Begegnung wünschte er sich, der Junge würde sich schneller melden. Andererseits riskierte Alex mit dieser Aktion eh schon Kopf und Kragen. Nach seiner Rückkehr aus der Bar zog er das kurze Transkript, das ihm der Junge als erste Lieferung geschickt hatte, aus seinem Notizbuch, denn er wollte es nicht in einer Schublade aufbewahren.

Weibliche Stimme, später identifiziert als MM: *Hallo, Renate.*

RH: *Du bist es. Du bist es wirklich.*

MM: *Was von mir übrig ist.*

RH: *Hat Angelika dir … Von wo aus rufst du an? Ich kenne diese Nummer nicht.*
MM: *Aus irgendeinem Hotel in einem norddeutschen Kaff. Wir sind auf dem Weg nach Sylt. Hör zu, Renate. Die Schweine haben all die Jahre lang versucht, mir einzureden, dass ich nur verhaftet worden bin, weil mich jemand verraten hat. Die alte Taktik, habe ich gedacht. Lügen, damit sie uns auseinanderbringen und die Solidarität zwischen Genossen zerstören. Ich habe es nie geglaubt. Aber das kann sich ändern.*
Ende des Gesprächs.

Martina Müller war lange vor Herbert Malzer verhaftet worden. Sybille Helmstedt hatte zu diesem Zeitpunkt bereits in der DDR gelebt, was es unwahrscheinlich machte, dass sie dem BKA Aufenthaltstipps gab. Und die zu diesem Zeitpunkt inhaftierten RAF-Mitglieder waren entweder zu hoch oder zu tief angesiedelt, um mit der Müller engen Kontakt gehabt zu haben. Im Grunde war es Alex gleich, warum und wer Martina Müller verraten hatte oder ob alles Zufall gewesen war. Es kümmerte ihn dagegen sehr wohl, dass sie heute offenbar glaubte, Renate Huber könne etwas damit zu tun gehabt haben. Renate Huber hatte stets geleugnet, mit der Müller noch in Verbindung gestanden zu haben, nachdem diese in den Untergrund abgetaucht war. Das war zwar nicht nur von Alex mit Skepsis aufgenommen worden, aber man hatte ihr nie etwas anderes nachweisen können.
Bis jetzt. Natürlich wäre das kurze Gespräch, selbst wenn es nicht illegal abgehört worden wäre, juristisch nicht verwendbar, denn die Müller hatte weder eine direkte Beschuldigung noch eine Drohung ausgesprochen. Aber darauf kam es nicht an.
Er hatte nun etwas gegen Renate Huber in der Hand, und je nachdem, ob sie nach diesem Anruf in Panik geraten war

oder nicht, konnte daraus mehr werden. Alex konnte die Fülle an neuen Fährten, die sich in den letzten Tagen aufgetan hatten, kaum fassen. Steffen Seidel war zu jemandem geworden, der weitere Untersuchungen lohnte. Und Michael Werder hatte sich selbst an die Spitze der Liste von Menschen befördert, die Alex unbedingt aufsuchen musste. Emotional wäre ihm der richtige Arno Liebert, wenn er ihn erst gefunden hatte, weitaus lieber gewesen. Es war nicht leicht für ihn gewesen, Steffen Seidel aufzusuchen, und Seidel hatte er zu Lebzeiten seines Vaters kaum gekannt. Michael Werder dagegen war das Gegenteil eines Unbekannten. Zudem war es Alex oft vorgekommen, als ob den Werders bei der Bewältigung ihres Traumas alles gelang, was seine Mutter und er nicht geschafft hatten. Er brauchte keine Zeitungen, um zu wissen, dass Monika Werder ihre Trauer stets mit Würde getragen hatte. Zu genau konnte er sich an die Szene im Haus der Werders erinnern: Wie Monika Werder bei den Beschuldigungen seiner Mutter zwar weiß im Gesicht geworden war und sie gebeten hatte, zu gehen, aber niemals die Beherrschung verloren oder die Gegenbeschuldigung ausgesprochen hatte, dass der Staatssekretär noch am Leben sein könnte, wenn Alex' Vater schneller reagiert oder eine andere Fahrtroute genommen hätte. Monika Werder trank auch nicht zu viel, kümmerte sich um Wohltätigkeitsstiftungen und hielt immer noch den Kontakt zu den Witwen der beiden toten Leibwächter aufrecht. Die Frauen schwärmten in einem alten Artikel, der Alex in die Finger gekommen war, davon, wie ihnen die Stärke von Frau Werder Kraft gegeben habe. »Gemeinsame Trauer verbindet«, hatte man sie zitiert. Nicht, wenn man den Nachnamen Gschwindner trug. Alex hatte bereits vor Martina Müllers Entlassung ein schlechtes Gewissen gehabt, weil er seiner Mutter immer nur Kurzbesuche abstattete. Weil er, anders als Michael Werder, das Gegenteil eines vorbildlichen Sohnes gewesen war und es nach einer miserablen Pubertät kaum hatte abwarten können, ihre Wohnung zu verlassen. Auch weil er vorher fast von der Schule geflogen wäre und nach seinem Abschluss ein Jahr um die Welt getrampt war, obwohl er genau wusste, dass sie vor Sorgen dabei fast umkam. Weil er es nie fertiggebracht hatte, eine langfristige Beziehung einzugehen, und nicht vorhatte, je Kinder in die Welt zu setzen, denn er war davon überzeugt, dass er ein miserabler Vater wäre.

Michael Werder dagegen hatte eine fabelhafte Laufbahn hinbekommen, nicht ganz so erfolgreich wie sein Vater, aber als Lokalpolitiker sicherer. Er brauchte keinen Personenschutz. Er hatte geheiratet und ein Kind. Dass er noch kurz vor Werders Tod mit diesem gestritten und als Heranwachsender andere Pläne für sich gehabt hatte, machte ihn für Alex sogar sympathischer. Höchstwahrscheinlich hatte dieser Streit dazu beigetragen, ihn doch in die Politik zu treiben, überlegte Alex, der sich mit Schuldgefühlen auskannte. Trotzdem hätte er normalerweise alles getan, um Michael Werder nicht begegnen zu müssen.

Aber Michael Werder nahm sich nach jahrelangem Schweigen Zeit, um einen ehemaligen Personenschützer seines Vaters aufzusuchen und mit der Witwe des Fahrers zu sprechen, um beide darauf zu verweisen, dass sie auf gar keinen Fall mit einer gerade freigelassenen Terroristin sprechen sollten. Außerdem wusste Michael Werder von einem imaginären Projekt, das Alex nur drei Menschen gegenüber erwähnt hatte. Woher wusste Michael Werder davon?

Alex musste mit Michael Werder reden. Er musste einen geübten Politiker dazu bewegen, ihm die Gründe für sein außergewöhnliches Verhalten zu erklären. Alex hatte den nicht unberechtigten Verdacht, dass es möglicherweise einfacher war, etwas vom Ex-Stasi-Mann Arno Liebert zu hören.

* * *

Der Geruch von Salz und Heiderosen lag in der Luft. Seit ihrer Kindheit hatte sie sich von der Nordsee ferngehalten, und doch hatte Angelika den Geruch sofort wiedererkannt. Als ihre Mutter mit ihr in Hamburg gelebt hatte, waren kurze Ausflüge an die Küste leicht gewesen. Sogar nach Sylt waren sie oft gefahren und hatten dann in der Nacht den Zug zurück in die Stadt genommen und sich so das Hotel gespart. Sogar die Kurtaxe hatten sie umgangen, obwohl Angelika das erst später aufgefallen war. Ihre Mutter war mit ihr über die Dünen zum Strand gelaufen, nicht über die Stege, die an den Kontrollständen vorbeiführten. Bei aller unterdrückten Sehnsucht nach ihrer frühen Kindheit ging Angelikas Nostalgie nicht so weit, diese Angewohnheiten imitieren zu wollen. Sie fanden in Kampen zwei Hotelzimmer im *Walter's Hof,* obwohl der Zimmerpreis und die Kurtaxe sie erst etwas schockierten.

Ihre Mutter hatte in der vergangenen Nacht nicht gut geschlafen und beim Frühstück behauptet, die Betten seien zu weich. Gegen sechs Uhr war sie im Dunkeln aufgestanden und hatte in der Dämmerung mindestens hundert Liegestütze gemacht, auch etwas, das Angelika neu war. Justus hatte nicht zurückgerufen, was bedeutete, dass er noch zu zornig auf sie war.

Angelika fragte sich, ob sie durch die eine Woche mit ihrer Mutter ihre Ehe gefährdete, doch ermahnte sich immer wieder, dass es eine dumme Frage war. Wenn sie und Justus eine gute Ehe führten, wovon sie fest überzeugt war, würde sie nicht an einer Meinungsverschiedenheit zerbrechen, selbst an einer so schwerwiegenden wie dieser nicht. Das war zwar eine tröstende Theorie, doch in der Praxis machte Angelika vor dem Frühstück einen weiteren Anruf, um mit einem kühlen, aber sachlichen Justus und zwei Jungen zu sprechen, die es eilig hatten.

Ihre Mutter kommentierte das erst Stunden später. Es war

ein kühler, windiger Tag, nicht regnerisch, aber höchstens siebzehn Grad, und so waren sie nach ihrer Ankunft auf der Insel zu einem Spaziergang aufgebrochen.

»Bist du glücklich in deiner Ehe?«

»Selbstverständlich«, erwiderte Angelika automatisch und auf der Hut.

»Wenn du telefonierst, klingst du, als müsstest du dich ständig bei ihm entschuldigen. Ganz ehrlich, so demütig war noch nicht einmal meine Mutter meinem Vater gegenüber. Ich hatte mir eigentlich vorgestellt, dass die Frauen deiner Generation in einer emanzipierteren Welt leben.«

Das war die erste offene Kritik, die ihre Mutter äußerte. Vielleicht war das ein Zeichen von Normalisierung? Wenn Angelika bei Martina aufgewachsen wäre, hätten sie wohl öfter über Freunde und Ehemänner gestritten.

Dennoch fühlte Angelika sich getroffen. »Du bist Justus noch nie begegnet«, entgegnete sie scharf. »Du hast uns nie miteinander erlebt, und schon urteilst du über uns. Du könntest ruhig etwas höflicher sein, weißt du.«

»Meist lügt man, wenn man höflich ist. Dann lieber ehrlich bis zum Schmerz.«

Erst war Angelika verblüfft, doch dann wusste sie nicht, ob sie lachen oder weinen sollte, denn natürlich war da etwas daran. »Und du weißt das alles, obwohl du in deinem ganzen Leben keine feste Beziehung gehabt hast?«

»Hast du ihn deswegen geheiratet?«, gab ihre Mutter zurück, ohne ihr Tempo zu drosseln. »Weil ich nie eine feste Beziehung gehabt habe?«

Ihre Mutter hatte offenbar ein Talent zu verbalen Tiefschlägen. Erzürnenderweise hatte sie nicht unrecht. Doch Angelika hatte Freunde vor Justus gehabt und ihr Leben nicht mit ihnen verbringen wollen. Dass es Justus geworden war, lag an der Liebe, die er in ihr erweckt hatte, davon war sie überzeugt.

Ungebetenerweise drängte sich ausgerechnet jetzt die Erinnerung an die Oberfläche, dass sie Justus das erste Mal begegnet war, als sie gerade ihre Großeltern an Tod und Altersdemenz verloren hatte und sich einsamer als je zuvor gefühlt hatte.

»Ich habe ihn aus Liebe geheiratet«, erklärte sie fest. »Auch wenn das bourgeois und langweilig für dich klingt. Natürlich streiten wir hin und wieder. Aber das passiert, wenn man mit jemandem zusammenlebt. Man macht Kompromisse. Man läuft nicht bei der ersten Uneinigkeit fort.«

Ihre Mutter schüttelte den Kopf. Der heftige Wind blies ihr Strähnen ihres kurzen Haares ins Gesicht.

»Eine Sache ist es wert, dass man ihr Opfer bringt und sein Ego zurückstellt. Aber bestimmt kein Ehemann.«

Angelika blieb stehen. »*Keine* Sache wäre es mir wert, dafür meine Kinder zu verlassen oder Menschen umzubringen. Und auf die Idee, mich mit jemandem einzulassen, der so etwas verlangt, käme ich auch nicht. Im Gegensatz zu dir. Bist du wirklich nach Hamburg gezogen, weil die Chancen für Filmstudentinnen und Jobs da besser waren, oder war es wegen Holger Meins und Herbert Malzer?«

»Du weißt nicht, wovon du redest«, wiegelte Martina ab.

»Doch, das tue ich. Als die Nachricht vom Tod meines Vaters kam, warst du völlig gelassen. Als du aber mit der Nachricht von Holger Meins' Tod nach Hause kamst, hast du in der Nacht die halbe Wohnungseinrichtung zertrümmert, geschrien und geheult, und ich hatte Angst, dass du dir etwas antust. Aber das war dumm von mir, nicht wahr? Denn danach bist du gegangen, um anderen Leuten etwas anzutun.«

»Er ist verhungert!«, stieß ihre Mutter hervor. Auf ihren Wangen hatten sich rote Flecken gebildet, die nicht dem Wind geschuldet waren, und ihre Stimme war rauh und hart. »Du, du hast ja keine Ahnung, was es bedeutet, zu hungern, du in deiner Zahnarztgattinnenwelt. Ich weiß genau, was es heißt. Wie lange es dauert. Sie haben ihn zu Tode hungern lassen in ihrem Gefängnis. Er war über ein Meter achtzig und wog zuletzt weniger als vierzig Kilogramm. Er ist verhungert, und ich hätte es verhindern können, wenn ich nur früher …«

Sie brach ab. »Nichts verstehst du«, flüsterte sie und marschierte wieder los.

Angelika blieb ihr auf den Fersen. Sie war wütend, aber sie hatte auch das Gefühl, zu einem Punkt in ihrer Mutter vorgestoßen zu sein, der tiefer ging als Revolutionsphrasen. Es war ihr nie in den Sinn gekommen, dass die Empörung über Meins' Tod, die ihre Mutter mit einem beträchtlichen Teil der linken Öffentlichkeit geteilt hatte, weil Meins als Zwangsernährter nur vierhundert Kalorien am Tag bekommen hatte, im Fall ihrer Mutter zusätzlich von Schuldgefühlen unterfüttert gewesen sein könnte.

»Dann erklär's mir«, sagte sie. »Bitte.«

»Du willst es nicht hören«, erwiderte Martina. »Du willst hören, dass es falsch war oder dass es mir leidtut, oder beides, aber was wirklich vor sich ging, willst du gar nicht wissen.« Sie schöpfte Atem, und ihre Miene wurde ruhiger. »Und am Ende ist das gut so. Was immer du glaubst, ich will, dass du ein glückliches Leben hast. Nicht meins.«

»Erklär's mir«, wiederholte Angelika und hatte Angst, dass der Moment der Offenheit schon wieder fortdriftete. »Bitte«, fügte sie weicher hinzu.

Ihre Mutter zögerte. »Ich bin nicht Sybille Helmstedt«, sagte sie. »Es sind Dinge dabei, über die *kann* ich nicht mit dir reden. Will ich nicht mir dir reden. Mit niemandem. Wenn ich das mache, gebe ich etwas auf, an das ich all die Jahre lang geglaubt habe – jeder ist für alles verantwortlich. Keine Einzelgeständnisse. Das war ein Versprechen. Wenn ich das Prinzip aufgebe, dann gebe ich mich selbst auf.«

Weil dir die Organisation, die es nicht mehr gibt, immer noch wichtiger ist als ich, dachte Angelika bitter, aber sie schluckte die Worte hinunter und versuchte stattdessen eine andere Taktik. Vielleicht würde sie weiterkommen, wenn sie etwas Ironie ins Spiel brachte, auf die absurden Details zu sprechen kam, die ihrer Mutter keine Geständnisse oder Schuldgefühle abverlangten.

»Aber über einige Dinge kannst du doch reden. Zum Beispiel: Warum ausgerecht RAF? Ist keinen von den Gründern aufgefallen, dass das Kürzel schon für Royal Air Force steht? Oma und Opa wurden von denen bombardiert. Kaum eine gute Assoziation für eine Revolutionsarmee in Deutschland, genau so wenig wie ›Rote Armee‹, bei den Erfahrungen der vielen Flüchtlinge mit diesen sogenannten ›Befreiern‹!«

Ihre Mutter lächelte schwach. »Du wirst es nicht glauben, aber das dachte ich auch, als ich zum ersten Mal davon hörte, so um 71 oder 72. Aus Zeitungen, bevor du fragst. Ich glaube, sie haben es schlicht und einfach übersehen, und später ließ sich da nichts mehr machen. Sich umzubenennen hätte alles lächerlich wirken lassen. Da hatte Ulrike, von der dieser Begriff wohl kam, einen ihrer wenigen intellektuellen Aussetzer. Ohne solche Schnitzer hätte das Volk wohl noch stärker hinter uns gestanden.«

»Gott bewahre«, sagte Angelika trocken. »Okay, nächste Frage.« Ihre Mutter kam ihr nun gelöster vor, also hielt sich Angelika nicht länger bei Trivialitäten auf. »Was für eine Zukunft hast du dir vorgestellt, als du gegangen bist? Nicht für die Menschheit. Für *dich.* Ihr habt doch an den faschistischen mörderischen Staat geglaubt. Hast du gedacht, du würdest bald sterben?«

Das Gesicht ihrer Mutter verlor ihr leichtes Lächeln so schnell, wie es gekommen war. »Jeder Soldat rechnet mit dem Tod, wenn er in den Krieg zieht. Nicht, weil er es sich wünscht. Sondern, weil es eine realistische Möglichkeit ist.«

»Aber es *war* kein Krieg«, betonte Angelika. »Ich bin nicht eben ein Fan von Renate, doch sie ist bestimmt nie weniger politisch interessiert gewesen als du, und sie hat immer versucht, ihre Ziele mit demokratischen Mitteln durchzusetzen, über Parteien. Heute steht sie als Grünenpolitikerin kurz vor dem Sprung in die Regierung. Hast du in den Siebzigern überhaupt wahrgenommen, dass die Grünen sich formiert haben? So viele von den damaligen Protestlern sind da gelandet, warum du nicht?«

Ihre Mutter stieß einen verächtlichen Laut aus. Als sie antwortete, klang ihre Stimme immer erregter.

»Hör mir nur auf mit den Grünen. Diese Wendehälse! Stell dir vor, was passiert wäre, wenn Joschka Fischer damals von einem Mann vom Verfassungsschutz auch eine Waffe bekommen hätte wie wir!«

Angelika wusste zuerst nicht, wovon ihre Mutter redete, und öffnete schon den Mund, um zu fragen, als es ihr einfiel. Bereits 1971 hatte der *Spiegel* veröffentlicht, dass der Mann, der dem RAF-Gründer Horst Mahler seine erste Pistole besorgt und später Molotowcocktails an die Demonstranten vor dem Hochhaus des Axel-Springer-Verlags verteilt hatte, in Wirklichkeit ein Agent des Verfassungsschutzes namens Peter Urbach gewesen war.

Ihre Mutter regte sich unterdessen weiter über Joschka Fischer auf. »Der Joschka war damals mit dem Mundwerk genauso radikal wie Bert oder Christian. Er hatte sogar schon vor uns Kontakt zur PLO. Wenn er heute den seriösen zukünftigen Außenminister gibt, glaubst du dann wirklich noch an einen Wandel aus Überzeugung? Er hat sich nie distanziert von dem, was er als Revolutionär gesagt und getan hat. Aber wir hatten verloren, also hat er sich nicht mehr für die unterdrückten Völker in der Dritten Welt, sondern für Kröten und Frösche an der Startbahn West ins Zeug gelegt. Und dann hat er die AKWs für sich entdeckt! Ich hab's nicht glauben können, als Renate mir schrieb, dass sie ihm darin gefolgt ist. Also, wenn du glaubst, dass so etwas eine positive Alternative zur Stadtguerilla sein soll …«

Angelika war schon auf der Fahrt aufgefallen, dass ihre Mutter nicht gut auf die Grünen zu sprechen war und scharfe Bemerkungen machte, wenn im Radio einer von ihnen zum Wahlkampf interviewt wurde, doch ein solcher Ausbruch war neu. Wahrscheinlich lag es an dem Erfolg der Grünen, der sich so von der Wirkung der RAF unterschied. Selbst ihre Mutter musste sich inzwischen im Klaren darüber sein, dass der RAF spätestens in der zweiten Hälfte der siebziger Jahre alle Sympathien bei den Menschen verloren gegangen waren, für die sie zu kämpfen vorgaben.

Vielleicht war es auch noch einfacher. Vielleicht war Martina so ärgerlich, weil Angelika sie gerade zum ersten Mal zu ihren Ungunsten mit Renate verglichen hatte. Wenn sie miteinander vertrauter gewesen wären, hätte Angelika sie deswegen geneckt, aber so hütete sie sich, Martina Eifersucht zu unterstellen, und wechselte das Thema.

»Während des Prozesses gegen dich haben Oma und Opa versucht, die Medien von mir fernzuhalten«, sagte sie deshalb. »Aber manchmal habe ich eine Sendung oder einen Artikel erwischt. Da war ein Interview mit einer alten Schulfreundin von dir, Susanne. Sie hat gesagt, du hättest immer schon unbedingt eine Heldin sein wollen.«

»Susanne und ich haben kaum noch miteinander geredet, seit ich siebzehn war. Sie weiß nichts von mir. Sie hat das wahrscheinlich nur behauptet, weil sie in die Medien wollte«, protestierte ihre Mutter so empört, dass Angelika sicher war, diese Susanne wusste, wovon sie sprach.

Als Nächstes wollte sie eine Frage loswerden, die schon lange in ihr brannte: Wann und warum ihre Mutter angefangen hatte, Gewalt als Teil von Heldentum zu sehen. Doch sie

kam nicht mehr dazu, denn sie wurden gerufen. Zuerst noch aus einiger Entfernung, doch näher kommend.
Angelika drehte sich um, kniff die Augen zusammen und erkannte ungläubig die Gestalt, die auf sie zukam, wie durch den Zornesausbruch ihrer Mutter heraufbeschworen.
»In eurem Hotel haben sie mir gesagt, dass ihr nach der Kupferkanne gefragt und vermutlich diesen Weg genommen habt«, sagte Renate Huber außer Atem, als sie Angelika und Martina erreicht hatte. Sie wirkte lebendig und elangeladen, als sei sie zehn Jahre jünger als Martina. »Angelika, entschuldige die Überraschung. Aber das Leben war in den letzten Wochen dermaßen hektisch, dass mein Arzt mir empfohlen hat, ein paar Tage auszuspannen. Und wo ließe sich das besser tun als hier, mit alten Freunden, wie in alten Zeiten?«, schloss sie. Ohne auf eine Antwort zu warten, breitete sie ihre Arme aus, zog Angelika an sich und sagte dabei zu ihrer Mutter: »Hey, Martina, lange nicht mehr gesehen.«
»Ja, war schön«, entgegnete Martina kühl, was nicht die Antwort war, die Renate erwartet hatte, denn sie zuckte merklich zusammen. Sie fing sich aber schnell wieder und antwortete für Angelika nicht weniger überraschend: »Kleine Bosheiten erhalten die Freundschaft, nicht wahr, Martina?«
Über die Schulter ihrer Patentante hinweg sah Angelika in die Miene ihrer Mutter. Die sah weder erfreut noch verärgert aus, beides Gefühle, mit denen Angelika gerechnet hatte. Stattdessen schaute sie auf Renate, als sei ihr diese noch nie in ihrem Leben begegnet, mit dem ratlosen Ausdruck einer Fremden.

1972 – Steffen

Er war jung und ehrgeizig genug, um nach dem Schock über die Bombenanschläge als Nächstes an die sich dadurch ergebenden Aufgaben zu denken. Es war, obwohl er sich das nie eingestanden hätte und sich deswegen schämte, ein Funken Genugtuung dabei, wenn er darüber nachdachte, was nun alles zu tun sei. Denn Steffen hatte oft mit seinen Kollegen gestritten und die Ansicht vertreten, dass die Baader-Meinhof-Gruppe, die sich neuerdings RAF nannte, eine ernstzunehmende Bedrohung sei. Seine Kollegen hatten es anders gesehen und meinten, es wäre nur ein Haufen radikaler Ex-Studenten, die sich früher oder später selbst zerstören würden und bis dahin, bei ein wenig erhöhter Wachsamkeit der Polizei, nur geringen Schaden anrichten könnten.

»Dieser Homan, der Ex-Freund der Meinhof, der mit ihr und den anderen im Sommer 70 im Libanon an Waffen ausgebildet wurde«, hatte einer seiner Kollegen argumentiert, »der hat doch irgendwann dem *Spiegel* erzählt, dass sie ihn schon in diesem Palästinenserlager umbringen wollten, weil er keinen Kotau vor dem ›großen‹ Baader gemacht und sich für den Mahler als Anführer ausgesprochen hat. Die sind doch alle untereinander zerstritten und marode. Keine Disziplin.« Er hatte mit der Hand eine wegwerfende Bewegung gemacht. »Das ist bald vorbei.«

»Klar, ein Mann, der von seiner Ex abserviert wird, ist ein zuverlässiger neutraler Zeuge. Das sind Kommunisten, Marxisten. Ideologen eben. Die denken langfristig. In den letzten Monaten haben sie drei Polizisten umgebracht. Das sind keine Amateure mehr. Die können schießen und werden das auch, nachdem schon Genossen aus ihren Reihen durch Polizeikugeln starben.«

Die Kollegen waren zumeist anderer Ansicht gewesen, trotz der Banküberfälle des Vorjahres, bis am 11. Mai diesen Jahres im Kasino des US-Korps Sprengstoff hochging. Dreizehn Verletzte und einen Toten hatte es gegeben. Am 12. Mai war dann in der Polizeidirektion Augsburg eine Bombe explodiert, gleichzeitig auch in München beim Landeskriminalamt.

»Seidel, schaut ganz so aus, als ob du recht gehabt hast«, sagte sein Vorgesetzter grimmig. »Das sind keine Amateure mehr. Und wenn sie so was fast zeitgleich durchziehen können, sind es auch nicht mehr sechs oder acht.«

Ein eigenartiges Gefühl, halb Anspannung, halb Erwartung erfüllte ihn. Jetzt war es wahrscheinlicher, dass er bei den nächsten außerordentlichen Beförderungen berücksichtigt wurde. Er hatte ausreichend Dienstjahre, hatte sich für genügend Fortbildung und Einsätze gemeldet und gerade einen seiner Chefs durch seine frühzeitige, sich als richtig erwiesene Analyse beeindruckt. Andererseits konnte es auch sein, dass ihm das manche Kollegen übelnahmen. Niemand sah es gerne, wenn er erwiesenermaßen im Unrecht war. Außerdem waren viele der höheren Beamten des BKA nicht nur konservative Herren fortgeschrittenen Alters, sondern stammten, was ein offenes Geheimnis war, aus dem Sicherheitsdienst von Himmlers SS. Gerüchteweise war der neue Leiter des BKA, Heinz Herold, der erste Chef, auf den das nicht zutraf. Der Klatsch wollte sogar wissen, das Herold als Student Mitglied des Sozialistischen Studentenbundes gewesen war und heute noch Marx zitierte. Aber Herold war von außen zum BKA gekommen. Obwohl er den Abteilungsleiterbereich für Nachwuchskräfte wie Steffen öffnete, kamen die meisten Führungskräfte immer noch aus den »alten Zeiten«.

»Aber wo hätte man nach dem Krieg sonst Leute mit der einschlägigen Erfahrung fürs Bundeskriminalamt finden sollen?«, hatte ein Kollege gefragt, als Steffen zu Beginn seines Dienstes noch so naiv war, die Rede darauf zu bringen. Er wusste nicht, ob auch sein unmittelbarer Vorgesetzter eine solche Vergangenheit hatte. Im Grunde, musste er zugeben, wollte er das auch nicht wissen. In Steffens Kindheit war nicht über den Krieg und das Dritte Reich gesprochen worden, weder daheim noch in der Schule. Als er seine Sexualität entdeckte, hatte er jedoch mit einigen Männern zu tun gehabt, die einiges zu erzählen hatten. Einer von ihnen hatte mit sehr viel Glück ein Konzentrationslager überlebt. Die Beziehung zwischen ihm und Steffen war sehr schnell an all den seelischen Narben und der Heimlichkeit zerbrochen, aber im Nachhinein war Steffen davon überzeugt, ihn geliebt zu haben. Wenn er mit Sicherheit gewusst hätte, dass sein Vorgesetzter aktiv dazu beigetragen hatte, seine Mitmenschen, egal ob Juden, Sozialisten oder Homosexuelle, in ein Konzentrationslager zu bringen, wäre der tägliche Umgang mit ihm unerträglich gewesen. Nur in Ungewissheit darüber konnte Steffen die Professionalität und die meist gelassene Autorität des Mannes respektieren und von ihm lernen.
»Du hast dir die Mühe gemacht, all ihre Pamphlete zu lesen, Seidel«, fuhr sein Chef fort und musterte ihn prüfend. »Was meinst du – kommt da noch mehr, oder warten die erst mal ab?«
Steffen dachte nach. Von seiner Antwort konnte es abhängen, ob er seinen Einsatz bekam.
»Ich glaube, der Terrorismus wird bei uns eskalieren«, sagte er schließlich zögernd. »Tote Polizisten hatten sie schon. Und bei all dem Vietnam-Gerede als Basismotivation können sie es nicht nur bei dem einen amerikanischen Offizierskasino belassen. Sie werden es noch mal bei den Amerikanern versuchen müssen, allein schon aus Propaganda- und

Glaubwürdigkeitsgründen. Sie haben bei ihrer ersten Erklärung getönt: ›Für die Ausrottungsstrategen von Vietnam sollen Westdeutschland und Westberlin kein sicheres Hinterland mehr sein‹, und es dann nur bei einem Kasino und einem einzigen amerikanischen Toten zu belassen, geht nicht. Das können die sich keinesfalls leisten.«
»Mit der Sicherheit der Amerikaner haben wir nichts zu tun, das machen die selbst«, kommentierte sein Vorgesetzter. »Und noch eine Bombe für die Amis ist die einzige Eskalation, die du dir vorstellen kannst?«
Der ältere Mann klang abwartend, als wüsste er die Antwort schon. Eindeutig war dies eine Prüfung. Da Steffen sich diese Frage auch selbst schon zu einem Zeitpunkt gestellt hatte, als die Bombenserie losgegangen war, hatte er seine Erwiderung parat.
»Nein. Ich glaube, sie werden früher oder später wieder Springer, aber auch prominente Zivilisten angreifen, die sie als ›Systemträger‹ verstehen.«
Wortlos schob ihm sein Chef eine Teletextmeldung hin. Herold hatte eine grundlegende technische Erneuerung des BKA angeordnet, Computer eingeführt und seine Untergebenen darauf hingewiesen, dass es inzwischen nicht nur das Telegramm gab. Der Teletext fasste in knappen Worten zusammen, dass heute um 12:40 in Karlsruhe ein roter Volkswagen explodiert sei, Eigentum des Bundesrichters Buddenberg, der sich jedoch nicht am Tatort befunden habe. Statt seiner habe die Ehefrau in dem Fahrzeug gesessen.
»Ist sie …?«
»Schwer verletzt, aber sie hat es überlebt.«
Steffen war nicht wirklich erleichtert. Frau Buddenberg hatte Glück im Unglück gehabt, aber gerade das hieß vermutlich, dass es weitere Anschläge geben würde.
»Warum saß sie überhaupt am Steuer? Hat ein Bundesrichter nicht Anspruch auf einen Fahrer?«

»Man kann sich immer darauf verlassen, dass ein junger Piranha wie du zubeißt, auf das Loch hinweist, das er ausfüllen kann, Seidel«, bemerkte sein Vorgesetzter in einer Mischung aus Belustigung und Stichelei. »Aber ja. Buddenberg hätte einen Fahrer haben sollen, wie viele andere auch. Wir werden von jetzt an den Kreis gefährdeter Personen erweitern und den Personenschutz für diese Leute deutlich erhöhen müssen. Es wird auch umfangreiche Neueinstellungen geben.«

Die verletzte Frau tat ihm leid, und die Aussicht auf weitere Attentate dieser jungen Verirrten war zutiefst beunruhigend, aber es kostete Steffen alle Mühe, nicht erwartungsvoll, sondern angemessen neutral und sachlich zu blicken. Sein Chef wartete noch ein wenig, dann setzte er schleppend hinzu: »Und ja, das bedeutet, dass du den Einsatzteams zugeteilt wirst, mein Junge. Ich denke, du bist so weit. Sorge dafür, dass ich mich nicht irre.«

»Das versteht sich von selbst«, entgegnete Steffen und meinte es so. Er hatte hart an sich gearbeitet, körperlich und geistig, um sich für diesen Beruf zu qualifizieren. Sein Privatleben war durch Sport und Fortbildung so gut wie nicht mehr existent. Sein letzter Freund hatte ihn mal aus Spaß gebeten, dieses in zwei Worten zu schildern. »Mein was?«, hatte Steffen unbewusst gefragt, und in dem betretenen Schweigen, das folgte, war diese Beziehung zu Ende gegangen. Auch wenn er von Monat zu Monat hoffte, dass sich das eines fernen Tages ändern würde, war er sich völlig darüber im Klaren, dass es in den nächsten paar Jahren so blieb, wie es war. Und jetzt würde sich vieles ändern. Eine Woche Dienst, sieben Tage mit je vierundzwanzig Stunden, würde sich mit einer Woche Freizeit abwechseln, zumindest auf dem Papier. Wenn man ihn fragte, warum er ausgerechnet zum Personenschutz im BKA wollte, hatte er eine angepasste Antwort auf Lager, aber die Wahrheit war mit einem Wunsch verknüpft, den er als

naiv und vielleicht sogar kindisch erkannte, doch nach wie vor inbrünstig hegte: Er wollte sich beweisen. Er wollte nicht nur demonstrieren, dass er besser war als andere, sondern er wollte eine Art Held sein. Als kleiner Junge hatte er meist Prinz Eisenherz oder Old Shatterhand gespielt, den immer alle zuerst unterschätzten. Mit der Pubertät war die Entdeckung gekommen, dass er zu einem Teil der Menschheit gehörte, der von der Mehrheit bestenfalls mit Belustigung, schlimmstenfalls mit Verachtung und Verfolgung bestraft wurde. Das war allerdings nur ein zusätzlicher Ansporn gewesen. Zu den Männern zu gehören, in deren Händen die Sicherheit der wichtigsten Leute des Landes lag, war die höchste Herausforderung, die er sich vorstellen konnte. So blickte er auch verständnislos auf die jungen Leute, die sich nebenbei durch eine illegale Hausbesetzung von einem Tag auf den anderen schon als Held fühlten und von ihresgleichen, wie von Presse und Fernsehen, für so einen Blödsinn auch noch geadelt wurden. Alle Jugendlichen wollten Helden sein, aber keiner war bereit, hart über Jahre dafür zu arbeiten.
Er hatte ein paar gute Bekannte unter seinen Kollegen, keine wirklichen Freunde, denn er wollte sie nicht in Loyalitätskonflikte stürzen, falls sie jemals seine Neigungen erkannten. Sie alle wurden darauf trainiert, Menschen zu beobachten und diese so schnell wie möglich einzuschätzen. Wenn Steffen jemanden nahe an sich herangelassen hätte, wäre er diesem gegenüber nicht mehr objektiv in seiner Einschätzung gewesen. Umgekehrt würde dieser Freund früher oder später die Wahrheit über seine sexuellen Vorlieben herausfinden und sie entweder an ihren Vorgesetzten melden oder ihre Freundschaft höher stellen müssen, und hätte damit die Pflicht einer persönlichen Beziehung untergeordnet. Nein, es war besser, mit den Kollegen hin und wieder ein Bier zu trinken, aber Einladungen, die darüber hinausgingen und die Familien beinhalteten, abzublocken.

Das bedeutete allerdings auch, dass er niemandem von seiner mit der Versetzung einhergehenden Beförderung erzählen konnte. Ein Außenseiter kam dafür aus Sicherheitsgründen nicht in Frage. Auch hätten die Worte »gute Nachricht« im Zusammenhang mit einer Reihe von terroristischen Anschlägen abstoßend geklungen. Man musste schon in ähnlicher Verantwortung sein, um zu verstehen, dass es möglich war, Mitgefühl mit den Opfern und ihren Hinterbliebenen zu haben, aber sich gleichzeitig als kompetent und qualifiziert für solche Herausforderungen beweisen zu wollen.

In dieser Nacht träumte er von den Erdbeerfeldern seiner Kindheit und wachte mit dem Geschmack frischer Erdbeeren im Mund auf.

Wie sich herausstellte, wurde er keinem Minister, sondern einem Team um einen Staatssekretär im Justizministerium zugeteilt. Vorher gab es noch Schulungen über Themen wie die besten Möglichkeiten, das Privathaus der gefährdeten Personen auf den neuesten Sicherheitsstandard zu bringen. Sein Staatssekretär hatte zwar eine Wohnung in Bonn, versuchte aber das Wochenende immer bei seiner Familie in Nürnberg zu verbringen. Seine Personenschützer würden also beide Wohnbereiche sichern und mögliche Schwachstellen eliminieren müssen. Auch mussten Privatausflüge zum Einkaufen, wie bei der Ehefrau des Bundesrichters geschehen, natürlich anders geregelt werden. Steffen bat um die Erlaubnis, sich bei den Ermittlungsbeamten in Karlsruhe direkt informieren zu dürfen. »Wenn wir wissen, was falsch gelaufen ist, wissen wir auch, was wir vermeiden müssen.«

»Hör doch auf mit dem Musterschüler, Steffen«, sagte ein Kollege grinsend dazu.

In Karlsruhe hörte Steffen Details, die sein Vertrauen in die Menschheit nicht erhöhten. Offenbar war Frau Buddenberg nach der Explosion auf die Straße gekrochen und hatte laut um Hilfe gerufen, aber keiner der Anwohner hatte mehr getan, als aus dem Fenster zu schauen. Nur einer hatte die Polizei angerufen.

»Auf diese Weise hat wenigstens keiner Spuren verwischt«, bemerkte einer der ermittelnden Beamten philosophisch.

Da offenbar niemand im BKA einen Bundesrichter als gefährdet eingestuft hatte, hatte es unendlich viele Möglichkeiten für Außenstehende gegeben, um an dessen privaten Volkswagen heranzukommen. Seine Frau hatte ihn an diesem Tag nach dem Einkaufen wegen der schwer gewordenen Taschen vor dem Bundesgerichtshof abholen wollen, wo ihn ihr Mann abgestellt hatte. Die Bombe im Wagen war also entweder zu früh explodiert, oder die Terroristen hatten den Richter nicht lange genug beobachtet, um zu wissen, dass seine Frau das Auto während der Dienstzeit ihres Mannes ebenso benutzte. In dem einen wie im anderen Fall sah es nach fehlerhafter Planung aus, und das zumindest fand Steffen ermutigend. Sollte das Attentat der Baader-Meinhof-Gruppe zuzuordnen sein, so waren die doch noch nicht so professionell, um derartige Fehler zu vermeiden.

Einem Impuls folgend, kaufte er in einem Blumenladen einen Strauß für Frau Buddenberg. Es war ein gutes Gefühl, wieder Pflanzen in seinen Händen zu spüren, und er suchte eine Kombination aus, die nicht sofort verblühte. Aber es ging ihm nicht nur darum, der verletzten Frau eine rasche Genesung zu wünschen. Er wollte auch herausfinden, ob ein Fremder mit einem Blumenstrauß immer noch ohne Kontrolle in die Nähe der Frau gelassen würde.

Es hatte ihn nicht sehr beruhigt, dass er sich zwar vor dem Krankenzimmer ausweisen musste, aber keine telefonische Rückfrage im Amt getätigt wurde. Ausweise ließen sich fälschen.

Ein paar Tage danach lernte er die übrigen Mitglieder seines neuen Teams kennen und wurde gemeinsam mit ihnen dem

Staatssekretär vorgestellt. Sie waren in zwei Teams mit jeweils drei Leuten aufgeteilt und würden sich Woche für Woche abwechseln. Außerdem gab es noch einen ständigen Chauffeur und einen als Reserve, sollte nicht einer aus dem jeweiligen Team den zweiten Wagen fahren. Einen der Kollegen, Hans Bauer, kannte Steffen schon. Sie hatten gemeinsam etliche Kurse absolviert. Bauer war wie er sehr ehrgeizig, und es hatte immer eine gewisse Rivalität zwischen ihnen geherrscht, aber zu größeren Animositäten war es nie gekommen. Trotzdem nahm Steffen sich vor, bei Hans Bauer auf jeden Fall doppelt darauf zu achten, nichts von seiner Veranlagung durchschimmern zu lassen. Der Dritte in seiner Gruppe, René Winter, war vier oder fünf Jahre älter und als Leibwächter erfahrener als sie beide. Der Fahrer, Sascha Gschwindner, hatte ein sehr junges Gesicht, aber bereits eine Halbglatze, so war er altersmäßig schwer einzuschätzen.
Steffens Chef erinnerte sie noch einmal daran, das Privatleben des Staatssekretärs und seiner Familie absolut vertraulich zu behandeln. »Das schließt eure Freundinnen und Ehefrauen mit ein.«
»Ich bin noch nicht verheiratet«, sagte Hans Bauer prompt, zeigte später aber immer gerne Fotos von seiner zeitweiligen Verlobten herum. René nickte nur. Steffen betrachtete die Aussage als selbstverständlich, das gehörte zum Dienstethos. Gschwindner fragte, ob das hieße, dass er seinem kleinen Sohn alles erzählen dürfe. Er machte ein bierernstes Gesicht dabei, und es dauerte einige Sekunden, bis Steffen sicher war, dass es ein Scherz sein sollte. Rasch schaute er zu ihrem Vorgesetzten, der keine Anstalten machte, zu lachen.
»Es gibt hier eine Legende über einen Versager, der sein Mädchen mit dem Wasserbett seines Ministers beeindrucken wollte. Seine Leiche ist immer noch nicht gefunden worden«, erwiderte ihr Vorgesetzter mit ausdrucksloser

Miene, und die Männer grinsten leicht gequält über den alten Hauswitz.
Der parlamentarische Staatssekretär Werder wurde ihnen in Bonn vorgestellt. Sie hatten aber alle seine Akte studiert. Ein Anwalt aus Mittelfranken, zu jung, um im Krieg gekämpft zu haben, verheiratet, FDP-Mitglied, Vater einer als Kind an Kinderlähmung verstorbenen Tochter und eines zwölfjährigen Sohnes. Er galt als rechte Hand des Justizministers und hatte Hoffnungen, selbst eines Tages Minister zu werden. Da er 1968, als er noch nicht Staatssekretär war, als liberaler Abgeordneter im Parlament für die Notstandsgesetze votierte, hatte er sich in den Augen der radikalen Linken früh als Systemträger disqualifiziert, zumal zu seinem Arbeitsbereich auch die Themen innere Sicherheit der Justiz und die Überwachung der außerparlamentarischen Opposition gehörten.
Von seinem Foto her hatte Steffen einen eher steifen Charakter erwartet, doch der Staatssekretär bewegte sich schwungvoll und hatte Lachfalten um Mund und Augen. Er schüttelte ihnen allen die Hand. Sein Griff war fest und geübt, und während er die rechte Hand seines Gegenübers drückte, umfasste er dessen Oberarm mit seiner linken.
»Meine Herren, ich weiß Ihren Einsatz wirklich zu schätzen. Glauben Sie mir, ich halte ihn nicht für selbstverständlich. Und da wir wohl viel Zeit miteinander verbringen werden, warne ich Sie am besten gleich: Ich schnarche!«
So weit, so gut. Die Wohnung des Staatssekretärs in Bonn war nur spartanisch eingerichtet, nicht sehr groß und umso leichter zu sichern, da sie sich in einem Gebäude befand, in dem nur Parlamentarier und hohe Regierungsbeamte lebten. Am lustigsten fand Steffen den Gemeinschaftsraum der Politiker. Darin hatten viele Abgeordnete das eingebracht, was sie auf Wahlkämpfen geschenkt bekamen, von Gartenzwergen über Bierkrüge bis hin zu unendlich vielen Engeln.

Symbolismus in Hochkultur. Mit dem versammelten Kitsch hätte man Paläste füllen können.
Die Fenster des Bonner Hauses hatten bereits alle Panzerglas, weil in einer von der RAF verlassenen Wohnung auf einem zerknüllten Zettel jedoch auch Werders Name gestanden hatte, musste dieses Spezialglas auch in seinem Bungalow in Nürnberg eingesetzt werden, zusammen mit einer neuen, modernen Alarmanlage. Diese Aufgabe übernahm sein Kollege Winter, während die Ehefrau und der Sohn des Staatssekretärs in ein Hotel zogen, bis die Arbeiten beendet waren. Steffen wurde den Angehörigen für diese Zeit zugeteilt. Anders als der Staatssekretär zeigte seine Ehefrau Nervosität bei der Aussicht, von nun an ständig mit mehreren Fremden an ihrer Seite leben zu müssen. Er versuchte, sie zu beruhigen.
»Es ist meine Aufgabe, mich im Hintergrund zu halten, Frau Werder. Nach einer Weile werden Sie mich kaum noch bemerken. Und es ist leider notwendig.«
»Ich weiß«, sagte sie unglücklich. Es war ein warmer Frühlingstag, aber trotzdem konnte Steffen sehen, wie sich die Härchen an ihren Unterarmen aufstellten. »Die arme Gerda Buddenberg«, fuhr sie fort. »Aber vielleicht ist es ja jetzt damit vorbei?«
»Ich fürchte, das ist nicht sehr wahrscheinlich, Frau Werder. Sie werden es noch nicht gehört haben, aber vor zwei Stunden ist im Springer-Hochhaus in Hamburg eine Bombe explodiert.«
Ihre Augen weiteten sich. »Gab es Tote?«
Steffen schüttelte den Kopf. Er hatte nur eine kurze Benachrichtigung über Funk erhalten. In den nächsten Stunden konnte sich noch vieles ändern, doch nach allem, was ihm mitgeteilt worden war, hatte es zwar Verletzte, aber keine Toten gegeben.
»Was wollen diese Leute nur?«, fragte Monika Werder. »Ich

verstehe das nicht. Was haben ihnen die Zeitungsangestellten oder Gerda Buddenberg getan? War da bisher nicht immer von einem Protest gegen den Vietnamkrieg die Rede? Wie kann man gegen Krieg protestieren, den andere Völker führen, indem man hier unschuldige Menschen umbringt? Ich verstehe das nicht«, wiederholte sie.

Anfangs hatte sie ruhig gesprochen, um dann immer lauter und heftiger zu werden. Steffen wusste, dass sie keine Antwort erwartete. Sie stand vor der Aussicht, die nächsten Jahre ihres Lebens in Angst verbringen zu müssen, und musste sich abreagieren. Aber gerade, weil er sie beruhigen wollte, tat er so, als ob es sich um eine echte Frage handelte.

»Richter Buddenberg ist der zuständige Haft- und Ermittlungsrichter am BGH. ›Brauner Gangster-Haufen‹, wie die APO ihn nennt. Er hat viele Haftbefehle und Beschlüsse gegen die linksradikalen Gruppen unterzeichnet. Deswegen hätte man ihm und seiner Familie schon viel früher Dauerschutz geben müssen. Was das Springer-Haus betrifft, Sie wissen doch, dass die Springer-Presse grundsätzlich das Feindbild der Studentenbewegung war und ist.«

Bei sich dachte Steffen, dass es sich um eine gegenseitig fruchtbare Hass-Hass-Beziehung zwischen Springer und den radikalen Linken handelte. Die Springer-Presse stilisierte die Extremisten zu Dämonen hoch, die überall lauerten, schürte die Angst, und die Auflagen stiegen, während die Extremisten ein Feindbild hatten, das ihnen die wohlige Entschuldigung verschaffte, Opfer von Demagogie zu sein, eine Vorstellung, die sie mit vielen moderaten Intellektuellen teilten. Am ironischsten fand er, dass all diese Taten aus Sicht der Täter zum Wohl der Arbeiterklasse sein sollten. Im Gegensatz zu Baader, Ensslin und Meinhof, die allesamt aus dem gehobenen Bürgertum stammten, handelte es sich bei den meisten Angestellten im Springer-Hochhaus dagegen wirklich um Menschen aus dem Proletariat.

»Wenn sie und ihre Kollegen von nun an über unsere Familie wachen«, fragte Monika Werder ein wenig ruhiger, »werden Sie dann verhindern können, dass man uns Bomben ins Auto legt oder ins Haus wirft?«

»Das ist unsere Aufgabe, Frau Werder. Genau das. Für Autobomben müssen die betreffenden Autos unbeaufsichtigt sein, und das wird bei jedem Fahrzeug, in dem Sie oder Ihr Gatte gefahren werden, nicht mehr der Fall sein. Und wenn Sie in Ihr Haus zurückkehren, wird sich niemand, der nicht dazu autorisiert ist, unbemerkt nähern können. Außerdem sind meine Kollegen und ich dazu ausgebildet, zu erkennen, wenn sich jemand Ihrem Gatten oder Ihnen nähert, der eine Bedrohung sein könnte.« Er versuchte erneut selbstsicher und so beruhigend wie möglich zu klingen.

Zu seiner Überraschung fragte sie ihn als Nächstes, ob er Kinder habe, was Steffen verneinte. »Wir hatten einmal zwei«, sagte Monika Werder leise. »Ich habe miterleben müssen, wie unser Mädchen starb, mein Kind, das ich in den Armen gehalten habe. Es gibt nichts Schlimmeres.« Sie legte ihre rechte Hand auf seinen Arm. »Ich will das nie wieder erleben, Herr Seidel. Versprechen Sie mir das?«

Auch das lernte man in der Ausbildung: keine derartigen Versprechen zu geben. Man konnte versprechen, sein Bestes zu geben, mit seinem Leben geradezustehen. Aber nicht mehr.

Steffen öffnete den Mund, um die vorgeschriebene Antwort zu geben. Aber die Frau neben ihm war kein Lehrfall, sie war ein Mensch, und er konnte sich nicht vorstellen, wie sie gelitten haben musste, als ihre Tochter starb. Sie hatte keine Verklausulierung verdient, kein Wenn und Aber, sondern entschiedene Worte.

»Das verspreche ich Ihnen, Frau Werder.«

1998 – Steffen

Der Fallanalytiker, den Klaus gefunden hatte, stellte sich als Frau heraus, als eine etwas propere Brünette Mitte dreißig, die auf den ersten Blick wie eine unauffällige Hausfrau wirkte. Sich ihren Namen zu merken, fiel ihm wegen seines seit dem Koma so schlechten Kurzzeitgedächtnisses schwer, und auch ihr Gesicht blieb ihm nicht sofort in Erinnerung. Wenn man ihr im Supermarkt begegnet wäre, hätte man angenommen, dass sie dort war, um für ihre zwei Kinder und den Ehemann einzukaufen, aber bestimmt nicht, um einem betrügerischen Geschäftsführer auf die Schliche zu kommen. Bei einer Begegnung in einer Bibliothek wäre die unwillkürliche Annahme gewesen, dass sie zum Verwaltungspersonal gehörte, statt jemand zu sein, der recherchierte.

Chronisch unterschätzt und übersehen zu werden war immer ein großer Vorteil, das wusste Steffen noch aus eigener Erfahrung. Eigentlich hatte Klaus auch nicht sie gefunden, sondern sie hatte Klaus kontaktiert. Sie kam zu ihm in die Kanzlei und erklärte, sie habe von Kollegen gehört, er suche jemanden für eine Spezialaufgabe, einen ungelösten Fall aus dem Jahr 77. Solche Sachen seien ihr Ding, und weil sie so selbstsicher wirkte, hatte Klaus sie nach einem langen Gespräch engagiert.

»Ich wollte auch mal zum BKA«, erzählte sie ihm gerade, als könne sie seine Gedanken lesen. »Aber es wäre nicht mein Stil gewesen. Zu viele Männer, zu viel Egoismus und zu viele Krawatten. Außerdem ist die ganze Herangehensweise nicht mein Stil. Ich wollte immer zuerst wissen, warum und was ein Täter mitbringen muss für den jeweiligen Fall. Dort will man aber nur den Spuren folgen. Aber die werden lernen, da bin ich sicher.«

Steffen musste lachen. Mangelndes Selbstbewusstsein belastete diese Frau nicht. Manchmal kam es ihm vor, als habe der junge, ehrgeizige Mann, der er einst gewesen war, in einer anderen Welt gelebt. Er hätte nie so reden können. Sein Gegenüber erwiderte sein Lachen, als wisse sie, warum, dann wurde sie ernst.

»Sie haben doch kein Problem damit, dass ich eine Frau bin?«

Steffen konnte nicht widerstehen. »Frauen waren noch nie ein Problem für mich. Es hat häufig Vorteile, wenn man privat für ein anderes Team spielt.«

Früher hätte er über seine Neigungen niemals so leicht zu einer Fremden sprechen können. Es war wirklich eine andere Welt gewesen.

»Ich weiß«, sagte sie nüchtern. »Aber ernsthaft, ich werde mein Bestes für Sie tun, doch Sie müssen mir vertrauen. Dafür erzähle ich Ihnen gerne, was ich bisher so gemacht habe, nur Namen dürfen Sie nicht erwarten.«

Ihn beeindruckte dann auch nicht so sehr das, was sie erzählte, sondern wie sie es erzählte. Sie hob ihre Leistungen dabei nicht hervor, sondern was ein Team von ihr einbezogenen Fachleuten aus unterschiedlichsten Bereichen vermocht hatte. Der alte Einzelkämpfer hatte bei ihr offensichtlich ausgedient, und sie wusste, was Teamarbeit wert war.

»Deswegen habe ich auch ›zusammenarbeiten‹ gesagt. Mir ist klar, dass Ihre Erinnerung lückenhaft ist. Es kann deshalb sein, dass wir medizinische oder psychologische Hilfe benötigen, vielleicht müssen wir es sogar mit Hypnose versuchen. Ihr Freund meinte, Kosten würden keine Rolle spielen, der Erfolg allein zählt. Trotzdem ist Zeit auch für mich wie für meine Ermittlungen sehr wichtig. Sie müssen mir alles erzählen, was Sie aus dieser Phase noch wissen, egal, wie trivial es Ihnen erscheint. Selbst wenn der Hund der Werders Ihnen irgendwann ins Hosenbein gebissen hat, muss ich das wissen.«

»Sie hatten keinen Hund«, entgegnete Steffen. »Sie hatten ...« Für einen Moment konnte er es fast wieder vor sich sehen, das kleine braun-weiße Tier, aber sein Verstand verweigerte ihm die richtige Bezeichnung. Die alte Frustration kroch in ihm hoch. Er versuchte zu tun, was sein Therapeut ihm in solchen Fällen empfohlen hatte, und ging das Alphabet durch. *A steht für Apfel, B steht für Birne, Steffen, ganz gleich, wie kindisch du dich fühlst. C steht für Cola, D steht für Dattel ...*

Die Frau unterbrach ihn nicht in seiner Anstrengung, sondern wartete geduldig, ohne eine Miene zu verziehen. Als er bei H angekommen war, fiel es ihm endlich wieder ein.

»... einen Hamster«, sagte Steffen erleichtert. »Sie hatten einen Hamster. Er gehörte dem Sohn, Michael, als ich einer der Personenschützer seines Vaters wurde. Aber ich glaube, im Jahr des Attentats war der Hamster schon nicht mehr am Leben.«

»Und sonst gab es keine Haustiere?«

»Nein. Als der Hamster starb, war Michael schon aus dem Alter heraus. Der Staatssekretär hatte schlicht und ergreifend keine Zeit für Haustiere, und Frau Werder sagte immer, ihre zwei Männer hielten sie schon genug auf Trab.«

Seine Gesprächspartnerin machte sich Notizen. Steffen konnte sich nicht vorstellen, was so eine Auskunft nützen würde, aber es war schon zu lange her, dass er anders denn als Gärtner gedacht hatte – hatte denken können. Das wusste er.

»In meinen Unterlagen steht, dass Sie Staatssekretär Werder

1972 zugeteilt wurden, während der sogenannten Mai-Offensive der RAF. Dann waren Sie fünf Jahre bei ihm, als das Attentat verübt wurde. Eine lange Zeit, Zeit genug, um sich wie ein Familienmitglied zu fühlen?«

Ein Bild schob sich in seinen Kopf: Monika Werders Hand auf seinem Arm, während sie murmelte: »Versprechen Sie mir das?« Den genauen Kontext wusste er nicht mehr, nur, dass die Frage eine sehr schmerzhafte Resonanz hatte.

»Ich fühlte mich zugehörig, glaube ich«, antwortete Steffen und versuchte, sich besser zu konzentrieren. »Aber natürlich war ich mir bewusst, dass es ein Arbeitsverhältnis war, das jederzeit durch neue Aufgaben, allein schon bei einem Regierungswechsel, aufgelöst werden konnte. Da muss man professionell bleiben. Und Sie müssen auch bedenken, wir waren zwei Teams, die sich Woche für Woche ablösten, da wir in unserer Woche Tag und Nacht zur Verfügung stehen mussten.«

»Herr Borke erzählte, wie überrascht Sie waren, als Michael Werder hier auftauchte«, meinte die Brünette und strich sich eine dunkle Haarsträhne zurück. »Bei einem halben Familienmitglied hätte man doch etwas wie Freundschaft und Nähe erwarten können, nicht wahr? Aber vielleicht sahen die Werders Sie ja auch eher wie ein *Haustier.*«

Auf diese Attacke war er nicht gefasst gewesen. Es fühlte sich an, als habe sie ihn geohrfeigt. Dabei blieb ihre Miene ruhig und freundlich. Steffen spürte Tränen in seine Augen steigen und verwünschte die Schwäche seines Körpers und seiner Jahre. Früher hätte er auf eine solche Bosheit überhaupt nicht reagiert.

»Wie können Sie …?«

»Herr Seidel«, sagte die Ermittlerin. »Sie wollen nicht herausfinden, was genau an dem Tag passiert ist, an dem Staatssekretär Werder und drei weitere Männer gestorben sind. Das ist weitestgehend bekannt. Sie wollen herausfinden, ob

Sie selbst auf irgendeine Weise dazu beigetragen haben, da habe ich Herrn Borke doch richtig verstanden, oder nicht?«
Seine Kehle wurde eng, doch Steffen presste es heraus: »Ja.«
»Nun, dann ist es, um den Fall als solchen zu verstehen, wichtig für mich, zu erfahren, wie genau Sie hinsichtlich der Familie Werder empfanden. Nicht nur hinsichtlich des Staatssekretärs. Jede Entscheidung im Leben wird immer im Zusammenhang mit äußeren Umständen getroffen. Wenn ich nach so langer Zeit noch Belege dafür finden soll, was an diesen Tagen geschehen und nicht geschehen ist, kann ich Sie nicht mit Samthandschuhen anfassen. Ich muss Sie provozieren, Ihr Gedächtnis aufrütteln. Wie ich schon sagte: Ich muss von Ihnen alles wissen, was geschehen ist. Von den anderen Beteiligten noch etwas zu erfahren, wird deutlich schwieriger umzusetzen sein.« Durchdringend starrte sie ihn an: »Ich muss den Steffen Seidel der Siebziger verstehen, nicht den, der mir hier und heute gegenübersitzt. Werden Sie mir dabei helfen?«
Sein Pulsschlag verlangsamte sich wieder. Es kam ihm in den Sinn, dass sein früherer Chef, der immer die Ansicht vertreten hatte, dass Frauen im Polizeidienst nichts zu suchen hatten, ihre Methoden gebilligt hätte.
»Ich werde es versuchen«, sagte er.

1972 – Martina

Martinas Eltern hatten sie eingeladen, den Fronleichnamstag zu nutzen, um ein verlängertes Wochenende bei ihnen zu verbringen. Es würde ein paar ausgeglichene Tage bedeuten, in denen ihre Mutter mit Begeisterung das Enkelkind verhätschelte, ein paar Tage Ruhe, und da Martina ohnehin nach einer guten Gelegenheit suchte, um ihren Eltern von der neuesten Veränderung in ihrem Leben zu erzählen, nahm sie die Einladung an.

Zuerst war es unerwartet schön, wieder in Nürnberg zu sein. Angelika war inzwischen bald zwei Jahre und konnte schon gut laufen. Die Großeltern besuchten mit ihr den Zoo, während Martina im Vorgarten des Hauses saß und sich die Sonne ins Gesicht scheinen ließ. Dann schellte das Telefon. Als sie den Hörer abnahm, hörte sie Renates Stimme, aufgeregt und verstört, wie sie ihre sonst so gelassene Freundin noch nicht erlebt hatte.

»Schalt den Fernseher an! Sie haben Baader, Raspe und Meins verhaftet. Ich … ich weiß nicht, was ich davon halten soll. Vielleicht hast du ja recht mit deinen Ansichten.«

Martina hielt den Atem an, nicht nur, weil ein Name gefallen war, der ihr äußerste Selbstbeherrschung abverlangte. Nach den Attentaten im Mai hatte Renate erklärt, nun könne sie keine Sympathie mehr für die Baader-Meinhof-Gruppe empfinden. Es war ein Streitpunkt zwischen ihnen geworden, da Martina gerade die Attentate auf das amerikanische Kasino in Frankfurt, die Kaserne in Heidelberg und das Springer-Verlagshaus sehr wohl für gerechtfertigt hielt.

Wie sonst sollte man den Amerikanern klarmachen, dass sie kein sicheres Hinterland mehr für ihre Waffentransporte nach Vietnam hatten? Ihr leuchtete diese Taktik ein.

»Und all die Angestellten bei Springer?«, hatte Renate zurückgefragt. »Die können doch nichts für Vietnam! Das sind Zivilisten, keine Soldaten.«

»Da gab es eine telefonische Warnung. Springer hat sie nicht beachtet, weil er seine Arbeiter noch ein paar Minuten länger auspressen wollte. Typisch Kapitalist.«

»Selbst wenn das stimmen sollte und nicht Wunschdenken entspringt, weiß ich nicht, ob ein Attentat auf eine Zeitung, selbst eine Springer-Zeitung, je zu rechtfertigen ist, wenn man gegen Faschismus und für Meinungsfreiheit ist.«

»Aber Springer verbreitet Lügen, Renate! Der Kerl, der Rudi Dutschke angeschossen hat, der hat das getan, nachdem er die BILD und deren Hetze gegen Dutschke gelesen hat!«

Sie waren uneins auseinandergegangen. Renate hatte sogar gemeint, sie hoffe, dass man die Baader-Meinhof-Gruppe bald fasse, damit die Gewalt ein Ende habe. Sie jetzt das Gegenteil erklären zu hören, war fast so beunruhigend wie die Nachricht an sich.

Das Telefon stand bei Martinas Eltern im Wohnzimmer, wo auch der Fernseher seinen Platz hatte, doch als sie ihn anmachte, war der Bericht, von dem Renate gesprochen hatte, vorbei.

»Sie werden den Beitrag wiederholen«, sagte Renate. »Den ganzen Tag über. Was ich gesehen habe, war bereits eine Wiederholung.«

»Was genau ist denn passiert? Sind sie …? Sie sind doch nicht tot, oder?« Auch wenn Martina ›sie‹ gesagt hatte, sie wollte vor allem die Antwort zu einem der drei Namen hören.

»Nein, nein«, gab Renate zurück. »Das heißt, ich glaube

nicht. Davon wurde nichts gesagt. Aber sie haben einen Panzer auffahren lassen. Dein Freund Holger musste sich bis auf die Unterhose ausziehen, ehe er abgeführt wurde.«

Er ist nicht mein Freund, wollte Martina protestieren, auch wenn sie häufiger an ihn gedacht hatte als an andere Männer, doch sie wollte mehr erfahren, also hielt sie den Mund.

»Oh, und der Baader hat eine Kugel in den Oberschenkel bekommen. Aber das verstehe ich, denn er war bewaffnet und hat zuerst geschossen, und die Polizisten, die in letzter Zeit Festnahmen versuchten, sind häufig getötet worden. Nur die Sache mit dem Panzer fand ich widerlich. Das ist reine Angstmache. Ein Armeefahrzeug in einem Polizeieinsatz …«

»Krieg«, murmelte Martina mit tauben Lippen. »Er hatte recht. Es herrscht wirklich Krieg.«

»Die Würde des Menschen ist unantastbar«, zitierte Renate. »So steht es im Grundgesetz. Jemanden für die Nachrichtenkameras auszuziehen, ist reine Demütigung. Es war auch sinnlos, weil sie zu dem Zeitpunkt schon wussten, dass er nicht mehr bewaffnet war, der Meins. Was kommt als Nächstes? Schilder um den Hals hängen und durch die Gassen jagen?«

Martina verstand die Anspielung sofort. Das hatten die Nazis den Juden angetan. Ihr wurde kalt.

»Und dann die Wiederholungen im Fernsehen. Ich weiß, was das soll. Nach den Mai-Attentaten haben Strauß und Kohl der Regierung ständig vorgeworfen, dass sie nicht hart genug gegen die Terroristen vorgeht und bei der Fahndung nach ihnen versagt. Das ist jetzt die Antwort. Im öffentlichen Fernsehen die Ordnungsmachtmuskeln spielen lassen. Ich kann dir sagen, ich bin so was von enttäuscht, ich habe echt mehr von der SPD erwartet, als dass sie sich in einer derartigen Situation genauso wie die CDU verhält.«

Es war, als würde sie den Boden unter den Füßen verlieren

oder als stünde sie auf einer Fähre, die plötzlich ohne Fährmann im Fluss trieb. Bisher hatte sie immer in eine Richtung argumentiert und Renate in eine andere. Wenn sie sich wieder und wieder aufregte, wenn sie nur ihre und die überwältigend einheitliche Meinung ihrer Freunde als Beleg für ihre Ansicht verwendete, konnte sie sich darauf verlassen, dass Renate sie auf den Boden der Tatsachen zurückholte. Zwei Wahrheiten können sich nicht widersprechen, und Renate benutzte dann mal die eine, dann wieder die andere als Argument, wenn sie sich nicht einig werden konnten.
Den Boden der Tatsachen. Was war das auch für eine tückische Formulierung. Tatsache war, dass Renate gerade eingesehen hatte, was Martina schon seit längerem befürchtete: Sie lebten nicht mehr in einem Rechtsstaat. Sie atmete tief durch und zwang sich, sachlich zu denken.
»Gibt es noch weitere Verhaftungen?«, erkundigte sie sich.
»Ich habe jedenfalls von keinen gehört.«

Bis ihre Eltern mit Angelika aus dem Zoo zurückkehrten, hatte Martina den Bericht gesehen. Baader sah mit dunkelblond gefärbten Haaren völlig anders aus als im Gerichtssaal, und sie erkannte Holger erst auf den zweiten Blick. Er war noch dünner geworden, und der fast nackte Körper inmitten der soldatenhaft wirkenden Polizisten löste den absurden Wunsch in ihr aus, in den Bildschirm zu greifen, um ihn zu beschützen. Die Fernsehbilder flackerten vor ihren Augen, und ihr war klar, dass es auch ihre Wohnung hätte sein können, vor der ein Panzerfahrzeug auffuhr, ihre Tür, die eingedrückt wurde.
Oder auch nicht. Wenn sie Holger und Bert nicht hinausgeworfen hätte, wäre Holger dann vielleicht noch dort und in Sicherheit? Natürlich hatte er sie belogen, was die Waffe betraf, und sie schuldete ihm nichts. Der Gedanke befreite sie aber keineswegs von dem Gefühl, ein Angsthase zu sein.

»Entweder ein Teil des Problems oder ein Teil der Lösung«, so hatte er sich ausgedrückt, und sie hatte sich entschieden, Teil des Problems zu bleiben. So war es auch nicht zu dem gekommen, was hätte werden können. Holger war der erste Mann gewesen, der ein eigenartiges, seltsames Gefühl in ihr geweckt hatte. Noch nicht Liebe, aber Neugier auf das, was hätte entstehen können. Sie hatte nie an Zufälle geglaubt, wenn ihr ein Mann begegnet war. Irgendwo hatte sie gelesen, dass jeder Mensch, den man trifft, ein Test, eine Strafe oder ein Geschenk sei. Das hatte ihr gefallen, und so ging sie auf ihre Umgebung ein. Sie hatte danach gelebt und in Holger Meins bisher nur einen Test gesehen. Aber dass er jetzt noch zu einem Geschenk würde, zur Lösung beitragen konnte, für sie, für die Bewegung, das glaubte sie nicht mehr. Nach den Bomben im Mai würde man ihn für die nächsten zwanzig Jahre hinter Gitter bringen, ihn und die anderen. Denn sie standen für die RAF, und die hatte sich zu diesen Anschlägen bekannt.

»Die Angi hat die Ziegen im Streichelzoo gefüttert«, berichtete Martinas Mutter stolz, während in Martina alles in Aufruhr war. Martina musste sich beherrschen, um nicht zu schreien. *Nimm dich zusammen*, befahl sie sich. *Verdirb der Kleinen nicht den Tag.* Also bekundete sie Interesse, so gut sie konnte, und erst, als Angelika im Bett lag und ihre Eltern die sechste oder siebte Wiederholung der Festnahme gesehen hatten, versuchte sie, mit ihnen darüber zu reden. Zu ihrer Enttäuschung stellte sich das als sinnloses Unterfangen heraus. Ihr Vater, der ihr doch früher erzählt hatte, wie sehr er sich wünschte, Widerstand wie die Scholls geleistet zu haben, sagte nur: »Also, in meinen Augen sind das Verbrecher, die verhaftet werden. Gut so.«
Martina führte die Notstandsgesetze an, den Vietnamkrieg, die ungerechte Rechtsprechung gegen die Kaufhausbrand-

stifter, die vielen ehemaligen Nazis in der Justiz, aber er beharrte darauf, dass nichts davon die Gefährdung oder Ermordung von Zivilisten rechtfertige.

»Gibt es so etwas wie Zivilisten in einem faschistischen Staat?«, fragte Martina deprimiert. Sie wusste nicht, ob sie ein Ja oder ein Nein hören wollte, genau, wie sie nicht wusste, ob sie erleichtert oder verstört war, dass Renate ihre Meinung geändert hatte.

»Ich habe in einem faschistischen Staat gelebt«, entgegnete ihr Vater fest. »Glaub mir, das hier ist keiner.«

»Aber die staatstragende Bürokratie, unsere Justiz und die Polizei, alles funktioniert unverändert und ausschließlich im Sinne des Kapitals wie der Regierung, das kannst du doch nicht leugnen.«

»Können wir nicht über etwas anderes reden?«, bat ihre Mutter. »Diese grässlichen Leute sind schon viel zu oft in den Nachrichten. Erzähl doch lieber von dir, von deinem Leben in München. Gibt es vielleicht jemanden ...«, sie zwinkerte Martina zu, »... jemanden Besonderen?«

Beide ihrer Eltern waren enttäuscht von Jürgen gewesen. Dabei war der einzige Grund, warum Martina ihren Eltern Jürgen überhaupt vorgestellt hatte, die Schwangerschaft gewesen. Noch enttäuschter waren ihre Eltern aber, obwohl sie es nicht offen zugaben, dass für Martina eine Ehe nie zur Debatte stand. Selbst im Ruhestand befindliche Schuldirektoren hatten keine unehelichen Enkel. Doch mit den Männern, mit denen sie später nie sehr lange zusammen war, war es unmöglich, ein Baby zu haben, gleichzeitig weiterzustudieren und eine feste Beziehung zu entwickeln. Diesen Fehler machte sie nie mehr. Offenbar träumte ihre Mutter aber immer noch davon, Martina eines Tages in Weiß zum Altar schreiten zu sehen. Was aber wäre gewesen, hätte Martina jetzt den Namen Holger Meins genannt? Sie hatte sich ihren Eltern selten so entfremdet gefühlt.

»Ich werde bald kein Leben in München mehr haben«, entgegnete sie abrupt, da sie es nicht länger hinauszögern wollte. »Renate und ich ziehen nach Hamburg und studieren dort ab dem nächsten Semester.«
Ihre Eltern sanken in seltener Einhelligkeit ein wenig tiefer in das Sofa. Dann begann das Fragenbombardement:
»Hamburg? Aber das ist doch so weit weg. Du kennst da niemanden.«
»Hast du denn schon einen Studienplatz? Wirft dich das nicht deutlich zurück?«
»Habt ihr schon eine Wohnung?«
Das waren einige der Fragen, auf die Martina Antworten vorbereitet hatte, wenngleich nicht unbedingt wahrheitsgemäße. In Wirklichkeit hatte sie noch keinen Studienplatz in Hamburg, Renate immerhin hatte einen. Aber selbst wenn sie noch nicht sofort einen bekam, würde sie während eines Freisemesters die Chance haben, mehr zu tun, als nur Nachrichten zu schauen und auf Demos zu gehen, um ihr Gewissen zu beruhigen. In Hamburg gab es eine viel aktivere politische Szene als in München. München, ja, ganz Bayern war eine eigene Welt für sich, verglichen mit dem Rest der Republik. In Hamburg, das hatte sie sich fest vorgenommen, würde sie ihre Ideale und die Wirklichkeit besser miteinander vereinbaren können. In Hamburg gab es Kinderläden, in denen Angelika eine moderne Erziehung erhalten würde, statt mit einem Obrigkeitsdenken indoktriniert zu werden, wie das in den bürgerlichen Münchner Kindergärten unweigerlich der Fall sein würde.
»Und was meint denn der Jürgen dazu? Wenn du so weit mit deiner Tochter fortziehst?«, fragte Martinas Mutter, was Martina ausgesprochen heuchlerisch fand. Jürgen und seine Ansichten waren ihrer Mutter bei den wenigen Begegnungen immer ein Graus gewesen.
»Jürgen«, antwortete Martina, die höfliche Lügen leid war,

»hat sich im letzten halben Jahr nicht mehr bei uns blicken lassen. Ich glaube kaum, dass ihm auffallen wird, wenn wir umziehen. Und Angi wird auch nichts entgehen, wenn sie ihren Vater überhaupt nicht mehr sieht. Bei seinem letzten Besuch war er nämlich ziemlich zugedröhnt.«

»Jürgen nimmt Drogen? Oh mein Gott! Kein Wunder, dass ihr nicht mehr zusammen seid. Warum hast du das denn nicht früher erzählt?«

Martina verzichtete darauf, die Augen zu rollen und zu erwähnen, dass sie selbst gelegentlich Hasch rauchte. Jürgen war mittlerweile nach einer kurzen LSD-Phase bei Heroin angekommen und nahm laut ihren wenigen gemeinsamen Bekannten mehr und mehr. Das machte ihr Sorgen, vor allem, weil sie ihm Angelika in diesem Zustand nicht anvertrauen wollte. Sie kannte Heroinbenutzer, die ganze Tage auf ihren Matratzen verbrachten und nicht das Geringste von der Welt mitbekamen. Sie konnte sich nur allzu gut vorstellen, wie Angelika in Jürgens Wohnung eine Schere oder ein Messer fand und sich damit ein Auge ausstach, während Jürgen im siebten Heroinhimmel schwebte und von den Schreien seiner Tochter nichts bemerkte. Die Vorstellung hielt sie manchmal nachts wach.

Auch das war ein Grund, nach Hamburg zu ziehen. Sollte sich Jürgen irgendwann darauf besinnen, dass er Vater war, würde er sich die Mühe machen müssen, das gesamte Land zu durchqueren. Dazu war er inzwischen mit Sicherheit zu bequem. Heroin sollte auch träge machen. Verwehren würde sie ihm den Zugang zu Angelika nicht können. Dazu müsste sie vor Gericht gehen, und er hatte viel mehr Geld als sie, um Anwälte zu bezahlen.

»Was meinen denn seine Eltern dazu?«, fragte ihre Mutter, immer noch entsetzt.

Wenn Jürgens Vater von seinem Heroinkonsum wusste, hielt er es vermutlich für den neuesten Versuch seines Sohnes, ihn zu provozieren. Es mochte sogar sein, dass er damit recht hatte. Aber solange er sich nicht mit Jürgen beschäftigen musste, würde er ihm weiterhin Geld zur Verfügung stellen. Martina war Jürgens Vater so selten begegnet wie Jürgen ihren Eltern, doch die wenigen Begegnungen genügten ihr. Seine Vergangenheit im Dritten Reich war bei weitem nicht der einzige Grund, warum sie ihn nicht mochte. Gegen Jürgens Stiefmutter hatte sie nichts, aber die Frau war ihr immer viel zu verschüchtert erschienen, um zu irgendetwas eine Meinung zu haben.

»Seinen Eltern ist es wohl egal.«

»Das ist schrecklich«, sagte Martinas Mutter aufrichtig entsetzt, und sosehr Martina ihre Eltern gerade engstirnig und auf das Persönliche beschränkt fand, so sehr erinnerte sie diese Feststellung daran, warum sie ihre Mutter liebte. Für beide Elternteile wäre es undenkbar gewesen, sich keine Sorgen um ihr Kind zu machen. Wenn Jürgen ihr Sohn gewesen wäre, hätten sie ihn sich schon längst geschnappt und in die nächste Entzugsklinik geschleppt.

»Vielleicht irre ich mich auch«, erwiderte Martina daher versöhnlich. »Ich habe in letzter Zeit nichts mehr von ihnen gehört. Aber auch das ist ein Grund, warum es gut für Angi und mich sein wird, weit weg zu wohnen, meint ihr nicht auch?«

»Aber du wirst auch von *uns* weit weg wohnen«, sagte ihr Vater leise. »Wir werden Angi und dich viel seltener sehen.« Er lehnte sich über den Sofatisch und ergriff ihre Hand. »Wenn dir die Decke auf den Kopf fällt, ruf uns an.«

Eigentlich plante Martina genau das Gegenteil. Sie war inzwischen überzeugt, dass sie keine selbständige erwachsene Frau sein konnte, wenn sie sich bei jeder Krise auf ihre Eltern verließ. Aber ihre Eltern schauten sie an, sie spürte die warme Hand ihres Vaters in der ihren, und sie konnte nicht anders.

»Ich verspreche es.«

1998 – Sylt

Angelika war vier Jahre alt gewesen, als Renate sich mit ihr in den Zug gesetzt und von Hamburg nach Nürnberg gefahren war, mit einem bis zum Bersten gefüllten Koffer als Gepäck. Zu diesem Zeitpunkt hatte Angelika nur gewusst, dass ihre Mutter auf eine längere Reise gegangen war, um Kinder in Afrika zu filmen. Dass diese Erklärung gelogen war, entdeckte sie erst viel später. Es war Anfang Dezember, was hieß, dass sie mit Renate und den Großeltern auf den Christkindlesmarkt gehen würde, und diese Aussicht machte sie glücklich.

Die Fahrt war sehr lang, und Renate hatte nicht das Talent ihrer Mutter, aus Papier und Stiften neue Geschichten und Bilder zu formen. Außerdem schien sie sichtlich bedrückt und fragte bei nahezu jedem Halt: »Du bist doch gerne bei deinen Großeltern, Angi, oder?«

Das war die erste Vorwarnung, sogar die einzige Vorwarnung dafür gewesen, was Angelika erst am nächsten Morgen beim Frühstück in Nürnberg herausfand. Ihre Großmutter eröffnete ihr, dass Renate wieder fort sei, und Angelika würde nun bei ihnen bleiben, bis die Mami wieder hier wäre. Am allerschlimmsten aber war die Aussage gewesen, niemand wisse, wann ihre Mutter sie wieder abholen könne, da sie im fernen Afrika krank geworden sei.

Vierundzwanzig Jahre später war Angelika in der Lage, Renates gute Absicht zu würdigen. Sie konnte und würde ihr aber nie verzeihen, dass sie ihr all die Jahre einreden wollte, sie habe die Entscheidung, bei ihren Großeltern leben zu wollen, allein getroffen. Renate hatte das so oft versucht, dass Angelika mittlerweile sicher war, dass Renate diese Aussage inzwischen selbst glaubte. Doch Angelika hatte sich von ihrer Patentante unsagbar verraten gefühlt, weil sie zusammen mit ihr in Hamburg auf die Mami warten wollte. Dabei liebte Angelika ihre Großeltern sehr. Aber sie hatte es damals schon nicht verstanden und konnte auch heute noch nicht akzeptieren, dass Renate glaubte, diese Lüge immer noch aufrechterhalten zu müssen. Ihre Großeltern hätten ohnehin nie gezögert, Martina bei sich aufzunehmen. Für sie war es selbstverständlich gewesen, sich um sie zu kümmern. Im Nachhinein empfand sie umso mehr Liebe für ihre Großeltern, die an jenem Wochenende selbst überwältigt und schockiert von der Nachricht gewesen sein mussten, Martina sei in den Untergrund gegangen. Denn das hatte Renate ihnen mitgeteilt. Sie hatten das sofort angezweifelt, hatten nach anderen Erklärungen gesucht, und hatten natürlich Angelika schonen wollen. Sie hatten sich sehr lange an die Erklärung geklammert, Martina habe ihre Tochter für einen anderen Mann aufgegeben, aber auch das war ihr als Kind natürlich nicht zu vermitteln gewesen. Doch Renate, Renate hatte alles gewusst und noch nicht einmal den Mut besessen, sich von Angelika zu verabschieden, geschweige denn, sie nicht anzulügen. Stattdessen hatte sie Angelika in Nürnberg wie ein Paket schmutziger Wäsche abgeliefert.

Angelika vertraute Renate danach nie wieder. Später, als Renate mit ihr im Zusammenhang mit ihrer Mutter über die Notwendigkeiten sprach, Mut für das zu zeigen, woran man glaubte, und immer für seine Ideale einzustehen, fand Angelika das extrem heuchlerisch. Dabei lösten diese Sätze in ihr gelegentlich auch Schuldgefühle aus, weil sie ihre Gefühle Renates Haltung gegenüber später als Verachtung identifiziert, aber nie ausgesprochen hatte. Als Renate mit ihr zu den Ostermärschen gehen wollte, weigerte sie sich. Als

Renate, die 1978 Mitglied der Grünen wurde, Schulblöcke mit Umweltschutzpapier mitbrachte, verschenkte sie diese und benutzte stattdessen weiterhin die schönen weißen und, wie Renate sagte, Regenwälder dezimierenden Hefte, die ihre Großeltern für sie kauften. Aber sie hielt die Verbindung zu ihrer Patentante aufrecht, weil Renate, mehr noch als ihre Großeltern, für sie die Verbindung zu ihrer Mutter war, egal, was geschah. Zum Zeitpunkt ihrer Hochzeit hatte Renate bereits eine derartig erfolgreiche Karriere hinter sich, dass ein paar ihrer Freundinnen ausriefen: »Mensch, Angelika, du hast mir ja nie erzählt, dass deine Patentante *die* Huber ist! Cool!« Angelika hatte das mit einem schwachen Lächeln und der Bemerkung quittiert, sie habe für Politik kein Interesse und denke an Renate daher nur als ihre Patin.

Bei keiner der Auseinandersetzungen, die sie mit Renate führte, hatte sie jemals mit ihr über diese gemeinsame Zugfahrt von Hamburg nach Nürnberg gesprochen, denn Renate hätte dabei erklären müssen, warum sie ohne Abschied verschwunden war. Warum Renate sich schon um den kleinsten Versuch gedrückt hatte, sie bei sich zu behalten. Über Martina, über Justus, über die Kinder, über Renates Engagement im Solidaritätskomitee, ja über ihre politischen Ziele konnten sie streiten, aber es gab kein Gespräch darüber. Selbst als Angelika schon lange wusste, dass es allein aus rechtlichen Gründen keine Alternative gegeben hatte.

Renate nun in Sylt zu treffen, als wäre nie etwas zwischen der erste Reise nach Nürnberg und dieser Reise mit ihrer Mutter geschehen, war gleichzeitig ungeheuerlich und seltsam passend. Ein Teil von Angelika wollte Renate anschreien und fragen, ob sie nicht mal eine Woche allein mit ihrer Mutter haben könne. Wollte wissen, woher Renate sich das Recht nahm, bei Martinas Rückkehr in eine nicht-terroristische Existenz dabei sein zu wollen, wo sie schon nicht mutig

genug gewesen war, Angelika nach Martinas Abtauchen über einen nur etwas längeren Zeitraum beizustehen.
Der rationaler denkende Teil in ihr überlegte aber, dass Renate so ein wichtiger Aspekt jener frühen Jahre ihrer Kindheit gewesen war, dass sie Angelika bei dem Bemühen, in der heutigen Martina die Mutter von früher wiederzufinden, durchaus hilfreich sein konnte. Denn, so ungern Angelika sich das auch eingestand, Renate *kannte* Martina länger und besser als sonst jemand, und bestimmt besser als Angelika. Auch wenn Martina gerade so dreinschaute, als hätte sie Renate noch nie gesehen.
»Ich dachte, du bist im Wahlkampf«, sagte Angelika neutral, als sie zu dritt weiterliefen. »Darf man dabei Terroristen treffen? Ex-Terroristen?«, verbesserte sie sich.
Renate ging nicht darauf ein. Sie blickte Martina an und sagte: »Ich freue mich, dich hier in einem neuen Leben anzutreffen.«
»Entschuldige, dass ich lebe, ich werde es bestimmt nicht wieder tun«, kam die sarkastische Antwort. Angelika blickte erstaunt von ihrer Mutter zu ihrer Patentante, aber diese Spitze prallte ohne erkennbare Reaktion an Renate ab.
»Martina, wenn du nicht wolltest, dass ich komme, hättest du mich nicht angerufen«, entgegnete Renate in dem gleichen sachlichen Tonfall, durchsetzt mit ein wenig Belustigung. *Ich wusste es!* Angelika wollte ihre Mutter schon fragen, warum sie es nicht einmal achtundvierzig Stunden allein mit ihr ausgehalten hatte, doch sie schluckte die Frage hinunter, als ihre Mutter entgegnete: »Ich weiß schon lange nicht mehr, was ich will. Außer, dass Dritte in meinem Leben nicht mehr für mich entscheiden sollen.«
»*Ich* habe nie für *dich* Entscheidungen getroffen, und das weißt du«, sagte Renate in einer eigenartigen Betonung. Angelika versuchte, sich an eine Situation zu erinnern, in der das Umgekehrte der Fall gewesen war, ihre Mutter eine Ent-

scheidung für Renate getroffen hatte, doch ihr fiel keine ein. Aber sie wollte nicht länger zuhören. »Nehmt es mir nicht übel, aber ihr habt das beide ständig getan, als wüsstet ihr, was andere Leute wollen. Renate, ist das nicht die Basis, auf der das Politiker-Dasein funktioniert? Und Mami«, das alte Wort kam diesmal sogar ohne vorheriges Zögern, »du und deine Freunde, ihr habt ständig von Volksbefreiung und Volkswillen und eurem Auftrag der Geschichte und was nicht sonst noch alles geredet. Revolution im Namen des Volkes, als ob das Volk in seiner demokratischen Mehrheit eure Meinung geteilt hätte. Das hat immer nur eine winzig kleine Anzahl von ihnen getan, und auch die sind immer weniger geworden.«

»Wir haben den Begriff ›Volk‹ nicht nur für die Bevölkerung der BRD gebraucht«, gab ihre Mutter zurück. »Sondern mehr für die entrechteten und ausgebeuteten Völker in der Dritten Welt.«

»Von denen hattet ihr aber auch kein Mandat. Ihr hattet noch nicht mal Ahnung, was die wirklich wollten. Im günstigsten Fall hattet ihr gelesen, was Leute mit gleichen Ansichten wie ihr darüber geschrieben haben, und das war natürlich immer die alleinige Wahrheit.«

»Das sahen wir anders«, entgegnete ihre Mutter, noch nicht feindselig, doch engagiert. »Schon Lenin wusste, dass die revolutionäre Spontanität der Massen durch Berufsrevolutionäre geweckt, kanalisiert und am Leben gehalten werden muss.«

»Martina, die wichtigste Massenbewegung, die die siebziger Jahre hervorgebracht haben, die einzige, die wirklich etwas verändert hat, sind die Grünen«, warf Renate ein.

Angelika bereitete sich auf einen neuen Ausbruch ihrer Mutter vor, während Renate weitersprach. »Und ihr wart damals bereits so isoliert von dem, was die Menschen dachten. Ich kann mich nicht erinnern, dass deine Freunde je über Umweltschutz gesprochen hätten, über sauren Regen, die Erwärmung der Erdatmosphäre, Kampf gegen die AKWs oder …«

»*Meine* Freunde?«, unterbrach Martina sie sarkastisch.

Renate errötete. »Einige von ihnen waren auch meine Freunde, ja.«

Überraschend lächelte Martina, statt wütend zu werden, und ihr Gesichtsausdruck wurde weicher. »Damals hätte ich nie erwartet, dass irgendeiner von uns mal fünfzig wird. Und jetzt schaut es so aus, als kämen wir nicht darum herum.«

»Es gab welche, die schon damals wie fünfzig aussahen«, erwiderte Renate mit einem erleichterten Lächeln. »Und seither nicht gealtert sind. Otto Schily und Horst Mahler zum Beispiel.«

Und es gab welche, die nie die Chance hatten, fünfzig zu werden, weil sie vorher umgebracht wurden, dachte Angelika. Doch sie konnte sich Martinas Reaktion lebhaft vorstellen, wenn sie das aussprach. Solche Wahrheiten würde sie nicht hören wollen, weil sie nur an Holger Meins, nicht aber an die von ihr getöteten Opfer dachte. Also versuchte Angelika, auf den leichteren Ton der beiden anderen einzugehen.

»Ich kann mir meine Jungen überhaupt nicht erwachsen vorstellen. Und trotzdem werden sie eines Tages selbst gesetzte Mitfünfziger sein, mit Bauch. Das möchte ich noch erleben.«

Weil ich nie jung für irgendeine Sache sterben will, fügte sie in Gedanken hinzu. *Ich will ein langes Leben führen, und ich will, dass meine Kinder das ebenfalls tun. Ohne Drama, in Sicherheit, und niemals in Gefahr durch andere. Noch sollen sie selbst zu einer Gefahr für andere werden.*

»Hast du schon Fotos von den Jungen gesehen?«, fragte Renate. Es war bezeichnend, dass sie sich nicht erkundigte, ob Martina den Knaben bereits begegnet war. Wenn Renate

nicht immer wieder eine solche Mischung aus Selbstsicherheit und absurden Fehleinschätzungen an den Tag legen würde, wäre es leichter, mit ihr umzugehen.
»Ja, habe ich«, entgegnete Martina und fügte hinzu: »Ein wenig erinnern sie mich an Jürgen.«
Angelika war wie vom Donner gerührt. Ihre Mutter hatte ihren Vater nie erwähnt, nur, wenn sie erklären musste, warum er nicht kommen konnte, und als sie Angelika erklärt hatte, dass er gestorben war. Natürlich besaß Angelika ein Foto von ihm, das sie als Kleinkind neben einem dürren Mann zeigte, an den sie sich nicht mehr erinnern konnte. Sie hatte sogar das Foto an sich vergessen. Ihr war es erst wieder in die Hände gefallen, weil sie die Bilder vor ihrer Fahrt herausgeholt und für Martina mitgenommen hatte. Ansonsten würde sie sich vermutlich nicht mal mehr an Jürgens Gesicht erinnern. Unabhängig davon hätte sie ihn nie mit sich und ihren Söhnen in Verbindung gebracht.
Als könne sie Gedanken lesen, ergänzte Martina mit einem Blick auf Angelika: »Er hatte zum Schluss durch die Drogen viel Gewicht verloren. Deswegen ist dir der Gedanke wohl nicht gekommen.«
»Martina«, mahnte Renate.
»Angelika ist inzwischen fast dreißig. Alt genug, um zu erfahren, dass ihr Vater drogensüchtig war.«
»Meine Großeltern haben es mir schon vor langem erzählt.«
Nicht, dass eine von euch beiden da war, um es zu tun, schloss Angelika in Gedanken.
»Ich habe nur nie … Ich habe nicht gedacht, dass du dich überhaupt noch genügend an ihn erinnerst, um eine Ähnlichkeit zu erkennen«, wandte sie sich an Martina. Sie meinte das nicht als Beleidigung, denn sie wusste schon lange, dass ihre Eltern keine echte Beziehung gehabt hatten.
»Im Gefängnis hatte ich viel Zeit, um an die Vergangenheit zu denken«, entgegnete ihre Mutter. »Und seit du mir die

Fotos der Kinder gezeigt hast, habe ich versucht, aus dem Gedächtnis Porträts von ihnen zu zeichnen. Dabei fiel mir das auf.«

Die Vorstellung, dass Martina ihre Enkel zeichnete, rührte Angelika unwillkürlich. Die Fotos würde sie ihr heute Abend schenken. Für den Rest des Spaziergangs unterhielten sie sich über Martinas erstes Semester in München, als sie Renate und Jürgen kennengelernt hatte. Das Gespräch ähnelte verdächtig der Normalität, von der Angelika gefürchtet hatte, sie sei für ihre Mutter und sie unmöglich. Sie hatte lange nicht mehr an ihren Vater gedacht, weil er weder in ihren frühen Kindheitsjahren präsent noch später je ein Schulhofthema gewesen war. Die Vorstellung, ihre Söhne ähnelten ihm, war auch ein wenig beunruhigend. Was, wenn Micha oder Max später Drogen nahmen?

Justus hatte ihr während ihrer von zahlreichen Ängsten begleiteten Schwangerschaft einmal einen Vortrag darüber gehalten, warum so etwas wie Gewalttätigkeit nicht genetisch bedingt war und dass es immer auf die Erziehung ankam. Vermutlich galt das auch für Drogen. Als aber die Kinder sich im Wald verirrt hatten, über Stunden vermisst wurden und Angelika und Justus schon das Schlimmste befürchteten, hatte sie die Fähigkeit in sich gespürt, den Menschen zu töten, der ihren Kindern etwas angetan hätte. Seitdem war sie unsicher, inwieweit sie den Aussagen ihres Mannes in diesem Punkt noch vertrauen konnte.

Als sie wieder im Hotel waren, entschuldigte sie sich und ging auf ihr Zimmer, um mit Justus zu telefonieren. Sie wollte ihm erzählen, dass die ersten Tage, entgegen seinen Erwartungen, gut verliefen. Zumindest nicht schlecht. Und sie wollte ihm von Martinas Versuchen erzählen, die Jungen zu zeichnen. Dann würde er vielleicht einsehen, dass Martina, was immer sie auch getan hatte, normale menschliche Gefühle besaß.

Diesmal erreichte sie Justus. Er hörte sich an, was Angelika zu sagen hatte, und fragte dann nur: »Und was soll das beweisen?«

»Dass sie ein Mensch mit Gefühlen ist und nicht nur ein Leute abknallendes Monstrum!«

»Ich bin sicher, Josef und Magda Goebbels waren fürsorgliche Eltern«, sagte Justus. »Bis zu dem Tag, an dem sie ihre Kinder vergifteten.«

Das war schon wieder ein Schlag in die Magengrube, ein sehr heftiger sogar. Für einen Moment verschwamm der Raum vor ihren Augen, und das Telefon in ihrer Hand zitterte, weil sie sich nur mit Mühe zurückhielt, es nicht gegen die Wand zu schleudern. Angelika biss die Zähne zusammen und hielt sich vor Augen, wie ihre letzte Auseinandersetzung mit Justus eskaliert war. Heute wollte sie sich auf keinen Fall auf einen ähnlichen Streit mit ihm einlassen. Sie durfte sich nicht provozieren lassen. Mit einem Ruck zwang sie sich, so ruhig wie möglich zu antworten. Zum Glück konnte er sie dabei nicht beobachten. »Du weißt doch: Wer als erster Nazi-Vergleiche in einer Argumentation verwendet, hat verloren.«

»Ich argumentiere nicht. Ich zitiere nur einen historischen Tatbestand. Du meinst, du müsstest deiner Mutter eine Chance geben, gut. Ich glaube immer noch, dass du dir Illusionen machst, aber ich habe akzeptiert, dass du das selbst herausfinden musst.«

Wie gnädig, dachte Angelika.

»Aber selbst wenn sie von heute an jeden Tag eigenhändig ein Plüschtier für die Jungen fabriziert, werde ich ihr nie vertrauen – oder ihr die Jungen je anvertrauen.«

»Micha und Max sind zu alt für Plüschtiere«, sagte Angelika, ehe ihr Verstand ihre Stimme einholte. »Und niemand bittet dich, ihr zu vertrauen. Ich habe nur geglaubt, dass du mir nach all den Jahren unserer Ehe vertraust. Tut mir leid wegen des Irrtums.«

Damit drückte sie auf die Taste mit dem roten Symbol auf ihrem Handy und legte es vor sich auf den Tisch. Sie starrte noch eine Weile auf das Telefon, unfähig, sich zu rühren. Der Goebbels-Vergleich war infam. Ihre Mutter mochte so fanatisiert gewesen sein, dass sie mit ihrer Ideologie Mord rechtfertigte. Aber sie hätte doch nie ein Kind getötet. Diese Grenze hatte weder Martina noch einer ihrer Mittäter überschritten.

Ihr fiel der unwillkommene Anrufer wieder ein, Alex Gschwindner. Der Staatssekretär hatte ebenfalls einen Sohn gehabt. Durch den Tod der Väter *hatte* ihre Mutter diesen Kindern durchaus etwas angetan, hatte einen Teil ihres Lebens zerstört, wenn auch nicht ihr Leben. Aber das war etwas anderes als das, was Justus angedeutet hatte.

Noch immer starrte sie auf ihr Handy. Einem Impuls folgend nahm sie es und rief die Liste der erhaltenen Anrufe ab. Da war sie, das musste sie sein, die einzige ihr unbekannte Nummer. Ehe sie es sich noch einmal überlegen konnte, wählte sie.

Die Stimme, die sie erst ein Mal gehört hatte, meldete sich nach dem zweiten Ton. »Alex Gschwindner?«

»Angi Limacher«, sagte sie, obwohl sie seit fünfzehn Jahren niemand mehr »Angi« nannte. Der Name gehörte zu dem Kind, das sie gewesen war, ehe sie die Wahrheit verstand.

Das verblüffte Schweigen am anderen Ende verriet ihr, dass er mit einem Rückruf nicht gerechnet hatte.

»Ich würde Sie gerne treffen«, ergänzte sie, und nun, da es ausgesprochen war, pochte das Blut in ihren Schläfen. Aber auch wenn der Anruf impulsiv gewesen war, hatte die Idee ihr schon länger im Kopf herumgespukt, aus mehreren Gründen. Fotos, Zeitungen, Fernsehberichte waren eine Sache, einem Menschen gegenüberzutreten, der durch ihre Mutter seinen Vater verloren hatte, eine ganz andere. Wenn Angelika ihrer Mutter eine Chance geben wollte, durfte es nicht durch das Herunterspielen oder Beiseiteschieben von Martinas Taten geschehen. Sie musste, sie wollte den Schmerz anerkennen, den ihre Mutter verursacht hatte, und außer einer solchen Begegnung fiel ihr kein anderer Weg ein, das zu tun.

Der zweite Grund war das grundlegende Paradox, das sich an diesem Tag wieder in ihrer Mutter gezeigt hatte. Martina hatte mit Tränen in den Augen von Holger Meins' Hungertod gesprochen, aber die Opfer der RAF wurden nach wie vor von ihr zu »Systemträgern«, »Kollateralschaden« oder »unvermeidlichen Kriegstoten« erklärt. Die Art, wie die Terroristen anderen wortwörtlich durch den Ausdruck »Schweine« ihre Menschlichkeit absprachen, war für Angelika immer einer der verstörendsten Aspekte an den Äußerungen ihrer Mutter aus den Siebzigern und Achtzigern gewesen. Inzwischen glaubte sie fest, dass dieses Ignorieren jedweder Menschlichkeit bei den Tätern eine Grundvoraussetzung für das Töten war. Und gerade deswegen hielt es Angelika für möglich, dass eine echte Änderung geschehen konnte, wenn Martina einem Menschen gegenüberstand, Kind eines getöteten Menschen, das durch sie gelitten hatte. Sie glaubte an die Fähigkeit ihrer Mutter zum Mitgefühl, wollte daran glauben. Sie musste einfach daran glauben.

Dass Justus die Goebbels-Kinder erwähnte, war gemein gewesen. Vielleicht hatte es aber geholfen, ihr einen Weg zu ihrer Mutter aufzuzeigen. Auch wenn das mit Sicherheit das Letzte gewesen war, was ihr Mann damit beabsichtigt hatte.

»Warum?«, fragte Alex Gschwindner schließlich.

Es wurde ihr bewusst, dass es bei keinem der Gründe, die ihr durch den Kopf gingen, um ihn ging, um sein Wohl. Würde er etwas aus einem Treffen gewinnen können? Für ihn gab es keinen Anlass, der Tochter der Mörderin seines Vaters gegenüberstehen zu wollen, geschweige denn irgendwann der Mörderin selbst. War es nicht das Wahrscheinlichste, dass er es vorzog, den Namen »Martina Müller« nie wieder zu hören? Aber er hatte sie zuerst angerufen. Also musste wenigstens ein Teil von ihm den Kontakt wollen.

»Antworten«, erwiderte sie, denn darum ging es doch im Grunde: um die Frage nach dem Warum, die sie plagte, seit sie begriffen hatte, dass ihre Mutter Menschen getötet hatte. Die gleiche Frage musste ihn plagen. Natürlich gab es eine polizeiliche Antwort, hatte sie damals schon gegeben: Sein Vater starb, weil er den Wagen fuhr, in dem eines der Ziele des blutigen Jahres 1977 saß. Ihre Mutter war eine der Täterinnen, weil sie und ihre Kameraden sich einbildeten, einen Krieg gegen den deutschen Staat führen zu müssen. Aber solche Worte halfen nicht das Geringste bei dem emotionalen Warum. »Ich habe mich mein Leben lang nach dem Warum gefragt«, fuhr Angelika fort. »Und das ist Ihnen doch gewiss genauso gegangen.«

Sie hörte ihn ein- und ausatmen. »Und Sie glauben, Sie können mir Antworten geben?«

»Das weiß ich nicht«, antwortete sie ehrlich. »Aber ich glaube, wenn wir uns begegnen, könnte das schon ein Teil einer Antwort sein. Der Beginn jedenfalls.«

Von ihrer Mutter sagte sie nichts, doch sie wartete darauf, dass er nach ihr fragte. Es war das Nächstliegende. Stattdessen sagte er zögernd: »Hat Frau Huber Ihnen diesen Vorschlag gemacht?«

»Nein«, entgegnete sie verwundert und ein wenig pikiert. »Niemand hat das getan. Sind wir nicht alt genug, um für uns selbst zu entscheiden?«

Darauf erwiderte er nichts. »Wo würden Sie mich treffen wollen?«, fragte er stattdessen.

Kurz zog sie in Erwägung, ihm ihre Adresse auf Sylt zu geben. Schließlich hatte ihre Mutter auch Renate verraten, wo sie sich aufhielten. Aber das wäre falsch, in jeder Beziehung. Sie hatte ihrer Mutter ein paar ungestörte Tage Frei-

heit versprochen, ehe sie sich der Realität des Alltags stellten. Und nach noch ein paar gemeinsamen Tagen mehr würde sicherlich auch das gegenseitige Verständnis größer sein.
»In Hamburg«, sagte sie.
Nachdem sie einen vorläufigen Zeitpunkt, den Tag und den Ort ausgemacht hatten, beendete Angelika das Gespräch und stellte fest, dass ihre Hände zitterten. Sie ging in das Badezimmer und spritzte sich etwas kaltes Wasser ins Gesicht. Zu spät fiel ihr ein, dass sie hätte fragen sollen, wie er ausgerechnet auf Renate als Ursprung für die Idee gekommen war, sich zu treffen. Schließlich konnte er nicht wissen, dass Renate sich in ihrer Nähe befand. Dann erinnerte sie sich wieder an das Versöhnungsprojekt, von dem er bei ihrem ersten Gespräch geredet hatte und das Renate initialisiert haben sollte. Wahrscheinlich hatte er deswegen die falschen Schlüsse gezogen.
Ihr Gesicht im Spiegel sah etwas fleckig aus, der Wind, der Flugsand und die Sonnencreme hatten dafür gesorgt. Sie verzichtete darauf, ihr Gesicht zu pudern, und brach in Richtung Hotelbar auf, wo sie mit ihrer Mutter und Renate verabredet war. Renate war bereits dort, Martina noch nicht. Angelika beschloss, die Situation zu nutzen, um Renate zu fragen, warum sie sich nach Sylt eingeladen hatte, zu den ersten Schritten zwischen Mutter und Tochter.
»Warum bist du hier?«, fragte sie, nachdem sie sich auf den Hocker gegenüber von Renate gesetzt hatte. »Und sag nicht wieder, dass dein Arzt dir ein paar Tage Entspannung empfohlen hat. Sich mit uns zu treffen, ist nicht entspannend. Du musst doch ständig Angst haben, dass irgendjemand ein Foto von euch beiden macht und es der CDU oder einer Zeitung als Wahlkampfgeschenk schickt. ›Ehemalige Terroristin und mögliche Grünen-Ministerin genießen vereint den Luxus auf Sylt‹ wäre eine tolle Überschrift für so ein Bild.«

Renate drehte das Glas mit Gin Tonic in ihrer Hand und betrachtete es, statt Angelika anzusehen.
»Deine Mutter war eine der wichtigsten Personen in meinem Leben. Das ist mir das Risiko wert.« Nach einer winzigen Pause setzte sie hinzu: »Und du bist meine Patentochter.«
Angelika glaubte ihr kein Wort. »Wofür brauchst du meine Mutter? Was auch immer es ist, es muss dir doch klar sein, dass Martina und jede Art von Politik weit, weit voneinander getrennt bleiben sollten.«
Ihre Patin drehte sich zu ihr. »Sei nicht kindisch. Martina ist noch nicht einmal fünfzig, und sie war immer jemand, der sich engagiert hat. Sonst wäre sie nie … Ich kann mir nicht vorstellen, dass sie je mit einem Leben ohne Engagement zufrieden wäre.«
»Ein Leben wie meines, meinst du?«, entgegnete Angelika schneidend.
»Das hast du gesagt, nicht ich.«
»Du hast es mir oft genug um die Ohren gehauen«, bemerkte Angelika scharf. »Trotzdem hättest du Martina und mir ein paar Tage allein geben können und sie selbst entscheiden lassen, ob ich eine Enttäuschung für sie bin und sie sich deswegen mit dir auf einen diesmal hoffentlich unblutigen Kreuzzug einlässt.«
Renates Augen weiteten sich. »Du bist eifersüchtig«, stellte sie verwundert fest, als sei das eine Offenbarung für sie. Martina hatte vorgestern etwas Ähnliches gesagt, und Angelika hatte es geleugnet, doch im Grunde wusste sie, dass ein wahrer Kern in der Beobachtung lag. Natürlich war sie eifersüchtig auf Renate, die stets mehr über ihre Mutter gewusst hatte und ihr näher gewesen war, als das bei Angelika jemals der Fall hatte sein können. Unabhängig davon, dass Renate sie für unwürdig hielt, die Tochter ihrer engagierten Mutter zu sein, denn darauf lief es doch hinaus, oder nicht? Auf diesen Umstand war sie jedoch keinesfalls eifersüchtig.

»Nun, wenn es dich beruhigt«, sagte Renate, »ich bin bestimmt nicht hier, um Martina für eine Kampagne einzuspannen. Wie du richtig erkannt hast, würde mir das im Wahlkampf mehr schaden als nützen. Außerdem habe ich nicht vor, alte Fehler zu wiederholen und mich mit deiner Mutter auf einen Kreuzzug zu begeben, wie du das formulierst. Das ist das Allerletzte, was ich je wieder …«
Sie verstummte. In ihren Augen flackerte etwas, und Angelika drehte sich um, erwartend, ihre Mutter auf sie beide zukommen zu sehen. Stattdessen eilte einer der Hotelangestellten auf sie zu und teilte ihr mit, dass die Frau, die das Zimmer unter Martinas bewohnte, sich über das schon seit fast einer Stunde laufende Wasser beschwerte und den Eindruck habe, dass Feuchtigkeit durch die Decke komme. Auf Klopfen und Telefonieren habe sich aber niemand gerührt. Er habe sie gesucht, um sie zu bitten, nach dem Rechten zu sehen.
»Nein«, entfuhr es Angelika, und die Ängste ihrer Kindheit kehrten zurück. »Sie haben doch einen Generalschlüssel, öffnen Sie mir bitte das Zimmer meiner Mutter!«
Sie ging nicht, sie rannte, und der Hotelangestellte hatte Mühe, Schritt zu halten. Er sperrte ihr auf. Im Zimmer konnte sie ihre Mutter nicht sehen, doch das Wasser im Bad rauschte. Angelika riss die Badezimmertür auf und konnte im ersten Moment nichts erkennen. Dann sah sie ihre Mutter unter der Dusche sitzen, nicht nackt, sondern angezogen. Etwas Wasser schwappte über die Duschwanne. Sie hielt ein Taschenmesser in den Händen, das sie sich zugelegt haben musste, als sie mal allein war. Aber nirgendwo war Blut zu sehen.
»Ich bin ein solcher Feigling«, flüsterte Martina. Angelika bedeutete dem Hotelangestellten, zu gehen, und machte die Dusche aus. Dann setzte sie sich neben ihre Mutter. Das Atmen fiel ihr schwer, und das lag nicht an der feuchten Luft.

»Unser Körper ist unsere letzte und stärkste Waffe«, sagte Martina. »Das habe ich geglaubt. Das habe ich versprochen. Aber ich habe keinen Hungerstreik bis zum Ende durchgehalten, ich nicht. Ich war nie konsequent genug. Auch nicht bei dir. Ich hätte entweder bei dir bleiben oder dich ganz und gar aus meinem Leben entfernen müssen. Dann wäre ich entweder eine bessere Kämpferin gewesen oder eine bessere Mutter.«

»Du *hast* mich aus deinem Leben entfernt«, entgegnete Angelika und nahm ihrer Mutter das Taschenmesser ab. »Du wolltest keine Sklavenmutter sein, so war doch der Ausdruck, oder?«

Angelika schauderte. Sie stellte sich vor, wie sie das in der Vergangenheit oft, zu oft gemacht hatte, ihre Mutter mit aufgeschnittenen Adern zu finden, und Übelkeit stieg in ihr hoch.

»Das Glas«, murmelte Martina. »Ich habe das Glas nicht mehr ausgehalten. Das Glas zwischen uns.«

Bei den Worten kehrte die Erinnerung zurück: Ehe ihre Mutter die Annahme von Briefen verweigert hatte, war bei ihren Besuchen eine Glaswand zwischen ihnen gewesen, etwas, was sie früher nicht gekannt hatte. Einer der Gefängnisbeamten hatte erklärt, dass mit dem Kontaktsperre-Gesetz diese Regelung auch Anwälte und Angehörige einschloss, weil von denen nicht nur Kassiber und Drogen, sondern wie im Fall von Andreas Baader auch Waffen ins Gefängnis geschmuggelt worden waren. Diese Trennung gelte selbstverständlich auch für Kinder, die für solche Schmuggelei schon missbraucht worden seien.

Und da hast du geglaubt, meine Briefe ohne jede Erklärung abzulehnen, wäre besser? Doch Angelika schwieg, während die Mutter in ihr sich vorstellte, ihre Jungen nur sehen, nicht mehr berühren zu dürfen. Sie biss sich auf die Zähne, um nichts davon auszusprechen. Unfähig, etwas zu sagen, legte sie Martina den Arm um die Schulter und spürte schnell die Feuchtigkeit in ihren Kleidern. Das Messer in ihrer linken Hand drückte, und mit dem hilflosen Zorn, der sie seit ihrer Kindheit immer wieder überkam, warf sie es fort. Ihre Mutter lehnte den Kopf auf Angelikas Schulter.

»Jemand, der tötet, sollte auch den Mut haben, zu sterben«, flüsterte sie und fügte unverständlicherweise hinzu. »Sie hat recht.«

»Jemand, der tötet, sollte den Mut haben, einzugestehen, dass es falsch war, und damit leben, statt es immer weiter zu rechtfertigen«, entgegnete Angelika. »Statt vor der Verantwortung davonzulaufen.« Wieder stellte sie sich vor, sie hätte ihre Mutter mit geöffneten Adern gefunden, und diesmal konnte sie das Würgen nicht zurückhalten. Es war ein trockener, absurder Laut, einem Schluchzen nicht unähnlich. Martina zuckte zusammen.

»Ich …«

»Wenn ich deine Leiche gefunden hätte, hätte ich dir das nie verziehen«, stieß Angelika hervor und wollte aufstehen, aber nun legte Martina die Arme um sie und hielt sie fest, wortlos und zitternd.

»Das wirst du nie. Das verspreche ich.«

Dennoch blieb Angelika in dieser Nacht bei ihr und bekam kaum eine Minute Schlaf. Sie hatte Martina zwar ein Schlafmittel gegeben, selbst aber keines genommen. Irgendwann, während sie auf die Quarzuhr auf dem Nachttisch schaute und feststellte, dass es bald zwei Uhr morgens war, wurde ihr bewusst, dass Renate ihr nicht gefolgt war. *Jemand, der tötet, sollte auch den Mut haben, zu sterben.*

Hatte Renate das gesagt? Konnte Renate deswegen nach Sylt gekommen sein?

Nein, das war unmöglich. Kindliche Eifersucht hin, Misstrauen her, Angelika hatte nie bezweifelt, dass Martina für

Renate, wie Renate es vorhin selbst ausgedrückt hatte, einer der wichtigsten Menschen ihres Lebens war. Im Gegenteil, sie hatte sich hin und wieder gefragt, ob die Beziehung zwischen Renate und ihrer Mutter nicht nur eine Freundschaft, sondern mehr gewesen war. Und es war auch nicht so, dass sich Renate um der Politik willen öffentlich von Martina losgesagt hatte. Im Gegenteil, in den achtziger Jahren hatte sie mit ihrem Solidaritätskomitee ihr Bestes versucht, um Martina zu helfen. Sie konnte kein Motiv haben, um Martina den Tod zu wünschen.

Niemand trieb seine innig vermisste, beste Freundin in den Selbstmord. Aber die Nacht schien endlos lang, und jeder unruhige Atemzug ihrer Mutter erinnerte Angelika daran, dass Martina nicht versprochen hatte, am Leben zu bleiben. Nur, dass Angelika sie nie tot auffinden würde.

1973 – Hamburg

Der Wind, der in Hamburg fast ständig wehte, machte ein träges Dahindämmern im Leben unmöglich. Es war die richtige Entscheidung gewesen, hierherzuziehen, davon war Martina überzeugt. Gewiss, sie wurde zu Anfang viel wegen ihrer fränkischen Rs und harten Ds geneckt, aber abgesehen davon wurde sie von den neuen Freunden ernst genommen, die sie und Renate fanden. Und sie gab sich alle Mühe, auch Angelika für die neue Stadt zu begeistern.

Zuerst war das nicht einfach. Angelika hatte einen Dauerschnupfen und nässte wieder ins Bett. Da sie die Pumuckl-Hörspiele vergötterte und Gustl Bayrhammers Stimme als vertraut und beruhigend empfand, wurde der Plattenspieler, den Martina aus ihrer Münchner Wohnung mitgebracht hatte, in den ersten Wochen nur für Angis Pumuckl-Schallplatten benutzt, obwohl das bei den übrigen Bewohnern ihrer neuen WG Proteste auslöste. Schließlich fand Martina die Lösung: Sie kaufte Kopfhörer für Angelika.

Die ersten Bewohner Hamburgs, die Angelikas ungeteilten Beifall fanden, waren die Seelöwen im Zoo, die sie staunend beobachtete. Ihre Brüll- und Grunzlaute faszinierten sie, und Martina brachte ihre kleine Tochter dadurch zum Lachen, dass sie die Seelöwen imitierte und für Angelika einen künstlichen Schnurrbart zum Seelöwen-Spielen bastelte.

»Euch sollte man filmen«, kommentierte Renate, während Mutter und Tochter sich gegenseitig vorgrunzten und auf dem Boden herumrobbten.

»Untersteh dich«, drohte Martina, denn sie hatte inzwi-

schen eine Super-8-Kamera, und das, was sie damit filmte, wurde in der Regel einem Publikum gezeigt, das keine Kinderspiele sehen wollte.
Kurze Zeit nach ihrer Ankunft in Hamburg wurden die ersten Komitees gegen Isolationsfolter gegründet, nachdem sich herumgesprochen hatte, unter welchen Bedingungen die RAF-Mitglieder gehalten wurden. In München dagegen ließen sich ihre alten Freunde noch von der Geiselnahme und Ermordung israelischer Sportler durch ein Kommando der palästinensischen Organisation Schwarzer September bei den Olympischen Spielen ablenken. Das traf bis zu einem gewissen Grad selbst auf Renate zu, als sie noch mit dem Umzug beschäftigt waren.
»Juden wieder auf deutschem Boden ermordet – das ist doch furchtbar und eine Schande für uns. Ich finde es unmöglich, dass die Meinhof aus dem Gefängnis da noch Statements für Flugblätter schreibt, um Derartiges zu begrüßen«, hatte Renate gesagt.
»Natürlich tun mir die Athleten leid, aber du kannst doch nicht die Augen davor verschließen, was die Palästinenser dazu veranlasst hat, das zu tun. Und genau darauf weist die Meinhof in dem Flugblatt hin. Die palästinensischen Genossen hatten ihren eigenen Schwarzen September 1970, als die jordanische Armee über zwanzigtausend ihrer Landsleute hingemetzelt hat. So haben sie ihren Terror dahin zurückgetragen, wo dieses Massaker ursprünglich ausgeheckt worden ist: nach Westdeutschland, früher Nazi-Deutschland und jetzt imperialistisches Zentrum und williger Helfer, um die Palästinenser aus den Dörfern zu vertreiben, in denen ihre Vorfahren seit Jahrhunderten lebten. Sie sind an den Ort gekommen, von dem Israel das Wiedergutmachungskapital bezieht, um damit im Palästinenserland neue Siedlungen zu bauen, und woher ein Teil der Waffen kommt, die sie töten.«

»Es sind aber keine israelischen Soldaten, sondern friedliche, unbewaffnete Sportler von den Palästinensern getötet worden. Und das in der alten Hauptstadt der Nazi-Bewegung. Nein, da wird mir schlecht. Ich finde das falsch.«

Nachdem der Umzug abgewickelt war und sie ihr Leben in Hamburg einigermaßen eingerichtet hatten, waren die toten Olympia-Sportler wieder etwas in den Hintergrund getreten. Martina und Renate waren zunächst in einer WG untergekommen, die schon dabei war, sich aufzulösen, da mehrere Bewohner Hamburg verließen. Die einzige in Hamburg Verbleibende, eine junge Psychologiestudentin namens Sybille Helmstedt, hatte dringend neue Mitbewohner gesucht und sich noch nicht einmal an Angelika gestört, im Gegenteil.

»Ich mag Kinder«, verkündete Sybille, die ihr rotbraunes Haar kurz geschnitten trug und dadurch und wegen ihrer kleinen Brüste fast jungenhaft wirkte. »Ich habe mal in einem Kinderladen und in einem Heim für schwererziehbare Jugendliche gearbeitet, bis ich feststellen musste, dass das Heim in Wirklichkeit eine Prügelakademie der Erzieher und kein Ort war, um irrenden Jugendlichen eine neue Chance zu geben. Das Geld hätte ich eigentlich nicht gebraucht, meine Eltern sind stinkreich. Aber ich finde, man muss der Gemeinschaft etwas zurückgeben, wenn man so privilegiert aufwächst.« Sie rümpfte die Nase. »Der Gestank der schwarzen Kohle. Verstehst du, was ich meine?«

Martina verstand. Sybille war es auch, die sie und Renate zu den Treffen des Hamburger Komitees gegen Isolationsfolter in einer kleinen Kneipe mitnahm. Obwohl Renate das Flugblatt von Ulrike Meinhof zu dem Münchner Olympia-Attentat missbilligt hatte, verstörte sie genauso, was im Komitee über die Haftbedingungen der RAF-Gefangenen erzählt wurde. Martina dagegen war über das Verstörtsein

hinaus. Mittlerweile erfasste sie bei den Vorträgen nur noch ein immer aggressiver werdender Zorn.
»Wir alle haben Holger Meins fast nackt im Fernsehen bei seiner Verhaftung gesehen«, trug Sybille bei einem der Treffen vor. »Sein Vater auch. Da zeigte sein Körper noch keine Spuren von Misshandlung. Als aber sein Vater ihn dreißig Stunden später besuchte, lag er im Krankenhaus, grün und blau geschlagen. So geht die Polizei dieses Unrechtsstaates mit ihren andersdenkenden Häftlingen um!«
»Das ist noch gar nichts«, sagte eine Stimme, die Martina bekannt vorkam und die zu einem jungen Mann gehörte, der im Halbdunkel aufstand, um besser verstanden zu werden. »Die Genossin Ulrike Meinhof wird in Köln im sogenannten ›toten Trakt‹ als einzige Gefangene festgehalten. Das ist in der psychiatrischen Abteilung, was bedeutet, dass sie dort komplett schallisoliert lebt. Wenn du keinen Laut, kein Geräusch mehr hören kannst, ist das Folter, bewusste Folter, schlimmste Folter, Folter, die von unserem angeblichen Rechtsstaat eingesetzt wird. Die Genossin Astrid Proll war vor ihr dort und wurde dadurch so übel zugerichtet, dass sie nach hundertneunzehn Tagen als haftunfähig entlassen werden musste.« Er zog ein Dokument aus der Jackentasche, das aussah, als sei es tausendmal gefaltet worden. »Wollt ihr wissen, wie sich das auf Ulrike auswirkt? Sie hat es aufgeschrieben, und es ist ihr gelungen, die Botschaft nach draußen zu bekommen.«
Mittlerweile hatte Martina ihn wiedererkannt. Es war Bert, auch wenn er mittlerweile eine andere Haarfarbe und Frisur trug. Mit schneidender Stimme las er: »Das Gefühl, es explodiert einem der Kopf. Das Gefühl, die Schädeldecke müsste eigentlich zerreißen, abplatzen. Das Gefühl, es würde einem das Rückenmark ins Gehirn gepresst ...«
Sybilles Hand krampfte sich um Martinas. »Schweine«, murmelte Martina, und sie hörte, wie Sybille das Wort auf-

griff und wiederholte, wie die übrigen Komitee-Mitglieder, die sich zum größten Teil aus gegenwärtigen und ehemaligen Studenten zusammensetzten, es ebenfalls wiederholten. Der Versammlungsraum erinnerte sie an ein Hornissennest, in das jemand einen Stock gestoßen hatte. Nun standen die Hornissen kurz davor, gemeinsam gegen die Gefahr vorzugehen.

»Aber sie sieht immer noch regelmäßig ihren Anwalt?«, fragte Renate an Martinas anderer Seite plötzlich, und Martina zuckte zusammen. »Genau wie die übrigen Gefangenen, sonst könnten ja keine Nachrichten wie diese an die Öffentlichkeit kommen, oder?«

Bert runzelte die Stirn. »Willst du etwa behaupten, Anwaltsgespräche machen Isolationshaft weniger furchtbar? Was soll der Scheiß?«

»Nein«, entgegnete Renate. »Natürlich nicht. Ich finde es nur sowohl wichtig als auch beruhigend, dass dieser Kontakt noch besteht. Außerdem würde ich gerne wissen, ob die Gefangenen ihre Anwälte selbst aussuchen konnten oder Pflichtverteidiger zugeteilt bekamen.«

»Renate ist selbst bald Anwältin«, sagte Sybille hastig, wie, um sich für sie zu entschuldigen, und Bert lachte. Die übrigen Komitee-Mitglieder entspannten sich.

»Ah. Professioneller Ehrgeiz, wie? Genossin, Hilfe ist immer willkommen. Natürlich versucht der Staat immer, seine Knechte da reinzudrücken, und die Tricks sind schon haarsträubend. Mal wird ein Wunschanwalt wegen Mehrfachverteidigung abgelehnt, mal wegen der zu hohen Fahrtkosten, weil er zu weit weg lebt, mal weil ihm Berufsverbot oder ein Ehrengericht droht. Aber es gibt auch anständige Anwälte, die sich nicht einschüchtern lassen. Kurt Groenewold hier in Hamburg ist einer von drei Verteidigern, die Genosse Baader sich ausgesucht hat. Wenn du helfen willst – sein Büro ist ein guter Platz, um damit anzufangen.« Er erhob die Stimme etwas mehr. »Das gilt übrigens für euch alle.«

Später am Abend, als das Komitee-Treffen sich in Einzelgespräche auflöste, nutzte Martina einen Moment, in dem Bert nicht umlagert war, und zog ihn zur Seite. Er erkannte sie sofort.

»Donnerwetter«, sagte er. »Das rauswurfwütige Münchner Kindl. Sind wir erwachsen geworden?«

»Das waren etwas viele Genossen und Genossinnen in deiner Rede«, entgegnete Martina, ohne sich provozieren zu lassen. »Da kommt man sich ja vor wie auf einem SPD-Parteitag. Was ist los, hat jemand bezweifelt, dass ihr Marx gelesen habt, und du hast das Gefühl, du müsstest deinen Zuhörern etwas beweisen?«

»Wen meinst du mit ›ihr‹?«, fragte er in einem Ton, der nur noch halb scherzhaft war. »Die Hamburger Szene?«

Unwillkürlich straffte sie sich, als müsse sie gerader stehen, um ins kalte Wasser zu springen.

»Hör zu, ich bin doch nicht naiv. Du bist nicht mit Holger nach München gekommen, weil er sich einsam gefühlt hat. Du bist auch kein Sympathisant, du bist selbst Mitglied.«

»Mitglieder«, entgegnete er ausdruckslos, »sind derzeit im Gefängnis.«

Martina tat so, als müsse sie husten. Er verzog keine Miene.

»Genau das hat mich aufgeregt, als ihr bei mir in München wart«, sagte sie. »Angelogen oder für dumm verkauft zu werden. Auf den Arm nehmen kann ich mich selbst, da brauche ich niemanden dazu.«

»Dich hat aufgeregt, dass es nicht bloß ein Robin-Hood-Spiel war, bei dem du dich toll und mutig fühlen konntest. Beim ersten Anzeichen, dass echte Gefahr droht, hast du gekniffen. Wie geht's übrigens deiner Kleinen?«

»Es geht ihr gut«, antwortete Martina kurz. Sie erkannte einen Ablenkungsversuch, wenn sie ihn hörte, und glaubte nicht, dass Bert wirklich von Angelikas anfänglichen Schwierigkeiten hören oder wissen wollte, dass Martina sie inzwischen meistens fröhlich und mit anderen Kindern spielend vorfand, wenn sie ihre Tochter im Kinderladen abholte. »Und ich habe nicht gekniffen. Ihr habt euch nicht an unsere Vereinbarung gehalten. Aber das Gespräch hatten wir schon mal. Damals. Jetzt geht's mir um was anderes.«

Er fischte eine Zigarette hervor und zündete sie sich an.

»Nämlich?«, fragte er gedehnt.

»Komitees und Demos zu organisieren ist ja gut und schön, aber ich will mehr tun. Ich bin keine Juristin wie Renate, also kann ich nicht in einem Anwaltsbüro arbeiten, und ...«

»Oh, ich weiß nicht. Kopiermaschinen betätigen und Umschläge zukleben kannst du sicher auch.«

Ihr erster Impuls war, sich umzudrehen und wegzugehen. Sie hatte es nicht nötig, sich verhöhnen zu lassen. Andererseits war er der einzige Mensch, von dem sie wusste, dass er mehr als ein Sympathisant war. Wenn sie weiterhin nur auf Demonstrationen gehen würde, hätte sie genauso gut in München bleiben können. Es war nicht so, dass sie demnächst eine Bank überfallen wollte. Sie scheute noch immer vor dem Gedanken zurück, selbst Gewalt anzuwenden. Aber wenn sie sich vorstellte, wie die Gefangenen misshandelt wurden, wie Holger Meins behandelt wurde, steigerte sich das Gefühl, etwas tun zu müssen, zu einer alles verzehrenden Dringlichkeit. Und sie war inzwischen so weit, zu akzeptieren, dass Menschen für eine gute Sache manchmal auch Gewalt einsetzen mussten. Sie war bereit, eine Organisation zu unterstützen, in der sie das taten. Schließlich, so sagte sich Martina, finanzierte die Mehrheit der Bevölkerung durch ihre Steuern die Polizei, obwohl sie seit Jahren wissen musste, wie diese Polizei ihre Macht missbrauchte. Sie wollte nicht mehr zu der schweigenden

Mehrheit gehören, und sie würde sich auch nicht mehr alles gefallen lassen.

»Ist das ein Test, oder bist du freiwillig ein sexistischer Idiot?«

Er entgegnete nichts, sondern packte sie am Ellbogen und zog sie näher. Erst dann sagte er mit gesenkter Stimme, so dass sie es in dem Kneipenlärm gerade noch verstand: »Wenn du wirklich was tun willst, mach bei der Öffentlichkeitsarbeit mit. Die Rote Hilfe bringt eine Doku raus, die beweist, wie die RAF-Prozesse wirklich vorbereitet werden. Außerdem geht's um die Gefangenenmisshandlung und um die Verleumdungen, die über die Springer-Presse einseitig verbreitet werden, den ganzen Scheiß eben. Du bist doch Filmstudentin.«

»Mit Holger würdest du nicht so reden. Er war auch Filmstudent«, gab sie zurück.

»Holger war von Anfang an bereit, aufs Ganze zu gehen. Er war es außerdem, der zu mir was gesagt hat, wenn du's unbedingt wissen willst. Nur habe ich mich nicht so geziert wie du in München. Er hat gewusst, dass man mir vertrauen kann. Das musst du mir erst noch beweisen.«

Sie machte sich ärgerlich los. »Und wie soll ich das? Auf Pfadfinderehrenwort schwören?«, fragte sie sarkastisch.

»Gib mir deine Adresse und eine Telefonnummer, wenn du schon eine hast«, sagte er. Sie schrieb sie auf einen Bierdeckel.

»Aber das ist eine WG«, fügte sie hinzu. »Drei Frauen und ein Kleinkind. Nicht wie in München.«

»Ihr habt noch Platz für Kisten, oder?«, fragte er, und sie nickte. Mehr sprachen sie an diesem Abend nicht miteinander. Auch viele andere wollten mit ihm reden, denn er, der einen echten Kassiber von Ulrike Meinhof vorgelesen hatte, war unzweifelhaft der Bestinformierte unter ihnen. Später erzählte Sybille, die Bert nur unter dem Spitznamen Billy

Budd kannte, sie habe gehört, er hätte einmal eine Hausbesetzung initiiert. Martina brachte es nicht über sich, von den Tagen in München zu berichten, und erkundigte sich daher lieber nach dem Hintergrund dieser Hausbesetzungen. Die erste hatte vor drei Jahren in Berlin stattgefunden, aber in München hatte sie keine erlebt.

»Das ist echter sozialer Einsatz, keine intellektuelle Masturbation unter angehenden Akademikern«, schwärmte Sybille. »Klassenübergreifend, kapierst du? Das ist doch sonst immer das Problem. Die Intellektuellen sind vom Volk getrennt. Aber nicht bei einer Hausbesetzung. Da geht es gerade darum, dem Volk durch das Volk seine Rechte zu verschaffen. In Hamburg-Hohenfelde gibt es ein Sanierungsgebiet, das abgerissen werden soll. Wir haben vor, mindestens eines davon zu einem Studenten-, Lehrlings- und Gastarbeiterwohnhaus zu machen.«

Sowohl Martina als auch Renate waren beeindruckt.

»Aber räumt die Polizei so ein Haus nicht früher oder später ohnehin mit Gewalt?«, fragte Martina verbittert.

»Gewalt hat der Polizei in Indien bei Gandhi auch nichts genutzt, am Ende hat er die Briten doch vertrieben!«, erwiderte Sybille voller Überzeugung. Sie war zwar genauso alt wie Martina, wirkte jedoch jünger und naiver.

»Sind bis dahin nicht noch ein paar Massaker an Tausenden armen Indern verübt worden?«, fragte Renate spitz. »Ganz abgesehen davon, dass es bei der indischen Unabhängigkeitsbewegung nicht nur Gandhi gab. Ich könnte auch noch etwas über die unterschiedliche Rechtslage zwischen einem kolonialisierten Land und einem Haus in Hamburg hinzufügen.«

»Auf wessen Seite stehst du eigentlich?«, fragte Sybille beleidigt.

»Auf der Seite dessen, was machbar ist«, entgegnete Renate.

»Was wird aus den Obdachlosen und den Gastarbeitern,

wenn die Polizei euch erst wieder hinausgeworfen hat? Ihr Studenten habt dann immer noch eure alten Buden, aber wenn ein Gastarbeiter seine Unterbringung aufgibt, um in dieses Haus zu ziehen, hat er seine Wohnung hinterher an einen anderen verloren.«
Da war er wieder, Renates gusseiserner Realismus inmitten all des Idealismus, und Martina musste zugeben, dass sie Renate manchmal um diese Fähigkeit, kaltes Wasser über einem heißen Thema auszugießen, beneidete – wenn sie ihr nicht genau deswegen grollte.
Sybille hatte trotzdem in einem Punkt recht, obwohl sie fast daran vorbeigeplaudert hatten. In ihren Komitees waren sie immer mit zu vielen Studenten und zu wenigen Arbeitern zusammen. Die Eiertänze zwischen den linken Genossen rund um die Frage, was zuerst kam, was später, führten nie zu Entscheidungen. So konnte man keine Revolution vorbereiten. Aber eine Hausbesetzung war eine ideale Gelegenheit, gemeinsam mit Arbeitern für etwas Gemeinsames zu kämpfen, wenn es auch unter dem momentanen System langfristig keine Lösung war. Da war Berts Vorschlag schon besser. Die Rote Hilfe hatte Rechts- und Gefangenenhilfe für politisch Verfolgte in Deutschland als Ziel, arbeitete sowohl praktisch für die finanzielle Unterstützung der Betroffenen als auch aufklärend, was bei all der Hetze in den Boulevardzeitungen gegen die RAF bitter nötig war. Martina trat bei.

Kurze Zeit später wurde ihr eine kleine Holzkiste in die Wohnung geliefert, in der sich angeblich Flugblätter befanden. Schwer genug war sie, und der Absender war der des Büros der Roten Hilfe. Aber in dem maschinegetippten Begleitschreiben stand, sie solle die Kiste nicht öffnen, sondern nur aufbewahren, bis sie abgeholt wurde. Man brauchte kein Genie zu sein, um zu schlussfolgern, dass sie von

Bert stammte und es um den angekündigten Test ihrer Vertrauenswürdigkeit ging. Wie bei einem kleinen Kind. Angelika würde es nie fertigbringen, ein eingepacktes Geschenk ungeöffnet zu lassen.

Um sich nicht in Versuchung zu führen, erzählte sie weder Renate noch Sybille davon und brachte die Kiste in ihrem Zimmer unter. Das war nicht weiter schwer, denn es gab immer noch genügend nicht ausgepackte Kartons, die sie über die mysteriöse Kiste herumschlichtete.

Sie wurde ein paar Wochen lang nicht abgeholt, und Martina, die ein Volontariat beim NDR ergattert hatte, vergaß, dass sie dort stand. Dann kam eine Beschwerde vom Kinderladen, weil Angelika einen der Jungen mit einem Legosteinchen in der Hand geschlagen und dabei leicht verletzt hatte. Die empörte Mutter des Kleinen verlangte nicht nur eine Entschuldigung, sondern auch Schmerzensgeld. Martina hatte Glück, dass Renate trotz ihrer Arbeit im Büro Groenewold noch die Zeit fand, mit ein paar eindrucksvoll kompliziert klingenden juristischen Zitaten aufzutauchen und die andere Mutter einzuschüchtern. Allerdings änderte das nichts daran, dass der Kinderladen Angelika nicht mehr haben wollte.

»Wegen eines Streites zwischen zwei Kleinkindern?«, fragte Martina ungläubig. »Ich dachte, es sei Teil der modernen antiautoritären Erziehung, dass Kinder ihre Gefühle ausdrücken dürfen.«

»Deine Tochter streitet ziemlich oft«, wurde ihr entgegnet.

»Wenn meine Tochter hier nicht willkommen ist, will ich auch nicht, dass sie noch länger Zeit bei euch verbringt«, sagte Martina kühl. Als sie aber den Kinderladen hinter sich gelassen hatten und Renate wieder auf dem Weg ins Büro war, nahm Martina mit Angelika kurzentschlossen das nächste Boot für eine Alsterrundfahrt. Angelikas kleines Gesicht hellte sich auf. Sie war von Schiffen und Möwen

fasziniert. Manchmal machte sich Martina Sorgen deswegen und versuchte, dem Kind klarzumachen, dass die Vögel ihr leicht die Augen aushacken konnten.
Auf dem Boot waren nicht viele Passagiere, es war die falsche Jahreszeit für Touristen. Angelika lief in ihrem kleinen gelben Südwester auf und ab, bis Martina sie zu sich rief.
»Was ist heute passiert, Spatz?«, fragte sie und achtete darauf, so ruhig wie möglich zu klingen. Im Kinderladen war ihre Tochter nach der Entschuldigung, auf der die Mutter des kleinen Jungen bestanden hatte, nicht ansprechbar gewesen, doch die Fahrt auf dem Boot hatte sie abgelenkt und aufgelockert.
»Der war gemein«, platzte es aus der Kleinen heraus, und sie scharrte verlegen mit ihrer Fußspitze auf dem Boden. »Sagt, ich rede dumm.«
Angelika hatte für ihre bald drei Jahre ein gutes Vokabular, aber da sie in München zur Welt gekommen war, eben auch einen halb bayerischen, halb fränkischen Akzent.
»Dann ist es der Junge, der dumm ist«, sagte Martina entschieden. Sie war mit dem Hamburger Aussprachesnobismus vertraut. Erst neulich hatte ihr einer der NDR-Kameraleute angeboten, einen Sprachkurs für sie zu bezahlen, »damit man dich auch nördlich vom Main versteht«. Unter Erwachsenen lachte man über so etwas, aber sie hätte sich denken können, dass es für Kinder schmerzhafter war.
»Sagen noch andere so was, Angi?«
»Alle«, flüsterte Angelika, und Martina umarmte sie bestürzt.
»Aber warum hast du mir das denn nicht gesagt? Ich dachte, es gefällt dir im Kinderladen!«
»Du hast gesagt, es ist schön da«, kam die geflüsterte Antwort, und Martina zuckte zusammen. Natürlich war sie erleichtert gewesen, ihre Tochter tagsüber versorgt zu wissen,

regelmäßig, ohne jedes Mal einen Bekannten um Hilfe bitten zu müssen. Und froh bei der Vorstellung, dass Angelika eine fortschrittliche Erziehung bekam. Vielleicht hatte sie das etwas zu deutlich zum Ausdruck gebracht, und Angelika hatte es als Befehl aufgefasst, damit glücklich zu sein?
»Du kannst mir immer erzählen, wenn du Kummer hast, Angi. Immer. Wir werden schon einen Kinderladen finden, wo die anderen Kinder netter sind.«

Als sie einige Tage später mit Angelika von der Besichtigung eines solchen Ladens in ihre WG zurückkehrte, wartete nicht nur Sybille, sondern auch Bert auf sie.
»Ich wollte mein Paket abholen«, sagte er. »Deine Mitbewohnerin war so nett, mich reinzulassen.« Er erspähte Angelika. »Lang nicht mehr gesehen, Prinzessin«, fügte er hinzu und fuhr ihr mit der Hand über den Kopf.
Sybilles Augen waren fast so groß wie die Angelikas. Martina konnte sehen, dass ihr unzählige Fragen auf der Zunge brannten, doch sie schwieg.
»Einen Moment«, entgegnete Martina, verschwand in ihrem Zimmer und suchte die Kiste heraus. Unterdessen zeigte sich, dass Kinder keine Zurückhaltung bezüglich peinlicher Fragen hatten.
»Wer bist du?«
»Ich bin der Bert. Ein Freund deiner Mutter.«
»Bist du mein Papa?«
»Angi«, sagte Martina mit zusammengebissenen Zähnen, als sie mit dem Paket unter dem Arm wieder in den Flur kam. »Du hast doch ein Foto vom Papa. Der sieht ganz anders aus.« Sie wollte hinzufügen, dass auch Jürgens Stimme anders klang, aber seit Weihnachten hatte er nicht mehr angerufen, so dass es unwahrscheinlich war, dass Angelika sich daran noch erinnerte.
»Wir sind alle Kinder der Revolution«, sagte Bert belustigt.

Angelika runzelte die Stirn. »Ich bin das Kind von der Mama!«, beharrte sie.
»Sicher bist du das«, lächelte Bert.
Martina drückte ihm das Paket in die Arme. Seine Augen trafen die ihren.
»Nicht geöffnet?«
»Warum sollte ich?«, entgegnete sie leicht amüsiert.
»Darauf komme ich noch zurück«, erwiderte er sachlich und verschwand. Sobald er die Tür hinter sich zugezogen hatte, explodierte Sybille.
»Du hast mir nie gesagt, dass du Billy Budd schon länger kennst!«
»Nicht wirklich«, sagte Martina. »Nicht wirklich.«

1998 – Ellingen

Es war ein seltsames Gefühl, das angeboten zu bekommen, was man haben wollte, aber auf eine Art und Weise, die das eigene Verhalten fragwürdig machte. Alex hatte damit gerechnet, Angelika Limacher noch ein paarmal ansprechen zu müssen, ehe sie einwilligte, sich mit ihm zu treffen. Dass sie die Initiative ergriff, kam völlig unerwartet. Was für Antworten suchte *sie* wohl? Es konnten nicht die gleichen wie bei ihm sein. Er wusste nur wenig von ihr: unpolitisch, Hausfrau und Mutter von Zwillingen, Ehemann Zahnarzt. Es klang wie das genaue Gegenteil ihrer Mutter. Das ließ natürlich Vermutungen zu, aber andererseits schien sie gerade jetzt mit ihrer Mutter und Renate Huber zusammen zu sein. Wo in etwa, würde er von seinem Hacker erfahren, wenn der ihm die Daten der Huber lieferte. Nun, Menschen ließen sich selten zu einer einfachen Formel verkleinern.

Er hatte sich immer von den Angehörigen der Terroristen ferngehalten, weil er in diesem Punkt seiner Selbstbeherrschung nicht traute. Zu deutlich war ihm der Nachrichtenausschnitt mit Pastor Ensslins abwegiger Äußerung über seine Tochter in der Christusnachfolge noch in Erinnerung. Was den Pastor damals geritten hatte, ging über verständlichen Schmerz über den Lebensweg der Tochter weit hinaus. Alex hatte immer Angst davor gehabt, dass die anderen Angehörigen ihm ähnlichen Schwachsinn erzählen und er dann ausflippen würde.

Deswegen würde es ihm nun, da er den Kontakt suchte, im

Traum nicht einfallen, das ohne Verschleierung seiner wahren Gründe zu tun. Vielleicht war das ja falsch. Vielleicht hätte es genügt, Angelika Limacher zu sagen, dass er mit ihrer Mutter sprechen wollte, nicht mit ihr. Vielleicht?

»Ich fahre den Staatssekretär morgen früh zum Flughafen, und dann habe ich den Rest des Sonntags frei«, hatte sein Vater zu ihm und seiner Mutter am Abend vor dem Attentat gesagt. »Völlig frei!« Er hatte Alex zugezwinkert. »Keine Ausrede mehr, um nicht zum Fußballtraining zu gehen. Der Meister der Bratwürste steht zur Verfügung, um sie selbst zu grillen. Versprochen!«

Versprochen. Eine so alltägliche, harmlose Floskel. Alex hatte als Kind danach nie wieder einem Erwachsenen uneingeschränkt geglaubt, so unsinnig das auch war.

Er hatte noch ein paar Tage, um sich auf die Begegnung in Hamburg vorzubereiten. Bei den Arno Lieberts aus dem Raum Leipzig war er inzwischen fündig geworden, aber nach Michael Werders seltsamem Besuch bei Steffen Seidel und dem noch seltsameren Besuch Werders bei seiner Mutter, hielt er es für dringender, mit dem Sohn des Staatssekretärs zu sprechen. Da Michael Werder ihn bisher nicht kontaktiert hatte, lag die Vermutung nahe, dass ein Anruf seinerseits im Sand verlaufen würde. Auch wollte Alex sichergehen, dass er Michael Werder unvorbereitet antraf. Er wollte ihm so wenig Zeit wie möglich geben, sich perfekte Ausreden auszudenken. Sich den offiziellen Terminkalender des Bürgermeisters von Ellingen zu besorgen, war nicht schwer. Er wusste also, wann er den jungen Werder in Ellingen antreffen konnte.

Einem Impuls nachgebend, besorgte er sich für seine Fahrt auch die Telefonnummer und die Adresse von Werders Mutter. Sie lebte nicht bei ihm, aber ihre Wohnung in der Ellinger Innenstadt war nicht weit vom Rathaus entfernt.

»Alex Gschwindner«, meldete er sich, als sie ans Telefon

ging, »Sascha Gschwindners Sohn. Ich hoffe, ich störe Sie nicht, Frau Werder.«

Sie wusste sofort, wer er war, oder tat zumindest so. Ihre Stimme klang, anders als die seiner Mutter, die von Alkohol und Zigaretten tiefer geworden war, genau so, wie er sie von dieser eleganten, liebenswerten Dame in Erinnerung hatte. Aufgeregt hatte er sie auch nur bei dem letzten, bitter verlaufenen Besuch erlebt.

»Ich bin in der Stadt«, sagte Alex. »Und da dachte ich mir, es ist mehr als Zeit, etwas zu tun, was ich schon lange tun wollte, nämlich Sie um Entschuldigung zu bitten. Es war eine entsetzliche, sehr unfaire Szene damals, aber Sie müssen verstehen, meine Mutter …«

»Ihre Mutter war außer sich vor Trauer und suchte nach Schuldigen. Ich verstehe das nur allzu gut, Herr Gschwindner. Wenn Sie in der Stadt sind, kommen Sie doch auf einen Kaffee vorbei.«

Darauf hatte er gehofft. Er besorgte sich Blumen, was er jedoch sofort bereute, als sie ihm die Tür öffnete und beim Anblick der Blumen in seiner Hand zusammenzuckte.

»Verzeihen Sie«, sagte Monika Werder. »Es ist nur … Steffen Seidel hat mir damals ständig eingeschärft, auf gar keinen Fall die Tür für Blumen zu öffnen, und dieser Tage muss ich oft an ihn denken. Aber kommen Sie doch herein, Herr Gschwindner.«

Ihr Haar war inzwischen grau. Sie trug es gelockt, halblang und zurückgebürstet. Ihr blaues Kostüm war geschmackvoll wie immer. Vor dem Tod seines Vaters hatte seine Mutter diesen oft ausgefragt, was Frau Werder trug, und hatte versucht, diesen Stil im Rahmen ihrer finanziellen Möglichkeiten zu imitieren. Sie hatte Frau Werder verehrt. Früher.

»Sie können mich gerne Alex nennen«, bemerkte er, obwohl er sie seinerzeit kaum häufig genug gesehen hatte, um irgendwie von ihr genannt zu werden, ob nun Alexander,

»der junge Gschwindner« oder Alex. Das Wohnzimmer, wo sie ihm den Kaffee in weiß-blauem Zwiebelmuster-Porzellan servierte, war ein heller, freundlicher Ort. Auf dem Kaminsims stand ein Foto vom Staatssekretär, Monika Werder, Michael als Kind und einem Mädchen, an das Alex sich beim besten Willen nicht erinnern konnte. Bis ihm wieder einfiel, dass die Werders ein weiteres Kind gehabt hatten.

»Jetzt sollte ich wohl so etwas wie ›Nein, wie die Zeit vergeht!‹ seufzen«, sagte Monika Werder. »Aber das ist nicht so. Manchmal, in den letzten zwanzig Jahren, hatte ich den Eindruck, dass jeder Tag hundert Stunden hat. Und dann wieder kann es passieren, selbst heute noch, dass ich aufwache und für einen Moment denke, oh, ich muss mich beeilen, mein Mann wird sein Frühstück brauchen, ehe er aufbricht. Und dann stecke ich wieder drin, als wäre es gerade erst geschehen.«

Ihre Lippen zitterten, und sie verbarg sie hinter ihrer Kaffeetasse.

»Das ging mir früher auch so«, hörte er sich sagen, obwohl es nicht stimmte. Er wusste immer, dass sein Vater tot war. In jeder Minute eines jeden Tages. »Nur jetzt nicht mehr. Seit …«

Er ließ den Satz unvollendet, und wie gehofft verstand Monika Werder, worauf er anspielte.

»Seit man sie entlassen hat«, ergänzte sie. »Ich habe es kommen sehen, schließlich sind in den letzten Jahren mehr und mehr von ihnen entlassen worden. Aber als Michael mir erzählte, dass Martina Müller nun auch freikäme, war es trotzdem, als stünde ich erneut vor einem Abgrund.«

»Meine Mutter hat Angst, ihr auf der Straße zu begegnen«, erzählte Alex. »Ich habe versucht, sie mit der Versicherung zu beruhigen, dass Frau Müller nie nach Nürnberg zurückkehren wird, aber sie glaubt mir nicht.«

»Ich könnte auch nie nach Nürnberg zurückkehren«, bemerkte Monika Werder leise. »Michael genauso wenig. Niemals. Selbst wenn es der einzige Ort wäre, von dem ich wüsste, dass sie ihn nie wieder betritt.«

Die Werders waren ein Dreivierteljahr nach dem Attentat aus Nürnberg fortgezogen. Das war nach dem desaströsen Ausbruch seiner Mutter gewesen, also hatte Alex es nur aus dritter Hand erfahren und sich verräterischerweise sofort gewünscht, das Gleiche tun zu können.

»Wenigstens bleibt Malzer mit Sicherheit noch zehn Jahre im Gefängnis, ehe er für eine Begnadigung in Frage kommt«, sagte Alex. »Schließlich ist er erst 1982 verhaftet worden.«

Sie setzte ihre Tasse ab. »Mein Mann hat sich damals dafür eingesetzt, dass Mörder spätestens nach fünfundzwanzig Jahren diese Chance bekommen, wenn keine Wiederholungsgefahr besteht. Ich versuche, mir das stets vor Augen zu halten.« Sie schöpfte Atem. »Aber es ist schwer. Besonders, wenn ich solche Geschichten wie die von dem Theaterintendanten höre ...«

Er hatte die Meldung, die sie meinte, erst am Vormittag über DPA gelesen. Inzwischen schien sich die Entlassung der RAF-Terroristin auch bis zu einer bekannten deutschen Theatergröße herumgesprochen zu haben, und der hatte beschlossen, ihr als großzügiges Zeichen der Resozialisierung eine Stelle als Bühnenbildnerin anzubieten. Der Sensationsaspekt und die rückläufigen Besucherzahlen seines Theaters in den letzten Jahren spielten dabei natürlich keine Rolle. Dass er dieses Angebot nicht privat oder über Müllers Anwalt, sondern öffentlich über die Presse machte, war ebenfalls reiner Zufall. Wenn Alex richtig informiert war, würde die Meldung aber erst morgen in den Printmedien erscheinen. Das machte es umso bemerkenswerter, dass Monika Werder sie bereits kannte.

»Geier gibt es immer, Frau Werder.«

»Ja.« Sie nickte lebhaft. »Das hat Michael auch gesagt. Aber

ich mache mir doch Sorgen um ihn, Herr Gsch… Alex. Seit er von der Entlassung dieser Frau erfahren hat, ist er wie ausgewechselt. Selbst damals, als es passiert ist, war er nicht so … so wütend. Damals war er nur still und schockiert.«
Wieder erinnerte sich Alex an Michael Werder, der ihm damals so viel älter erschienen war, eigentlich schon wie ein Erwachsener, obwohl er doch höchstens siebzehn gewesen sein konnte. Michael Werder, der bleich und stumm, mit leeren Augen auf Sesseln gekauert oder an der Wand gelehnt und sich nicht gerührt hatte, auch nicht, als Alex' Mutter mit ihren Anschuldigungen loslegte.
Es wurde nun auch Zeit, seine Theorie zu überprüfen. »Hat er deswegen Herrn Seidel und meine Mutter besucht?«
Monika Werder war entweder eine ausgezeichnete Schauspielerin oder aufrichtig verblüfft. Da sie im Gegensatz zu ihrem Gatten und dem gemeinsamen Sohn keine Politikerin war, setzte Alex auf Letzteres.
»Hat er das? Das wusste ich nicht. Davon hat er mir nichts erzählt.«
»Er scheint wohl zu befürchten, dass Frau Müller versuchen wird, einen von ihnen zu kontaktieren«, erläuterte Alex, und ließ es halb wie eine Frage, halb wie eine Feststellung klingen.
»Aber warum sollte sie das? Keiner von diesen Leuten hat je versucht, mit einem ihrer Opfer zu reden. Selbst die nicht, die von der Kronzeugenregelung Gebrauch gemacht haben wie Frau Helmstedt. Bestehen sie denn nicht alle immer noch darauf, dass ihre Taten gerechtfertigt waren?«
»Ich habe nie etwas anderes gehört«, entgegnete Alex. »Daher war ich auch so überrascht, als mir meine Mutter von dem Besuch Ihres Sohnes erzählte. Dann dachte ich mir, vielleicht hat die Müller sogar schon einen Kontaktversuch bei Ihnen gemacht, und Ihr Sohn ist deswegen besorgt und will den Rest von uns warnen.«

»Wenn diese Frau sich bei ihm gerührt hätte, dann hätte er mir das gesagt«, erklärte Monika Werder bestimmt, aber sie schaute Alex dabei nicht an. Stattdessen hing ihr Blick an den Familienfotos auf dem Sims.
Alex wechselte das Thema und erzählte ein wenig von seiner Arbeit als Journalist in Berlin und, da Monika Werder sich nach ihr erkundigte, auch von seiner Mutter. Er beschönigte die Umstände ein wenig und erwähnte nur etwas von den gewonnenen Freunden in der Parfümerie. Als er sich verabschiedete, schaute er auf die Uhr.
Er gab sich zwei Stunden, um die Saat aufgehen zu lassen, lief in Ellingen herum und inspizierte die Buchläden der Fußgängerzone: einen grünen und einen konservativen, dem Schaufenstersortiment nach zu schließen. Endlich, nachdem genug Zeit vergangen war, in der Monika Werder ihren Sohn hatte benachrichtigen und von Alex' Besuch erzählen können, betrat er das Rathaus, um Michael Werder in der halben Stunde zwischen zwei Terminen abzupassen.
»Der Herr Bürgermeister ist sehr beschäftigt, also wenn Sie keine Anmeldung haben …«
»Melden *Sie* mich bitte an«, sagte Alex auf seine charmanteste Art. »Nennen Sie meinen Namen, und er wird mir fünf Minuten seiner Zeit einräumen. Da bin ich ganz sicher.«
Die Sekretärin schaute skeptisch, verschwand aber aus ihrem Vorzimmer in das Büro des Bürgermeisters. Sie kehrte einigermaßen verwundert wieder.
»Sie können gleich hereinkommen.«
Michael Werder sah aus wie auf den Wahlplakaten, die Alex auf seinem Rundgang durch die Innenstadt gesehen hatte. Seinem Vater ähnelte er gerade genug, um als Verwandter durchzugehen, doch er war meilenweit davon entfernt, ein Doppelgänger seines Vaters zu sein. Mit dem jungen Mann, den Alex zuletzt blass und still hatte herumsitzen sehen, gab es auch nicht mehr viele Gemeinsamkeiten. Der Michael

Werder von heute strahlte die selbstsichere Präsenz eines Berufspolitikers aus.
»Der kleine Alex Gschwindner!«, rief er, als seine Sekretärin die Tür öffnete. »Nein, so etwas.«
Doch sowie Alex Platz genommen hatte und die Sekretärin wieder im Vorzimmer war, veränderte sich Werders wohlwollende Miene. Kühl und leise setzte er hinzu: »Lassen Sie uns nicht lange um den heißen Brei herumreden. Ich bin schockiert, dass Sie meine Mutter belästigt haben. Wenn Sie den Wunsch hatten, mit mir zu reden, hätten Sie direkt zu mir kommen können.«
Alex' Plan war also aufgegangen. Er hatte gehofft, dass sein Besuch bei Monika Werder deren Sohn genügend verstören würde, um echte Gefühle hinter der Politikerfassade hervorzulocken.
»So wie Sie zu mir?«, entgegnete er herausfordernd. »Herr Werder, Sie haben mich auch nicht um Erlaubnis gebeten, ehe Sie *meine* Mutter aufgesucht haben.«
»Sollte der Besuch bei meiner Mutter ein Racheakt sein? Wie alt sind Sie eigentlich?«
Inzwischen war Alex sicher, in ein Ameisennest gestolpert zu sein. Das Problem war, dass er nur spekulieren konnte, wen er alles zusätzlich zu Michael Werder noch aufgeschreckt hatte. Dazu musste er noch mehr aus dem jungen Werder herauskitzeln.
»Ihre Mutter ist eine liebenswürdige Dame, bei der ich mich für den unerfreulichen Auftritt meiner Mutter bei unserem letzten Besuch entschuldigen wollte«, sagte Alex demütig. Er wartete, bis der Bürgermeister ein wenig besänftigt dreinblickte und setzte dann hinzu: »Das ist alles. Und nun bin ich neugierig, warum Sie unbedingt sicherstellen wollen, dass weder meine Mutter *noch* Herr Seidel je mit Martina Müller redet.«
Werders Augen verengten sich. »Ich will nur, dass wir eine

gemeinsame Front bilden. Für mich ist es an sich schon ein Skandal, dass wir Ende des Jahres ein Kabinett haben könnten, in dem mindestens zwei ehemalige RAF-Sympathisanten sitzen. Ich fürchte, dass die Geschichte des Terrorismus dadurch verharmlost werden wird. Wenn ein Angehöriger der Opfer oder einer der wenigen Überlebenden wie Steffen Seidel mit jemandem wie Martina Müller spricht, könnte das als Absolution für die ganze Szene ausgelegt werden, und das will ich keinesfalls.«

Alex lehnte sich zurück. »Da bin ich vollständig Ihrer Meinung. Aber ich verstehe nicht, wieso Sie auf die Idee kommen, dass ausgerechnet Martina Müller die erste Terroristin sein sollte, die ihrerseits mit einem oder mehreren ihrer Opfer reden will? Mir ist nicht bekannt, dass sie sich im Gefängnis anders verhalten hat als der Rest. Außerdem machen Sie keine Besuchsrunden bei den Opfern von Brigitte Mohnhaupt oder Susanne Albrecht. Oder hat man Ihnen Informationen über Frau Müller zur Verfügung gestellt, die mir nicht mitgeteilt wurden?«

»Und wenn es so wäre?«, fragte Michael Werder herausfordernd. »Ich bin immerhin der Sohn des Ermordeten. Sie sind Journalist.«

»Ihr Vater war nicht der Einzige, der an diesem Tag ermordet wurde, Herr Werder. Meiner auch«, sagte Alex kalt.

Michael Werder schaute beschämt drein. Er starrte auf die Schreibtischfläche vor sich. »Ja. Ja, das stimmt.«

Alex schwieg. Als Entschuldigung brauchte er mehr. Noch wichtiger allerdings war ihm, zu erfahren, ob Werder tatsächlich Informationen über Martina Müller aus dem Innenministerium erhalten hatte. Denn obwohl das die naheliegende Möglichkeit war, bezweifelte er das.

Die Stille zwischen ihnen wurde drückend.

»Es gibt Dinge, die sind unverzeihlich«, sagte Michael Werder endlich. »Ich … vielleicht habe ich überreagiert, als ich hörte, dass sie freikommt. Vielleicht bin ich in diesem Punkt nicht ganz rational. Aber Sie, Herr Gschwindner, Sie müssten doch besser verstehen als jeder andere, warum das so ist.«

Oh, erst bist du der Einzige mit einem toten Vater, und auf einmal sind wir brüderliche Waisen, wie? Andererseits war Alex klar, dass sein eigenes Verhalten in den letzten Wochen auch alles andere als rational gewesen war. Trotzdem, sein Instinkt sagte ihm, dass Michael Werder ihn immer noch anlog. Oder, besser gesagt, eine kleinere Wahrheit verwendete, um eine größere zu verbergen. Irrational oder nicht, Michael Werder musste einen Grund für sein Verhalten haben, der nicht einfach das vage Gefühl sein konnte, die Müller könne von der nächsten linken Regierung als Aushängeschild für die Verharmlosung von linkem Terrorismus benutzt werden. Doch was auch immer wirklich in Michael Werder vorging, er würde es nicht schon bei einer ersten Konfrontation mit ihm teilen. Dazu war der Mann jetzt zu defensiv. Besser, ihn noch eine Weile in Unsicherheit über das, was Alex wusste, schmoren zu lassen. Und in Ungewissheit darüber, wann sie sich das nächste Mal begegnen würden.

»Nun, Sie werden sich gewiss keine Sorgen meiner Mutter oder Herrn Seidels wegen machen müssen«, sagte Alex und erhob sich. Michael Werder stand ebenfalls auf, und man konnte sehen, wie er wieder in sein joviales Bürgermeisterverhalten zurückglitt und zu einem Abschiedslächeln ansetzte, als Alex fortfuhr: »Bei mir ist das natürlich anders. Wir Journalisten reden nun mal mit allem und jedem, und wie Sie vorhin schon richtig erwähnten: Ich bin Journalist.«

1973 – Steffen

Der Staatssekretär war in grimmiger Stimmung, als er Steffen mitteilte, es würde nach Köln-Ossendorf gehen. Steffen begriff sofort, was das bedeutete. Die Justizvollzugsanstalt, in der Ulrike Meinhof arretiert war, befand sich dort. Er und Hans würden den Staatssekretär begleiten, René bei der Familie bleiben.

»Ob das noch nötig ist?«, fragte René zweifelnd. »Seit den Verhaftungen letztes Jahr hat es keine Anschläge mehr gegeben. Ich sag's euch, die Befehlshaber sind alle hinter Gittern.«

»Die in Bonn würden sich nicht die Mühe machen, jemanden wie den Werder zu einem der Top-Terroristen zu schicken, wenn die nicht davon ausgingen, dass noch mehr zum Terror bereit sind«, gab Steffen zurück.

»Also, ich finde es falsch, Verbrecher dadurch aufzuwerten, dass man Mitglieder der Regierung zu ihnen schickt«, sagte Hans kritisch. »Das sind Mörder und Bankräuber, mehr nicht. Nur welcher Bankräuber kriegt schon Besuch von einem Staatssekretär? Da fühlen die sich doch erst recht als etwas Besonderes!«

»Es ist nicht unsere Aufgabe, Politik zu kritisieren«, kommentierte René gemütlich. »Nur, dafür zu sorgen, dass den Staatssekretär keiner umlegt.«

»Selbst wenn noch welche draußen sind, werden die das kaum versuchen, während der Staatssekretär auf dem Weg zu ihrer Gallionsfigur ist, oder?«, ergänzte Steffen, doch er bereitete die Fahrt von Bonn nach Köln mit seiner gewohn-

ten Gründlichkeit vor und besprach die Route danach mit Sascha Gschwindner.
Erst während der Fahrt stellte sich heraus, dass entgegen ihrer Annahme der Staatssekretär nicht unterwegs war, um mit der Meinhof zu sprechen. Hans hatte recht gehabt: Das Kabinett wollte die RAF-Mitglieder nicht dadurch aufwerten, indem man ein Regierungsmitglied zu ihnen schickte. Mit ihnen wurde entweder über die Anwälte oder über Alfred Klaus von der vor etwa eineinhalb Jahren neu aufgebauten Sonderkommission Terrorismus verhandelt. Es ging die Personenschützer natürlich nichts an, warum Werder trotzdem nach Köln-Ossendorf unterwegs war. Steffen war stolz, dass trotz ihrer verständlichen Neugier keiner so unprofessionell war, zu fragen, bis Sascha Gschwindner dann doch mit der Frage herausplatzte. Es würde diesem später eine Verwarnung einbringen, aber Steffen musste zugeben, dass er selbst gespannt auf die Antwort war.
Werder, der mit Steffen auf dem Rücksitz des Wagens saß, setzte seine Brille ab und rieb sich mit Daumen und Zeigefinger die Nasenwurzel.
»Ich will mich mit eigenen Augen von den Haftbedingungen überzeugen«, sagte er. »Nicht nur durch Berichte. Die Meinhof erfährt davon nichts, sie hat heute erstmals seit Wochen Besuch von ihren Töchtern.«
Sie schwiegen. Natürlich hatte Steffen von den Vorwürfen der Isolationsfolter gehört. Es war unmöglich, nicht davon zu hören, aber ihm war klar, dass es sich um Propaganda handelte. Er kannte Gefängnisse. Ein Zuckerschlecken war keines, und er konnte sich gut vorstellen, dass jemand wie die Meinhof, die während ihrer Ehe in einer Villa in Hamburg gelebt hatte, das als Riesenunterschied empfand. Doch wenn er an Gerda Buddenberg dachte, wie sie verletzt aus den Autotrümmern über die Straße kroch, vergebens nach Hilfe schrie, oder an die Angestellten bei Springer, die nichts

Schlimmeres taten, als etwas zu drucken, in dem eine andere Meinung als die der Terroristen stand, dann hatte er nicht das geringste Mitleid mit der Inhaftierten. Die Meinhof und die anderen hatten sich dafür entschieden, zu Verbrechern zu werden. Nun bezahlten sie dafür, und keinen Tag zu früh. Eher einige Jahre zu spät.

»Es ist der Hungerstreik«, sagte Werder zu dem Chauffeur. »Er geht jetzt schon in den zweiten Monat. Ich weiß nicht, wie es Ihnen geht, Herr Gschwindner, aber ich kann mir nicht vorstellen, so etwas ohne Grund zu tun.«

Jetzt konnte sich Steffen nicht länger zurückhalten. »Die haben einen guten Grund«, platzte er heraus. »Sie wollen zusammengelegt werden, ist doch klar! Und sie wissen genau, dass sie sich mit einem Hungerstreik gegenüber Sympathisanten und Gruppen wie Amnesty International als Opfer vom großen bösen Staat darstellen können. Von so was darf man sich nicht erpressen lassen.«

Gleich darauf hätte er sich am liebsten auf die Zunge gebissen. So redete man mit einem Kollegen oder einem Freund, aber gewiss nicht mit einem Staatssekretär. Wenn der sich jetzt beschwerte, würde Steffen ausgetauscht werden. Verlegen ob seines Ausrutschers starrte er stur geradeaus, auf die Kopfstütze des Beifahrersitzes.

»Also, ganz ehrlich, Herr Staatssekretär, das sehe ich genauso«, kommentierte Sascha Gschwindner da mit seiner tiefen Stimme, die immer unabhängig von seiner tatsächlichen Stimmung ein wenig brummig klang. Ob er sich nun aus Solidarität einmischte, um die Aufmerksamkeit von Steffen abzulenken, oder seine tatsächliche Meinung kundtat, Steffen hätte ihn umarmen können.

»Es geht nicht darum, sich erpressen zu lassen«, entgegnete Werder ruhig. »Es geht um vorausschauendes Handeln. Im Mai letzten Jahres war das BKA noch sicher, dass Anschläge in einer solchen Häufigkeit und Größenordnung nicht mehr nur von sechs bis acht aktiven Mitgliedern durchgeführt wurden, wie man uns früher immer sagte. Die Terroristen auf freiem Fuß müssen sich zwischenzeitlich neu organisiert und weitere Mitglieder rekrutiert haben. Geholfen hat dabei bestimmt auch der ständige Verweis darauf, dass die Inhaftierten Märtyrer seien, stellvertretend für die ganze deutsche Jugend, die vom Staat keine Antworten auf ihre Fragen bekommt. Dem muss man begegnen. Wir können und dürfen ihnen keinen Märtyrerstatus zubilligen. Physische und psychische Unversehrtheit muss garantiert bleiben. Ich will deswegen wissen, ob etwas an diesen Vorwürfen dran ist, ehe ich dem Minister versichere, dass wir nichts tun, was sich mit unserem Rechtsstaat nicht vereinbaren lässt.«

Hans hatte bisher geschwiegen, obwohl er, wenn sie unter sich waren, schon einmal gesagt hatte, seiner Ansicht nach sollte man das für die hungerstreikenden Terroristen vorgesehene Essen den Obdachlosen geben und die Gefangenen im Übrigen ihrem Schicksal überlassen. Kein Verlust für die Menschheit, hatte er hinzugefügt. Steffen hätte es nie so ausgedrückt, auch wenn ihm solche Gedanken auch schon gekommen waren. Als er aber an Weihnachten, bei einem Klassentreffen, einem alten Freund begegnet war, der ihn als Erstes aufgeregt fragte, ob es wahr sei, dass die Baader-Meinhof-Mitglieder im Gefängnis gefoltert würden, war Steffen klargeworden, dass die Schlacht um die Meinung der Öffentlichkeit noch lange nicht geschlagen war. Denn sein Freund war früher nicht leichtgläubig gewesen. Insofern glaubte Steffen die Sorgen des Staatssekretärs teilweise zu verstehen. Aber er fand trotzdem, dass Werder deswegen nicht zwangsläufig nach Köln fahren musste. Das allein implizierte die Möglichkeit, dass an den Vorwürfen etwas dran war, was beleidigend für das Gefängnispersonal und schmeichelhaft für die Mörder war.

»Das ehrt Sie, Herr Werder«, sagte Hans jetzt laut, und Steffen musste eine kleine Grimasse unterdrücken. Sich mit dem Mann, den sie beschützten, gut stellen zu wollen, war eine Sache, aber sich einzuschmeicheln, wenn die wirkliche Ansicht eine andere war, war kriecherisch. Der Staatssekretär erwiderte nichts, und eine Zeitlang herrschte im Wagen Stille.

»Sie hat zwei Töchter«, sagte Werder plötzlich. »Die Meinhof. Die Ensslin hat einen Sohn. Sogar der Baader hat eine Tochter. Diesen Teil verstehe ich am wenigsten. Wie man sein Kind aufgibt.«

Die tote Tochter des Staatssekretärs fiel Steffen wieder ein. Der Schmerz über den Verlust des Mädchens verließ Werder noch seine Frau nie wirklich. Der Sohn, Michael, bei dem mittlerweile die Pubertätsstürme brausten und der öfter meinte, seine Eltern würden gerade sehr schwierig werden, war dabei, sich von einem fast zu braven Jungen in einen normal aufsässigen Jugendlichen zu verwandeln. Steffen fragte sich manchmal, ob das nur an der Pubertät und der Ungeduld mit der ständigen Überwachung lag oder auch daran, dass der Junge sehr lang im Schatten der toten Schwester gelebt hatte, die von ihren Eltern idealisiert worden war.

Auf jeden Fall wusste Steffen, dass Werder über seine tote Tochter grübeln würde, wenn man ihn nicht ablenkte. Dies wäre keine gute Vorbereitung für einen Gefängnisbesuch, selbst wenn der Staatssekretär dort nur die Unterbringung inspizieren würde. Also sagte er: »Herr Werder, ich verstehe nicht, warum so viele Frauen bei dem Verein mitmachen. Vielleicht bin ich altmodisch, aber ich habe immer gelernt, Frauen seien weniger gewalttägig als Männer. Irgendetwas scheint da falsch gewesen zu sein.«

»Vielleicht hast du einfach keine Ahnung von Frauen«, kommentierte Hans und lachte etwas hämisch. Steffen brauchte einen Moment, bis er sich sagen konnte, dass Hans nichts, aber auch gar nichts über sein Privatleben wusste und wahrscheinlich genau wie er ein ablenkendes Geplänkel führen wollte, das den Staatssekretär auf andere Gedanken brachte.

»Kann schon sein. Was meint der beste Ehemann in unserer Runde?«, erwiderte Steffen daher, sich auf Hans' Ton einlassend.

Sascha Gschwindner entgegnete nur ruhig: »Oh, meine Frau reißt mir regelmäßig den Kopf ab. Ich bin überhaupt nicht überrascht, dass bei den Terroristen die Weiber das Sagen haben.«

»Das fragt sich«, bemerkte der Staatssekretär. »Allen Berichten zufolge dominieren der wohl sehr charismatisch wirkende Baader und höchstens noch die Ensslin, als die Intellektuelle der Gruppe. Die Journalisten haben sich dagegen auf die Meinhof fixiert, weil sie eine der ihren war und einen Namen hatte, ehe sie mit der Gewalt anfing. Aber inzwischen haben wir ein paar Aussagen von Leuten, die kurze Zeit Kontakt mit der Gruppe hatten, ehe sie absprangen, und laut denen ist Baader Gott, Ensslin seine Prophetin, und die Meinhof wird als glorifizierte Tippmamsell behandelt. Ganz gewiss nicht als Entscheidungsträgerin.« Auch wenn Werder sich nicht dem Versuch eines leichtherzigen Gespräches angeschlossen hatte, so hatte er wenigstens nicht mehr über Kinder gesprochen, was Steffen erleichterte. Allerdings fragte er sich jetzt, warum sie zum Gefängnis der Meinhof unterwegs waren, anstatt zu Baader oder Ensslin, aber so schnell, wie die Frage auftauchte, so schnell konnte er sie selbst beantworten. Ganz gleich, welche Rolle die Meinhof tatsächlich spielte, *weil* die Journalisten so auf sie fixiert waren, hatte die Härte oder Normalität ihrer Unterbringung immer größere Wirkung als bei jemandem wie beispielsweise Jan-Carl Raspe, von dem der Durchschnittsbürger nur kurz einen Fernsehbericht über die Verhaftung und dann nichts mehr gesehen hatte. Steffen dämmerte außerdem ein weiterer möglicher Grund für Werders Fahrt. Eine beträchtliche Anzahl von Intellektuellen und Autoren, unter ihnen sogar Heinrich Böll, hatten Artikel darüber geschrieben, dass die Meinhof möglicherweise eine Gelegenheit zum Ausstieg suche, ohne jedoch mehr Gründe für diese Hoffnung als Wunschdenken bieten zu können.

»Also, wenn ich miserabel von den Leuten behandelt würde, für die ich meine Existenz aufgegeben habe, würde ich denen gegenüber nicht loyal bleiben«, sagte er langsam.

»Das war zunächst auch unsere Hoffnung«, entgegnete Werder nüchtern. »Die Wirkung in der Sympathisantenszene, wenn Ulrike Meinhof sich öffentlich von der RAF lossagen würde, wäre kaum zu überschätzen gewesen. Aber nachdem sie den Klaus von der Soko in den Bauch getreten hat, als er versuchte, mit ihr zu reden, ist so eine Vorstellung wohl hoffnungslos optimistisch, zurzeit jedenfalls. Und nun dieser Hungerstreik. Um so etwas durchzuhalten, muss man noch felsenfest in seiner Ideologie stehen.«

»Es sind beinharte Überzeugungstäter«, stimmte Steffen zu, der überzeugt war, zum Teil dieselben Berichte gelesen zu haben. »Aber gerade deswegen sollte man sie nie zusammenlegen, Herr Werder. Dann bestätigen sie sich doch nur gegenseitig und kommen mit immer neuen Ideen, für sich und ihr Fußvolk.«

Der Staatssekretär musterte ihn nachdenklich. »Sie haben einen Beruf gewählt, der die Bereitschaft verlangt, nötigenfalls Ihr Leben zu opfern, einen Beruf, bei dem Sie auch von der Waffe Gebrauch machen, um andere zu schützen, und glauben Sie mir, ich weiß das zu schätzen. Was, wenn jemand Sie einsperren würde? Ihnen sagte, dass alles, woran Sie glauben, falsch ist, und Sie selbst wären ein Verbrecher? Glauben Sie, man könnte Sie umdrehen?«

Vor ein paar Jahren noch hätte Steffen sich beleidigt gefühlt und protestiert, *er* sei kein Verbrecher, und woran er glaube, sei richtig. Gleichzeitig hätte er gefürchtet, dass es eine Anklage war, denn laut Paragraph 175 *war* er ein Verbrecher. Inzwischen war er älter und fand es oft sehr nützlich, zu versuchen, die Reaktionen anderer vorweg zu erahnen, indem er sich in ihre Lage versetzte. Es klappte nicht immer, aber meistens war es eine gute Übung.

Also versuchte er auch diesmal, eine emotionale Gemeinsamkeit zu finden, die es ihm ermöglichte, die Frau, um die es ging, wenigstens ansatzweise zu verstehen. Ihre Ideologie war ihm fremd, also brauchte er etwas anderes als Brücke. Steffen dachte daran, wie es war, inmitten von Menschen zu leben, die etwas, das für Steffen ein Teil seiner selbst war, zutiefst ablehnten. Die das auch oft genug zum Ausdruck brachten, ob nun im Ernst oder durch schale Witze.

»Ich hoffe nicht«, sagte er schließlich. »Aber wenn ich lange genug von Menschen umgeben wäre, die so denken wie ich, und vor allem, wenn Menschen, die ich respektiere und an denen ich hänge, auch so eine Meinung vertreten, dann – dann halte ich einen Frontwechsel für nahezu unmöglich.«

Er erinnerte sich nicht gerne an all die Schwulenwitze, mit denen er aufgewachsen war. Oder daran, dass sein Vater hin und wieder über »Perverse, die man alle an die Wand stellen sollte« gewettert hatte. Sein Stolz auf Steffens Berufswahl hatte auch damit zu tun, dass er alles, was mit Polizei zu tun hatte, für die Bastion von Männlichkeit schlechthin hielt.

Wenn es nicht Walther, den ehemaligen KZ-Insassen, in seinem Leben gegeben hätte, dann hätte er vielleicht nie den Mut gefunden, sich einzugestehen, dass er Männer liebte und mit Mädchen nichts anfangen konnte, ganz gleich, welche Überzeugung seine Umgebung vertrat. Doch seither war alles anders.

Unvermeidlicherweise mischte sich nun Hans wieder ein. »Auch für mich. Die könnten ihren Sch… ihren Blödsinn Tag und Nacht erzählen, und ich würde bei meinen Überzeugungen bleiben, Herr Werder. Weil das, woran ich glaube, keine zusammengeklaubten Parolen sind. Also ganz ehrlich, *diesen* Sauhaufen müssten Sie nur mal richtig hart anfassen, dann knicken die ein. Schon klar, Sie sind Staatssekretär, Sie dürfen so etwas nicht sagen, aber dafür sag ich's. Schädlingsbekämpfung ist das! Von wegen Isolationsfolter. Denen geht's doch viel zu gut.«

»Diese Leute sehen in uns Faschisten, Herr Bauer«, sagte Werder ernst. »Und sie wollen den Rest der Welt dazu bekommen, uns genauso zu sehen. Unsere Ideale zu verraten und ihnen zu geben, was sie wollen, und das wäre echte Folter, wäre das Falscheste, das wir tun können.«

Erneut breitete sich Schweigen aus. Dann erkundigte der Staatssekretär sich nach Sascha Gschwindners Sohn, und für den Rest der Strecke lieferten zur allgemeinen Erleichterung die Abenteuer des kleinen Alex die Unterhaltung.

Die Justizvollzugsanstalt Köln-Ossendorf, ein großes, aus roten Ziegelsteinen gebautes Gefängnis, war darauf vorbereitet, dass der Staatssekretär auf keinen Fall der Gefangenen oder ihren Töchtern sowie deren Begleitern begegnen dürfe. Trotzdem wurde das Auto bei ihrer Ankunft streng überprüft, denn eigentlich wurden während der Treffen der Meinhof mit ihren Anwälten oder Besuchern keine Fahrzeuge in die Anstalt gelassen. Hans, der vorab schon einmal da gewesen war, um sich das Gelände anzusehen, kannte die Gegebenheiten schon, doch für Steffen und Sascha Gschwindner war das Gefängnis neu. Als sich herausstellte, dass sich im Frauentrakt der psychiatrischen Untersuchungsabteilung, in dem man Ulrike Meinhof untergebracht hatte, keine weiteren Gefangenen befanden, wurde ihm doch etwas mulmig. Mörder, Bankräuber wurden so nicht behandelt. Warum tat die Justiz das? Faktisch hatte er gewusst, dass es hier für die Meinhof so war, es stand oft genug in den Zeitungen. Doch wenn er sonst durch so große Gebäude ging, war eine gewisse Geräuschkulisse für ihn immer selbstverständlich. Normalerweise bewegten sich überall Menschen, husteten und redeten. Hier hörte man nur die eigenen Schritte auf dem Flur, und auch die nur gedämpft.

»Die Untersuchungsgefangene Meinhof«, antwortete die Wärterin, die den Staatssekretär führte, auf dessen Frage hin, »ist *nicht* schallisoliert. Sie kann nicht akustisch am Anstaltsleben teilnehmen, das ist wahr, und auch sonst nicht, da es keine Arbeitszuweisung für sie gibt. Aber sie hat ein Radio. Ihr werden Bücher und Zeitschriften zur Verfügung gestellt, genau diejenigen, die sie anfordert.«

»Wie ist der persönliche Umgang mit ihr?«, erkundigte sich Werder.

Die Aufseherin presste die Lippen aufeinander. »Sie hat einmal mit der Klobürste nach mir geschlagen. Sonst kam es zu keinen … Wir sind auf Provokation vonseiten der Gefangenen eingerichtet. Wir sind daran gewöhnt und lassen uns nicht herausfordern, *wir* nicht.«

»Das erfordert bestimmt viel Stärke«, sagte der Staatssekretär freundlich. Die Aufseherin entspannte sich etwas und versuchte nicht mehr, wortwörtlich das Regelbuch zu zitieren.

»Ja, schon. Die meisten kommen einem nur am Anfang mit der großen Lippe, später muss man eher darauf achten, was bei den Gefangenen untereinander passiert, aber das spielt hier ja keine Rolle. Die wäre sich außerdem auch viel zu gut, um mit den kleinen Ladendiebinnen, Mörderinnen und Nutten hier zu reden, die Frau Meinhof, selbst wenn sie das dürfte. Die schaut auf die Leute herunter. Auf uns jedenfalls. Vor dem Hungerstreik beschwerte sie sich, dass sie zu ihren Tomaten kein Basilikum bekäme. Meine Kollegin brachte ihr daraufhin einen Topf mit Basilikum von zu Hause mit. Zuerst hat sie sich wohl gefreut, aber am nächsten Tag flog der Kollegin der Topf um die Ohren und sie musste sich anhören, die Meinhof hielte nichts von einer Verführung zur Kollaboration mit dem Feind. Die spinnt. Wir sind auch nie allein mit ihr, keine Sorge. In die Zelle dürfen wir immer nur zu zweit, das ist vorgeschrieben. Das hilft, sich nicht provozieren zu lassen.«

Sie waren vor einer Tür angekommen, die wie die übrigen hellgrün gestrichen war. In dem Neonlicht des Flurs wirkte die Farbe unnatürlich grell.

»Wird das Flurlicht denn nachts ausgeschaltet?«, fragte der Staatssekretär, während die Aufseherin die Tür aufsperrte.

»Nein. Und das Licht in der Zelle auch nicht«, fügte sie hinzu.

Steffen kniff die Augen zusammen. Tag und Nacht bei hellstem Neonlicht zu leben war das Unangenehmste, was sich ihm bisher über Gefängnisbedingungen offenbarte. Er konnte sich aber immer noch nicht vorstellen, wie es war, ohne jedes Geräusch zu leben.

Die Zelle selbst war weiß gestrichen und voller Bücher und Zeitschriften. Das Radio stand auf einem kleinen Tisch. Es herrschte eine fürchterliche Unordnung, alle Zeitungen und Zeitschriften waren quer über dem Boden verstreut und mit alten, zerknitterten Verpackungen von Süßigkeiten vermischt.

»Das war sie, nicht wir«, sagte die Aufseherin, die dem Blick des Staatssekretärs gefolgt war. »Wir sollen uns bei den Durchsuchungen ekeln. Die Frau Meinhof versucht nämlich ständig, Kassiber rauszuschmuggeln, neben den offiziellen Briefen, die sie abgibt. Wir versuchen das natürlich zu unterbinden, wir machen hier täglich Zellenkontrollen und Leibesvisitationen. Aber ganz ehrlich, solange sie Besuch von ihren Anwälten bekommt, wird das auch mit den Kassibern weitergehen.«

»Anwaltskonsultationen sind ihr Recht, und Kassiber gibt es schon länger als Anwälte für Gefängnisinsassen. Würde

es Ihnen die Arbeit erleichtern, wenn wir direkte körperliche Kontakte mit einer Scheibe unterbinden würden?«
Die Aufseherin zuckte die Achseln. »Ist nicht mein Gebiet.«
Der Staatssekretär warf einen letzten Blick in die Zelle, dann verließ er sie wieder, und die Aufseherin sperrte hinter ihm zu. Das Geräusch wurde sofort von den dick gepolsterten Wänden geschluckt. Mittlerweile konnte Steffen, seit er angefangen hatte, darauf zu achten, die Atemzüge des Staatssekretärs, seine eigenen und die von Hans und der Wärterin ausmachen.
Er fand den Begriff »Folter« immer noch übertrieben. Aber er hätte hier keinen Tag verbringen wollen, geschweige denn Monate, und vielleicht, es sei denn, man verlegte sie nicht, Jahre.
Ich habe niemanden umgebracht, sagte er sich. *Und wer weiß, vielleicht veranlasst sie diese Umgebung wirklich mit der Zeit, zu bereuen, was sie getan hat.*
Hans, der einige Schritte vor dem Staatssekretär ging, während Steffen hinter ihm lief, hielt sich sehr steif. Der Staatssekretär schien bedrückt. Steffen ertappte sich dabei, seine Sonnenbrille wieder aufzusetzen. Beim Betreten des Gebäudes hatte er sie abgenommen, er hielt nichts davon, sich ohne zwingenden Grund die Sicht einzuengen. Aber das Neonlicht war so hell, das es bei ihm leichte Kopfschmerzen auslöste, obwohl er den Aufenthalt in ähnlich ausgestatteten Bürogebäuden sowohl ganztägig als auch über einen guten Teil der Nacht hinweg gewöhnt war. Hatte die Meinhof laut den Akten nicht irgendwann eine Gehirnoperation gehabt? Er wusste von der menschlichen Anatomie nur, was er für die Arbeit brauchte, aber er konnte sich nicht vorstellen, dass diese Dauerbeleuchtung gut für das Gehirn und die Sinne war, und fragte sich, wie die Aufseherinnen damit fertig wurden.

Wieder hielt er sich die Fotos von den Bombenopfern vor Augen. Die Manifeste, die ihm und seinesgleichen das Menschsein absprachen, sie zu Schweinen erklärten, auf die geschossen werden dürfe. Wann würden endlich mal die Tierschützer für sie auf die Straße gehen, witzelten sie häufig untereinander. Dazu die Heuchelei der Manifeste, die den Staat für faschistisch erklärten, in denen die Terroristen sich selbst auf eine Stufe mit Konzentrationslagerinsassen stellten, gleichzeitig aber keinen Funken Mitleid für die jüdischen Athleten in München zeigten, sondern sie flugs zu gerechtfertigten Opfern des Kampfes gegen den Imperialismus machten. Das war einfach krank. Innenminister Genscher hatte sich damals in München selbst für einen Austausch mit den jüdischen Geiseln angeboten, während die RAF den palästinensischen Genossen gratulierte. Wenn hier jemand die Arroganz der Nazis teilte, mit der sie ihre Gegner für nicht lebenswert erklärt hatten, dann nicht die deutsche Regierung. Menschen wie Ulrike Meinhof hatten ihre Wahl sehenden Auges getroffen. Nun ernteten sie die Konsequenzen, mehr nicht.

Nie hatte er sich mehr nach Pflanzen und dem Gefühl von Erde auf seiner bloßen Hand gesehnt als in diesem hell erleuchteten Flur und der nur von rasch verklingenden Schritten und Atemzügen unterbrochenen Stille.

»Sie haben Ihr Berufsleben lang immer mit Kriminellen zu tun«, wandte sich Werder plötzlich an die Aufseherin. »Wie viele von denen resozialisieren sich Ihrer Meinung nach erfolgreich? Erkennt man da ein Verhaltensmuster während der Haft?«

»Resozialisieren – meinen Sie, wie viele von denen rückfällig werden? Kommt darauf an. Bei denen, die auf Drogen sind, die Mehrheit, ganz gleich, ob sie wegen Diebstahl, Gewalttaten oder Mord sitzen. Ist nicht immer die Schwere des Delikts, die den Ausschlag gibt. Wenn eine ihrem Ehemann das

Küchenmesser in den Bauch gerammt hat, weil der sie ständig schlägt, also, die sehen wir hier meistens nicht wieder.«
Sie zögerte einen Moment, dann fuhr sie fort: »Im Gebäude nebenan, im Männertrakt, war eine Zeitlang der Jürgen Bartsch untergebracht, der Kindermörder, Sie wissen schon.«
Der Staatssekretär nickte, und auch Steffen erinnerte sich an den Fall, der viele Schlagzeilen gemacht hatte. Während des Prozesses war der Hintergrund von Bartsch als misshandeltes Heimkind ans Licht gekommen und hatte zu heftigen Debatten über seine Zurechnungsfähigkeit geführt. Letztendlich hatten die vier zerstückelten Jungen überwogen, die Bartschs Opfer gewesen waren.
»So jemand wie der wird nie aufhören«, sagte die Aufseherin.
Kurz wirkte es, als wollte der Staatssekretär etwas dazu sagen, aber dann überlegte er es sich anders. »Hatten Sie denn vorher schon einmal mit ideologisch motivierten Gewalttätern zu tun?«, fragte er stattdessen.
»Nein. Aber wenn Sie wissen wollen, ob die Frau Meinhof rückfällig wird oder nicht – also, wenn Sie die jetzt gehen lassen, natürlich. Ob in zehn, vielleicht fünfzehn Jahren auch noch, das kann ich Ihnen nicht sagen.«
»Sie gehen zu lassen, steht nicht zu Debatte«, erwiderte der Staatssekretär ausdruckslos. »Ihr Prozess hat ja noch gar nicht begonnen. Sie ist immer noch in Untersuchungshaft.«

Werder hatte noch ein Gespräch mit einem Vertreter der Gefängnisleitung in dessen Büro, bei dem Steffen und Hans vor der Tür warteten und es vermieden, sich anzusehen. Beide trugen ihre Sonnenbrillen, obwohl das Licht im Verwaltungstrakt gedämpfter war. Bei dem Verlassen der Anstalt wurde Werder nicht durchsucht, aber Hans und Steffen mussten, wie beim Betreten des Gefängnisses, eine schnelle

Leibesvisitation über sich ergehen lassen, die Steffen insgeheim schlussfolgern ließ, dass es hier entweder an der Ausbildung haperte oder die Routine die Leute schlampig werden ließ. Gut, die Wärter hatten jeden Grund, anzunehmen, dass Hans und er als Leibwächter eines Staatssekretärs nichts Illegales in den Knast schmuggelten, aber wenn sie sich schon die Mühe machten, sollten sie gründlicher sein. Etwas hinein- oder herauszuschmuggeln wäre ein Leichtes gewesen.

Sascha Gschwindner, der den Innenbereich gar nicht erst betreten hatte, nahm Steffen bei ihrer Rückkehr diskret beiseite. »Ich war nicht der Einzige, der hier auf dem Parkplatz im Wagen gewartet hat«, flüsterte er Steffen zu und drückte ihm eine Liste mit den Nummernschildern der Autos mit einem wartenden Insassen in die Hand. Steffen würde sie später überprüfen, aber ein rascher Blick verriet ihm, dass nicht überraschend eine der Nummern zu Klaus Röhls Fahrzeug gehörte, Ulrike Meinhofs geschiedenem Ehemann, der die Töchter gebracht haben musste.

»Ich werde dem Minister vorschlagen«, sagte Werder, als sie wieder im Auto saßen und auf dem Rückweg nach Bonn in den täglichen Feierabendstau gerieten, »dass man als Geste der Ermutigung zur Beendigung des Hungerstreiks eine Zellenverlegung für Frau Meinhof durchführen könne.«

Diesmal befand sich Hans neben ihm, während Steffen neben Gschwindner vorne saß, so dass Steffen in den zweiten Rückspiegel sehen musste, um die Miene des Staatssekretärs sehen zu können. Seine Stirne war gefurcht, die Lippen zusammengepresst.

»Zu einem der anderen Terroristen?«, platzte Hans entsetzt heraus.

»Nein«, gab der Staatssekretär kühl zurück. »In den Männertrakt des Gefängnisses. Die Beleuchtung ist dort in der Nacht schwächer, wurde mir versichert. Und natürlich ist die Akustik eine andere, auch wenn aus Sicherheitsgründen die Zellen unmittelbar neben der von Frau Meinhof geräumt sein werden. Man kann nicht jeden Gefangenen dort auf seine Gesinnung untersuchen, und es gibt auch immer ein Geflecht von solidarischen Beziehungen und gegenseitiger Unterstützung unter den Gefangenen. Und Kassiber haben wir wahrlich schon genug.«

Es bestand kein Grund, erleichtert zu sein, das wusste Steffen, und dennoch konnte er nicht anders, er fühlte sich ein Stück zufriedener.

»Frau Meinhof hat seinerzeit über Jürgen Bartsch geschrieben, der auch in Köln eingesessen hat«, fuhr der Staatssekretär fort. »Als die Aufseherin ihn erwähnte, fiel es mir wieder ein. Für sie war er ein Opfer der Gesellschaft. Seine eigenen Opfer waren ihr dagegen keine Zeile wert. Ich habe daher angeregt, dass sie in die alte Zelle von Jürgen Bartsch verlegt wird.«

1998 – Anna Liebert

»Wussten Sie, dass Ihr Kollege Hans Bauer ursprünglich Hans Beksinski hieß?«, fragte die Fallanalytikerin, als sie ihn mit einem Eis in der Hand von der Arbeit abholte. Er hatte ihren Porsche Carrera schon bei ihrem ersten Besuch gesehen, und seine Knochen schmerzten bei der Vorstellung, seine 190 Zentimeter in diese Flunder quetschen zu müssen.
»Es ist so ein schöner Frühlingstag«, meinte sie, seinen Blick richtig deutend. »Ich dachte, wir laufen noch ein wenig.«
»Ich kann nicht sehr schnell gehen«, warnte er sie. Es war eine einfache Feststellung, keine Entschuldigung, und es tat nicht mehr weh, daran zu denken, wie sportlich er früher gewesen war.
»Beim Bummeln genießt sich ein Eis noch besser«, sagte sie ungerührt. Sie ging in Richtung zu der Bushaltestelle, die er gewöhnlich benutzte, um von der Gärtnerei nach Hause zu fahren.
»Also. Hans Beksinski. Die Familie kam aus Polen, gleich nach dem Zweiten Weltkrieg, was es unwahrscheinlich macht, dass Vater Beksinski im polnischen Widerstand war, und sehr viel wahrscheinlicher, dass er kollaborierte. Den Namen haben sie legal geändert, als Hans noch in der Schule war. Wenn ich damals im BKA gewesen wäre, hätte ich mich bei der Sicherheitsüberprüfung gefragt, ob das nicht schon ausreicht, damit er unter Druck gesetzt werden kann.«
»Warum?«, fragte Steffen verwundert.
Einige rosa Tropfen vom Erdbeereis waren auf ihre Finger

getropft. Ohne zu zögern oder gar verlegen zu sein, leckte sie diese einfach weg.

»Beihilfe zur Vertuschung der Beteiligung am Völkermord durch seinen Vater. Der war damals noch am Leben, und verjährt wäre es auch nicht gewesen, wenn man ihm etwas nachweisen hätte können.«

Steffen wusste, dass sein Verstand nicht mehr so schnell war wie früher, aber das erschien ihm doch so weit hergeholt, dass er ungläubig schnaubte. Erlaubte die Frau sich einen schlechten Scherz mit ihm? Aber der Ausdruck ihrer Miene blieb ernst.

»Sie leben heute in einer anderen Welt«, sagte Steffen. »Anfang der siebziger Jahre waren zwei Drittel aller führenden Leute im BKA ehemalige Nazis. Selbst wenn der Vater von Hans KZ-Wärter in Auschwitz gewesen wäre, hätte das keiner von denen als mögliches Erpressungsmaterial gegen dessen Sohn betrachtet.«

Im Gegensatz zu seiner Veranlagung, dachte er, doch selbst diesem Gedanken fehlte die alte Bitterkeit. Er mochte seine erste Karriere und seine körperliche Unversehrtheit verloren haben, doch er hatte Klaus gefunden, und selbst wenn er seinen alten Kopf und Körper wieder hätte, würde er nicht mehr zurückgehen wollen.

»Und wie war das für Sie?«, fragte seine Begleiterin. »Hatten Sie Probleme damit, unter lauter alten Nazis zu dienen?«

Er hatte eine Meinung dazu gehabt als junger Mann. So viel wusste er noch. Aber was und wie die gewesen war, gehörte zu den Dingen, die das sechsmonatige Koma in ihm verschüttet hatte und die er neu konstruieren musste.

»Ich glaube … Ich glaube, ich war nicht glücklich darüber, aber ich bin sicher, dass ich nichts gesagt habe. Sonst wäre ich gar nicht erst in den Personenschutz gekommen.«

»Warum nicht?«

»Weil einige der zu schützenden Größen dieser Zeit ebenfalls ehemalige Nazis waren«, antwortete Steffen trocken und war sich wieder nicht sicher, ob ihre Ignoranz echt oder gespielt war. Bestimmt wollte sie ihn nur wieder provozieren.

»Du meine Güte. Manchmal kann ich die Achtundsechziger verstehen«, murmelte sie. »Wer von denen hat noch mal gesagt, dass die Bilder von Schleyer für das Volk die erste Gelegenheit war, einen SS-Mann in Deutschland leiden zu sehen?«

Bestimmt wollte sie ihn provozieren. Doch er konnte sich nicht zurückhalten. »Man hat einen *Menschen* leiden sehen. Erniedrigt, gedemütigt, mit einem Schild um den Hals. Und Sie sollten es besser wissen, als heute noch auf die alte RAF-Propaganda vom historischen Racheakt hereinzufallen. Außerdem war der ehemalige SS-Mann Schleyer nur die zweite Wahl, nach Jürgen Ponto. Den wollten sie als Erstes entführen, und Ponto hatte keine Nazi-Vergangenheit.«

»Wenn die Daten stimmen, die Sie mir gegeben haben, dann lagen Sie während des Ponto-Attentats und der Schleyer-Entführung noch im Koma«, erwiderte sein Gegenüber ungerührt. »Sie sprechen also nur aus der Perspektive eines informierten Zeitungslesers. Genau wie ich.« Damit biss sie in ihre Waffel.

»Nein, ich spreche aus Erfahrung! Wir haben diese Leute studiert. Uns auf sie vorbereitet.« Er verstummte. Es war offenkundig so, dass er sich nicht genügend vorbereitet hatte. Sonst wären Werder, Gschwindner und zwei seiner Kollegen nicht gestorben, und er selbst wäre nicht im Koma gelandet. Er hatte versagt, und das war noch die bessere von zwei schlechten Alternativen, die sie herauskriegen sollte. Die alte Scham brannte in ihm, gemischt mit der neuen Furcht.

»Sind Sie je einem Mitglied der RAF wissentlich begegnet?«, fragte sie leise.

»Nicht, soweit ich mich erinnern kann«, entgegnete er ver-

zweifelt. »Der Gefängnisbesuch war das Nächste an Direktkontakt, von dem ich noch weiß.«
Davon hatte er noch einige Bilder im Kopf: Der Staatssekretär hatte die Justizvollzugsanstalt in der Nähe von Köln besuchen wollen, der vollständige Name fiel Steffen schon nicht mehr ein. Das helle Neonlicht im Flur, die weißen Wände der Zelle, das wusste er noch, aber er konnte sich an kein Gesicht mehr erinnern. Nur sehr still war es gewesen, zumindest das war ihm im Gedächtnis geblieben. Stille, absolute Stille, hörbares Atemholen, Tritte auf dem Gang.
»Ihr Ex-Kollege Peter hat sich bereit erklärt, mit mir zu reden, also werde ich ihn ebenfalls nach dem Besuch fragen«, sagte sie, als er ihr die Fragmente aus seinem Gedächtnis beschrieb. »Aber«, so fügte sie beruhigend hinzu, »ich glaube nicht, dass Sie an diesem Tag mit einem der Gefangenen sprachen. Die Regierung hat damals ausschließlich über ganz wenige Beamte mit den RAF-Gefangenen verhandelt, und Ihr Staatssekretär wäre dafür eine Nummer zu groß gewesen.«
Peter war damals der Leiter des zweiten Teams. Er konnte somit überhaupt nichts zu diesem Besuch sagen, was Steffen gleich richtigstellte. Nachdem er aus dem Koma erwacht war, hatte ihn Peter ein paarmal im Krankenhaus besucht, aber nach und nach waren es weniger Besuche geworden. Nach Steffens Entlassung und den ersten Schlagzeilen über seine Neigungen hatten sie ganz aufgehört. Seinerseits hatte Steffen nie versucht, herauszufinden, ob ihn Peter und die Kollegen nun für einen Verräter oder schlichtweg für inkompetent hielten, oder ob sie sich distanzierten, weil Steffen sich als schwul herausgestellt hatte. Sie waren nie echte Freunde gewesen, aber gut genug miteinander ausgekommen, um eine Gewissheit in diesem Punkt für Steffen schmerzhaft zu machen. Deswegen hatte er sich seinerseits nie bemüht, wieder den Kontakt mit Peter herzustellen. Die

harmonischen Erinnerungen, die ihm in dem Schotter seines lädierten Gedächtnisses an Kameradschaft und Zusammenarbeit geblieben waren, wollte er behalten, nicht vermischen mit einer neuen, in der ihn sein Kollege entweder einen Versager oder eine Schwuchtel nannte.

»Vielleicht würde er auch nichts dergleichen tun«, hatte Klaus mehr als einmal vorgeschlagen. »Vielleicht hat er nur aufgehört, dich zu besuchen, weil er dachte, dass du es so willst. Ist doch möglich, dass er dich im Gegenteil als einen Helden sieht, der gegen alle Widerstände überlebt hat.«

Aber Steffen war nie bereit gewesen, das auf die Probe zu stellen, nicht zuletzt, weil er sich nach dem Werder-Attentat selbst als alles andere als einen Helden sah.

Er erkundigte sich, was Peter dieser Tage tat, und erfuhr, dass dieser Sicherheitschef in einem führenden Industrieunternehmen war. »In einem Krimi würde ihn das zum Hauptverdächtigen machen«, sagte die Analytikerin trocken. »Er profitiert bei diesem Job durch seine Ausbildung, bezieht ein wesentlich höheres Gehalt und musste sich auch nie in Gefahr sehen, falls er damals die Route des Staatssekretärs weitergegeben hat.«

»Peter, und das gilt genauso für sein ganzes Team, hätte niemals mit Terroristen zusammengearbeitet«, protestierte Steffen empört. »Niemals! Nur, weil Klaus Sie für Ermittlungen bezahlt, dürfen Sie das nicht als Lizenz dafür betrachten, Leute in den Dreck zu ziehen! Wir hatten einen Eid geschworen, verstehen Sie, einen Eid! Sie scheinen keine Ahnung zu haben, was das bedeutet.«

Sie wandte sich ihm zu. Der letzte Rest ihrer Waffel war verschwunden. Ihr Gesicht war sehr ernst, ihre Stimme freundlich.

»Vielleicht nicht. Aber wenn Sie so sicher hinsichtlich der Loyalität Ihrer ehemaligen Kollegen sind, hinsichtlich deren Ehrenhaftigkeit, warum können Sie dann nicht an Ihre eigene Ehre und Loyalität glauben? Warum quälen Sie sich so? Hätten Sie nicht auch das Vertrauen verdient, dass Sie Ihren Kollegen entgegenbringen?«

Das brachte ihn zum Schweigen. So hatte er die Sache noch nie betrachtet. Verwirrt ging er weiter.

»Auch auf die Gefahr hin, noch mehr zu spekulieren – kann es sein, dass man Ihnen von Kindheit an immer gesagt hat, Homosexuelle seien weniger vertrauenswürdig, so dass ein Teil von Ihnen es heute noch glaubt?«

»Sie sind als Fallanalytikerin engagiert«, knurrte er. »Nicht als Psychiaterin.«

»Zum Glück, denn als Therapeutin wäre ich ein Reinfall. Okay, nun zu etwas anderem. Was Sie vorhin darüber sagten, dass Schleyer nur die zweite Wahl der RAF war, nach Ponto. Haben Sie sich eigentlich nie gefragt, ob er nicht sogar die dritte Wahl war – nach Ponto *und* Staatssekretär Werder?«

Inzwischen waren sie an der Bushaltestelle angekommen, und Steffen klammerte sich an die metallene Stange des Häuschens, um Atem zu schöpfen.

»Doch. Aber es hat ja dann wie bei Buback ein Bekennerschreiben gegeben, in dem der Anschlag eine Hinrichtung genannt wurde. Das haben meine Kollegen mir später im Krankenhaus erzählt. Und Werder ist anders als Schleyer und Ponto auch immer Teil der Behandlung der gefassten Täter gewesen. Als Staatssekretär im Justizministerium war er sogar direkt in Entscheidungen über den Umgang mit der RAF involviert. Das machte ihn zu einem Mord-, nicht zu einem Entführungsziel, ganz gewiss. Außerdem hat man später bei dem Anwalt von Meins, der, der auch Terrorist wurde, die Liste gefunden, wo von ›Margarine‹, ›Big Money‹ und ›HM auschecken‹ die Rede war. Big Money war Ponto, HM Hans-Martin Schleyer und Margarine Buback. Kein Wort wies auf Staatssekretär Werder hin. Er muss kurzfristig als Ziel dazugenommen worden sein. Auch das weist eher darauf hin, dass sie ihn umbringen wollten, nicht entführen.«

»Hmm. Das mit Margarine habe ich übrigens nie verstanden.«

»SB«, erklärte Steffen und fühlte sich einmal mehr wie ein Überlebender aus einer anderen Welt. »SB war eine populäre Margarinen-Marke damals. SB für Siegfried Buback.«

»Das wissen Sie alles noch«, fragte sein neuer Quälgeist. »Trotz Ihrer Gedächtnisprobleme?«

Er zuckte die Achseln.

»Hm«, wiederholte sie. »Wenn Sie solch komplexe Sachverhalte mit einem hohen Abstraktionsgrad behalten können, ist Ihre Erinnerung an den Tag des Attentats vielleicht doch noch abrufbar.«

Steffen spürte Hoffnung in sich aufflackern und schnell wieder zusammenfallen. »Ich kann mir Worte durch Assoziationen merken«, sagte er. »Und Initialen, Initialen sind leicht. Aber Ereignisse sind etwas anderes.« Verlegen setzte er hinzu: »Und mein Kurzzeitgedächtnis ist nicht sehr gut. Ihren Namen zum Beispiel. Ich denke an Sie immer als ›die Fallanalytikerin‹, weil ich mir Ihren Namen nicht merken kann. Klaus hat ihn mir natürlich gesagt. Und Sie auch, das weiß ich. Bitte verzeihen Sie. Normalerweise hilft es mir immer, das Alphabet durchzugehen, aber bei Ihnen ende ich immer mit F für Fallanalyse.«

»Versuchen Sie es rückwärts, und Sie landen zuerst bei L«, entgegnete sie hilfsbereit. »L für Liebert. Anna Liebert.«

1974 – Herbst – Martina

In ihrer Kindheit hatte Martina keine Haustiere gehabt, aber sie hatte sich öfter freiwillig gemeldet, um im Tierheim Hunde auszuführen. Es war seltsam, jetzt, da sie ihr altes Leben so weit hinter sich gelassen hatte, an diese Zeit erinnert zu werden. Aber sie war endlich mit einer Mission beauftragt worden, die über das Aufbewahren von Paketen und das Anmieten von Wohnungen mit gefälschten Papieren hinausging, und sie wollte auf keinen Fall versagen. Ausgerechnet ein Hund sollte ihr dabei helfen. Diesmal ging es um etwas, das den Gefangenen wirklich helfen sollte. Die Gefangenen hatten Hilfe dringender nötig denn je, jetzt, wo der Staat sich nach zwei Jahren Untersuchungshaft endlich bequemt hatte, offiziell Anklage zu erheben.

»Der Prozess soll nächstes Jahr in Stammheim stattfinden«, hatte Renate gesagt und berichtet, dass man Andreas Baader und Jan-Carl Raspe dort schon zusammengeführt hatte, was hoffen ließ, dass auch die restlichen Gefangenen dorthin gebracht wurden. Im April waren dann Gudrun Ensslin und Ulrike Meinhof gefolgt. Renate sah das als einen Sieg der Volksmeinung über den Staat an. Sie klammerte sich eben immer noch an ihren Juristenoptimismus. Bert dagegen war sicher, dass die Gefangenen dort umgebracht würden, ehe es zum Prozess kam. Derzeit befanden sie sich in ihrem dritten Hungerstreik und wurden von den Gefängnisärzten zwangsernährt.

Zwangsernährung war etwas, das Martina nur ganz dunkel aus Geschichtsbüchern kannte. Hatte man nicht in England einige der Frauenrechtlerinnen vor dem Ersten Weltkrieg auch zwangsernährt und vielen damit lebenslang die Gesundheit ruiniert? Bert las ihr bei einem der nächsten Treffen einen Kassiber von Holger vor. An Armen und Beinen werde er festgeschnallt, den Kiefer würden sie mit einem Holzkeil auseinanderzwingen, und ein mittelfingerdicker Schlauch wäre ihm eingeführt worden, an dem er fast erstickt sei, schrieb er.

»Und das ist erst der Anfang«, sagte Bert düster. »Ihr könnt euch denken, worauf das am Ende hinausläuft. Auf einen ›Unfall‹ bei der Behandlung. Macht euch keine Illusionen, die Schweine werden sie umbringen, einen nach dem anderen. Denkt immer daran. Unsere Genossen haben ganz klar gesagt: Wenn sie in der Haft sterben, wird es Mord sein. Ganz gleich, welche Lügen die Mörder verbreiten werden. Aber wir, wir werden nicht länger passiv hier draußen sitzen und zulassen, dass es so weit kommt.«

Der Plan zur Befreiung, soweit er Unterstützern wie Sybille und Martina mitgeteilt wurde, klang logisch. Bei jedem Krieg hatte es den Austausch von Kriegsgefangenen gegeben. Selbst bei dem jetzigen Kalten Krieg zwischen den imperialistischen USA und der Sowjetunion war das der Fall, sie tauschten Spione aus. Was die deutsche Regierung auch immer offiziell zur RAF sagte, wenn sie behauptete, das wären alles nur Ganoven, mehr nicht, in der Realität sah das ganz anders aus. Die Systemträger hatten sogar den Hochsicherheitstrakt in Stammheim für sie ausgebaut. Jeder Deutsche wusste, dass sie in diesem Gebäude keine Kriminellen festhielten, sondern diejenigen, mit denen sie sich im Krieg befanden. Bonn hatte für sie sogar den bisher unbekannten völkerrechtlichen Status für gefangene Stadtguerillas eingeführt. Und die Schweine würden ihre Gefangenen austauschen, wenn die Tauschobjekte nur wertvoll genug waren.

»Da kommt ihr ins Spiel«, sagte Bert. »Wir brauchen eine

große, wirklich große Auswahl von möglichen Zielobjekten. Und wir müssen über deren Bewegungsabläufe genauestens Bescheid wissen. Die Adressen natürlich auch, doch die sind leicht herauszufinden. Was wirklich wichtig ist, sind Beschreibungen der Sicherheitsvorkehrungen, ob viel oder wenig Verkehr auf der Straße ist, was Nachbarn einsehen können, wer ohne weitere Umstände in die Häuser reingelassen wird wie Postboten, Müllabfuhr, Handwerker. Kapiert?«

Sybille kicherte. »Klingt wie James Bond.« Gleich darauf wurde sie rot. »Ich weiß natürlich, dass Bond-Filme imperialistische Propaganda und Gehirnerweichung sind«, fügte sie hastig hinzu.

»Solange du Spaß dran hast«, entgegnete Bert ein wenig gönnerhaft, doch dann setzte er mit einem Grinsen hinzu: »Wir haben alle unsere Schwächen. Unser Obermufti steht auf Micky Maus.«

»Im Ernst?«, fragte Sybille großäugig, doch Martina, die von dieser Neigung schon auf der Fahrt zum Brandstifterprozess gehört hatte, kümmerte es wenig, ob Andreas Baader nun Micky-Maus-Hefte oder Bond-Filme bevorzugte. Sie hatte inzwischen darüber nachgedacht, was sie tun sollten, und ihr war eine Möglichkeit der Risikominimierung eingefallen.

»Hör mal«, wandte sie sich an Bert. »Die ersten ein, zwei Male falle ich vielleicht niemandem auf, wenn ich an einer Bonzenvilla vorbeischlendere, aber irgendwann merkt auch der dämlichste Leibwächter, dass ich öfter in der Gegend bin, und will wissen, wieso. Das Gleiche gilt für Sybille.«

»Seit Monaten liegst du mir nun schon damit in den Ohren, dass du mehr für die Rettung der Gefangenen tun willst, also komm mir jetzt nicht mit irgendwelchen Zicken«, gab er ungehalten zurück.

»Lass mich ausreden! Es ist doch ganz einfach: Ich brauche einen guten Grund, um mich öfter in einer Straße sehen zu lassen. Also lege ich mir einen zu.«

»Also, Martina, die echten Bonzen wohnen nicht in St. Pauli, und wenn man dich in Blankenese für eine Bordsteinschwalbe hält, hast du entweder gleich die Bullen oder die ersten Kunden auf dem Hals, statt die Lage auskundschaften zu können«, konterte er sofort, und sie schnitt eine Grimasse.

»Ein Hund«, erklärte sie. »Ich werde einen Hund ausführen. Jeder Hundebesitzer macht regelmäßig lange Spaziergänge mit seinem Tier. Kein Mensch wird da etwas anderes vermuten.«

Bert pfiff anerkennend. »Ich sag's nicht gerne, aber das ist ein Volltreffer. Wenn ein Hund dabei ist, werden sogar Bullen gleich menschlicher.«

Einen geeigneten Hund zu finden war nicht weiter schwer. Martina nahm Angelika mit in das nächste Tierheim und behauptete, ihre kleine Tochter wünsche sich nichts sehnlicher als ein Haustier. Außer Hörweite ihrer Tochter ließ sie noch einfließen, dass Angelikas Vater kürzlich gestorben sei, was sogar der Wahrheit entsprach. Jürgen hatte sich mit einer Überdosis Heroin getötet, was Dritten gegenüber natürlich als Unfall geschildert wurde. Sein Vater hatte sich Martinas Anwesenheit bei der Beerdigung verbeten. Von Jürgens Tod zu erfahren, war ein seltsames Gefühl gewesen oder, besser gesagt, die Abwesenheit jeden Gefühls. Jürgen war in vieler Hinsicht einfach nur ein ehemaliger Studienkamerad für sie, den sie längst vergessen hätte, wenn sie nicht durch puren Leichtsinn von ihm schwanger geworden wäre. Für Angelika war er nur jemand, der eher durch seine Abwesenheit Bedeutung als echte Erinnerungen hinterlassen hatte. Für ihre Tochter war die Abwesenheit eines Vaters zudem nichts Besonderes, da viele der anderen Kinder in den Kinderläden, in denen Martina sie untergebracht hatte, auch nur bei einem Elternteil lebten. Angi wurde nie wegen Jürgen gehänselt. Aber sie hatte hin und wieder gefragt, warum der Papa nicht zu Besuch nach Hamburg käme. »Weil es so weit von München weg ist«, war leider nie ein besonders gutes Argument gewesen, da Martinas Eltern bereits zwei Besuche bei ihnen geschafft hatten.

»Sie hat dich und mich«, hatte Renate zu dem Thema gesagt. »Sie braucht keinen Vater, und schon gar keinen drogensüchtigen Junkie.«

Das stimmte zwar, doch das konnte sie Angelika nicht sagen. Also hatte Martina Jürgen als zu krank zum Reisen hingestellt und Angelika Bilder malen lassen, die sie ihm schickte, damit er sie in seinem angeblichen Krankenzimmer aufhängte. Hin und wieder rührte er sich daraufhin am Telefon oder schickte Postkarten. Sein Tod, dachte Martina, würde Angelika nicht wirklich treffen. Ihre Tochter war wegen der Geschichte von der Dauerkrankheit gewissermaßen sogar auf so etwas vorbereitet, und Jürgen hatte ihr nichts von sich als Vater gegeben, das Angelika vermissen konnte. Wie sich inzwischen herausgestellt hatte, war er immerhin organisiert genug gewesen, um ein Testament zu machen, in dem er seine uneheliche Tochter als seine Erbin einsetzte und Martina zusammen mit einem zu bestellenden gesetzlichen Vormund als Treuhänderin für Angelika bis zu deren Volljährigkeit. Ob Martina für Angelika die Erbschaft, das verbliebene Geld von Jürgens toter Mutter, annehmen oder abschlagen sollte, wusste sie noch nicht. Renate überprüfte gerade für sie, ob sie in dieser Beziehung überhaupt eine Wahl hatte. Jürgens Vater hatte bereits empört durchblicken lassen, dass er sie verdächtigte, nur wegen Jürgens Geld schwanger geworden zu sein, und dass er das Testament auf der Basis unzulässiger Beeinflussung für ungültig erklären lassen wollte.

Manchmal vermutete Martina, dass Jürgen mit so etwas gerechnet und das Geld vor allem deswegen Angelika vermacht hatte, um seinem Vater noch aus dem Grab heraus eins auszuwischen.
»Bei so wenig Kontakt, wie du in den letzten Jahren mit Jürgen hattest, hat sein Vater für die unzulässige Beeinflussung keine Handhabe. Die Benennung eines weiteren Vormundes ist Jürgen bestimmt von seinem Notar geraten worden, so clever ist das«, sagte Renate. »Ich bin sicher, sein Vater blufft.«
Alles möglich, aber Martina hatte Wichtigeres zu tun, als sich in Rechtsstreitigkeiten mit einem Kapitalistenschwein zu verzetteln. Am Ende hetzte Herr Kleinholz ihr noch Privatdetektive auf den Hals, deren Aufmerksamkeit sie wirklich nicht gebrauchen konnte. Immerhin brauchte Angelika von all dem vorerst nichts zu erfahren. Martina musste nur überlegen, wann sie ihr nun von Jürgens ›Unfall‹ erzählen würde. Sie war aber sicher, dass zerbrochene Freundschaften und die gelegentlichen Zusammenstöße mit anderen Kindern Angelika stärker weinen ließen.
All das änderte natürlich nichts daran, dass die Vorstellung einer kleinen Halbwaise auf die überarbeitete Tierheimangestellte genauso wirkte, wie Martina es vorausgesehen hatte.
»Aber natürlich finden wir was für sie!«, sagte die Angestellte gerührt, die Martina und Angelika herumführte, und hielt eine kleine Rede über die Verantwortung und artgerechte Haltung, obwohl man ihr die Erleichterung, ein weiteres Tier loszuwerden, von der Stirn ablesen konnte.
»Angi, einen Collie haben sie hier nicht«, erklärte Martina, denn Angelikas erster Wunsch war natürlich ein Hund wie Lassie aus dem Fernsehen gewesen. Ein großer Hund kam für Martina ohnehin nicht in Frage. Herzig sollte er sein, für ihr Kind und jeden gedankenlosen Beobachter auf der Straße. »Aber schau mal, guckt der Dackel nicht lieb?«

»Mit dem müssten Sie aber erst in die Hundeschule gehen, Frau Müller«, sagte die Mitarbeiterin des Tierheims bedauernd. »Auf Kinder reagiert er leider nicht gut.«
Angelika hatte unterdessen einen Mischling ins Auge gefasst, der wie eine seltsame Kreuzung aus Dackel und Foxterrier aussah. Er hatte ein schwarzbraunes Fell, aber just um seine Augen hatte das Fell eine gelblich braune Färbung in Ringform.
»Er trägt eine Brille«, rief Angelika begeistert.
»Das ist unser Anton. Er ist zu uns gekommen, weil sein Besitzer gestorben ist. Anton ist gerne draußen, wenn Sie also einen Garten haben, wäre das ideal, wenn nicht, müssten Sie eben sehr viele Spaziergänge mit ihm machen.«
»Ich bin eine leidenschaftliche Spaziergängerin«, entgegnete Martina und nahm den Hund. Angelika erklärte, er sei kein Anton, sondern ein Toni.

Toni, so stellte sich heraus, reagierte immer noch gut auf die grundsätzlichen Befehle wie »Sitz« oder »Platz«, an die sich Martina noch aus ihrer Freiwilligenzeit erinnerte. Das Problem war nur, dass sie ihn anfangs ständig fest an der Leine halten musste, denn wenn er einen anderen Hund sah, wollte er ihn sofort vertreiben, egal, wie groß der andere auch sein mochte. Das lenkte sie manchmal von ihrer Mission ab, aber Martina musste zugeben, dass Angelika nicht die Einzige war, die in das Tier vernarrt war. Sie selbst mochte Toni auch sehr. Er legte ihr gerne den Kopf auf die Knie, wenn sie zeichnete, und früher oder später war es ihr unmöglich, nicht gelegentlich ihre Arbeit zu unterbrechen, um ihn zu streicheln. Bald gab es keinen Mantel mehr, keine Jacke, in der sie nicht etwas Trockenfutter hatte, um ihn während des Spazierengehens gelegentlich zu verwöhnen.
»Also, von mir kriegt er nichts außer der Reihe«, sagte Sybille energisch, die Toni aus den gleichen Gründen aus-

führte, wenn Martina für den NDR oder die linke Bewegung an ihren Filmen arbeitete.

Seit sie bei der Hausbesetzung in der Eckhofstraße mitgemacht hatte und von der Polizei abgeführt worden war, gab es für Sybille keinen Zweifel mehr, dass sie für den Widerstand bestimmt war, auch wenn sie bisher vor der Vorstellung zurückscheute, selbst Gewalt anzuwenden. Martina kam sie manchmal vor wie ein nur ein wenig jüngeres, nicht unbedingt schmeichelhaftes Spiegelbild ihrer selbst, was vielleicht einer der Gründe war, warum sie für Sybille zwar Kameradschaft, aber keine tiefere Freundschaft empfand. Ihr erschien Sybille etwas naiv, wie ein Kind, das Revolution spielen wollte, sich eigentlich aber als Komparse in einem Krimi sah. Doch sie war sich bewusst, dass Bert sie selbst wahrscheinlich immer noch ganz genauso betrachtete. Jedenfalls hatte er sie, Sybille und zwei weitere junge Frauen, Susanne und Silke, mit einem ironischen Lächeln als »unsere guten Hamburger Tanten« vorgestellt, als er sie einmal mit einem Mann mit schwäbischem Akzent an seiner Seite traf. Von den männlichen Sympathisanten und Helfern, die wie Sybille und Susanne häufig bei den Hausbesetzungen mitgemacht hatten und seither öfter zu Treffen der Komitees gegen Isolationsfolter kamen, sprach Bert nicht so herablassend.

»Weil die bereit wären, zu schießen und alles zu tun für die Gruppe, wenn es darauf ankäme. Sie haben nicht vergessen, dass die Bullen zuerst geschossen und Ohnesorg umgebracht haben, bevor wir zurückschossen«, entgegnete er, als ihn Martina deswegen zur Rede stellte. »Das ist die Eintrittskarte in die Bewegung. Du hast mich dagegen noch nicht einmal gebeten, dir zu zeigen, wie das geht.«

Das hatte sie nicht. Es war ein Schritt, den sie noch nicht fertigbrachte, so zornig sie jede neue Nachricht über die misshandelten Gefangenen und die Gefahr, in der sich diese befanden, auch machte. Und sie empfand keinerlei Mitleid bei der Vorstellung, einer der reichen Bonzen, ob Politiker oder Wirtschaftsboss, deren Häuser sie beobachtete, könne sich als geeignete Geisel erweisen und für einen Austausch in Frage kommen. Sie hätten dann endlich ihren Nutzen für die Gesellschaft bewiesen.

»Sei froh, dass du jetzt in Hamburg wohnst«, sagte Sybille bei einem ihrer Gespräche darüber. »In München könntest du höchstens Franz Josef Strauß auskundschaften, und den würde keiner austauschen wollen.«

»Ihr Preußen habt einfach keine Ahnung, wie das in Bayern läuft«, gab sie zurück. »Ganz gleich, was der *Spiegel* schreibt, da wird er angebetet. Die würden sofort sämtliche in bayerischen Gefängnissen einsitzenden Gefangenen freilassen, wenn Strauß entführt würde. Nur nachher möchte ich nicht in der Haut der linken Genossen stecken, die das dann auszubaden haben.«

»Du wirst nie in Hamburg heimisch werden, wenn du Hanseaten Preußen nennst.«

Keine von ihnen beiden sprach im Ernst, aber sie waren sich voll bewusst, dass all die Beobachtungen, die sie nach den Spaziergängen mit Toni notierten, eines Tages sehr wohl für eine Entführung verwendet werden konnten. Bei einem ihrer Zielobjekte tauchte jedoch für Sybille ein unerwartetes Problem auf. »Bei dem in der Elbchaussee kann ich nicht ständig mit einem Hund vorbeilaufen. Das ist ein Freund meines Vaters. Erkennen sie mich vor dem Haus, werde ich zu einer Tasse Tee eingeladen«, beschwerte sie sich bei Martina.

Ihre Blicke trafen sich, als beiden im gleichen Moment dasselbe klarwurde. Es war eine Frage, die sich für Martina nie gestellt hatte. Ihre Eltern mochten die Produkte eines antiquierten Denkprozesses und in das System eingebunden sein, doch niemand würde einen ehemaligen Schuldirektor und seine Frau wie auch deren Freundeskreis je als reiche Entscheidungsträger bezeichnen. Aber Sybilles Eltern, mit ihrem Hamburger Status, kannten nicht nur Systemträger, sie waren selber welche.

»Ich übernehme den Gang für dich«, sagte Martina neutral. »Kann ja auch sein, dass in der Gegend immer viel zu viel Betrieb ist und es sich so verbietet, dort etwas zu riskieren.«

»Durchaus möglich«, entgegnete Sybille erleichtert.

Mit Renate sprach Martina nicht darüber, was sie nach ihren Spaziergängen aufschrieb. Renate arbeitete immer noch in der Kanzlei Groenewold, aber sie war nicht mehr mit vollem Herzen dabei. »Sich für die Menschenrechte der Gefangenen einzusetzen ist wichtig«, sagte sie zu Martina. »Und ich habe auch kein schlechtes Gewissen, wenn ich Kassiber rausbringe. Ich kann die hungernde Ungeduld auf Informationsaustausch mit den Freunden in Freiheit verstehen. Meine Chefs waren sich auch immer sicher, dass er und die anderen Anwälte ständig abgehört werden, wenn sie ihre Mandanten aus der außerparlamentarischen Opposition besuchen. Diese Rechtsverletzung betrachte ich als viel bedeutender. Mittlerweile ist das sogar keine Vermutung mehr. Bei einer Verhandlung las der Staatsanwalt eine Antwort auf eine Eingabe vor, die mein Chef noch überhaupt nicht abgegeben hatte. Die roten Köpfe über den Talaren hätte ich sehen mögen. Aber weißt du noch, dass es einmal um Vietnam gegangen ist? Um die Rechte der Völker in der Dritten Welt? Jetzt, im Moment, kommt es mir so vor, als ob sich die ganze Organisation nur noch um die Befreiung von Baader, Ensslin, Meinhof, Raspe und Meins dreht. Ist sie da nicht zum Selbstzweck für einige wenige Menschen geworden?«

»Der Vietnamkrieg ist vorbei, seit die Amerikaner dort abgezogen sind«, gab Martina ungehalten zurück. »Und der nächste imperialistische Krieg wird bestimmt schon vorbereitet. Wieso sollte uns das abhalten, gegen die erwiesenen

Misshandlungen von politischen Gefangenen in unserem Land zu kämpfen? Derartiges kann jeden treffen, der nicht gerade Wirtschaftsbetrüger, reich geboren ist oder mit Nazi-Vergangenheit unter dem Sympathieschutz der Justiz steht. Die Ziele weitab haben sie uns doch bei jeder Demonstration vorgeworfen. Dass wir nur von Dingen weit weg reden und nicht von denen, an denen man bei uns etwas ändern kann. Renate, du hast doch die Nachrichten aus den Gefängnissen selbst gelesen, du weißt, was man ihnen antut!«

»Nun, Schily und Croissant haben Strafanzeige gegen die für die Zwangsernährung verantwortlichen Anstaltsärzte gestellt«, sagte Renate. »Ich hoffe, das wirkt. Aber letztes Jahr, als die Anwälte selbst einen Hungerstreik anfingen, aus Solidarität und um noch mehr Aufmerksamkeit auf die Haftbedingungen ihrer Klienten zu lenken, kamen Briefe von denen ... Also, ich habe einige gelesen, weil ich sie einsortieren musste, und ich kann dir sagen, die waren ein Alptraum. Nichts war je gut genug für sie, egal, wie sehr sich die Anwälte für sie ins Zeug legten, und all die Kraftausdrücke, also, ich fand die kindisch. Wie Schulkinder, die ihre Eltern schockieren wollen. Da habe ich mich schon gefragt: Das sollen die Anführer der Revolution sein, wenn sie dann eines Tages kommt?«

»Wenn du für das Volk kämpfst, musst du auch die Sprache des Volks benutzen, statt dir zu gut dafür zu sein. Und wenn du tagaus, tagein misshandelt wirst, keine Änderung in Sicht ist, hast du auch keine große Sympathie für deine Vertrauensanwälte, welche am Abend in ihre weichen Betten sinken und nur so tun, als würden sie für dich hungern!«

Renate war manchmal viel zu empfindlich, und sie schwankte noch zu sehr, als dass man ihr so etwas wie das Auskundschaften von möglichen Geiseln für einen Austausch hätte anvertrauen können. Am Ende war das auch gut so. Wenn alle Stricke rissen und Martina von der faschistischen Polizei wegen ihrer Hilfe für die Sache verhaftet werden würde, konnte man Renate nicht belangen, und sie würde sich um Angelika kümmern. Manchmal lag Martina nachts wach und stellte sich einen solchen Fall vor. Sah das weinende Gesicht ihrer Tochter, und das Schuldgefühl in ihr fraß sie fast auf.

In diesem Sommer war sie an dem ersten schönen Tag mit Angi nach Sylt gefahren, hatte den ersten Zug genommen, war mit ihr über die Dünen gerannt und hatte ihr das Schwimmen beigebracht.

»Wer ist das tapferste Kind der Welt?«

»Ich, Mami, ich!«

Angi war ihr voller Vertrauen ins Wasser gefolgt, hatte ihre Hände ergriffen, die Schwimmbewegungen nachgemacht, und als schließlich der Moment kam, sie loszulassen, damit sie es alleine versuchen konnte, hatte Martina es einen Herzschlag lang nicht fertiggebracht, weil sie sich unwillkürlich vorstellte, wie eine Welle ihre Tochter forttrieb. Was lächerlich war. Sie befanden sich immer noch im seichten Wasser in der unmittelbaren Nähe des Strands.

Mutter zu sein, hatte Martina gedacht, als sie mit dem Nachtzug nach Hamburg zurückfuhren, die müde und glückliche Angelika an sich gepresst, machte einen verwundbar für die absurdesten Gedanken und Gefühle. Plötzlich erfüllte sie Groll, Groll, der ihre Schuldgefühle erstickte, der gleiche Groll, den sie empfunden hatte, wenn Angelika sie als Baby nächtelang wachgehalten hatte, als sie Holgers Trick mit dem Anlächeln noch nicht gekannt hatte. Das hatte fast immer funktioniert, selbst wenn Angelika krank war. Im Grunde war es doch Angelika, die sie zurückhielt, die zu werden, die sie sein könnte, eine Kämpferin, statt einer halbherzigen Sympathisantin. Es war ihr Kind, das ihr Zweifel einflößte und Gründe gab, nicht aufs Ganze zu gehen, ihr Kind, eine liebende Klette.

Ihr Gesicht im Glas des Zugabteils war in der Reflexion verzerrt. Gleichzeitig strich sie Angelika über das salzverklebte Haar, das in der Sonne schnell wieder getrocknet, aber nun verfilzt war. Sie würde es morgen waschen müssen.

Für den 9. November waren weitere Demonstrationen und Aktionen geplant, weil sich der 9. November als Jahrestag der Reichskristallnacht dazu perfekt anbot. »Und Jahrestag der Ausrufung der ersten deutschen Republik«, fügte Martina automatisch hinzu, immer noch ganz Tochter des Schuldirektors.

»Das war eine Scheißrepublik, die von Anfang an von Weicheiern und Verbrechern geleitet wurde«, schimpfte Bert. »Genau wie diese. Schau dir an, was die damals gleich nach Kriegsende mit Rosa Luxemburg und Karl Liebknecht getan haben. Genau das wird mit unseren Genossen passieren, wenn wir sie nicht retten.«

Renates bissige Kommentare zu den vertraulichen Briefen aus Stammheim, die keinesfalls für die Öffentlichkeit bestimmt waren, fielen Martina wieder ein, und ehe sie sich's versah, bemerkte sie: »Ich glaube nicht, dass Andreas und Ulrike Karl Liebknecht und Rosa Luxemburg sind, ehrlich gesagt.« So wie sie es ausgesprochen hatte, hätte sie sich die Zunge abbeißen können. »Das müssen sie auch nicht sein«, fügte sie hastig hinzu. »Sie sind sie selbst. Und wir *werden* sie retten.«

»Nicht, wenn wir nicht zu allem bereit sind«, sagte Bert scharf.

Ihre Eltern hatten Martina für den 11. November zu sich nach Hause eingeladen. »Zu einer Martinsgans«, hatte ihre Mutter gesagt. »Es ist doch dein Namenstag. Und wir haben dich und die Angi so lang nicht gesehen.«

Ungesagt blieb, dass die Eltern Martina und Angelika überhaupt nicht gesehen hätten, wenn sie nicht zwei Mal nach

Hamburg gekommen wären. Martina war seit ihrem Umzug nur ein einziges Mal nach Bayern zurückgekehrt, wegen der Nachlasssache von Jürgen. Aber damals hatte sie sich nicht bei ihren Eltern gemeldet. Es war eine Vertrauensfrage, sie vertraute sich selbst noch nicht ausreichend, um nicht doch wieder in die alte bürgerliche Mentalität zu verfallen, wenn sie in die Umgebung ihrer Kindheit zurückkehrte, mit all ihren verführerischen Bequemlichkeiten.

»Das geht nicht, tut mir leid. Wir wollen am neunten eine Demo vor der St.-Pauli-Kirche machen, und ich habe versprochen, dafür zu sorgen, dass wenigstens ein Kamerateam dabei ist. Danach bin ich mit Schneiden und der Medienberichterstattung beschäftigt und muss zu einem Treffen nach Berlin, weil wir eine Doku über die bundesweiten Aktionen am neunten und die Gegenreaktion des Systems machen wollen, die so schnell wie möglich zusammengestellt und sendebereit gemacht werden muss. Das ist enorm wichtig, Mama«, hatte Martina entgegnet und sich gewünscht, sie wäre über die Schwäche hinweg, ihre Eltern beschwichtigen zu wollen. »Wir können auf die Heuchelei hinweisen, klarmachen, dass man nicht einerseits so tun kann, als schäme man sich wegen der KZs, wenn hier und heute in Deutschland auf Regierungsgeheiß Gefangene auf ganz ähnliche Weise wieder misshandelt werden.«

»Ich dachte, man hat jetzt sogar ein eigenes Gefängnis für die gebaut.«

»Das war Dachau auch«, hatte Martina ärgerlich ob der Naivität ihrer Mutter erwidert und darauf verzichtet, anzumerken, dass es sich bei dem Hochsicherheitstrakt nur um ein bestehendes Gebäude in einem bereits existierenden Gefängniskomplex handelte. Eine Gerichtshalle nebenan, für den anstehenden Prozess, war völlig neu gebaut worden.

»Mit Radio, Zeitungen und Plattenspieler, wie zu lesen ist, Ich finde es nicht gut, dass du so etwas vergleichst, Martina.

Du weißt nicht ... Du hast die Zeit nicht erlebt. Damals wäre uns so ein Staat wie dieser als das Paradies erschienen. Ihr jungen Leute wisst nicht, wie gut ihr es habt.«
Deswegen führte sie keine politischen Diskussionen mit ihrer Mutter und mittlerweile auch nicht mehr mit ihrem Vater. Sie waren von einem faschistischen Staat und den Entbehrungen des Krieges so geprägt worden, dass sie inmitten von Wohlstand die warnenden Zeichen übersahen und in die alten »Es wird schon vorübergehen«-Denkmuster zurückfielen. *Lieber Gott, mach mich blind, dass ich diese Welt gut find,* wäre dazu ein ehrliches Abendgebet gewesen. Es war eine Sklavenmentalität, und auch in ihr selbst, das wusste Martina, befanden sich noch Rückstände, gegen die sie ankämpfen musste.
»Ich kann um die Martinszeit nicht nach Nürnberg kommen«, hatte sie deshalb kurz angebunden gesagt und aufgelegt.
Schwerer war es, Angelika zu erklären, warum Martina dieses Jahr keine Zeit hatte, mit ihr auf einen der Martinszüge zu gehen. Angelika hatte im Kinderladen eine Laterne dafür gebastelt und Lieder geübt. »So viel zur mangelnden religiösen Indoktrination in Kinderläden«, sagte Renate dazu amüsiert. »Und bist du nicht sowieso evangelisch? Aber mach dir keine Sorgen, ich geh schon mit ihr.«
Doch es stellte sich heraus, dass Angelika mit diesem Arrangement überhaupt nicht einverstanden war. Sie stapfte mit dem Fuß auf und erklärte unter Tränen, sie wolle nicht die Renate, sie wolle die Mami, das sei gemein. Toni wurde daraufhin durch das schreiende Kind veranlasst, den Geräuschpegel durch sein Gebell noch weiter zu steigern, und am Ende erschien die Vermieterin, um zu verkünden, dass sie den Hund nur unter der Bedingung genehmigt habe, dass die anderen Hausbewohner durch ihn in keiner Weise belästigt würden.

»Vermieter werden nach der Revolution als Erste an die Wand gestellt und erschossen«, kommentierte Sybille trocken, die nur den letzten Teil des Streits mitbekommen hatte. Martina war erschöpft genug, um in ein leicht hysterisches Gelächter auszubrechen.

Am Ende versprach sie Angelika, dass sie am Martinstag gemeinsam mit ihr in der Wohnung mit der Laterne einen Gang um den Tisch unternehmen und singen würden. Am Abend, als Renate Angelika aus dem Kinderladen zurückbrachte, schnappte Martina sich Toni und machte einen Gang, der nichts mit Beobachtung zu tun hatte. Sie brauchte einfach nur frische Luft.

Am 9. November war sie den ganzen Tag auf den Beinen. Einerseits verlief alles wie geplant, andererseits nicht wie erwartet, denn es gab keine Zusammenstöße mit der Polizei, und so konnte sie keine guten Bilder von prügelnden Polizisten machen.

»Das tut mir leid«, sagte Bert, als sie und Sybille ihn um halb sechs in einer der von ihr mit gefälschten Dokumenten angemieteten Wohnungen trafen. »Die Bullen, wie sie in den Abendnachrichten auf Demonstranten einschlagen, während die Politiker Krokodilstränen wegen der Reichskristallnacht vergießen, das wär's gewesen.«

»Maulen und beschweren«, gab Martina gut gelaunt zurück. »Kannst du noch was anderes?«

Er lachte, legte einen Arm um ihre Schultern und dankte ihr für die Videoaufnahmen der letzten Demo.

Sie bestellten sich eine Pizza und waren noch dabei, sie zu essen, als Berts schwäbischer Freund, den Martina nur unter seinem Decknamen Anatol kannte, mit kalkweißem Gesicht hereinplatzte.

»Holger ist tot«, sagte er. »Es ist gerade übers Radio gekommen. Die Schweine haben ihn umgebracht!«

In Martina wurde alles still, während Sybille hastig den

Fernseher anschaltete, doch dort war weder auf ZDF noch ARD etwas über Holger zu hören.
»Der Haag war dort«, stieß Anatol hervor, sich auf Holgers Anwalt beziehend. »Hat den Prinzing, das Richterschwein, gebeten, dass ein Arzt von außen den Holger besucht, doch der Prinzing hat nein gesagt. Der Haag meint, von Holger wäre nur noch ein Skelett übrig gewesen. Garantiert keine vierzig Kilo mehr. Die haben ihn umgebracht!«
Sybille brach in Tränen aus. Martina war nie weniger nach weinen zumute gewesen. Sie dachte an den jungen Mann, dem sie in der HFF begegnet war, mit dem sie sich sofort gut verstanden hatte, an den Scherz über die Bastille und Camille Desmoulins. Sie dachte an die Tage in ihrer Münchner Wohnung, wie er selbst beim Zwiebelschneiden noch lachen konnte, ihr mit seinem Hinweis, Angelika anzulächeln, das Leben als glückliche Mutter zum Paradies gemacht hatte. Dachte daran, wie sie ihn hinausgeworfen hatte, weil er eine Waffe bei sich trug in einer Welt, in der sein Leben dem Staat weniger wert war als das eines in einem Tierheim abgegebenen Hundes. Und sie dachte auch an das, was hätte sein können, hätten sie beide nur irgendwann mehr Zeit füreinander gehabt.
Problem oder Lösung, hatte er zu ihr gesagt, *Problem oder Lösung,* und sie war bei den Problemen geblieben. Hatte sich auch noch gut gefühlt dabei, und mutig, mit ihren lächerlichen Kundschaftergängen. Sie konnte so wenig wie ihre Eltern im Dritten Reich behaupten, nichts gewusst zu haben von Mord und Totschlag in Gefängnissen. Die ersten Kassiber, die von den Haftbedingungen berichteten, waren vor zwei Jahren aus den Gefängnissen geschmuggelt worden. Noch mehr hatten die Vertrauensanwälte erzählt.
Bert hatte so wenig Tränen in den Augen wie sie, aber während Anatols Worte und die Fernsehgeräusche sich zu einer immer sinnloseren Mischung vermengten, schlug er plötz-

lich mit der Faust gegen die Wand, so heftig, dass sofort Blut aus den aufgeplatzten Knöcheln quoll. »Jetzt reicht's. Sie sollen spüren, dass die Vernichtung unserer Gefangenen sie etwas kosten wird«, brüllte er so laut, dass es in ihren Ohren dröhnte, ehe er völlig ruhig wurde.

»Gibt's hier Verbandszeug?«, fragte Sybille verstört. »Wo sind hier die Pflaster?«

Bert beachtete sie nicht. Er schaute zu Martina.

»Schwein oder Mensch?«, fragte er sie, und seine Stimme war heiser, als hielte er einen Schrei zurück. »Schwein oder Mensch?«

Sie saß ihm gegenüber auf dem Boden, da die Wohnung bis auf eine Couch, die auch als Bett diente, dem Fernseher und einem Schrank nicht eingerichtet war. Jetzt stellte sie sich neben ihn und ergriff seine blutige Hand. »Mensch.«

1998 – Der Theaterheini

Die Nachricht stand mit einer fetten Überschrift auf der vierten Seite der *Frankfurter Allgemeinen:* »Theaterintendant bietet Terroristin Arbeitsplatz an«. Zusammen mit einem Foto ihrer Mutter aus den Siebzigern, dem Fahndungsfoto. Angelika war froh, dass sie nicht gerade ihre Kaffeetasse in der Hand hielt, während sie mit Martina in dem Hotelrestaurant frühstückte und dabei Zeitung las. Es war der Versuch, nach einer schlaflosen Nacht wieder in die Normalität zurückzufinden.

Ihre Mutter kehrte gerade vom Büfett zurück, wo sie sich Obstsalat und Müsli geholt hatte, sah Angelikas Gesichtsausdruck und fragte: »Schlechte Nachrichten?«

»Wie man es nimmt«, entgegnete Angelika so neutral wie möglich und reichte ihr die Zeitung. Ihr erster Impuls war gewesen, laut aufzustöhnen, denn das gerade Gelesene bedeutete auch das Ende des mangelnden Medieninteresses an der Entlassung ihrer Mutter. Der zweite, widersprüchliche Impuls war, sich zu fragen, ob ein solches Angebot, so sensationsheischend es auch gemacht worden war, Martina nicht eine brauchbare Zukunft versprach, noch dazu eine in einem Bereich, wo sie Talent und etwas Erfahrung hatte. Der Job könnte auch dazu beitragen, ihr wieder Hoffnung für ein neues Leben zu geben.

Der dritte Impuls, dessen sie sich schämte, war, zu glauben, dass sie selbst Grund genug für ihre Mutter sein sollte, um auf keinen Fall mit dem Gedanken an Selbstmord zu spielen.

Martina blieb still, während sie den Artikel las, in dem neben dem Theaterintendanten bereits mehrere empörte Politiker zitiert wurden. Angelika versuchte, sie nicht anzustarren, und bemerkte auf diese Weise, dass Renate auf dem Weg durch den Frühstücksraum zu ihnen war. Auch Renate hielt eine Zeitung in der Hand.

»Ich muss mit dir reden, unter vier Augen«, sagte sie zu Martina.

»Wir haben fürs Erste schon genug unter vier Augen geredet«, entgegnete Martina, ohne aufzuschauen. Angelika musste an ihren Verdacht aus der vorigen Nacht denken und zuckte zusammen. Renate schaute so übernächtigt drein, dass sie auch nicht viel geschlafen haben konnte. Obwohl der Tisch nur für zwei Personen gedeckt war, zog sie sich einen freien Stuhl heran und winkte auf ihre manchmal etwas uncharmante Art der Bedienung mit ihrer Zeitung.

»Schön, dann eben zu dritt. Ihr habt es also auch schon gelesen.« Als sie weiterredete, blickte sie dabei ausschließlich zu Martina, als könne sie etwas in sie hineinbrennen. »Wenn du dich auf so ein Angebot einlässt, werden die Medien dich in den nächsten Monaten nicht mehr in Ruhe lassen. Sie werden alles aufwühlen, was du je getan hast. Deine Enkel werden genau das Gleiche wie deine Tochter durchmachen, und wenn dein Schwiegersohn danach noch ein Wort mit dir redet, sollte mich das wundern.«

Martina schaute von ihrer Zeitung auf. »Ich hatte fast vergessen, wie gut du als Anwältin bist«, antwortete sie. »Das waren wirklich phantastische Argumente. Aber nicht eines davon ist der wahre Grund, warum du nicht möchtest, dass ich auf dieses Angebot eingehe.«

Sie starrten einander an. Renates Mund wurde schmal.

»Glaube, was du willst«, sagte Renate kurz angebunden und stand auf. »Aber glaube es von jetzt an ohne meine Hilfe. Vielleicht sollte jemand diesem Hamburger Intendanten er-

zählen, wie du mit Menschen umgehst, die dich unterstützen wollen.« Sie wandte sich, immer noch aus echter oder gespielter Empörung bebend, Angelika zu. »Nun hast du deine Mutter wieder ganz für dich. Meinen Glückwunsch!« Damit drehte sie sich um und verließ den Frühstücksraum.
Bis jetzt war Angelika nicht sicher gewesen, was sie empfand, doch nun wusste sie, dass sie wütend war. Sie sprang auf und lief Renate hinterher.
»Bleib stehen!«
Mittlerweile hatte Renate die Lobby erreicht. Sie wollte sicher keine Aufmerksamkeit vor anderen Gästen und wartete auf Angelika. »Bist du nicht längst zu alt dafür, Szenen zu machen?«
Angelika war erst versucht, laut zu sprechen, aber das instinktive Grauen vor Neugierigen saß zu tief in ihr. Fast flüsternd erwiderte sie: »Das sagst ausgerechnet du? Erst kommst du hierher, obwohl dich keiner gebeten hat. Dann macht meine Mutter nach einem Gespräch mit dir einen Selbstmordversuch, und …«
»Das war kein Selbstmordversuch.«
»Woher willst du das überhaupt wissen? Du bist nicht mitgekommen, um das herauszufinden! Du musst völlig deiner Überzeugungskraft vertraut haben und wusstest, was dich erwarten konnte.«
»Du und deine Mutter«, sagte Renate, »seid die beiden selbstsüchtigsten Menschen, die ich kenne. Seit mehr als zwanzig Jahren helfe ich euch, wo ich nur kann. Und weder sie noch du hältst es je für nötig, einen Funken Dankbarkeit zu zeigen. Im Gegenteil. Nichts als Vorwürfe und Unterstellungen. Aber nicht länger. Ich habe weiß Gott anderes zu tun, gerade jetzt. Ihr zwei habt einander wirklich verdient!« Und mit dem instinktiven Gefühl einer Politikerin für einen guten Abgang drehte sie sich um und ging.
Angelika ließ sie, aufgewühlt und verwirrter denn je. Tat sie

Renate nun unrecht, oder war es Renate, die wieder mal geschickt manipulierte und Tatsachen verdrehte? Wie auch immer, es war im Moment wichtiger, sich auf ihre Mutter zu konzentrieren. Der Intendant aus Hamburg war alles andere als eine unbekannte Größe, als Regisseur hatte er sich seit den siebziger Jahren einen Namen in der deutschen Theaterszene gemacht. Er hatte mit vielen anderen Kulturschaffenden an den Protesten gegen die Haftbedingungen für RAF-Gefangene teilgenommen und in den Achtzigern immer wieder bei jedem von Renates Solidaritätskomitees unterschrieben. Derzeit leitete er eines der bekanntesten deutschsprachigen Theater. Natürlich konnte sich keine Ex-Film- und Kunststudentin, noch dazu mit einem abgebrochenen Studium, etwas Besseres wünschen, als in so einer Umgebung arbeiten zu dürfen. Natürlich wäre aber keiner ehemaligen Film- und Kunststudentin mit einem abgebrochenen Studium je etwas Derartiges angeboten worden, wenn sie nicht durch Morde berühmt geworden wäre. In dem Artikel, den sie nur kurz überflogen hatte, hatte es geheißen, es ginge ihm um Resozialisierung nach Läuterung durch abgebüßte Strafe, während ein entsetzter Bürgermeister mit der Aussage zitiert wurde, Arbeit als Belohnung für Mord sei der unglaublichste Zynismus gegenüber den Opfern, von dem er je gehört habe.
Angelika kehrte in den Frühstücksraum zurück. Sie setzte sich Martina gegenüber, die inzwischen den Artikel fertiggelesen hatte und Tee trank. Ihr Obstsalat war unberührt.
»Kennst du diesen Möchtegernchef? Ich meine, persönlich?«
Martina schüttelte den Kopf. »Ich kann mich nur daran erinnern, dass Bert damals ein Interview mit ihm gelesen hatte, das ihn ungeheuer ärgerte. Darin behauptete er, er hätte Ulrike Meinhof jederzeit seine Wohnung angeboten, wenn sie bei ihm vor der Tür gestanden hätte. Genau wie die vom

Allensbacher Forschungsinstitut ermittelten zwanzig Prozent aller Norddeutschen auch. Damit fiel seine Wohnung als möglicher Unterschlupf natürlich für immer aus, weil er von da an beobachtet wurde. Er redete einfach zu gern.« Gedankenverloren setzte sie noch hinzu: »Auch Liebert sagte, wir würden dem Klassenfeind immer viel zu viel erzählen. Als Beispiel nannte er das Pamphlet über die Fusion der Bewegung 2. Juni mit der RAF. Alles immer an die große Glocke zu hängen, würde uns noch die Existenz ...« Sie verstummte.

»Wer war Liebert?«, fragte Angelika. Martina erzählte zum ersten Mal etwas aus ihrer Zeit als Terroristin, das nicht aus Phrasen bestand, und das wollte sie nutzen. Außerdem konnte sie mit dem Namen nichts anfangen. Keiner der Mittäter ihrer Mutter hatte Liebert geheißen, und Angelika hatte als Mädchen die Fahndungsplakate der RAF zu genau studiert, um sich in diesem Punkt nicht sicher zu sein.

Als ihre Mutter nichts erwiderte, war Angelika versucht, darauf hinzuweisen, dass nach der Selbstauflösung der RAF die Zeit des Schweigens vorbei sei, zumal sie auch nicht vorhabe, der Polizei davon zu erzählen oder gar dem *Spiegel* ein Interview zu geben. Aber für solche Aussagen der ehemaligen Terroristen war die Zeit noch nicht gekommen. Es war wichtiger herauszufinden, wie ihre Mutter über das Angebot des Intendanten dachte.

»Habt ihr damals auch schon geglaubt, dass er es absichtlich getan hat?«, fragte sie.

»Wer?«

»Dein Intendant. Gesagt, dass er jederzeit die Meinhof aufnehmen würde, damit er eben gar nicht erst in die Lage kommt und trotzdem weiter als der tapfere Sympathisant der Entrechteten gelten konnte.«

Ihre Mutter stellte die Teetasse ab. In ihren Augen lagen Überraschung, Anerkennung und ein Hauch von Belustigung.

»Und dich hat Renate immer als naiv beschrieben«, sagte sie beeindruckt.

»Wenn man einmal in der Schule von einer Klassenkameradin gebeten wurde, nur so aus Spaß mit Hammer und Sichel zu posieren, und das Foto dann in einer Illustrierten mit der Unterschrift ›Terroristentochter fängt früh an!‹ wiederfindet, hört man auf, naiv zu sein, was Publicity-Ausbeutung betrifft«, erzählte Angelika.

»Es tut mir leid, dass du in der Schule solche Klassenkameraden hattest.«

»*Das* braucht dir nicht leidzutun. Als die Lehrer die Zeitschrift zu Gesicht bekamen, flog das Mädchen, und danach hat sich keiner mehr von Journalisten bestechen lassen«, entgegnete Angelika trocken. »Aber glaub nicht, dass sich die mir unterstellte Naivität nur auf Dritte bezieht, und ich nicht merke, wie du meine Frage übergangen hast.«

»Ich kenne den Mann nicht. Ich weiß nicht, ob er es damals absichtlich getan hat. Aber ich kenne Regisseure und Intendanten. Es ist ihre Aufgabe, Zuschauer zum Kommen zu motivieren, und mir ist klar, warum er mir jetzt über die Presse dieses Angebot macht. Er rechnet damit, dass für jede empörte Abo-Kündigung zehn neue Zuschauer kommen, die wissen wollen, wie Bühnenbilder aussehen, wenn eine alte RAF-Terroristin sie entwirft.«

»Dann wirst du ablehnen?«, fragte Angelika hoffnungsvoll und biss sich gleich darauf voller Wut auf die Unterlippe. Sie beabsichtigte nicht, ihre Mutter jetzt unter Druck zu setzen. Aber die Argumente, die Renate vorgebracht hatte, aus welcher Motivation auch immer, waren gute Argumente gewesen. Angelika stellte sich Alex Gschwindner vor, wie er diesen Artikel las, und dabei denken musste, dass der Tod seines Vaters Martina nun eine wunderbare Arbeitsstelle bescherte. An seiner Stelle würde sie sich ein weiteres Mal vom Leben bestraft und mehr als nur vom Schicksal geohrfeigt fühlen.

Martina blickte auf ihren unangerührten Obstsalat. »Ich will nicht von der Arbeitslosenunterstützung leben. Oder von dir und deinem Mann.«

Angelika sank das Herz. »Das verstehe ich, aber das heißt doch nicht, dass du ausgerechnet dieses Angebot annehmen musst.«

Die Mundwinkel ihrer Mutter zuckten. »Wie viele andere werden denn kommen, was glaubst du?«

Verlegen schwieg Angelika, während ihre Mutter fortfuhr. »Wenn ich vom Arbeitsamt ein Jobangebot bekomme, in dem sie entlassene Straftäter nehmen, dann soll es, wie ich im Knast hörte, meist um das Kloreinigen in einem Billigrestaurant gehen. So ist das kapitalistische System, oder hat sich das in den letzten Jahren geändert? Natürlich ist ein Theaterintendant auch ein Kapitalist, der den Sensationswert ausbeuten will. Aber wenn ich für ihn arbeite, könnte ich wenigstens etwas tun, das mir Fr…, das mir Befriedigung gibt.«

All das stimmte, und es gab außer Renates Argumenten auch keinen guten Grund, um ihre Mutter davon zu überzeugen, diesen besten aller für sie möglichen Jobs nicht zu akzeptieren. Außer einem.

Die Art, wie ihre Mutter zusammengesunken unter der Dusche gesessen hatte, das Messer in der Hand, war so hoffnungslos gewesen. Doch gerade jetzt sprach sie wieder so selbstbewusst wie jemand, der etwas vom Leben wollte. Wenn diese Arbeit Martinas Selbstbewusstsein weiter stärken würde, wäre das vielleicht den Skandal wert? Außerdem, was war falsch daran, wenn es im Zusammenhang mit dem Angebot hieß, dass ihre Mutter für ihre Vergehen die Strafe abgebüßt hätte?

Aber die Menschen, die sie getötet hatte, waren immer noch tot. Angelika hatte eine Chance, ihre Mutter neu kennenzulernen. Alex Gschwindner und Michael Werder hatten dagegen beide den Vater für immer verloren. Auch konnten immer noch die Eltern der Getöteten leben. Ein Kind zu verlieren musste das Schlimmste sein, was einem im Leben passieren konnte. Unwillkürlich dachte sie an ihre Jungen und an die Grenze, hinter der sie nie mehr verzeihen könnte.

»Es wäre aber nicht nur der Sensationswert, der ausgebeutet würde«, hörte Angelika sich flüstern, und sie presste ihre Handflächen auf den Tisch, um nicht der Versuchung nachzugeben, wie das Kind, das sie vor so vielen Jahren gewesen war, in Tränen auszubrechen. »Sondern das Leid der Opfer.«

In der Stille zwischen ihnen hörte sie die schmatzenden, schlürfenden Geräusche der anderen Hotelgäste beim Frühstück überdeutlich.

Die dunklen Augen ihrer Mutter weiteten sich. Plötzlich hatte Angelika Angst, dass Martina sie eine Heuchlerin nennen würde, antworten, dass sie genau wie Renate nicht die wahren Gründe nannte, warum sie nicht wollte, dass sie auf das Angebot einging, dass sich Angelika doch im Grunde nur keine Medienaufmerksamkeit für Justus, die Zwillinge und sich selbst wünsche und diesen Gedanken nur einen noblen Anstrich geben wolle.

Fast genauso schlimm wäre es aber, wenn ihre Mutter sich jetzt wieder in ihre Ideologie flüchten und etwas von unvermeidlichen Kriegsopfern von sich gäbe.

»Lass uns schwimmen gehen«, sagte Martina stattdessen und schob die Schale mit dem Obst zur Seite. »Ich habe ohnehin keinen Hunger.«

Es war kein Nein und kein Ja, und am Ende war das gut so. Denn wenn sich Martina jetzt schnell entschied, statt in Ruhe darüber nachzudenken, konnte sie genauso schnell ihre Meinung wieder ändern. Und da heute das Wetter warm und schön genug war, hatte der Gedanke an das Meer etwas Verlockendes.

Angelika nahm sich eine der vom Hotel zur Verfügung gestellten Tragetaschen, packte zwei ihrer Bikinis ein, immer noch fasziniert davon, dass die Figur ihrer Mutter es zuließ, nahezu alle Kleidungsstücke ihrer Tochter zu tragen, dazu ein paar Handtücher und Sonnencreme. Irgendwie wurde sie das Gefühl nicht los, in einem surrealen Traum zu stecken, in der jede harmlose Aktion nur vorübergehend war, um von der nächsten Katastrophe eingeholt zu werden. Einen Paparazzo am Strand etwa, der aus unerfindlichen Gründen genau wusste, wann die gerade wieder ins Visier der Medien geratene Ex-Terroristin M. M. sich exakt an diesem Strand aufhalten würde, was eine Entscheidung für den FKK-Bereich völlig unmöglich machte. Am Ende war die Überlegung auch gar nicht so lächerlich. Wenn nämlich jemand Renate gefolgt war und nun hoffte, ein Bild von ihr mit Martina zu ergattern.
Aber derartige Gedanken waren Blödsinn, beschloss Angelika. Wenn sie immer so dachte, konnte sie gleich und auf ewig in ihrem Zimmer bleiben oder als Eremitin in einem Turm in Irland enden.
Martina blieb auf dem Weg zum Strand mehrfach stehen, um die salzgeschwängerte Luft einzuatmen. Als sie zwischen den Dünen waren, sagte sie: »Ich bin seit fünfundzwanzig Jahren nicht mehr geschwommen. Nicht mehr, seit wir das letzte Mal zusammen hier waren. Glaubst du, man verlernt es?«
»Kann ich mir nicht vorstellen«, entgegnete Angelika überrascht. »Seit … Es ist mir schon klar, dass sie euch im Gefängnis keinen Pool gebaut haben, aber vorher?«
»Wenn man illegal lebt, meistens auf der Flucht ist, hat man nicht die Zeit für so was. In Schwimmbädern sind außerdem immer viele Leute, und man kann sich nicht schminken, um das Gesicht zu verändern, wenn man badet«, entgegnete ihre Mutter. Dann setzte sie sanfter und geradezu versonnen

hinzu: »Und im Jemen waren wir nie an der Küste. Es war so trocken und heiß dort. Damals habe ich davon geträumt, von nichts als kühlem Wasser umgeben zu sein. Das war meine Vorstellung vom Paradies.«

Angelika wollte gerade erwidern, dass das Paradies immer das ist, was jeder für sich selbst am schönsten empfindet. Daraus hätte sich aber ableiten können, dass die Hölle genauso das war, was jeder als am schlimmsten betrachtet, und diese Schlussfolgerung wollte sie nicht in den Raum stellen. Sie schluckte die Worte hinunter.

Wie oft war das ihrer Mutter gegenüber nun schon geschehen? Nicht auszusprechen, was ihr gerade auf der Zunge lag? Eine derartige Häufung hatte sie nie gekannt, auch und gerade Justus gegenüber nicht. Mit Fragen war es das Gleiche. Wie viele Fragen hatte sie nicht gestellt, weil sie Angst vor den Antworten hatte? Da wäre die Bemerkung, welche sie jetzt beinahe gemacht hätte, sogar eine wohltuende Ausnahme gewesen, aber ihr war eingefallen, was ihre Mutter in den Jemen geführt haben musste. Die Zeitungen hatten öfter spekuliert, dass dort Ausbildungslager waren, in denen RAF-Mitglieder für ihren Einsatz als »Stadtguerilla« trainiert wurden.

»Der Tag, an dem ich aufhörte, vom Wasser zu träumen, war der Tag, an dem ich zum ersten Mal einen Menschen erschossen habe«, fuhr Martina fort, und Angelika hielt den Atem an. Sie wollte protestieren, wollte es nicht hören, und doch war es gleichzeitig genau das, was sie immer von ihrer Mutter hatte hören wollen.

»Du denkst schon vorher, dass du es kannst. Dazu sind all die Schießübungen schließlich da. Und du weißt, dass es nötig ist. Es ist für die Revolution, für das Volk, gegen die Unterdrückung. Aber trotzdem, in dem Moment, bevor es geschieht, denkst du auf einmal: nein. Nein, ich kann das nicht. Ich bin ein Mensch, er ist ein Mensch. Und dann drückst du trotzdem ab.«

»Wer …?«, begann Angelika, und selbst diese drei Buchstaben brachte sie kaum raus.
»Ein vom Mossad gekaufter Spion. Jedenfalls hat man uns das gesagt«, antwortete ihre Mutter ausdruckslos. »Sie hätten es natürlich selbst tun können. Aber es kam ihnen dabei nicht auf den Tod dieses Mannes an, sondern nur darauf, dass ich es tat. Weil ich es bis dahin noch nie getan hatte. So wurde das immer schon gemacht, so wird es gemacht werden, um Soldaten zu schaffen, die schießen, nicht nachdenken.«
Da war es. Das erste Geständnis ihrer Mutter, und ein Teil von ihr wünschte, sie hätte es nie gehört. Natürlich hatte sie nun schon so viele Jahre mit dem Wissen gelebt, dass ihre Mutter Menschen getötet hatte. Aber es von ihrer Mutter selbst zu hören, von der Stimme gesprochen, die ihr Kinderlieder vorgesungen hatte, war etwas anderes, als die Worte einer Polizeibeamtin, die dürren Lettern eines Magazins. Am Schlimmsten war, dass es sich um keine Kampfsituation handelte, von der ihre Mutter da sprach, sondern um den Tod eines hilflosen Fremden.
Ein anderer Teil Angelikas spürte, wie eine alte, sehr alte Last von ihren Schultern glitt. Endlich vertraute ihr Martina genug, um so etwas zu erzählen. Endlich baute ihre Mutter keine Mauern aus Schweigen und Ausflüchten mehr um sich, sondern sagte die Wahrheit. Angelika konnte, musste glauben, dass die Mutter ihrer frühen Kindheit kein nostalgisch gefärbtes Wunschbild gewesen war und dass es sie immer noch gab und Martina diesen Teil ihrer Selbst wieder entdecken konnte. Das jedoch war nur möglich, wenn sie sich beide auch der Wahrheit dessen stellten, was Martina anderen Menschen angetan hatte. Was Martina gerade gesagt hatte, war ein erster Schritt.
Inmitten des Schocks über diese unerwartete Offenheit ihrer Mutter mischte sich jedoch auch Frustration. Martina sprach immer noch von Soldaten, schützte Unvermeidlich-

keit vor, als hätte sie keine Wahl gehabt. Angelika hoffte, dass Angehörige der Opfer wie Alex Gschwindner eines Tages bereit sein würden, sowohl mit ihr als auch mit ihrer Mutter zu reden, da konnte und wollte sie es Martina jetzt nicht zu leichtmachen.

»Du weißt, ich bin nicht religiös«, antwortete sie. »Aber für mich fing die Zivilisation vor Tausenden von Jahren an, als sich zwei Lebewesen erstmals begegneten, sich in die Augen sahen, nicht ihre Waffen hoben, um zu töten, sondern ohne ein Wort wieder auseinandergingen. Aus Lebewesen wurden erstmals Menschen, das war der entscheidende Punkt!«

Martina blickte sie lange an, und je länger sich das hinzog, desto mehr befürchtete Angelika die Frage, ob sie ihr damit das Menschsein absprechen wolle. Es folgte dann aber etwas, womit Angelika im Traum nicht gerechnet hätte.

»Wir haben unsere Gegner nicht als Menschen betrachtet. Du weißt, welches Wort wir für sie gebrauchten. Manchmal … manchmal frage ich mich, ob das nicht nur eine Ausrede war.«

Angelikas Gefühle schlugen Purzelbäume. Hatte ihre Mutter wirklich Ausrede gesagt? War das der erste Ansatz, so etwas wie Reue zu zeigen? Versteckte Martina sich nicht länger hinter Begriffen wie »Schwein« und »Systemträger«, sondern erkannte an, dass sie Menschen getötet hatte? Oder war Angelika hoffnungslos optimistisch und überbewertete eine einfache Feststellung? Wie auch immer, jetzt galt es eine Entscheidung zu treffen, wie sie damit umgehen sollte. Sie musste Brücken bauen, nicht Mauern errichten. Dann konnte dieser Satz vielleicht der lang ersehnte Wendepunkt in ihrer Beziehung werden.

»Was ein Mensch lernt«, sagte Angelika, »kann er durchaus auch mal wieder unterdrücken. Es bleibt aber in seinem Unterbewusstsein verborgen, und manchmal reicht ein Anstoß, um es wieder hervorzuholen. Dafür sind Freunde da.«

Martina schloss die Augen. Ihre Finger verschränkten sich ineinander und lösten sich wieder. Sie öffnete die Augen, und auf ihrem Gesicht lag ein entschlossener Ausdruck. Als sie weiterredete, kehrte sie zu ihrer Erzählung zurück, zögernd und eindringlich zugleich, als versuche sie ihrerseits, Angelika etwas klarzumachen.
»Als ich wieder in Deutschland war, gab es kein Zögern mehr, keine Alternative.« Sie hob ihre Hand und schirmte ihre Augen gegen die Sonne ab. »In der Zeitung heute war auch eine kurze Meldung über den Jemen. Anscheinend sind beide Teile schon seit 1990 wiedervereint. Davon habe ich im Gefängnis nichts mitbekommen. Und kein Teil ist mehr sozialistisch. Sie haben Bürgerkrieg, und islamische Fundamentalisten gewinnen.« Abrupt ließ sie ihre Hand wieder sinken und wandte sich Angelika zu. »Es war ein strategischer Fehler, keine politische Organisation oder eine Welt jenseits des Kapitalismus aufzubauen. So, wie es im Moment aussieht, wird es nie mehr ein sozialistisches Deutschland geben, genauso wenig, wie es noch ein kommunistisches Russland gibt. Wenn ich in München geblieben wäre und heute beim BR arbeitete, hätte es nicht den geringsten Unterschied gemacht. Nicht für das Volk.«
»Aber für ein paar tote Menschen«, erwiderte Angelika, ehe sie sich zurückhalten konnte. Das »und für mich« schluckte sie schon wieder hinunter.
»Ja«, sagte ihre Mutter mit unergründlicher Miene und setzte sich wieder Richtung Wasser in Bewegung.
Keine von ihnen sagte etwas, bis sie beide bis zum Knie im Meer standen. Dann deutete Martina auf einen Drachen, der sich in einiger Entfernung über dem Wasser wölbte und an einem Surfer befestigt war, der rasch auf sie zukam. »Was ist *das?*«, fragte sie mit der aufrichtigen Verwunderung eines Kindes. Angelika hatte selbst noch nie Kitesurfen erlebt und nur aus dem Fernsehen davon erfahren. Sie erzählte rasch

das wenige, was sie darüber wusste. Ihre Mutter ließ sich aber auch von diesem ungewohnten Anblick nicht abhalten, sondern setzte Fuß vor Fuß, die kalte Nordsee völlig missachtend, und rannte schließlich in die Brandung. Ohne sich umzusehen, glitt sie ins Meer und schwamm, den Kopf leicht zur Seite gedreht, um den Drachen über dem Surfer weiter beobachten zu können.

In einem ihrer Briefe, die Martina im Gefängnis noch erreichten, hatte Angelika geschrieben, wie sie den richtigen Wind abgepasst hatte, um ihren schönen grün-roten Drachen fliegen und dann freizulassen, damit Martina ihn vom Gefängnis aus sehen konnte. Der Großvater hatte zwar etwas mit ihr geschimpft, weil er dachte, sie hätte den Drachen nicht fest genug gehalten, und auf ihren Hinweis, der sei für die Mami, erklärt, dass die Entfernung dafür viel zu groß sei, aber ihr Drache hatte Martina aufheitern sollen. Das Kind Angelika war sicher gewesen, ihre Mami hätte ihn gesehen.

Martina hatte ihr das dann auch bestätigt, doch später hatte Renate Angelika erzählt, dass die Zelle ihrer Mutter kein Fenster mit Blick ins Freie hatte, nur Glasbausteine, um Licht hereinzulassen. Und so war auch diese Kindheitserinnerung als Lüge entlarvt worden.

Der Kitesurfer drehte nun plötzlich zum Strand und sprang von seinem Brett. Martina wandte sofort den Kopf nach vorne und schwamm nun sehr rasch und zügig nach Westen, ins offene Meer hinaus, von eingerosteten Bewegungen war nichts zu sehen. Im Gegenteil, wenn sie in diesem Tempo weiterschwamm, hätte Angelika Mühe, mitzuhalten. Das konnte nicht gut für eine Frau sein, nach fünfundzwanzig Jahren ohne Schwimmpraxis.

Unvermeidlich, unweigerlich und unerbittlich kam die alte Furcht zurück, durch die letzte Nacht neu gestärkt. Wenn Martina nun einfach weiterschwamm, immer nur weiter, bis sie erschöpft genug war, um sich treiben und sinken zu las-

sen, dann gab es nichts, was Angelika tun konnte, um sie aufzuhalten. In der Dusche hatte sie ihr wenigstens nur das Messer aus der Hand nehmen müssen.
Sie wollte rufen, das alte, kindische »Mami«, aber eine Welle spülte ihr Wasser in den Mund. Sie spie aus und schnappte nach Luft. So langsam wurde der Gedanke, ihre Mutter würde sich umbringen, bei ihr zum Trauma. Sie wusste doch genau, Martina hätte zwanzig Jahre Zeit gehabt, sich umzubringen, und hatte es nicht getan. Warum also sollte sie es in den ersten Tagen nach ihrer Entlassung tun? Angelika wusste das, aber das Wissen befreite sie nicht von der Angst, die das Unterbewusstsein über lange Jahre gespeichert haben musste.
Doch ihre Mutter machte einen Bogen und hielt nun wieder auf den Strand zu. Angelikas Augen brannten. Es war das Salz, redete sie sich ein, nur das Salz.
Als sie beide erschöpft aus dem Wasser stolperten und den warmen Sand unter ihren Füßen spürten, zuckte Martina zusammen und schaute auf den Boden.
»Ich glaube, ich bin auf eine Feuerqualle getreten«, sagte sie und sog Luft zwischen den Zähnen ein. Halb lächelte sie, halb schnitt sie eine kleine Grimasse. »Das ist mir noch nie passiert. Brennt das immer so?«
»Das weiß ich nicht. Ich war auch seit fünfundzwanzig Jahren nicht mehr hier«, entgegnete Angelika und trat näher, damit ihre Mutter einen Arm um ihre Schulter legen und sich stützen konnte, ohne ihre Ferse zu sehr zu belasten.
»Ich werde meinen Anwalt anrufen und ihn bitten, das Angebot abzusagen«, murmelte Martina, während sie langsam und halb hüpfend, halb schlurfend durch den Sand gingen, auf den gemieteten Strandkorb zu. »Er würde mir doch nur einen Vertrag für eine Saison geben und kündigen, wenn die Sensation vorüber ist.«
Auch in Angelika brannte etwas, was Wärme in ihr verbreitete. Das hatte jedoch nichts mit einer Qualle zu tun.

1974 – November – Steffen

Steffen erfuhr von Holger Meins' Tod später als die meisten seiner Kollegen, da er seine freie Woche erstmals auch frei genützt hatte. Der Staatssekretär befand sich in Nürnberg bei seiner Familie, und Steffen war am Samstagmorgen nach München gereist. Seine Rückkehr nach Nürnberg war für den Sonntagabend geplant, um Montagmorgen wieder mit seinem Team die Aufgaben bei Werder zu übernehmen.

»Willst wohl einen draufmachen, wie?«, hatte René mit einem Augenzwinkern gefragt. »Die Nürnberger Mädels sind auch nicht schlecht, da brauchst du nicht bis an die Isar auszureißen.«

»Jedem das Seine.«

Das Risiko, in Nürnberg identifiziert zu werden, war ihm einfach zu groß. Er hatte die Unmöglichkeit von langfristigen Beziehungen in seinem Beruf akzeptiert, aber ganz ohne Sex zu leben, brachte er auch nicht fertig. Also tauschte er seinen Anzug mit Jeans und Lederjacke, frisierte sich anders und stürzte sich in das Münchner Nachtleben. Er hatte nicht mehr in einer Schwulen-Disco getanzt, seit er befördert worden war. Es tat gut, sich gehenzulassen, und das führte zwei Männer zusammen, die einsam waren. So las er erst bei einem späten Frühstück in den Sonntagszeitungen, der Terrorist Holger Meins sei als Folge seines Hungerstreiks am gestrigen Tag in der Justizvollzugsanstalt Wittlich gestorben. Sein Anwalt klage nicht nur die Gefängnisleitung, sondern auch den zukünftigen Richter des RAF-Prozesses,

Dr. Prinzing, deswegen an. Der Anwalt von Gudrun Ensslin, Otto Schily, habe zum Tod von Meins sogar »von einem Mord auf Raten« gesprochen und gesagt, dass die im Hungerstreik befindlichen Gefangenen vom deutschen Staat hingerichtet würden.

»Also, bisher habe ich ja gedacht, die spinnen mit ihrem dauernden Mordgeschwafel«, kommentierte sein One-Night-Stand. »Aber wie man unabsichtlich jemand verhungern lassen kann, in einem Gefängnis mit dauernder Überwachung, das soll mir erst mal einer erklären.«

»Die haben gegen jede Art von Zwangsernährung protestiert«, antwortete Steffen, aber die Worte klangen selbst in seinen Ohren wenig überzeugend. Er starrte fassungslos auf die Zeilen. Nachdem er sich verabschiedet hatte, ging er zur nächsten Telefonzelle und rief seinen Chef an.

»Seidel, was zum Teufel tust du in München, wenn der Staatssekretär schon auf halbem Weg nach Bonn ist? So etwas schreit ja geradezu nach Vergeltungsaktionen!«

»Mein freies Wochenende«, entgegnete Steffen knapp und fragte das Offensichtliche. »Der Anstaltsarzt muss doch gewusst haben, dass der Meins in einem schlechten Zustand ist. Wieso hat der nicht früher Alarm geschlagen und etwas unternommen?«

»Der Anstaltsarzt hat das Gleiche wie du gemacht und sich ein freies Wochenende genommen. Einen Vertreter gibt es in Wittlich offenbar nicht, und ja, da muss jemandem gewaltig in den Hintern getreten werden. Und jetzt sieh zu, dass du nach Bonn kommst!«

Steffen nahm den nächsten Flug. Auf dem Flughafen wurde mittlerweile ebenfalls heftig über Meins' Tod diskutiert, und die Details, selbst mit Abstrichen für Übertreibungen, wurden immer schlimmer. Nicht nur, dass der vertreterlose Anstaltsarzt ins verlängerte Wochenende gefahren war, er hatte auch vorher nichts unternommen, um Meins in die Intensivstation eines Krankenhauses verlegen zu lassen, wie es beim Gesundheitszustand des Patienten Vorschrift gewesen wäre. Die Beamten in Wittlich hatten sich erst nach dem Besuch von dessen Anwalt Haag und dessen Hinweisen auf den Gesundheitszustand des Inhaftierten genötigt gesehen, einen Arzt aus der Stadt um Hilfe zu bitten. Doch als der eintraf, war Meins schon tot. Das Alka-Seltzer, das Steffen am Morgen genommen hatte, half nicht im Mindesten gegen das Gefühl von Übelkeit, die ihn überkam.

In Bonn fand bereits ein Protestzug statt, als Steffen die kleine Wohnung des Staatssekretärs erreichte. Werder war beim Justizminister in einer geschlossenen Sitzung.

»Tja«, sagte René in einem gut gemeinten, aber fehlgeleiteten Versuch, die Stimmung aufzulockern. »So viel zu unserer freien Woche, wie?«

»Scheiß drauf«, gab Steffen zurück, und da er sich sonst konservativ und zurückhaltend verhielt, schwieg René überrascht.

»René, wenn jemand eine super erfolgreiche Werbeaktion für die RAF starten wollte, hätte er sich nichts Besseres einfallen lassen können als das. So dumm und nachlässig kann doch niemand sein, einen Menschen verhungern zu lassen.«

»Ich will ja keinen da in Schutz nehmen, Kumpel, aber jeder Fehler erscheint einem unglaublich dumm, wenn andere ihn begehen. *Wie* lang arbeitest du schon im Verwaltungsapparat unter Beamten? Ich finde ja auch, dass die Kerle in Wittlich alle gefeuert gehören, aber ich glaube nicht, dass es an mehr gelegen hat als an Inkompetenz. Klar, und an mangelnder Sympathie für den Meins und seine Parolen. Bei so jemandem überschlägt sich natürlich keiner, um ihm den Puls zu fühlen.«

»Er ist *verhungert*, René«, sagte Steffen mit belegter Stimme. »Das hat mit Puls fühlen nichts mehr zu tun. Das war kein Schusswechsel bei der Festnahme oder ein paar blaue

Flecken nach der Vernehmung. Wo leben wir denn, dass in einem von unseren Gefängnissen Menschen verhungern, im Dritten …«

»Ich glaube nicht, dass du den Satz beenden solltest«, unterbrach ihn René hart. »Du willst Tatsachen? Der Mann hat russisches Roulette gespielt. Niemand hat ihn zu dem verdammten Hungerstreik gezwungen. Und als man ihn zwangsernährte, hat er seinen Anwalt Protest einlegen lassen. Du kannst niemanden daran hindern, Selbstmord zu begehen, wenn er es wirklich will.«

»Es gibt so etwas wie den Tatbestand der unterlassenen Hilfeleistung. Aber so werden die Terroristen es nicht nennen, sondern vorsätzlichen Mord. Wenn ich einer von denen wäre, stünde jetzt unser Staatssekretär sehr weit oben auf meiner Liste, also …«

»Ich habe schon eine Neueinteilung durchgesprochen. Ich hoffe, du bist ausgespannt, denn für die nächste Zeit sind kaum noch freie Tage möglich.«

In den Abendnachrichten war wieder Otto Schily mit seiner Aussage von der »Hinrichtung auf Raten« zu sehen. Auch der neue Bundeskanzler, Helmut Schmidt, wurde zum Tod von Holger Meins befragt und erklärte nach einem Wort des Bedauerns in seiner hanseatisch-kühlen Art und Weise: »Nach all dem, was die Angehörigen dieser Gruppe Bürgern unseres Landes angetan haben, ist es allerdings nicht angängig, sie, solange sie ihren Prozess erwarten, in einem Erholungsheim unterzubringen. Sie müssen schon die Unbequemlichkeiten eines Gefängnisses auf sich nehmen.«

»Sehe ich auch so«, sagte Hans. René und Steffen schwiegen, obwohl die Versuchung, eine schneidende Bemerkung über das Heranzüchten von Sympathisanten durch derart markige Sprüche zu machen, in Steffen selten so groß gewesen war wie nach dieser Aussage.

Der Staatssekretär hörte nicht zu und schaute auch kein

Fernsehen. Er diskutierte am Telefon mit einem anderen Mitarbeiter des Justizministeriums darüber, wie man mit den restlichen sich im Hungerstreik befindlichen Gefangenen umgehen sollte, als kurz nach neun Uhr abends die nächste Katastrophenmeldung eintraf. Der Präsident des Kammergerichts und höchste Richter von Berlin, Günter von Drenkmann, war in seiner Wohnung erschossen worden.

»Er war ein Zivilrichter«, sagte Werder tonlos. »Hat nie auch nur in einem Urteil etwas mit Terroristen zu tun gehabt. Warum er?« Das »Warum nicht ich?« blieb unausgesprochen.

»Bei Racheaktionen nimmt man eben den Ersten, der einem über den Weg läuft«, unternahm René einen nicht überzeugenden Tröstungsversuch. Später, als Werder sich außer Hörweite befand und sie über die immer neu eintreffenden Meldungen aus Berlin sprechen konnten, ohne auf seine Gefühle Rücksicht nehmen zu müssen, bemerkte Steffen: »Die sind über einen Strauß von Fleurop ins Haus gekommen, weil der Richter am Tag vorher seinen vierundsechzigsten Geburtstag hatte.«

»Ja, ja, ich weiß, du hast es mit den Blumensträußen als Schwachstelle«, sagte Hans ungeduldig.

»Darum geht es mir jetzt nicht. Wenn sie wussten, wann Günter von Drenkmann Geburtstag hatte und dass Blumenboten eingelassen werden würden, dann müssen sie ihn eine Zeitlang beobachtet haben. Das war keine spontane Racheaktion. Wenigstens keine, die innerhalb von vierundzwanzig Stunden nach Meins' Tod ausschließlich aus Rache und unvorbereitet geschah.«

An den Gesichtern seiner Kollegen erkannte Steffen, dass sie begriffen, worauf er hinauswollte.

»Scheiße«, murmelte René. »Sie stellen schon eine ganze Weile Ziele zusammen. Und jetzt fangen sie an, die Liste abzuarbeiten.«

1998 – Keitum

Sie waren bis zu Fisch-Fiete nach Keitum gelaufen, hatten zuerst die Spezialität des Hauses, Fischsuppe, gegessen und anschließend eine Maischolle mit viel geröstetem Schinkenspeck. Es war köstlich, und die Normalität, die den ganzen Tag zwischen ihnen schon herrschte, hätte Angelika um keinen Preis ruinieren mögen. Heute keine RAF-Fragen, nahm sie sich vor. Tu so, als ob es Urlaub wäre, nichts als Urlaub.

Wann hatte sie das letzte Mal Urlaub ohne die Kinder gemacht? In den Flitterwochen mit Justus und seither nicht mehr. Justus' Eltern hätten die Zwillinge danach natürlich für ein, zwei Wochen genommen, um ihnen beiden kinderfreie Ferien zu ermöglichen. Doch Angelika hatte dies stets abgelehnt. Sie hatte sich während ihrer Schwangerschaft vorgenommen, ihren Kindern niemals das Gefühl zu geben, sie seien unerwünscht, und auch wenn Justus einmal anklingen ließ, dass zwei Wochen mit den Großeltern kaum als elterliche Vernachlässigung gewertet würden, hatte er sich in diesem Punkt stets nach ihren Wünschen gerichtet.

Vielleicht hatte sie es tatsächlich übertrieben. Auf jeden Fall war es ein eigenartiges Gefühl, nicht mehr aufstehen zu müssen, um Frühstück zu machen, obwohl ihre innere Uhr sie um sechs weckte. Da Martina noch an die Gefängniszeiten gewöhnt war, ging es ihr ähnlich. Trotzdem trafen sie sich erst um acht zum Frühstück, und es fühlte sich geradezu verführerisch entspannend an, einfach im Bett zu liegen und nichts tun zu müssen.

Auf dem Weg nach Keitum erkundigte sich Martina, warum Angelika sich für Kampen und Sylt für sie beide entschieden hatte. »Warum nicht St. Peter-Ording? Da waren wir schließlich auch öfter … früher.«
»Nun ja, ich kann mich eigentlich an keinen anderen Ort an der See mehr erinnern, außer an den hier. Ich sehe noch genau vor mir, wie Toni am Hundestrand herumgetollt ist und wie wir uns an den Kontrollen vorbei an den Strand geschummelt haben. Hier hatte ich dich ganz für mich alleine, und das fand ich toll. Dieses Gefühl verbinde ich immer noch nur mit Sylt und mit keinem anderen Ort«, antwortete sie lächelnd. Angelika verschwieg, dass sie die Insel aus diesem Grund auch bis jetzt gemieden hatte.
Martina bemerkte nichts dazu, sondern drückte ihr nur die Hand. Erst in Keitum, zwischen der Fischsuppe und der Maischolle, gestand sie: »Ich hatte mich gefragt, ob du mit Sylt auf irgendwas anspielen wolltest. Die Zeitungen machten seinerzeit viel daraus, dass Ulrike während ihrer Ehe hier regelmäßig Urlaub machte. Sie wollten demonstrieren, dass Ulrike die Art Linke war, die Wasser predigte und Wein trank.«
»Ich versuche, nicht mehr an Ulrike Meinhof zu denken, als unbedingt notwendig«, entgegnete Angelika etwas pikiert. »Ganz bestimmt nicht bei der Wahl eines ungestörten Ortes für uns beide!«
Sie zögerte einen Moment, dann stellte sie die neue Ehrlichkeit zwischen ihnen auf die Probe: »Du musst schon sehr unter Verfolgungswahn leiden, wenn du in jedem Umstand eine mögliche psychologisch ausgewählte Falle vermutest.«
Zu ihrer Erleichterung reagierte Martina nicht beleidigt. Im Gegenteil, sie antwortete sogar mit einem kleinen Lächeln.
»Ich habe die Tendenz, mir das Einfache kompliziert zu machen, das stimmt. Es wäre auch eine sehr teure Anspielung

gewesen, deswegen dachte ich mir, ich frage dich einfach, statt mir weiter den Kopf zu zerbrechen.«

In Angelika breitete sich von Kopf bis Fuß Erleichterung aus. Sie konnten reden, ohne kontrovers zu diskutieren oder sich ständig zu ergänzen.

Martina starrte unterdessen fassungslos in die Karte. »Wie kann denn eine Seezunge hier fünfundzwanzig Mark kosten, wenn man in einem Vorort von Nürnberg eine halbe Ente für fünf Mark haben kann?«, fragte sie entgeistert.

Angelika schmunzelte. Es war faszinierend zu beobachten, wie zwanzig Jahre im Gefängnis die Sicht ihrer Mutter auf das Alltägliche verändert hatten. Es würde dauern, ihr ein Verhältnis zum aktuellen Geldwert zu vermitteln, weil sie alles unwillkürlich mit der Zeit vorher verband.

Sie plauderten entspannt weiter über Alltägliches, und Angelika erzählte lebhaft von Justus und den kuriosesten Erlebnissen aus seiner Zahnarztpraxis.

»Eine Frau hat sich mal Zähne wie die von Julia Roberts gewünscht«, sagte sie ohne nachzudenken. Dann erst fiel ihr ein, dass Julia Roberts als Star der neunziger Jahre ihrer Mutter vielleicht unbekannt war, und sie fügte ein paar Erklärungen hinzu, die Martina schnell unterbrach.

»Pretty Woman«, sagte sie. »Ich weiß schon.«

Offenbar hatte sie im Gefängnis nicht nur Zugang zu den täglichen Nachrichten gehabt, sondern auch viele aktuelle Filme gesehen. Trotzdem war Angelika verblüfft. »Sie lassen euch im Knast romantische Komödien sehen?«, fragte sie.

»Wenn sie ein Loblied auf den Kapitalismus singen und darauf hinauswollen, dass man nur dem richtigen Millionär begegnen muss? Darauf kannst du wetten«, gab ihre Mutter trocken zurück.

Angelika riskierte eine kleine Neckerei. »Komm schon. Wenn der Millionär aussieht wie Richard Gere, hättest du dann nein gesagt?«

Halb erwartete sie eine sarkastische Bemerkung, dass im realen Leben die meisten Millionäre eher wie Peter Ustinov aussähen, halb bereitete sie sich darauf vor, eine Lektion über die Glorifizierung von Prostitution durch Hollywood zu hören. Doch in den Augen ihrer Mutter blitzte etwas Spitzbübisches auf.

»Bei *Richard Gere* schon«, sagte Martina gedehnt. »Als ich noch an der HFF in München studierte, hatte ich allerdings eine Dauerphantasie darüber, einmal bei einer europäischen Koproduktion mit Jean-Paul Belmondo mitzuwirken. Ich hatte mir schon ein paar lässige Sätze auf Französisch zurechtgelegt. Und im letzten Film, den sie von ihm im Knast gezeigt haben, sieht es so aus, als sei er sehr gut gealtert, also ...«

»Mami«, sagte Angelika begeistert und gespielt schockiert zugleich. »Der muss doch inzwischen mindestens siebzig sein. Du könntest ihn in den Herzinfarkt treiben! Versuch's lieber mit einem Jüngeren.«

»Wie dem Mann dort am Fenstertisch? Der versucht schon die ganze Zeit, mit dir zu flirten, Angi, nicht mit mir.«

Das holte ihr scherzhaftes Geplänkel schlagartig in die Realität zurück, und mit einem Mal war Angelika verlegen. Zum einen war es ein großer Unterschied mit Freundinnen über Sex zu sprechen oder mit der eigenen Mutter, noch dazu, wenn diese gerade zwanzig Jahre Gefängnis hinter sich hatte und keineswegs zu alt für dieses Thema war. Zum anderen schaute sie unwillkürlich zu dem bezeichneten Tisch, konnte aber auch bei längerer Betrachtung nicht feststellen, dass dem Mann, der dort genüsslich seinen Nachtisch vertilgte, nach einem Flirt mit ihr zumute war. Allerdings war sie notorisch schlecht, derartige Signale zu verstehen. Sie hatte schon vor ihrer Heirat manch spöttische Bemerkung ihrer Freundinnen über sich ergehen lassen müssen, weil sie nicht auf die Anmache mancher Typen re-

agierte. Ihr fehlte offenbar der Draht für so etwas. Da sie das aber vor Martina nicht zugeben wollte, griff sie zu der Methode, die schon bei ihren Freundinnen funktioniert hatte, und spielte den Ball an ihre Mutter zurück. »Macht es dich so verlegen, angeflirtet zu werden, dass du die Zielrichtung absichtlich missdeutest?«, fragte sie launig.
»Nein. Ich bin einfach noch nicht so weit«, entgegnete Martina direkt.
Dabei trug sie heute einen wunderschönen Pulli, der Angelika schon den ganzen Morgen vor ein Rätsel stellte. Bisher hatte ihre Mutter sich Kleidungsstücke von ihr ausgeliehen. Aber dieser Pullover war Angelika unbekannt. Er gehörte bestimmt nicht zu der Kleidung, die ihre Mutter aus dem Gefängnis mitgebracht hatte. Dazu war er viel zu teuer, aus Kaschmir, wie sie unschwer erkennen konnte. Er passte von den Farben her genau zu Martinas Typ und lag in der Art eng an, die eine Frau trug, wenn sie sich attraktiv fühlen wollte.
»Na, dann ist es ja ein Glück, dass Belmondo hier nicht Urlaub macht«, sagte Angelika leichthin und hoffte, ihre Mutter würde wieder ins unverfängliche Austauschen von Filmphantasien zurückkehren. Gleich darauf fand sie sich kindisch. Schließlich konnte Martina sich mit niemand anderem aussprechen. Zumindest musste sie ihr signalisieren, dass Angelika für jedes Gespräch bereitstand. Außerdem war ihre Mutter vor dem Ausbruch von Aids ins Gefängnis gegangen, also sollte sie ihr vielleicht ein paar praktische Hinweise geben. Angelika bekämpfte daher tapfer ihre Verlegenheit und bemerkte so sachlich wie möglich: »Wenn du irgendwann so weit sein solltest, brauchst du dich meinetwegen nicht zurückzuhalten. Kondome gibt es überall, und ...«
»Angelika«, unterbrach sie ihre Mutter nüchtern. »Ein Frauengefängnis ist kein Kloster.«
Angelikas Wangen brannten. Das war eindeutig mehr, als sie hatte hören wollen.

Martina fuhr indessen unbeeindruckt fort: »Die ersten Ausbildungscamps waren das schon eher. Ich war damals noch nicht dabei, ich weiß deshalb nicht aus eigener Erfahrung, ob Andreas wirklich zu den Palästinensern gesagt hat, Ficken und Schießen sei dasselbe, und deswegen einen Riesenstreit anfing. Aber als wir in den Jemen geschickt wurden, ist uns allen eingeschärft worden, auf jeden Fall die Finger voneinander zu lassen und keine nackte Haut zu zeigen.«

So viel zu Angelikas Absicht, keine RAF-Themen anzusprechen, um auf keinen Fall eine Auseinandersetzung anzufangen. Ihre Antwort rutschte ihr dann auch heraus, ehe sie sich zurückhalten konnte.

»Nimm's mir nicht übel, aber ich habe nie verstanden, was irgendwer an Andreas Baader gefunden hat, und so ein dämlicher Macho-Spruch unterstreicht das nur noch.«

»Es war nicht machomäßig gemeint«, argumentierte Martina. »Es ging darum, dass Genossinnen genauso wie Genossen Anspruch auf das Ausleben ihrer Sexualität hatten. Das haben wir auch gelebt. Wir waren eine Organisation, in der Frauen genauso stark vertreten waren wie Männer, wenn nicht sogar in der Mehrheit. Wir waren kein Mafia-Verschnitt mit männlichen Stars und weiblichen Groupies. Das war alles absolut gleichberechtigt, und wenn eine Frau etwas von jemandem wollte, hat sie …«

Angelika atmete erleichtert auf, dass der Ober gerade jetzt ihren Nachtisch, eine rote Grütze, brachte. Sie hielt sich im Grunde nicht für prüde. Wer als etwas größeres Kind immer noch am Strand ohne Höschen zwischen lauter nackten Zeitgenossen herumgelaufen war, hatte kein Problem mit seinem oder anderer Leute Körpern. Und solange es in beidseitigem Einvernehmen zwischen zwei Erwachsenen geschah, hatte jeder ihrer Ansicht nach das Recht darauf, zu tun, was er wollte. Es war aber etwas anderes, solche Gespräche mit seiner Mutter zu führen, und Angelika war einfach noch nicht so weit, dergleichen unbefangen zu hören.

Rote Grütze mit reichlich Vanillesoße war eine heimliche, unheimliche Liebe von ihr. Wäre sie länger auf Sylt, ihre Waage hätte protestiert. Jetzt gab ihr die Grütze aber die Gelegenheit, den spannungsfreien Tag weiter zu erhalten, denn über die RAF wollte sie heute noch weniger als über Sex reden. Und wenn sie weiter bei beiden Themen blieben, würde Angelika einen spöttischen Kommentar zur angeblichen Gleichberechtigung in der RAF nicht mehr unterdrücken können. Sexuell mochte das ja der Fall gewesen sein, aber ansonsten hatte Baader ganz offensichtlich die erste Generation dominiert. Hastig griff Angelika nach dem ersten Strohhalm, der ihr einfiel.

»Du hast einen wunderschönen Pulli an«, bemerkte sie halb neugierig, halb bewundernd.

»Ich habe mich schon gefragt, wann du mich das fragen wirst«, erwiderte Martina und sah bei diesen Worten richtig glücklich aus. »Du hast mir vor zwei Tagen im Hotel einen deiner Pullis überlassen. So etwas Weiches, Zartes hatte ich noch nie auf meiner Haut. Dich zu fragen, was er gekostet hat und ob ich mir so etwas leisten kann, war nicht drin, weil ich das Thema Geld noch für ein paar Tage außen vor lassen wollte. Also habe ich mir selber einen gekauft.«

»Warum hast du denn nichts gesagt? Du hättest jederzeit meinen haben können«, antwortete Angelika bestürzt darüber, dass sie nicht auf die Idee gekommen war, ihrer Mutter den Pullover zu schenken.

»Ich habe nicht die Absicht, mich von deinem Mann finanzieren zu lassen«, entgegnete Martina nicht unfreundlich, aber bestimmt. »Wenn diese Woche vorbei ist, muss ich mich selbst ernähren können.«

Die Äußerung versetzte Angelika einen Stich, denn sie erinnerte sie an Renate, die immer meinte, als moderne Frau

müsse sie beruflich aktiv sein. Das kam für Angelika aber erst in Frage, wenn ihre Kinder aus dem Gröbsten heraus waren.
Für Martina waren solche Gedanken aber sicher logisch und hatten hoffentlich nichts mit Missbilligung von Angelika als Hausfrau und Mutter zu tun. Aber das Thema Geld lag jetzt auf dem Tisch, und es hatte keinen Sinn, es zu ignorieren.
»Du weißt, dass mein Vater mir ein beträchtliches Vermögen hinterlassen hat«, begann sie und versuchte, den vernünftigen, sachlichen Ton beizubehalten, den Martina angeschlagen hatte. »Nach deinem Verschwinden habe ich sehr schnell einen gesetzlichen Vormund bekommen, der mit Opa zusammen das Geld angelegt hat. Es war der untypischste Beamte, den du dir vorstellen kannst. Als er mir später alles übergab, war ich überwältigt davon, was sich vor mir auftat. Ich hätte ihn gerne beteiligt und bekam zu hören, er sei Beamter und könne sich schon dabei nicht wehren, wenn er ständig mehr Geld bekäme. Außerdem muss er mal überzeugter Linker gewesen sein, er hatte jedenfalls noch Willy Brandt an der Wand hängen, als Kohl schon Kanzler war. Vielleicht kam es daher, vielleicht kannte er ja meinen Vater. Wenn Opa Grundstücke und ein Miethaus kaufen wollte, ist er für sichere Aktien gewesen, und so ist es ein unschlagbarer Mix geworden, wie er das im Nachhinein bezeichnet hat. Und weil nie etwas abgeflossen ist, hat sich das Vermögen kontinuierlich vervielfacht. So ist aus einem kleinen ein großes Vermögen geworden, von dem noch die Zwillinge zehren können. Ich kann es mir also leisten, für dich zu sorgen, wenn du das willst.«
Es war ausgesprochen, was sie so eigentlich nicht hatte sagen wollen. Sie wollte ihrer Mutter nichts von ihrer Energie nehmen, für ein neues Leben auch in wirtschaftlicher Sicht zu kämpfen. Diese Chance musste Martina für sich entdecken. Würde das auch entdecken, davon war sie überzeugt.

Sie hatte schon bei Justus erlebt, was Energie erreichen konnte. Er hatte sich zuerst geweigert, Geld von ihr anzunehmen, um seine Praxis zu finanzieren, und es hatte endlose Monate gedauert, bis er nachgab. Er war vor wenigen Monaten äußerst glücklich gewesen, ihr den letzten Heller zurückgeben zu können, weil er durch den nur von ihm gefühlten Druck extrem fleißig geworden war, und weil er kein Geld von seiner Frau für seinen Beruf hatte haben wollen.

»Dein Vater hätte jetzt ein paar böse Bemerkungen über die Herkunft des Geldes gemacht und es trotzdem genommen«, erwiderte Martina und zeichnete mit ihrem Zeigefinger versonnen Kreise auf den Tisch. »Ich habe diese Phase hinter mir, und ich weiß deine Großzügigkeit zu schätzen, aber auf Dauer muss ich wirklich etwas anderes finden.«

Sie blickte auf. Zu Angelikas Überraschung trug sie das gleiche versonnene Lächeln, das sie gezeigt hatte, als Angelika ihr ein Kompliment wegen des schönen Pullovers gemacht hatte.

»Du schaust aus wie damals, als Toni den Chauffeur annieste«, platzte Angelika heraus. »Verrätst du mir, weswegen?«

Sie wusste nicht, wie viel ihre Mutter als Übergangsgeld im Gefängnis erhalten hatte und ob man sich davon teure Kaschmirpullover leisten konnte. Das wollte sie herausfinden, wenn sie wieder in Bamberg war. Doch sie konnte sich nicht vorstellen, dass sich die vergnügte Miene ihrer Mutter allein auf ein neues Kleidungsstück zurückführen ließ, und war gespannt.

»Ich bin doch heute Mittag mit meinem Zeichenblock durch den Ort geschlendert. Mir war am ersten Tag vor der Kupferkanne eine Galerie aufgefallen, die ich besuchen wollte. Der Name der Malerin, die dort ausstellt, ist Heide Dahl. Es waren tolle Bilder von Kindern, Landschaften, Blumen. Ich hätte gerne eines gehabt, aber die Preise sind exorbitant.

Vierstellig war da höchstens ein signierter Druck zu haben.« Martina gestikulierte mit den Händen, um die Größe der Summe zu verdeutlichen.

»Frau Dahl hat dann irgendwie meinen Zeichenblock gesehen und mich gebeten, hineinblicken zu dürfen. Da waren einige Bilder deiner Kinder dabei, obendrauf aber ein Bild von Toni, mit seiner goldigen natürlichen Brille. Ganz ehrlich, es war mir etwas peinlich. Ich habe seit meiner Studienzeit keine Arbeiten mehr vorgelegt, jedenfalls niemandem mehr, der etwas davon versteht. Aber als ich sagte, ich hätte noch nie verkauft, wollte sie mir das nicht glauben. Das Ende vom Lied war, dass sie mir eintausend Mark für das Bild mit Toni gegeben hat, als wäre das das Selbstverständlichste von der Welt.« Sie lehnte sich zurück.

»Nun weißt du, woher das Geld für diesen Pullover kommt, woher meine gute Laune, denn jetzt weiß ich, dass ich richtig entschieden habe, das Angebot aus Hamburg abzulehnen. Diese Frau hatte keine Ahnung, wer ich war. Sie hat also weder wegen des Kicks noch aus Mitleid gehandelt, sondern nur aus Interesse an meinen Bildern. Wenn Frau Dahl sich so ein Preisniveau für ihre Bilder leisten und mal eben so viel Geld für eine Zeichnung von mir ausgeben kann, habe ich eine Perspektive für die Zukunft, die allein von mir abhängig ist.«

1974 – November – Martina

Die Bewegung 2. Juni bekannte sich zur Hinrichtung Günter von Drenkmanns, nicht die RAF, doch die Stellungnahme der Gefangenen in Stammheim war eindeutig: »Wir weinen dem toten Drenkmann keine Träne nach. Wir freuen uns über eine solche Hinrichtung. Diese Aktion war notwendig, weil sie jedem Justiz- und Bullenschwein klargemacht hat, dass auch er – und zwar heute schon –, wenn er weiter mordet, von uns zur Verantwortung gezogen werden kann.«

»Ich bin ihm ein Mal begegnet«, sagte Renate, die unverständlicherweise von diesem Tod genauso verstört war wie von dem Holgers. »Er war kein ... Das hätte nicht geschehen dürfen.«

»Er war ein Schreibtischtäter«, entgegnete Martina. Hatte ihr früheres Zögern auf Holger und Bert auch so lächerlich gewirkt? Wenn ja, waren sie sehr geduldig mit ihr gewesen. »Wieso sollte sein Tod schwerer wirken als der eines verhungerten Revolutionärs?«

Renate starrte sie an. »Wo warst du in den letzten zwei Tagen?«

»Ich habe Flugkarten besorgt«, erwiderte Martina. Das entsprach der Wahrheit, allerdings hatte sie das nicht in Hamburg getan, sondern in Berlin. Sie hatte Bert begleitet. Was genau er in der Zwischenzeit getan hatte, ob er bei der Hinrichtung beteiligt gewesen war oder nicht, hatte sie ihn nicht gefragt. Er hatte aber einmal gesagt, dass die Bewegung 2. Juni zwar um einiges anarchistischer und amateurhafter, aber durchaus von den gleichen Idealen geleitet sei und man kooperieren könne. Ein anderer Grund für den Berlin-Aufenthalt hatte für sie jedoch viel größere Bedeutung gehabt.

»Renate«, fuhr sie fort, »nach der Beerdigung von Holger werde ich in den nächsten zwei, wahrscheinlich drei Monaten nicht in Hamburg sein. Und ich kann Angi nicht mitnehmen. Ich weiß, das kommt jetzt sehr kurzfristig, aber – du musst mir versprechen, dich um sie zu kümmern.«

An diesem Tag trug Renate einen beigen Pullover; gemeinsam mit ihren blonden Haaren unterstrich er die Blässe ihres Gesichtes, auf dem man jede der im Herbst immer etwas verblassenden Sommersprossen einzeln abzählen konnte.

»Wenn du einfach so für zwei, drei Monate abhaust, wirst du hinterher beim NDR keinen Job mehr haben«, sagte sie langsam. »Und das weißt du auch. Also heißt das, du willst gar keinen mehr. Willst du zukünftig von Geld aus Banküberfällen leben? Wenn du mich um etwas so Wichtiges bittest, sei wenigstens ehrlich. Du wirst nicht nur für zwei, drei Monate weg sein.«

»Ich werde für zwei, drei Monate nicht in Deutschland sein«, antwortete Martina leise. »Danach komme ich wieder, und du wirst von mir hören. Aber nicht in den nächsten Monaten. Doch wenn ich Angi jetzt zu meinen Eltern bringe, komme ich vielleicht gar nicht erst fort, weil ich schon am Flughafen verhaftet werde. Meine Eltern würden die Bullen auf mich hetzen, wüssten sie, wohin ich fliege, und ich käme nicht mehr durch die Passkontrolle, das schwöre ich dir.«

In der letzten Nacht hatte Martina Angelika aus ihrem derzeitigen Lieblingsbuch vorgelesen, bis ihre Tochter eingeschlafen war, und hatte sich danach nicht vom Fleck gerührt. Die leisen Atemzüge ihrer Tochter wurden ihre eigenen, als atmeten sie aus derselben Lunge.

Holgers Tod hatte ihr letzten Endes die Gewissheit gegeben,

selbst töten zu können und zu müssen, wenn sie eine Welt schaffen wollte, in der Menschen frei von einem System waren, das die Misshandlung und Ermordung Gefangener nicht nur zuließ, sondern aktiv förderte. Keine Halbheiten mehr. Sie musste ihr ganzes Selbst in den Dienst der Revolution stellen. Aber Angelika hielt so viel von ihrem Herzen in ihren kleinen Händen, dass sie mit ihrer Tochter an ihrer Seite nie dazu in der Lage sein würde. Nun erst begriff sie, warum Ulrike und Gudrun ihre Kinder zurückgelassen hatten, hatten zurücklassen müssen. Wenn Angelika einmal in einer Welt leben sollte, in der es kein Schweinesystem mehr gab, durfte Martina keine Sklavin dieses Systems sein, die sich darum kümmern musste, ob sie ihre Tochter rechtzeitig vom Kinderladen abholte, statt dafür zu sorgen, dass es für die nächste Kampfhandlung genügend Waffen gab.

Angi mitzunehmen kam nicht in Frage. Wieder und wieder hatte sie daran gedacht, welche Angst und Wut sie damals in München bei der Vorstellung erfüllt hatte, die Polizei könnte sich in Angelikas Nähe mit Holger und Bert ein Feuergefecht liefern. Nein, wenn sie eine effektive, gute Kämpferin werden wollte, musste sie die Gewissheit haben, dass ihre Tochter Hunderte von Kilometern entfernt in Sicherheit war. Sie musste frei sein von jeder Rücksicht auf alle, die keine Kampfgenossen waren.

Eines Tages, in einer besseren, freieren Welt, würde Angelika es verstehen, hatte sich Martina wieder und wieder gesagt und im gleichen Rhythmus wie ihre Tochter ein- und ausgeatmet, bis es ihr das Herz zuschnürte.

Im Gegensatz zu dem, was sie Renate erzählte, hatte sie nicht wirklich Angst, bei der Passkontrolle erwischt zu werden. In Berlin hatte sie Unterschriftenproben übergeben und Fotos machen lassen, damit ein Pass für die Rückreise für sie gefälscht werden konnte. Außerdem würden sie und Sybille nicht über einen westdeutschen Flughafen ausreisen, sondern über Berlin-Schönefeld. Sie würden in Westberlin mit einem Eintagesvisum über die Grenze gehen, von Schönefeld aus in den Jemen fliegen und später auf die gleiche Weise, nur mit einem anderen Pass, zurückkehren. Ehe sie Bert fragen konnte, was die DDR-Grenzer bei solchen ungewöhnlichen Passagen sagen würden, hatte er abgewimmelt und gemeint, das wäre seine Sache, sie brauche sich keine Sorgen zu machen. Selbst wenn ihre Eltern wegen ihres plötzlichen Verschwindens zur Polizei gingen, wäre so das Einreiserisiko bei ihrer Rückkehr gering.

Aber jetzt ging es darum, Renate zu überzeugen. Die Vorstellung, nein, die Gewissheit, dass sie sehr bald ihre Tochter verlassen würde, schnitt mit jeder Minute tiefer in Martina. Sie war so weit, eine Waffe auf einen Menschen, nein, auf ein Schwein richten zu können, korrigierte sie sich. Nur die technischen Kenntnisse fehlten ihr noch, und die würde sie in einem Ausbildungslager im Jemen lernen.

Aber ihre Tochter nicht wiederzusehen oder jedenfalls für eine lange Zeit nicht ... Für diesen Entschluss brauchte sie all ihre Kraft, und sie konnte ihn nur vor sich rechtfertigen, wenn Renate sich um Angelika kümmerte. Sie hatte sich erkundigt, was aus den Kindern der inhaftierten Genossen geworden war. Die schienen alle bei Verwandten oder ehemaligen Partnern untergekommen zu sein. Vor der Verhaftung hatte es aber keine Kontakte der Untergetauchten mehr zu ihren Kindern gegeben. Das durfte ihr nicht passieren. Renate würde sich nie weigern, Angelika zu ihr zu bringen. Wenn Angelika älter wurde und die Revolution noch nicht beendet sein sollte, konnte Renate ihr erklären, warum ihre Mutter in den Untergrund hatte gehen müssen. Auch wenn Renate noch zu viel Mitleid mit den Systemträgern hatte, um selbst aktiv für die Revolution zu kämpfen, so verstand sie doch, worum es Martina ging. Ihre Eltern verstanden das hingegen nicht.

»Du brauchst dir keine Gedanken bezüglich des Geldes zu machen. Schließlich hat der alte Arsch Jürgens Testament doch nicht angefochten, und das heißt, dass sich Angi nie finanzielle Sorgen wird machen müssen.«

»Martina …«

»Wenn ich jetzt verhaftet werde«, unterbrach Martina sie, denn sie wollte nicht darüber sprechen, dass Angelikas finanzielle Absicherung ihr auch geholfen hatte, sich zu entscheiden. Sie nahm Renates Hand. »Wenn ich jetzt verhaftet werde, dann werde ich wegen Unterstützung einer kriminellen Organisation verurteilt. Renate, von einer Justiz, die dir bereits drei Jahre Zuchthaus für brennende Matratzen gibt, und das war noch vor den Notstandsgesetzen. Mir kann man zukünftig, wenn man will, auch Urkundenfälschung und Mitgliedschaft in einer terroristischen Vereinigung vorwerfen. Also komme ich, wenn sie mich verhaften, für sehr lange Zeit ins Gefängnis. Und nach dem, was Holger geschehen ist, weiß jetzt die ganze Welt, was in unseren Gefängnissen passiert.«

Es war manipulativ und leicht erpresserisch, so etwas zu Renate zu sagen, aber in diesem Moment war Martina das völlig egal. Angelika brauchte Renate.

Allerdings kannte Renate ebenfalls starke Geschütze. »Hast du denn auch bedacht, was passieren könnte, wenn sie jemals von dir annehmen, dass du sie verrätst. So wie Edelgard, die von deinen Freunden wegen des puren Verdachtes geteert worden ist!«

»Dann hat sie aber noch Glück gehabt, denn Verrat …«

Doch ehe sie weiterredete, war ihr eingefallen, was Renate eigentlich meinte. Edelgard hat einen fünfjährigen Sohn. Als man sie schnappte, hatte ein Mann vom Verfassungsschutz gedroht, sie würde ihr Kind nie wieder sehen, da war sie schwach geworden.

»Wenn ich gefasst werde, weiß ich, was ich zu tun habe«,

entgegnete sie hart. Eine Lüge, aber das konnte sie nicht zugeben, sie verschob es, an dieses Problem zu denken und schloss: »Es gibt keine Alternative mehr.«
»Du könntest bleiben«, murmelte Renate. »Du könntest schlicht und einfach bleiben. Versuchen, auf politische Weise etwas zu ändern. Wie wir es bisher getan haben.«
Wie *du* es bisher getan hast, dachte Martina, aber das konnte sie nicht laut sagen. Im Grunde war es gut, dass Renate sich nicht weiter aus dem Fenster gelehnt hatte, als für Groenewold Kassiber abzutippen und Schriftsätze für die Verteidigung zu entwerfen. So würde sie Angelika effektiver beschützen können, sobald Martina in das Fahndungsraster geriet.
»Wenn meine Tochter erwachsen ist, soll sie nicht mehr in einem Staat leben, der seine Gefangenen foltert und umbringt«, entgegnete sie stattdessen und schüttelte den Kopf. »So einfach ist das.« Ein Fragment aus einer ihrer liebsten Kindheitserzählungen fiel ihr ein, und ohne weiter darüber nachzudenken, fügte sie Luthers Worte hinzu: »Hier stehe ich und kann nicht anders.«
Bert hatte ihr eine andere Möglichkeit angeboten. Angelika in das Ausbildungslager mitzunehmen, war zwar unmöglich, denn die palästinensischen Genossen taten sich schon mit unverschleierten Kämpferinnen schwer. Mütter mit Kindern waren ganz und gar ausgeschlossen. Andererseits gab es palästinensische Flüchtlingslager, und Ulrike Meinhof hatte angeblich vorgehabt, ihre Töchter in einem palästinensischen Waisenlager aufwachsen zu lassen, ehe das nach Peter Homanns Verrat von ihrem Ex-Mann verhindert wurde.
Martina standen immer die Bilder von palästinensischen Flüchtlingslagern im Fernsehen vor Augen. Sie hatte sich bei diesem Vorschlag von Bert zusammennehmen müssen, um nicht zu sagen, dass die Genossin Meinhof verrückt ge-

wesen sein muss. Vielleicht, nein, mutmaßlich war es heuchlerisch von Martina, für ihr eigenes Kind das Privileg der Sicherheit zu wollen, das die Kinder der vom Imperialismus ausgebeuteten Völker nicht hatten. Doch das war ihr egal. Sie war bereit, für die Revolution zu töten und, falls nötig, auch für sie zu sterben. Angelika sollte so eine Entscheidung jedoch nie treffen müssen. Sie sollte in einer neuen Welt leben, von Revolutionären geschaffen, aber vor allem sollte sie leben.

»Heute habe ich in der Kanzlei gehört, dass im Bundestag noch vor Jahresende neue Gesetze verabschiedet werden sollen«, sagte Renate abrupt, »Gesetze, nach denen ein Verteidiger von einem Verfahren ausgeschlossen werden kann, wenn er verdächtig ist, eine Handlung begangen zu haben, die im Fall der Verurteilung des Beschuldigten Begünstigung, Strafvereitelung oder Hehlerei wäre. Verdächtig, hörst du. Verdacht allein genügt, Beweise sind nicht mehr nötig. Damit wären wir wieder bei Hexendenunziationen. Und ich werde dich nie verteidigen können, wenn … Manchmal denke ich, du hast recht. In allem. Und die einzig logische Konsequenz wäre, mit dir zu gehen.«

Unter anderen Umständen wäre Martina froh gewesen, das zu hören. Aber nicht hier und nicht heute. Renate musste für Angelika Teil der bürgerlichen Gesellschaft bleiben, bis die Revolution siegte. Martina war das Paradox bewusst, der heuchlerische Widerspruch, eine Wahl für Renate zu treffen, die sie für sich selbst ablehnte. Aber auch hier konnte sie nicht anders.

»Tu das nicht«, sagte sie. Sie begründete das nicht weiter, denn Renate musste wissen, weswegen, und Martina wollte sie nicht dadurch beleidigen, dass sie falsche, andere Gründe nannte. Renates Hand in der ihren zuckte zusammen. Dann löste sie ihre Finger von Martinas.

»Nein, natürlich nicht«, gab sie tonlos zurück und fragte

nach praktischen Details wie dem Tag, an dem Martina Hamburg verlassen würde, und nach Möglichkeiten einer Kontaktaufnahme, sollte sie nach Martinas Rückkehr in einer anderen Kanzlei arbeiten oder Hamburg verlassen. Sie vereinbarten ein Postfach und Kennwörter dafür, wenn sie frei miteinander reden konnten oder im Gegenteil befürchten mussten, abgehört zu werden.

Erst viel später fragte Martina sich, ob Renate eventuell Pläne für ihr Leben haben könnte, die ein Kind nicht mit einschlossen.

1998 – Berlin

Die Schlagzeilen mit dem Jobangebot für eine ehemalige Top-Terroristin hatten Alex' Chefin dazu gebracht, ihre Meinung zu ändern und ihm zu erklären, dank des Intendanten hätte Martina Müller nun doch wieder höheren Nachrichtenwert und er könne entsprechend mehr Zeit für seine Recherchen bekommen. »Und über den Provokateur«, fügte sie hinzu, und Alex unterdrückte gerade noch rechtzeitig eine Grimasse. Es war ihm egal, ob der Intendant Martina Müllers Foto auf seinem Nachttisch stehen oder ihren Namen willkürlich aus einer Lostrommel mit Namen von zu entlassenden Terroristen gezogen hatte. Der Mann war ihm zuwider, man brauchte keinesfalls nachzugrübeln, warum er tat, was er tat. Und mit dem Werder-Attentat hatte der Intendant bestimmt nicht das Geringste zu tun.

Seine Mutter sah das anders. Zum Glück war es Zorn, der sie erfüllte. Zorn gab ihr meistens Kraft, und Kraft war besser als Depressionen, die einen Zusammenbruch ankündigten.

»Wenn ich daran denke, was für Schwierigkeiten ich damals hatte, überhaupt Arbeit zu bekommen«, schimpfte sie. »Und der Hilde Winter ging's nicht anders. Uns hat damals kein Theaterheini die Hand gereicht und eine gut bezahlte Stelle angeboten. Wir waren ja bloß die Witwen von Schweinen.«

»Der Mann ist ein Arsch, keine Frage.«

»Red nicht so mit mir«, sagte seine Mutter, die selten wütend genug war, um nicht auf sein Vokabular zu achten. »Ich bin keiner von deinen Journalistenkollegen.«

Er verzichtete, darauf hinzuweisen, dass er ihr nur habe recht geben wollen. Diese Stimmung kannte er. Sie wollte streiten, und das Beste, was man dann tun konnte, war, ihr die Gelegenheit zu geben, sich Luft zu machen. Also lieferte er ihr ein weiteres Stichwort.

»Der Theaterheini würde jetzt sicher behaupten, er sei davon ausgegangen, dass sich der Staat um die Überlebenden von getöteten Mitarbeitern kümmert.«

Er hörte ihr verächtliches Schnauben durch das Telefon.

»Von wegen! Den Staat hat's nicht gekümmert. Der hat mir eine Abfindung von zwanzigtausend Mark gegeben, und das waren nur deinetwegen zehntausend Mark mehr als bei der Winter, weil sie keine Kinder hatte. Die Eltern von Hans haben auch nur zehntausend bekommen, und das war's. Und überhaupt, ist so ein Intendant nicht auch ein Mitarbeiter des Staates? Da schufte ich zwanzig Jahre und zahle Steuern, und wofür? Dafür, dass er mit meinem Geld die Mörderin meines Mannes anstellt!«

»Darum wenigstens brauchst du dir keine Gedanken zu machen. Ihr wohnt in verschiedenen Bundesländern, und soweit ich weiß, ist es meist die jeweilige Stadt, die für ihr Theater aufkommt. Bundeszuschüsse sind da äußerst selten.«

»Sei nicht so sachlich! Wie kannst du nur so sachlich sein?«

»Weil es leichter ist, zu lachen, als zu weinen, Mama«, antwortete Alex leise. Das war ein Fehler.

»Ich weiß nicht, wann ich das letzte Mal gelacht habe«, erwiderte sie, und er konnte die lähmende Trauer in ihrer Stimme hören, die den Zorn zu verdrängen drohte. Dagegen musste er etwas unternehmen.

»Nachdem Michael Werder bei dir war, dachte ich mir, ich erwidere den Gefallen und rühre mich bei seiner Mutter. Frau Werder geht es sehr gut, und sie wohnt in einer schönen kleinen Wohnung. Meine Entschuldigung hat sie angenommen. Für das heftige letzte Gespräch zwischen euch.«

Wie er vorausgesehen hatte, sorgten der Sozialneid auf Monika Werder und die alte Bitterkeit sofort dafür, seine Mutter wieder wütend zu machen.

»Entschuldigen? Für was? Ich habe damals nur die Wahrheit gesagt. Ohne Staatssekretär Werder wäre dein Vater heute noch am Leben. Und natürlich geht es der Werderin blendend. Sie hat ja in ihrem Leben nie arbeiten müssen. Sie hat ja genug Geld bekommen, um beim kleinsten Schnupfen zum Arzt zu gehen, während ich …«

Er hatte sie erfolgreich abgelenkt. Während er zuhörte, wie sie ihrem Ingrimm Luft machte, bis sie erschöpft war und auflegte, überlegte er, wie Steffen Seidel sich wohl angesichts dieser Entwicklung fühlte. Soweit er sich erinnerte, hatte es für verletzte Beamte Sonderurlaub und je nach Verletzungsgrad eine Kur gegeben, aber kein Schmerzensgeld. Seidel als Beamter hatte wohl keine Sorgen, dafür hatte die Beamtenlobby schließlich über Jahrzehnte erfolgreich gearbeitet. Das Gärtnern musste mehr ein Hobby sein.

Doch sein Vater war, als er starb, im Angestelltenverhältnis gewesen und noch nicht als Beamter übernommen worden. Die Rente seines Vaters hatte kaum fürs Überleben gereicht.

Alex biss die Zähne zusammen und konzentrierte sich darauf, Arno Liebert zu finden. Mit ihm wollte er unbedingt sprechen, ehe er Angelika Limacher und möglicherweise danach ihre Mutter traf. Er telefonierte immer noch den von ihm ausgesuchten drei Spitzenkandidaten in Leipzig hinterher, als er einen Anruf mit einer Berliner Vorwahlnummer erhielt, der ihm von der Zentrale aus durchgestellt wurde.

»Herr Gschwindner«, sagte eine gemütlich klingende männliche Stimme. »Wie ich höre, suchen Sie nach mir.«

Alex verzichtete darauf, zu fragen, woher diese Information kam, und tat auch nicht so, als hätte er keine Ahnung, um wen es sich bei dem Anrufer handeln konnte.

»Ein Gespräch wäre für uns beide sehr interessant, Herr Liebert.«

»Ehrlich gesagt, bezweifle ich das. Was mich an Ihnen interessiert, weiß ich schon. Aber ich war immer dafür, dem Nachwuchs zu helfen. Sie dürfen mich in meinem Schrebergärtchen besuchen.«

1974 – Martina

In allen Stadtteilen Westberlins waren die Graffitis »Rache-für-Holger-Meins« unübersehbar. Das hörte aber schnell auf. Der Osten der Stadt wirkte, was die Gebäude, den Straßenverkehr und die Kleidung der Menschen betraf, als habe sie eine Zeitreise in das Deutschland vor über vierzig Jahren unternommen. Sybille und Martina trugen ihre bequemsten, ältesten Jeans, einfache Blusen und Jacken, hatten aber, nachdem sie den Flughafen erreichten, häufig den Eindruck, den Leuten damit sofort aufzufallen.

»Etwas grau hier«, sagte Sybille unsicher, während sie im Bus saßen, der vom Hotel Arosa in Charlottenburg nach Schönefeld fuhr. *Bekomme nur nicht jetzt schon blödsinnigen Verfolgungswahn,* ermahnte Martina sich streng. Die wenigen Leute, die sie anstarrten, waren nur an zwei jungen attraktiven Frauen interessiert, mehr nicht. Gewiss gab es in beiden Teilen Berlins Sicherheitskräfte in Hülle und Fülle, aber noch hatte niemand Grund, sich um Sybille und sie zu kümmern. Sie waren nur zwei weitere Westtouristen, die eine günstige Verbindung von Schönefeld aus in Anspruch nahmen, statt von den teureren Angeboten über Tegel Gebrauch zu machen.

Am Flughafen sollten sie am Eingang des Intershops weitere Kampfgefährten treffen, die mit ihnen in den Jemen fliegen würden, Bert hatte ihr entsprechende Codeworte genannt. Ihr war klar, was für ein Vertrauensbeweis das war.

»Haben die Schweine eigentlich versucht, unsere Bewegung zu unterwandern?«, hatte sie ihn gefragt.

»*Versucht* hat es der Verfassungsschutz«, hatte er mit breitem Grinsen geantwortet. »Nur es ist wohl leichter, sich auf dem rechten Auge blind zu stellen, als das Gegenteil auf dem linken zu versuchen.«
Auf dem Flughafen waren hauptsächlich auf Billigreisen erpichte Wessis, Polen, Russen, auch einige Asiaten und Afrikaner, aber nur wenige DDR-Bürger. Martina hörte erstmals bewusst den thüringischen und sächsischen Dialekt, die sie nur aus dem Fernsehen kannte.
Über den real existierenden Sozialismus in der DDR hatte sie sich nie groß Gedanken gemacht. Als Kind nicht, weil ihr Vater ihr Schauergeschichten über den niedergeschlagenen Arbeiteraufstand und den Schießbefehl an der Grenze erzählte, und als Erwachsene nicht, weil es wichtiger war, die Fehler im eigenen System aufzudecken. Die stereotype Redewendung »Geh doch nach drüben«, die einem im Westen entgegengeschleudert wurde, sobald man Kritik am eigenen Nest äußerte, hatte sie darüber hinaus geradezu allergisch gegenüber DDR-Erwähnungen gemacht.
Aber es gab eine Ausnahme. Da man in Hamburg DDR-Fernsehen genauso wie zu ihrer Kindheit in Nürnberg empfangen konnte, schaute ihre Tochter mit der gleichen Begeisterung wie einst ihre Mutter »Das Sandmännchen«. Angelika konnte das Lied in- und auswendig.
Martina ertappte sich dabei, die Fingernägel schmerzhaft in ihre Handballen zu bohren, während sie mit Sybille in der Schlange vor dem Schalter stand, um ihr Gepäck abzugeben. Die Stimme ihrer Tochter, wie sie »Sandmann, lieber Sandmann« sang, wollte nicht aus ihrem Kopf.
»Schau mal, die zwei Männer hinter uns, das könnten doch Genossen sein«, unterbrach Sybille nervös Martinas Gedankengang. Sie sollten sich erst nach der Gepäckabgabe mit den anderen treffen und nicht vorher versuchen, Kontakt aufzunehmen, also zuckte Martina die Achseln und er-

widerte, um die Stimmung aufzulockern: »Hier sind alle Genossen.«

Als sie ihren Pass bei der Gepäckabgabe vorlegte, verlief alles so, wie sie es von Urlaubsreisen her kannte, bis auf den Umstand, dass die uniformierte Frau am Schalter Martina etwas länger musterte. Doch sowie sie sich umdrehte, um mit Sybille den Eincheck-Bereich zu verlassen, tippte ihr ein Mann auf die Schulter, der zwar nicht in Uniform war, dem man den Beamten aber auf hundert Meter Entfernung ansah. Er war vielleicht nur zehn oder zwölf Jahre älter als Martina.

»Wenn Sie und Frau Helmstedt mir jetzt bitte unauffällig folgen, Frau Müller.«

Martina erstarrte. Sybille jedoch geriet voll in Panik. »Die westdeutsche Polizei hat keine Befugnisse hier in Ostberlin«, sagte sie hysterisch, und Martina hätte ihr dafür am liebsten in den Hintern getreten.

Der Mann lächelte nur amüsiert. »Gewiss nicht. Aber das Ministerium für Staatssicherheit.«

Er brachte sie in einen kleinen Raum, der bis auf Plastikstühle und einen großen Schreibtisch, hinter den er sich setzte, leer war. Mittlerweile fiel es Martina schwer, Ruhe zu bewahren, doch es gelang ihr. Sybille biss sich auf die Lippen und spielte nervös an ihren Fingernägeln, blieb nach ihrem spontanen Ausbruch aber wenigstens jetzt still.

»Na, Mädels«, sagte der Mann in einer gönnerhaften Gutmütigkeit, die sie unangenehm an manche ihrer Professoren in München erinnerte. »Da es das erste Mal für euch ist, soll's hingehen, aber wenn ihr das nächste Mal durch Schönefeld kommt, tut wenigstens so, als ob ihr euch auf den Urlaub freut, und schimpft über die langen Schlangen, damit selbst der dämlichste BND-Agent sieht: Ihr reist mit Neckermann in den Süden.«

Martina zwang sich, weiter regelmäßig zu atmen, während

sie versuchte, ihre Gedanken zu ordnen. Sie schaute zu Sybille und legte eine stumme Beschwörung in ihren Blick, sich nicht provozieren zu lassen. Der Stasi-Mitarbeiter wechselte dann auch abrupt die Tonart und wurde sachlich.
»Genossinnen, wir respektieren euren Kampf. Die imperialistischen Kräfte in der BRD brauchen jeden Druck, der möglich ist, damit auch dort die Revolution siegt. Deswegen haben wir euch auch von Anfang an gestattet, über Schönefeld ein- und auszureisen. Aber eines muss klar sein, das sage ich allen Frischlingen: Solange ihr euch auf DDR-Territorium befindet, gibt es keinerlei Gewaltaktionen, und wenn, so habt ihr euch bis auf die letzte Kommastelle dabei an die Anweisungen des Ministeriums für Staatssicherheit zu halten, ist das klar?«
Was sollten Martina und Sybille darauf antworten? Er erwartete wohl auch keine Antwort, sondern wurde wieder gönnerhaft und lächelte. »Der Genosse Mielke denkt immer noch gern an seine Tage als Straßenkämpfer zurück, genau wie der Genosse Honecker. Solange ihr euch also an die Regeln haltet, könnt ihr immer mit höchster Sympathie rechnen.« Und gerade als Martina sicher war, dass diese Begegnung zu den bizarrsten ihres Lebens gehörte, fügte er noch hinzu: »Ist der Winter nicht die schönste Jahreszeit?«
Das war einer der ausgemachten Sätze, die Bert ihr und Sybille genannt hatte, um Kontaktleute zu erkennen. In Martina brachen Überzeugungen zusammen, die sie immer für selbstverständlich gehalten hatte. Die Springer-Zeitungen und andere Hetzblätter hatten schon lange behauptet, dass die RAF und andere radikal linke Organisationen und Zeitungen vom Ostblock finanziert und kontrolliert wurden. Sie hatte das immer für die typische Angstmache und Paranoia gehalten, welche die kalten rechten Krieger dem unaufgeklärten Volk einflößen wollten. Jeder auch nur denkbare Kontakt in den Osten, obwohl sie sich und die Mehrheit ihrer

Genossen zweifellos als Marxisten betrachtete, war ihr undenkbar erschienen. Rudi Dutschke, der nicht nur für sie, sondern für die meisten aktiven wie ehemaligen Studenten immer noch das große politische Vorbild war, hatte seine Kindheit in der DDR verbracht und sie keineswegs als revolutionäres Paradies geschildert, sondern als rigiden Obrigkeitsstaat, der die Ideale der Revolution vergessen hatte. Die meisten RAF-Sympathisanten, ganz zu schweigen von Bert und Holger, den einzigen beiden aktiven Mitgliedern aus dem inneren Kader, die sie kannte, waren ehemalige Studenten, die diese Ansichten auch gehört haben mussten. Was nun?

Sybille hatte den Satz ebenfalls sofort erkannt. »Sie sind unser Kontaktmann? Davon hat uns Bert aber kein Wort gesagt«, protestierte sie.

»Das will ich hoffen. So etwas bindet man keinen Rekruten auf die Nase, die es sich immer noch anders überlegen können.«

Was in sich ein Widerspruch war, dachte Martina, denn er tat genau das gerade. Oder wollte er implizieren, dass es jetzt zu spät für sie war, um es sich anders zu überlegen?

Abrupt wurde er wieder vom gönnerhaften Onkel zum kühlen Sachbearbeiter. »Genossinnen, ich werde euch meinen Namen und eine Telefonnummer geben. Merkt euch das und vernichtet den Zettel. Solltet ihr auf unserem Territorium je in Schwierigkeiten geraten, könnt ihr beides verwenden. Aber dafür erwarte ich, dass die Regeln, die ich gerade genannt habe, beachtet werden. Und ich erwarte außerdem, dass ihr bei eurer Rückkehr einen kurzen Bericht über eure Zeit im Jemen abgebt.« Erneut lächelte er und wurde onkelhaft. »Schließlich will man ja auf dem neuesten Stand bleiben, was ihr dort gelernt habt und wer alles dabei war. Natürlich vergleichen wir die Berichte, das muss euch klar sein.« Die versteckte Drohung war unmöglich zu überhören.

Es war unmöglich, etwas anderes als ja zu sagen und still *Warten wir mal ab* zu denken. Bei einem Nein, da war Martina überzeugt, würden sie Schönefeld erst gar nicht verlassen können. Als er sie endlich gehen ließ, wies er sie auf die kleine Gruppe vor dem Intershop-Laden hin. »Das sind eure Leute.«
Sowie sie außer Hörweite waren, fragte Sybille ratlos: »Hast du davon gewusst?«
»Nicht mehr als du.«
»Nun, es *sind* alles Genossen«, wiederholte Sybille ihren Scherz von vorhin, doch die Worte klangen jetzt eher ernüchtert. »Kommunisten«, fügte sie mit festerer Stimme hinzu. »Sie wollen den Sieg der Revolution für alle unterdrückten Völker, genau wie wir. Und die Internationale war in Kuba und Vietnam schon erfolgreich. Zusammen sind wir stark. Ich kann verstehen, dass das unsere Verbündeten sein wollen. Sein können. Das ergibt Sinn.«
Sybilles Worte klangen wie eine gewaltige Anstrengung, sich selbst von dem Inhalt des Gesagten zu überzeugen. Nicht, dass sie prinzipiell unrecht hatte. Es wäre paradox, sich für Kuba, Castro und Che Guevara zu begeistern, aber die DDR grundsätzlich abzulehnen. Natürlich wäre es das. Und doch. Und doch. Mittlerweile erkannte Martina Systemträger recht gut, wenn sie welche sah, und dieser Mann von der Stasi, der sich ihnen als Arno Liebert vorgestellt hatte, war einer. Und was sollte das mit dem Bericht bei der Rückkehr aus dem Jemen? Sie bezweifelte, dass der Geheimdienst der Deutschen Demokratischen Republik auf Berichte von ein paar westdeutschen Stadtguerilleros angewiesen war. Da war es schon wahrscheinlicher, dass es ihm um eine Machtdemonstration ging, darum, sie beweisen zu lassen, dass sie seine Autorität anerkannten. Wie ein Schullehrer, der Hausaufgaben schreiben ließ.
Aber in Lieberts Fall waren das Hausaufgaben, die er aufbe-

wahren würde. Das war der Aspekt bei der ganzen verfluchten Angelegenheit, der ihr umso weniger schmeckte, je länger sie darüber nachdachte. Ja, er hatte die Passwörter gekannt, aber wer sagte ihnen eigentlich, dass die ihm freiwillig von Mitkämpfern genannt worden waren und er sie nicht illegal durch das Abhören von Telefonen bekommen hatte? Lebten sie und Sybille jetzt doch in der Welt des Geheimdienstes wie James Bond? Bert hatte diese Verbindung zur Staatssicherheit nie erwähnt. Am Ende war dies sogar ein Versuch, die RAF zu infiltrieren. Wenn Sybille und sie ihre Berichte erst erstattet hatten, was dann? Liebert hätte sie in der Hand, weil er einen Verrat dokumentieren konnte, Verrat an der RAF, an der BRD, an ihren Gesinnungsgenossen? *Raste jetzt nicht aus,* hämmerte es in Martinas Kopf. *Denk wie Scarlett O'Hara, morgen ist auch noch ein Tag. Eine reine Machtdemonstration ist die wahrscheinlichste Antwort.* Selbst unter Berufsrevolutionären gab es Beamte, und Beamte lebten nun mal davon, Akten zu verfassen, sich in sie zu vertiefen, sie abzulegen und sie zu vergessen, so einfach war das. Selbst wenn sie sich in diesem Punkt irrte: Spätestens nach Weihnachten, wenn ihre Eltern sich nicht mehr mit vorab geschriebenen Briefen abspeisen lassen und nach Hamburg kommen würden, war Martinas Schonzeit vorbei und würde sie polizeilich gesucht werden. Eine Abreise, gar eine Einreise über einen westeuropäischen Flughafen wäre sehr risikoreich, während Schönefeld Sicherheit versprach. Und das Verfassen von Berichten?

Im Grunde war es jetzt auch egal. Sybille hatte recht. Der Feind ihres Feindes musste ihr Freund sein. Der Flieger stand draußen, sie würde fliegen. Musste sie bei der Rückkehr wirklich Berichte schreiben, dann nur mit Decknamen und sicher nicht mit der Hand. Danach lag es bei diesem mysteriösen Herrn Liebert, sie wieder in den Westen ausreisen zu lassen. Und ganz gleich, was für ein Staat die DDR war, sie hatte noch nicht gehört, dass man in DDR-Gefängnissen Menschen verhungern ließ. Inzwischen war im *Stern* ein Foto des toten Holger veröffentlicht worden, bärtig wie Rasputin und abgezehrt wie ein KZ-Häftling. Er war ein großer Mann gewesen, einhundertdreiundachtzig Zentimeter genau, und selbst die regierungsnahen Medien hatten zugeben müssen, dass er zum Schluss nur noch neununddreißig Kilo gewogen hatte. Ein Staat, der so etwas zuließ, musste bekämpft werden. Mit allen Mitteln. Wenn es Erfolge im Kampf gegen den Imperialismus wahrscheinlicher machte, auch in einer Kooperation mit der Stasi.

1998 – Berlin

Lieberts sogenanntes Schrebergärtchen entpuppte sich als gut viertausend Quadratmeter Garten um ein zweistöckiges Haus in Grunewald. Er musste vor dem Ende der DDR seine Finanzen so abgesichert haben, dass ihm hinterher dafür keine Veruntreuung von Volksvermögen nachgewiesen werden konnte. Es standen sogar ein paar Gartenzwerge zwischen den Blumen. Alex wusste nicht, ob er lachen oder weinen sollte.

Liebert selbst wirkte in jeder Hinsicht wie ein biederer Frührentner. Er saß vor ihm in einem kurzärmeligen weißen Hemd und altmodischen Hosenträgern auf seiner Terrasse.

»Letztes Jahr«, sagte er, »hat man meinen Chef, meine Kollegen und mich wegen versuchter Strafvereitelung in Berlin-Moabit vor Gericht gestellt. Ich hoffe, Sie wissen, wie die Sache ausgegangen ist. Dieses Jahr ist uns sogar die Geldstrafe erlassen worden, weil der Bundesgerichtshof uns recht gegeben hat.« Er lehnte sich in seinem Korbstuhl zurück. »Nur, damit die Prämisse dieses Gespräches klar ist. Von mir werden Sie kein Wehklagen hören. Ich bin stolz auf das, was wir getan haben. Eigentlich sollten wir einen Verdienstorden bekommen, alle, die an der Operation Stern mitgearbeitet haben.«

Als Stasi-Offizier musste er, ganz abgesehen von seiner RAF-Klientel, für die Bespitzelung und Einschüchterung von Hunderten, wenn nicht Tausender Menschen verantwortlich gewesen sein. Für Selbstmorde, wenn nicht gar Morde. Für Gefängnisstrafen von Bürgern, die nichts an-

deres getan hatten, als einen Witz über Honecker weiterzuerzählen. Aber diese Selbsteinschätzung überraschte Alex nicht mehr. Mit dieser Art von Typ hatte er gerechnet.
»Ich bin nur ein dummer Wessi«, erwiderte er, sich naiver stellend, als er war. »Das mit dem Verdienstorden müssen Sie mir erklären.«
»Ein sehr erfolgreiches Resozialisierungsprogramm, was wir da durchgezogen haben! Im Westen hätte dieser Haufen nur weiter herumgeballert, wäre geschnappt worden und hätte in euren Zellen durch Märtyrer-Possen für noch mehr Nachwuchs in der Szene gesorgt. Bei uns haben sie die Waffen niedergelegt und waren ständig unter strenger Aufsicht. Und ich meine ständig, wenn ich ständig sage. Wenn die auch nur einmal fremdgegangen wären, hätten wir das sofort erfahren. Ordentlich arbeiten mussten sie auch. Sie waren zum ersten Mal in ihrem Leben nützliche Mitglieder der Gesellschaft, und nicht einer ist rückfällig geworden. Ganz ehrlich, zeig mir ein westdeutsches Resozialisierungsprogramm, das auch nur annähernd so effektiv arbeitet.«
Aus einer Kühlkiste aus Styropor, die unter seinem Sessel stand, holte er sich ein Bier, bot auch Alex eine Flasche an, der aber den Kopf schüttelte. Liebert öffnete sein Bier mit dem Flaschenöffner, trank und rülpste wohlgefällig. Dabei warf er Alex einen verschmitzten Blick zu, wie um zu unterstreichen, dass er sich dergleichen leisten konnte und sich längst jenseits gesellschaftlicher Regeln befand.
»Verdienstorden«, wiederholte er. »Wie ich schon sagte.«
»Einige Mitarbeiter an Ihrem Resozialisierungsprogramm würden Ihnen widersprechen. Oskar Wenreit zum Beispiel. Ich hatte nicht den Eindruck, dass er seine Frau freiwillig bespitzelt hat.«
»Klar, heutzutage war kein IM freiwillig dabei, und alle sind gezwungen worden. Sie sind doch sicher nicht so naiv, das zu glauben«, erwiderte Liebert vergnügt.

»Oh, und das Ministerium für Staatssicherheit hat dem Klassenfeind im Westen aus purer Menschenfreundlichkeit ein paar Straftäter abgenommen?«, gab Alex sarkastisch zurück. »Sie sind doch sicher nicht so naiv, um zu erwarten, dass ich das glaube.«

Liebert prostete ihm zu. »So naiv schätze ich Sie nicht ein. Es war natürlich auch eine gewisse Schadenfreude dabei. Das Wettbewerbsgefühl, verstehen Sie. Ein weiterer Beweis dafür, dass wir den besseren Geheimdienst hatten. Wenn wir die Zeitungsberichte darüber gelesen haben, wie das Sybillchen oder die Susanne Albrecht von westlichen Agenten im Irak gesehen wurden, haben wir uns gebogen vor Lachen. Außerdem muss Ihnen doch bekannt sein, dass die Genossen Mielke und Honecker hin und wieder sentimental wegen ihrer eigenen Jugend als Straßenkämpfer waren.«

Das war zwar eine Spur glaubwürdiger, aber Alex nahm ihm die Erklärung nicht ab.

»Betrachten Sie mich als ein hoffnungslos durch den Kapitalismus geprägtes Gewächs, Herr Liebert. Bei uns ist eben alles eine einfache Input-Output-Frage. Neue Identitäten, Arbeitsstellen, Wohnungen, all das muss doch eine Menge Geld gekostet haben. Mehrfach, denn wie ich erfuhr, sind zwei oder drei Ihrer Gäste zwischendurch aufgeflogen und mussten umziehen und noch mal neue Identitäten annehmen. Wozu Geld für Menschen ausgeben, die einem bis zu diesem Zeitpunkt nichts eingebracht haben?«

»Tja«, antwortete Liebert langsam. »Wie Sie schon sagten, Sie sind zu sehr Kapitalist, um die Solidarität zwischen Genossen zu verstehen.«

»Ich verstehe Zahlen. Sie haben gerade von der Operation Stern geredet. Andernorts habe ich den Begriff Stern 2 gehört. Vor 2 kommt 1. Wenn die Umsiedlung von Ex-Terroristen in die DDR Stern 2 war, was war dann Stern 1?«

Liebert nahm einen weiteren Schluck aus seiner Flasche.

»Sind Sie *sicher,* dass Sie kein Bier wollen, Herr Gschwindner?«
»Ich bin mit dem Auto da«, entgegnete Alex ausdruckslos, obwohl das nicht der Wahrheit entsprach.
»Ihr Problem. Das ist ein wirklich gutes Pils. In solchen Dingen kollaboriere ich heute gern und trinke Jever. Und nun verraten Sie mir doch, warum ich Ihre Hausaufgaben für Sie machen sollte.«
»Weil Sie mich eingeladen haben. Wie ich schon sagte, Herr Liebert, ich glaube an das Win-win-Prinzip. Wenn Sie nicht auch etwas von mir wollen würden, hätten Sie kein Wort mit mir gewechselt. Also muss es etwas geben, das ich für Sie tun kann. Darauf bin ich wirklich neugierig, aber nicht so neugierig wie auf ein paar Antworten auf meine Fragen Ihrerseits. Nur müsste einer von uns anfangen, die Karten auf den Tisch zu legen. Warum verraten Sie mir nicht, warum ich überhaupt eine Audienz bekommen habe?«
»Dumm sind Sie nicht«, entgegnete Liebert bedächtig. »Aber ungeduldig. In meinem Gewerbe muss man dabei vor allem geduldig sein.«
»Danke.«
Liebert hob eine Augenbraue. »Wofür?«
»Sie haben mir bereits etwas verraten. Muss, nicht musste, in meinem Gewerbe, haben Sie gesagt. Sie arbeiten also noch immer im Staatsdienst?«
Das belustigte Glucksen, das aus Lieberts Kehle drang, klang echt.
»Als Bibliothekar, Herr Gschwindner. Nur als Bibliothekar. Und ich kann Ihnen sagen, wenn eine riesige Schlange von ausleihwilligen Studenten ansteht … Also, man sollte das ganze System elektronisch vereinfachen, wenn Sie mich fragen.«
So kam Alex nicht weiter. Er musste bluffen. »Stern 1 bezog sich auf aktive Terroristen in der BRD, nicht wahr? Und die

sind ebenfalls unterstützt worden. Mit Waffen, Know-how, Ausbildung.«

»Das haben Sie gesagt, nicht ich«, entgegnete Liebert ruhig. Jemand wie Liebert würde vermutlich nie etwas zugeben. Aber zu einer indirekten Aussage schien er offensichtlich bereit.

»Rein hypothetisch gesprochen … Wenn, sagen wir, der nordkoreanische Geheimdienst eine in Südkorea tätige Terroristengruppe finanziell und logistisch unterstützen würde, wäre es da nicht naheliegend, wenn die Nordkoreaner irgendwann auch eine Wunschliste von Menschen weitergäben, die am besten tot wären, vielleicht sogar etwas nachhelfen, wo Amateure ihre Grenzen haben?«

Bisher hatte Liebert die gutmütige, gelassene Fassade makellos aufrechterhalten. Doch jetzt verhärteten sich seine Gesichtszüge.

»Wer weiß, wozu die Koreaner imstande sind. Aber in Deutschland haben wir immer gewisse Regeln beachtet, das möchte ich ein für alle Mal klarstellen.«

»Dafür sind wir auch in der ganzen Welt berühmt«, murmelte Alex. »Vor allem im zwanzigsten Jahrhundert.«

Für einen Mann seines Gewichts und seines Alters bewegte sich Arno Liebert sehr schnell. In einem Moment saß er noch in seinem Korbsessel, einen kleinen weißen Plastiktisch zwischen sich und Alex, im nächsten stand er schon hinter Alex und hatte beide Hände mit einem Druck auf dessen Schultern, der gerade heftig genug war, um als Drohung durchzugehen, ohne ihn als tätlichen Angriff zu qualifizieren.

»Hör zu, du kleiner Westarsch«, flüsterte er ihm ins Ohr. »Ihr hattet immer noch all die alten Nazis unter den Richtern und in der Politik. Wir nicht. Die DDR hat nach 45 reinen Tisch gemacht, und danach waren wir ein Bollwerk gegen den Faschismus, also bring deine Nazi-Anspielungen woanders unter!«

Alex rührte sich nicht. »Ist das jetzt der Moment für Ausländerfeindlichkeit in den neuen Bundesländern?«
Liebert ließ ihn los und stieß einen Laut aus, der irgendwo zwischen einem Schnauben und Gelächter lag. Dann ging er zu seinem Korbsessel zurück und sank hinein.
»Wenn es Sie beruhigt, das Ministerium für Staatssicherheit war ganz und gar uninteressiert an Staatssekretär Werder. Und damit natürlich auch an Ihrem Vater. Aber ich kann Ihnen sagen, wessen Idee Werder war. Wie gesagt, wir haben unsere Vögelchen aus dem Westen nicht eine Minute unbewacht gelassen, und obwohl sie keinen Kontakt zueinander haben sollten, konnten sie es in den ersten paar Monaten nicht lassen, Telefongespräche zu führen. Solche Fehler hätte übrigens einer der Unsrigen nie gemacht.«
Alex verkniff sich die Frage, warum er Liebert glauben sollte. Was auch immer Liebert ihm antworten würde, mochte die Wahrheit sein oder auch nicht; in jedem Fall musste Liebert einen Grund dafür haben, ihm zu verraten, wer Werder tot sehen wollte. Vermutlich aus dem gleichen Grund, warum er Alex überhaupt kontaktiert hatte.
»Ich bin ganz Ohr.«
»Und immer noch mit trockener Kehle. Wissen Sie, ich misstraue Männern, die kein Bier trinken. Das ist ein Bauchgefühl, das mich noch nie getrogen hat.« Er lächelte dünn. »Ganz unabhängig von der politischen Einstellung.«
Das war ein Machtspiel, und Alex sah keinen Grund, in diesem Punkt nicht nachzugeben. Falls es Liebert dazu brachte, sich überlegen und sicher zu fühlen, würde er vielleicht unabsichtlich mehr verraten, als er mitteilen wollte.
»Ich bin in Nürnberg aufgewachsen. In Franken haben wir hohe Erwartungen an unser Bier. Dagegen sind preußische Varianten eher mau.« Auch er versuchte sich an einem lauwarmen Lächeln. »Aber ich lasse mich gerne überzeugen.«
Er streckte die Hand aus.

Liebert kniff die Augen zusammen, griff unter seinen Sessel, zog noch einmal die Kühlbox aus Styropor hervor und holte eine zweite Flasche heraus. Der Flaschenöffner lag immer noch auf dem Tisch. Alex öffnete die Flasche und spürte den bitterwürzigen Geschmack auf der Zunge, ehe Liebert wieder sprach.

»Martina Müller hat sowohl die Idee zu dem Werder-Attentat gehabt als auch Ihren Vater persönlich getötet.«

Alex setzte beherrscht die Flasche ab und stellte sie auf den Tisch. »Wer hat Ihnen das erzählt? Sybille Helmstedt?«

»*Mir* hat sie es nicht erzählt«, entgegnete Liebert mit gelassener Miene. »Aber ich hatte auf Band, *wie* sie es erzählt. Da ich erst vor kurzem von dem Vorwurf der Strafvereitelung freigesprochen worden bin, weise ich darauf hin, dass Martina Müller eben nicht zu den Mitgliedern der RAF gehörte, die wir im Osten resozialisiert haben. Was mit ihr geschah, was weiterhin mit ihr geschehen wird, ist ganz und gar Sache des Westens.« Seine Mundwinkel zuckten. »Nicht wahr?«

Sie tauschten noch einige Belanglosigkeiten aus, ehe Alex sich auf den Rückweg machte. Er schaffte es noch, gerade und ohne zu zögern, zu gehen, bis er außer Sichtweite von Lieberts »Schrebergarten« war. Dann beugte er sich vor und übergab sich. Es hatte nichts mit Lieberts Bier zu tun.

Als er sich wieder aufrichtete, zitterten seine Knie. Verzweifelt versuchte er, sich an seine Rationalität zu klammern. Stimmte das, was Liebert ihm erzählt hatte? Möglich, aber natürlich änderte das nicht viel: Martina Müller war für ihn immer mitverantwortlich am Tod seines Vaters gewesen, ganz gleich, ob nun sie persönlich die tödliche Kugel abgefeuert hatte oder ob es Malzer oder die Helmstedt gewesen waren.

Theoretisch machte es keinen Unterschied. Praktisch fragte er sich, wie er das Treffen mit Angelika Limacher bewältigen sollte, ohne sie anzubrüllen und ihre Mutter eine Mörderin zu nennen. Oder ein Treffen mit Martina Müller, ohne den Wunsch, ihr die Gurgel umzudrehen …

Der alte, ohnmächtige Zorn, hundertfach erneuert, schüttelte ihn. *Denke,* befahl er sich, *denke.* Genau mit diesem Zorn musste Liebert gerechnet haben. Liebert hatte seinerseits keine Fragen mehr gestellt. Auskünfte wollte er also nicht von Alex. Auf die Frage nach dem, was Nordkoreaner täten, hatte Liebert nur als Provokation reagiert, ohne auf ihren Inhalt einzugehen, also ging es dem Mann auch nicht darum, seinerseits Fakten weiterzugeben. Bis auf einen einzigen. Aber warum? Warum war Liebert zu der Begegnung bereit gewesen und hatte ihm die Information über die Müller nach wenig Geplänkel auf einem Silbertablett serviert?

Es gab nichts für nichts. Niemals. Doch das Einzige, was Liebert von diesem Gespräch haben konnte, war, Alex dazu zu treiben, seinen Vater zu rächen. Dafür hatte er ihn gerade scharfgemacht. Traute der Mann ihm tatsächlich zu, zu töten? In welcher Zeit lebte so ein Mann? Und so einer konnte sich auch nach der Wende noch in einer Behörde halten.

Abrupt hielt er mit seinen Überlegungen inne. Das war es. Das musste es sein. Er sollte sie töten. Aber warum? Liebert konnte nicht wissen, dass Alex bald die Chance haben würde, Martina Müllers Tochter und vielleicht auch Martina Müller selbst zu sehen.

Oder etwa doch?

Alex dachte an Tom, der für ihn Renate Hubers Telefon gehackt hatte. Was sollte Arno Liebert davon abhalten, das auch bei ihm zu tun? Er würde zukünftig, wenn möglich, nur noch ein normales Prepaid-Handy verwenden.

Nun bekam Alex Angst. Angst vor dem, was geschehen war, was geschah, was noch geschehen konnte. Aber er hatte A gesagt, und das Alphabet ging weiter.

1977 – Frühling – Martina

Brigitte Mohnhaupt war kleiner und zierlicher, als Martina es erwartet hatte. Sie war ihr noch nie begegnet, denn Brigitte Mohnhaupt hatte vier Jahre wegen Urkundenfälschung und Mitgliedschaft in einer terroristischen Vereinigung im Gefängnis verbracht, zuletzt sogar in Stammheim. Sie war gerade wieder freigekommen. Die Zielstrebigkeit, die sie ausstrahlte, war vielversprechend. Und sie hatte offensichtlich direkte Instruktionen. Nicht über Kassiber, nicht über Botschaften, die trotz schärferer Kontrollen manchmal noch über die Vertrauensanwälte kamen. Sie war Teil der Gefangenen gewesen, hatte mit ihnen gelebt, hatte in ihrer Nähe die erfolgreiche Entführung von Peter Lorenz gefeiert, hatte erleben müssen, wie die Besetzung der Botschaft in Stockholm scheiterte, mit der man alle sechsundzwanzig politischen Gefangenen der Bundesrepublik Deutschland befreien wollte, und war nicht weit weg gewesen, als die Meinhof ermordet wurde. Die neue Strategie, nicht mehr zentral zu operieren, sondern in kleinen, unabhängig voneinander agierenden Gruppen, war in Stammheim entwickelt worden. Nun nahm die Mohnhaupt mit diesen sich in ihrer Abwesenheit gebildeten Gruppen Kontakt auf. Sybille hatte es mit einem Lächeln so etwas wie einen Starbesuch genannt, was typisch für Sybille und die Relikte ihrer Popkultur-Denkungsart war, aber auch nicht ganz falsch. Eine freudige Erregung lag in der Luft, wie die gespannten Saiten einer Violine kurz vor dem Beginn einer Symphonie. »Natürlich betrauern wir alle den Tod des Genossen Siegfried Hauser«, sagte Brigitte. »Aber vom strategischen Standpunkt aus war die Botschaftsbesetzung in Stockholm ein Desaster und ein Beispiel dafür, dass Kooperationen mit der Bewegung 2. Juni besser geplant und von uns allein geleitet werden müssen, um Erfolg zu haben.«

Fehler zuzugeben war wohl nicht ihre Stärke. *Immerhin hat die Bewegung 2. Juni die Lorenz-Entführung allein und erfolgreich durchgezogen und damit alle Gefangenen befreit, die sie damals von Bonn gefordert hatten*, dachte Martina, *was wir in Stockholm nicht geschafft haben.* Doch sie unterdrückte die rebellischen Gedanken schnell.

Sie saßen gemeinsam in einer Wiesbadener Wohnung. Es war zugegebenermaßen ein besonderer Nervenkitzel, sich in der unmittelbaren Nähe des BKA einquartiert zu haben.

»Dank der Schweine sind Andreas, Gudrun, Jan und Irmgard in einer elenden Verfassung. Es geht ihnen psychisch ziemlich dreckig. Sie haben ständig Angst, umgebracht zu werden. Lasst euch nicht einreden, das sei Einbildung. Es ist eine sehr konkrete Gefahr. Mit Holger haben sie begonnen, mit Ulrike weitergemacht, die nächsten Opfer stehen garantiert schon fest. Noch so ein gescheiterter Versuch, sie zu befreien, wie 75 in Stockholm, das überstehen sie nicht. Wir müssen sie *jetzt* rausholen, sonst befürchte ich das Schlimmste für unsere Freunde. Die nächsten Geiseln müssen die richtigen für einen Austausch sein.«

Martina hörte ihr Herz klopfen. Brigitte hatte von *Geiseln* gesprochen, nicht von einer Geisel. Das war der Vorschlag gewesen, den Martina über Bert weitergeleitet hatte. Nicht eine, sondern gleichzeitig zwei Top-Geiseln zu nehmen und an verschiedenen Orten zu verstecken, um das Risiko für sie zu minimieren und den Druck auf die Schweine aber extrem zu erhöhen.

Bert blickte sie an und räusperte sich. »Wir haben verschiedene mögliche Ziele …«

Brigitte nickte rasch und schnitt ihm das Wort ab. »Wir dürfen nicht mehr nur auf ein Ziel setzen. Die Schweine werden von ihren Industriebonzen regiert, also liegt bei denen jetzt unsere Priorität, es sei denn, dass außergewöhnliche und neue Erkenntnisse auf jemand anderen verweisen. Doch wenn es einen der Oberoberbonzen erwischt, werden seine Partner in den Aufsichtsräten ihre Freunde in der Regierung schon unter Druck setzen wie nie zuvor, und Bonn wird spuren.«

Das entsprach zwar der allgemeinen Überzeugung, doch nicht unbedingt dem, was Martina angeregt hatte. Natürlich würde ein Industriebonze eine gute Geisel abgeben, und noch dazu eine, die kaum jemandem aus dem Proletariat leidtäte. Aber für sie gab es immer noch weit bessere Ziele, Ziele, die sowohl nützlich waren als auch eine neue Gerechtigkeit schaffen würden. Schließlich existierte eine ganze Berufsgruppe, die nicht nur für sie den verlängerten Arm der Politik darstellte, sondern auch am meisten verantwortlich für all das Leid der Genossen im letzten Jahrzehnt war.

»Was ist mit den Justizschweinen?«, fragte sie deshalb scharf. Neben ihr hielt Sybille die Luft an. Brigitte Mohnhaupt schaute zu ihr, eine winzige Furche auf der Stirn. Ihre Stimme blieb sachlich, als sie antwortete.

»Andreas wollte ursprünglich ausreichend Waffen besorgen, um das Generalbundesanwaltsschwein Buback während einer Verhandlung in Stammheim als Geisel zu nehmen. Aber das haut von der Logistik her nicht hin.«

Das kann ich mir auch denken, dachte Martina, *für wie blöd hältst du mich?* Und wie viele schlechte Krimis hatte Andreas eigentlich gesehen, um auf so etwas Absurdes bei den gegenwärtigen Kräfteverhältnissen zu kommen?

»Wir sind der Staatsfeind Nummer eins. Diesen ehrenvollen Titel mussten wir uns hart erarbeiten. Jetzt gibt er uns die Kraft, auch Unmögliches zu versuchen«, hörte sie zu ihrem grenzenlosen Erstaunen von Bert, der vor Brigitte Mohnhaupt seine gewohnte überlegene Selbstsicherheit abgelegt zu haben schien und stattdessen so klang wie ein Musterschüler, der nach dem Beifall seiner Lehrerin heischte.

»Bert, du spinnst«, prustete sie raus, aber er tat so, als habe er sie nicht gehört.

»Selbst die hohe Wahrscheinlichkeit eines Fehlschlags entbindet uns keinesfalls von der Verpflichtung, das Unmögliche zu wagen«, schloss er und blickte dabei, als meine er es tatsächlich ernst.

»Träum weiter«, brummelte Martina, was ihr erneut einen grimmigen Blick von Bert einbrachte, aber ihr Starbesuch hatte sich nicht aus seinem Konzept bringen lassen und ignorierte sowohl Berts Treuebekenntnis als auch Martinas Spötteleien.

»Buback ist natürlich trotzdem ein gutes Ziel«, fuhr Brigitte fort. »Aber nicht für euch, das bereitet eine andere Gruppe vor.« Sie zündete sich eine Zigarette an. Dabei zitterten ihre Finger ein wenig.

»Nach Ulrikes Tod trafen für mich und die anderen Insassen des Hochsicherheitstrakts Briefe in Stammheim ein«, sagte sie. »Mit Stricken und der Aufforderung, wir könnten uns doch auch aufhängen. Auch wenn sonst nichts zu uns durchkam, was größer war als eine Briefmarke, diese Briefe wurden uns ausgehändigt, mit den Stricken. So versuchen sie uns dort fertigzumachen. Behaupteten, die Briefe seien echt, das entspräche der Meinung des Volkes. Natürlich wussten wir, dass sie kein echter Ausdruck des Volkswillens waren. Aber mit solchen Psychotricks wird gearbeitet. Die ganze Zeit über. Unsere Freunde sind Geiseln, und jetzt wird Rache genommen, weil sie Geschichte in Deutschland gemacht haben. Raus aus Stammheim kommt ihrer Meinung nach nur, wer abschwört. Versteht ihr nun, wie dringend und wie wichtig die Raushole ist?«

Martina schämte sich ob ihrer ungeduldigen Worte. Düster dachte sie, dass sie es ein paar von Boulevardzeitungen aufgehetzten Stammtischbesserwissern durchaus zutraute, Briefe mit Stricken loszuschicken. Derartige »Ratschläge« brauchte die Regierung nicht zu fälschen. Aber diese Stricke dann auszuhändigen war eine ganz andere Nummer von der Gefängnisverwaltung, die genauso infam sein musste, wie es alle Kassiber immer behaupteten. Was Brigitte in Stammheim durchgemacht hatte, konnte sie sich, auch nach drei Jahren im Untergrund, nicht im Entferntesten vorstellen, und sie unterdrückte ein Schaudern.

»Wir haben eine Reihe möglicher Ziele vorbereitet«, wiederholte Bert. Diesmal klang er ungewohnt sanft, sei es, weil er ebenfalls mit Brigitte fühlte, sei es, weil ihre Meinung derzeit die wichtigste und bedeutendste der gesamten Organisation war. Natürlich waren vom Grundprinzip her alle Kampfgenossen gleich, aber in der Praxis musste der Widerstand von oben organisiert werden, und jemand mit Gefängniserfahrung und dem direkten Kontakt zu den Gründern hatte schlicht und einfach einen besseren Überblick. Doch der revolutionäre Krieg produzierte zu ihrem Leidwesen auch immer wieder Entfremdungs- und Autoritätsstrukturen, was dem Begriff »Befreiung« widersprach. In dem Kader, der sich um Bert gebildet hatte, waren ohnehin nur noch Sybille und sie mit ihm in der Illegalität. Die weiteren Genossen gingen dagegen ganz normalen Berufen nach, wenn sie nicht sogar noch studierten. Keiner war den Behörden als Sympathisant bekannt. Da hatte sich viel geändert.

»Lass hören«, entgegnete Brigitte großmütig. Einen Moment lang erinnerte Martina diese Art zu sprechen absurderweise an Arno Liebert, doch sie scheuchte die Erinnerung fort. Ob Brigitte wohl auch wusste, dass es Kontakte zur Stasi gab?

Das spielte aber bei dem, was jetzt kommen musste, keine Rolle. Brigitte hatte den Überblick. Sie war die Einzige aus der obersten Führung, die draußen war, sie musste wissen, was heute, nächsten Monat, ja nächstes Jahr zu tun war.
Bert zählte wie ein Kaufmann nach Effizienz, Kosten und Risiko sortiert die vielversprechendsten Kandidaten für eine Geiselnahme auf. Brigitte meinte, sie würde sie zur Debatte stellen, die Auswahl würde anderweitig getroffen. Sie war bereits wieder fort, ehe Sybille aussprach, was alle dachten: »Na, so klug waren wir schon vorher.«
»Solche ineinandergreifenden Aktionen müssen perfekt koordiniert werden, von allen Seiten. Und es ist doch klar, was Brigitte mit ›anderswo‹ gemeint hat. Sie wird über die Rechtsverdreher bei den Genossen in Stammheim nachfragen müssen. Ich finde es schon einen Fortschritt, dass sie glaubt, zwei Geiseln an verschiedenen Orten zur gleichen Zeit zu entführen, habe was als Gedanke. Dazu hat Martina möglicherweise ja beigetragen. Wer, wann und wie das überhaupt möglich ist, erfahren wir, wenn der Führungskader jede Alternative überprüft hat«, sagte Bert loyal. »Das richtige Timing dürfte dafür aber das Schwierigste sein.« Dann, als alle schon dachten, das Treffen sei vorüber, fügte er kurz noch hinzu: »Aber wir wissen trotzdem schon mehr. Du hast doch gehört, Buback steht schon in Vorbereitung.« Er wandte sich an die Gruppe. »Die werden ihr Schandurteil in Stammheim noch diesen Monat sprechen, und wir wissen alle, wie es lauten wird. Unser Urteil steht auch: Buback ist fällig.«
»Ist er, aber ich glaube nicht, dass man sich den schnappen kann. Der steht auf der Liste der topbeschützten Schweine ganz oben«, meinte Martina skeptisch.
»Von schnappen hat keiner was gesagt«, gab Bert zurück. »Nicht bei Buback. Der wird für Ulrike zahlen, für die Isolationsfolter, für die Urteile. Der wird hingerichtet.«

Gut. Martina nickte. Sie horchte in sich hinein. Es gab nichts mehr in ihr, das noch der Sklavenmentalität gehorchte und Protest schrie, sondern nur die Befriedigung über einen längst fälligen Urteilsspruch.

»Das wird ihnen zeigen, dass keiner von ihnen mehr sicher ist«, sagte sie. »Danach werden sie es nicht wagen, das Leben der Geiseln zu gefährden, die wir nehmen.«

Absichtlich hatte sie den Plural gebraucht. Es war ihre Idee, für die sie seit Wochen warb. Nicht nur eine, sondern mehrere Geiseln gleichzeitig zu nehmen, würde den Schweinen die Fahndung schwerer machen, deren Kräfte aufspalten und sicherstellen, dass selbst wenn eine Gruppe versagte, mindestens noch eine wichtige Geisel vorhanden war. Sybille hatte gegen eine Doppelaktion argumentiert und ihr Studium der Psychologie dafür als Beleg genannt. Das Mitleid der Bevölkerung mit nur einer einzigen Geisel sei stärker und damit auch der moralische Druck auf die Regierung, sie auszutauschen. Als Beweis verwies sie darauf, dass Peter Lorenz, der Herausforderer des regierenden Bürgermeisters Schütz ausgetauscht worden war, die Diplomaten in Stockholm bei der Botschaftsbesetzung dagegen nicht.

»Lorenz ist ausgetauscht worden, weil keiner der Gefangenen, die für ihn gefordert wurden, wegen Mordes verurteilt war«, hatte Martina entgegnet. Sie hielt es nicht für nötig, darauf zu verweisen, dass auch sie mit Fachkenntnissen sprach – Renates Fachkenntnissen. Dass sie immer noch mit Renate in Verbindung stand, war ihre Privatsache. »Im Fall von Stockholm dagegen standen Andreas, Gudrun und Jan, gar alle sechsundzwanzig politischen Gefangenen der Regierung auf der Liste unserer Forderungen. Im Tausch gegen ein paar Attachés und Mitarbeiter des Auswärtigen Amtes. Solche kleinen Leute sind den Schweinen doch völlig egal, vor allem, wenn sie wissen, dass sie das Haus mit den Geiseln und Geiselnehmern jederzeit stürmen können.

Nein, niemand darf wissen, wo die Geiseln sind. Und jede der Geiseln muss den Entscheidern so nahestehen, dass sie deren Ehefrauen, Witwen, wenn sie falsch entscheiden, nicht mehr ins Gesicht sehen könnten, weil sie ihnen immer und immer wieder gesellschaftlich begegnen müssen. Dann werden sie tauschen.«

Mit diesem leidenschaftlichen Plädoyer hatte sie in der Gruppe Eindruck gemacht und gehofft, es auch Brigitte vortragen zu dürfen, aber dazu war es nun nicht gekommen. Umso wichtiger war es, wenigstens innerhalb ihres Kaders einen Entschluss herbeizuführen.

»Das Leben der Geisel«, sagte Bert jetzt fest, absichtlich im Singular.

»Das Leben unserer Geisel«, wiederholte Martina sachlich, um zu zeigen, dass sie sich der Gruppendisziplin beugte. Er lächelte, und sein Gesichtsausdruck wurde wärmer.

»Du willst nur wieder in die fränkische Heimat, gib's doch zu.« Damit neckte er sie, seit sie Bert den Mann vorgeschlagen hatte.

»Klar, mir fehlen die einzig wahren deutschen Bratwürste«, gab sie sarkastisch zurück.

»Jetzt mal ganz im Ernst«, wechselte Bert überraschend das Thema. »Bist du sicher, dass du lange genug nicht in Nürnberg warst? Wenn dich jemand auf der Straße erkennt und damit alles den Bach runtergeht, wäre das echt scheiße. Denn er ist wirklich ein gutes Ziel, dein Staatssekretär. Er ist geachtet und geschätzt bei seinen Kollegen in der Regierung, sogar beliebt in der Bevölkerung. Er muss nur auch für unsere Gruppe passen, damit zeitgleich anderswo was laufen kann. Zusätzliche Hilfe gibt's nicht. Wenn wir genügend sind für das, was er an Sicherheitsvorkehrungen hat, dann machen wir's. Das herauszufinden liegt nun an dir.«

* * *

Einmal in der Woche ging der Staatssekretär schwimmen, im Sommer wie im Winter. Früher, als er noch kein Staatssekretär war, war er jeden Tag gegangen, entweder frühmorgens oder am Abend. Immer in öffentlichen Bädern. Nachdem er zu den am meisten gefährdeten Leuten in Deutschland gehörte, war das schwerer geworden. Sie mussten nun immer mit dem Stadtkämmerer in Bonn und Nürnberg sprechen, wenn Mitarbeiter deswegen vorher kommen oder länger arbeiten sollten. In Nürnberg war das zum Glück immer etwas einfacher, weil Werder der protokollarisch hochrangigste Bürger seiner Stadt war.

»Ist der Kerl nicht reich genug, um sich eine Villa mit Pool zu leisten?«, fragte der Hausmeister des Nürnberger Schwimmbads grummelnd, als Steffen zum ersten Mal bei ihm auftauchte.

»Nicht mehr. Er hat als Anwalt mehr verdient, als er das als Parlamentsabgeordneter und Staatssekretär bekommt. Außerdem sind Privatschwimmbäder meist viel zu klein für seine üblichen fünfzehnhundert Meter«, entgegnete Steffen nüchtern.

Ein weiteres Problem war, dass es keinen festen Tag in der Woche geben durfte, an dem Werder schwamm, denn das wäre eine Einladung gewesen, am Vorabend eine Bombe zu verstecken. Es musste immer spontan von einem zum anderen Tag gewechselt werden, ohne Muster. Im Sommer war ein Angestellter der Bäder aber wenigstens ohne große Überredung bereit, eine Stunde eher für sie aufzuschließen, was ihnen das Risiko anderer Besucher ersparte.

»Ich würde es ja ganz sein lassen«, sagte der Staatssekretär zu Steffen. »Aber ich brauche es.«

»Sagt der Arzt das, wegen des Rückens?«, fragte Steffen, denn inzwischen hatte er genug Zeit mit Werder in allen Lebenslagen verbracht, um ohne schlechtes Gewissen unaufgefordert Fragen zu stellen.

»Auch. Aber ich brauche es, weil es mir den Kopf klar macht. Ich muss über nichts nachdenken, keine Entscheidungen treffen oder Empfehlungen abgeben. Es gibt nur den Augenblick. Den Augenblick in kühler Fast-Schwerelosigkeit«, antwortete Werder lächelnd. »Klingt geschwollen, wie? Aber so kommt es mir vor.«

Steffen konnte das nachvollziehen, obwohl er sein Denken nicht ausschalten konnte oder durfte, wenn er mit dem Staatssekretär schwamm. Einer von ihnen begleitete ihn meist ins Becken, während die übrigen sich etwas entspannen konnten. Wenn Steffen neben oder hinter Werder schwamm, dann war es einfach, ihn im Auge zu behalten. Das Gefühl der Bewegung im kühlen Wasser tat einfach gut, gerade an warmen Sommertagen, wo sie häufig genug in ihren Anzügen schwitzen mussten, umso mehr, wenn dazu noch schusssichere Westen angesagt waren.

»Ich habe Michael gefragt, ob er mitkommen möchte«, bekannte Werder im Umkleideraum. »Monika meint, dass ich zu wenig Zeit mit ihm verbringe, und sie hat recht. Aber er hat nein gesagt.«

»Mit siebzehn hätten Sie mich auch nicht dazu gekriegt, freiwillig um fünf Uhr aufzustehen«, gab Steffen zurück.

»Mit siebzehn wäre ich um fünf noch gar nicht wieder im Bett gewesen«, fiel Hans unvermeidlicherweise ein.

»Mit siebzehn hatte ich gar kein Bett, in das ich gehen konnte, weil mich meine zwei Freundinnen nicht aus ihrem rausgelassen haben«, kommentierte René, und sie lachten alle, der Staatssekretär eingeschlossen. Mittlerweile hatten sie ein gutes Gespür dafür, wann er aufgeheitert werden wollte oder wann es ihm nach ernsthafter Unterhaltung war. Auch wenn es ihm um absolute Stille ging. Nach der Beerdigung von Siegfried Buback war Letzteres der Fall gewesen. Steffen hatte mit René im Wagen hinter dem des Staatssekretärs gesessen, weil Monika Werder ihren Mann begleitete, aber es war selbst aus dem ihnen folgenden Fahrzeug zu erkennen, dass die Werders auf der Fahrt nicht sprachen, auch wenn sie sich laut Sascha Gschwindner an den Händen gehalten hatten.

»Was sagt man auch in so einer Situation?«, hatte Sascha Gschwindner bemerkt. »›Keine Sorge, Schatz, mir passiert das nie?‹ Ist nicht sehr beruhigend, wenn man zu einer Beerdigung fährt.«

»Es ist unsere Aufgabe, dafür zu sorgen, dass es nie passiert«, hatte Steffen heftig erwidert.

Das Buback-Attentat saß ihnen allen noch im Nacken, nicht zuletzt, weil keiner von ihnen erkannte, wie es hätte verhindert werden können. Bubacks Fahrer hatte kurz vorher noch die Nummernschilder ausgewechselt, wie es vorschriftsmäßig in unregelmäßigen Abständen geschah. Das verwendete Nummernschild war sogar neu gewesen, und der blaue Dienst-Mercedes so austauschbar und alltäglich, dass er jedem wohlhabenden Bürger hätte gehören können. Und doch hatte es nur eines einzigen schweren Motorrads und einer im Vorbeifahren abgefeuerten halbautomatischen Waffe bedurft, um alle Insassen zu töten. Die Täter hatten ein Gewehr vom Typ HK43 und Spezialmunition aus einer ihnen bisher unbekannten Quelle benutzt, und nicht die bei der RAF sonst so gerne eingesetzten englischen Maschinenpistolen. Die hätten wohl auch nicht ausgereicht.

»Da muss jemand im Vorfeld geschlampt haben«, hatte René hilflos erklärt, doch im Grunde wussten sie alle, dass dem nicht so war. Steffen flüchtete sich in technische Kleinigkeiten. Um von einem fahrenden Motorrad aus eine halbautomatische Waffe zielgenau abfeuern zu können, brauchte man Erfahrung. Ausbildung. Training. So etwas lernte man heutzutage nicht im Wehrdienst bei der Bundeswehr.

»Den hätte eh kein zukünftiger Terrorist geleistet«, sagte Hans, als sie darüber sprachen. »Du kannst drauf wetten, dass die alle Zivis waren. Ach was, nach Berlin gezogen sind, um keinen Zivildienst leisten zu müssen. Wehrdienstverweigerer aus Gewissensgründen, weil sie nicht töten können. Schließlich sind es ja alle *Idealisten*«, endete er höhnisch.

»Wir wissen nicht, ob es einer oder eine war«, gab Steffen zu bedenken. »Laut der Zeugenaussagen haben beide Motorradhelme getragen, und ich glaube nicht, dass du in so einer Situation eine Frau von einem Mann unterscheiden kannst.«

»Seit der Homann ausgepackt hat, wissen wir zumindest, dass die sich von Palästinensern ausbilden lassen, was soll daran also mysteriös sein?«, fragte René. »Da lernt man garantiert auch so was.«

Steffen beugte sich vor, um seinen Standpunkt klarer zu machen. »Erstens wissen wir nicht, wer die Palästinenser ausbildet, und zweitens sitzen die Leute, die damals mit Homann dabei waren, in Stammheim. Es geht jetzt um ganz andere Leute. Neue Leute. Es müssen in den letzten Jahren ganze Gruppen zur Schießausbildung in den Mittleren Osten gereist sein, ohne dass sie an den Flughäfen aufgefallen sind. Wenn das geht, wozu hat der Herold dann eigentlich sein riesiges Fahndungsraster aufgestellt und alle Computer vernetzen lassen?«

»Sag ich doch, Schlamperei«, fiel René ein.

Oder, dachte Steffen, keiner der Terroristen ist bei seinem Abflug im Fahndungsregister gewesen, was einiges über die Gewaltbereitschaft der neuen linken Gruppen aussagte. Sein Alptraum wäre, wenn es überhaupt keine zusammenhängende Gruppe mehr gab, in der noch jeder jeden kannte, und nichts mehr zentral geplant und geführt wurde. Wenn es nur noch einzelne, unabhängig voneinander operierende Einzelgruppen gab.

Früher hatte es Jahre gedauert, bis jemand sich radikalisierte. Meistens waren die dann auch schon vorher durch Straftaten auffällig geworden, wie Baader, Proll oder Bommi Baumann. Oder sie machten ihren Übertritt zur Illegalität sogar zu einem Medienereignis, wie Holger Meins' Anwalt, Siegfried Haag, der nur wenige Monate nach dem Tod seines Klienten eine Presseerklärung an die DPA geschickt und angekündigt hatte, nun den Imperialismus mit anderen Methoden als denen eines Anwalts bekämpfen zu wollen.

Da hatte sich etwas geändert, vieles sogar, da war er sicher. Das BKA durfte einfach nicht mehr länger davon ausgehen, dass der Werdegang der Terroristen von heute noch dem der Terroristen von gestern entsprach. Was, wenn die heutigen Aktivisten so lange wie nur irgend möglich aus legalen Verhältnissen heraus operierten?

»Der Mann ist Anwalt und hat zwei kleine Kinder«, hatte Werder bei der Lektüre von Haags Presseerklärung wie vom Donner gerührt erklärt. *Und er hat machtlos einen von ihm betreuten Mann in einem Gefängnis an Hunger sterben gesehen,* hatte Steffen gedacht, ohne es verhindern zu können. Den Kollegen gegenüber hätte er nie zugegeben, wie sehr ihm der Tod von Holger Meins noch immer zu schaffen machte, doch es war so. Auch deswegen hielt er sich ständig vor, wie die Terroristen ihrerseits mit Menschen umgingen. Bei der Besetzung der deutschen Botschaft in Stockholm vor zwei Jahren war der Attaché Andreas von Mirbach durch fünf Schüsse tödlich verletzt und dann die Treppe hinuntergestoßen worden. Sie hatten ihn dort liegen lassen, lebend und unter großen Schmerzen, eine halbe Stunde lang, ehe sie der schwedischen Polizei den Abtransport des Mannes gestatteten, der nur wenige Stunden später auf dem Operationstisch gestorben war. Einen zweiten Attaché, Heinz Hillegaart, hatten sie an das Fenster treten lassen und vor den Augen der Polizei und der Feuerwehrleute ermordet. Was die übrigen Geiseln in der Zwischenzeit durchmachten, während überall Sprengstoff verteilt wurde, wusste nur Gott. Diese RAF-Truppe hatte sich »Kommando Holger Meins« genannt, und bis auf einen hatte man sie lebend gefangen genommen. Natürlich hatten sie mit keinem Wort Mitleid oder Bedauern über die Ermordeten erkennen lassen, geschweige denn, dass sie sich bei den überlebenden Geiseln entschuldigten. Nein, sie hatten prompt einen der Ihren zum nächsten Märtyrer erklärt, Siegfried Hausner, der bei der Befreiungsaktion so schwer verletzt worden war, dass er nach dem Transport in Deutschland noch im Gefängniskrankenhaus starb.

In dem Bekennerschreiben des Kommandos über die »Hinrichtung« von Buback waren dessen Fahrer und Leibwächter nicht erwähnt worden. Diese Menschen, die sich anmaßten, für das Volk zu sprechen, hielten Mitglieder des Volkes, die bei ihren Unternehmungen starben, noch nicht einmal der Rede wert.

Steffen hatte den Text gelesen, der nach Bubacks Ermordung von der RAF an die DPA gegangen war. Die kalte Arroganz, die in Worten lag wie »Für Akteure des Systems wie Buback findet die Geschichte immer einen Weg« und »Am 7.4. hat das Kommando Ulrike Meinhof Generalbundesanwalt Siegfried Buback hingerichtet«, nahm ihm den Atem. Er selbst war dazu ausgebildet worden, im Notfall, um ein ihm anvertrautes Leben zu schützen, auch tödliche Waffen einzusetzen. Bisher hatte er Glück gehabt, und es war noch nicht nötig gewesen. Aber sollte das eines Tages der Fall sein, hoffte er, nie so unehrlich und hochmütig zu sein, für sich höhere Rechtfertigungen in Anspruch zu nehmen als eben nur eine: den Schutz eines Lebens.

»Wenn einer von ihnen stirbt, ist es eine ›Ermordung‹, wenn sie jemanden töten, ist es eine ›Hinrichtung‹«, sagte der Staatssekretär dazu bitter. »Ich frage mich, ob ihre Anwaltsmitglieder Mahler und Haag den Rest darauf aufmerksam gemacht haben, dass sie damit die Todesstrafe in einem Land wieder einführen, mit der RAF als Judikative, Legislative und Exekutive in einer Person. Und das, wo sie als direkte Reaktion auf das Dritte Reich abgeschafft wurde.«

Für sich drückte es Steffen weniger kompliziert aus: Die Angehörigen der RAF mussten alle größenwahnsinnig sein und sprachen jedem außer sich selbst das Menschsein ab.

»An die Wand stellen und erschießen«, sagte Hans, als die Buback-Berichte die Runde machten.

»Eben nicht!«, explodierte Steffen. »Damit spielst du ihnen in die Hände. Bestätigst ihre Ideologie. Die gehören alle hinter Gitter, ganz klar. Genau wie jeder andere Mörder. Nicht mehr, nicht weniger. Weil wir eben kein faschistischer Staat sind!«

Überraschenderweise klang Hans nicht angriffslustig oder herablassend, sondern nur sachlich, als er entgegnete: »Jeder andere Mörder bekommt keinen eigenen Hochsicherheitstrakt und eine eigene Gerichtshalle, Steffen.«

Darauf hatte auch er keine Antwort.

Das Bedürfnis, sich einen Freiraum zu schaffen, in dem zur Abwechslung weder von RAF, Notstandsgesetzen noch Mordopfern die Rede war, und in dem er nicht das Gefühl haben musste, das Leben eines anderen zu riskieren, wenn er sich einmal gehenließ, wurde in Steffen stärker und stärker. Vor der Buback-Ermordung hatte er sich an einem seiner wenigen freien Tage die Zeit genommen, seinem Onkel in dessen Gärtnerei beim Umtopfen für das Frühjahr zu helfen, um zu sehen, ob er das noch konnte, und es war ihm so leichtgefallen wie schwimmen. Aber seinen Kopf ausschalten konnte er dabei genauso wenig wie beim Schwimmen, obwohl der Staatssekretär weit weg war.

Als er wieder im Haus des Staatssekretärs eintraf, herrschte bei Werders ein Familienkrach um Michael Werders Che-Guevara-T-Shirt. Monika Werder hatte vor, Inge Buback

einen Beileidsbesuch abzustatten und wollte ihren Sohn mitnehmen, aber der junge Michael weigerte sich, sein T-Shirt gegen ein dunkles Hemd auszutauschen.
»Das ist auch dunkel. Größtenteils jedenfalls«, sagte er mürrisch und deutete auf Ches Gesichtszüge, die in roter Farbe auf schwarzem Stoff gedruckt waren. Monika Werder, sonst immer ganz zurückhaltende Eleganz, machte den Eindruck, als sei sie mit ihren Nerven am Ende. Steffen fragte sich, wie lange sie schon stritten. Der Staatssekretär befand sich noch in Bonn, würde aber für ein verlängertes Wochenende nach Nürnberg kommen, und es war Steffens Aufgabe, im Vorfeld dafür zu sorgen, dass in Nürnberg alles vorbereitet war.
»In diesem T-Shirt würde ich dich noch nicht mal mitnehmen, wenn wir eine Familie aus lauter Neunzigjährigen mit Sehstörungen kurz vor der Blindheit besuchen«, sagte Monika Werder ungewohnt deutlich. »Und ganz gewiss nicht zu einer Frau, die ihren Mann an Terroristen verloren hat. Michael, ich weiß, dass du lieber mit deinen Freunden zu diesem Konzert gegangen wärst, aber das ist kein Grund, es an Frau Buback auszulassen.«
»Aber wir kennen die doch kaum!«
»Dein Vater kannte Herrn Dr. Buback sehr gut und schätzte ihn, nicht nur wegen seiner beruflichen Kontakte.«
»Dann soll er doch die Witwe besuchen«, murrte Michael trotzig. »Aber er ist ja zu beschäftigt damit, Studentenaufsätze zu verbieten und Zeitungsredaktionen von Polizisten mit Maschinenpistolen durchsuchen zu lassen. Ich habe mich in der Schule noch nie so geschämt, weil alle wussten, Papa ist deren Chef.«
Das Unmögliche geschah so schnell, dass Steffen es fast nicht mitbekam: Monika Werder versetzte ihrem Sohn eine schallende Ohrfeige. Es war das erste Mal, dass ihre Selbstbeherrschung zerbrach, seit Steffen sie kannte. In all den Jahren der Zusammenarbeit hatte er noch nie erlebt oder

gehört, dass der junge Michael geschlagen worden wäre. Getadelt, ja, aber auch das nicht sehr häufig. Michael Werder stand fassungslos da. Mutter und Sohn starrten einander sekundenlang an. Dann stapfte Michael Werder die Treppe hoch in sein Zimmer und knallte die Tür hinter sich zu.
»Oh Gott«, murmelte Monika Werder.
»Nehmen Sie's mir nicht übel, Frau Werder, aber Sie sehen aus, als könnten Sie einen Schnaps gebrauchen«, sagte Steffen.
Fünf Minuten später saß er mit ihr auf dem Sofa. Sie hielt ein kleines Schnapsglas in der Hand und schüttete ihm ihr Herz aus. Bei dem »Studentenaufsatz« handelte es sich um ein hässliches Pamphlet zum Tod von Siegfried Buback, in dem der feige und natürlich anonym bleiben wollende Autor verkündet hatte, er könne und wolle seine klammheimliche Freude darüber nicht verhehlen. Daraufhin war die Redaktion der Studentenzeitschrift durch ein Großaufgebot der Polizei untersucht worden, und Bundesjustizminister Vogel hatte Strafanträge gegen alle gestellt, die nachdruckten. Steffen und Frau Werder waren sich einig darin, dass der Text abscheulich gewesen war.
»Mein Mann und Michael hatten dazu bereits einen Riesenstreit am Telefon. Ich dachte, wenn ich Michael zu Bubacks mitnehme, wird ihm klar, dass es nicht um Meinungsfreiheit für zynische Sprüche, sondern um Menschen geht, die ihren Mann und Vater verloren haben. Ich dachte, wenn er sich das nächste Mal Inge Bubacks Gesicht vorstellen muss, wenn er so einen abscheulichen Satz liest, helfe ich damit mehr als durch Argumente. Dann muss mein Sohn seinen Vater verstehen. Stattdessen habe ich alles noch schlimmer gemacht.«
Sie seufzte. »Sie kennen ihn doch auch schon über Jahre. Michael war immer ein guter Junge. Aber genau deswegen ist er in der Schule oft gehänselt worden. Ich weiß, Jugend

muss rebellisch sein, aber wir sehen meinen Mann so selten, und wenn er dieses Wochenende kommt, dann würde ich so gerne achtundvierzig Stunden haben, in denen niemand streitet oder vom Tod spricht. Das ist doch nicht zu viel verlangt, Herr Seidel, oder?«

»Ganz bestimmt nicht, Frau Werder.«

Dabei war sie nicht die Einzige mit diesem Wunsch, aber weder er selbst noch Frau Werder hatte berechtigte Aussicht auf dessen Erfüllung.

»Könnten Sie nicht mal mit dem Jungen reden? Sie sind jünger als wir, aber alt genug, um trotzdem eine Respektsperson für ihn zu sein.«

Beinahe hätte Steffen gelacht. »Für einen Siebzehnjährigen, der gerade Che Guevara für sich entdeckt hat, bin ich ein Bullenschwein, Frau Werder.«

»Nein«, sagte sie bestimmt. »Nein, Michael respektiert Sie.«

Ihr zuliebe machte sich Steffen später auf den Weg zu Michael Werders Zimmer, aus dem ein ihm unbekannter Song dröhnte. Wenn ihn seine Englischkenntnisse nicht im Stich ließen, dann schrie der Sänger etwas darüber, Spaziergänger zerstören zu wollen. Steffen verzog das Gesicht. Hatte sich seit seiner Jugend der Geschmack wirklich so verändert, oder war er verfrüht alt geworden? Irgendwie waren die Stones doch etwas anderes gewesen. Er klopfte, wartete jedoch nicht auf eine Aufforderung, sondern trat ein.

»Und, liegt eine Bombe vor der Haustür?«, fragte Michael Werder mit einem trotzigen Gesichtsausdruck. Er lag auf seinem Bett in der uralten Pose des rebellischen Jugendlichen, die Arme hinter dem Kopf gekreuzt. Eigentlich war er schon zu alt für so etwas. »Sonst besteht nämlich kein Grund, hier unaufgefordert reinzukommen. Ich hätte ja auch onanieren können. Das sind die Sex Pistols.« Er gestikulierte in Richtung seines Plattenspielers, auf dem eine Single lag.

»Ist Queen schon wieder aus der Mode?«, fragte Steffen trocken, da dies, soweit er sich erinnerte, vor einigen Wochen noch Michaels Lieblingsband gewesen war.
»Nein. Ich bin bloß kein Spießer, der immer nur der Mehrheit folgt. Auch wenn das in meiner Schule jeder von mir denkt.«
In Michaels Alter war Steffen immer bemüht gewesen, sich ein Spießerimage zu erwerben, damit niemand auf die Idee kam, er könne einen Geschmack haben, der nicht der Mehrheit seiner Altersgruppe folgte. Er unterdrückte ein Augenrollen.
»Ich glaube nicht, dass es deinem Image in der Schule sehr helfen wird, wenn du deine Mutter traurig machst.«
»Nicht Sie auch noch, Herr Seidel!«, stieß der Junge empört aus. »Aber das ist doch typisch. Ich schere einmal aus der Reihe und bin nicht der Mustersohn, und es wird ein Riesendrama daraus gemacht. Mein Vater hilft dabei, die Meinungsfreiheit zu unterdrücken, indem er Zeitungen stürmen lässt, aber darf man ihm Vorwürfe machen? Nein!« Er setzte sich auf. »Ich habe diesen Mescalero-Artikel gelesen, und der Witz ist, dem Autor geht's darum, dass es eben *nicht* in Ordnung ist, wenn man Leute abknallt, selbst wenn es Kerle wie der Buback sind. Er schließt seinen Aufsatz damit, dass er sagt, um der Machtfrage wegen dürften Linke auf keinen Fall Killer werden. Also mit einem Plädoyer *gegen* Gewalt! Aber so weit hat im Justizministerium anscheinend keiner gelesen, weil alle schon bei dem Satz mit der klammheimlichen Freude ausgerastet sind.«
»Wenn einer deiner besten Kumpels ermordet wird und jemand schreibt, er freut sich darüber, würdest du auch ausrasten«, sagte Steffen ruhig.
»Klar«, gab der Junge mürrisch zu. »Aber ich bin nicht der Justizminister, der sich von seinem Generalbundesanwalt bitten lässt, ihn anzuweisen, vor einem Untersuchungsaus-

schuss nicht auszusagen. Der Buback brauchte doch nur deswegen nicht zugeben, was alles bei seinen Staatsanwälten falsch läuft.«

Was Michael da sagte, war selbst Steffen neu. Natürlich waren Staatsanwälte weisungsabhängige Beamte und zur absoluten Verschwiegenheit verpflichtet. Jeder Justizminister konnte sie ein- und absetzen, wie er wollte, und wer konnte oder wollte schon auf eine Karriere verzichten? Wenn aber Buback selbst zu solchen Mitteln hatte greifen müssen, nur um nicht vor einem Ausschuss auszusagen, dann musste schon einiges schiefgelaufen sein.

»Das hat aber nichts mit dem Mescalero-Artikel zu tun, Michael«, sagte er aber nur.

»Doch, hat es, weil der Buback deswegen bei den Studenten schlecht dastand. Auch wenn's fies war, was von Freude über seinen Tod zu schreiben, ein Verbrechen ist es nicht. Und dann auch noch die Nachdrucke zu verbieten, ist eindeutig Zensur.«

Dumm war das Argument nicht, das musste Steffen zugeben. Er versuchte daher, eine rationale Entgegnung zu finden, die Eindruck machte und gleichzeitig Frau Werder ein einigermaßen ruhiges Wochenende sicherte.

»Gegen Zensur kann man demonstrieren. Aber Frau Buback ist keine Politikerin, und deine Mutter ist es auch nicht. Das mit dem T-Shirt würde doch nur den beiden weh tun, im Justizministerium aber niemanden interessieren. Eine wirklich überzeugende politische Geste muss immer auf den Empfänger zielen, und das sind die beiden Frauen nun absolut nicht!«

Michael krauste die Stirn. »Na ja, schon«, sagte er zögernd.

»Inzwischen könntest du deiner Mutter mit einem Hemdwechsel und einer Stunde deiner Zeit das Leben wirklich erleichtern.«

»Es wäre nicht nur eine Stunde, weil die Bubacks nicht in

Nürnberg wohnen«, erwiderte Michael, doch er stand auf und ging zu seinem Kleiderschrank. Erleichtert verließ Steffen das Zimmer.

»Sie sind mein Held«, sagte Monika Werder, als Steffen ihr die gute Nachricht überbrachte. Doch er fürchtete, dass er nur so etwas wie ein Behelfspflaster über die Wunde hatte kleben können. Wenn der junge Michael sich entschieden hatte, mit seinem Vater über Politik zu streiten, dann würden auch die Besuche des Staatssekretärs in Nürnberg von nun an in einer Mixtur aus Wut und Schuldgefühlen enden, und nicht nur für den Minister.

Daher brauchte Steffen selbst dringend Ablenkung. Ablenkung, bei der er wirklich an nichts als den Augenblick dachte, und damit schied gärtnern eindeutig aus.

1998 – Mark Brandenburg

Klaus kochte sehr gerne, was Steffen, der wenig mehr als Würstchen heiß machen konnte, immer als großes Glück empfunden hatte. Da Klaus tagsüber in Berlin arbeitete und erst am Abend nach Hause kam, waren es vor allem die Wochenenden, an denen er seine Passion für die Küche ausleben konnte und regelrechte Gourmet-Gerichte fabrizierte. Steffen freute sich die ganze Woche darauf, und wenn es den Jahreszeiten entsprach, steuerte er frisches Obst oder Gemüse von Bauern und Gärtnerkollegen bei. Als Steffen am Donnerstag in ihr gemeinsames Heim zurückkehrte, wollte er Klaus mit der guten Nachricht überraschen, er bekäme zwei Kilogramm ganz frisch gestochenen heimischen Spargel.

Später wollte er mit Klaus auch über einen Vorschlag der Fallanalytikerin sprechen, zu dem er noch sehr gemischte Gefühle hatte. Sie hatte eine Variante von Regressionstherapie vorgeschlagen, um die verschütteten Erinnerungen aus der Zeit des Attentats wachzurufen. Steffen hatte von Regressionstherapie nur im Zusammenhang mit frühesten Kindheitserinnerungen gehört, wenn Kinder über die Anfänge von Missbrauch berichten sollten, an die sie sich nicht erinnern konnten oder wollten. Aber noch nie in Verbindung mit Erinnerungen, die man als Erwachsener gesammelt hatte. Er war skeptisch, ob das helfen würde. Außerdem gab es ein weiteres Problem: Klaus hasste Psychotherapeuten. Er war in der Pubertät wohl an einen Quacksalber geraten, der seinen Eltern versprochen hatte, ihren Sohn von seiner homosexuellen Veranlagung zu »kurieren«. Eines der Mittel, die dieser Mann eingesetzt hatte, war Hypnose gewesen. Klaus hatte fast ein Trauma davongetragen und konnte weder diesem Mann noch seinen Eltern vergeben, was in diesen Monaten geschehen war. Steffen konnte sich seine Reaktion vorstellen, sollte er ankündigen, etwas versuchen zu wollen, was auch nur im Entferntesten Ähnlichkeit mit diesem Desaster hatte. Er wusste selbst nicht, ob es etwas bringen würde, aber andererseits hatte Anna Liebert recht: Wenn er es nicht versuchte, würde er sich immer fragen, ob er es nur aus Angst vor dem nicht tat, was in der Tiefe seiner Erinnerung schlummern mochte.

Als Klaus schließlich eingetroffen war, sie über den Spargel plauderten und das Für und Wider erörterten, harte Eier dazu aufzuschneiden, schellte das Telefon. Klaus nahm den Anruf entgegen. Seine Augenbrauen hoben sich. Dann winkte er Steffen heran.

»Es ist Monika Werder«, sagte er mit dem Tonfall, den er sonst nur in seinem Beruf benutzte, und stellte das Telefon auf laut.

Der Besuch des jungen Werder war für Steffen schon aufwühlend gewesen. Die Aussicht, mit Monika Werder zu sprechen, ließ sein Herz rasen. Er hatte ihr ein Versprechen gegeben, ein wichtiges Versprechen. Und auch wenn sich die genauen Worte seinem Gedächtnis verweigerten, wusste er noch genau, um was es gegangen war. Und dass er es nicht hatte erfüllen können.

Er meldete sich mit einem leichten Zittern in der Stimme. Die Stimme am anderen Ende der Leitung klang dagegen unverändert, als sie fragte, ob sie ihn morgen besuchen dürfe.

»Alex Gschwindner hat mir erzählt, dass mein Sohn kürzlich bei Ihnen war«, fügte sie hinzu und ließ den Satz irgendwo zwischen einer Feststellung und einer Frage hängen.

»Ja, das stimmt. Frau Werder, natürlich können Sie gerne … Aber ist das nicht ein sehr weiter Weg für Sie?«
»Er ist es mir wert, um Sie zu sehen, Herr Seidel«, entgegnete sie mit ihrer alten Herzlichkeit, und die Sache war besiegelt. Sie würde morgen mit dem Flugzeug von München nach Berlin kommen, wo Klaus sie abholen wollte.
»Komisch, dass sie dann nicht früher gekommen ist«, kommentierte Klaus zynisch, nachdem Steffen aufgelegt hatte.
»Sie hat mich damals im Krankenhaus besucht. Aber ich war so … Ich konnte nicht mit ihr reden. Auch als ich wieder einigermaßen sprechen konnte. Ihr Mann war tot, Klaus, weil ich versagt habe. Ihr Mann ist immer noch tot.«
»Du hast alles gegeben, mehr konnte niemand erwarten. Und ich werde nicht zulassen, dass sie dir ein weiteres Mal Schuldgefühle bereitet. Du hast schon mehr, als du vertragen kannst.«
»Wozu sollte sie das?«, fragte Steffen verwundert.
»Als Anwalt lernt man, darauf gefasst zu sein, dass jeder von jedem etwas will.« Klaus massierte sich die Schläfe. »Interessant, dass sie nicht gesagt hat, ihr Sohn hätte ihr von seinem Besuch bei dir erzählt, sondern Alex Gschwindner. Lass dich nur nicht in eine Familienfehde hineinziehen. So etwas endet immer schlecht – vor allem für den, der dabei als Waffe benutzt wird.«
»Die Monika Werder, die ich gekannt habe, liebte ihren Sohn und würde nie gegen seine Interessen handeln«, gab Steffen zurück. »Du machst dir da unnötig Sorgen.«

Trotzdem war er nervös, als er am Freitagmittag auf Klaus und Monika Werder wartete. Den am Vormittag frisch gestochenen Spargel zu schälen, gab ihm wenigstens etwas zu tun, nachdem er den Tisch gedeckt und mit Marzipanpralinen als Dekoration für sie vorbereitet hatte. Er konnte nicht umhin, sich vorzustellen, wie es wäre, den Staatssekretär zu empfangen. Gewiss wäre Werder jetzt Minister oder im Vorstand seiner Partei. Andererseits war es auch möglich, dass er aus der Politik ausgeschieden wäre und wieder privat als Anwalt praktizierte, denn es hatte Momente gegeben, in denen die Belastung eines Lebens im Goldfischglas ihn fast erdrückt hatte. Steffen lächelte versonnen, als er sich vorstellte, wie Werder mit Klaus über Anwaltsfragen debattierte, doch die Wirklichkeit holte ihn schon eine Minute später wieder ein.

Klaus, der einen kleinen Verfolgungswahn in Sachen Telefon hatte, war am Morgen kurz bei dem jungen Gschwindner gewesen, um ihn zu fragen, ob er etwas über die Situation bei den Werders wusste, aber das Ergebnis des Gespräches würde Steffen wohl erst später erfahren. Inbrünstig hoffte er, dass seine Einschätzung sich als richtig erweisen würde. Es tat ihm weh, sich vorzustellen, dass Monika Werder und ihr Sohn irgendwelche Probleme miteinander haben könnten. Schließlich war Michael Werder kein Teenager mehr.

Ein Bild kam ihm in den Kopf, Michael Werder als Jugendlicher in einem Che-Guevara-T-Shirt und die lärmdurchdrängte Hitze einer Disco, aber er wusste den Kontext nicht mehr. Hatte er den jungen Werder je bei einem Disco-Gang begleiten müssen? Das war unwahrscheinlich. So weit ging der Personenschutz der Angehörigen nie.

Als es klingelte, obwohl Klaus natürlich einen Schlüssel hatte, fuhr er zusammen, entledigte sich hastig seiner Schürze und wusch rasch die Hände. Klaus wusste, dass Steffen von Besuchern nie überrascht werden wollte, deswegen läutete sein Partner immer, wenn er nicht alleine kam. Steffen hörte Schritte auf der Treppe, Klaus die Tür aufschließen, und trat der Besucherin entgegen. Er hätte die Frau neben Klaus überall erkannt, immer noch.

»Willkommen«, sagte er hastig. »Willkommen.«

Statt seine Hand zu schütteln, ergriff Monika Werder beide Hände. Ihre Finger fühlten sich trocken und zerbrechlich an, wie zartes Porzellan. »Oh, Herr Seidel«, sagte sie warm. Obwohl es erst Mittag war, hatte er außer den Pralinen auch Kuchen vorbereitet, und Monika Werder war sichtlich erfreut, dass er sich an ihre Vorliebe für Marzipanpralinen erinnert hatte. Sie erzählte von Ellingen, wo sie jetzt lebte und wo ihr Sohn Bürgermeister war.

»Ich war seit Jahren nicht mehr in Berlin. Es ist so seltsam, heutzutage ohne Probleme und nicht mehr nur mit Fluglinien der Alliierten nach Berlin, dem ganzen Berlin, reisen zu können«, ergänzte sie.

»Niemand von uns hat die Wiedervereinigung vorausgesehen«, stimmte Klaus zu, der sich umgänglich gab, also konnte der Bericht des jungen Gschwindners über ihr Treffen nicht allzu schlecht ausgefallen sein.

Das Gespräch pendelte etwa eine halbe Stunde zwischen Nebensächlichkeiten hin und her. Dann schob Monika Werder ihren Teller beiseite. »Herr Seidel, Ihr Heim ist reizend, aber ich glaube, etwas frische Luft täte mir gut. Würden Sie einen kleinen Spaziergang mit mir machen? Die Landschaft hier in der Mark Brandenburg soll ja wunderschön sein. Keine Sorge«, fügte sie an Klaus gewandt hinzu. »Ich werde langsam gehen. Ich bin selbst nicht mehr so gut in Form, um Bäume auszureißen.«

»Wir werden Sie beim Wort nehmen«, entgegnete Klaus betont sachlich.

»Herr Borke«, sagte Monika Werder mit einem völlig veränderten Ton. »Haben Sie eine Anwaltsvollmacht da, die ich unterschreiben könnte, und würden Sie mich als Anwalt vertreten?«

»Das kommt etwas plötzlich«, antwortete er, sichtlich bemüht, seine Überraschung zu verbergen.

»Das glaube ich nicht. Sie scheinen mir ein sehr intelligenter

Mann zu sein. Es ist doch offensichtlich, dass ich Herrn Seidel etwas sehr Vertrauliches erzählen möchte. Andererseits will ich auch nicht Unfrieden zwischen Herrn Seidel und Ihnen stiften. Wenn Sie mein Anwalt werden, gilt für Sie die Schweigepflicht, und ich kann Ihnen beiden mitteilen, was ich sagen möchte.«

»Herr Seidel unterläge dann aber keiner Schweigepflicht«, kommentierte Klaus mit einem Gesichtsausdruck, der fast hilflos wirkte.

»Ich kenne und vertraue Steffen Seidel«, entgegnete Monika Werder würdevoll. »Sie kenne ich noch nicht. Aber ich war mit einem Anwalt verheiratet. Akzeptieren Sie mich nun als Mandantin?«

»Wenn das, was wir hören werden, mich nicht in einen Interessenskonflikt Steffen gegenüber bringt«, wand Klaus zögernd ein.

»Darf ich dazu auch etwas sagen?«, unterbrach Steffen. »Frau Werder, ich vertraue Ihnen auch. Wir brauchen keine Klauseln und vertraglichen Absicherungen, damit Sie mir erzählen können, was Sie bedrückt. Aber wenn Sie mir wirklich vertrauen, müssen Sie mir glauben, wenn ich sage, dass auch Herr Borke vertrauenswürdig ist – ohne Anwaltsvertrag.«

Sie schaute ihn an, und er wusste, dass sie an das Versprechen dachte, das er ihr gegeben hatte und das er nicht hatte einhalten hatte können. Er wartete nun auf die fällige Anklage, die seit zwei Jahrzehnten unausgesprochen geblieben war, was konnte es anderes geben?

»Gehen wir zu dritt spazieren«, sagte Monika Werder nur.

Bald knirschte der Sand unter ihren Füßen, während sie am Ufer des kleinen Sees entlanggingen, in dessen Nähe Steffen und Klaus lebten.

»Ich glaube, dass Michael erpresst wird«, sagte Monika Werder unvermittelt.

Von allen Dingen, die sie hätte sagen können, war das eine Aussage, mit der weder Steffen noch Klaus gerechnet hatte.
»Aber warum denn?«, fragte Klaus, der sich als Erster gefangen hatte.
»Das weiß ich nicht. Aber seit er erfahren hat, dass diese Frau aus dem Gefängnis entlassen wird, hat sich sein Verhalten vollkommen verändert. Ich dachte zuerst, dass es an ihr läge. Dass diese Nachricht wie bei mir all die Erinnerungen an den Tod seines Vaters zurückbrächte. Aber dann würde er mit mir bestimmt darüber reden, doch das will er nicht. Mit meiner Schwiegertochter spricht er auch nicht. Er ist derzeit so seltsam und dabei so kurz angebunden, wenn er daheim ist, dass sie schon befürchtet, er hätte eine Affäre. Und sie hat herausgefunden, dass er ständig mit einer Berliner Nummer telefoniert, die er vorher noch nie benutzt hat. Und ich kenne meinen Sohn, Herr Seidel. Er hat keine Affäre.«
Eltern waren Steffens persönlicher Erfahrung nach gewöhnlich die Letzten, die eine Ahnung von dem Privatleben ihrer Kinder hatten, aber das sprach er lieber nicht aus.
»Ihre Schwiegertochter hat doch gewiss auch Einblick in die Konten«, bemerkte Klaus sachlich. »Fehlen denn auf einmal Geldsummen ohne offensichtlichen Verwendungszweck?«
Monika Werder schüttelte den Kopf.
»Aber, Frau Werder …«
»Monika«, unterbrach sie. »Darf ich Sie Steffen nennen?«
»Natürlich. Monika«, sagte Steffen etwas unbeholfen. »Ich habe Ihren Sohn jahrzehntelang nicht gesehen. Ich weiß so gut wie nichts über sein Leben. Wie kann ich Ihnen heute dabei helfen, sein Verhalten zu beurteilen?«
»Weil er als Erstes zu Ihnen gekommen ist, nachdem sein Verhalten sich verändert hat«, erklärte Monika Werder leise. »Weil er Sie damals bewundert hat, Steffen. Und …« Sie

schluckte. »Ihr Versprechen gilt?«, fragte sie drängend. »Es bleibt unter uns, alles? Es *muss* unter uns bleiben.«
»Es gilt«, erwiderte Steffen, während Klaus nickte. Monika Werder drehte ihr Gesicht von ihnen weg, dem grünen Schilfrohr zu, das den See abschirmte. Ihre Stimme klang belegt, als sie fortfuhr: »Nach dem Tod meines Mannes war Michael zuerst wie erstarrt. Eine Woche lang sagte er fast kein Wort. Ich hatte Mühe, ihn zum Essen zu bewegen, und ich versuchte es ständig, weil es mir etwas zu tun gab. Wenn ich mich auf Michael konzentrierte, musste ich nicht daran denken, dass Eberhard tot war. Nach Wochen erst sagte man uns, dass Sie, Steffen, zwar Ihre Operationen überlebt hätten, aber wohl niemals mehr aus dem Koma erwachen würden. Nachdem er das gehört hatte, ging Michael auf sein Zimmer, nahm Schlaftabletten und versuchte, sich umzubringen.«
Unwillkürlich legte Steffen die Hand vor den Mund. Monika Werder vollführte die gleiche Geste. Nach Sekunden, die sich wie Minuten anfühlten, atmete sie ein paarmal tief ein und aus, ehe sie weitersprach.
»Das weiß niemand außer unserem Hausarzt. Michael hatte zu viele Tabletten zu schnell genommen und einen Teil gleich wieder erbrochen, deswegen habe ich es rechtzeitig bemerkt und den Arzt rufen können. Es war der schlimmste Moment meines Lebens. Gleichzeitig war ich so wütend auf ihn. Nachdem wir seine Schwester verloren hatten, über Jahre damit leben mussten, dass sein Vater jeden Tag sterben konnte, hatte ich einmal zu ihm gesagt, stirbt sein Vater, würde ich auch nicht länger leben wollen. Er war entsetzt und sagte, ich könne ihn doch nicht allein lassen wollen. Später habe ich mich sehr geschämt für diese Idee, es muss so ein fürchterlicher Tag gewesen sein, einer mit ganz schlechten Nachrichten. Dann starb sein Vater wirklich, und Michael nahm die Tabletten. Wie konnte er mich da allein lassen wollen?, dach-

te ich. Manchmal denke ich heute noch so, wenn ich mich daran erinnere, wie ich Michael fand. Aber mit siebzehn lebt man wohl immer in einem eigenen Universum.«
»Hat er Ihnen je einen Grund für sein Verhalten genannt?«, fragte Klaus ruhig.
»Das brauchte er nicht. An dem Tag hatten wir auch den Besuch von den Gschwindners. Es war ein … Heute kann ich Frau Gschwindner verstehen, aber damals … Kurzum, sie hat meinem Mann die Schuld am Tod ihres Mannes gegeben. Sie stand da und schrie uns beiden ins Gesicht: ›Das ist alles Ihre Schuld!‹, bis ich sie hinauswarf. Und dann kam der Anruf aus dem Krankenhaus. Michael muss ihr geglaubt und es nicht nur als Vorwurf an seinen Vater und mich begriffen haben, sondern auch an sich. Er fühlte sich ohnehin schuldig, weil er kurz vor Eberhards Tod heftig mit ihm gestritten hatte. Trauer macht einen völlig irrational, das weiß ich nur zu gut.«
Was sie sagte, klang plausibel, und doch wieder nicht. Trauer und Schuldgefühle waren seit zwei Jahrzehnten Steffens ständige Begleiter. Er wusste, dass sie ihre eigene Logik besaßen, dass man sich so hoffnungslos in ihnen verstricken konnte wie in einem Dornengebüsch. Er wusste auch, dass man als Jugendlicher oft spontan und übereilt handelte. Und doch, die Vorstellung, dass Michael Werder in dieser Situation einen Selbstmordversuch unternommen hatte, blieb unfassbar. Es sei denn, Monika Werder wollte mit »Bewunderung« andeuten, dass der junge Michael für Steffen geschwärmt hatte. Aber das wäre ihm aufgefallen, für so etwas hatte Steffen einen Instinkt, und Michael war ein ausschließlich an Mädchen interessierter Junge gewesen. Und ein wenig Heldenverehrung zusammen mit der Trauer um seinen Vater war einfach nicht genug, um zu Tabletten zu greifen. Der Junge hatte doch wissen müssen, wie sehr seine Mutter ihn gerade in dieser Situation brauchte.

Es sei denn, er hätte geglaubt, auch an seiner Mutter schuldig geworden zu sein, dachte Steffen plötzlich. Etwas rührte sich in ihm, etwas, das einmal darauf trainiert worden war, die Gedankengänge fremder Menschen nachzuvollziehen. Als junger Mann hatte er einmal den Gipfel eines Berges erklommen, der so hoch lag, dass man dort häufig von Wolken umhüllt wurde. So fühlte Steffen sich jetzt, etwas Großes, Ungeheuerliches legte sich um ihn und deutete eine Form an, die er noch kaum erahnen konnte, weil er sich nicht außerhalb, sondern innerhalb ihres Kerns befand.

Klaus, ganz Anwalt, konzentrierte sich währenddessen auf den rechtlichen Aspekt. »Angenommen, Sie haben recht und Ihr Sohn wird erpresst. Dann fragt es sich doch, von wem.« Er zögerte, dann fuhr er fort. »Und mit welcher Grundlage.«

Monika Werder drehte sich vom See weg und wandte sich wieder Steffen zu. Erneut ergriff sie seine Hände.

»Es ist mir egal, von wem«, sagte sie. »Aber das Wofür, das kann ich aus der Welt schaffen. Wenn Sie mir helfen, Steffen. Bitte. Er ist alles, was ich noch habe. Als ich Ihnen damals vom Tod meiner Tochter erzählte, haben Sie mir etwas versprochen.«

»Das …«, begann Klaus, doch Steffen schnitt ihm das Wort ab.

»Aber was kann ich tun?«, fragte er und sah in ihren Augen Trauer, Verzweiflung und einen Funken Hoffnung. Der Druck ihrer Hände verstärkte sich.

»Sie können für ihn tun, was ich jetzt für Sie tun werde. Was ich längst hätte tun sollen.« Sie trat etwas näher auf ihn zu, so nahe, dass er ihren Atem auf seiner Haut spürte. Ihre Stimme sank zu einem Flüstern, das sich mit dem Rauschen des Schilfrohrs vermengte.

»Ich verzeihe Ihnen.«

1977 – Frühling – Nürnberg

Der Nürnberger Zoo war zu jeder Jahreszeit gut besucht, vor den Pfingstferien, die in diesem Jahr Ende Mai beginnen würden, ließen sich die Besuchermengen dagegen als transparent beschreiben, was Martina nervös werden ließ. Sie hatte Renate gebeten, an einem Wochenende nach Nürnberg zu kommen, weil Angelika inzwischen schulpflichtig war. Renate konnte so, als gute Patentante, Angelika besuchen und sie zu einem Besuch in den Zoo mitnehmen, wo Martina sie sehen konnte, ohne dass ihre Eltern etwas davon erfuhren. Sie war daher mehr als enttäuscht, als Renate alleine auftauchte.

Renate war dünner und trug ihre Haare anders, einen Pagenkopf, was bei ihren Naturlocken sehr seltsam aussah. Sie hatte eine Sonnenbrille und war so bunt gekleidet, dass sie nur bei den Papageien nicht aufgefallen wäre. Martina unterdrückte ein Seufzen. Zwei Frauen mit einem kleinen Mädchen wären vollkommen harmlos und unauffällig gewesen, zwei Frauen allein, die nicht unterschiedlicher angezogen sein konnten, mussten dagegen auffallen.

Sie schlenderte auf ihre alte Freundin zu. Da Martina eine blonde Perücke trug und sich mehrere lockere Sachen übereinander angezogen hatte, um üppiger zu wirken, dauerte es eine Weile, bis Renate sie erkannte. Sie hatte Renate bei ihrem kurzen Anruf von einer Telefonzelle am Bahnhof aus eingeschärft, sie nur mit Hanna anzureden, und Renate tat das auch bei der etwas steifen Begrüßung. Martina hakte sich schnell bei ihr ein und steuerte sie in Richtung der

Greifvogelkäfige, die nicht zu den beliebtesten Attraktionen gehörten.

»Warum hast du Angi nicht mitgebracht?«

»Weil ich weder dein Babysitter noch ihr Kindermädchen bin, und weil es nicht gut für sie wäre«, entgegnete Renate kühl. »Ich riskiere meinen Job und meine Zulassung, jedes Mal, wenn ich dich treffe oder mit dir telefoniere. Aber das ist meine Entscheidung. Deine Tochter ist inzwischen aber alt genug, um zu begreifen, dass es nichts Gutes bedeutet, wenn sie dich nur auf Fahndungsplakaten sieht. Wenn ich sie heute mitgebracht hätte, dann hätte sie hinterher ihre Großeltern anlügen müssen. Und wer sich anlügt, hört auf, sich gegenseitig zu vertrauen. Das kann dir doch nicht fremd sein. Du willst doch nicht, dass deine Tochter jetzt schon das Lügen übt und ständig in Loyalitätskonflikte gestürzt wird, oder?«

Das hatte Martina nicht erwartet. »Wenn du getan hättest, was wir vereinbart hatten, und Angi von Anfang an bei dir behalten hättest, statt sie meinen Eltern zu geben, dann …«, erwiderte sie ärgerlich.

»Nun fang doch nicht schon wieder davon an. Das hatten wir schon, mehrfach. Das war damals keine gemeinsame Vereinbarung, es war ein Diktat von dir. Ich mag Angelika. Ich liebe sie sogar sehr. Ich hätte sie gerne bei mir gehabt, wenn sie es gewollt hätte. Aber schon das war nicht so. Und deine Vorstellung war ohnehin völlig unrealistisch. Deine Eltern hatten selbstverständlich Anspruch auf die Erziehung ihrer Enkelin. Meine Chance auf Vormundschaft war gleich null. Hätte ich Angelika nicht von mir aus ihren Großeltern übergeben, hätte der Staat dafür gesorgt. Das ist die Realität. Außerdem habe ich die Miete allein bezahlen müssen, nachdem du mit Sybille verschwunden bist, und das konnte ich mit meinem Gehalt bei Groenewold nicht. Die Kanzlei, bei der ich jetzt bin, zahlt mir mehr, aber sie verlangt auch mehr Überstunden, und darauf sind Kinderläden nicht eingerichtet. Auch das ist die Realität.«

Im Jemen hatte ein ehemaliger Anwalt zu Martina gesagt, er habe die Fotos von seinen Kindern vor dem Abflug vernichtet. »Nie zurückschauen«, hatte er erklärt. »Einen klaren Schnitt machen. Das tut immer noch weh, aber es ist besser, als zu versuchen, auf Distanz Eltern spielen zu wollen. Entweder das eine oder das andere. Doch wir schaffen eine bessere Welt für sie. Darauf kommt es an.«

Vielleicht, nein, wahrscheinlich hatte er sogar recht gehabt. Wenn es ihr nur gelungen wäre, alle Reste der bürgerlichen Sau, die sie einmal gewesen war, aus sich herauszubrennen, dann würde sie sich nicht immer wieder an etwas klammern, was nicht funktionieren konnte, sich nicht hintergangen, im Stich gelassen und geohrfeigt fühlen. Die guten Gründe, die Renate schon mehrfach vorgebracht hatte, hatte sie immer wieder unterdrückt, weil ihre Gefühle für ihr Kind in einer anderen Sprache mit ihr redeten und sie an ihr altes Selbst fesselten. Ohne die Liebe zu ihrer Tochter wäre Martina jetzt eine vollkommene Kämpferin, gleichgültig allen gegenüber, die noch Teil des Systems waren. Dazu gehörte Renate, ganz gleich, wie fortschrittlich sie sich manchmal gab. Genau wie Martinas Eltern. Selbst Angelika würde nicht dieses ohnmächtige Verlustgefühl in ihr wachrufen. Die halbe Nacht lang hatte sie wach gelegen und sich vorgestellt, wie sie mit ihrer Tochter Eis aß, wie sie Angelika wieder in die Arme schloss. Was für eine biologisch konditionierte Sentimentalität!

»Natürlich zahlt deine jetzige Kanzlei besser«, sagte Martina höhnisch. Sie wollte Renate verletzen, um sich von der verwünschten und enttäuschten Sehnsucht nach ihrer Tochter abzulenken. »Sie vertritt schließlich ein paar fette Bonzen, keine gefolterten Gefangenen. Wann hast du das letzte Mal etwas für jemanden getan, der kein Geld hat, Renate?«

An der Art, wie Renate sich auf die Lippen biss, erkannte sie, dass sie einen Treffer gelandet hatte.
»Sei nicht so ungerecht«, protestierte Renate. »Ich muss mich ernähren, aber ich bin nach wie vor bereit, zu tun, was ich kann.«
»Schöne Worte. Der Schauprozess in Stammheim ist jetzt auch in schönen Worten zu Ende gegangen, weil zum Schluss die sogenannten Angeklagten gar nicht mehr dabei waren. Und jetzt, wo die Öffentlichkeit nicht mehr hinsieht, haben die Schweine freie Hand mit ihnen. Da helfen deine Krokodilstränen auch nichts. Klar, wenn der nächste Gefangene stirbt, wirst du mir auch wieder erzählen, wie leid dir das tut.«
In den letzten Jahren hatte Martina unter Menschen gelebt, die regelmäßig Kritik und Selbstkritik in der Gruppe betrieben. Es gehörte zur Gruppendisziplin, die Schwächen der anderen zu finden und darüber zu sprechen, damit sie verbessert werden konnten. Das hatte ihr Übung gegeben. In ihren früheren Debatten mit Renate war sie immer an den bürgerlichen Begriff von Freundschaft gebunden gewesen, es gab Dinge, die man einander nicht an den Kopf warf. Es gab die Konvention des Gefühle-Schonens. Aber jetzt, jetzt war sie in der Lage, ein so fesselndes Verhalten abzuwerfen. Als wäre sie nicht an dem Gespräch mit Renate beteiligt und stünde gleichsam daneben, erkannte sie, was Renates Schwächen waren. Renate hatte einen gewissen Karrieredurst und schämte sich gleichzeitig deswegen, denn es war ihr wichtig, von Martina als Mitkämpferin für die gute Sache verstanden und akzeptiert zu werden. Wahrscheinlich war sie sogar im Grunde ihres Herzens stolz darauf, heimlich mit einer echten Revolutionärin in Verbindung zu stehen, genau wie die jüngere, naivere und bürgerliche Martina es als aufregend und befriedigend empfunden hatte, Holger und Bert in ihrer Wohnung übernachten zu lassen.

»Hör auf!«, sagte Renate fassungslos. »Du ... Ich weiß, dass du enttäuscht bist, weil ich dir Angi nicht gebracht habe, aber so kannst du nicht mit mir reden. Es war deine Entscheidung, in die Illegalität zu gehen!«

Natürlich stimmte das, aber Martina hatte Blut geleckt, und sie erinnerte sich daran, was Renate beim Abschied vor fast drei Jahren zu ihr gesagt hatte. *Manchmal denke ich, du hast recht. In allem. Und die einzig logische Konsequenz wäre, mit dir zu gehen.* Martina wollte Renate zwingen, das noch einmal zuzugeben. Sich ihrem Willen zu beugen und ihr Angelika nicht länger zu verweigern. Wenn sie dazu jedes bisschen schlechtes Gewissen ausnützen musste, das Renate hatte, dann sollte es eben so sein.

»Keiner wird freiwillig illegal, Renate«, gab sie zurück und bannte die Aggressivität aus ihrer Stimme, ersetzte sie durch Trauer und Rationalität. Renate sollte sich eingelullt fühlen. »Bewaffneter Widerstand ist immer schon das Relikt alltäglicher praktischer Erfahrung und eigener Rechtlosigkeit, und die wird derzeit in unserer sogenannten Republik ins Extrem getrieben. Du weißt, was passiert, wenn du irgendeinem Dummbeutelregiment der Anstaltsbullen ausgeliefert bist. Gegen Prügel kann man sich ja noch wehren, aber Verhungern? Da kommst du nicht wieder.«

Das war die richtige Taktik. Renate zuckte zusammen und verschränkte die Arme vor der Brust, als fröstele sie. Als Martina dann auch noch von den Stricken in der Post der Stammheim-Gefangenen erzählte, die an die überlebenden Häftlinge nach Ulrikes Tod übergeben worden waren, und Brigittes Schilderungen noch etwas ausschmückte, hatte Renate Tränen in den Augen. »Wenn ich könnte, würde ich den Stammheimern helfen, das weißt du, das musst du wissen!«

In diesem Moment kam Martina eine Idee, die ihr in ihrer Klarheit und Einfachheit den Atem nahm. Sie brauchte einen Augenblick, bis sie wieder sprechen konnte.

»Aber das kannst du.« Sie nahm ihrer Stimme alle Schärfe. Wenn Renate aktiv bei der Entführung des Staatssekretär-Schweins mitmachte, würde sie es nie wieder wagen, etwas nicht zu tun, um das Martina sie bat. Dann würde es für Renate nicht mehr nur darum gehen, wegen einiger Telefonate und Briefwechsel mit einer gesuchten Terroristin für ein paar Monate oder höchstens ein Jahr ihre Lizenz als Anwältin zu verlieren, nein, sie würde das Gefängnis fürchten müssen. Das Gefängnis voller Isolationsfolter, über dessen Grauen sie selbst zahllose Kassiber abgetippt hatte.
Das nächste Mal würde ihr Renate Angelika bringen, ohne Proteste.
Das war natürlich ein Beweggrund, den Martina keinesfalls bei Bert oder Sybille durchblicken lassen durfte. Trotzdem würde Bert anbeißen, weil eigentlich eine weitere Person für ihren Plan nötig und sinnvoll war. Mit etwas Glück würden sich alle so auf die Planung der Flucht mit der Geisel und auf die Austauschstrategie konzentrieren, dass alle Vorbehalte gegen ihren Vorschlag zurückstehen würden.
Und wenn die Gefangenen erst gerettet waren, wenn dieser große Sieg für die Revolution erfochten war, dann hatte man Besseres zu tun, als nach ihrer Motivation zu forschen. Martina würde Angelika wiedersehen können, nicht nur für einen kurzen Gang in den Zoo, sondern länger.
»Das kannst du«, wiederholte sie sanft und hakte sich erneut bei Renate unter.

* * *

In Nürnberg und in Bonn hatte Steffen bisher stets ein zölibatäres Musterleben geführt. Daher kannte er die örtlichen Schwulentreffs nicht, sondern nur die Bars, in die er hin und wieder mit seinen Kollegen ging, um nicht als snobistischer Außenseiter zu erscheinen, wenn sie auf Abruf bereitstehen

mussten. Damit wusste er, welche er bei dem Versuch, kurz Druck abzulassen, auf jeden Fall meiden musste. Für eine Fahrt nach München und zurück war schlicht und einfach keine Zeit, nicht, wenn er morgen früh pünktlich und einigermaßen ausgeruht zum Dienst erscheinen wollte.
Der Staatssekretär und seine Frau beschränkten ihr gesellschaftliches Leben, wenn Werder sich in Nürnberg aufhielt, auf wenige Einladungen bei alten Freunden und auf die Verpflichtungen gegenüber dem Wahlkreis. Wenn der Staatssekretär Wahlkampf machen musste, besuchte er auch Bierzelte und Biergärten, aber in den letzten fünf Jahren hatte Steffen ihn noch nie in eine Disco begleiten müssen. Über das Alter war nicht nur Werder, sondern allmählich auch Steffen hinaus. Trotzdem schien es ihm die sicherste Option für das, was er brauchte.
Sascha Gschwindner nahm ihn ein Stück mit, soweit er wusste, war Steffen mit einer blonden Stewardess verabredet, die nur heute Nacht in Nürnberg sein würde. Bei dem verheirateten Familienvater Sascha musste man, anders als bei Hans und René, nicht fürchten, er könne sich unaufgefordert dazu einladen. Die Gefahr war viel größer, dass er einem mehr über seinen Sohn erzählte, als man wollte.
»Ich habe ja immer gedacht, der wird mal Fußballer, aber sein Lehrer meint, er wär gut genug fürs Gymnasium. Sprachlich begabt«, wiederholte Sascha stolz eine Beschreibung des Lehrers.
»Das ist toll, Sascha.«
»Die europäischen Hauptstädte weiß er auch auswendig, und alle Gewinner der Formel-1-Rennen in den letzten fünf Jahren. Das hat er von mir. Der Alex …«
Steffen hörte nicht mehr zu. Er mochte Sascha, und er hatte nichts gegen Kinder, aber die meisten Alex-Geschichten kannte er schon, und im Moment stand ihm der Sinn nach anderem. Sascha ließ ihn an einer Straßenbahnhaltestelle

raus, und Steffen wartete aus Gewohnheit, bis der Wagen verschwunden war, ehe er die Linie in die Innenstadt nahm. Eine Dreiviertelstunde später hatte er gefunden, was er suchte. Bestimmt war er wieder mal übertrieben vorsichtig, die Zeiten änderten sich, selbst im BKA. Der Paragraph 175 wurde kaum mehr angewendet. In noch einmal fünf Jahren konnte er wahrscheinlich an eine feste Beziehung denken, daran, seinen Partner den Kollegen sogar vorzustellen, statt Märchen über Stewardessen erfinden zu müssen.

Die Disco, in der er gelandet war, hieß nach einer Nürnberger Legende »Eppelein« und schien ein gemischtes Publikum anzuziehen, statt auf ein rein homosexuelles Klientel zu zielen. Aber es waren genügend Männer ohne weibliche Begleitung da, die hereinkommende Männer musterten, um Steffen sicher sein zu lassen, an einem geeigneten Ort zu sein. Es dauerte nicht lange, bis er, durch die Menschenmenge und die warme Mailuft bereits durchgeschwitzt, gut gelaunt mit Grigorij flirtete, einem russischen Balletttänzer von der Nürnberger Oper. Sie teilten gerade ein Bier, als Steffen aus den Augenwinkeln jemanden wahrnahm, der ihm bekannt vorkam. Einen Moment später war er sich absolut sicher.

»Scheiße«, sagte er. »Der Sohn meines Chefs ist hier.«

Grigorij grinste und fragte gar nicht erst, ob das hieß, dass Steffen sich an seiner Arbeitsstelle noch nicht geoutet hatte. Im Zweifelsfall ging man immer davon aus.

»Dann lass uns woanders hingehen. Ich kenne alle guten Bars«, erwiderte er in fehlerfreiem, wenngleich stark akzentuiertem Deutsch.

»Das ist nicht das einzige Problem. Der Junge ist unter achtzehn, und wenn er hier auffällt, egal wem, kriegt er ein Riesenproblem. Ganz zu schweigen davon, dass …«

Steffen unterbrach sich, ehe er ausplaudern konnte, dass seine Kollegen und er unter anderem auch die Aufgabe hatten,

Michael Werders soziale Kontakte regelmäßig zu überprüfen. »Wenn er daheim mit einem Freund aufkreuzt, gibt man mir am Ende die Schuld, von wegen schlechter Einfluss und so«, endete er stattdessen. Es war zwar eine rasch improvisierte Lüge, aber sie konnte durchaus wahr werden. Er hatte den Staatssekretär bisher nichts Negatives über Homosexuelle sagen hören, aber Steffens Erfahrung nach hörte die Toleranz für die meisten Väter bei den eigenen Söhnen auf. Wenn der junge Michael seinen nächsten Aufstand gegenüber Werder nicht mit einem Che-Guevara-T-Shirt, sondern mit einem schwulen Freund startete und Werder gleichzeitig erfuhr, welche Orientierung Steffen hatte …

»Ah. Sieht so aus, als ob er nicht von einem Kerl aufgerissen wird. Du brauchst seine Tugend nicht zu verteidigen. Er ist mit jemandem zusammen, der eindeutig der weiblichen Fraktion angehört«, bemerkte Grigorji, und Steffen entdeckte nun ebenfalls in der Menge die junge Frau, die mit Michael tanzte. Soweit er es erkennen konnte, hatte sie rote Haare und war wohl ein paar Jahre älter als Michael, mindestens Anfang zwanzig. Auf alten Radeln lernt man's fahren, hatte sein Vater immer gesagt, wenn es um dieses Thema ging. Ohne ihr Gesicht aus der Nähe zu sehen, war es aber unmöglich zu beurteilen, wie alt sie wirklich war, und Steffen konnte nur einen Teil ihres Rückens, das Haar und hin und wieder, wenn sie den Kopf beim Tanzen besonders schnell bewegte, ein Stück vom Profil ausmachen.

Er war hin- und hergerissen. Einerseits sollte er sich einen Weg durch die Tänzer zu dem Paar bahnen, um sich die Frau aus der Nähe anzusehen. Andererseits wollte der Junge das Gleiche hier wie Steffen – Dampf ablassen. Wenn Michael dabei von einem Leibwächter seines Vaters gestört wurde, würde er das restliche Wochenende über in einer katastrophalen Stimmung sein, was wiederum seinen Eltern das Leben zur Hölle machen würde. Und, um ehrlich zu sein: Steffens Abend wäre ebenfalls ruiniert. Michael würde glauben, Steffen würde ihn kontrollieren, und sich schämen, vor der attraktiven Rothaarigen als Junge anstatt als Mann dazustehen. Außerdem wusste Steffen nur zu genau, was als Nächstes folgen würde: Ein wütender und frustrierter Jugendlicher, der seinem Vater brühwarm erzählte, mit wem und in welchem Aufzug, wie und mit welcher Begleitung er Steffen Seidel gesehen hatte.

Steffen konnte sich die Reaktion des Staatssekretärs gut vorstellen. »Herr Seidel, natürlich habe ich im Prinzip nichts gegen Homosexuelle, aber mein Sohn ist ein heranwachsender Jugendlicher, und daher, Herr Seidel …« Er wollte Derartiges nicht herausfordern.

»Du hast recht«, sagte er deshalb zu Grigorji. »Lass uns woanders hingehen.«

Morgen würde er Michael irgendwann diskret beiseitenehmen und behaupten, er habe von einem Freund gehört, er wäre mit einer Superfrau im Eppelein gewesen. Wenn es nicht seine Freundin wäre, sein Freund hätte gerne den Namen und die Adresse erfahren, so habe der Rotfuchs ihm gefallen. Morgen.

* * *

Es hätte eigentlich Sybille sein sollen, die mit dem jungen Werder Kontakt aufnahm, aber als Hamburgerin fiel sie den Leuten im Süden natürlich viel eher auf. Martina ließ das lang unterdrückte fränkische R und das weiche D wieder in ihre Sprache zurückkehren, sagte »Allmächt!«, als ihr jemand um ein Haar Cola über die Kleidung geschüttet hätte, und wurde akzeptiert.

Als sie ein paar Stichwörter fallenließ, war der junge Werder nach wenigen Minuten mehr als empfänglich für ihr Thema. Es war ohnehin ein unglaublicher Glücksfall gewesen, als ein Informant aus Göttingen der Gruppe berichtet hatte, angeblich habe der Sohn von Staatssekretär Werder sich bereit erklärt, an seiner Schule Kopien des Mescalero-Artikels zu verteilen. Danach war der Plan entstanden, den sie heute in die Tat umsetzte.

»Aber Brigitte hat ...«, hörte sie noch Bert, bevor sie ihn unterbrochen hatte.

»Wer weiß, ob dieser Michael im Herbst noch sauer auf seinen Alten ist«, hatte sie argumentiert und sich damit durchgesetzt. Und sie hatte recht behalten. Michael Werder war Feuer und Flamme für die Idee, eine drastische Demonstration gegen das Justizministerium zu unterstützen.

»Etwas in der Art wie Beate Klarsfelds Ohrfeige des Bundeskanzlers Kiesinger«, sagte Martina zu Michael. »Die Nachricht hat damals durch ganz Europa geschallt. So ein Glück werden wir vielleicht nicht gleich haben, aber was soll's. Hauptsache, es geschieht etwas. Wir planen, rote Farbe über das Auto deines Vaters zu gießen. Plakatfarbe, damit es auch richtig schön hält. Dann werfen wir Fotos von der gestürmten Redaktion in Göttingen mitten darauf, das hält und ist wahnsinnig schwer wieder runterzukriegen.«

»Das hat er verdient«, gab der junge Werder zurück. Seine Augen waren dabei jedoch weniger auf ihr Gesicht als auf den tiefen Ausschnitt ihrer Bluse gerichtet.

»Es kommt allerdings auf das Timing an. Schließlich wollen wir ein paar Kamerateams vom Fernsehen dabeihaben. Die bekommen wir aber nur am Sonntag zugesagt.«

»Klar, das verstehe ich. Das passt sogar.«

Sein Vater, so hörte sie, habe eigentlich morgen Abend eine Grillparty zu Ehren des fünfzigsten Geburtstags seines ältesten Freundes besuchen wollen, aber »Mal wieder typisch!« maulte der junge Werder, einen Anruf aus Bonn erhalten, der ihn zur Absage veranlasste. Deswegen wollte er am nächsten Morgen gegen zehn Uhr noch beim Geburtstagskind vorbeifahren, um ihm zu gratulieren, ehe er nach Bonn mit der Zwölf-Uhr-fünfzehn-Maschine flog. Die Straße, in welcher der Schulfreund wohne, sei gleich um die Ecke und für das Kamerateam ideal. Die könnten sich zwischen den geparkten Autos der Anwohner verstecken, die alles dort etwas unübersichtlich machten. Es wäre sogar eine kurze Einbahnstraße, zu schmal zum Wenden, und wenn nötig, könne man so die Straße auch schon mit dem kleinsten Hindernis blockieren. Michael Werder redete sich derart in eine Begeisterung, dass die Worte nur so aus ihm heraussprudelten, wie aus der Quelle eines gewaltigen Stroms.

In einer anderen Zeit, in einer anderen Welt hätte sie Mitleid mit ihm gehabt, denn sehr bald würde er um das Leben seines Vaters bangen und wissen, dass er Mitschuld an dessen Geiselnahme trug. Aber das war eine Martina gewesen, die noch nicht begriffen hatte, dass jeder, wirklich jeder entweder Teil des Problems oder der Lösung sein musste. Der junge Werder hatte sich gerade unfreiwillig zum Teil der Lösung gemacht.

Genau wie Renate. Sie war sehr blass, als sie am Sonntagmorgen um sechs Uhr an der verabredeten Stelle auftauchte, um sich mit dem Fahrzeug vertraut zu machen, das sie fahren sollte.

Bert hatte am Vortag noch ungläubig geblickt. »Was soll das? Bist du wahnsinnig geworden?«, hatte er gefragt, als sie ihm den Vorschlag gemacht hatte. Er kannte Renate zwar noch aus Hamburg, kannte auch ihre revolutionäre Einstellung, zweifelte aber, ob das ausreiche. Sie habe keinerlei Training. Allerdings blieb ihm keine große Wahl, was nichts mit Martina, sondern alles damit zu tun hatte, dass sich der als Fahrer vorgesehene Genosse am Freitag beim Fußballkicken im Park das Kreuzband gerissen hatte. »Sport ist Mord«, hatte er noch versucht zu scherzen. Weil er noch nie auffällig geworden war, konnten sie ihn ins Krankenhaus

bringen lassen. Ersatz für ihn bekamen sie jetzt nicht mehr so schnell nach Nürnberg, und das Zeitfenster für den Staatssekretär schloss sich am Sonntag gegen zehn Uhr.
Bert war trotzdem willens gewesen, die ganze Aktion abzublasen, obwohl Martina ihm eine Brücke gebaut und gesagt hatte, dass auch Ulrike und Gudrun über keinerlei Erfahrung verfügt hatten, als sie seinerzeit Andreas befreiten, und mit dieser Heldentat die RAF überhaupt gegründet werden konnte. Ob es dieses Argument war oder einfach eine einmalige Gelegenheit, die man nicht auslassen konnte, er hatte schließlich zähneknirschend zugestimmt.
Bert knirschte auch am Tag danach immer noch hörbar mit den Zähnen. Sein Gesicht zuckte, wenn er zu Renate blickte und zum hundertsten Mal darauf verwies, dass er sich zuerst mit Renate als Fahrerin eine passende Parkbucht aussuchen werde, das zweite Fahrzeug mit Sybille und Wolfgang müsse in seiner Parkbucht dazu mindestens dreißig Meter Distanz haben.
Sie waren in der vergangenen Nacht noch vier Mal durch die Straße gelaufen, mit größeren zeitlichen Abständen, um sich die Örtlichkeit einzuprägen. Es schien alles perfekt zu passen.
»Schön«, sagte er, »schön. Sie ist dabei. Es ist auch meine Entscheidung. Dir ist aber klar, wenn nicht alles so läuft, wie vorgesehen, wird uns der Jemen wie das Paradies vorkommen im Vergleich zu dem, was uns erwartet. Verfluchte Scheiße, alles wegen deines Timings.«
»Fahren wir jetzt los oder was?«, unterbrach sie Sybille.
»Wir fahren«, sagte er und warf einen letzten grollenden Blick auf Martina.

1998 – Abschied von Sylt

Ein verlegener junger Mann vom Hotelmanagement sprach Angelika an, als sie sich ihre Parkkarte freischalten ließ, da sie mit ihrer Mutter nach Westerland fahren wollte. Er bat sie, mit ihm in sein Büro zu kommen. Zwei Tage, nachdem die Nachricht über das Angebot des Hamburger Intendanten für eine Ex-Terroristin das erste Mal auf der vierten Seite der *Frankfurter Allgemeinen* erschienen war, hatte sie es, dank einiger Politiker, die sich im Wahlkampf befanden, dann doch noch auf die Titelseite mehrerer Sensationsblätter geschafft. Nicht aber, dass Martina Müller abgesagt hatte, das musste der Intendant noch für sich behalten haben. Schlimmer als die Überschrift: »Führende Politiker rufen zum Boykott auf« war das dabei verwendete Foto ihrer Mutter. Es handelte sich nicht um das klassische, kaum zuzuordnende Fahndungsbild, sondern um eine Aufnahme, die während ihres Prozesses gemacht worden war. Dieses Bild glich dem heutigen Erscheinungsbild ihrer Mutter noch sehr.

»Mehrere Gäste haben sich beschwert«, sagte der Hotelangestellte, der sich anstrengte, sachlich zu bleiben. »Ein Fernsehteam hat sich für die Mittagszeit angekündigt. Frau Limacher, wir haben hier ein paar sehr prominente Gäste, und wir garantieren ihnen Diskretion und sichere Erholung, die wir nicht mehr gewährleisten können, wenn Frau Müller weiter hierbleibt. Ich muss Sie daher bitten …«

Wenn Renate noch da gewesen wäre, hätte sie sofort ein paar Bemerkungen zur fehlenden Rechtsgrundlage für eine derartige Bitte gemacht, dann aber wegen des Fernsehteams in jedem Fall das Weite gesucht. Doch Renate war vor zwei Tagen abgereist, direkt nach dem Streit beim Frühstück.

»Wenn du möchtest, können wir es in Rantum oder Morsum versuchen«, schlug Angelika ihrer Mutter vor, während sie packten. »Da sollen noch Hotelzimmer frei sein. Oder …« Sie zögerte. »Wir können uns natürlich auch ein kleines Haus mieten. Dann ersparen wir uns derartige Erlebnisse.«

»Das hilft auch nichts, wenn die Medien schon auf dem Weg hierher sind«, entgegnete Martina. Sie wirkte eher nervös als niedergeschlagen.

Angelika wartete noch einen Moment, dann sprach sie den Gedanken aus, der ihr sofort gekommen war, als der Hotelangestellte sie in sein Büro gebeten hatte.

»Wir könnten auch gleich nach Hamburg weiterfahren. Ein paar Tage dortbleiben. In einer Großstadt taucht man leichter unter und bleibt unauffälliger.« Die Anspielung, das hätte die Erfahrung damals doch auch die RAF gelehrt, verkniff sie sich.

Sie war seit ihrer Kindheit nicht mehr in Hamburg gewesen. Auf der Herfahrt waren sie durch den Elbtunnel gefahren, doch beide hatten kein Wort darüber verloren, im Stadtbereich pausieren zu wollen. Angelika hatte sogar vorgehabt, zu ihrer Verabredung mit Alex Gschwindner den Zug nach Hamburg zu nehmen. Der Rauswurf hatte nun aber alles geändert, und am Ende mochte es gar nicht so schlecht sein, sich der Vergangenheit früher zu stellen.

Martina schaute unsicher drein, und, ohne nachzudenken, zitierte Angelika einen der Sätze, mit denen ihre Mutter sie in ihrer frühesten Kindheit scherzhaft mit dem Umzug nach Norddeutschland hatte versöhnen wollen.

»In Hamburg gibt es leckere Hamburger! Und Seelöwen.« Spontan ließ sie einen etwas verunglückten Grunzlaut folgen.

Martinas Mundwinkel zuckten. »Ich kann nicht glauben, dass du das noch weißt!«
»Das menschliche Gedächtnis ist ein eigentümliches Ding.«
»Ja«, sagte Martina und reichte ihr eine Zeichnung, die sie in den letzten Tagen gemacht haben musste. Sie zeigte Toni mit einem so fragenden Blick, als könne er sprechen. Angelika spürte einen Stich im Herzen, der gleichzeitig weh tat und besänftigte.
Renate hatte keine Zeit gehabt, um Spaziergänge mit Toni zu machen, und Angelika war von ihr für zu jung erklärt worden, um das alleine zu tun. Deswegen war Toni wieder im Tierheim gelandet, bis der Großvater ihn, um ihr über ihre ersten Weihnachtstage ohne Mutter hinwegzuhelfen, als Überraschung aus Hamburg geholt hatte. Danach hatte er noch sieben Jahre bei ihr gelebt, bis er in ihren Armen gestorben war.

Sie waren früher immer mit dem Zug über den Hindenburgdamm auf die Insel gefahren, doch weil sie nun alle Zeit der Welt hatten und weil es mit einem Schiff schöner war, beschloss Angelika, mit der Fähre von List aus nach Dänemark überzusetzen und von dort aus in aller Ruhe nach Hamburg zu fahren. Ihr Treffen mit Alex Gschwindner würde erst übermorgen stattfinden. Am Hafen kaufte sie für sich und Martina überteuerte Fischbrötchen, die ihre Mutter fragen ließen, ob sie einen ganzen Fischkutter gekauft habe, aber trotzdem herrlich schmeckten. Als sie auf der Fähre standen und auf die Insel zurückblickten, sagte Angelika, ohne groß zu überlegen: »Es würde mich nicht wundern, wenn es Renate war, die den Medien den Tipp gegeben hat, in welchem Hotel du bist – natürlich erst, nachdem sie weg war.«
»Nein«, entgegnete Martina zu ihrer Überraschung. »Renate ist vieles, aber nicht kleinlich. Und du und ich schulden ihr sehr viel.«

»Sie hat mich bei der ersten Gelegenheit an die Großeltern weitergereicht, und nach dem halben Anruf, den ich auf der Herfahrt mitbekommen habe, dachte ich, du glaubst inzwischen sogar, dass sie damals dein Versteck verraten und deine Verhaftung erst ermöglicht hat«, erwiderte Angelika und wünschte sich, reif und überlegen statt wie ein gekränktes Kind zu klingen.

Martinas Hände klammerten sich an die Reling, so fest, dass ihre Fingerknöchel sich weiß abzeichneten.

»Wenn sie es getan hat, dann hatte sie das Recht dazu.«

Schweigend zählte Angelika bis zehn und schluckte ihre erste, unwillkürliche Reaktion hinunter.

»Würdest du mir das bitte erklären?«, fragte sie dann. »Ich bin fast drei Jahrzehnte auf der Welt. Ich glaube, ich kann es verkraften, wenn du und Renate nicht mehr in kryptischen Andeutungen über meinen Kopf hinweg sprecht.«

Um sie herum drängten sich Urlauber und andere Reisende, um Fotos von der zurückfallenden Insel und den hinter ihnen herfliegenden Möwen zu machen. Sie mussten für die Fotowütigen den Platz am Heck räumen. Sie fanden am Bug eine Bank, die ihnen dort wegen der steifen Brise niemand streitig machen würde.

»Renate hatte in manchem recht, weißt du. Ich habe ihre Hilfe immer für selbstverständlich gehalten, habe sie oft auch ausgenutzt. Ich habe mir damals überhaupt keine Gedanken über mögliche Probleme gemacht, da du von deinem Vater ja eine gehörige Summe Geld geerbt hattest. Dein Großvater väterlicherseits war damals noch am Leben, und er hatte hervorragende Beziehungen zu den Behörden. Selbst wenn Renate versucht hätte, dich bei sich zu behalten, wie ich mir das ursprünglich vorgestellt hatte, wäre ihre Chance, vom Gericht zu deinem Vormund erklärt zu werden, gleich null gewesen. Am Ende wärst du sogar bei Großvater Kleinholz gelandet, statt bei Oma und Opa in Nürnberg. Meine Gedanken kreisten in dieser Zeit jedoch immer nur darum, wie ich eine gute Kämpferin für die Revolution werden konnte, ohne mir allzu große Vorwürfe deinetwegen machen zu müssen. Dabei hätte ich dich unbedingt gleich nach Nürnberg bringen sollen. Selbst später, als ich im Gefängnis war, wollte ich immer noch, dass Renate dir zwar beibringt, fortschrittlich zu denken, aber nicht, dass du sie so liebst wie einstmals mich. Renate war nie die böse Stiefmutter, Waisenhausmutter, die Schurkin oder welche Rolle du ihr auch immer über all die Jahre zugedacht hast.«

Die Worte kamen erst zögernd, dann immer schneller. Es erinnerte Angelika daran, wie ihre Mutter einmal versucht hatte, ihr Perspektive zu erklären, auf dem Papier oder durch die Linse einer Kamera gesehen. Nichts von dem, was Martina da erzählte, war gänzlich unvertraut oder gerade in eine neue Ordnung gerückt worden. Aber sie hatte es bisher anders gesehen, aus einem anderen Blickwinkel. So mussten sich Historiker fühlen, wenn ein marxistischer Geschichtsschreiber sich eines ihrer Lieblingsthemen annahm, und alles, was sie geschrieben hatten, nun aus einer völlig anderen Perspektive betrachtete. Sie war verwirrt, ärgerlich, reuig, dann wieder protestierte sie innerlich.

»Und du«, begann sie, räusperte sich und fing wieder an. »Du würdest es ihr nicht übelnehmen, wenn sie es gewesen wäre, die der Polizei 1978 einen Hinweis gegeben hat, wo du bist?«

»Ich hatte ihr einen guten Grund dafür gegeben«, entgegnete Martina, und ihre Finger verschränkten sich ineinander und enthakten sich wieder, eine nervöse Angewohnheit, an die sich Angelika nicht von früher erinnerte. Aber früher hatte ihre Mutter sich auch nie als diejenige erklärt, die sich im Unrecht befand. Derartige Einsichten hatte Angelika so lange von ihr hören wollen, so erhofft, doch nicht Renate Huber gegenüber.

»Welchen Grund?«, fragte sie. »Und sag nicht wieder, dass du einen so wichtigen Grund nicht mehr kennst, andererseits aber als gegeben betrachtest.«

Martina schaute sich um, als suche sie nach jemandem oder befürchte, jemanden zu sehen. Es kam Angelika in den Sinn, dass ihre Mutter nach all den Jahren wohl immer noch argwöhnte, dass ihre Gespräche überwacht wurden. Doch auf der Fähre herrschte starker Wind, der jedes Wort wegtrug. Selbst wenn sie lauter gesprochen hätten, es hätte sie niemand verstanden.

»Ich habe sie dazu gebracht, etwas zu tun, was sie eigentlich nicht tun wollte, und dann habe ich sie mit dem Resultat erpresst.«

Ein großer Teil in Angelika sträubte sich dagegen, etwas so Unbestimmtes zu hören. Ein kleinerer wusste, dass es für absolute Offenheit in allen Bereichen zwischen ihnen noch zu früh war. So sehr sie sich immer noch wünschte, ihre Mutter möge ihr sofort bedingungslos vertrauen, sie ahnte, dass es wahrscheinlich in Zukunft dazu kommen konnte, wenn es auch jetzt noch nicht so weit war. Es brauchte vielleicht noch etwas Zeit. Sie wusste doch schon eine Ewigkeit, dass ihre Mutter sehr viel schlimmere Dinge getan hatte, als eine Freundin zu erpressen. Erst vor kurzem hatte Martina ihr gestanden, den ersten Menschen, den sie je getötet hatte, noch nicht einmal gekannt zu haben. Das war viel schlimmer für sie gewesen, das würde ihr mit Sicherheit noch lange Alpträume verschaffen, als jetzt von simpler Erpressung zu hören. Aber der erschossene Mossad-Spion blieb namenlos, eine Geschichte in der Geschichte. Renate dagegen kannte sie, hatte ihr Bild im Herzen, das ihr bei all ihren Streitereien immer eine bestimmte Rolle zuschrieb, auch wenn sie Renate manchmal als Eindringling betrachtete, der zwischen ihr und ihrer Mutter stand. Als Patin, die ihre Versprechen nicht erfüllt hatte, es keine vierzehn Tage versucht,

ja, sie ständig belogen hatte, aber immer wieder von Angelika erwartete, eine jüngere, gewaltfreie Version ihrer Mutter zu werden. Die heuchlerische Politikerin, die drauf und dran war, Mitglied des Systems zu werden, das sie einmal bekämpft hatte. Sie wollte nicht, noch nicht, dass alles auf einmal anders sein sollte: Renate als selbstlose Heldin, die versuchte, ihr Bestes zu tun, und dafür von Angelika zurückgewiesen und von Martina ausgenutzt worden war.
»Ich dachte, sie hätte dir empfohlen, du solltest dich umbringen!«, platzte Angelika heraus. Als Martina nicht sofort antwortete, hakte sie mit hämmerndem Herzen nach: »Hat sie das?«
Ihre Mutter fuhr sich mit der linken Hand über die Augen. »Wir hatten einen Streit«, sagte sie leise. »Sie hatte eine Idee, einen Vorschlag, was ich tun könnte, jetzt, wo ich wieder frei bin. Und nein, es hat nichts mit diesem Jobangebot zu tun. Was sie vorschlug, machte mir Angst. Und das wollte ich nicht zugeben. Also warf ich ihr vor, sich an das System verkauft zu haben und den Vorschlag nur zu machen, weil sie dann nicht mehr die Freundin einer Ex-Terroristin sei, sondern die Heldin, die diese Ex-Terroristin zur Buße gebracht habe, was sich bestimmt ganz toll in ihrem Wahlkampf machen würde. Ich sagte ihr auch, sie hätte nie den Mut gehabt, zu ihren Überzeugungen zu stehen. Und sie …«
Martina schluckte und sammelte sich. »Sie warf mir an den Kopf, das sei immer noch besser, als für seine Überzeugungen nur andere Menschen leiden zu lassen, nur andere Menschen zu töten, aber niemals sich selbst.«
»Das …«
»Sie hatte recht, Angi«, sagte ihre Mutter. »Ich wollte dabei helfen, eine bessere Welt zu schaffen. Aber nichts, was ich je getan habe, hat dazu beigetragen, die Lebensumstände für irgendjemanden zu verbessern, geschweige denn Leben zu retten. Nicht bei einem einzigen Menschen, weder in den

armen Ländern noch hier, ist mir das gelungen. Als ich unter der Dusche saß, fragte ich mich, wozu ich eigentlich noch auf der Welt bin. Nur um deine Ehe zu belasten? Aber gleichzeitig wusste ich, dass ich wieder nichts tun würde.« Sie legte eine Hand auf Angelikas Arm. »Das musst du mir glauben. Es ist ein merkwürdiger Instinkt, leben zu wollen, aber er ist mächtiger als alles andere, was uns bewegt.«
Angelika fiel das Atmen so schwer wie in der Nacht, als sie ihre Mutter im Wasserdampf unter der Dusche gefunden hatte. Gleichzeitig versuchte sie, Ordnung in ihre Gedanken zu bringen. Was ihre Mutter erzählte, hörte sich nach einem von beiden Seiten ungeplanten Streit an. Vielleicht hatte sie Renate wirklich in vielen Bereichen unrecht getan, aber darüber konnte sie jetzt nicht nachgrübeln. Sie beschloss, die Offenheit ihrer Mutter zu nutzen. Vielleicht fand sie jetzt den Schlüssel zu dem, was immer noch in Martina verborgen war, was das Schloss aufbrechen konnte.
»Stärker noch, als zu töten?«, fragte sie also mit belegter Stimme.
»Stärker noch als der zur Rache, und ich habe sehr lange an Rache geglaubt, an Auge um Auge … Seit der Staat so grausam zu ihm war.«
Es war der Tropfen, der das Fass in Angelika zum Überlaufen brachte: »Grausam? Auge um Auge? *Ihr* habt doch alle Grenzen überschritten. Wie hättest *du* denn bitte reagiert, wenn der Staat ein Bild von *mir* in der Zeitung veröffentlicht hätte mit einem Schild ›Seit 20 Tagen Gefangene der BRD‹ um den Hals? Wenn man mich gezwungen hätte, im Fernsehen um mein Leben zu bitten? Wenn man mich mit Benzin übergossen und damit gedroht hätte, mich in die Luft zu sprengen?«
Angelika spürte die Tränen in ihren Augen und versuchte, sie fortzublinzeln. War sie grausam? Oder war das der Schlüssel, um ihrer Mutter das Mitgefühl für andere zurückzugeben?

»Das wäre nie geschehen«, sagte Martina, weiß im Gesicht.
»Warum nicht, wenn der Staat wirklich faschistisch war und ihr nur getan habt, was der Staat auch tat? Wenn du nicht geglaubt hast, wirklich nicht geglaubt hast, dass der Staat mir je etwas tun würde, musst du auch irgendwo gewusst haben, dass es eben kein Unrechtsstaat war! Kein System, sondern Menschen mit einem Gewissen!«
Die Finger ihrer Mutter bohrten sich inzwischen mit schmerzhafter Intensität in Angelikas Oberarm. Ihre Worte kamen mittlerweile fast erstickt.
»Ich ... ich wollte immer, dass du sicher und glücklich bist. Und ich wusste, du wirst es sein.«
Es war nur eine indirektes Zustimmung zu dem, aber es war Zustimmung. Angelika wollte am liebsten erleichtert aufatmen, wagte jedoch nicht, dem jetzt schon nachzugeben.
»Mit mir, ohne mich, ganz egal, aber glücklich«, fuhr Martina fort, und ihre Worte wurden fester, fieberhafter. »Damals und heute. Geh wieder zu deinem Mann, Angi, zu deinen Kindern. Riskier nicht weiter deinen Frieden für mich.«
»Mein Frieden ist, mit dir im Frieden zu sein. Das war so, seit du weggegangen bist«, stieß Angelika hervor und schämte sich nicht länger, das Echo des Kindes zu sein, das sie so lange zu unterdrücken versucht hatte. »Du hast dich vorhin gefragt, wozu du auf der Welt bist. Wenn du wirklich einen Zweck brauchst, wenn mein Dasein dir nicht genügt ...«
Ihre Mutter legte die Arme um sie, doch Angelika schob sie zurück, nicht weit, doch es kam ihr darauf an, gehört zu werden, nicht, mit einer Umarmung zu übertünchen, was sie sagen wollte.
»Wenn du die Welt immer noch besser machen willst, weiß ich einen Anfang. Ich werde in Hamburg einen Mann treffen, dessen Vater du getötet hast. Er weiß bis heute nicht, was genau geschehen ist und warum. Sein Vater war kein

Politiker. Kein reicher Mann. Er war ein Chauffeur. Du bist die Einzige, die ihm die Wahrheit über den Tod seines Vaters sagen kann. Das rettet niemandem das Leben. Aber für ihn macht es die Welt vielleicht etwas besser, Gewissheit zu haben. Und ich finde, das schuldest du ihm.«

Mehr brachte sie nicht heraus, aber die Tränen, die nun beide nicht mehr zurückhalten konnten, die Verzweiflung, die sie spürte, als sie ihre Mutter umarmte, war mit Hoffnung vermischt, und sie wusste, sie hatte ihre Mutter wieder.

1977 – Das Attentat

Für die Fahrt zum Flughafen waren Hans und René für den zweiten Wagen eingeteilt, der nach dem Buback-Attentat Vorschrift geworden war und dem Wagen mit dem möglichen Zielobjekt nun immer folgte. Steffen saß neben Sascha Gschwindner, der Staatssekretär im Fond. Werder hatte ihnen erst am Abend gesagt, dass er noch kurz bei dem Freund vorbeischauen wolle, um zum fünfzigsten Geburtstag zu gratulieren. Das würde nur einen kleinen Umweg bedeuten, zwei Querstraßen mehr, aber wenn sie entsprechend früher aufbrachen, fiel auch der kurze Aufenthalt dort nicht ins Gewicht. Das Haus des Geburtstagskindes hatte Steffen schon am Freitag aufgesucht, als es noch so aussah, als ob der Staatssekretär die Feier würde besuchen können, die Gästeliste sogar schon viel früher überprüft.

»Ganz ehrlich, ich glaube, der Horst wird erleichtert sein, dass ich nicht komme«, kommentierte Werder, als ihm Steffen die Tür zum Rücksitz des Wagens öffnete. »So kann er heute Abend feiern, ohne dass jeder Gast Angst wegen euch Personenschützern bekommt, selbst wenn ihr in der Küche oder im Wagen wartet.« Um seine Mundwinkel zuckte es. »Kein Wunder, dass wir dieser Tage fast nur noch auf Staatsempfänge gehen. Monika meint, es sei mittlerweile eine echte Geduldsprobe für jeden alten Freund, uns überhaupt noch auf der Gästeliste zu haben, und ich fürchte, da hat sie recht.«

Immerhin hast du noch alte Freunde, dachte Steffen und fragte sich, ob er später, wenn er zu alt für den aktiven Einsatz geworden war und einen Schreibtischjob hätte, auf ein paar echte Freunde oder nur auf Bekannte würde zurückblicken können. Er nahm nicht an, dass er Grigorji je wiedersehen würde, und das hinterließ ein Gefühl von Unzufriedenheit. Allmählich hatte er es satt, keine länger währenden Beziehungen eingehen zu können und gegenüber seinen Arbeitskollegen immer einen Teil seiner selbst verstecken zu müssen.

»Meine Frau hat heute auch ein Grillfest vorbereitet«, sagte Sascha Gschwindner unerwartet. »Mich und den Wagen brauchen Sie ja nicht mehr, Herr Werder, wenn ich Sie zum Flughafen gebracht habe, oder?«

»Absolut nicht. Viel Spaß bei den Bratwürsten, Herr Gschwindner.«

»Oh, ich werde nicht dazukommen, sie zu *essen*«, bemerkte der Chauffeur. »Ich werde der Pechvogel sein, der ständig neue braten muss.«

»Ist dein Sohn nicht allmählich alt genug, um da mithelfen zu können?«, fragte Steffen.

»Der hat Fußballtraining«, entgegnete Sascha Gschwindner, während er in die Seitenstraße einbog, in der Werders Freund lebte. »Und außerdem …«

Er brach ab, denn vor ihm blockierte eine ältere grauhaarige Dame, eine Rentnerin wie aus einem Bilderbuch, die noch dazu einen Hund an der Leine hielt, mit ihrem Fahrzeug die Straße. Weil kein Parkplatz frei war, stand sie mit ihrem Wagen in zweiter Reihe und lud in aller Seelenruhe Plastiktaschen aus dem geöffneten Kofferraum des Kombis, während der Hund kläffte. »Mach doch die Augen auf«, schimpfte der Chauffeur, hupte und stoppte. Auch der Wagen hinter ihnen kam zum Stehen. Die Frau ließ vor Schreck die Leine des Hundes los, doch bei Steffen schrillten alle Alarmglocken, als er ein neues Motorengeräusch hinter ihnen wahrnahm.

»Runter!«, schrie er dem Staatssekretär zu und zu Sascha Gschwindner: »Gib Gas, rammen, halt voll drauf!« Er realisierte noch Saschas ungläubigen Blick und wie der versuchte, zwischen zwei geparkten Autos auf den Bürgersteig zu kommen, weil er die alte Frau nicht überfahren wollte. Aber der Abstand zwischen den Autos reichte nicht. Als Steffen merkte, dass Sascha nichts begriffen hatte, nicht verstand, versuchte er, ins Steuer zu greifen, aber es war zu spät. Die »alte Dame« holte mit unglaublicher Schnelligkeit eine Waffe aus einer ihrer Plastiktüten und schoss. Hinter der Rückenlehne des Kombis tauchte eine weitere Gestalt auf, und beide gaben Dauerfeuer. Steffen packte seine Maschinenpistole in der Tür, wollte diese noch öffnen, um freies Schussfeld zu haben, hörte aber nichts als Dauerfeuer um sich, bis Dunkelheit ihn umgab.

* * *

Sie war die Einzige, die keine Maske trug und es riskierte, von den Häusern aus gesehen zu werden. Doch eine Frau konnte sich schminken, Polster und so entstellende Perücken tragen, dass selbst ihre eigene Mutter sie nicht mehr erkannte, und das hatte sie getan. Anschließend würde sie ein Reset für ihr Gesicht gebrauchen, es auf die Werkseinstellung zurücksetzen, wie Holger sich vor Jahren in München ausgedrückt hatte, als sie sich über manche bewegungslose Maske in den Geschäften an der Maximilianstraße unterhalten hatten. Der Hund, den sie schon am Samstag zum »Ausführen« aus dem hiesigen Tierheim geholt hatte, war längst verschwunden. Gut für ihn.
Zuerst lief alles wie geplant, bis es dem Chauffeur fast gelungen wäre, eine Lücke zwischen zwei Autos zu finden. Der Leibwächter griff ihm ins Lenkrad, und sie schoss. Wie vorausgesagt, schlugen die Kugeln ihrer Waffe trotz des

Spezialglases problemlos durch. Der Fahrer hob die Hände, doch Martina hörte nicht auf, zu feuern, bis sich weder der Leibwächter noch der Fahrer mehr rührten. Die Ansage war diesbezüglich eindeutig: Kein Mitglied des Personenschutzes durfte am Leben bleiben. So war das Magazin auch fast leer, als sie den Finger vom Abzug nahm.
Sybille und Wolfgang, die mit dem hinteren Wagen die Straße blockierten, hatten das zweite Fahrzeug unter Beschuss genommen. Anstatt den Rückwärtsgang einzulegen und das hinter ihnen stehende Fahrzeug zu rammen, hatten die Insassen den Fehler gemacht, die Türen zu öffnen, um zu schießen. Ein tödlicher Fehler. Jetzt galt es nur noch, den Staatssekretär zu greifen, der wie erwartet flach zwischen dem Rücksitz und den Vordersitzen des ersten Wagens kauerte. Bert kletterte aus der Hintertür des Kombis, öffnete durch das zerschossene Fenster die Tür und versuchte den Staatssekretär aus dem Auto zu zerren, eine Pistole an Werders Schläfe. Werder wehrte sich nicht, bewegte sich jedoch um keinen Millimeter, rief laufend Namen, vermutlich die der Leibwächter.
»Scheiße«, fluchte Bert. »Beweg dich, du Schwein, beweg dich!« Aber der Mann bewegte sich keinen Zentimeter aus dem Fahrzeug. Bert würde ihn zu ihrem Fahrzeug schleifen müssen, doch Werder wog mindestens neunzig Kilogramm.
Martina lief um das Auto herum, um ihm zu helfen. Sybille und Wolfgang kümmerten sich wie vorgesehen nicht mehr um sie. Sie drehten in einer Einfahrt und waren schnell außer Sichtweite. Sie hatten klare Anweisungen, wohin sie sich abzusetzen hatten. Martina glaubte schon, sie träume, als neben ihr plötzlich Renate auftauchte, die doch unter allen Umständen im Fluchtwagen warten sollte. Ihre Stimme unter einer Ski-Maske, die Martina ihr ausgehändigt hatte, klang tränenerstickt.

»Herr Werder, um Gottes willen, kommen Sie mit, bitte, Herr Werder!«
Berts Augen hinter seiner Maske waren ungläubig und weit. Es war wohl das Wort »bitte« und die Weigerung des Mannes, aus dem Fahrzeug auszusteigen, das in ihm etwas zuschnappen ließ. Martina sah, wie es geschah, und sie wusste, dass es ihre Schuld war, sie hätte Renate niemals mitbringen dürfen. Bert drückte ab, und Werders Kopf flog zur Seite, auch wenn dieser kaum noch nach einem kompletten Kopf aussah. Er war tot.
Renate schrie. Bert richtete die Waffe auf sie, doch Martina sprang zwischen die beiden. Sie hatte einen entsetzlichen Fehler gemacht, doch Renate durfte nicht dafür büßen. Sie war ihr wichtigstes Bindeglied zu Angelika.
»Wir müssen weg!«, schrie sie und zerrte und stieß Renate, ohne sich umzudrehen, vor sich her zurück in den Wagen. Zwei gestohlene Motorräder, die sie für den Notfall noch in der Straße abgestellt hatten, ließen sie einfach stehen. Renate landete auf dem Rücksitz, wo sie sich zusammenkauerte, während Bert wortlos neben ihr ins Auto sprang. Martina gab Gas, aber der Triumph, den sie für sich und ihre Gruppe erhofft hatte, existierte nicht. Was für ein Fiasko.
Der Plan lautete, den mit Handschellen gefesselten Werder im Kofferraum zu dem als geeignet befundenen Parkhaus zu bringen, wo die Autos getauscht werden sollten. Erst ein übernächstes Fahrzeug hätte diesen dann in die von ihnen vorbereitete Wohnung bringen sollen. Nun blieb von dem Plan nur noch übrig, das Auto zu tauschen. Martina schrie Renate noch in der Einfahrt zur Parkgarage zu, während sie anhielt, um die Karte aus dem Automaten zu ziehen: »Hau ab!«
Dumm war Renate noch nie gewesen. Sie stolperte aus dem Auto und rannte los. Ihre Ski-Maske blieb auf dem Rücksitz liegen, tränendurchweicht. Martina nahm sie mit, so etwas

durfte man nicht der Spurensicherung hinterlassen. Über Fingerabdrücke machte sie sich dagegen keine Gedanken. Der Hinweis vom Stasi-Liebert, Sprühverband auf den Händen könne da Wunder wirken, hatte schon in anderen Gruppen funktioniert. Außerdem hatten sie noch Handschuhe getragen, und eine Ladung Thermit würde das Fahrzeug in einer Stunde lichterloh brennen lassen. Sie hatte den Auslöser bereits gedrückt.
»Was weiß sie von uns?«, fragte Bert, während sie die Waffen umluden. Inzwischen klang seine Stimme fast wieder ruhig. Das war verstörender, als wenn er sie angeschrien hätte.
»Sie kennt kein Versteck, sie kennt nur mich, dich und Sybille. Und sie wird nichts sagen, jetzt erst recht nicht. Jetzt ist sie mitschuldig. Wer fährt, ist genauso schuldig wie der, welcher schießt, das haben uns die Prozesse um die Genossen doch gelehrt.«
Bert kannte Renate lange genug von Hamburg her. Er wusste, sie hatte für Groenewold gearbeitet und dass Geheimnisse dort bei ihr immer sicher gewesen waren.
»Wir werden es im Bekennerschreiben eine weitere Hinrichtung nennen«, sagte Bert abrupt. »Für Ulrike und Holger. Aber es ist eine verlorene Chance zur Befreiung der Gefangenen. Und du! Nenn mir einen Grund, warum du nicht vors Volkstribunal kommen solltest!«
In Martina wurde alles still.
»Weil du es warst, der abgedrückt und ihn getötet hat«, antwortete sie schließlich. »Warum hast du ihn nicht mit der Waffe k. o. geschlagen? Zu zweit hätten wir ihn tragen können. Wir haben beide Scheiße gebaut. Also gehören wir beide vors Volkstribunal. Oder keiner von uns.«
Er schlug ihr mit der Faust ins Gesicht, und obwohl sie zwischen ihren Zähnen Blut schmeckte, wusste sie, dass er sie nicht töten würde.

»Okay«, sagte er. »Okay.«
Als sie mit ihrem Fluchtwagen das Parkhaus verließen, hielt sie noch immer Renates Ski-Maske in der Hand. Keiner von ihnen sprach. Merkwürdigerweise war es nicht der tote Staatssekretär, an den Martina dachte, die vertane Chance zur Befreiung oder ihr eigenes Versagen. Es war der Chauffeur, als er die Hände zur Aufgabe erhob.
Ein Soldat in einem Krieg, der auf der falschen Seite stand, Kollateralschaden, redete sie sich ein. Nicht mehr, nicht weniger. Er war bereit gewesen, dem Schweinesystem zu dienen. Er hatte seine Wahl getroffen.
Sie starrte durch die Fensterscheibe des Autos auf die Straßen von Nürnberg, die ihr einmal vertraut gewesen waren, doch sie hätte überall sein können, so anonym und fremd erschien ihr alles um sie herum.

1998 – Nürnberg

Steffen war viele Jahre lang nicht mehr in Nürnberg gewesen. Es gab keinen Grund für ihn, in die Stadt zurückzukehren. Es war eine weite Reise von der Mark Brandenburg, und er hatte auch keine Freunde mehr in der Stadt. Abgesehen davon hatte das schlimmste Ereignis seines Lebens dort stattgefunden.

»Bist du dir sicher?«, hatte Klaus gefragt, als Steffen Monika Werder erklärt hatte, er wolle ihren Sohn weder in der Mark Brandenburg noch in Ellingen treffen, sondern in Nürnberg.

»Ganz sicher.«

Der Bungalow, in dem die Werders einmal gelebt hatten, war von Monika Werder nach dem Tod ihres Mannes verkauft worden und hatte bestimmt schon mehrmals den Besitzer gewechselt. Heute lebte ein junges Paar mit einem Baby dort, und Steffen glaubte nicht, dass es noch große Ähnlichkeiten mit dem Haus gab, das er und Michael Werder gekannt hatten. Aber er wollte das Haus auch nicht betreten. Lebensbaumhecken schirmten es von der Straße ab. Früher wäre das geändert worden, weil es wichtig war, die Straße vom Haus aus überwachen zu können.

Auch wenn das dann nicht das Geringste genützt hätte, bei dem, was geschehen war.

Klaus hatte mit ihm gehen wollen, aber das kam nicht in Frage, nicht bei dem, was er von Michael Werder hören wollte. Also wartete Klaus in einem Lokal in der Nähe auf ihn. Steffen hatte ein Taxi zu dem alten Haus der Werders

nehmen wollen, doch dann war er gelaufen, und sein Körper ließ ihn zum Glück nicht im Stich. Er fühlte sich etwas kurzatmig, doch noch tat ihm nichts weh.
Der junge Mann, der er damals gewesen war, hätte diese Strecke in fünf Minuten bewältigt, ohne ins Schwitzen zu geraten, jetzt brauchte er gut eine Viertelstunde.
Michael Werder wartete vor der Lebensbaumhecke auf ihn. Anders als bei seinem Besuch in der Mark Brandenburg trug er keinen Anzug, sondern Jeans und eine Lederjacke. Es erinnerte Steffen daran, wie er sich selbst in seiner Freizeit immer so leger wie möglich gekleidet hatte, um für ein paar Stunden nicht mehr Steffen der Leibwächter zu sein.
»Herr Seidel«, begann Michael Werder. »Ich weiß nicht, was meine Mutter Ihnen erzählt hat, und ich bin nur hier, um ein Missverständnis aufzuklären. Ich werde nicht …«
»Ich erinnere mich«, unterbrach ihn Steffen.
Das war ein Bluff. Sein Gedächtnis war so fragmentiert wie eh und je, und er glaubte noch immer nicht, dass Hypnose ihm bei der Suche nach mehr helfen würde. Die Schüsse und das Koma hatten zu viel zerstört. Aber er konnte immer noch logisch denken, und das wenige, was er wusste, ergänzt durch das, was Monika Werder ihm berichtet hatte, konnte er nun in einen neuen Zusammenhang setzen.
Michael Werder wurde kalkweiß.
»Ich würde gerne mit Ihnen den Weg von hier zu dem Haus gehen, das früher den Freunden Ihrer Eltern gehört hat«, sagte Steffen milde. »Den Weg, den wir damals mit dem Auto genommen haben.«
Stumm nickte Michael Werder und wühlte in seinen Jackentaschen. Er holte Zigaretten und Feuer heraus. Während sie sich in Bewegung setzten, zündete er sich eine Zigarette an.
Steffen dachte daran, wie er früher durch jede Bewegung, die das Greifen nach einer Waffe hätte bedeuten können,

alarmiert gewesen war. Wann hatte er diesen Reflex verloren? Er wusste es nicht.
Erst, als er den ersten Zug getan hatte, sprach Michael Werder wieder. Seine Stimme klang unsicher wie die eines Jungen. »Wollen Sie auch? Sie haben doch früher geraucht, manchmal wenigstens? Ich weiß, dass ich es aufgeben sollte, ich arbeite daran, aber der Stress …«
»Meine Lungen halten es nicht mehr aus«, entgegnete Steffen freundlich. Dennoch zuckte Michael Werder zusammen.
Ein Schritt nach dem anderen. Langsam, nicht zu schnell, um Zeit verstreichen zu lassen, das hatte Steffen sich vorgenommen. Es war eine Wohngegend, und die Kastanienbäume links und rechts standen in voller Blüte. Der Duft war betäubend. Auch damals war es Mai gewesen. Ein schöner, warmer Maitag. Warm genug zum Grillen.
»Dein Vater«, sagte Steffen, und anders als in der Mark Brandenburg duzte er Michael Werder, ohne weiter darüber nachzudenken, »hat erst am Samstag entschieden, doch nicht zu der Geburtstagsfeier zu gehen, sondern ihn am nächsten Morgen zu besuchen, vor dem Flug nach Bonn. Wir wussten das natürlich, unser ganzes Team, seine Freunde, deine Mutter und du.« Er machte eine Pause. »Und Martina Müller, Sybille Helmstedt und Herbert Malzer.«
Die Zigarette in Michaels Fingern zitterte ein wenig, als er sie zum Mund führte.
»Am Samstagabend hatte ich frei und ging aus. Ins Eppelein. Genau wie du. Und …«
»Ich hatte keine Ahnung, wer sie war!«
Er blieb stehen. Er musste stehen bleiben, um das Gesagte zu verarbeiten. Bis zu dem Moment, als diese Worte aus Michael Werders Mund hervorbrachen, war sich Steffen nicht sicher gewesen. Starke Vermutungen waren nicht dasselbe wie Wissen, eine Unterscheidung, die ihm als junger Mann eingedrillt worden war. Der Tag des Attentats war für Stef-

fen immer noch so etwas wie ein verschachteltes Mikado-Spiel: Jedes Mal, wenn er sich bemühte, einen Stab herauszuziehen, brach der gesamte Haufen in sich zusammen. Doch die Erinnerung, am Abend vorher noch in einer Disco gewesen zu sein, hatte etwas in Gang gesetzt. Er hatte den jungen Michael dort gesehen, mit einer rothaarigen Frau, die er nur von weitem und etwas vom Profil her hatte ausmachen können.

»Ich dachte, sie wäre jemand wie Beate Klarsfeld«, fuhr Michael Werder fieberhaft fort. »Die damals den Kanzler Kiesinger öffentlich geohrfeigt hat. Ich war ein solcher Idiot und wütend auf meinen Vater, wegen dessen Reaktion auf den Mescalero-Artikel. Ich dachte, okay, rote Farbe auf sein Auto, das hat er verdient, wenn er bei so etwas mitmacht. Und dann …«

Ja, und dann. Mehr als alles andere war es das Gefühl von Versagen, das den Tag vor einundzwanzig Jahren nun zurückbrachte. Steffen erinnerte sich noch, dass er Sascha Gschwindner angeschrien hatte, er solle Gas geben, draufhalten, aber er wusste nicht mehr, ob das vor oder nach dem Auftauchen des zweiten Wagens gewesen war. Woran er sich noch erinnerte, war die ältere Dame, die einen Hund an der Leine hielt und Plastiktaschen aus einem Kofferraum lud. Die Diskrepanz zwischen der Haarfarbe und dem jungen Gesicht hatte ihn misstrauisch gemacht, aber er wusste nicht mehr, wie Gschwindner damals reagiert hatte. Aber eines wusste er noch genau: Ehe er das Bewusstsein verloren hatte, war ihm klar gewesen, dass der Staatssekretär, dessen Leben zu schützen er geschworen hatte, sterben würde.

Er selbst hatte nur ein kurzes Brennen am Kopf gespürt, ehe die Schwärze ihn verschlang. Die Schmerzen waren viel später gekommen, Monate später, als er in einem Körper aufwachte, der nicht mehr der seine war. Jahre später, in denen er immer noch mit ständigen Rückschlägen leben musste, lernen musste, so einfache Dinge zu tun wie gerade zu gehen, sich zu bücken, Socken anzuziehen. Eine Zeit, in der seine Stimme nicht mehr seine Stimme war, sondern verzerrt und unverständlich klang, wie die eines Betrunkenen mit dicken Bonbons in den Backen. In denen er sich einbildete, dass die Menschen ihn ansahen und entweder für einen bemitleidenswerten Behinderten hielten oder für einen Verräter.

»Du warst siebzehn Jahre alt«, hörte er sich zu dem Mann sagen, ohne den es damals wohl nicht zur Katastrophe gekommen wäre. »Kein Kind mehr. Das hast du oft genug betont, mir und deinen Eltern gegenüber. Aufgewachsen in Jahren voll mit Sicherheitsvorkehrungen und Informationen zu den Terroristen. Und Buback war gerade mal ein paar Wochen vorher ermordet worden!«

Es tat gut, endlich jemandem die Schuld geben zu können. Jemand anderem. Es war, als wäre ihm jahrelang die Luft abgepresst worden, und jetzt, jetzt erhielt er endlich wieder Sauerstoff. Sein Atem ging schneller, obwohl seine Lungen protestierten.

»Ich habe mein Leben lang versucht, es wiedergutzumachen«, protestierte Michael. »Jemand zu werden, auf den mein Vater stolz hätte sein können. Ich … ich habe versucht, ein guter Mann zu sein.«

»Ein erfolgreicher Mann«, gab Steffen zurück. »Ein wohlhabender Mann, der populär ist und bewundert wird und ein gutes Leben führt. Hans ist tot. René ist tot. Sascha ist tot. Dein Vater ist *tot!*«

Etwas Asche von der Zigarette landete auf Steffens Ärmel, als Michael sie fortwarf und abrupt stehen blieb.

»Deswegen, verstehen Sie denn nicht, deswegen muss es ein erfolgreiches Leben sein. Es muss doch alles einen Sinn haben! Damals wollte ich mich umbringen, aber ich habe versagt. Und danach, danach sagte ich mir, ich muss einen Sinn

für meine Zukunft finden, ich muss alles wiedergutmachen, ich muss wie er werden.«
»Und was nützt das deinem Vater, Hans, René, Sascha und mir?«, fragte Steffen kalt.
Michael starrte ihn an, und Steffen konnte das Echo des Jungen erkennen, der einmal einen Hamster besessen hatte und eifrig fragte, Herr Seidel, sind Sie so was wie ein Geheimagent? Wie James Bond?
»Nichts«, murmelte Michael rauh. »Nichts.«
Steffen setzte sich kommentarlos wieder in Bewegung. Nach einem kurzen Zögern folgte Michael ihm.
»Deswegen habe ich Sie all die Jahre nicht besucht. Es war – ist – feige. Aber ich schaue Sie an, und ich weiß, was ich getan habe. Das ist unerträglich.«
»Und was hat sich letzte Woche geändert?« Steffen versuchte sich an einem gemäßigten Tonfall, obwohl ihn der innere Aufruhr fast überwältigte. »War es nur die Entlassung der Müller? Sie hat damals bei ihrer Verhandlung nichts über deine Rolle gesagt. Ist sie es, die dich erpresst?«
Michael Werders Kopf schien zwischen seinen Schultern zu verschwinden. »Nein. Die Vorstellung, dass sie jetzt frei ist, macht mich fertig, aber ich habe nach diesem Abend nur noch durch die Nachrichten von ihr gehört. Ich werde nicht …«
»Wenn wir hier eine sinnvolle Unterhaltung führen sollen, darf es keine Lügen mehr geben«, schnitt ihm Steffen das Wort ab. Michael öffnete und schloss seinen Mund ein paar Mal. Inzwischen hatten sie fast die Stelle erreicht, an der es geschehen war, und Steffen musste stehen bleiben. Sein Atem ging inzwischen sehr schnell. Er wünschte, er könnte sich setzen.
Mit gesenkter Stimme, so dass Steffen ihn kaum verstand, entgegnete Michael Werder: »Es ist ein Kerl, der früher bei der Stasi war. Er sagt, er hätte Beweise auf Band.«

Steffens erste Reaktion war Unglauben. Er verstand nicht, wie ein Stasi-Mann zu Beweismaterial über das Werder-Attentat und speziell Michael Werders Rolle darin gekommen sein sollte. Die Müller war schon im folgenden Jahr verhaftet worden. Dann fiel ihm wieder ein, dass eine der drei bekannten Beteiligten, Sybille Helmstedt, seit 1980 in der DDR gelebt hatte. Dennoch bleib er skeptisch.
»Und er will Geld?«, fragte er knapp.
Michael Werder schüttelte den Kopf. »Nein. Er will, dass ich die Kommunalebene verlasse und in die Bundespolitik einsteige.«
Nun war Steffen überzeugt, dass Michael den Stasi-Mann als Rechtfertigung für seine Ambitionen erfunden hatte. Michael würde ihm versichern, er könne nun wegen der Erpressung nicht anders. Gleich musste auch noch die Bitte kommen, Steffen müsse ihm versprechen, nichts zu verraten.
»Und der Mann heißt?«, erkundigte er sich, ohne seine Enttäuschung länger zu verbergen. Er konnte seine Augen nicht mehr von Michael abwenden. So gab ihm der Blick auf die Adern, die an Michaels Schläfe pochten, fast schon etwas wie Genugtuung.
»Liebert. Arno Liebert.«
Liebert. In Steffens Gehirn ratterte es, als die Teile des Puzzles vor ihm sich auf ihre Plätze sortierten. L für Liebert. A für … Anna. Und F für Fallanalytikerin. Zufall, Zufall, Zufall, sagte sich Steffen verzweifelt, aber er glaubte es nicht. Die Beklemmung war wieder da, der abgeschnürte Atem, der kaum noch Luft in die Lunge pumpte. Kurz war er fast sicher, wieder in einem Auto zu sitzen und zu versuchen, die Tür einen Spaltbreit zu öffnen, um seine Maschinenpistole nutzen zu können. Doch seine Arme glitten ziellos durch die Luft, und er sank auf seine Knie. Ehe er umkippte, fing Michael Werder ihn auf, doch Steffens Gewicht zwang auch ihn auf die Knie.

»Herr Seidel? Steffen? Steffen, was fehlt Ihnen? Wie kann ich Ihnen helfen«
Sein fragender Gesichtsausdruck verschwamm vor Steffens Augen. Er fing mit dem Alphabet an, wie er es immer tat, um sich zu beruhigen, um aussprechen zu können, was er wollte, aber A stand für Arno oder Anna, und er war gefangen. Schließlich ächzte er: »Es war hier. Genau hier.«
Michael erstarrte. Ein Laut entfuhr ihm, der mehr ein Stöhnen als ein Atmen war. Steffen hielt sich an ihm fest, denn Michael Werder war die Wirklichkeit und sein einziger Halt im Hier und Jetzt. Es war 1998, nicht 1977. Michael war ein erwachsener Mann, kein Jugendlicher mehr. Und es gab keine Schüsse, keinen Tod aus Hass auf das System, der ihn umgab, vor dem er jemanden bewahren musste.
J stand für Jetzt. V für Vorbei. J war das Jetzt, in das er zurückfinden musste.
»Es vergeht kein Tag«, flüsterte Michael Werder. »Nicht einer, an dem ich nicht weiß, was ich getan habe. An dem ich mich nicht schäme, meiner Mutter nicht mehr so begegnen zu können, wie sie es verdient. Wenn Sie mir sonst nichts glauben, dann glauben Sie mir wenigstens das!«
»Ich glaube es«, entgegnete Steffen leise. Er versuchte, aus eigenen Kräften aufzustehen, doch seine Knie verweigerten ihm den Dienst. Zum Glück merkte Michael, was er wollte, und half ihm in die Höhe.
L stand für Liebert, und wahrscheinlich war das kein Zufall. Seine Fallanalytikerin musste die Ehefrau oder die Tochter sein. Sie hatte sich bei Klaus gemeldet, weil Steffen nach Michaels Besuch ins Wahrnehmungsfeld des älteren Lieberts gerückt war, und dieser wissen wollte, woran Steffen sich noch erinnerte. Erpressungsmaterial war schließlich nur nützlich, wenn es nicht mit anderen Menschen geteilt werden musste. Alles fügte sich endlich zu einem verständlichen Muster. Politiker in der Tasche zu haben, war für Ge-

heimdienstler aller Nationen und zu allen Zeiten immer sehr nützlich gewesen, aber nicht, wenn diese sich nur auf einen relativ kleinen Wirkungskreis beschränkten.
Wenn er helfen wollte, falls das überhaupt noch ging, dann kam es nun darauf an, der Spinne im Hintergrund ihr Netz zu zerstören. Er wusste, wen er anrufen musste, damit die Wohnungen der beiden Lieberts untersucht würden. BKA-Leute würden mit Zöllnern kommen, die keinen Durchsuchungsbefehl brauchten. Fanden sie etwas, würde alles seinen Lauf nehmen, fanden sie nichts, wären die beiden gewarnt und müssten Gras über die Sache wachsen lassen. Er bezweifelte auch, seine Fallanalytikerin noch einmal wiederzusehen. Dazu wäre sie nach einer Durchsuchung, die sie nur auf ihn zurückführen konnte, zu klug.
»Es tut mir leid«, unterbrach Michael in einem völlig hilflosen Ton seine Gedanken.
Steffen schloss kurz die Augen. Seit Monika Werder ihre Bitte um Hilfe vorgebracht hatte, wusste er nicht, ob er es tun konnte. Zuerst war er sicher gewesen. Doch je mehr Zeit verging, desto mehr war Groll in ihm gewachsen, das Bedürfnis, etwas von der Last des Selbsthasses, die er all die Jahre getragen hatte, mit jemandem zu teilen.
Aber Michael Werder brauchte niemanden, der ihm diese Last auf die Schultern legte. Michael Werder trug sie schon längst.
Die Worte formten sich in seinem Mund, und erst, als er seine Stimme hörte, wusste er, dass er sie so meinte, wie er sie sagte. Nicht nur für Michael Werder, sondern auch für sich selbst.
»Ich verzeihe dir.«

1998 – Hamburg

Es war noch zu früh für Dahlien, sie würden erst im Spätsommer blühen. Als Alex Gschwindner ihr den Altonaer Volksgarten als Treffpunkt vorgeschlagen hatte, da hatte Angelika einer alten Erinnerung folgend den Dahliengarten genannt. Neben den beiden Informationstafeln, hatte sie präzisiert.

Der Altonaer Volkspark war riesig, als kleines Kind war er ihr nahezu unendlich erschienen. Dabei war sie nicht mit ihrer Mutter zum ersten Mal dort gewesen, sondern mit dem Kinderladen, als sie den Schulgarten besucht hatten. Man konnte im Bereich der Nachbarschaftsbeete aber auch ein eigenes Beet erwerben und bepflanzen. Als sie an diesem Abend abgeholt wurde, hatte sie ihre Mutter bestürmt, doch auch ein Beet zu kaufen, für sie beide. »Zum Gärtnern braucht man Zeit und Geduld, Angi«, hatte Martina vernünftig, aber enttäuschend erklärt. »Und dafür, dass du ein paarmal die Erde umwühlst, bis du das Interesse verlierst, lohnt es sich nicht.«

So war der Volkspark ein Ort voller unverbrauchter Hoffnungen geblieben. Allerdings mündete er in einen Friedhof. Warum Alex Gschwindner ihn gewählt hatte, wusste sie nicht, doch sie vermutete, dass er nicht in einem geschlossenen Raum sein wollte, wenn er sie traf. Das war jedenfalls der Grund, warum ihre Mutter erleichtert über den Treffpunkt war. Im Volkspark konnte man jederzeit davonlaufen und sich in der Besuchermenge verlieren.

»Gib mir eine halbe Stunde«, hatte Angelika gesagt. »Und

dann komm dazu. Wenn er dich nicht sehen will, habe ich wenigstens mit ihm gesprochen.«

Sie verschwieg, dass es für sie wenigstens genauso wahrscheinlich, wenn nicht noch wahrscheinlicher war, dass Martina nicht auftauchte. Ja, mehr als das: Sie fürchtete, ihre Mutter würde die Gelegenheit nutzen, gänzlich zu verschwinden. Natürlich hatte sie Bewährungsauflagen, aber wenn Martina wollte, war Hamburg der ideale Ort, um unterzutauchen und ihre alte Identität zurückzulassen. Wie sie es schon einmal getan hatte. Aber Angelika glaubte es nicht. Es blieb trotzdem eine Vertrauensfrage. Doch wenn ihre Mutter wünschte, dass zwischen ihnen wieder Vertrauen wuchs, konnte sie hier einen Anfang machen.

Als sie an diesem Morgen mit Justus telefoniert hatte, hatten die Jungen schon bereitgestanden, um mit ihr zu sprechen. Zum Glück gehörten die durch das Jobangebot verursachten Schlagzeilen nicht zu der Art, die Kinder im Pausenhof interessierten, und so wussten sie weiterhin nur, dass sie mit »der Oma« unterwegs war. Sie benutzten zum ersten Mal dieses Wort für Martina, und Angelika korrigierte sie nicht. Für die Zwillinge war in erster Linie relevant, ob man in der Nordsee schnorcheln und Fische beobachten konnte. Als Angelika das einigermaßen verdutzt verneinte, hatten sie sich nicht weiter für Sylt interessiert. Von Hamburg wussten sie nur, dass dort Kommissar Stoever ermittelte. »Du hast sie den Tatort anschauen lassen?«, fragte Angelika Justus entgeistert, als er wieder an den Apparat kam.

»Irgendwie musste ich sie doch zum Einschlafen bringen«, gab er trocken zurück. Er schien insgesamt besserer Stimmung zu sein. Der Umstand, dass aus den Schlagzeilen um ihre Mutter nur noch eine kleine Vier-Zeilen-Meldung auf Seite acht mit dem Inhalt geworden war, »zu einer Zusammenarbeit werde es nicht kommen«, war daran vermutlich nicht unschuldig.

»Wann kommst du nach Hause?«, erkundigte er sich und klang nicht ungeduldig, sondern ein wenig unsicher.

»Das kommt auf heute an, Justus.«

Bei diesem Telefonat hatte sie es noch fertiggebracht, selbstsicher zu klingen, doch mittlerweile war sie auf dem besten Weg, zum Nervenbündel zu werden. Offiziell würde der Dahliengarten erst wieder im Juli geöffnet werden, wenn die Saison für Dahlien lief. Deswegen gingen die Besucher auch alle am Eingang vorbei. Ein einzelner Mann, der dort wartete, schaute ihr jedoch entgegen. Sie biss sich auf die Lippen und verwünschte sofort diese kindische Geste.

Er sah älter aus, als sie angenommen hatte, oder vielleicht hatte er auch nur ein paar schlechte Tage hinter sich. Sein Haar war blond, aber in der Mitte bereits etwas gelichtet. Nun, das passierte selbst Mitte Zwanzigjährigen, doch er erschien ihr eher Mitte dreißig zu sein. Trotz des schönen Wetters trug er keine Sonnenbrille. Sie hatte nie ein Bild seines Vaters gesehen, also wusste sie nicht, ob er ihm ähnelte. Ob er bei ihr wohl ein jüngeres Abbild ihrer Mutter erwartet hatte?

Sie hatte sich lange überlegt, was sie sagen sollte, aber alles, angefangen mit »Danke, dass Sie gekommen sind«, schien banal, und so kämpfte sie immer noch mit ihren zurechtgelegten Sätzen und brachte sie nicht heraus, als sie ihn erreicht hatte.

»Es gibt kein Versöhnungsprojekt«, sagte er statt einer Begrüßung. Seine Stimme trug noch immer einen Hauch des Mittelfränkischen in sich. Als sie noch ein Kind war, hätte sie ihm in einer Schule in Nürnberg begegnen können. »Das war eine Erfindung von mir, um Renate Huber aus der Reserve zu locken.«

»Okay«, antwortete sie, zu überrascht, um etwas anderes zu entgegnen.

»Deswegen bin ich nicht hier. Das möchte ich von Anfang

an klarstellen. Ich bin der Antworten wegen da, nicht, um Ihrer Mutter Absolution zu erteilen. Oder Ihnen.«

Allmählich machten die Verblüffung und Nervosität in ihr etwas anderem Platz. »Darum habe ich Sie auch nicht gebeten! Außerdem habe ich nichts …«

»Ich auch nicht«, fiel er ihr ins Wort. »Ich habe auch nichts damit zu tun, dass mein Vater ein guter Fahrer war. Oder damit, dass er erschossen wurde. Aber wir sind für alle Menschen um uns trotzdem immer Teil des Pakets, oder etwa nicht? Entweder mit der Aufschrift ›Opfer‹ oder ›Täter‹. Das ist es, was die Menschen in uns sehen, wenn sie von unserem Hintergrund erfahren. Oder ist es bei Ihnen anders gelaufen?«

Nicht mehr, seit ich geheiratet habe, dachte sie, *nicht mehr, seit ich in Bamberg lebe, wo ich für alle meine Freunde und Bekannten nur die Gattin des Zahnarztes Dr. Justus Limacher bin.* Aber sie wusste, was er meinte. Ihre Mutter hatte früher anders unterschieden, hatte nicht von Tätern und Opfern gesprochen, sondern von denen, die etwas machen, und denjenigen, die etwas mit sich machen lassen. Doch Angelika war mit seiner Unterscheidung aufgewachsen, und sie hatte das automatische Zuordnen in den Augen des Hotelangestellten gesehen, nachdem er herausgefunden hatte, wer ihre Mutter war. Teil eines Pakets, in der Tat. Ein Erinnerungsfragment aus ihrer Schulzeit kam ihr in den Sinn, und sie zitierte: »Ein Teil des Teils, der anfangs alles war.«

Vielleicht war sie wirklich deswegen hergekommen. Damit er ihr verzieh, die Tochter ihrer Mutter zu sein. So unlogisch das auch war. Natürlich würde er nichts dergleichen tun, aber das zu wissen, setzte etwas in ihr frei.

»Wir sind nicht identisch, sind nie identisch gewesen. Aber ich habe sehr wohl etwas damit zu tun, dass meine Mutter sie selbst ist. Wenn sie kein Kind gehabt hätte, wäre sie ein anderer Mensch geworden. Vielleicht besser, vielleicht schlechter. Auf jeden Fall anders. Ich habe Kinder, Herr Gschwindner, ich weiß, dass sie uns genauso formen wie wir sie.«

Jetzt hatte sie *ihn* überrascht. »Ich dachte, Biologie als Schicksal sei eine überholte Ansicht«, erwiderte er sarkastisch. »Glauben Sie wirklich an mystische Blutsbande?«

Angelika schüttelte den Kopf. »Wenn meine Mutter mich gleich nach meiner Geburt hätte adoptieren lassen und ich sie nie gekannt hätte, dann wäre das etwas anderes. Ich habe keinerlei Erinnerungen an meinen Vater, und wenn sich morgen herausstellen würde, dass er seinen Tod nur vorgetäuscht hat und in Wirklichkeit Banken in Argentinien ausraubt, würde mich das in keinem Punkt verändern. Aber ich habe immer gewusst, dass sie meine Mutter ist. Deswegen ist sie ein Teil von mir. Und umgekehrt.« Sie zögerte einen Moment, dann setzte sie hinzu: »Ihre Mutter ist noch am Leben, oder?«

»Ja«, entgegnete er brüsk. »Nach mehreren Zusammenbrüchen, zu viel Schnaps, zu viel Arbeit und stetiger Vereinsamung ist sie immer noch am Leben.«

»Und sie ist ein Teil von Ihnen«, fuhr Angelika unbeirrt fort. »Genau wie Ihr Vater.«

»Ich weiß nicht, was das beweisen soll«, gab er zurück, aber er rührte sich nicht vom Fleck und machte auch keine Anstalten, das Thema zu wechseln.

»Nichts. Es ist einfach so.« Der Gedanke, der sich in ihr formte, war erst halb gegoren, aber sie glaubte nicht, dass sie Alex Gschwindner je wiedersehen würde. Daher sprach sie ihn aus. »Erzählen Sie mir von Ihren Eltern, vorher und nachher.«

Jetzt starrte er sie ungläubig an. »Was?«

»Ich glaube, das Schlimmste, was man Toten antun kann, ist, sie gesichtslos zu machen, zu Zahlen, zu Statistiken zu formen. Und man sollte das auch keinem lebenden Menschen antun. Aber es passiert ständig, Arbeitslosenzahlen, Flüchtlingszahlen, Einwohnerzahlen. So funktioniert das Entwerten. Das Töten der Individuen. Erzählen Sie mir von Ihren Eltern.«

»Damit Sie das Ihrer Mutter weitererzählen können?«, fragte er skeptisch.

»Nein. Für mich.«

Seine Gesichtsmuskeln zuckten. Er sah so übernächtigt aus, dass sie sich fragte, wann er zum letzten Mal geschlafen hatte. Er öffnete den Mund, und sie erwartete, dass er sie erneut darauf hinwies, nur seiner Fragen wegen hier zu sein. Stattdessen sagte er: »Er liebte Autos, mein Vater, und es gab kein Gerät, das er nicht reparieren konnte …«

Erst langsam, dann sprunghaft erzählte er ihr immer mehr von Alexander Gschwindner, genannt Sascha, und seiner Frau Irene. Dabei entfernten sie sich vom Eingang des Dahliengartens und schlenderten in Richtung des Schulgartens, ohne dass Angelika weiter darauf achtete. Sie versuchte, das Bild zu begreifen, das seine Worte formten, von zwei Menschen und ihrem Sohn. Das Bild, 1977 verformt von ihrer Mutter. Aber auch vorher und nachher ein Bild für sich. Drei Leben. Zwei Leben, um das verlorene dritte geschlungen. Wie ihre Großeltern. Wie sie selbst.

»Negativraum«, hatte ihre Mutter das einmal genannt, als sie versucht hatte, eine bestimmte Zeichenmethode zu erklären: der Raum um ein abgebildetes Objekt herum. Es war der Negativraum, der das Objekt formte, der Negativraum, dessen Formen äußerst wichtig waren.

Sie wusste nicht, ob das, was sie empfand, Mitleid, Schuldgefühle oder das Ringen um Verständnis war, aber es erfüllte sie ganz und gar. Irgendwann fanden sie eine Bank und setzten sich darauf.

»Ich habe erwartet, *Sie* würden versuchen, mich von der Menschlichkeit Ihrer Mutter zu überzeugen, indem Sie mir

Geschichten aus Ihrer Kindheit erzählen«, sagte Alex Gschwindner schließlich.
Eine Erinnerung drängte sich an die Oberfläche: schwimmen lernen. Ihre Mutter, wie sie ihre Hände festhielt, durch Meer und Wellen. Vertrauen. Aber heute brauchte sie niemanden mehr zu belehren, was einen Menschen ausmacht.
Doch wenn ihre Mutter zwischenzeitlich verschwunden war, würde Angelika sich gleich ungeheuer lächerlich machen. Sie hatte nicht darauf geachtet, ob Martina ihnen folgte, hatte nicht einmal versucht, zurückzublicken. Martina hatte Übung darin, Menschen zu beobachten und ihnen zu folgen. Sie hatten vereinbart, dass sie sich erst dann zu ihnen gesellen sollte, wenn Angelika ihr das Zeichen dazu gab.
Falls sie noch hier war. Falls sie tatsächlich noch hier war und den Mut dazu hatte.
»Meine Mutter ist hier«, begann Angelika und winkte mit ihrem linken Arm, wie das Kind, das sie einst gewesen war.
»Sie kann für sich selbst sprechen.«
Vertrauen.
Der Mann neben ihr war sehr still geworden. Doch er machte keine Anstalten, zu gehen. Ihr linker Arm sank wieder herunter, und sie zählte still, zwang sich, nicht in alle Richtungen zu blicken. Sollte sie sich eine Entschuldigung ausdenken, falls ihre Mutter längst fort war? Nein. Nein. Keine Entschuldigung.
Auch ihre Abwesenheit würde für sich sprechen.

* * *

Alex spürte das Metall an seiner Brust. Es war keine Waffe, natürlich nicht. Er hatte nicht die geringste Ahnung, wie man einen Revolver abfeuerte, und er hatte nicht die Absicht, die nächsten zwanzig Jahre im Gefängnis zu verbringen. Es war ein Aufnahmegerät. Er hatte gehofft, dass

Angelika Limacher ihre Mutter gleich mitbringen würde, darauf war er vorbereitet.
Selbstverständlich wollte er Rache, nicht Vergebung, wollte etwas, das seiner Mutter und ihm wenigstens die Illusion von Gerechtigkeit verschaffen konnte. Aber bestimmt nicht dadurch, dass er Martina Müller zur Märtyrerin ihrer Sache machte und ihr den Heldentod bescherte und die nächste giftige Legende einer Verfolgten in die Welt setzte. Nein. Er würde sie auf seine Weise vernichten, da Reue nicht zu erwarten war.
Die wenigen RAF-Aussteiger wie Peter-Jürgen Boock, die nicht nur mit der Polizei, sondern auch mit den Medien redeten, wurden von ihren ehemaligen Kameraden verachtet und von der Presse, wenn ihr Sensationswert erst einmal vorbei war, verspottet. Alex konnte sich noch an den Artikel erinnern, in dem Heribert Prantl Boock den »Karl May der RAF« genannt hatte. Martina Müller hatte niemals mit der Presse gesprochen. Wenn sie nach ihrer Verhandlung jemals mit der Polizei kooperiert hatte, so war auch das nie an die Öffentlichkeit gedrungen. Sie schien ihr Selbstverständnis darauf aufgebaut zu haben, im Sinn ihrer verqueren Ideologie eine unnachgiebige, loyale Kämpferin zu sein. Wenn er sie nun als weinerliche, selbstmitleidige Frau in mittleren Jahren bloßstellte, wenn er sie lächerlich machte, dann würde sie das stärker zerstören, als es ein Gewaltakt je konnte. Ikonen, und Menschen ihres Schlages hatten immer danach gegiert, Ikonen zu werden, starben jung, möglichst dramatisch und überließen es anderen, hinter ihnen aufzuräumen. Nichts wirkte dieser Art von Selbstdramatisierung besser entgegen als die Banalität des Alterns. Wann hatte es je alte Revolutionäre gegeben? Revolutionen waren immer der Jugend vorbehalten. Guerilla-Kämpfer hatten keine Probleme mit Zipperlein, und sie schimpften auch nicht über die Jugend von heute.

Es kam auch gar nicht so sehr darauf an, was genau sie sagen würde. Jedes Zitat konnte durch Kürzung in einen neuen Kontext gerückt werden. Er musste nur beweisen, dass er mit ihr gesprochen hatte. Er musste sie auf Band bekommen. Also blieb er sitzen, während Angelika Limacher aufsprang, als sie ihre Mutter sah.

Er durfte sich weder durch die Tochter ablenken lassen noch von Gefühlen, die sie wachgerufen hatte, als sie ihn dazu brachte, von seinen Eltern zu reden. Es kam nur auf Martina Müller an.

Dann stand sie vor ihm, eine sportlich wirkende Frau mit kurzen Haaren, die mehr grau als braun waren. In den besten Jahren, so nannte man diese Typen in der *Bunten,* wenn sie hellblond oder tiefschwarz von der Titelseite lächelten. Offenbar gab es im Gefängnis keine Färbemittel, oder sie waren der Müller zu bourgeois. Sie sah dem Alptraum seiner Kindheit nur noch entfernt ähnlich. Auch gut. Er hatte, einer Hoffnung folgend, einen Fotografen engagiert, der aus sicherer Entfernung mit seinem Teleobjektiv hoffentlich ein paar Schnappschüsse von der Art machte, die Alex wollte: So unvorteilhaft wie möglich, vorzugsweise von schräg unten, um die Illusion eines Doppelkinns zu geben, das jede Falte betonte. Wenn hin und wieder ein paar Kinder mit Ballons im Hintergrund vorbeilaufen würden, wäre das perfekt.

»Damit eines klar ist«, sagte er so gemessen, wie ihm das noch möglich war, und versuchte, das Hämmern in seinem Kopf zu ignorieren. »Es gibt nur zwei Dinge, die ich von Ihnen wissen möchte, Frau Müller. Danach will ich Sie nie wieder sehen.«

Diese Behauptung würde erfahrungsgemäß sicherstellen, dass es ihr wichtig wurde, mehr mit ihm zu reden.

»Nein«, sagte sie, und zum ersten Mal sah er sie näher an. In ihren dunklen Augen lag ein Ausdruck, den er nicht deuten konnte.

»Nein was?«
»Es sind nicht nur zwei Dinge. Es sind niemals nur zwei Dinge. Ich kenne professionelle Fragensteller, und Sie sind einer. Renate hat mir von Ihnen erzählt.«
Offenbar hatte er sie unterschätzt. Gut. Dann würde es umso befriedigender sein, sie am Ende zu demütigen.
»Apropos professionelle Fragensteller«, sagte Alex und lehnte sich vor, denn sie stand immer noch vor ihm. »Etwas habe ich nie verstanden. In der BRD haben Sie bei jeder Polizeikontrolle in der Straßenbahn gleich ›Faschismus‹ geschrien. Und dann machen Sie mit der Stasi gemeinsame Sache. Mit einem Geheimdienst, der seine eigenen Bürger noch auf der Toilette bespitzelte. Der sie im eigenen Land einsperrte, mit Mauern und Stacheldraht. Und behaupten Sie nicht, Sie hätten nichts vom Leben in der DDR gewusst, ehe Sie mit denen paktierten. Sie waren doch alle Dutschke-Fans, und er hat öffentlich seine Gründe genannt, warum er in den Westen getürmt ist.«
Es war, als fahre jemand mit einem Waschlappen über Martinas Gesicht. Ihre Lippen pressten sich aufeinander, doch dann entkrampfte sich ihre Miene.
»Und Sie glauben, Sie werden hierzulande nicht bespitzelt?«, fragte sie zurück. »Überwacht? Von den hiesigen Diensten und den Alliierten?«
»Nicht im gleichen Ausmaß, und wenn ich es nachweisen kann, dann kann ich klagen, statt im Knast zu landen«, entgegnete Alex. »Aber Sie haben meine Frage nicht beantwortet. Was ich von Ihnen wissen wollte, hat nicht nur einen allgemein historischen Hintergrund, doch darauf komme ich noch.«
»Der Feind meines Feindes ist mein Freund«, erwiderte sie. »So einfach war das. Wir haben deren Flughafen gebraucht, Elektronik, Fachleute und auch die Munition.«
Damit hatte sie nichts gesagt, was von den Ermittlern nicht

eh schon angenommen wurde. Es genügte keinesfalls, um sie als Verräterin ihrer Sache hinzustellen, aber es war ein Einstieg.

»Ich soll Sie vom Genossen Liebert grüßen«, versuchte er einen anderen Ansatz, und aus den Augenwinkeln nahm er wahr, wie Angelika zusammenzuckte. Das war unerwartet. Er hatte nicht geglaubt, dass sie den Namen kannte. Es war nicht rücksichtsvoll, die Tochter gegen ihre Mutter einzusetzen, aber um Rücksicht zu nehmen, war er nicht hier. Also setzte er an sie gewandt hinzu: »Sie kennen den Verbindungsoffizier Ihrer Mutter bei der Stasi?«

Das tat seine Wirkung, denn jetzt setzte sich Martina Müller zwischen ihn und ihre Tochter. »Das ist nicht wahr.«

»Was, dass er Ihr Verbindungsmann war? Klar, Ex-Stasi-Leute sind nicht eben vertrauenswürdig, aber den Fakt hat Sybille Helmstedt bestätigt.«

»Unwahr ist, dass er Ihnen Grüße mitgegeben hat«, erwiderte sie kühl. »Ich bin ihm nur wenige Male begegnet, aber er ist nicht der Typ, der Worte verschwendet. Es gibt nichts mehr, was ich für ihn tun könnte, ich habe null Nutzen für ihn. Warum sollte er sich die Mühe machen, mir Grüße ausrichten zu lassen?«

Das war eine gute Frage, die er sich etwas anders auch schon gestellt hatte. Was Liebert in Wirklichkeit gesagt hatte, war auch keine gesellschaftliche Floskel gewesen. Alex musterte Martina Müller, betrachtete die Hände, die seinen Vater getötet haben sollten, und beschloss, als nächsten Schritt mit einer anderen Aussage Lieberts herauszurücken.

»Oh, ich glaube schon, dass er noch Interesse an Ihnen hat. Interesse der negativen Art. Er hat sich nämlich die Mühe gemacht, mir zu erzählen, dass Sie, Sie persönlich, nicht etwa Ihre Gruppe, sowohl für die Idee zu dem Anschlag auf Staatssekretär Werder als auch für den Tod meines Vaters verantwortlich sind.«

Angelika stieß ein kleines Ächzen aus und drückte sich gleich darauf eine Hand vor den Mund.
Martina presste die Lippen aufeinander, dann stellte sie fest: »Entweder hat er das gesagt, weil er wollte, dass ich Ihnen gegenüber handgreiflich werde, oder weil er hoffte, dass Sie mich, sollten wir uns treffen, umlegen würden.«
Alex war überrascht, wie schnell sie zu dem gleichen Schluss gekommen war wie er, und hakte sofort nach. »Auf ungewöhnliches Interesse weist es in jedem Fall hin. Was meinen Sie? Welchem von uns beiden galt das mehr?«
Eine steile Falte entstand zwischen ihren Augenbrauen, als sie die Stirn runzelte. Dann, fast unmerklich, hielt sie inne, als würde ihr etwas klar. Er wartete darauf, dass sie Lieberts Behauptung ableugnete oder sich wieder auf die alte Phrase zurückzog, keine RAF-Aktion sei eine Einzeltat gewesen.
»Keinem von uns beiden«, sagte sie stattdessen.
Es war ein indirektes Eingeständnis ihrer Schuld, und er merkte es sofort. Ihre Spekulation darüber, was Liebert nun wirklich bezweckt hatte, hätte er gerne hören wollen, glaubte aber nicht, dass sie es ihm mitgeteilt hätte. Außerdem fühlte er sich mittlerweile wie eine hoffnungslos überdehnte Stahlfeder im Räderwerk einer Uhr. So viele Jahre waren vergangen. Er hatte noch ihre teilnahmslose Stimme von den Prozessaufnahmen im Ohr, als sie sich weigerte, mit der Staatsanwaltschaft zu kooperieren. Und jetzt diese nüchterne Analyse. Aber warum länger um den heißen Brei reden? Es kam ihm doch nur auf einen einzigen Punkt an.
»Haben Sie es getan?«, fragte er. Es klang mehr wie eine Feststellung. Seine Kehle war trocken. Niemand übernahm in der RAF Einzelverantwortung, das war deren grundlegende Doktrin gewesen. Nur Gruppenbekenntnisse wurden gegeben. Die »Kommandos« verübten Attentate und planten Entführungen. Nie Einzelpersonen. Jeder war für alles verantwortlich.

In das stickige Schweigen zwischen ihnen hinein fuhr er fort: »Es gibt da einen alten Spruch: Wer glaubt, dass Schweigen Probleme löst, hält sich auch die Hand vor die Augen, um unsichtbar zu sein. Sie wissen doch, Sie können nicht zweimal für die gleiche Tat verurteilt werden.«

Obwohl er sich bemühte, konnte er die Wut und den Hass nicht mehr aus seiner Stimme heraushalten. Angelika schaute beunruhigt zu ihrer Mutter. Es kam ihm in den Sinn, dass es vielleicht gerade Angelika war, deren Anwesenheit Martina Müller noch zurückhielt, dass sie nicht vor ihrer Tochter ohne beschönigende Tatsachenverdrehung sprechen wollte. Natürlich wusste Angelika von der Mitverantwortung ihrer Mutter für den Werder-Anschlag, doch es durch öffentliche Nachrichten zu wissen oder es von der eigenen Mutter zu hören, war zweierlei.

»Es sollte eine Entführung sein«, sagte Martina Müller abrupt. »Nicht eine Hinrichtung. Wir wollten den Staatssekretär als Geisel, zusätzlich zu Ponto, um ihn gegen den Führungskader in Stammheim auszutauschen. Und genau wie bei Ponto ging alles schief.«

Das war keine Antwort auf seine Frage, aber es war *eine* Antwort, und in diesem Fall glaubte Alex ihr sogar. Das oberste Ziel, das sich die gesamte zweite Generation der RAF gesetzt hatte, war die Befreiung der in Stammheim inhaftierten ersten Generation gewesen. Im Frühjahr 1977 wussten sie noch nicht, dass Helmut Schmidt als Kanzler nach dem Fiasko bei Peter Lorenz, das weitere Entführungen nach sich zog, auf keinen Fall mehr einem Austausch zustimmen würde. Doch selbst wenn Martina Müller in diesem Punkt ehrlich war, schien sie sich trotzdem immer noch etwas vorzumachen.

»Es ging etwas schief«, wiederholte Alex langsam. »Die deutsche Sprache bietet wirklich unendlich viele beschönigende Umschreibungen für Mord an, nicht wahr? Verzeihen

Sie, wenn ich den Tod eines unbewaffneten, unschuldigen Mannes nicht mit einem Verkehrsunfall gleichsetzen kann.«

Diese Worte brachten zum ersten Mal so etwas wie Zorn in Martina Müllers Miene.

»Der Staatssekretär war kein unschuldiger Mann, Herr Gschwindner. Er war mitverantwortlich für die Isolationsfolter in den Gefängnissen und als Teil einer Regierung, die ihr Bestes tat, um den deutschen Waffenexport anzukurbeln, war er auch nicht unbewaffnet, selbst wenn er in seinem Leben keine Maschinenpistole angefasst hat!«

Da war sie, diese ungeheure Selbstgerechtigkeit, auf die er nur gewartet hatte. Diese grenzenlose Nachsicht mit sich selbst.

»Nettes Wort, Isolationsfolter. Sie meinen etwas in der Art, wie es Ihre Freunde später mit Schleyer gemacht haben: eingesperrt in ausgestopfte Schränke? Aber wissen Sie, Eberhard Werder habe ich bei meinem Vorwurf nicht gemeint, als ich vom Tod eines unbewaffneten und unschuldigen Mannes sprach. Ich meinte meinen Vater. Meinen Vater, der in jedem Fall gestorben wäre, selbst wenn Ihnen die Entführung gelungen wäre. Mein Vater, der später über sein Gebiss identifiziert werden musste, weil ihm jemand direkt ins Gesicht geschossen hat. Selbst die besten Bestattungsunternehmer konnten sein Gesicht nicht wiederherstellen. Sie haben seinen Kopf mit Musselin umwickelt. Das ist meine letzte Erinnerung an ihn, Frau Müller. Ein riesiger weißer Ball über seinem Sonntagsanzug.«

Er kam sich vor wie eine Katze, die würgend einen Ball ihrer Haare ausspie, die sich unendlich lange in ihr angesammelt hatten. Inzwischen war ihm auch völlig egal, ob sie etwas für eine Bloßstellung Geeignetes entgegnen würde. Er wollte nur loswerden, was ihm über Jahre hinweg im Hals steckte, wollte es der Person entgegenschleudern, die es ihm in den Rachen gezwungen hatte. Der Frau, die alles, was in seiner Kindheit gut und schön gewesen war, zerstört hatte. Sie hatte ihm mit dem Vater auch die Mutter genommen und eine gebrochene Frau hinterlassen, die nie wieder dieselbe sein konnte. Sie nun in Freiheit, mit einer neuen Zukunft zu sehen, hatte ihm erneut das Vertrauen genommen, dass die Welt gerecht war.

Martina Müller hörte sich auch so an, als würge sie an etwas in ihrer Kehle. Schließlich presste sie hervor: »Auch wir hatten Ermordete, und Hass entzieht jeder Menschlichkeit die Basis. So …«

»Holger Meins hat seinen Tod selbst gewählt«, fiel ihr Angelika ins Wort. Ihr Gesicht war grau. »Hör auf, dich dahinter zu verstecken, Mama. Er war es, der sich zu Tode gehungert hat. Er war es, der vorher einem Teil der Menschen die Menschlichkeit abgesprochen und sie zu Zielscheiben degradiert hat. Aber weißt du was? Selbst wenn er und sämtliche anderen Stammheimer von dem demokratisch gewählten Kanzler Schmidt höchstpersönlich erschossen worden wären, hättest du immer noch kein Recht gehabt, Sascha Gschwindner und seine Kollegen zu töten. Oder den Staatssekretär. Weil Mord immer Mord ist. Es sei denn, du billigst Herrn Gschwindner hier das gleiche Recht zu, dich oder mich zu töten. Gleich hier und jetzt.«

Ihre hitzigen Worte brachten Alex aus dem Konzept, das er sich vor dem Gespräch gemacht hatte. Es war, als hätte jemand einen Eimer kalten Wassers über ihn ausgeleert. Er konnte Angelika Limacher nur noch ungläubig anstarren.

»Darauf läuft es doch hinaus, oder?«, fragte sie heftig. »Wenn nur noch Auge um Auge gilt. Weil dann die ganze Welt blind wird.«

»Ehrlich bis zum Schmerz«, sagte Martina Müller, als zitiere sie etwas. »Das scheint ein Familienlaster zu werden. Du kannst nicht wissen, wie es ist, wenn …«

Wieder unterbrach Angelika sie.

»Doch«, sagte sie. »Ein paar Tage, bevor ich den Brief von dem Gefängnispastor bekam, haben sich Micha und Max verlaufen, weil sie nicht den Schulbus nahmen, sondern nach Hause laufen wollten. Dabei sind sie einem Rehkitz und seiner Mutter in den Wald gefolgt und haben nicht mehr herausgefunden. Als sie am Abend immer noch nicht aufgetaucht waren, war ich fest davon überzeugt, dass sie einem Irren begegnet waren, der sie gerade irgendwo vergräbt, nachdem er sie missbraucht und umgebracht hat. Oder vielleicht einem Kidnapper, der auf Lösegeld aus war, weil Justus gut verdient und ich das Geld von allen Großeltern habe. An diesem Abend war ich überzeugt davon, dass ich jeden töten konnte, der es getan hat. Ohne Frage, ohne Wenn und Aber. Auf einen Prozess warten? Niemals. Wenn jemand meinen Kindern Leid zugefügt hätte, dann hätte ich es getan. Wenn ich nicht an denjenigen herangekommen wäre, hätte ich Geld dafür bezahlt, dass ihn ein anderer im Gefängnis kastriert. Also versuch nicht, mir zu erzählen, ich wüsste nicht, wie es sich anfühlt, töten zu wollen! Ich weiß, wie das ist, und ich wette, Herr Gschwindner weiß es auch. Gerade hier und jetzt!«

»Ich will Sie nicht töten«, widersprach Alex, ehe er die Worte zurückhalten konnte. Martina Müller wandte sich von ihrer Tochter wieder ihm zu.

»Was wollen Sie dann?«, fragte sie, und in ihrer Stimme lag die Verwunderung einer Blinden, die sich in einem unbekannten Raum an den Wänden entlangtasten musste, weil sie sich keinen Begriff von dem machen konnte, was sich im Inneren des Raums befand. Alex fragte sich, ob sie genau wie Liebert geglaubt hatte, er würde wie ein Westernheld oder ein Mafiagangster bewaffnet hier auftauchen und Blutrache üben.

Und er fragte sich, was es bedeutete, dass sie trotzdem gekommen war.

»Ich will Sie zerstören«, entgegnete er ohne jede weitere Verstellung, und der Funken des Begreifens, den er in ihren dunklen Augen sah, verstörte ihn. Es war, als erkenne sie etwas in ihm, das auch in ihr war. Es war, als blicke er in einen verzerrten Spiegel. Dann nickte sie.

»Der Staatssekretär war mein Vorschlag«, sagte Martina Müller mit einer monotonen Stimme, als befände sie sich unter Hypnose. »Er stammte wie ich aus Nürnberg, meine Eltern waren stolz darauf und erwähnten ihn öfter, daher wusste ich einiges über ihn, sogar, wo er wohnte. Außerdem hatte er Köln-Ossendorf besucht, als Ulrike Meinhof dort inhaftiert war. Ich war damals längst schon Sympathisantin und hatte den Staat fast aufgegeben. Aber als die Genossen das von den Wärtern erfahren hatten, dachte ich, vielleicht unternimmt er endlich etwas. Doch die Ulrike wurde nur einige Zeit lang in die frühere Zelle eines Kindermörders verlegt, um sie zu demütigen. Deswegen habe ich Werder erwähnt, als wir alle möglichen Kandidaten zusammentrugen.« Sie hielt inne. Mit einem undeutbaren Gesichtsausdruck setzte sie hinzu: »Genügt das?«

Wusste sie am Ende von dem Aufnahmegerät? Doch nein, da bildete er sich etwas ein, vielleicht, weil ein lächerliches Stück Journalistenethos ihn daran erinnerte, dass es illegal war, jemanden ohne sein Einverständnis aufzunehmen. Es konnte nicht sein, dass sie ihm willentlich das Instrument ihrer Zerstörung lieferte.

»Nein«, antwortete er und versuchte, sich nicht selbst wie ein tastender Blinder zu fühlen.

»Ihr Vater hatte die Hände erhoben«, ergänzte sie. »Ich konnte mich nicht an seinen Namen erinnern, aber das weiß ich noch. Es war klar, dass sämtliche Sicherheitsbeamten sterben mussten. Auch der Chauffeur. Wenn einer von ihnen am Leben geblieben wäre, hätten sie alles versucht, die Entführung zu verhindern.«

Jedes Wort brannte wie Säure. Er stellte sich seinen Vater vor, hilflos und entsetzt genug, um die älteste Geste der Welt für Kapitulation einzusetzen. Ob sein Vater wirklich geglaubt hatte, dass diese Geste respektiert würde? Immerhin schossen die Terroristen doch auf »Schweine«, nicht auf Menschen. Anderseits hatten sie für sich aber immer in Anspruch genommen, keine Terroristen, sondern Soldaten im Krieg gegen die Regierung zu sein.
Die letzten Momente im Leben seines Vaters waren voller Angst und vielleicht auch voller Scham gewesen, wegen eben dieser Angst. Er musste entsetzlich gelitten haben.
»Wie können Sie mit sich leben?«, fragte Alex heiser. Diesmal erwiderte sie nichts. Angelika überraschte ihn ein weiteres Mal und nahm die Hand ihrer Mutter, die auf der Lehne lag.
»Weil sie nicht alleine ist. Weil Leben auch Veränderung bedeutet«, sagte sie. »Sie hat einmal die Welt verändern wollen. Wenn man so etwas glaubt, muss man auch an die Möglichkeit glauben, sich selbst verändern zu können.«
Ihre Mutter hob die andere Hand und strich ihr sehr sachte über die Wange. »Du bist eine noch hoffnungslosere Optimistin, als ich es je war.«
»Ihre Mutter ist noch am Leben«, sagte Alex, doch seinem bitteren Sarkasmus fehlte die Glut, die seine Worte vorher noch gehabt hatten. »Tote können sich nicht mehr verändern.«
»Ihre Mutter lebt ebenfalls«, gab Angelika ohne zu zögern zurück, und er wünschte, er hätte ihr das nicht erzählt. »Nicht so, wie wenn es Ihren Vater noch gäbe. Doch sie ist am Leben, und Sie haben eine Beziehung zu ihr. Das hilft ihr sicher. Es ist nie zu spät, um sein Leben zu ändern. Das glaube ich, das will ich, das muss ich glauben.«
»Ihr wäre mehr geholfen, wenn Ihre Mutter nie entlassen worden wäre.«

»Mir auch«, sagte Martina Müller und schaute weder zu ihm noch zu ihrer Tochter, sondern zu dem Aussichtspunkt über den Park auf dem Tuttenberg und von dort aus auf den klaren Maihimmel, frei von jeder Umzäunung. »Ich kenne das Gefängnis. Ich verstehe seine Regeln. Und es bot mir eine Entschuldigung, mich nicht mehr entscheiden zu müssen. Egal, für was. Für oder gegen eine Sache, für oder gegen eine Freundschaft, für oder gegen meine Tochter. Hier draußen ist jede Sekunde eine Entscheidung. Und ich habe verlernt, mich ständig entscheiden zu müssen.«
Auch diesmal hatte er nicht den Eindruck, dass sie log. Vielleicht hatte sie deswegen beschlossen, sich mit ihm zu treffen. Weil sie ein Instrument brauchte, um sich wieder zum Opfer zu machen, als das sich alle Inhaftierten sahen, Terroristen oder nicht. Eine Entschuldigung, um nicht versuchen zu müssen, ein anderes Leben zu führen.
Wenig wäre ihm mehr zuwider, und zum ersten Mal zog Alex in Erwägung, das Interview nicht zu verwenden. Am Ende würde es ihr, ganz gleich, wie er es manipulierte, doch noch Sympathien einbringen. Menschen, die Mitleid mit ihr hatten. Ja, es konnte sogar die perfekte Entschuldigung für Selbstmitleid sein. Martina Müller, Opfer der hetzenden Presse.
Wenn er es nicht benutzte, würde sie jetzt, da der kleine Theaterskandal ausgereizt war, in der Öffentlichkeit wieder in Vergessenheit geraten. Sie würde mit ihrer Vergangenheit und ihrem Versagen an den von ihr propagierten Zielen leben müssen, Tag für Tag, Stunde um Stunde, ohne je die Ausrede zu haben, dass jemand anders als sie selbst dafür verantwortlich war.
»Was für ein Pech für Sie«, entgegnete er, und wieder tanzte das Erkennen seiner Gedanken über ihr Gesicht und verschaffte ihm das unheimliche Gefühl, in ein verzerrtes Abbild seines Inneren zu blicken.

»Nicht Pech, sondern Konsequenz«, sagte sie. »Ich weiß nicht, ob es Ihrer Mutter oder Ihnen helfen wird. Aber wenn Sie mein Geständnis hören wollen, hier ist es. Ich habe Ihren Vater getötet. Es war meine Hand am Abzug. Und es ...«

»Wagen Sie es nicht, zu behaupten, es täte Ihnen leid!«

»... es kann nie ungeschehen gemacht werden«, vollendete Martina Müller stattdessen. »Niemals.« Sehr leise, so dass sein Mikrophon es wahrscheinlich nicht mehr einfing, fügte sie hinzu: »Und ich fange erst an, zu begreifen, was das bedeutet.«

Wurde von ihm wirklich erwartet, ihrem Erkenntnisprozess zu applaudieren? Nein, er würde die Geschichte nicht schreiben, die den Tod seines Vaters, den dreier weiterer Menschen und die ruinierte Gesundheit eines vierten zum Teil der Läuterung einer Frau machte, die das alles hätte verhindern können, wenn sie darauf verzichtet hätte, Mord zu einer Heldentat zu glorifizieren.

Dem Fotografen würde er sagen, dass nichts Verwendbares bei dem Gespräch herausgekommen war, seine Bilder übernehmen und ihm den Aufwand bezahlen. Sie zeigten nur eine Frau um die fünfzig, ohne jedes Interesse für die Öffentlichkeit, keine mörderische Ikone.

Einen Niemand.

»Niemand«, sagte Martina Müller, und er zuckte zusammen. »Niemand kann sich die Zeit aussuchen, in der er lebt. Aber man kann sich dafür entscheiden, bessere Spuren in ihr zu hinterlassen, als ich es getan habe.«

Spuren. So konnte man Blut und Gehirnmasse auch nennen. Aber sie hatte ihr Geständnis gemacht, ohne etwas zu beschönigen. Alex spürte keinen Triumph, nur eigenartige Leere, nicht die Leere eines Verlustes, sondern die Leere, die von einer Last hinterlassen wird, die man lange getragen hat.

»Nun, ich werde Ihre Spuren nicht weiter dokumentieren«,

sagte er kühl. »Weder durch mein Leben noch auf eine andere Weise.«
Sie legte den Kopf ein wenig zur Seite, und er wusste, dass sie verstanden hatte, was er meinte. Zu Angelika sagte er: »Sie hatten recht. Wir sind alle Teile unserer Eltern, und unsere Eltern ein Teil von uns. Aber vielleicht kann ich mit meinem Teil jetzt anders leben.«
Das sollte der Abschied sein. Er stand von der Bank auf, machte zwei, drei Schritte und hielt inne. Martina Müller würde er nie verzeihen. Aber sie hatte ihm Gewissheit über den Tod seines Vaters gegeben, vor allem, weil ihre Tochter sie dazu gedrängt hatte. Ein Dank wäre unter den Umständen lächerlich. Doch er wollte Angelika wissen lassen, dass sie ihm etwas Wichtiges gegeben hatte. Etwas, das ihm zumindest die Hoffnung gab, nun von der Vergangenheit frei zu sein. Ob sich diese Hoffnung erfüllen würde oder nicht, würde nur die Zeit zeigen. Ihr selbst wünschte er es. Also drehte er sich zu ihr und ihrer Mutter um und sagte etwas, das Angelika nur auf sich beziehen konnte, oder auf sie beide, wenn sie es wünschte.
»Viel Glück.«

* * *

Nachdem Alex Gschwindner gegangen war, blieben Angelika und Martina noch eine Weile auf der Bank sitzen und beobachteten die Familien, die Jogger, die Kinder und die Liebespaare, die an ihnen vorbeiliefen. Angelika war zu aufgewühlt, um weitergehen zu können oder auch nur zu versuchen, über ein anderes Thema zu sprechen. Also versuchte sie es gar nicht erst. Aber sie fing nicht mit der wichtigsten Frage an, die in ihr brannte.
»Warum hat dieser Liebert ihm gesagt, dass du es warst?«, erkundigte sie sich zuerst. Sie hatte ihre Mutter beobachtet,

als Alex Gschwindner das offenbarte, und Martina schien die Antwort zu kennen.
»Er hat vermutlich vor, Renate zu erpressen, falls sie es im Herbst bis ins Kabinett schafft«, entgegnete Martina mit gesenkter Stimme. »Und das funktioniert besser, wenn es mehr als nur eine ausgeleierte Anekdote zu einem Theaterintendanten gibt, der mich kurzfristig in die Schlagzeilen rein- und wieder rausbringt. Er will, dass sich die Leute, wenn er es möchte, wieder an das Werder-Attentat erinnern.«
»Mit eurer alten Freundschaft erpressen? Aber die ist doch schon allgemein bekannt!«
Ihre Mutter schüttelte den Kopf und blickte weiter in die Ferne. »Renate hat eines der Autos gefahren«, murmelte sie. »Nur dieses eine Mal, und ich habe sie dazu gebracht. Sie hat niemanden getötet, aber allein der Umstand, dass sie dabei war, würde für eine Gefängnisstrafe reichen. Mit ihrer Karriere wäre es vorbei. Sybille könnte es Liebert später erzählt haben, als er ihr half, sich in der DDR anzusiedeln. Natürlich wäre das juristisch betrachtet nur Hörensagen, falls Liebert es vorbringt, aber es würde reichen, um ihren Ruf zu zerstören.«
Angelika sog die Luft ein. Das erklärte einiges. »War Renate deswegen auf Sylt?«
»Das war nur einer der Gründe. Dein Journalist eben hatte in manchen Dingen recht, weißt du. Es war heuchlerisch, sich mit der Stasi einzulassen. Als ich dem Liebert das erste Mal begegnet bin, wusste ich, was er war. Was er immer noch ist. Ob auf eigene Rechnung oder für den KGB oder die CIA, da kommen viele in Frage. Vermutlich ist Renate auch nicht das einzige Eisen, das er im Feuer hat. Bei all den Geheimnissen, die er über Jahrzehnte gesammelt hat, wird er sicher Material von Politikern aus allen Parteien haben. Renate wollte wissen, ob es irgendwo handfeste Beweise für ihre Anwesenheit

an jenem Tag gibt, Fotos oder dergleichen, und die existieren nicht. In dem Punkt konnte ich sie beruhigen. Aber Renate ist uns vor allem nachgereist, weil sie frei sein will von freundschaftlichen Verpflichtungen. Aber nicht dadurch, dass ich mich umbringe. Ich habe dir gesagt, Renate ist nicht die Schurkin in dieser Angelegenheit.«

»Und wenn es Liebert tatsächlich darauf ankommen lässt und den Medien Informationen zuspielt, dass sie bei dem Attentat dabei war, falls sie sich ihm nicht beugt?«

Martina schüttelte den Kopf. »Ich glaube nicht, dass er sich seinen gemütlichen Ruhestand dadurch verderben will, dass einer von uns anfängt, darüber zu reden, wie innig wir damals von der Stasi umarmt wurden«, sagte sie mit unergründlicher Miene. »Von Anfang an, nicht erst, als Sybille und den anderen der Boden im Westen zu heiß wurde. Außerdem sollte Liebert nachrechnen. Es sind längst nicht alle der tödlichen Spielzeuge gefunden worden, mit denen uns der ach so gutmütige Stasi-Onkel damals ausgestattet hat, und auf einigen von ihnen sind Fingerabdrücke, die von ihm stammen. Das war meine Rückversicherung wegen des Berichts, den ich für ihn schreiben musste, weißt du. Und genau das wird Renate ihm erwidern, wenn er sie das nächste Mal kontaktiert. Und damit sind wir quitt, sie und ich.«

Wenn Angelika sie richtig verstand, hatte Martina sich gerade bereit erklärt, im Fall des Falles gegen Liebert auszusagen. Oder handelte es sich nur um einen Bluff? Aber es erklärte immer noch nicht, warum sie an jenem Abend auf Sylt so verstört gewesen war.

»Was war denn der Vorschlag, den Renate dir gemacht hat und vor dem du Angst hattest?«, wollte Angelika wissen. Es war eine verklausulierte Art, die Frage zu stellen, die sie bisher nicht laut ausgesprochen hatte: Welche Entscheidung ihre Mutter für ihre Zukunft traf, treffen würde, treffen musste. Nach dem, was Martina zu Alex Gschwindner über

Entscheidungen gesagt hatte, glaubte Angelika nicht länger, dass Martina weiter planlos leben wollte. »Will sie dieses Versöhnungsprojekt tatsächlich durchziehen? Alex Gschwindner hat behauptet, das wäre frei erfunden.«
Ihre Mutter schüttelte den Kopf. »Nein. Etwas ganz anderes.« Sie schaute auf ihre Hände, an denen noch ein paar Bleispuren von der Zeichnung waren, die sie am Morgen gemacht hatte.
»Sie hat mir von Kinderhospizen erzählt.«
Angelika öffnete den Mund, um sich zu erkundigen, was todkranke Kinder und deren Familien denn mit Martina zu tun hätten, aber noch während sich ihre Lippen um die erste Silbe formten, begriff sie.
»Oh«, sagte sie stattdessen, getroffen und verwundert zugleich, und spürte, wie ihre Mutter erneut ihre Hand ergriff.
»Ich kenne den Tod«, sagte Martina. »Aber nicht auf diese Weise. Ich weiß nicht, ob ich die Kraft dazu habe. Aber je länger ich darüber nachdenke …«
Sie verstummte, dann fügte sie leise hinzu: »Vor sehr langer Zeit hat mich jemand gelehrt, wie man Kinder durch ein Lächeln beruhigt. Ich habe es nie vergessen.«
»Du könntest Kinder betreuen«, sagte Angelika, die noch nicht wusste, ob das ein genialer Plan oder ein selbstsüchtiges Manöver war. Ihr fiel sogar ein, dass es in Bamberg eine Akademie gab, in der der Umgang mit Sterbenden gelehrt wurde. Ihr Herz schlug schneller bei dem Gedanken. Doch dann fiel ihr etwas ein, und obwohl es ihr schwerfiel, sprach sie den Gedanken laut aus. Sie durfte nicht zulassen, dass ihre Mutter sich falsche Hoffnungen machte.
»Ich habe schon seinerzeit für meine Tätigkeit im Kindergarten ein polizeiliches Führungszeugnis gebraucht. Bei einem Kinderhospiz wird das doppelt und dreifach nötig sein, und ich kann mir nicht vorstellen, dass du eines bekommst, um diese Hürde zu überspringen.«

Martina schien weder erschrocken noch überrascht von Angelikas Einwurf. »Auch das hat Renate erwähnt. Sie meinte aber, auch diese sozialen Einrichtungen bleiben immer vom Staat abhängig. *Wenn du den Mut aufbringst,* in einer zu arbeiten, hat sie gesagt, *dich da wirklich reinzuknien und nicht wieder abzuhauen, dann werde ich das mit den Dokumenten regeln, verlass dich darauf.*«

Bei Renate würde Angelika sich wohl nie darüber im Klaren sein, wo Selbstlosigkeit anfing und wo sie aufhörte, ganz gleich, was ihre Mutter sagte. Doch so viel stand fest: Renate war ein viel komplexerer Mensch, als Angelika es ihr je zugestanden hatte.

»Deswegen sitze ich hier. Deswegen bin ich überhaupt nur mitgekommen«, fuhr Angelika fort. »Ich hätte dich nicht so vermisst und wäre nicht so wütend auf dich gewesen, wenn ich nicht voller guter Erinnerungen an dich gewesen wäre.«

Die Mundwinkel ihrer Mutter zuckten.

»Du warst kein sterbendes Kind, Angi, um das ich Angst haben musste. Am Anfang, da hat es manchmal sogar Momente gegeben, in denen ich dich am liebsten hin- und hergeschüttelt hätte, nur, weil du als Baby die ganze Nacht lang durchgeschrien hast.« Die Finger von Martinas freier Hand trommelten abwesend auf das Bank Holz neben sich.

»Als ich jung war, schien alles so einfach zu sein. Schwarz und weiß. Damals habe ich noch nicht einmal gewusst, dass es so etwas wie Kinderhospize gibt. Selbst wenn ich es gewusst hätte, ich hätte das Ende des Vietnamkriegs für wichtiger gehalten. Ich hätte meine Augen vor diesen Kindern mit todbringenden Krankheiten verschlossen. Aber darauf kommt es doch an. Nicht die Augen zu verschließen. Wie hat Herr Gschwindner gerade gesagt: Wer glaubt, und hier möchte ich seinen Satz etwas abwandeln, wer glaubt, durch Nichtstun Probleme lösen zu können, hält sich auch die Augen zu, um unsichtbar zu werden.«

Angelika konnte sich nicht vorstellen, in einem Kinderhospiz zu arbeiten. Wurden überhaupt Kräfte akzeptiert, die keine entsprechende Ausbildung hatten? Andererseits rissen sich wohl nicht eben viele Menschen um so einen Beruf. Er musste Kraft kosten, in jeder Beziehung. Und was sagte man zu Familien, die wussten, dass ihr Kind niemals geheilt werden würde, keine zwanzig Jahre werden konnte? Wenn nur die Vorstellung, ihre Söhne zu verlieren, sie schon in eine mörderische Stimmung versetzt hatte, dann würde sie in so einer Situation bestimmt ständig zusammenbrechen. Doch ihre Mutter war nicht sie. Martina war Martina, in der Lage, ein Leben völlig aufzugeben, zu einer tödlichen Bedrohung für andere Menschen zu werden. Vielleicht war es wirklich so, dass sie all diese Energie, den Idealismus, der zu einer mörderischen Ideologie pervertiert war, nun zu einer Hilfe für Kinder machen konnte, die sonst kaum jemanden hatten.

Angelika selbst würde wahrscheinlich zusammenbrechen, doch auch daran konnte sie bei der Stärke ihrer Mutter nun nicht mehr glauben.

Nicht die Augen verschließen. Aber auch: Vertrauen. Das galt für so vieles.

»Ja«, sagte Angelika. »Darauf kommt es an. Und weißt du was? Wenn diese Kinder erst deine Zeichnungen an ihren Wänden sehen, wenn du ihnen Malen beibringst, werde ich mich für dumm halten, nicht selbst auf diese Idee gekommen zu sein.«

»Glaubst du, dass ich das schaffen könnte?«, fragte ihre Mutter mit einer scheuen Inbrunst, als hinge die Welt von Angelikas Antwort ab. Angelika dachte an Spuren, die man hinterließ, an Vergangenheit und Zukunft, an die Irrationalität von Hoffnung, und wie arm das Leben ohne sie wäre. Sie dachte daran, dass man sich aufgab, wenn man aufhörte, an die Möglichkeit zur Veränderung zu glauben.

»Ich weiß, dass du es kannst. Aber nur du weißt, ob du es tun wirst«, entgegnete sie. Der Druck von Martinas Fingern verstärkte sich, und die Zukunft, immer noch vage und unsicher, begann, eine neue Gestalt anzunehmen.

Nachwort

An einem Nachmittag im Spätsommer mitten in den Siebzigern, ideal zum Grillen und Entspannen, tauchten mit einem befreundeten Ehepaar meiner Eltern noch zwei Männer bei uns auf, die nicht zu der Grillparty eingeladen waren. Es waren Personenschützer. Dieser Freund, der nur knapp zweihundert Meter von uns entfernt wohnte, begegnete uns über Jahre nur noch in dieser Begleitung. Willkommen im »Deutschen Herbst«.

Ich kann mich noch an die Fahndungsfotos in Sparkassen, an Tankstellen und auf den Bahnhöfen gut erinnern, an die Gesichter in Schwarzweiß, die nach und nach durchgekreuzt waren. Was genau ein »Terrorist« war oder warum Herr Dr. Hans de With auf einmal nicht mehr spontan zu uns kommen, mit meinem Vater Tennis spielen konnte, davon hatte ich als Kind natürlich nur eine vage Vorstellung; unter »Staatssekretär im Justizministerium« konnte ich mir nichts vorstellen. Später, als Teenager, wurde ich in der Schule dann mit Bölls »Verlorener Ehre der Katharina Blum« konfrontiert, mit Margarethe von Trottas Film »Die Bleierne Zeit«, mit Christiane Brückners Gudrun-Ensslin-Monolog in ihrem Band »Wenn du geredet hättest, Desdemona«. Die noch nicht vergangene Geschichte war bereits zu Geschichten geworden, präsentierte sich mir in fiktionaler Form, noch ehe ich ein einziges Sachbuch zum Thema RAF gelesen hatte.

Mein Roman »Unter dem Zwillingsstern« war unter anderem mein Versuch gewesen, zwei möglichen Schicksalen zur

Zeit der Weimarer Republik und des Dritten Reiches nachzugehen. »Was hätte ich getan?« ist eine Frage, die meine Generation, die in eine zu andere Welt hineingeboren wurde, für sich selbst nicht beantworten kann, und doch stellen wir sie uns. Der Generation der Großeltern fiktiv nachzuspüren war damals ein Anliegen, doch es blieb eine immer noch entfernte Zeit. Der Deutsche Herbst dagegen, sein Vorher und Nachher fanden während meiner Kindheit statt. Als ich zum Studium nach München ging, traf ich dort auch auf Langzeitstudenten, die in den Achtzigern noch an den späteren linken Protestaktionen beteiligt waren, von regelmäßigen Prügeln durch die Polizei erzählten, von einer Freundin, die nach dem Selbstmord ihres Zwillingsbruders tatsächlich Teil der »dritten Generation« der RAF geworden sei.

Heute erinnert mich meine eigene Gegenwart ständig daran, dass Terrorismus, die Radikalisierung junger Menschen, die Gewaltspirale zwischen Tätern und Staaten, leider mitnichten historisch geworden sind, sondern traurige Aktualität haben. Ich frage mich: Wie war es damals möglich, wie ist es heute wieder möglich, dass eine nicht ausreichend verstandene, nicht respektierte Jugend, sich wegen ihrer von den Mächtigen nicht ernst genommenen Probleme radikalisiert? Natürlich gibt es immer Fälle, in denen überhaupt keine Probleme vorliegen. Doch die aktuell fortschreitende Verelendung vieler Städte, eine Perspektivlosigkeit junger Leute in Europa, die sich häufig mit Arbeitslosigkeit verbindet, das Schüren von Angst vor echten oder vermeintlichen Feinden, zeigt, welches Potenzial schon wieder vorhanden ist.

Gibt es aber Lösungen ohne Vergangenheitsbewältigung? Bei der 68er-Studentenrevolution war noch vor der Hinwendung zum Thema Vietnamkrieg die fehlende Aufarbeitung des Nationalsozialismus das zentrale Thema. Den

massiven Protesten der jungen Intellektuellen und Studenten hatte der Staatsapparat eine bis dahin in der Bundesrepublik beispiellose Repressalienkette entgegengesetzt. Der Frage von individueller Schuld konnte ich deshalb nicht ohne Ursachenforschung nachgehen. Helfend für meine Pläne, die Radikalisierung einer jungen Frau menschlich plausibel zu schildern, ohne sie zu verharmlosen, waren dabei diesmal nicht nur Bücher, sondern auch viele Zeitungstexte. Beispielsweise der *ZEIT*-Artikel von Günter Hoffmann über das Thema »Radikalenerlass von 1972«, und ein Beitrag von Heribert Prantl in der *Süddeutschen Zeitung*, aus dem Jahre 2012, über die »Leute, die von früher was verstehen«, die zeigten, dass die prominente Gegenwart von Altnazis, an der die 68er sich rieben, teilweise selbst bis heute nicht aufgearbeitet worden war. (Gerade, was die Kontinuität der NS-Juristen in der bundesdeutschen Justiz betrifft.) Unverständlich damals, unverständlich heute.
Der laufende NSU-Prozess zeigt wieder, dass im Staatsschutz einige Verantwortliche immer noch nichts dazugelernt haben, seit 1967 Peter Urbach vom Verfassungsschutz bezahlt wurde: der Mann, welcher der zukünftigen RAF die ersten Waffen besorgte und sie so erst gefährlich für die Allgemeinheit werden ließ. Auch heute wird wieder der Schutz solcher staatlicher Organe immer noch höher bewertet als das Aufklärungsinteresse einer unabhängigen Justiz. Eine Erklärung, warum, wodurch und wie dieses Phänomen immer noch funktioniert, wie die Garde sich schützt, brachte ein Artikel von Dietmar Hipp im *Spiegel*, der schon 2003 erschienen war, unter dem Titel »Empfehlung vom Minister«. Ich wusste, nachdem ich meine Unterlagen neu gesichtet hatte, einige der in den angeführten Beiträgen gefundenen Anregungen konnte, musste ich in meinem Buch verwenden, um zu zeigen, warum eine idealistische junge Frau bereit werden konnte, offensichtliche Versäumnisse

des Staates mit Gewalt und Mord zu bekämpfen und dafür selbst ihr Kind zu verlassen, wie das einige der RAF-Terroristen taten. (Ulrike Meinhof war sogar bereit, ihre Zwillinge in ein Waisencamp der Palästinenser zu geben.)
Leider konnte ich mich wegen des für das Buch geplanten Zeitrahmens nicht intensiver mit der Verknüpfung der Stasi als Unterstützer der RAF so auseinandersetzen, wie ich es gerne gewollt hätte. Dass Karl-Heinz Kurras, der den Studenten Benno Ohnesorg 1967 erschossen hatte, was der Startschuss für die eskalierende 68er-Jugendrevolution war, ein informeller Mitarbeiter der Stasi war, das kam erst 2007 heraus, und ich wollte meine Geschichte in der Geschichte 1998 beenden. Die Verantwortlichen in Ostberlin waren selbstverständlich an jeder Art Ärger für die BRD interessiert, hatten selbst die Polizei in Westberlin unterwandert, das überraschte kaum jemanden. Doch dass die Stasi mehr war, als nur ein Herbergsgeber für zehn Aussteiger, vielleicht sogar professionelle Hilfe leistete, wo die »Laien« der RAF, »die Terroristen gespielt haben«, wie Astrid Proll über sich und ihre Mitstreiter einmal sagte, an ihre Grenzen stießen, musste ich deshalb als Mutmaßung in meine Geschichte einbauen.
Ich wollte ohnehin keinesfalls nur eine Chronologie der Gewalt erstellen, noch maße ich mir an, eine romanhafte Gesamtgeschichte der RAF zu schreiben. Im Sachbuchbereich ist dies vom ersten grundlegenden Werk, Stefan Austs »Der Baader Meinhof Komplex«, bis zu Butz Peters' auch die neuesten Erkenntnisse verarbeitendem Buch »Der tödliche Irrtum« längst getan worden. Ich wollte dem emotionalen Echo bei allen Beteiligten nachspüren, herausfinden, wie Intellektuelle, als Beispiele Luise Rinser oder Günter Grass, einigen Tätern lange noch Sympathien entgegenbringen konnten. Bei den Angehörigen der Täter gab und gibt es eine große Bandbreite an Reaktionen; sprechen die einen

auch heute noch vom »Mord in Stammheim«, so wehren sich die anderen vehement gegen die Ikonisierung der ersten RAF-Generation und sehen die gesamte 68er-Bewegung als Feindbild an. Was die Anwälte betrifft, die teilweise ganz interessante Karrieren gemacht haben, so sind sie ein faszinierender Seitenaspekt, den ich nicht ganz auslassen konnte. Bei allen begründeten Bedenken gegen das Kontaktsperre-Gesetz: Mir erscheint es höchst ironisch, dass der Kontext, das Schmuggeln von Kassibern, die auch Befehle zu weiteren Gewalttaten enthielten, ja sogar die Lieferung einer Waffe an Andreas Baader über eine Anwaltskanzlei, dabei immer unter den Tisch zu fallen scheint. Wie Gerhard Baum das in der *ZEIT* schrieb, drückte auch keiner von ihnen nach Jahrzehnten weiterer Lebenserfahrung und Perspektivenwechsels je Bedauern über die teilweise unsäglichen NS-Vergleiche in ihren öffentlichen Verlautbarungen in den Siebzigern aus. (Es fragt sich auch, was passiert wäre, wenn der Chef des Kanzleramtes, Manfred Schüler, dem nicht näher begründeten Wunsch des im Besitz einer Waffe befindlichen, nach Freiheit dürstenden Andreas Baader gefolgt wäre, ihn kurz vor dessen Selbstmord in Stammheim zu treffen?)
Den letzten Anstoß lieferten mir aber zwei Publikationen, die mir interessante Wege für mein Buch zeigten. Der sensibel geschriebene, packend und erschütternd zu lesende Austausch zwischen Corinna Ponto und Julia Albrecht, »Patentöchter«, und Carolin Emckes Beitrag im *ZEITmagazin,* (Patentochter von Alfred Herrhausen), »Stumme Gewalt«, wiesen die Richtung, die ich gehen wollte. Der Fokus darauf, wie die Familien – hier die Tochter eines Opfers und die Schwester einer Täterin, im Fall Emcke das Patenkind – mit dem Geschehenen umgehen, berührte und fesselte mich.
Nachdem ich in den Präsidiums-Beirat des Deutschen PEN gewählt worden war, lernte ich durch die Sitzungen ehe-

Mitglieder der Studentenbewegungen näher kennen, welche die siebziger Jahre natürlich völlig anders erlebt hatten als unser Freund, Dr. Hans de With; ich hatte auch meinen – nicht verwandten – Namensvetter, Dr. Klaus Kinkel, damals Außenminister, kennengelernt, und wurde zu seinem siebzigsten Geburtstag nach Berlin eingeladen. Wie sehr Klaus Kinkel mit der sogenannten Kinkel-Initiative in die Geschichte über die RAF eingebunden war, dass diese sich sogar in ihrer Gewaltverzichtserklärung vom 10.4.1992 auf ihn bezogen, hörte ich ebenso mit großem Interesse in den Tischgesprächen wie in den Laudationes zu diesem Tag. Danach war es dann die unerwartete Begegnung mit der Witwe eines RAF-Opfers in Berlin, welche es unvermeidlich machte, das Buch zu schreiben. Die idealen Ansprechpartner für das Thema hatte ich ja. Sie alle standen mir bei der Recherche für diesen Roman dann auch sehr geduldig für endlose Fragen zur Verfügung, wofür ich mich sehr herzlich bedanke.

Über die Generation der eigenen Eltern zu schreiben, und über eine Zeit, die bereits ein Teil des eigenen Lebens war, ist zunächst einmal schwieriger, für mich jedenfalls, als sich einer Zeit anzunähern, die Jahrhunderte zurückliegt. (Diese Erfahrung hatte ich bereits bei meinem Gegenwartskrimi »Götterdämmerung« gemacht.) Ich bin mir als Autorin nur zu bewusst, dass die Wunden noch offen sind. Aber wie bei jedem meiner Romane trieb mich letztendlich das Bedürfnis, diese spezielle Geschichte zu erzählen, zu versuchen, das auf eine Weise zu tun, die sie nicht vereinfacht, und damit auch einen Versuch zu machen, unsere Gegenwart zu verstehen, wo junge Menschen sich wieder von »Revolutionen« angezogen fühlen, weil sie Antworten nicht bekommen, auf die sie eigentlich Anspruch haben.

Das ist, wie Lion Feuchtwanger einmal meinte, einer der Gründe für jeden historischen Roman.